Joel, Moritz; Fuchs, P.

Neue Methode in sechs Monaten eine Sprache lesen, schreiben und sprechen zu lernen

Joel, Moritz; Fuchs, Paul

Neue Methode in sechs Monaten eine Sprache lesen, schreiben und sprechen zu lernen

Inktank publishing, 2018

www.inktank-publishing.com

ISBN/EAN: 9783747759783

All rights reserved

Carl Jügel's Verlag in Frankfurt a. M.
empfiehlt hiermit die bei ihm erschienenen

Lehrbücher nach

H. G. Ollendorff's

Neuer Methode,

in sechs Monaten

eine Sprache lesen, schreiben und sprechen zu lernen.

———————

Seitdem anerkannt tüchtige Grammatiker die Ollendorff'sche Methode berichtigt und mit ihren Kenntnissen und Erfahrungen bereichert und erweitert haben, hat dieselbe eine Verbreitung gewonnen, von der sich ihr Erfinder in Paris wohl selbst niemals etwas träumen liess. — Wäre sie in den engen Gränzen ihres ersten Auftretens geblieben, so würde sie an dem Eigennutz eben ihres Erfinders untergegangen sein, der sich seine zuerst verfassten Grammatiken so theuer bezahlen liess, dass ihre Popularität fast unmöglich wurde. — Glücklicher Weise erkannte die Intelligenz darin das Fundament zu solideren Lehrgebäuden, und die gegenwärtige Gestaltung derselben liefert in ihren Erfolgen den thatsächlichsten Beweis der ihnen verliehenen Vorzüge, und zwar in einer Weise, wie es seither fast keiner anderen Methode gelungen ist. Ueberall, in Deutschland wie in England, in Frankreich, in Italien, Spanien, Russland, Amerika und selbst in der Türkei lässt man den **im obigen Verlage erschienenen Lehrbüchern** die Gerechtigkeit widerfahren, dass sie am leichtesten und sichersten zum Ziele führen, und ungeachtet aller unternommenen Concurrenzen, sogar die von Herrn Dr. Ollendorff selbst versuchten nicht ausgenommen, ist es nicht möglich gewesen, ihnen die Gunst des Publikums zu entziehen, welches das Gediegene und Aechte sehr wohl vom Oberflächlichen zu unterscheiden weiss.

Je mehr man nun fortwährend bemüht ist, diese neue Methode den Bedürfnissen des Unterrichts anzupassen, je mehr erleichtern e, nach einem übereinstimmenden Systeme bearbeiteten Lehrcher das Erlernen der verschiedenen Sprachen, da keine neuen neorieen mehr dabei zu überwinden sind, sondern stets der dem schüler einmal bekannt gewordene Lehrgang zu befolgen ist, welcher dem Lehrer wie dem Schüler Zeit und Mühe erspart und den sichersten Erfolg verbürgt, wie es die Erfahrung überzeugend bewiesen hat.

Folgende Lehrbücher sind nach dieser Methode bis jetzt bei mir erschienen und sowohl dauerhaft cartonnirt, wie elegant gebunden um beibemerkte Preise in allen Buchhandlungen zu haben:

a) Lehrbücher für Deutsche,

um Französisch, Italienisch, Englisch, Holländisch, Schwedisch, Dänisch, Russisch, Polnisch, Spanisch und Portugiesisch zu lernen.

Französische Elementar-Grammatik, nach einem neuen Systeme verfasst von Georg Traut. 8⁰. fl. 1. — oder 18 Sgr.

Französische Grammatik von P. Gands. **Dreizehnte** Auflage. 8⁰. fl. 1. 48 kr. oder 1 Thlr.

Schlüssel zu derselben, die Uebersetzung der darin vorkommenden Aufgaben enthaltend. 8⁰. 36 kr. oder 10 Sgr.

Derselben Grammatik **zweiter** oder **theoretisch-praktischer Cursus.** Dritte Auflage. 8⁰. fl. 1. 30 kr. oder 27 Sgr.

Schlüssel zu diesem Cursus. 8⁰. 36 kr. oder 10¹, Sgr.

Cours de Littérature française adapté à la Méthode d'Ollendorff. Eine stufenweise geordnete Auswahl von Musterstücken französischer Prosa und Poesie. Als Lesebuch beim Unterricht im Französischen, für den Schul- und Privat-Gebrauch eingerichtet von J. M. Wersaint. 8⁰. fl. 1. 30 kr. oder 27 Sgr.

Italienische Grammatik von Prof. Frühauf. **Sechste** Auflage. fl. 2. 12 kr. oder Thlr. 1. 7½ Sgr.

Schlüssel zu dieser Grammatik. 8⁰. 54 kr. oder 15 Sgr.

Italienisches Lesebuch; aus den besten älteren und neueren Classikern gewählt und mit Berücksichtigung der Ollendorff'schen Methode bearb. von Prof. Frühauf. 8⁰. fl. 1. 21 kr. od. 22½ Sgr.

Englische Grammatik von P. Gands. **Neunte** Auflage. 8⁰. fl. 2. 24 kr. oder 1 Thlr. 10 Sgr.

Schlüssel zu dieser Grammatik. 8⁰. fl. 1. 12 kr. od. 20 Sgr.

Englisches Lesebuch. Auswahl aus den vorzüglichsten Werken der besten englischen Schriftsteller, unter Berücksichtigung der Ollendorff'schen Methode, v. Fr. Rausch. fl. 1. 45 kr. od. 1 Thlr.

Spanische Grammatik von Fr. Funck. **Vierte** Auflage. Durchgesehen und verbessert von Dr. Lehmann. 8⁰. fl. 3. 18 kr. oder 1 Thlr. 27 Sgr.

Schlüssel zu derselben. 8⁰. fl. 1. 12 kr. oder 20 Sgr.

El nuevo lector español. Neues spanisches Lesebuch; Auswahl spanischer Musterstücke, mit Berücksichtigung der Ollendorff'schen Methode, zusammengestellt nach Velasquez de la Cadena von Fr. Funck. 8⁰. fl. 2. 12 kr. od. 1 Thlr. 7½ Sgr.

Taschenbuch der spanischen Umgangssprache. Eine Sammlung der gebräuchlichsten Wörter, Redensarten und Gespräche von **Fr. Funck.** 8⁰. 54 kr. oder 15 Sgr.

Polnische Grammatik von M. Joel. 8⁰. fl. 2. 12 kr. oder 1 Thlr. 7½ Sgr.
Schlüssel zu derselben. 8⁰. 42 kr. oder 12 Sgr.
Russische Grammatik von M. Joel. **Dritte Auflage.** Durchgesehen und verbessert von Prof. Paul Fuchs. 8⁰. fl. 3. 6 kr. oder 1 Thlr. 24 Sgr.
Schlüssel zu derselben. 8⁰. fl. 1. 12 kr. od. 21 Sgr.
Holländische Grammatik von J. Gambs. Zweite Auflage. 8⁰. fl. 1. 48 kr. od. 1 Thlr.
Schlüssel zu derselben. 8⁰. 36 kr. oder 10 Sgr.
Schwedische Grammatik von Ch. Schmitt. 8⁰. fl. 2. 12 kr. oder 1 Thlr. 7½ Sgr.
Schlüssel zu derselben. 8⁰. 48 kr. oder 14 Sgr.
Dänische Grammatik von J. Heckscher. 8⁰. fl. 2. 12 kr. oder 1 Thlr. 7½ Sgr.
Schlüssel zu derselben. 8⁰. 42 kr. oder 12 Sgr.
Portugiesische Grammatik von Phil. Anstett. 8⁰. fl. 2. 42 kr. oder 1 Thlr. 18 Sgr.
Schlüssel zu derselben. 8⁰. 42 kr. oder 12 Sgr.
Eine lateinische Grammatik nach derselben Methode ist in der Bearbeitung und wird später erscheinen.

b) Lehrbücher für Engländer,
um Deutsch, Französisch, Italienisch und Spanisch zu lernen.

Ollendorff. German grammar (in two parts), 8⁰., eleg. bound. **First part.** fl. 2. 24 kr. or 1 Thlr. 10 Sgr.
Second part to which is added: The German declensions on established rules. fl. 2. 24 kr. or 1 Thlr. 10 Sgr.
— — Key to this grammar. 8⁰. fl. 1. 36 kr. or 27 Sgr.
— — **Guide to German literature.** New Edition by F. Funck. 8⁰ fl. 3. — or Thlr. 1. 22½ Sgr.
— — **French grammar.** 8⁰. fl. 2. 42 kr. or 1 Thlr. 15 Sgr.
— — Key to it. 8⁰. fl. 1. 36 kr. or 27 Sgr.
— — **Italian grammar.** 8⁰. fl. 2. 42 kr. or 1 Thlr. 15 Sgr.
— — Key to it. 8⁰. fl. 1. 36 kr. or 27 Sgr.
— — **Spanish Grammar.** 8⁰. fl. 2. 42 kr. or 1 Thlr. 15 Sgr.
— — Key to it. 8⁰. fl. 1. 36 kr. or 27 Sgr.

c) Lehrbücher für Franzosen,
um Deutsch, Englisch, Italienisch und Russisch zu lernen.

Ollendorff. — *Nouvelle Méthode* pour apprendre **la langue allemande.** 8⁰., eleg. reliée. fl. 2. 24 kr. ou 1 Thlr. 10 Sgr.
— — la même, seconde partie, augmentée *d'un traité complet des Déclinaisons*, etc., in-8. fl. 2. 24 kr. ou 1 Thr. 10 Sgr.
— — Clef de cette Méthode ou Corrigé des thèmes. in-8. fl. 1. 36 kr. ou 27 Sgr.

Ollendorff. Nouvelle Méthode pour apprendre la langue anglaise. in-8. fl. 1. 48 kr. ou 1 Thlr.
— — Clef de la grammaire anglaise. in-8⁰. 42 kr. ou 12 Sgr.
— — Nouvelle Méthode pour apprendre la langue italienne, à l'usage des établissements d'instruction publics et particuliers par G. Simler in-8. Quatrième Edition. fl.2.42kr.ou1 Thlr.15Sgr.
— — Clef de la grammaire italienne. in-8. fl. 1. 36 kr. ou 27 Sgr.
— — Nouvelle Méthode pour apprendre la langue russe, à l'usage de l'instruction publique et particulière par le professeur Paul Fuchs. in-8. fl. 3. 6 kr. ou 1 Thlr. 24 Sgr.
— — Clef de la grammaire russe. in-8. fl. 1. 12 kr. ou 21 Sgr.

d) Lehrbücher für Italiener,

um Deutsch, Französisch und Englisch zu lernen.

Ollendorff. Nuovo Metodo per imparare la lingua tedesca, dal Profes sore Gius. Frühauf. 8⁰. Terza edizione. fl. 2. 6 kr. oder 1 Thlr. 6 Sgr.
— — Chiave della Gramatica tedesca. in-8. 54 kr. od. 15 Sgr.
— — Nuovo Metodo per imparare la lingua francese, da Fede rico Funco. 8⁰. Terza edizione. fl. 2. 24 kr. od. 1 Thlr. 10 Sgr.
— — Chiave della Gramatica francese. in 8⁰. 54kr.od.15Sgr.
— — Nuovo Metodo per imparare la lingua inglese, dal Profes sore Egone Cunradi. 8⁰. Seconda edizione. fl. 2. 24 kr. oder 1 Thlr. 10 Sgr.
— — Chiave della Gramatica inglese. 8⁰. 54 kr. od. 15 Sgr.

e) Lehrbücher für Russen,

um Deutsch und Französisch zu lernen.

Deutsche Grammatik von Prof. Paul Fuchs. in 8⁰. fl. 2. 12 kr oder 1 Thlr. 18 Sgr.
Schlüssel zu derselben. in 8⁰. fl. 1 oder 18 Sgr
Französische Grammatik von Prof Paul Fuchs. in 8⁰. fl. 2. 42 kr. oder 1 Thlr. 15 Sgr.
Schlüssel zu derselben. in 8⁰. 54 kr. oder 15 Sgr.

f) Lehrbücher für Spanier.

Deutsche Grammatik von Dr. Lehmann. fl. 3. 30 kr. oder Rthlr. 2
Schlüssel zu derselben. 8⁰. fl. 1 24 kr. — oder 24 Sgr.

Es ist die Absicht des Verlegers, den Cyclus dieser Lehr bücher stets zu erweitern und alle Sprachen in dessen Bereich zu ziehen, deren Erlernung zum Bedürfniss geworden ist.

H. G. Ollendorff's
Neue Methode,

in sechs Monaten
eine Sprache lesen, schreiben und sprechen zu lernen.

Anleitung zur
Erlernung der russischen Sprache

nach einem neuen und vollständigeren Plane

für den

Schul= und Privatunterricht

verfaßt

von

M. Joel,

Lehrer der flawischen Sprachen und Literatur.

Dritte Auflage.

Durchgesehen, vermehrt und verbessert

von

Prof. Paul Fuchs,

Verfasser der Russischen und der Englischen Grammatik für Franzosen, der Deutschen,
der Französischen und der Englischen Grammatik für Russen ꝛc. ꝛc.

Frankfurt a. M.
Carl Jügel's Verlag.

1865.

Druck von Ph. Müller & Comp. in Wiesbaden.

Vorrede zur ersten Auflage.

Jede Methode des Sprachunterrichts, die den Lernenden nöthigt, das Gedächtniß mit einer Menge noch unverstandener Wortformen zu belasten, um diejenigen, die er bereits selbst bilden kann, praktisch anzuwenden, ist schon in denjenigen Sprachen, in welchen die meisten Verhältnisse nicht an dem Worte selbst, sondern durch syntaktische Verbindungen bezeichnet werden, höchst lästig und ermüdend. Um so weniger ist es zu verwundern, wenn bei solchen Methoden selbst die fähigsten und eifrigsten Schüler durch lange Erfolglosigkeit ihrer Bemühungen von dem Studium derjenigen Sprachen zurückgeschreckt werden, die, wie die slawischen, eine vollständige Flexion besitzen und daher nur in den allerwenigsten Fällen die Anwendung eines Wortes in seiner Grundform gestatten. Hieraus erklärt sich die allbekannte Erscheinung, daß selbst in solchen Gegenden, in denen eine gemischte Bevölkerung die Kenntniß einer slawischen Sprache zum nothwendigsten Bedürfnisse macht, es auch dem geschicktesten Lehrer bei den redlichsten Bemühungen nicht gelingen will, Lust und Eifer für das Studium derselben bei seinen Schülern zu erhalten, und allgemein hört man die Klage, daß bei allem Gründlichen und Vortrefflichen, das auf dem Gebiete der Sprachforschung für das Slawische geleistet ist, doch die für die Anfänger bestimmten Lehrmittel nicht ausreichen, um mit Leichtigkeit über das Schwierige der ersten Erlernung hinwegzuhelfen.

Die von Ollendorff zuerst angeregte und von seinen Nachfolgern mit mehrem Glücke ausgebildete und vervollkommnete Methode zur schnellen und gründlichen Erlernung

fremder Sprachen, beseitigt jene Schwierigkeiten und das
Ermüdende anderer Methoden vorzüglich dadurch, daß sie
den Lernenden in den Stand setzt, von der ersten Unterrichts=
stunde an jede erlernte Sprachform, ohne Beihilfe unbe=
kannter, sogleich praktisch anzuwenden. So sieht er jede
Bemühung sofort mit dem besten Erfolg gekrönt, und Muth
und Eifer werden in ihm stets rege erhalten, da ihm auf
keiner Stufe des Lehrgangs etwas Unerklärbares in den
Weg tritt und er zugleich, fast ohne es selbst zu gewahren,
von der Bildung des einfachsten Satzes bis zur Zusammen=
setzung der vollständigsten Periode auf die naturgemäßeste
Weise allmälich fortschreitet.

Ihre praktische Brauchbarkeit hat dieser Methode die
glänzendsten Erfolge verschafft, seitdem sie durch die aner=
kennenswerthen Bemühungen der Carl Jügel'schen Ver=
lagsbuchhandlung in Frankfurt a. M. allgemeiner bekannt
und verbreitet worden, und hat mich zu dem Versuche er=
muthigt, sie auch auf die slawischen Sprachen anzuwenden,
von denen das vorliegende Werk die russische behandelt.

Mein Hauptstreben bei meinen grammatischen Arbeiten
war dahin gerichtet, die Sprachgesetze aus dem fremden
Idiom ohne Rücksicht auf das Medium der Erlernung zu
entwickeln, in den Beispielen und praktischen Aufgaben aber
den Schüler auf Uebereinstimmendes und Abweichendes in
der fremden und seiner Muttersprache weniger durch Erklä=
rungen als durch Gegenüberstellen passender Beispiele auf=
merksam zu machen und ihn so zum Denken in der fremden
Sprache anzuleiten. In wie weit das vorliegende Werk
dieses erreicht, müssen Erfahrung und das Urtheil Sach=
verständiger entscheiden; mir sei es nur vergönnt, manches
Neue unter dem Dargebotenen anzudeuten und zu rechtfertigen.

Die kurze Lautlehre soll nur die bei der Flexion der
Wörter vorkommenden Lautveränderungen erklären. Daß sie
dazu vollkommen ausreicht, beweiset am besten die Gram=
matik selbst; ihre weitere Ausführung aber und ihre wissen=
schaftliche Begründung gehören nicht in ein praktisches Lehr=

buch für Anfänger. Die bisherigen ruſſiſchen Sprachlehren haben ſie ganz außer Acht gelaſſen und daher über alle Special=Fälle eine Fluth von Paradigmen geliefert, die mehr geeignet ſind, den Lernenden zu verwirren, als ihn aufzu= klären und zu belehren.

Die Eintheilung der Declination und Conjugation in eine ſtarke und ſchwache Form iſt eine ſo naturgemäße, daß es mich wundern muß, ſie noch in keiner ſlawiſchen Sprachlehre angetroffen zu haben. Die weitere Eintheilung nach Zahl= und Fallwandlung und nach den natür- lichen Geſchlechtern in nur zwei Declinationen, wie ſie der theoretiſche Anhang aufſtellt, habe ich im praktiſchen Theile deshalb unterlaſſen, weil mir die ſächlichen Nenn= wörter eine ſehr geeignete Uebergangsſtufe boten, indem ſie in der Einzahl das bei den männlichen Nennwörtern Er= lernte weiter ausbilden und befeſtigen, durch die Mehrzahl aber auf die Declination der weiblichen vorbereiten helfen. Darum habe ich ſie auch als zweite Declination zwiſchen beide geſtellt.

Die wichtige Lehre von den Correlativen, Lekt. 50., wird man in allen bisherigen Grammatiken vergeblich ſuchen. Sie verdient beſonders hervorgehoben zu werden, weil ſie beſſer als alle weitläufigen Regeln, die ſcheinbaren Ab= weichungen der ruſſiſchen Conſtruction von der Conſtruction anderer Sprachen erklären wird.

In Betreff der Conjugations=Klaſſen ſtarker Form muß ich ausdrücklich bemerken, daß ihre Eintheilung nicht auf innern Gründen, ſondern einzig und allein auf äußern Analogien beruht. Eine wiſſenſchaftliche Eintheilung hätte ein tieferes Eingehen in den Bau der Sprache erfordert, als es mir hier zweckdienlich erſchien, und für das praktiſche Bedürfniß wäre dabei nichts gewonnen worden; denn bis auf wenige Fälle muß doch von jedem Zeitworte das ſo= genannte a verbo beſonders gelernt und eingeübt werden, wie in allen andern Sprachen, und ein äußeres, gemein= ſames Merkzeichen iſt gewiß ſchon ein bedeutender Vortheil

für schnelleres Auffinden im Lehrbuche und leichteres Be=
halten im Gedächtnisse.

Sachverständige, die mit dem Bau der slawischen Spra=
chen und mit den Vorarbeiten, die ich für meinen Zweck be=
nutzen konnte, vertraut sind, werden die Schwierigkeiten, die
ich zu überwinden hatte, wohl zu würdigen wissen. Wenig=
stens werden sie mir zugestehen, daß meine Arbeit eine selbst=
ständige ist, und daß der von mir eingeschlagene Weg allein
es möglich machte, die größte Vollständigkeit und Reichhal=
tigkeit in einem Werke von so geringem Umfange zu liefern.
Und somit hoffe ich auf Nachsicht und Belehrung über
Mangelhaftes, welch' letztere ich unter jeder Form mit Dank
annehmen und nach Kräften benutzen werde.

Ich würde mich sehr glücklich schätzen, wenn dieses Lehr=
buch geeignet befunden würde, durch Erleichterung des Ler=
nens dem Studium der sehr schönen russischen Sprache, die
durch das, auch in geistiger Hinsicht mit frischer Jugendkraft
emporstrebende Volk immer reicher und vollkommener aus=
gebildet wird, recht viele Freunde zuzuwenden, besonders
aber, wenn es dem tiefgefühlten Bedürfnisse derer entspräche,
denen Kenntniß dieser Sprache Beruf ist.

Berlin, im Mai 1854.

Moritz Joel.

Vorrede zur dritten Auflage.

Der Vorrede zur zweiten Auflage schickte ich die Bemer=
kung voraus, daß es eine undankbare Aufgabe sei, eine
fremde Arbeit durchzusehen. Das Gute wird gewöhnlich
dem Verfasser, die Fehler aber werden dem zugeschrieben,
welcher die Revision besorgte, obgleich es oft nicht in seiner
Macht lag, aus dem Gebäude einzelne, ihm nicht passend
dünkende Steine herauszunehmen, denn das hätte ein Zusam=
menstürzen eines Theiles dieses Gebäudes nach sich ziehen
können. Dennoch übernahm ich nach dem Tode des Herrn
Joel die Revision vorliegenden Buches und es gereicht mir zum
besonderen Vergnügen, seinem Andenken die Gerechtigkeit wider=
fahren lassen zu können, einen Vorgänger gehabt zu haben,
dessen Arbeit, wenigstens was den theoretischen Theil betrifft,
nichts oder sehr wenig zu wünschen übrig ließ und der, obgleich
anspruchlos, ein tiefes Eindringen in das Wesen der russi=
schen Sprache und ein gründliches Studium derselben beur=
kundet.—Wie ich nun bereits der zweiten Auflage alle Sorgfalt
gewidmet, so habe ich auch die vorliegende dritte genau
durchgesehen und durch eine bedeutende Anzahl von Beispielen
vermehrt. An der Grammatik selbst habe ich es für rath=
sam erachtet, nichts Wesentliches zu ändern, damit diese
Auflage neben der älteren in Schulen gebraucht werden
könne. Einige kleine Mängel der zweiten Auflage, wie
z. B. Druckfehler, an denen die Schuld die weite Entfer=
nung des Druckortes trug, u. s. w., habe ich nach Mög=
lichkeit zu beseitigen gesucht. — Der Wunsch, den ich in der
Vorrede zur zweiten Auflage ausgesprochen habe, hat sich
erfüllt; denn nach weniger als fünf Jahren nach Erscheinen
derselben, ist schon wieder eine neue Auflage nöthig geworden;
gewiß eine sehr kurze Zeit für ein Lehrbuch, das auf eine ver=
hältnißmäßig geringe Anzahl von Lernenden beschränkt ist. —
Und so gebe ich mich der Hoffnung hin, daß diese Arbeit

auch ferner bei den Lehrenden und Lernenden eine günstige Aufnahme finden werde.

Auch der Herr Verleger war, wie bei allen von ihm verlegten Werken, bemüht, dem gegenwärtigen eine elegante und würdige Ausstattung zu geben, und wenn er bei dieser Auflage eine geringe Preiserhöhung eintreten ließ, so ist dieselbe durch den Umstand, daß Grammatik und Schlüssel um 15 Druckbogen vermehrt wurden, gewiß hinlänglich gerechtfertigt.

Würzburg im Juli 1865.

Prof. Paul Fuchs.

Erklärung der angewandten Zeichen.

† bezeichnet Abweichungen von den aufgestellten Regeln in Bezug auf Flexion und Construction.

†† deutet besondere Redensarten — Idiotismen, Sprüchwörter u. dgl. — an.

In den deutschen Aufgaben bleibt Alles unübersetzt, was in [ ] eingeschlossen ist.

Das in ( ) Eingeschlossene enthält Fingerzeige für die Wahl des Ausdrucks und für die Construction im Russischen. Wo im praktischen Theile bloße Zahlen citirt sind, deuten diese auf die §§ dieses Theils. Ebenso geben bloße Zahlen im theoretischen Theile die §§ dieses Theiles an. Verweisungen auf Lektionen oder von einem Theil auf den andern sind durch die betreffenden Zusätze näher bestimmt.

I.

Praktiſcher Theil.

———

Russische Schreibschrift

А а Б Б б б В в п Г г г

Д Д ꝺ д д д Е е Ж Ж ж ж

З з з И И и й Ї Й К к и Л л

М м и Н н х О о П П п п

Р р р р с с Т Т т т У у у

Ф Ф ф ф Х х х х Ц Ц ц ц

Ч Ч ч ч Ш Ш ш ш Щ Щ щ

Ъ ъ Ы ы ь ь Ѣ ѣ ѣ Э э

Ю ю Я Я а я Ѳ ѳ Ѵ ѵ

Если хочешь узнать, ся покá-
зовали ты читалъ, то закрывъ
книгу, возьми перо, и сдѣлай
выписку изъ читаннаго.

18

Lautlehre.

Laute und Lautzeichen.

1. Das russische Alphabet hat folgende 36 Buchstaben:

Buchstabenzeichen. Знаки буквъ.	Benennung. Наименованіе. Alte. Прѣжнее.		Neue. Новѣйшее.	Aussprache. Произношеніе.
1. А а	Азъ	As	A	a (e)
2. Б б	Бýки	Buki	Be	b
3. В в	Вѣди	Wjedi	We	w
4. Г г	Глагóль	Glagol'	Ge	g (h, w)
5. Д д	Добрó	Dobro	De	d
6. Е е	Есть	Jest'	Je	jo, je; ö, e
7. Ж ж	Живéте	Giwete	She	sh (das franz. j)
8. З з	Землá	Semlia	Se	s (sanft)
9. И и	Иже	Ige	J	i
10. Й й	Иже съ крáткою Jge ßkratkoju			j
11. I i	I	J	J	i
12. К к	Како	Kako	Ka	k
13. Л л	Люди	Liudi	El	l
14. М м	Мыслéте	Mysslete	Em	m
15. Н н	Нашъ	Nasch	En	n
16. О о	Онъ	On	O	o (a)
17. П п	Покóй	Pokoj	P	p
18. Р р	Рцы	Rzy	Er	r

Joel u. Fuchs, Russische Gramm.   1

Buchstabenzeichen. Знаки буквъ.	Benennung. Наименованіе. Alte. Прежнее.	Neue. Новѣйшее.	Aussprache. Произношеніе.
19. С с	Слово Slowo	Ess	ß, ſſ
20. Т т	Твердо Twerdo	Te	t
21. У у	У U	U	u
22. Ф ф	Фертъ Fert	Ef	f, ph
23. Х х	Хѣръ Cherr	Cha	ch
24. Ц ц	Цы Zy	Ze	z
25. Ч ч	Червь Tscherw	Tsche	tſch
26. Ш ш	Ша Scha		ſch
27. Щ щ	Ша Schtscha		ſchtſch
28. Ъ ъ	Ѣръ Jerr		—
29. Ы ы	Ѣры Jerry		y, ü
30. Ь ь	Ѣрь Jer'		j, '
31. Ѣ ѣ	Ять Jat'		je, e
32. Э э	Э E		e
33. Ю ю	Ю Ju		ju, 'u (ü)
34. Я я	Я Ja		j, 'ä
35. Ѳ ѳ	Ѳита Fita		f, ph
36. Ѵ ѵ	Ижица Ißhiza		i, w

Hierzu kommt noch Ё, ё, das (wie das E, e) Есть (Jest) oder E heißt, aber jo, o ausgesprochen wird; letztere Aussprache bekommt das E in vielen einsilbigen Wörtern und allen betonten Sylben.

2. Grundlaute, Consonanten (согласныя, Bodlaſsnyja), haben als Buchstabenzeichen: б, в, г, д, ж, з, к, л, м, н, п, р, с, т, ф, х, ц, ч, ш, щ, ѳ.

3. Hülfslaute, Vocale (гласныя, glaſsnyja), haben folgende Zeichen: а, е, ё, и, і, о, у, ы, ѣ, э, ю, я, ѵ.

4. **Halblaut** (полугласныя): ь, vor einem Hülfslaut.

5. **Hauchlaut** (придыханіе): й.

6. **Aussprachezeichen** (знаки выговора): ъ, und ь; letzterer Buchstabe, wenn er zu Ende eines Wortes steht; vor einem Vocale ist er der Uebergang des i, in einen Halblaut.

Bemerkung 1. ъ, nennt man auch hartes Zeichen (твёрдый знакъ), und ь, weiches Zeichen (мягкій знакъ).

7. Die Grundlaute zerfallen

a) in **ursprüngliche**: б, в, г, д, з, к, л, м, н, п, р, с, т, ф, х, ѳ;

b) in **Wandlinge**, die aus anderen Grundlauten entstanden sind: ж, ч, ш, щ, ц.

8. Nach den Organen, mit denen sie ausgesprochen werden, theilt man die Grundlaute in:

a) **Lippenlaute** (губныя) б, в, п, ф, м.

b) **Gaumenlaute** (нёбныя) л, н, р.

c) **Zungenlaute** (язычныя) д, т.

d) **Zahnlaute** (зубныя), und zwar:

1) **Sauselaute, Säuseler** (свистящія) з, с, ц.

2) **Zischlaute, Zischer** (шипящія) ж, ч, ш, щ.

e) **Kehllaute, Gurgellaute** (гортанныя) г, к, х.

9. Ferner zerfallen die Consonanten nach ihrer Aussprache in:

a) **weiche**: б, в, г,   д, з, ж und die entsprechenden

b) **rauhen**: п, ф, х, к, т, с, ш.

10. Ihrer Aussprache nach zerfallen die Grundlaute in:

a) **Halbgrundlaute** oder flüssige lat. liquidae (полусогласныя oder плавныя), und

b) **stumme** oder harte lat. mutae (нѣмыя oder жёсткія). Erstere sind die Gaumenlaute л, н, р, und der Lippenlaut м.

11. Die Hülfslaute oder Vocale (гласныя), zerfallen in reine **Stimmlaute** (чистыя гласныя oder одногласныя), und in **Doppellaute** oder Zervocale (двугласныя).

1*

Erstere sind: a, э, и, o, у;
Letztere: я, e, ё, ю, ы.

Bemerkung 2. Der reine Stimmlaut e wird noch
durch den Buchstaben ѣ, und der reine Stimmlaut и noch
durch die Buchstaben i, v ausgedrückt.

12. Die Hülfslaute zerfallen ihrer Aussprache nach in:
a) weiche (мягкія): я, e, ё, у, ы, und
b) harte (твёрдыя): a, э, o, ю, и, i, v.

13. Das Schriftzeichen ѣ ist der verschwundene Laut je
mitten im Worte, der nur zu Anfang eines Wortes oder einer
Sylbe geblieben ist, бѣда, B'eda, das Unglück; вѣсть, W'est',
die Nachricht, wurden früher ausgesprochen бѣда, вѣсть. Für
и hat die Grammatik das Schriftzeichen i vor einem Vocale
oder vor dem Hauchlaute й beibehalten, vor einem Grund=
laut steht i nur im Worte міръ, mir, das Weltall. Der
Stimmlaut и wird durch das Schriftzeichen v in einigen aus
dem Griechischen in's Russische übergegangenen Wörtern er=
setzt, wie in муро, mir, das Salböl; vпакой, ipakoj, der
Kirchengesang an hohen Festtagen.

14. Fließt das и mit einem vorhergehenden Grund=
laute in einen Laut zusammen, so wird es zum Halb=
vocal (полугласная) ь.

15. Fließt das и mit einem vorhergehenden Vocal in
einen Laut zusammen, so wird es zum Hauchlaute й.

16. Die Verschmelzung mit и oder die Verbindung
mit ь macht den Grundlaut flüssig oder milde (zum
Mildling).

Bemerkung 3. Jeder Grundlaut, auf den и oder ь
folgt, ist ein Mildling, (vgl. jedoch 23, Bem. 3.):

17. Jeder Grundlaut, der nicht flüssig ist, ist hart
(ein Härtling).

Bemerkung 4. Das Zeichen für den harten Con=
sonanten ist ъ, das aber nach harten Anlauten

nur vor и gesetzt wird (16 Bem.) und mit demselben das Schriftzeichen ы (= ъ + и) bildet.

Bemerkung 5. Sonst hat sich das ъ nur noch nach harten consonantischen Wortauslauten, wo es ehemals bei der zusammenhängenden Schrift als Worttheiler diente, erhalten.

Bemerkung 6. Als Wort= oder vielmehr Sylben= theiler setzt man es noch in Zusammensetzungen, wenn ein consonantischer Auslaut mit einem vocalischen Anlaute zu= sammentrifft, um diesem seine ursprüngliche Aussprache zu bewahren.

18. Das Verschmelzen eines Vocales mit и, oder seine Verbindung mit й, erzeugt einen Doppellaut, Diph= thong (двугласная) ай, эй, iй, ой, уй.

19. Treten zu einem flüssigen Grundlaute oder zu einem Doppellaute die Vocale а, о, у, so verbinden sie sich mit dem ь oder й desselben zu den Jer'=Vocalen:

$$я \left(= \genfrac{}{}{0pt}{}{\text{ьа}}{\text{йа}} \right), \ ё \left(= \genfrac{}{}{0pt}{}{\text{ьо}}{\text{йо}} \right), \ ю \left(= \genfrac{}{}{0pt}{}{\text{ьу}}{\text{йу}} \right).$$

20. Verbindet sich ein Diphthong mit einem vorher= gehenden ь oder й, so entsteht ein Dreilaut, Triph= thong (троегласная): яй, iй, юй.

Eigenthümlichkeiten einiger Laute.

21. Die Kehllaute г, к, х, können nicht gemildert werden und sind also stets Härtlinge. Deßhalb steht hinter ihnen nie ein ь oder ein Jer'=Vocal, und, da es bei ihnen einer Bezeichnung der Härte bei folgendem и nicht bedarf, auch überhaupt nie ы. Man verbindet sie nur mit folgen= dem а, и, о, у. (Кяхта, Name einer Grenzstadt in Sibirien, ebenso wie чюйсъ, Seeausdruck, Name der Bugsprietflagge, sind nur scheinbare Ausnahmen, da sie Fremdwörter sind.)

22. Statt der Milderung werden die Kehllaute ge=
wandelt, b. h. sie gehen in einen verwandten Zischlaut
über. Dasselbe geschieht in gewissen Fällen auch mit milden
Zungen= und Sauselauten und zwar:
a) von л, з, г ist der Wandling ж.
b) „ т, ц, к „ „ „ ч.
c) „ с, х „ „ „ ш.
d) „ ст, ск „ „ „ щ. (vgl. 7., b.).

23. Die Wandlinge (Zischlaute) [7., b.] sind also
ihrer Entstehung nach milb, bebürfen daher des Mil=
berungszeichen ь nicht und vertragen eben so wenig das ъ,
wo es Härte bezeichnen soll, wie in ш. Man verbindet
sie darum nur mit den Vocalen: a, и, o, y.

Bemerkung 1. Hinter den Wandlingen (Zischlauten)
ж, ч, ш, щ steht niemals ein ъ, sondern stets e in der
Mitte des Wortes; ъ folgt auf diese Buchstaben nur zu
Ende eines Wortes.

Bemerkung 2. In den Endsylben setzt man e für
o, theils wegen der veränderten Ausssprache, theils wegen
der Analogie mit den andern Mildlingen.

Bemerkung 3. Das ь steht nach ben Zischlauten nur
als Zeichen eines ausgefallenen — nicht verschmolzenen —
и, also gleichsam als Apostroph (z. B. шью für шию, ich
nähe; печь für печи, backen), und das ъ nur als Wort=
theiler, weil man gewohnt ist, eines der beiden Zeichen (ъ
ober ь) nach consonantischen Wortauslauten zu sehen.

Bemerkung 4. In den männlichen Hauptwörtern,
wie мужъ, Mann u. dgl. steht ъ, wohl auch als siche=
res Geschlechtszeichen.

24. Das щ, ursprünglich schon durch Wandlung aus
andern Consonanten, besonders aus к und т entstanden,
wirkt auf beiden Seiten hin auf die mit ihm zusammen=
treffenden Laute.

a) Vor dem ц stehen nur Mildlinge, daher auch nur Jer'=Vocale oder и.

Diese Regel ist so ohne alle Ausnahme, daß man es für überflüssig gefunden hat, die Milde des vorher= gehenden Consonanten durch ь zu bezeichnen; nur das л schreibt man vor ц stets ль.

b) Nach ц stehen, wie nach den Zischlauten, nur а, о, у; jedoch stets ы und nie и; е nur in Fremdwörtern, in ächtrussischen Wörtern aber ѣ wie in цѣловать, (Puschkin und nach ihm Viele schreiben цаловать) küssen, цѣвьё, der Ankerstock.

Bemerkung 5. Früher schrieb man съ кольцёмъ, mit dem Ringe, отцёмъ, durch den Vater; jetzt ist die gebräuchlichste Schreibart отцóмъ, кольцóмъ. Das Gesicht, лицé, das Ei, яйцé; das Herz, сéрдце wird ßerze und nicht ßiorze ausge= sprochen, obgleich das erste е betont ist.

Bemerkung 6. Der Zink, цинкъ, der Circus, циркъ, der Zirkel циркуль ꝛc. sind nur scheinbare Ausnahmen, da es Fremdwörter sind.

25. Das ѣ (= е + й; а + й; я + й vgl. 19.) wird in а verwandelt:

1. nach den Wandlingen ж —, ч —, ш — in der Endung des concrescirten Comparativs: должáйшiй für долгѣйшiй;

2. nach den Zischlauten ж —, ч —, ш —, щ — im Infinitiv der Zeitwörter: кричáть für кричѣть (крикъ).

† Ausnahme machen: кипѣть, wimmeln, дичѣть (gewöhnlicher jedoch дичáть) leutescheu werden

Eingeschobene Laute.

26. Nach den Lippenlauten folgen nicht gern die Jer'= Vocale я und ю; zwischen ihnen und denselben, sowie

zwischen den Lippenlauten und dem ь, wird in folgenden Fällen ein л eingeschoben:

a) bei den männlichen Hauptwörtern, auf — ь auslautend: корабль für корабь. das Schiff;

† Ausn. голубь, die Taube, червь, der Wurm.

b) bei den Völkernamen vor — янинъ: Римлянинъ. der Römer;

† Doch sagt man: Пермянинъ, ein Einwohner von Пермь.

c) bei den weiblichen Hauptwörtern vor — я: земли für земя. die Erde;

d) bei Zeitwörtern:

1. im Präsens vor — ю: люблю für любю. ich liebe;

† Doch bleiben: калмю, ich säume, клеймю, ich stempele.

2. im passiven Particip vor — енъ: ловленъ für ловенъ, gefangen.

3. vor den Infinitiv-Endungen — ять und — ивать, der Iterativa und Frequentativa, und in allen daraus hergeleiteten Formen: являть. являю von явить. vorzeigen; вылавливать, вылавливаю, von ловить, fangen.

27. a) Das — н — wird nur bei einigen Zusammensetzungen zwischen das Präfix und das Verbum eingeschoben: снѣдать aus съ und ѣдать. verzehren (vgl. Lekt. 86.).

b) Das н wird zuweilen in der Mitte eines Wortes zwischen zwei weichen Vocalen eingeschoben, wie in при-н-ять, empfangen; doch sagt man auch воспріять statt воспринять, empfangen.

c) Alle indirecte Beugungsfälle des Fürworts онъ, er, она, sie, nehmen im Anfang ein н an, wenn vor ihnen eine Präposition steht.

28. Vor den Vocalen, besonders vor o steht в als Aspirata: в-острый, scharf; в-осемь, acht; в-оспа, die Pocken, jedoch ist es auch gebräuchlich острый, осемь, оспа zu sagen.

29. Wo schwer auszusprechende Consonanten in der Flexion zusammentreffen, wird ein Vocal zwischen dieselben eingeschoben. Hierzu dient das o, welches nach einem vorher-gehenden [ausgedrückten oder verstandenen] ь, sowie nach Zischern (7., b.) in e übergeht (23.): иголъ für иглъ von игла, die Nadel, серёгъ von серьга, der Ohrring, бочекъ von бочка, das Faß.

30. Dasselbe geschieht nach й:

a) wo ein consonantischer Auslaut darauf folgt: наёмъ für наймъ, das Miethen;

b) wo nach Ausstoßung eines betonten й ein ъ oder ь vor demselben steht: aus сій, dieser, wird сьй und hieraus сей [сьій], aus нѣмый, stumm, wird нѣмьй und daraus нѣмой. Ebenso von семья, die Familie, wird семьй und hieraus семей (семьой).

Bezeichnung ausgestoßener Laute.

31. Ueberall wo ein — й — ausgefallen ist, wird seine Stelle nach Consonanten durch ь (23., B. 3.) nach Vocalen durch — й — bezeichnet: шью für шію, ich nähe, житьё für житіе, das Leben, войти für воити, ein-gehen.

32. Von einem Jer'-Vocal wird der Vocal ausgestoßen, das ь —, й — bleibt: льва von лёвъ, der Löwe; зайца von заяцъ, der Hase.

Nach den Wandlingen ж, ч, щ, versteht die Aussprache nicht das harte Zeichen ъ vom weichen Zeichen ь zu unter-scheiden, die Schrift unterscheidet jedoch beide streng. Das harte Zeichen ersetzt die ausgestoßenen rauhen Vocale (o

ober y) und das weiche Zeichen vertritt stets den ausge=
stoßenen weichen Vokal; so schreibt man межъ собой. unter
sich, чтожъ? was denn? Uebrigens ist es jetzt gebräuchlich
nach diesen Buchstaben, ausgenommen in Wörtern weiblichen
Geschlechts, das harte Zeichen zu setzen.

Bemerkung. Nur nach л — vor einen Consonanten
wird oft das — ь geschrieben. Nach den Zischern fällt es
stets aus (23. B. 3.). Bei andern Consonanten hängt
der Gebrauch dieses Buchstaben von der Natur des fol=
genden Lautes ab. Was sich darüber unter feststehende
Regeln bringen läßt, ist etwa Folgendes:

a) vor — ц und vor Zischern wird ь nicht geschrieben
(24., a.). Von палецъ, der Finger wird пальца und
пальчикъ, dagegen von писецъ, der Abschreiber,
писца, писчикъ.

b) vor rauhen Härtlingen bleibt der weiche Mildling
oft unbezeichnet, der rauhe Mildling aber wird
bezeichnet: von князёкъ, Fürst, der kleine wird
князька: von гусёкъ, das Gänschen, гуська: von
лебедь, der Schwan, лебедка; von зятёкъ, das
Schwiegersöhnlein, зятька.

† Doch macht т — häufig eine Ausnahme. So macht
man von ноготь, der Nagel (am Finger), ноготёкъ,
ноготка, wo man ноготёкъ, ноготька erwarten sollte.

Aussprache der Laute.

A. Vocale.

32. A, а. а) = a. радъ, radt, froh.
b) Nach Zischlauten 1. betont = a. точа, schleifend.
2. unbetont = e; als Wortauslaut = a: малуй,
schelun (doch auch schalun), der Muthwillige;
клича, klitscha, rufend.

c) = o, betont in der adjectivischen Genitiv= und Accusativ=Endung aro (46 c) юнаго, junowa, des oder den jungen.

34. Я, я. (= ьа, йа [19.]) a) Anlautend:

1. betont = ja. яблоко, jabloko, der Apfel; заявка, sajafka, die Anzeige;

2. unbetont. α) = je. ячмень, jetschmen', die Gerste; надѣяться, nab'ejet'ße, hoffen;

    β) wenn es zugleich Wortauslaut ist = ja. стая, ßtaja, die Schaar.

Bemerkung 1. In der weiblichen und sächlichen Plural=Endung der Adjectiva, iя, im gemeinen Leben = je. добрыя, dobryje, gute; великія, welikije, große.

b) Nach consonantischem Anlaute = ˈ ä. пятница, pät= niza, Freitag, воля, wol'ä, der Wille.

c) = eine der adjectivischen Genitiv= und Accusativ=Endung яго, (46 c) синяго, sinewo, des oder den rothen.

35. И, I, и, i. — a) = i. изъ, iß, aus; мой, mo=i, meine;

b) dumpf = (ü) (y) (ы). 1. Wenn es anlautet und eine mit — ъ auslautende Präposition davor steht, въ избѣ, wyßße, in der Hütte.

2. Nach Zischlauten: чинъ, tschyn, der Rang.

c) = ji in den Pronominal=Formen: ихъ, jich, ihrer, sie, имъ, jim, mit ihm, ihnen, ими, jimi, mit ihnen.

Bemerkung 2. i ist nur orthographisch von и verschie= den, indem i nur vor Vocalen, и nur vor Conso= nanten steht, свидáніе, ßwidanije, das Wiedersehen, съ нáми, ßnami, mit uns.

12 —

† Nur мiръ, die Welt, zum Unterschiede von мнръ, der Friede, beide gleichlautend: mirr.

36. Ц, ы, ist nie Anlaut (17.). Dumpf zwischen ö und ü mit vorherrschendem J-laute. Man muß es sprechen hören, um die eigentliche Aussprache, die nichts Analoges in den europäischen Sprachen hat, zu erlernen. [Wir bezeichnen es durch y.] Nach Lippenlauten tönt es faſ = ui: мы, mui (my), wir.

37. О, о. — a) = o, betont, hinter der Tonsylbe und als Wortauslaut: óчень, otſchen', sehr, мѣлочь m'elotſch, die Kleinigkeit, пpáвило, prawile, die Nichtschnur.

b) = a, unbetont. 1. Vor der Tonsylbe des Wort: довóльно, dawol'no, genug, подносить, padnaſſit' anbieten.

2. in den einsylbigen unbetonten Präpositionen: во wo, in; до, do, bis; ко, ko, zu; о, обь, o, obb von, über; отъ, ott, von, aus; по po, an подъ, pod, unter; про, pro, von; со, ſo, mit; во втóрникъ, waſſtornik, am Dienstag

3. In den unbetonten adjectivischen Genitiv- und Accusativ-Endungen аго, яго, ого und его дóлгаго des und den langen, дóбраго, dobrawo, bes und den guten, по рýсски, pa ruſſiki, auf Russisch

Bemerkung 3. In zusammengesetzten Wörtern lauten во—, про—, со— stets mit o wenn sie betont sind, sonst mit a: сóзвалъ, ſoswall, er rief zusammen; doch произносилъ praiſnaſſil, er sprach aus.

38. Е, е. — a) betont (ё) = jo, io (ьо, йо) in folgenden Fällen:

1. Wenn es in der Flexion aus einem betonten Vocale entstanden ist: землёю, ſeml'ioju, von земли, die Erde; идётъ, idiot, er geht, von идý

2. In der sächlichen Wortendung — ё, — ьё, твоё, twojo, dein; тканьё, tkanjo, das Gewebe.

3. Vor Härtlingen: лёвъ, liow, der Löwe; берёза, beriosa, die Birke.

4. Vor Zischlauten: кулёчикъ, kul'otschik, das Säckchen.

b) Betont (ё) = o, wenn in den unter a) angeführten Fällen ein Zischlaut oder ц vorhergeht: шёлъ, scholl, er ging; лицё, lizo, das Gesicht (24. Bem. 5.);

c) anlautend = je. 1. Unbetont: едвá, jebwa, kaum; знáете, snajethe, ihr wisset; .

2. betont vor Mildlingen (é): есть, jeßt', er ist; éльникъ, jel'nik, der Tannenwald (vergl. a., 3.)

d) = e, in den unter c) angegebenen Fällen nach consonantischem Anlaute: пéрецъ, perez, der Pfeffer; врéмя, wrem'ä, die Zeit.

39. У, у = : умъ, umm, der Verstand.

40. Ю, ю. — a) Anlaute = ju: югъ, jug, der Süden; пою, paju, ich singe.

b) nach consonantischem Anlaute = — u: говорю, gawarju, ich rede.

Bemerkung 4. Das ю wird zur Bezeichnung des französischen u gebraucht und in dem Falle ganz so ausgesprochen: бюрó, bureau.

41. Э, э = e: э́тотъ, etot, dieser; поэ́ма, poéma, das Gedicht.

Bemerkung 5. Das э kömmt nur als Anlaut in fremden Wörtern für e, ä, ö, vor. In russischen Wörtern wird es nur in эй, ej, экій, äkij, этакой, ätakoj, э́тотъ, und den von denselben abgeleiteten Wörtern gebraucht.

42. Ѣ, ѣ. — a) anlautend = je: ѣду, jebu, ich fahre.

'b) Nach consonantischem Anlaute — e: бѣда, b'eda, das Elend.

c) Als Wortlaut = e: рукѣ, rufe, der Hand.

d) = jo, — (ё). 1. In den Plural=Formen der Wörter: гнѣздо, gn'esbo, das Nest, звѣзда, sw'esba, der Stern, сѣдло, ß'eblo, der Sattel, als: гнѣзда, gniosba, die Nester, звѣзды, sw'osby, die Sterne, сѣдлы, ß'iobly, die Sättel.

2. In den Präterit=Formen: цвѣлъ, zwjol, er blühte, обрѣлъ, obrjol, er fand, und den damit zu= sammengesetzten; ferner in зѣвывалъ, siowywal, er gähnte öfters, одѣвывалѣя, abiowywalßia, er pflegte sich zu kleiden.

An die Vocale schließt sich das

43. Й, й, und bildet mit ihnen die Doppel= und Dreilaute.

B. Consonanten.

44. Б, б. = b: братъ, bratt, der Bruder. •

Bemerkung 1. Vor einigen Zahnlauten und Kehl= lauten, sowie vor den Aussprachszeichen ъ und ь, wird б wie ein п ausgesprochen, столбъ, stolp, die Säule, голубь. golup, die Taube.

Bemerkung 2. Man bemühe sich, die Härtlinge von ihren Mildlingen durch die Aussprache zu unter= scheiden: дробъ, drobb, der Hagel, дробь. drob', der Bruchtheil. (Vgl. S. 68, 69 zur Uebung.)

45. В, в. = w: вода. waba, das Wasser, завтра. sawtra, morgen.

Bemerkung 3. Von einigen Zahnlauten und Kehl=
lauten, sowie vor den Aussprachszeichen ъ und ь wird в
wie ф ausgesprochen, wie in вчерá, ftfchera, geſtern, óвца,
oftza, das Schaaf, кровъ, krof, das Dach, кровь, krof',
das Blut.

Bemerkung 4. Das erſte — в — in здрáвствовать,
ſbraßtwowat', ſich wohl befinden, iſt ſtumm.

46. Г, г. — a) anlautend:

1. = g, etwas durch die Kehle ausgeſprochen: гýба,
   gubba, die Lippe.

2. bei feierlicher Rede und feiner Ausſprache in dem
   zweiſylbigen Caſus des Wortes: Богъ, boch,
   Gott, als: Бóга, boha, Бóгу, bohu; in Госу-
   дáрь, hoſſubar', der Monarch, Госпóдь, hoſſ=
   pod', der Herr (Gott), блáго, blaho, gut, und
   in ihren Ableitungen und Zuſammenſetzungen.

Bemerkung 5. Die Ruſſen bezeichnen, der Aehnlichkeit
der Ausſprache wegen, den deutſchen Buchſtaben h nicht
durch x ſondern durch г; ſie ſchreiben z. B. Heinrich nicht
Хéйнрихъ, ſondern Гéйнрихъ; Herder nicht Хéрдеръ, ſondern
Гéрдеръ.

b) Auslautend:

1. = g in Tong, alſo faſt — k: другъ, drugg,
   druk, der Freund;

2. = ch. α) in den Wörtern Бóгъ, boch, Gott,
   убóгъ, uboch, arm, пóдвигъ, podwich, die Hel=
   benthat, чертóгъ, tſchertoch, das Innere eines
   Palaſtes.

   β) Wenn к, т, ч darauf folgen; лéгкiй, liochky,
   leicht;

   γ) in der fremden Endung — ргъ. Петербýргъ,
   peterburch, Petersburg, Виртембéргъ, Wir=
   temberch, Württemberg.

c) = w, im gemeinen Leben in den Genitiv-Endungen der Bei- und Fürwörter — аго, — яго, — ого, — его; дóбраго, b o b r o w a, des guten, дрéвняго. b r e w n e w a (34., c.), des alten, когó, k o w o, wessen, моерó, m o j e w o, meines.

Bemerkung 6. Das betonte — áго lautet = o w a (33., c.), большáго, b a l' j ch o w a, des großen.

Bemerkung 7. Uebrigens wird in allen unter c) angegebenen Fällen das г in feierlicher Rede = g gesprochen, дóбраго, b o b r a g o.

47. Д, д = b: дóбрó. b a b r o, gut, лёдъ. l i o b t, das Eis, мёдъ. m i o b t, der Honig, мѣдь. m' e b', das Kupfer.

Bemerkung 8. Das — д — ist stumm zwischen Consonanten: сéрдце, ßerze, das Herz, прáздникъ. p r a j = n i k, der Festtag.

48. Ж. ж = dem französischen g vor e und i [hier durch jh bezeichnet], жукъ, j h u k, der Käfer.

Auslautend wird ж wie ein ш ausgesprochen, wie ножъ. n o f ch, das Messer, ложь. l o j ch', die Lüge.

Надёжь. p a b i o j h, der Fall, бéрежь. b e r e j h', die Sparsamkeit.

49. З, з = j, jehr janft: за. j a, hinter, козá. k a j a, die Ziege, безъ. b e s, ohne (vgl. 56. b.), вязъ. w i a s, die Ulme, вязь. w i a j', das Moorland.

50. К, к. — a) = k: какъ. k a k, wie.

b) = ch, in кто, ch t o, wer, und in der Präposition къ, zu, wenn sie vor einem mit к — anfangenden Worte steht: къ купцу, ch k u p z u, zum Kaufmann.

51. Л, л. — a) milde (ль) = l mouillé der Franzojen: крóвля, k r o w' l i a, das Dach;

b) **hart** (лъ) wie das gestrichene l der Polen. Man muß es sprechen hören, um es richtig auszusprechen, die Aussprache von ы und л ist für die Ausländer äußerst schwierig. [Hier durch ll bezeichnet.] лошадь, lloschab', das Pferd, столъ, stoll, der Tisch.

сталъ, **stall**, Präteritum von статъ, stehen, сталь, stal', der Stahl.

Bemerkung 9. Das — л ist stumm in солнце, sonze, die Sonne.

Bemerkung 10. Das l fremder Sprachen bezeichnen die Russen meistens als mild: фельдмаршалъ, fel'bmar=schall, der Feldmarschall.

52. M, м = m: мужъ, musch, der Mann, домъ, bomm, das Haus.

53. H, н — a) als Härtling = n: на, na, auf, сонъ, son, der Schlaf.

b) Als Mildling = dem französischen gn (doch ohne Nasenlaut): конь, konn', das Roß (fr. cogne).

дань, **dann**, gegeben, дань, dan' (dague), Abgabe.

54. П, п = p: подъ, podt, unter, трупъ, trupp, der Leichnam.

копъ, **kopp**, der Rauch, конь, kop', der Schacht.

55. P, p = r: ротъ, rott, der Mund, сыръ, syrr, der Käse, сырь, syr', die Feuchtigkeit.

56. C, c. — a) scharf = ß, ss: сынъ, ßyn, der Sohn, песокъ, peßok, der Sand, сходъ, ßchobt (nicht schobt), die Zusammenkunft, песъ, pioss, der Hund, лось, loß', das Elenthier.

b) sanft = s (з), vor б, г, д, ж und з. сбить = збить, sbit', abschlagen, сдирать = здирать, sbirat', ab=reißen, сделать, sbjelat, machen, (vgl. 49.)

Bemerkung 11. Viele schreiben in den Fällen unter
b) überall з — statt с —, doch ist das unrichtig.

57. Т, т. — a) = t: тотъ, tott, jener; постъ, poist, die Fasten; кость, kost', der Knochen.

b) = d, vor б, г, д, ж und з отдать, abbat', abgeben.
Bemerkung 12. Das — т — ist stumm in стлать, slat', ausbreiten.

58. Ф, ф = f: фонарь. fanar', die Laterne.

59. X. х = ch: in wachen, sehr hart und rauh durch die Kehle (gleich dem spanischen j): хорошо, charascho, gut.

60. Ц, ц = z: перецъ, perez, der Pfeffer.

61. Ч, ч. — a) = tsch: часъ. tschass, die Stunde, дочь, botsch', die Tochter.

b) = sch, in dem Fürworte: что. schto, was, und vor н, конечно, kaneschno, allerdings.

62. Ш, ш = sch: шпага, schpaga, der Degen, нашъ nasch, unser, мышь. mysch', die Maus.

63. Щ, щ = schtsch: щука. schtschuka, der Hecht, плащъ, plaschtsch, der Mantel, вещь. weschtsch', die Sache.

64. Ѳ, ѳ = f: nur in Wörtern griechischen Ursprungs gebräuchlich, wo es das Ѳ (th) vertritt. Ѳедоръ. (auch Фёдоръ). fiodor, Theodor, Аѳины, afinn, Athen.

65. Ѵ, ѵ. — a) = i. Anlautende und nach consonantischem Auslaute: ѵмнъ. (gewöhnlicher гимнъ). imn, der Hymnus, мѵро. mirro, das heilige Oel, Chrisam.

b) = w nach vocalischem Anlaute: еѵанѳелие. (gebräuchlicher еванѳелие). jewangelie, das Evangelium.
Bemerkung 13. Außer in мѵро und den damit zusammengesetzten Wörtern wird das ѵ jetzt überall durch и oder в ersetzt.

C. Hauchlaut.

66. й ist nie ein Anlaut und ist die Verschmelzung des и mit dem vorhergehenden Vocal. Ungefähr wie das i in ei, pfui: чай, tschai, Thee. (Wir bezeichnen es durch ein j.)

D. Halblaut.

67. ь wie ein geschleiftes i oder mildes j, etwa wie in Lilie für Lilie: воскресéнье, waskressenje, der Sonntag. Vor Vocalen vernehmlicher als wenn es ein Auslaut ist.

E. Aussprachszeichen.

68. ъ bedingt eine harte, rauhe Aussprache des vorher= gehenden Consonanten.

69. ь bedingt eine milde, weiche Aussprache des vorher= gehenden Consonanten.

Zur Uebung.

билъ, schlug.	биль, die Bill.
былъ, war.	быль, die Thatsache.
быть, die Lebensart.	быть, sein.
бѣлъ, weiß.	бѣль, das Flachsgarn.
вонъ! heraus!	вонь, der Gestank.
вѣсъ, das Gewicht.	весь, ganz.
гладъ, der Hunger.	гладь, ein glatter Ort.
гнилъ, verfault.	гниль, die Fäulniß.
голъ, nackt.	голь, die Blöße, die Armuth.
гранъ, der Gran.	грань, die Facette.
грязъ, er versank.	грязь, der Schmutz.
данъ, gegeben.	дань, der Tribut.
далъ, gab.	даль, die Ferne.
длитъ, er zögert.	длить, zögern.
дутъ, geblasen.	дуть, blasen.

2*

ѣлъ, er aß.	ель, die Fichte.
ѣмъ, ich esse.	емь, die Klaue.
ѣстъ, er ißt.	есть, es ist, es giebt.
жалъ, er erntete.	жаль, es ist schade.
илъ, der Schlamm.	иль, oder.
колъ, der Pfahl.	коль, wenn.
конъ, der Spieleinsatz.	конь, das Pferd.
кровъ, das Dach.	кровь, das Blut.
крытъ, bedeckt.	крыть, bedecken.
лёнъ, der Lein.	лѣнь, die Trägheit.
литъ, gegossen.	лить, gießen.
матъ, das Matt (beim Schach).	мать, die Mutter.
мёдъ, der Honig.	мѣдь, das Kupfer.
мёлъ, er fegte.	мель, die Sandbank.
мылъ, hat gewaschen.	миль, der Meilen (genit.)
мятъ, zerknittert.	мять, zerknittern.
низъ, der untere Theil.	нп. , ein niedriger Ort.
остъ, der Osten.	ость, das Aehrenspitze.
паръ, der Dampf.	парь, imp. schmore.
пылъ, die Glut.	пыль, der Staub.
рытъ, gegraben.	рыть, graben.
споръ, der Streit.	споръ, streite dich.
сынъ, der Sohn.	синь, das Blaue.
талъ, die Sandweide.	таль, das Thauwetter.
уголъ, die Ecke.	уголь, die Kohle.
цѣлъ, ganz.	цѣль, das Ziel.
цѣпъ, der Dreschflegel.	цѣпь, die Kette.
ѣстъ, er ißt.	ѣсть, essen.

Vom Wortton, Accent.

70. **Bemerkung.** Die Tonsylbe jedes Wortes ist in diesem Buche, sowie in jedem guten Wörterbuche, durch den Accent ´ bezeichnet. Wenn der Accent über einem einsylbigen Worte steht, so deutet er an, daß die Stammsylbe den Ton in der Flexion behält. Veränderungen der Tonstelle durch Beugung und Ableitung sind gehörigen Orts angezeigt.

71. Wörter, deren Bedeutung sich mit ihrer Tonstelle ändert:

átласъ, Landkarten=Sammlung
бáгоръ, die Purpurfarbe.
бáгрить, mit Purpur färben.
бéрегу, dem Ufer.
блюду, dat. der Schüssel.
бóльшій, der größere;
бучу, (von бучить), ich beuche.

бѣгу, (dat.) dem Laufe.
бѣлокъ, das Eichhörnchen.
вёдро, heiteres Wetter.
вéрстать, der Winkelhaken.
вéрхомъ, oberhalb, übervoll.
вúлокъ, (dat.) der Gabeln.
вúна, die Weine, Weingattungen.

вóдопадъ, Wasserabnahme.
вóлна, die Wolle.
вóрона, des Raben.
ворóтникъ, der Pförtner.
вóротъ, der Kragen; der Krahn.
вы́купать, ausbaden.
глáдышъ, ein schmucker Junge.
глóтокъ, (gén. plur.) der Schlünde.
голýбки, des Täubchens; die Täubchen.
гóсти, die Gäste.
гóрю, dem Kummer.
грáфа, des Grafen.
гýба, die Lippe.
Гóспода, des Herrn (Gottes).
дорóга, der Weg.
другомъ, (съ) mit dem Freunde.

дýшу, die Seele (acc.)
жáворонокъ, die Lerche.
жáркое, das Heiße.
желѣза, des Eisens; die Banden.
жúла, die Ader.
жýчка, ein schwarzes Hündchen.
зáваль, verlegene Waare.
зáмокъ, das Schloß, die Burg.
запáхнуть, anfangen zu riechen.

атлáсъ, Atlas, (Seidenzeug).
багóръ, der Schifferhaken.
багрúть, Fische mit dem Haken fangen.
берегý, ich schone.
блюдý, ich beobachte.
большóй, groß.
бучý, (von бучúть), ich lege ein Fundament von Bruchsteinen.
бучý (von бучать), ich summe.
бѣгý, ich laufe.
бѣлóкъ, das Weiße (im Ei, Auge).
ведрó, der Eimer.
верстáть, vergleichen.
верхóмъ, rittlings.
вилóкъ, der Kohlkopf.
винá, (gén.) des Weins; (nom.) die Schuld.

водопáдъ, der Wasserfall.
волнá, die Welle, Woge.
ворóна, die Krähe.
воротнúкъ, der Kragen.
ворóтъ, (gén. plur.) des Thores.
выкупáть, auslaufen.
гладышъ, das Laserkraut.
глотóкъ, ein Schluck.
голубкú, die Rauschbeeren.
гостú! sei Gast!
горю́, ich brenne.
графá, die Linie.
губá, die Bucht, die Bai.
господá, die Herren.
дорогá, (weibl. Ges.), theuer.
другóмъ, (von другóй), (o), vom andern.
душý, ich erwürge.
жаворóнокъ, die junge Lerche.
жаркóе (sächl. Ges.), der Braten.
желѣзá, die Drüse.
жилá, (sie) lebte.
жучкá, des Käferchens.
завáлъ, Verstopfung.
замóкъ, das Schloß (zum Schließen).
запахнýть, sich mit dem Schoße eines Kleides bedecken.

засы́пать, zuſchütten.	заспа́ть, einſchlafen.
змѣ́я, der Schlange (gén. masc.).	змѣя́, die Schlange.
знако́мъ, mit dem Zeichen.	знако́мъ, bekannt.
игли́ца, der Mäuſedorn.	игли́ца, die hölzerne Stricknadel.
ка́пель, der Tropfen (gen. plur.).	капе́ль, das Tröpfeln.
ки́са, die Katze.	киса́, ein Schnürbeutel.
ко́злы, der Kutſchbock.	козлы́, die Böcke.
ко́ма, die Schlafmütze.	копа́, der Haufen.
ко́поть, der Ruß.	копо́ть, die Theergrube.
кро́ма, ein großes Stück Brod.	крома́, der Anschrot.
кро́ю, ich bedecke.	крою́, ich ſchneide zu.
круго́мъ, mit dem Kreiſe.	круго́мъ, rings herum.
ку́ма, { des Gevatters. { den Gevatter.	кума́, die Gevatterin.
ку́рокъ, der Hühnchen.	куро́къ, der Hahn am Gewehr
ло́влю, ben Fang.	ловлю́, ich fange.
лу́ка, des Bogens.	Лука́, Lucas; die Krümme.
мѣ́ли, der Sandbank, die Sandbänke.	мели́, mahle!
мѣ́сти, der Rache.	мести́, fegen.
ме́чемъ, wir ſchleudern.	мечёмъ, mit dem Schwerte.
ми́ловать, ſich erbarmen.	милова́ть, liebkoſen.
мокро́та, der Schleim	мокрота́, die Feuchtigkeit.
мо́лотъ, der Hammer.	моло́ть, mahlen.
мо́ровый, von Mohr (Zeug).	морово́й, peſtartig.
мо́ю, ich waſche.	мою́, meine (acc. sing. fem.).
му́ка, die Qual.	мука́, das Mehl.
мура́ва, die Glaſur.	мурава́, junges Gras.
му́чу, ich quäle.	мучу́, ich trübe.
нача́ла, des Anfangs.	начала́, (ſie) fing an.
ни́же, niedriger.	ниже́, noch auch.
ни́жу, ich erniedrige.	нижу́, ich reihe (Perlen) auf.
па́ли, ſie fielen.	пали́, ſchieße!
па́сти, des Rachens; der Falle.	пасти́, weiden.
па́рить, ſengen, ſchmoren.	пари́ть, ſchweben.
па́ры, des Paares; die Paa.	пары́, die Dämpfe.
пи́ща, die Speiſe.	пища́, pfeiſend.
пла́чу, ich weine.	плачу́, ich zahle.
по́дать, die Steuer.	пода́ть, darreichen.
по́ла, des Geschlechts; des Fußbodens.	пола́, die Tiſchklappe.
по́лка, das Bücherbrett; die Pfanne am Gewehr.	полка́, des Regiments.
по́лонъ, voll.	полонъ, die Gefangenſchaft.
по́лоть, die Speckseite.	полоть, jäten.

пóлю, dem Felde.	полю́, ich jäte.
пóмочи, die Tragbänder.	помочй, nässe!
пóползень, der Nußhacker.	поползéнь, ein Kind, das noch kriecht.
пóслѣ, nach.	послѣ́, (von посóлъ) (o) vom Gesandten.
постéли, die Betten.	постелй, breite aus.
пóтомъ, mit dem Schweiße.	потóмъ, nachher.
пóчесть, die Ehrenbezeugung.	почéсть, dafür halten.
пóчту, die Post (acc.).	почтý, ich werde dafür halten.
прáвило, die Regel.	правúло, das Richtscheit.
прáвленіе, das Einrenken.	правлéніе, die Regierung.
прúстань, der Hafen.	пристáнь, lande!
прóволочка, das Dräthchen.	проволóчка, die Verzögerung.
прóпасть, der Abgrund.	пропáсть, verloren gehen.
пýстыня, die Eremitage.	пустыня́, die Wüste.
рáка, das Reliquienkästchen; des Krebses.	ракá, der Verlauf (bei der Destillation).
рёву, dem Brüllen.	ревý, ich brülle.
рóды, die Geschlechter.	родьí, die Niederkunft.
рóта, die Compagnie (Soldaten).	ротá, der Schwur.
рóю, ich scharre; dem Schwarme.	рою́, (praepositional) von рой (o) Schwarm.
рóюсь, ich scharre.	рою́сь, ich schwärme.
рѣжу, ich schneide.	рѣжý, ich verdünne.
свóйство, Eigenthümlichkeit.	свойствó, die Verwandtschaft.
свóю, ich eigne mir zu	свою́, seine (acc. sing.).
смыкаю, ich streiche hin und her (Bogen).	смыкáю, ich schließe zusammen.
сóрокъ, vierzig.	сорóкъ, der Elstern.
спáла, (sie) fiel herab.	спалá, (sie) schlief.
стóю, ich koste, bin werth.	стою́, ich stehe.
стрѣлокъ, der Uhrzeiger (gén. plur.).	стрѣлóкъ, der Schütze.
стрéмя, der Steigbügel.	стремя́, fortreißend.
стýжу, die Kälte (acc. sing.).	стужý, ich kühle ab.
сýка, die Hündin.	сукá, des Astes.
сýку, der Hündin, (acc.)	сукý, dem Ast.
тáю, ich zerrinne.	таю́, ich verheimliche.
тóчу, ich punktire.	точý, ich brechsle, schleife.
трýсить, bange sein.	трусúть, aufstreuen, langsam fahren.
тýша, ein geschlachtetes Schwein.	тушá, löschend.
ýгольный, von Kohlen.	ýгольный, eckig.
ýже, enger.	ужé, schon.
ýжинъ, das Abendbrot.	ужúнъ, der Ernteertrag.
ýтокъ, der Enten.	утóкъ, der Einschlag (beim Weben)

у́тру, bem Morgen.
у́ха, beš Ohreš.
цѣлую, bie ganʒe (acc. sing.).
чёрта, beš Teufelš, bem Teufel.
щёголь, ber Stuʒer.

у̀трý, id̨ werbe abwiſd̨en
ухá, bie Fiſd̨ſuppe.
цѣлу̀ю, id̨ küſſe.
чертá, ber Ʒug.
щегóль, ber Stieglih.

72. Wo bei verſd̨iebener Bebeutung ber Ton gleid̨ iſt,
muß ber Ʒuſammenbang über ben Sinn entſd̨eiben, ʒ. B.:

кобы́лка, baš Heupferb; ber Steg auf ber Geige.
косá, ber Ʒopf, bie Senſe; alinea козáкъ, ber Koſaf; ber Fiſd̨läfer.
мóчка, baš Ohrläppd̨en; bie Faſer; beš Einweid̨en.
пплá, bie Säge; bie Feile.
стáрецъ, ber Greiš; ber Mönd̨.
у́горь, bie Finne; ber Aal

73. Große Anfangšbud̨ſtaben erbalten:

a) baš erſte Wort einer Periobe nad̨ einem Sd̨lußpuntte,
unb eineš Verſeš;

b) Eigennamen, Titel unb Würben, Namen ber Monate
unb Wod̨entage, unb bie von benſelben abgeleiteten
Eigenſd̨aftšwörter;

c) in Brieſen bie Aušbrücke, bie ʒur Anrebe bienen, wie
baš Fürwort: Вы: ferner Госпоȝи́нъ, Herr, Госпожá,
Mabame, wenn ber Name ober Stanb barauf folgt;

d) alle Wörter, bie man, beſonberš in ebrerbietiger Weiſe
bervorbeben will, ʒ. B. Императóръ, ber Kaiſer, Акᴀ-
дéмiᴙ, bie Afabemie, Бóгъ, Gott; wobei man ſid̨
in mand̨en Fällen für baš ganʒe Wort ber Uncial-
Bud̨ſtaben bebient: ИМПЕРАТРПЦА, bie Kaiſerin,
bie Titel von Büd̨ern, Gebid̨ten u. ſ. w.

e) Folgenbe Wörter änbern bie Bebeutung, je nad̨bem ſie
mit großem ober fleinem Anfangšbud̨ſtaben geſd̨rieben
werben:

Богъ, Gott
Вѣра, bie Religion [aud̨ alš Name].
Головá, ber Stabtälteſte.

богъ, ein Göhe.
вѣра, bie Treue, ber Glaube.
головá, ber Kopf.

Держа́ва, der Staat.   держа́ва, der Reichsapfel.
Дворъ, der Hof des Landesherrn.   дворъ, der Hofraum.
Ду́ма, der Stadtrath.   ду́ма, der Gedanke.
Дѣва, die heilige Jungfrau.   дѣва, die Jungfrau.
Зако́нъ, das (Religions=) Gesetz.   зако́нъ, das (Landes=) Gesetz.
Завѣтъ, das (alte oder neue) Testament.   завѣтъ, der letzte Wille.
Любо́вь, (weibl. Eigenname).   любо́вь, die Liebe.
Не́бо, die Macht Gottes.   не́бо, der Himmel; der Gaumen.
О́рденъ, der Ritteroden.   о́рденъ, der Orden (Auszeichnung).
Оби́тель, das Kloster.   оби́тель, die Wohnung.
Оте́цъ, der himmlische Vater.   оте́цъ, der Vater.
Па́стырь, der Priester.   па́стырь, der Hirt.
Собо́ръ, das Concil.   собо́ръ, die Cathedral=Kirche
Спаси́тель, der Heiland.   спаси́тель, der Retter.

74. Sylben=Theilung.

a) Ein Consonant gehört meistentheils zur folgenden Sylbe: си́-ла, die Kraft.

    Bemerkung. Doch läßt sich nicht ein zur Wurzel gehöriger Consonant zum folgenden Vocal hinüberziehen: до-стуⷮп-енъ, zugänglich, у-тѣ̈ш-é-ньe, der Trost.

b) Ist von zwei Consonanten der letzte л, н, р, so fangen beide die folgende Sylbe an: до́-брый, мé-длн.

c) Doch werden Vor= und Nachsylben von der Stammsylbe abgetrennt: пóл-ный, про-стрáн-ство, рас-про-стра-нé-пi-е.

d) Von zwei gleichen Consonanten ist der erste Auslaut, der zweite Anlaut: мáн-на.

e) ъ, ь, й sind stets Auslaute, wenn vor ihnen eine Sylbe bleibt: свáдь-ба, отъ-ѣ́здъ, зáй-ца; aber nicht: вь-юпъ, weil вь- keine Sylbe bildet.

f) Von zwei Vocalen ist der erste Auslaut, der zweite Anlaut: на-у́-ка, мо-и́.

g) In fremden Wörtern gehören: ав- für au, ев- für eu, кс- für ξ, und пс- für das griechische ψ zusammen. Ав-густъ, August, Нá-ксосъ, Naxos.

Wortlehre.

75. Die Wörter der russischen Sprache werden in fol=
gende neun Classen eingetheilt, die man Redetheile (части
рѣчи) nennt:

a) Hauptwort, Substantiv (имя существительное).
b) Eigenschafts=, Beiwort, Abjectiv (имя прилагательное).
c) Zahlwort, Numerale (имя числительное).
d) Personen=, Fürwort, Pronomen (мѣстоименіе).
e) Zeitwort, Verbum (глаголъ).
f) Beschaffenheits= und Umstandswort, Abverb (нарѣчіе).
g) Verhältniß=, Vorwort, Präposition (предлогъ).
h) Bindewort, Conjunction (союзъ).
i) Empfindungslaut, Interjection (междометіе).

Bemerkung. Das Geschlechtswort, Artikel, fehlt der
russischen Sprache.

76. Die fünf ersten Classen sind veränderlich (измѣ-
няемыя), sie werden gebeugt, flectirt (преклоняются);
die vier übrigen sind unveränderlich (неизмѣняемыя).

77. Die Beugung, Flexion (преклоненіе) geschieht
durch Veränderung der Endsylbe, Umendung. Sie heißt
bei den vier ersten Redetheilen Declination (склоненіе),
beim Zeitwort aber Conjugation (спряженіе).

Das Hauptwort.

78. Die Hauptwörter werden nach den Gegenständen,
die sie bezeichnen, in verschiedene Arten eingetheilt, von
denen, besonderer Eigenthümlichkeiten wegen, folgende zu
merken sind:

1. Die zwei Haupt=Classen sind:

a) die Namen belebter Gegenstände (одушевлённыя): мужъ,
der Mann, пчела, die Biene. Diesen gleichgestellt
werden alle Ausdrücke, sobald sie auf belebte Gegen=
stände bezogen werden, als: болванъ, der Klotz, für

Dummkopf, Tölpel; ferner das Wort: идолъ, das Götzenbild; die Namen der Gestirne: Меркурій, Merkur, und endlich die arithmetischen Ausdrücke, wie множитель, der Multiplicator, дѣлитель, der Divisor, числитель, der Zähler, знаменатель, der Nenner, показатель, der Exponent u. dergl. m.

b) die Namen unbelebter Gegenstände (неодушевлённыя): дóмъ, das Haus, глáзъ, das Auge.

2. Von den Gattungsnamen merke man:

a) Die Stoffnamen, Materialia (вещéственныя): сáхаръ, der Zucker.

b) Die Sammelnamen, Collectiva (собирáтельныя): полкъ, das Regiment.

c) Die Vergrößerungsnamen, Augmentativa, (увеличúтельныя): домúще, ein großes Haus.

d) Die Verkleinerungsnamen, Diminutiva, (уменьшúтельныя): домúшко, das Häuschen. Von diesen letztern als besondere Zweige:

α) die Liebkosungsnamen (привѣ́тственныя); бáтюшка, Väterchen.

β) die Verächtlichkeitsnamen (презрúтельныя): старчéнцо, ein abgelebtes altes Männchen.

3. Die Eigennamen (сóбственныя): Николáй, Nicolaus, und die von ihnen abgeleiteten:

a) Volksnamen (отечéственныя): Россіянинъ, der Russe.

b) Vaternamen (óтечественныя): Петрóвичъ, Peters Sohn (Peterssohn).

79. Das Geschlecht (родъ) der Hauptwörter ist dreifach: das männliche (мýжескій), das weibliche (жéнскій), das sächliche (срéдній).

80. Man erkennt das Geschlecht theils aus der Bedeutung, theils aus der Endung.

81. Der Bedeutung nach sind: männlich, die
einen Mann oder ein männliches Amt und dgl. bezeichnen:
сынъ, der Sohn, слугá, der Diener; weiblich, die eine
weibliche Person oder Beschäftigung bezeichnen: мать, die
Mutter, прачка, die Wäscherin; sächlich, die Jungen der
Menschen und Thiere [mit der Endung -a (-я)]; отрочá, das
Kind, теля, das Kalb.

82. Wörter, die ihrer Bedeutung nach sowohl einen
Mann, als ein Weib bezeichnen können, sind gemein=
samen Geschlechts (óбщаго póда): бродя́га, m. der Land=
streicher; f. die Landstreicherin; калика. ein (männ=
licher oder weiblicher) Krüppel.

83. Der Endung nach sind:
männlich die Wörter auf -ъ (-й) [-ь].
weiblich „ „ „ -a (-я) [-ь].
sächlich „ „ „ -o (-e) [-мя, я, a].
wobei die Regeln (81. 82.) zu berücksichtigen sind.

84. Geschlecht der Wörter auf -ь.

a) männlich sind:
1. die Wörter auf -ль mit vorhergehendem Lippen=
laut: корáбль, das Schiff, вопль, das Klag=
geschrei (26., a.);
2. die Wörter auf -арь: царь, der Kaiser, буквáрь.
das Abcbuch;
3. die von Zeitwörtern abgeleiteten auf -тель, wenn
sie Jemand bezeichnen, der eine Handlung ver=
richtet: спаситель, der Retter, von спасти. retten;
Handlungen und Eigenschaften dagegen sind weib=
lich: добродѣтель, die Tugend;
4. Die Namen der Monate auf -ь: Январь,
Januar;
b) weiblich sind:
1. die Wörter, die vor -ь einen Lippenlaut oder
einen Zungenlaut haben.

† Nur голубь, die **Taube** und червь, der **Wurm**, bilden eine Ausnahme.

2. die Wörter auf -нь, -ль.

Bemerkung 1. Männlich sind die meisten Wörter auf -ень, sowie einige auf онь: пень, das **Klotz**, конь, das **Pferd**, огонь, das **Feuer**. Männlich sind auch die Wörter auf -ель, doch nur zum Theil, und auf иль: дрягиль, der **Lastträger**, штиль, die **Meeresstille**.

3. Die Wörter auf -нь, vor welchen ein -a- oder ein **Consonant** vorhergeht: гортань, die **Kehle**, дрянь, das **Kehricht**, жизнь, das **Leben**.

4. Die vor dem -ь einen **Zischlaut** haben.

† **Ausgenommen** sind: бичь, die **Peitsche**, врачь, der **Arzt**, ключь, der **Schlüssel**, лучь, der **Strahl**, мечь, das **Schwert**, мячь, der **Spielball**, сычь, der **Todtenvogel**, die aber meistens jetzt mit -ъ geschrieben werden (23., B. 4.)

5. Die auf -сть: мудрость, die **Weisheit**.

6. Die auf -зь und -сь: грязь, der **Koth**, лись (meistens лиса), der **Fuchs**.

† **Ausnahmen:** колодезь, der **Brunnen**, гусь, die **Gans**, лосось, die **Lachsforelle**, лось, das **Elenthier**.

Bemerkung 2. Das Geschlecht der übrigen Wörter auf -ь muß man aus dem Wörterbuche und durch Uebung erlernen.

85. Von den Wörtern auf -a (-я) sind

a) die **männlichen** aus der **Bedeutung** zu erkennen: вельможа, der **Magnat**, судья, der **Richter**.

b) **sächlich** die Jungen der Thiere und Menschen (81.) und sämmtliche Wörter auf -мя: время, die **Zeit**

Declination.

86. Durch die Declination oder Umendung be=
zeichnet man an den Wörtern:

a) die Zahl, den Numerus (число). Sie ist zwei=
fach: Einzahl, Singular (единственное число)
und Mehrzahl, Plural (множественное число).

Bemerkung 1. Über die Ueberreste eines Duals siehe
weiter.

b) Die Fälle, Casus (падежи), deren es im Russischen
folgende sieben gibt:

1. der Nominativ (именительный падёжъ) auf die
Frage wer? was?
2. der Genitiv (родительный п.) auf die Frage
wessen?
3. der Dativ (дательный п.) auf die Frage wem?
4. der Accusativ (винительный п.) auf die Frage
wen? was?
5. der Vocativ (звательный п.), Anredefall.
6. der Instrumental (творительный п.) bezeichnet:

α) einen Gegenstand als Mittel oder Werk=
zeug auf die Frage womit? woburch?
β) einen Gegenstand als Theilnehmer einer
Handlung auf die Frage mit wem? In dieser
Bedeutung steht vor demselben die Präposition
съ, mit.

7. Der Präpositional (предложный п.), so ge=
nannt, weil er nur in Verbindung mit Präpo=
sitionen, und zwar mit въ, in, на, auf, о. объ,
von, но. nach, при, bei, vorkömmt.

87. Allgemeine Regeln für die Declination:

a) der Vocativ ist stets dem Nominativ gleich.

Bemerkung 2. Im feierlichen Styl sind einige Ausnahmen, die in der Grammatik angegeben sind.

b) In der Einheit bei Wörtern männlichen und sächlichen Geschlechts und in der Mehrzahl aller drei Geschlechter ist der Accusativ gleich dem

$$\left.\begin{array}{l}\text{Nominativ}\\\text{Genitiv}\end{array}\right\} \text{ bei } \left\{\begin{array}{l}\text{unbelebten}\\\text{belebten}\end{array}\right\} \text{ Gegenständen.}$$

c) Die Neutra, die Namen unbelebter Dinge, haben drei gleiche Casus: den Nominativ, Accusativ und Vocativ, und diese enden in der Mehrzahl auf -a oder -я.

Vom Charakter.

88. Charakter eines Wortes in Bezug auf dessen Umendung nennen wir die Buchstaben -ъ, -ь, -й, mit denen es schließt oder das nach Entfernung der vocalischen Geschlechtsbezeichnung (83.) hervortritt. Von столъ, царь, покой, ist der Charakter -ъ, -ь, -й; von мужъ nicht -ъ, sondern -ь (23.); von слово, поле, мнѣніе, nach Entfernung der sächlichen Endung -o (83.) bleibt der Charakter: -ъ, -ь, -й; von рука, спальня, свая, bleibt nach Entfernung der weiblichen Geschlechtsendung -a (84.) der Charakter: -ъ, -ь, -й; von мой: -й; von нашъ: -ь (23.); von добра: -ъ; von сине: -ь.

89. Die Neutra auf -я sind eigentlich Abkürzungen von -ята und die auf -мя von -меня. Da sie in den übrigen Fällen die Sylben -ятъ und -енъ wieder aufnehmen, so setzen wir diese Sylben als deren Charakter.

· † Für den Plural gehen sie in -ятъ, -енъ über.

90. Um den Charakter der concrescirten Adjectiva und adjectivischen Fürwörter zu finden, entfernt man von denselben die männliche Concretions-Sylbe -ій: добрый, gut, hat den Charakter: -ъ; пригожій, hübsch, Charakter: -ь (23.); dagegen великій, groß, Charakter: -ъ (21.) нѣжный,

zart, Character -ъ; пре́жній vorig, (16., B.), Character -ь: сей für сій (30. b.), dieser, Character -ь.

91. Da nun alle Declinations=Endungen vocalisch anlauten, so richtet sich die Gestalt dieses Anlauts nach dem Character, mit dem er zusammentrifft (17., 19., 20., 21., 23., 24.). So gibt -a mit столъ-стола́, mit по́ле da=gegen по́ля (19.), ebenso mit мой-моя: -у gibt mit добрꙑ-добру́, mit мнѣній-мнѣнію, mit мужъ-мужу (23.); -омъ gibt mit столъ-столо́мъ, mit царь-царёмъ, mit нашъ-на́шемъ (24.), mit кольцё-кольцёмъ (24., b.); -и gibt mit столъ-столй (17.), mit спальня-спа́льни, mit покой-поко́и, mit мужъ-мужй (23.), mit ку́рица-ку́рицы (24., b.) u. s. w.

Declination der Hauptwörter.

92. Nach den drei Geschlechtsbezeichnungen (83.) unterscheidet man drei Declinationen. Zur ersten gehören nur männliche Wörter auf -ъ, -й und -ь: zur zweiten die mit den sächlichen Endungen -o (-e) -я (-a) und -мя: zur dritten die weiblichen auf -a -я und -ь, sowie diejenigen auf -a, die der Bedeutung nach männlich sind.

93. Jede Declination der Hauptwörter zerfällt in zwei Haupt=Classen:

a) in die starke Form, starke Umendung, wenn in den Fällen des Singulars an den Character ein harter Vocal tritt;

b) in die schwache Form, schwache Umendung, wenn in den Fällen des Singulars ein weicher Vocal tritt: das Pferd, ло́шадь, ло́шаги: der Schatten, тѣнь, тѣни: das Feld по́ле, по́ля.

Erſte Lektion — ПЕРВОЙ УРОКЪ.

Erſte Declination.

94. Declination der männlichen Nennwörter.

Einheit, Singular. *Единственное число.*

	A. Hauptwort.		B. Concre-ſcirtes Eigen-ſchaftswort.	C. Adjectivi-ſches Fürwort.
	Starke Form.	Schwache Form.		
Nominativ ..	Charakter	Charakter	-ій	-ій oder Charakter
Genitiv ...	-a	-я	-аго	-ого
Dativ	-у	-ю	-ому	-ому
Accuſativ ..	gleich dem Nominativ oder Genitiv (87. b.)		gleich dem Nominativ oder Genitiv	
Inſtrumental	-омъ	-емъ	-имъ	-имъ
Präpoſitional	-ѣ	-ѣ	-омъ	-омъ

95. Ausnahmen der ſchwachen Form bilden die Wörter пламень (öfter пламя), die Flamme, und путь, der Weg, die nach der weiblichen ſchwachen Form declinirt werden.

Der Tiſch, ein Tiſch.　　Столъ.

Bemerkung 1. Da die ruſſiſche Sprache keinen Artikel hat (75. Bem.), ſo heißt столъ ſowohl der Tiſch, als ein Tiſch. Welchen Artikel man im Deutſchen zu ſetzen habe, gibt der Sinn des Satzes.

Haben Sie?　　　　Есть ли у васъ?

96. Wörtlich: Iſt bei Ihnen? Есть ли? iſt? у, bei (Präpoſition, die den Genitiv regiert), васъ, Genitiv von вы, Ihr, Sie.

Joel u. Fuchs, Ruſſiſche Gramm.　　　　3

Bemerkung 2. Haben wird auch durch имѣть, mit dem Accusativ übersetzt (siehe weiter).

97. Вы, (Genitiv васъ, ist die zweite Person des persönlichen Fürworts im Plural und heißt eigentlich: Ihr, wird aber, wie das französische vous, zur höflichen Anrede an eine einzelne Person gebraucht und entspricht insofern dem deutschen Sie.

Bemerkung 3. Der Russe schreibt nur in Briefen, und das nicht immer, Вы. Васъ, Ihr, Sie, mit einem großen Anfangsbuchstaben.

Bemerkung 4. Wenn sich der Russe an Gott oder den Kaiser wendet, gebraucht er stets die zweite Person des persönlichen Fürworts in der Einheit: ты du; dasselbe thut er, wenn er mit einem Bedienten, und zuweilen, wenn er mit einem Untergeordneten spricht. Die unteren Stände gebrauchen fast durchgehends ты. du und selten вы. Sie oder Ihr; letzteres Wort hört man von einem Bauern fast nur in einer der Residenzstädte.

98. Das Wörtchen ли ist eine Frage=Partikel, d. h. es bezeichnet den Satz als eine Frage, wenn in demselben kein fragendes Für= oder Umstandswort vorhanden ist. У васъ есть. Sie haben. Есть ли у васъ? Haben Sie?

Haben Sie { den / einen } Tisch?   Есть ли у васъ столъ?

99. Wörtlich: Ist bei Ihnen { der / ein } Tisch? Für den deutschen Accusativ steht im Russischen, dem Sinne nach folgerecht, der Nominativ.

Ja, mein Herr, ich habe { den / einen } Tisch. Да, сударь, у меня (есть) столъ.

100. Wörtlich: Ja, Herr, bei mir ist { der / ein } Tisch.

да, ja, сударь, Herr, wobei in der Anrede das mein ausgelassen wird; меня. ist Genitiv von я. ich, wegen у (113.).

101. Есть wird in bejahenden Sätzen nur dann gesetzt, wenn ein besonderer Nachdruck darauf ruht.

Der Stiefel, сапо́гъ.
Das Messer, ножъ, но́жикъ.
Die Laterne, фона́рь.

Der Thee, чай.
Der Zucker, са́харъ.
Das Brod хлѣбъ.

Besitzanzeigende   *Притяжа́тельныя*
Fürwörter.   *мѣстоиме́нія.*

. 102. Ihr, Ihre, Ihr.

{ Вашъ.
{ Свой.

Mein, meine, mein.

{ Мой.
{ Свой.

Haben Sie meinen Tisch?
Ich habe Ihren Tisch.

Есть лп у васъ мой столъ?
У меня́ ва́шъ столъ.

103. Jedes Bestimmungswort des Hauptworts, z. B. ein Fürwort, ein Eigenschaftswort, muß mit demselben in Geschlecht, Zahl und Fall übereinstimmen.

104. Bezieht sich ein besitzanzeigendes Fürwort auf das Subject desselben Satzes, so wird es für alle drei Personen durch свой gegeben.

Haben Sie Ihren Tisch?
Ich habe meinen Tisch.

Есть ли у васъ свой столъ?
У меня́ свой столъ.

Fragendes Fürwort. *Вопроси́тельное мѣстоиме́ніе.*

105. Welcher? Welche?
Welches?

| Кото́рый?

Welchen Tisch haben Sie?
Кото́рый столъ у васъ?

106. Wenn ein fragendes Fürwort im Satze steht, wird есть gleichfalls weggelassen. (Wegen ли s. 93.)

1. Aufgabe.

Haben Sie das Brod? — Ja, mein Herr, ich habe das Brod. — Haben Sie Ihr Brod? — Ich habe mein Brod. — Haben Sie das Messer? — Ich habe das Messer. — Haben Sie mein Messer? — Ich habe Ihr Messer. — Haben Sie die Laterne? — Ich habe die Laterne. — Haben Sie Ihre Laterne? — Ich habe meine Laterne. — Welche Laterne haben Sie? — Ich habe Ihre Laterne. — Haben Sie Ihren Zucker? — Ich habe

3 *

meinen Zucker. — Welchen Zucker haben Sie? — Ich habe
Ihren Zucker. — Welchen Thee haben Sie? — Ich habe
meinen Thee. — Haben Sie meinen Stiefel? — Ich habe
Ihren Stiefel. — Welches Brod haben Sie? — Ich habe Ihr
Brod. — Welches Messer haben Sie? — Ich habe mein Messer.

Zweite Lektion. — ВТОРОЙ УРОКЪ.

Haben Sie { den | einen } Tisch?   Есть ли у васъ столъ?
Ich habe ihn.   Есть.

107. Ist bei Ihnen { der | ein } Tisch? [Er] ist. Der No=
minativ des persönlichen Fürworts liegt im Zeitworte есть
und wird daher ausgelassen, wenn nicht ein besonderer
Nachdruck darauf ruht.

Bemerkung 1. Es ist im Russischen zwar gebräuchlicher,
durch Wiederholung des Zeitwortes zu antworten, doch sei
damit nicht gesagt, daß eine einfache Bejahung oder Vernei=
nung ganz ausgeschlossen sei.

Ja,   Да.
Ja, mein Herr,   Да, сударь.
Gut, добрый, хорошій.   Alt, старый [an Jahren].
Schlecht, худой, дурной.   Neu, новый.
Hübsch, красивый, хорошенькій.   Hölzern, деревянный.
Schön, прекрасный.   Zwirnern, нитяный.
Häßlich, гадкій.   Baumwollen, бумажный.
Golden, золотой.   Ledern, кожаный.
Silbern, серебряный.   Eisern, желѣзный.
Zinnern, оловянный.
Stählern.   Стальной.
Von Tisch.   Суконный.
Der Schuh, башмакъ.   Der Leuchter, подсвѣчникъ, шандалъ.
Der Strumpf, чулокъ.   Das Haus, домъ.
Das Tuch, платокъ.   Der Hof, дворъ.
Der Mantel, плащъ.   Die Taube, голубь.
Die Gans.   Гусь.
Das Pferd.   Конь.

108. Das Eigenschaftswort steht in der Regel vor einem Hauptworte.

109. Kömmt noch ein besitzanzeigendes Fürwort dazu, so wird dasselbe entweder vor das Abjectiv, oder zwischen dem Abjectiv und dem Substantiv, oder nach dem Substantiv gesetzt. Die beiden letztern Constructionen gehören besonders der höhern Schreibart an.

Mein neuer Tisch.	Мой нóвый стóлъ. Нóвый мой стóлъ. Нóвый стóлъ мой.

Fragendes Fürwort.

110. Welcher? Welche? Welches?
Was für einer, -e, -es? } Какóй? (30., b.)

Was für einen Tisch haben Sie?	Какóй стóлъ у васъ?
Ich habe einen neuen Tisch.	У меня́ нóвый стóлъ.

111. Mit который? fragt man nach einem unbe=
kannten Gegenstande, mit какóй? nach der Be=
schaffenheit eines bekannten Gegenstandes. Auf котóрый? antworten: dieser, jener, der; auf какóй? ant=
wortet: ein solcher.

112. Was? Что? (61., b.)
Was haben Sie? Что у васъ?

Bemerkung 2. Die Schüler welche schnelle Fortschritte machen wollen, können noch andere Sätze außer denen, die sich in der Grammatik vorfinden, bilden, doch müssen sie dieselben während des Schreibens laut aussprechen.

2. Aufgabe.

Haben Sie das neue Haus? — Ich habe das neue Haus. — Haben Sie den schlechten Schuh? — Ja, mein Herr, ich habe den schlechten Schuh. — Welche Taube haben Sie? — Ich habe die schöne Taube. — Haben Sie meinen baumwollenen Strumpf? — Ich habe Ihren baumwollenen Strumpf. — Was für einen Strumpf haben Sie? — Ich habe einen zwirnenen Strumpf. — Haben Sie einen goldenen Leuchter? — Ich habe einen zinnernen Leuchter. — Was für einen Mantel haben Sie? — Ich habe einen Mantel von Tuch. — Was haben Sie? — Ich habe eine Gans. — Welche Gans haben Sie? — Ich habe meine Gans. — Was für Thee haben Sie? — Ich habe schlechten Thee. — Haben Sie gutes Brod? — Ich habe gutes Brod. — Haben Sie mein altes Messer? — Ich habe es. — Welche Laterne haben Sie? — Ich habe Ihre alte Laterne. — Haben Sie einen hübschen ledernen Stiefel? — Ich habe einen häßlichen hölzernen Schuh. — Haben Sie ein stählernes Messer? — Ja, mein Herr, ich habe ein neues, schönes, stählernes Messer. — Haben Sie einen neuen Tisch? — Ich habe meinen alten Tisch. — Was für Zucker haben Sie? — Ich habe guten Zucker. — Haben Sie Ihre Taube? — Ich habe sie. — Haben Sie mein gutes Brod? — Ich habe es. — Haben Sie meinen baumwollenen Schuh? Ich habe ihn. — Was für ein Haus haben Sie? — Ich habe ein altes hölzernes Haus. — Haben Sie einen hübschen Hof? — Ich habe einen schlechten Hof. — Haben Sie ein baum= wollenes Tuch? — Ich habe ein schönes baumwollenes Tuch. — Haben Sie ein schönes Pferd? — Ja, mein Herr. — Haben Sie ein silbernes Messer? — Ich habe ein eisernes Messer.

Dritte Lektion. — ТРЕТІЙ УРОКЪ.

113.	Bei.	У (regiert den Genitiv).
	Habe ich?	Есть ли у меня?
Sie haben { den / einen } Tisch.		У васъ (есть) столъ.
114.	Ich habe nicht.	У меня нѣтъ.
Haben Sie { den / einen } Tisch?		Есть ли у васъ столъ?

Ich habe nicht { den / einen } Tiſch.   У меня нѣтъ стола́.

Bemerkung 1. Нѣтъ iſt aus не есть (sl. нѣсть) ent= ſtanden und wird mit dem Genitiv des Objects verbunden.

Bemerkung 2. Die Verneinungspartikel heißt eben= falls нѣтъ, nein.

Bemerkung 3. Нѣтъ kann nicht wie есть ausgelaſſen werden.

Der Freund, другъ, прія́тель.
Des Freundes, дру́га, прія́теля.
Bei dem Freunde, у дру́га, у прія́-
 теля.
Der Bruder, братъ.
Der Mann, мужъ.
Der Gevatter, кумъ.

Der Stiefelmacher, сапо́жникъ (рар.)
 чебота́рь.
Der Schuſter, башма́чникъ.
Der Käſe, сыръ.
  Der Vetter.
  Die Schnur.

Der Kaffee, ко́фей.
Des Kaffees, ко́фея.
Bei dem Kaffee, у ко́фея.

Der Tiſchler, стола́рь.
Der Glöckner, звона́рь.
Der Goldarbeiter, золоты́хъ дѣлъ
 ма́стеръ.
Nicolaus, Никола́й.

Andreas, Андре́й.
Alexius, Алексѣй.
Двою́родный братъ.
Шнуро́къ.

115. Wer?   Кто? [50., b.] (ſubſtantiviſch).

Bemerkung 4. In den übrigen Fällen fällt das т aus. Genitiv кого́? weſſen?

Wer hat { den / einen } Tiſch?
Der Bruder hat den Tiſch.
Der Bruder hat ihn.

У кого́ столъ? (96.)

У бра́та столъ.
Онъ у бра́та.

116. Weſſen? Wem gehörig? Чей? (adjectiviſch).

Bemerkung 5. Das и gehört zum Stamme, wird aber in allen übrigen Fällen ausgeſtoßen (31.), daher Ge= nitiv: чьего́? weſſen?

117. Кто? ſteht allein (ſubſtantiviſch) und fragt nach Perſonen ohne alle Nebenbeziehungen; чей? ſteht in Verbindung mit einem Hauptworte oder in Beziehung auf ein solches (adjectivisch) und fragt nach dem Besitzer eines Gegenstandes.

Wessen Tisch hat der Bruder? ⎫	Чей столъ у брата?
(Wessen Tisch ist beim Bruder?) ⎭	
Des guten Freundes.	Добраго пріятеля.
Meines schönen Pferdes.	Моего прекраснаго коня.
Was für eines Stiefels?	Какого сапога?
Welcher Gans?	Котораго гуся?

Bemerkung 6. Который. wird ganz wie ein Adjectiv declinirt.

Vom Accent.

118. Die Wörter auf -ъ behalten meistens den Ton auf derjenigen Sylbe, wo ihn der Nominativ hat.

Des Schusters.	Сапожника.
Des Nachbars.	Соседа.

Bemerkung 7. Die einsylbigen Wörter, die den Ton auf der Stammsylbe behalten, sind in diesem Buche accentuirt. Die übrigen werfen ihn auf die Endung.

Des Bruders.	Брата.
Des Tisches.	Стола.

Bemerkung 8. Mehrsylbige Wörter, die den Ton auf der letzten Sylbe haben und ihn auf die Flerions-Sylbe werfen, sind durch ein beigesetztes -á bezeichnet.

Der Hahn, пѣтухъ, -á.	Des Hahnes, пѣтухá.

119. Die Wörter auf -й behalten die Tonsylbe des Nominativs durch alle Fälle.

Des Andreas.	Андрея.

120. Haben die Wörter auf -ь den Ton auf der Endsylbe, so werfen sie ihn auf die Flerions-Sylbe.

Der Tischler, столяръ.	Des Tischlers, столяря.

121. Die Eigenschaftswörter behalten den Ton auf der Tonsylbe des Nominativs.

Des guten.	Добраго.
Des schlechten.	Худаго. (46., c., Bem.)
Ebenso: Welches?	Котораго? (vgl. 117, Bem.)

122. Die Fürwörter werfen ihn auf die Endung.

Meines.	Moeró.
Meines.	
Deines.	}Своеró.
Seines.	

Bemerkung 9. Вашъ behält den Ton auf der Tonsylbe.

Ihres — вáшего.

3. Aufgabe.

Habe ich Ihren Käse? — Sie haben meinen Käse nicht. — Wer hat meine hübsche Taube? — Ihr Nachbar hat Ihre hübsche Taube. — Wer hat guten Kaffee? — Ihr Bruder hat guten Kaffee. — Ihr Vetter hat nicht guten Kaffee. — Haben Sie die goldene Schnur? — Die goldene Schnur hat der Goldarbeiter. — Was hat der Tischler? — Der Tischler hat einen schönen, hölzernen Tisch. — Wessen Messer hat Nicolaus? — Nicolaus hat meines Gevatters schönes, neues, stählernes Messer. — Haben Sie meine alte Laterne? — Nein, mein Herr, Ihr neuer Nachbar hat Ihre alte Laterne. — Hat mein Mann den ledernen Stiefel? — Er hat nicht den ledernen Stiefel. — Wer hat den baumwollenen Schuh? — Der alte Schuhmacher hat den baumwollenen Schuh. — Welcher Schuhmacher (hat ihn)? — Der Schuhmacher des Andreas. — Wer hat den guten Käse? — Alexius (hat ihn.) — Der Goldarbeiter hat nicht einen neuen goldenen Leuchter. — Wessen schöne Gans hat der alte Stiefelmacher? — Er hat die hübsche Gans seines Bruders. — Wer hat diesen schlechten Thee? — Der gute Glöckner. — Wer hat meine schöne hölzerne Taube? — Ihr Freund hat die hölzerne Taube. — Wessen (ist) das neue hölzerne Haus? — Meines guten alten Vetters. — Was hat Ihr junger Bruder? — (Er hat) einen silbernen Leuchter. — Ich habe keinen silbernen Leuchter. — Ihr Freund hat einen neuen Mantel von Tuch. — Ich habe meinen eigenen Schuster. — Haben Sie Ihr eigenes Haus? — Nein, ich habe nicht mein eigenes Haus. — Ich habe mein goldenes Messer.

Vierte Lektion. — ЧЕТВЕРТЫЙ УРОКЪ.

Des Strumpfes.   Чулка́.

123. Viele Wörter stoßen das -o (-e) ihrer Endsylbe aus in allen Fällen, wo sie durch eine Flexionssylbe verlängert werden, und zwar:

a) die Wörter auf -объ, -овъ [1]). -окъ. [2]), -олъ [3]), -оль [4]), -опъ. -онь [5]), -орь [6]), орь, отъ, оть, охъ.

† 1. Ausnahme: das Dach, кровъ, des Daches, кро́ва.

† 2. Ausnahmen: a) Einsylbige Wörter, wie со́къ, со́ка, der Saft.

b) Die mit -рокъ, und -токъ, zusammengesetzten уро́къ. уро́ка, die Lektion; восто́къ. восто́ка. der Osten.

c) Folgende Wörter behalten auch das -o:

Der Augenzeuge, видо́къ.	Der Schinken, о́корокъ.
Der Führer, водо́къ.	Der Fuhrmannspassagier, сѣдо́къ.
Der Filz, во́йлокъ.	Der Fußgänger, ходо́къ.
Ein gebirgiger Wald, во́локъ.	Der Fischerkahn, челно́къ.
Der Kenner, знато́къ.	Der Knoblauch, чесно́къ.
Der Spieler, игро́къ.	Der Esser, ѣдо́къ.
Der Mönch, йнокъ.	Der Reiter, ѣздо́къ.

† 3. Ausnahme: der Falke, со́колъ, со́кола.

† 4. Ausnahmen: die Quakerente, го́голь: der Stutzer, ще́голь, haben го́голя, ще́голя.

† 5. Ausnahme: das Pferd, конь, коня́.

† 6. Ausnahmen: a) die von Zeitwörtern gebildeten, als: воръ, во́ра. der Dieb, von воровать, (Stamm врать, lügen); моръ. die Pest, von мереть: запо́ръ. der Riegel, von переть. u. s. w.

b) Die Wörter: бо́ръ. die Hirse, бо́ръ. der Kieferwald; die Pest, мо́ръ. der Mohr (Zeug), мо́ръ. haben бо́ра. мо́ра.

c) Die aus den alten Sprachen stammenden Wörter; wie: der Rhetor, Redner: ри́торъ. ри́тора.

b) Die Wörter auf: -екъ[1]), -елъ, -енъ, -ень[2]), -еръ, -есъ, -етъ, -ецъ[3]).

† 1. Ausnahmen: попрёкъ, попрёка; упрёкъ, упрёка, der Vorwurf.

† 2. Ausnahmen. Folgende Wörter behalten das e:

Die Marketender-Compagnie,	курéнь.
Die Quappe, мень.	Der Seehund, тюлéнь.
Der Hirsch, олéнь.	Der Eschenbaum, ясень.
Der Rhabarber, ревéнь.	Die Gerste, ячмéнь.

† 3. Ausnahmen: Wenn vor -ецъ zwei Conso-nanten vorhergehen, wie: мудрéцъ, мудрецá, der Weise.

Bemerkung 1. Doch fällt nach zwei Consonanten das -e von -ецъ wieder aus:

α) wenn der erste dieser zwei Consonanten ein л, н, р, ist: der Verschlag (in einem Zim-mer), голбéцъ, голбцá; der Holländer, Гол-лáндецъ, Голландцá; der Torf, горнéцъ, горнцá.

β) Nach ст- z. B. der Kläger, истéцъ, истцá.

c) Folgende einzelne Wörter:

Der Psalm, псалóмъ, псалмá.	
Der Most, местъ, мста.	Der Maulesel, мескъ, мска.
Das Leihen, заёмъ, займá.	Die Ulme, йлемъ, йльма.
Das Miethen, наёмъ, наймá.	Der Löwe, лёвъ, льва.
Das Abnehmen, уёмъ, уймá.	Das Eis, лёдъ, льда.
Der Sperling, воробéй, воробьй.	Der Samenbeutel der Klette, репéй.
Das Loos, жéребéй.	Der Bach, ручéй.
Die Ameise, муравéй.	Die Nachtigall, соловéй.
Der Pfannenkuchen, олáдей.	Der Bienenstock, улéй.
Das Geschwür,	Чирéй.

Bemerkung. 2. Wo bei den Wörtern unter b) das ъ gesetzt wird, geht aus 32. hervor.

Accent.

124. Wenn der ausgestoßene Vocal den Ton hatte, so geht dieser auf die Flexions-Sylbe über; sonst bleibt er wie im Nominativ.

Das Feuer, огóнь, огня.　　　　Der Winkel, ýголъ, углá.

Perſönliches Fürwort.   *Личное мѣстоименіе.*

125. Er.   Онъ.

Bemerkung 3. Der Charakter iſt -ь. Nach Präpoſitionen wird -o abgeworfen; Genitiv: него. ſonſt die
ganze Sylbe -он; Genitiv: егó.

Hat er den Käſe?   Есть ли у негó сыръ?
Er hat (ihn).   Есть у негó.

126. Sein, seine, sein;
          deſſen, deren.   Егó.
          Sein (eigen).   Свой (vgl. 102, 104 u. 122).

Haben Sie das Brod des Bruders?   Есть ли у васъ хлѣбъ брáта?
Ich habe sein (deſſen) Brod.   У меня егó хлѣбъ.
Weſſen Brod hat der Bruder?   Чей хлѣбъ у брáта?
Er hat sein (eigenes) Brod.   У негó свой хлѣбъ.
Hat der Bruder das Brod des
    Freundes?   Есть ли у брáта хлѣбъ прíя-
          теля?
Er hat sein Brod. [Der Bruder   У негó егó хлѣбъ. [У брáта хлѣбъ
  hat des Freundes Brod.]   егó прíятеля.]
Welches Freundes Brod hat er?   Котóраго прíятеля хлѣбъ у негó?
Er hat das Brod seines (eigenen)   У негó хлѣбъ своегó прíятеля.
  Freundes.
Was hat sein Bruder?   Что у егó брáта?

127. Wenn егó beſitzanzeigendes Fürwort iſt, ſo
bleibt es durch alle Fälle und Zahlen unverändert.

Der Vater, отéцъ.   Der Greis, стáрецъ.
Der Sohn, сынъ.   Der Esel, осéлъ.
Der Knabe, мáльчикъ.   Der Hafer, овéсъ.
Der Kaufmann, купéцъ.   Der Stein, кáмень.
Der Schmied, кузнéцъ.   Der Rock, кафтáнъ.
Der Thor, глупéцъ.   Das Hämmerchen, молотóкъ.
Arbeitſam, трудолюбивый.   Der Bruder, братъ, брáтецъ.

4. Aufgabe.

Weſſen Rock haben Sie, mein Herr? — Ich habe den
Rock des Vaters. — Haben Sie seinen neuen Rock? — Ich habe
Ihren ſchönen, neuen Rock. — Ich habe nicht seinen Rock. —
— Hat er ein Pferd? — Er hat ein altes, häßliches Pferd.
— Was für einen Esel hat Ihr Knabe? — Mein Knabe hat

einen häßlichen Esel. — Wessen Messer hat der Kaufmann? — Er hat sein (eigenes) Messer. — Habe ich sein Messer? — Sie haben Ihr Messer. — Wer hat das Hämmerchen des Schmiedes? — Der Sohn des Kaufmanns hat es. — Was hat der gute Thor? — Er hat einen schönen Stein. — Wessen Stein hat er? — Er hat seinen (eignen) Stein. — Welcher Greis hat den Hafer meines Esels? — Der gute, arbeitsame Greis hat seinen (des Esels) Hafer. — Welcher Kaufmann hat den schönen silbernen Leuchter? — Der Bruder meines Nachbars. — Wessen Kaffee haben Sie? — Ich habe den Kaffee des jungen, arbeitsamen, hübschen Kaufmannes. — Wessen baumwollenes Tuch haben Sie? — Ich habe mein (eigenes) Tuch. — Hat Ihr Nachbar seinen (eigenen) Esel? — Er hat keinen (eigenen) Esel. — Wer hat ihn? — Der alte Nachbar Ihres Vaters hat ihn. — Hat der hübsche Knabe des schlechten Spielers einen Maulesel? — Er hat den häßlichen Maulesel des alten Mönches. — Hat er die Gerste meines Vaters? — Er hat seine (dessen) Gerste. — Hat er seine (eigne) Gerste? — Er hat sie.

5. Aufgabe.

Haben Sie das Brod? — Ich habe es. — Welches Brod haben Sie? — Ich habe mein Brod. — Habe ich meinen Kaffee? — Sie haben Ihren Kaffee. — Hat er einen Käse? — Er hat einen Käse. — Was für einen Käse hat er? — Er hat einen alten Käse. — Welchen alten Käse haben Sie? — Ich habe den alten Käse meines guten Nachbars. — Habe ich seinen Esel? — Sie haben seinen Esel. — Wessen Maulesel hat der Reiter? — Er hat seinen (eignen). — Wessen Schuh hat der Knabe? — Er hat den Schuh des Schusters. — Hat er seinen (dessen) alten Schuh? — Er hat seinen (dessen) neuen Schuh. — Wer hat seinen alten Schuh? — Sein Sohn hat ihn. — Wessen Kohle hat er? — Er hat die Kohle des fleißigen Schmiedes. — Was für eine Kohle? — Er hat keine Kohle. — Was hat Ihr Vater? — Er hat eine Gans. — Hat er eine schöne Gans? — Er hat eine häßliche Gans. — Was für eine Taube hat der Knabe? — Er hat eine hübsche hölzerne Taube. — Hat er seine (eigne)

Taube? — Er hat die Taube seines neuen Freundes. — Hat
Ihr Bruder einen neuen Freund? — Er hat einen guten alten
Freund. — Was hat der arbeitsame Andreas? — Er hat einen
silbernen Leuchter. — Wessen silbernen Leuchter hat er? — Er
hat den silbernen Leuchter seines Freundes, des Nicolaus. —
Wessen ledernen Schuh hat Ihr neuer Schuhmacher? — Er
hat den alten ledernen Schuh des Mönches. — Welches Häm=
merchen hat der Thor? — Er hat den hölzernen Hammer
meines arbeitsamen Tischlers. — Was hat der Löwe? — Er
hat einen Hirsch. — Was hat der Hirsch? — Er hat den Hafer.
— Was hat der alte Holländer? — Er hat eine eiserne Laterne.
— Wessen Laterne hat er? — Er hat seine (eigne).

Fünfte Lektion. — ПЯТЫЙ УРОКЪ.

128. Etwas, ein wenig. Нѣсколько (regiert den Gen.).

Etwas Brod. Нѣсколько хлѣба

Viel. Много (regiert den Genitiv).

Viel Flachs. Много льну.

Wenig. Мало, немного (reg. d. Gen.).

Wenig Hafer. Мало овса, немного овса.

Genug. Довольно (regiert den Gen.).

Genug Thee. Довольно чаю.

Чаю ist Genitiv für чая. Льну ist der Gen. für льна.

129. Mehrere Wörter der ersten Declination, besonders
Stoff= und Sammelnamen, haben im gewöhnlichen
Leben im Genitiv die Endungen -y, -ю, anstatt -a, -я. Die
gebräuchlichsten sind:

Der Honig, медъ.
Das Eis, лёдъ, gen. льду.
Das Wachs, воскъ.
Der Pfeffer, перецъ.
Der Sand, песокъ.
Der Tabak, табакъ.

Der Mohn, макъ.
Der Kaffee, кофей.
Das Gift, ядъ.
Der Sammet, бархатъ.
Der Zucker, сахаръ.
Der Thee, чай.

Die Seide, шёлкъ.	Die Indienne (Zeug) ситецъ.
Der Schnee, снѣгъ.	Der Essig, уксусъ.
Die Kreide, мѣлъ.	Der Flachs, лёнъ.
Das Regiment, полкъ.	Der Schwarm, рой.
Der Wucher, ростъ.	Der Geschmack, вкусъ.

130. Ebenso haben den Genitiv auf ein tonloses -y folgende Wörter, aber nur nach Präpositionen, besonders nach solchen, die eine Bewegung anzeigen, auf die Frage: woher? woraus?

Der Wald, лѣсъ.	Der Garten, садъ.
Die Reihe, рядъ.	Das Paradies, рай.
Der (Tanz=) Ball, балъ.	Der Rand, край.
Die Schlacht, бой.	Die Diele, der Fußboden, полъ.
Der Rasen, дернъ.	Das Zeitalter, Jahrhundert, вѣкъ.
Das Haus, домъ.	Die Geburt, родъ.
Die Brücke, мостъ.	Die Stunde, часъ.
Das Ufer, берегъ.	Der Vorwurf, попрёкъ.
Die Seite, бокъ.	Das Lachen, смѣхъ.
Der Geist, духъ, gen. духа.	Der Geruch, духъ, духу.
Die Pflicht, долгъ, долга.	Die Schuld, долгъ, долгу.

131. Nicht. Не.

(Er, sie, es) ist nicht. Нѣтъ (zusammengezogen aus не есть, 114. B.)

132. Нѣтъ, kann nicht, wie есть. ausgelassen werden (114., Bem. 3.). Wenn aber im Vordersatze есть steht oder verstanden ist, so steht im Nachsatze nur не.

Ich habe das Brod, aber nicht den Käse.	У меня хлѣбъ, а нѣтъ сыру. У меня хлѣбъ, а не сыръ.

Bemerkung 1. Wenn не ein Zeitwort verneint, so folgt auf das Zeitwort stets der Genitiv, sonst aber fordert не als verneinende Conjunction keinen besonderen Casus.

133. Aber, dagegen, sondern. Но.

Und, auch. Und auch (hinzufügend).	И, Да, } (verbindend, conjunctiv).

Und aber (entgegensetzend).	А, да (trennend, disjunctiv).
Und nicht, aber nicht.	А не, да не.
Groß, большой.	Klein, малый.
Der Adler,	Орёлъ.
Ich habe genug Seide, aber wenig Sammet.	У меня довольно шёлку, а (да) мало бархату.

6. Aufgabe.

Haben Sie ein wenig Wachs? — Ich habe viel Wachs. — Hat Ihr Vater genug Pfeffer? — Er hat wenig, aber (a) genug. — Ich habe nicht genug Honig. — Haben Sie meinen Tabak? — Ich habe nicht Ihren Tabak. — Ich habe Ihren Thee, aber nicht Ihren Zucker. — Ich habe wenig Brod. — Habe ich nicht meine Laterne? — Sie haben Ihren Leuchter und nicht Ihre Laterne. — Haben Sie, mein Herr, viel Tabak und viel Thee? — Ich habe viel Thee und wenig Tabak. — Wer hat viel guten Filz? — Der hübsche Sohn des alten Kaufmanns hat vielen schönen Filz. — Wer hat mein großes Messer? — Ich habe mein (eignes) kleines Messer, und nicht Ihr großes (Messer). — Hat er nicht guten Essig? — Er hat schlechten Essig, aber guten Zucker. — Welcher Kaufmann hat schöne Indienne (Zitz)? — Der Nachbar Ihres Bruders hat schöne Indienne. — Hat der Schmied keinen Sand? — Er hat keinen Sand, aber etwas Kreide. — Haben Sie nicht sein Hämmerchen? — Ich habe nicht sein Hämmerchen, sondern seinen Rock. — Wessen Rock haben Sie? — Ich habe den Rock Ihres guten Greises. — Hat nicht der Knabe des Schusters einen Sperling? — Er hat keinen Sperling, aber eine Nachtigall. — Hat der Tischler nicht meinen Tisch? — Er hat nicht Ihren Tisch, sondern seinen (eignen). — Wer hat kein Brod und wer hat keinen Käse? — Ich habe ein wenig Brod und nicht genug Käse. — Was für einen Stiefel habe ich? — Sie haben einen großen ledernen Stiefel. — Habe ich nicht auch den kleinen Schuh meines hübschen Freundes? — Sie haben ihn. — Welches hübschen Freundes? — Des Nachbarn meines Bruders Nicolaus. — Haben Sie nicht den Strumpf? — Ich habe ihn. — Wer hat keinen Kaffee? — Ich habe Kaffee, aber nicht genug. — Haben Sie Zucker genug? — Ich habe wenig, aber genug. — Was hat der schöne Adler? — Er hat eine kleine Nachtigall. — Hat nicht der Bruder Ihres Nachbars eine Ameise? — Ja, mein Herr, er hat eine Ameise. — Hat nicht der Thor einen Stein? — Nein, mein Herr, er hat keinen Stein, sondern einen Pfannkuchen. — Hat nicht Ihr arbeitsamer Freund einen Bienenstock? — Er hat einen Bienenstock. — Was für einen? — Einen schönen, hölzernen Bienenstock. — Hat er auch einen Bienenschwarm? — Nein, er hat keinen Bienenschwarm.

7. Aufgabe.

Was habe ich? — Sie haben ein Messer. — Wessen Messer habe ich? — Sie haben das Messer Ihres Freundes. — Welches Messer meines Freundes habe ich? — Sie haben sein schönes neues Messer. — Habe ich auch seinen Sperling? — Sie haben nicht seinen Sperling, sondern sein Bruder (hat ihn). — Wer hat meine Laterne? — Andreas hat sie. — Welcher Andreas (hat sie)? — Der kleine Freund des guten Greises (hat sie). — Hat er nicht auch Ihren silbernen Leuchter? — Er hat meinen hölzernen Leuchter, aber nicht den silbernen. — Er hat nicht meinen goldenen Leuchter, aber er hat den zinnernen und den eisernen. — Wer hat viel Tabak? — Der neue Kaufmann hat Tabak, aber nicht viel. — Sein Nachbar hat viel Thee und wenig Tabak. — Welcher Kaufmann hat etwas Seide? — Ihr Freund hat viel Seide. — Hat er auch viel Pfeffer? — Er hat keinen Pfeffer, aber etwas Zucker und Essig. — Hat Ihr Nachbar einen Garten? — Er hat keinen Garten, aber er hat ein Haus und viel Rasen. — Wer hat einen schönen Wald? — Der Vater des hübschen Knaben hat einen guten Wald, aber er hat nicht ein großes Haus.

Sechste Lektion. — ШЕСТОЙ УРОКЪ.

Geben Sie?	Даёте ли вы?
Ich gebe.	Я даю.
Gebe ich?	Даю ли я?
Sie geben.	Вы даёте.
Geben Sie nicht?	Не даёте ли вы?
Ich gebe nicht.	Я не даю.
Gebe ich nicht?	Не даю ли я?
Sie geben nicht.	Вы не даёте.
Wessem Freunde geben Sie den Pfeffer?	Чьему пріятелю даёте вы перецъ?

Bemerkung 1. Da wein ein abjectivisches Für=
wort ist, so muß es in gleichem Casus mit dem Haupt=
worte, zu welchem es gehört, stehen.

Der Schneider.	Портной.
Des Schneiders.	Портнаго.
Dem Schneider.	Портному.
Dem Tisch.	Столу.
Dem Thee.	Чаю.

134. Viele Hauptwörter auf -й, besonders auf -ій, oder
statt dessen -ой, (30., b.) sind ursprünglich Eigenschafts=
wörter und werden als solche declinirt.

Bemerkung 2. Sie sind durch den Beisatz -аго be=
zeichnet.

Der Bettler, нищій, аго.	Der Deputirte, выборный, аго.
Der Sänger, пѣвчій, аго.	Die Schildwache, часовой, аго.
Der Advokat, стряпчій, аго.	Der Unterthan, подданный, аго.

135. Unregelmäßig bilden den Genitiv die beiden
Wörter Christus, Христосъ gen. Христа, der Herr (Gott),
Господь gen. Господа.

Das Stück.	Кусокъ.
Das Stück Brob.	Кусокъ хлѣба.
Ihrem.	Вашему, своему.
Seinem.	Его.
Ihm.	Ему.
Meinem, meiner, meinen.	Моему, своему.

Welchem?	Котóрому?
Was für einem?	Какóму?
An was?	Чемý?
Wem?	Комý.

136. Nach dem Maß und Gewicht steht das Gemessene und Gewogene im Genitiv.

Das Glas, Trinkglas, стакáнъ.	Der Regenschirm, зóнтикъ.
Der Geldbeutel, die Börse, коше-	Die Brieftasche, бумáжникъ.
лёкъ.	
Der Bäcker.	Бýлочникъ.
Der Herr (Besitzer).	Хозя́инъ.

137. Wir.

Мы, Genitiv: насъ, Dativ: намъ.

Wir haben einen Sonnenschirm.	У насъ зóнтикъ.
Wem geben Sie das Brod?	Комý даёте вы хлѣбъ?
Ihrem Bruder.	Вáшему брáту.

138. Unser, unsere, unseres. Нашъ.

Unseres, unserer, unseres. Нáшего.

Unserem, unserer, unserm. Нáшему.

Böse, злой.	Weiß, бѣлый.
Fleißig, прилéжный.	Von Roggen, Roggen, ржанóй.
Faul, лѣнивый.	Seiden, шёлковый.
Das Weißbrod, бѣлый хлѣбъ.	Das Roggenbrod, ржанóй хлѣбъ.

8. Aufgabe.

Was hat der kleine Knabe? — Er hat ein Stück Käse. — Geben Sie dem Knaben nicht ein Stück Brod? — Nein. — Hat unser Nachbar viel Honig? — Er hat nicht viel, aber genug. — Was für Brod geben Sie dem Bruder des Schmiedes? — Ich gebe ihm nicht Weißbrod, aber Roggenbrod genug. — Und was für Brod hat sein fleißiger Sohn? — Er hat gutes Roggenbrod. — Wessen Sohn hat Ihre lederne Brieftasche? — Der Sohn unseres Bäckers hat sie. — Hat er nicht auch Ihren baumwollenen Regenschirm? — Er hat nicht den baumwollenen, sondern den seidenen. — Was habe ich? — Sie haben ein Glas guten Thee. — Was hat der träge Bettler? — Er

4*

hat den alten Geldbeutel unseres guten Advocaten. — Hat er nicht meinen Geldbeutel? — Nicht er hat ihn, sondern ich habe ihn. — Welchem Kaufmann geben Sie nicht den Geld=beutel? — Dem Besitzer (Herrn) des schönen seidenen Regen=schirms. — Dem Vetter meines Gevatters. — Wem geben Sie nicht den eisernen Hammer? — Ihm. — Der Freund unseres arbeitsamen Nachbars hat ihn. — Was für ein Haus hat unser Deputirte? — Er hat kein Haus, sondern einen Garten. — Hat nicht die Schildwache eine große Laterne? — Sie hat eine Laterne und auch einen hölzernen Leuchter. — Hat Ihr Schuster meinen alten Stiefel? — Nein. Hat er seinen neuen Schuh? — Ja. — Hat sein Bruder seinen (dessen) Hammer? Er hat ihn nicht, er hat seinen (eignen) und meinen. Was hat der böse Knabe des guten Schmiedes? — Er hat eine schöne weiße Taube und auch eine weiße Gans. Hat er nicht die Gans des Bäckers? — Er hat sie nicht. Wessen Gans hat er? — Er hat die Gans seines alten Vaters. Wessen Esel hat der Sänger? — Er hat den Esel des Mönchs. — Was hat der böse Greis? — Er hat ein Stück Schinken und etwas Roggenbrod. — Wessen Knabe hat Ihr Glas Thee? — Unser Knabe hat es. — Wer hat mein Stück Kreide? — Die neue Schildwache hat es. — Wessen Unter=than hat unsern Sand? — Nicht Ihr Unterthan hat ihn, sondern unser (Unterthan hat ihn). — Unser Unterthan hat nicht Ihren Sand, sondern unsern (Sand).

9. Aufgabe.

Geben Sie nicht unserm guten Andreas eine hübsche Taube? — Ich gebe ihm keine Taube und keinen schönen Mantel von Tuch. — Haben Sie ein silbernes Messer? — Ja, mein Herr, und auch einen goldenen Leuchter. — Gebe ich dem schlechten Nachbarn des hübschen Knaben keinen häß=lichen Esel? — Nein, Sie geben ihm einen schönen Esel (Accus. gleicht dem Genitiv). — Hat nicht Ihr Bruder guten Thee? — Er hat keinen guten Thee, doch schönen Kaffee. —

Hat der Essig einen guten Geschmack? — Nein, mein Herr, er hat keinen guten Geschmack. — Geben Sie dem Schneider Sammt genug? — Ja, mein Herr, ich gebe ihm genug Sammt, doch wenig Seide. — Wem geben Sie wenig Seide? — Dem Schuhmacher des Bruders des arbeitsamen Greises. — Hat der Schmied einen eisernen Hammer? — Nein, er hat keinen eisernen Hammer. — Hat der Vater keinen Fischerkahn? — Nein, mein Herr, und auch Nicolaus hat keinen Fischerkahn. — Hat Alexis (einen)? — Nein, doch hat sein Bruder (einen).

Siebente Lektion. — СЕДЬМОЙ УРОКЪ.

139. Dieser, diese, dieses, (hier).   Сей (30., b.) gen. сего́, dat. сему́ u. s. w.

Befehlen Sie?	Велите вы?
Ich befehle.	Я велю́.
Befehle ich?	Велю́ ли я?
Sie befehlen.	Вы вели́те.
Befehlen Sie nicht?	Не вели́те ли вы?
Wer befiehlt?	Кто вели́тъ?
Der Lehrer befiehlt dem Schüler zu lesen und zu schreiben.	Учи́тель вели́тъ учени́ку чита́ть и писа́ть.
Spielen, играть.	Spрechen, говори́ть.
Lesen, чита́ть.	Trinken, пить. *
Schreiben, писа́ть.	Essen, ку́шать, pop. ѣсть. *
Was geben Sie dem Knaben?	Что дае́те вы ма́льчику?
Ich gebe ihm zu trinken.	Я даю́ ему́ пить.

Bemerkung 1. Das von einem andern Zeitworte abhängige Zeitwort steht stets im infin. Die deutsche Partikel „zu“ wird nicht übersetzt.

Dieser, diese, dieses (da).   Этотъ, gen. э́того, dat. э́тому u. s. w.

Jener, jene, jenes. Тотъ, gen. того, dat. тому
                       u. ſ. w.

140. Сей bezieht ſich auf einen Gegenſtand, der dem Sprechenden (erſte Perſon), этотъ auf einen Gegenſtand, der dem Angeredeten (zweite Perſon) nahe liegt; тотъ aber auf einen entfernten Gegenſtand (dritte Perſon). Sie können in Verbindung mit einem Hauptworte (adjectiviſch), auch alleinſtehend (ſubſtantiviſch) gebraucht werden.

Bemerkung 2. Wenn этотъ dem сей entgegengeſetzt iſt, ſo giebt man es im Deutſchen durch jener, jene, jenes.

Dieſer Mann (hier).   Сей мужъ.
Dieſes Haus (da).   Этотъ домъ.
Jene Gans.   Тотъ гусь.

Bemerkung 3. Uebrigens iſt der Unterſchied zwiſchen сей und этотъ nicht genau abgegränzt. Einige gebrauchen durchgängig сей, Andere этотъ.

141. Oder.   Или.

Hat der Mann dieſen Tiſch
oder { den da } ?   Этотъ ли столъ у мужа или
    { jenen }   тотъ?

Hat dieſer Mann den Tiſch oder   У сего (этого) ли мужа столъ.
jener?   или у того?

Geben Sie Honig dieſem Menſchen   Даёте ли вы мёду этому чело-
oder dem da?   вѣку или сему?

142. Weder — noch.   Не-ни—, ни.

Er hat weder dieſen Tiſch, noch   У него нѣтъ ни сего стола ни
jenen.   того.

Er hat weder Kaffee noch Thee.   У него нѣтъ ни кофею ни чаю.
Sie geben mir.   Вы даёте мнѣ.

143. Bei ни und allen damit zuſammengeſetzten Wörtern ſetzt man noch не vor das Zeitwort. (In нѣтъ iſt dieſes не ſchon enthalten.) (132.)

Haben Sie mein Schnupftuch oder   Есть ли у васъ мой платокъ
das meines Bruders?   или платокъ моего брата?

Ich habe weder Ihr Tuch, noch das Ihres Bruders.	У меня нѣтъ ни вашего платка, ни платка вашего брата.
Das Tuch, das Schnupftuch.	Платокъ, носовой платокъ.

144. Im Russischen muß das Hauptwort, welches unter dem hinweisenden Fürworte der, die, das verstanden ist, wiederholt werden*).

Haben Sie Ihren Rock oder den meinigen?	Есть ли у васъ свой кафтанъ йли мой?
Ich habe den meinigen.	У меня свой.

145. Die besitzanzeigenden Fürwörter werden im Russischen sowohl substantivisch, als adjectivisch gebraucht.

Der Lehrer, учитель.	Der Fingerhut, напёрстокъ.
Der Schüler, ученикъ, -а.	Der Bleistift, карандашъ. -á.
Der Mensch, человѣкъ.	Der Topf, горшокъ.
Der Hase, заяцъ, gen зайца.	Der Kessel, котёлъ.
Der Koch, поваръ.	Die Chocolade, шоколатъ.
Das Federmesser.	Перочинный ножикъ (das Federn verbessernde Messerchen).
Der Nagel.	Гвоздь.
Aufmerksam, внимательный.	Unachtsam, невнимательный.
Treu, вѣрный.	Reich, богатый.
Arm.	Бѣдный, убогій.

10. Aufgabe.

Was hat jener Schüler? — Er hat einen Fingerhut. — Was befiehlt der aufmerksame Lehrer dem unaufmerksamen Schüler? — Er befiehlt ihm zu lesen und zu schreiben. — Hat er diesen Fingerhut oder den (da)? — Er hat diesen (hier). — Wessen Sohn hat mein neues stählernes Federmesser? — Der Sohn jenes alten aufmerksamen Lehrers hat es. — Hat er auch meinen Bleistift oder den Ihrigen? — Er hat weder den meinigen, noch den Ihrigen; er hat den seinigen. — Was hat dieser arme Mensch? — Er hat einen Topf. — Hat er den Topf des Kochs oder den des Schmiedes? — Er hat weder des Kochs, noch den des Schmiedes, sondern den unsrigen. —

---

*) Die Ausbildung des Hauptworts ist auch dem Deutschen nicht eigenthümlich, vielmehr nur ein eingebürgerter Gallicismus.

Was hat der aufmerksame Schüler dieses treuen Lehrers? —
Er hat einen Hahn und auch einen Hasen, aber er hat
weder die Taube noch die Gans. — Hat er nicht den Hasen
unseres Kochs? — Nein, er hat den des Ihrigen. — Geben Sie
nicht dem treuen Koche Ihren eisernen Kessel? — Nein, mein
Herr, er hat seinen (eigenen) Topf, aber ich gebe ihm viel
Zucker und Honig, und Essig und Pfeffer genug. — Haben
Sie einen Topf Chocolade? — Ich habe ein Glas Chocolade
und einen Topf Thee. — Haben Sie nicht meinen Kessel? —
Ich habe ihn nicht, ich habe den meinigen. — Wer hat etwas
Kreide? — Der unachtsame Knabe hat sie. — Welcher Knabe?
— Dieser da oder jener? — Weder dieser da, noch jener, sondern
dieser hier. — Giebt er dem fleißigen Schneider nicht einen
silbernen oder einen goldenen Fingerhut? — Er giebt ihm
weder einen silbernen noch einen goldenen Fingerhut. — Gebe
ich Ihnen viel Zucker? Sie geben mir weder viel, noch
wenig, sondern genug. — Hat Ihr Schuster (einen) guten
Geschmack? — Er hat keinen guten Geschmack, doch der
Stiefelmacher des Vetters meines aufmerksamen Herrn hat
(einen) guten. — Hat er nicht auch Thee und Tabak? — Er
hat weder diesen, noch jenen. — Was hat er? Er hat einen
guten seidenen Regenschirm, einen schönen silbernen Leuchter
und eine neue lederne Brieftasche. — Wer hat den Rock die=
ses Sängers? — Weder ich habe ihn, noch mein Bruder, aber
sein Freund hat ihn. Welcher Unterthan hat jenes schöne
große Haus und diesen hübschen (красивый) Garten? — Weder
der unsrige, noch der Ihrige, sondern der des neuen Deputirten. — Welcher Bäcker hat gutes Weißbrod und welcher
hat gutes Roggenbrod? — Weder unser Nachbar, noch der
Ihrige hat gutes Roggenbrod, aber der Bäcker unseres
Koches hat gutes Weißbrod.

11. Aufgabe.

Wer hat den hübschen Hahn des faulen Koches? — Ich
habe weder seinen Hahn noch seine Taube. — Geben Sie
dem unachtsamen Knaben nicht das baumwollene Schnupf=

tuch? — Nein, mein Herr, er hat sein (eigenes). — Hat er nicht auch meines? — Nein, mein Herr, Ihr Schnupftuch hat der reiche Kaufmann oder der arme Bäcker. — Weder dieser noch jener, es hat ihn der Gevatter meines Bruders. — Was hat der arbeitsame Schmied? — Er hat einen Hammer und einen Nagel. — Wessen Hammer hat er, meines Bruders oder meines Vaters? — Weder Ihres Bruders noch Ihres Vaters, sondern seines (eigenen) fleißigen Sohnes. — Wer hat den eisernen Kessel des bösen Kochs? — Es hat ihn der Lehrer des fleißigen Schülers. — Wessen Lehrer hat mein neues Federmesser und meinen guten Bleistift? — Der Lehrer jenes Knaben hat diesen und der meines Freundes hat jenes. — Wer hat die Börse jenes Mannes? — Dieser Bettler hat sie. — Hat er nicht auch die meinige? — Er hat nicht die Ihrige, sondern die Ihres Vaters. — Wessen Stiefel haben Sie und wessen Rock hat Ihr Sohn? — Ich habe meinen Stiefel, aber mein Sohn hat keinen Rock. — Was hat er? — Er hat den baumwollenen Strumpf dieses Menschen und das seidene Taschentuch jenes guten Holländers. — Hat nicht der arme Schmied den Esel des Schlossers? — Er hat nicht den des Schlossers, sondern der Schlosser hat den seinigen (des Schmiedes). — Was für ein Advokat hat das Haus unseres Vaters? — Jener reiche und böse Advokat hat es. — Hat er auch dessen Garten? — Er hat ihn nicht; er hat den des armen Schneiders, unseres Nachbars. — Hat er den schönen Honig des reichen Kaufmanns? — Er hat keinen Honig, aber viel Käse. — Haben Sie auch Käse? — Ich habe weder Käse noch Brod. — Was haben Sie? — Ich habe viel Tabak und auch Kaffee und Thee genug. — Hat der unachtsame Schüler ein gutes Federmesser? — Ja, mein Herr. — Wer hat den seidenen Geldbeutel? — Der böse Spieler (hat ihn). — Was geben Sie der aufmerksamen Schildwache? — Ich gebe ihr keinen Tabak, aber Weißbrod und Käse genug. — Hat Ihr fleißiger Schüler keinen seidenen Regenschirm? — Nein. — Was hat er? — Er hat eine schöne lederne Brieftasche und ein gutes Federmesser, aber er hat weder einen Bleistift, noch ein Stück Kreide.

12. Aufgabe.

Wem befehlen Sie? — Ich befehle dem faulen Schüler. — Was befehlen Sie ihm? — Ich befehle ihm zu lesen und zu schreiben. — Was giebt der gute Vater seinem fleißigen Sohne? — Er giebt ihm zu essen und zu trinken. — Geben Sie mir (мнѣ) den silbernen Leuchter? — Ich gebe ihn Ihnen nicht, Sie haben einen eigenen. — Wer giebt dem fleißigen Schüler zu essen und zu trinken? — Der gute Lehrer giebt ihm zu essen und zu trinken. — Welcher Lehrer, dieser oder jener? — Weder dieser noch jener, sondern der Freund Ihres Vaters. — Geben Sie mir etwas Thee? — Ich gebe Ihnen Thee und Kaffee genug. — Giebt der Vater dem Sohne auch Gift? — Er giebt ihm nicht Gift, sondern Zucker. — Wessen Zucker giebt der Vater seinem Sohne? — Er giebt ihm den Zucker des reichen Kaufmanns. — Giebt er auch dem Esel Hafer? — Er giebt ihn nicht dem Esel, sondern dem Pferde. — Was hat der Vater des hübschen Knaben? — Er hat das stählerne Messer, welches ihm der Kaufmann giebt. — Wem befiehlt der Vater zu spielen? — Er befiehlt seinem jungen Sohne zu spielen. — Hat der Kaufmann guten Essig? — Er hat weder guten Essig, noch guten Wein, doch er hat guten Käse. — Hat er viel Käse? — Nein, er hat wenig Käse, doch viel Zucker und Kaffee. — Wem giebt der Kaufmann Schwarzbrod? — Er giebt dem Bettler Schwarzbrod und Käse. — Welchem Knaben befiehlt der Lehrer zu lesen und zu schreiben? — Er befiehlt meinem Bruder zu lesen und zu schreiben. — Befiehlt er ihm auch zu essen und zu trinken? — Ja, er befiehlt ihm auch zu essen und zu trinken. — Wem giebt der Bäcker das Trinkglas? — Er giebt das Trinkglas dem Advokaten. — Giebt er ihm auch den Regenschirm? — Nein, er giebt ihm nicht den Regenschirm, aber die Brieftasche. — Hat Ihr Bruder seinen Bleistift? — Nein, er hat ihn nicht, er hat den Bleistift seines Kameraden (товарищъ).

Achte Lektion. — ОСЬМОЙ УРОКЪ.

Sehen Sie?	Видите ли вы?
Ich sehe.	Я вижу.
Sehe ich?	Вижу ли я?
Sie sehen.	Вы видите.

146. In der **Frage** steht der Nominativ **hinter** dem Zeitworte, wie im Deutschen; wenn aber ein **fragendes Für-** oder **Umstandswort** im Satze vorhanden ist, so steht er **vor** dem Zeitworte.

Was sehen Sie?	Что вы видите?
Ich sehe den Tisch.	Я вижу столъ.
Sehen Sie den Bruder?	Видите ли вы брата?
Ich sehe ihn.	Я его вижу.
Ich sehe ihn nicht.	Я его не вижу.
Sieht Ihr Bruder ihn.	Видитъ ли его вашъ братъ?
Er sieht ihn nicht.	Онъ его не видитъ.

147. In der **starken Form** der ersten Declination ist sowohl in der **Einzahl** als in der **Mehrzahl** der Accusativ bei $\left\{ \begin{array}{l} \text{belebten} \\ \text{unbelebten} \end{array} \right\}$ Gegenständen gleich dem $\left\{ \begin{array}{l} \text{Genitiv} \\ \text{Nominativ} \end{array} \right\}$ (vgl. 87., b. und 78., 1. a.).

Bemerkung 1. Collective werden wie **unbelebte** Gegenstände betrachtet.

148. Nach den **belebten** Gegenständen (78., 1. a.) richten sich die **persönlichen Fürwörter** und das **persönliche Fragewort** кто? wer?

149. Der Accusativ des Fürworts steht **vor** dem Zeitworte.

Wen? -	Кого?
Ihn, sie, es.	Его.
Mich.	Меня.
Sie, Euch, васъ.	Инs, насъ.
Wen sehen Sie?	Кого вы видите?
Ich sehe den Vater.	Я вижу отца.
Wessen Vater sehen Sie?	Чьего отца вы видите?

Ich sehe den Ihrigen.   Я вижу вашего.
Sie sehen nicht.   Вы не видите.
Ich sehe nicht.   Я не вижу.

150. **Die Negation** ne **steht stets unmittelbar vor dem Zeitworte.**

Sehen Sie ihn?   Видите ли вы его?
Ich sehe ihn nicht..   Я его не вижу.
Sehen Sie nicht den Tisch?   Не видите ли вы стола?
Ich sehe ihn.   Я его вижу.

151. **Nach der Verneinung ist der Genitiv des Objects für den Accusativ (vgl. 132., Bem. 1.).**

Bemerkung 2. Der Accusativ des persönlichen Fürworts heißt eró. auch wenn er sich auf unbelebte Gegenstände bezieht.

Zurückweisendes Fürwort.   *Относительное мѣстоименіе.*

152. Welcher, welche, welches. Der, die, das. } Который.

Haben Sie das Messer, welches ich habe?   Есть ли у васъ ножъ, который у меня?
Ich habe das Messer, das Sie haben   У меня ножъ, который у васъ.

Derjenige, diejenige, dasjenige.   Тотъ.

Sehen Sie den Mann, den ich sehe?   Видите ли вы мужа, котораго я вижу?
Ich sehe nicht denjenigen, welchen Sie sehen.   Я не вижу того, котораго вы видите.

Der Deutsche.   Нѣмецъ.
Der Russe, русскій.   Der Franzose, французъ.
Der Engländer, англичанинъ.   Der Türke, турокъ.
Der Kaiser, императоръ.   Der Zar, царь.
Der König, король.   Der Fürst, князь.
Das Schloß, die Burg.   Замокъ. (123.)
Der Matrose, матросъ.   Der Fremde { иностранецъ. чужеземецъ.
Der Ochse, быкъ.   Das Kalb, теленокъ.

Das Kind, ребёнокъ. ·

Die Stadt, городъ.
Groß, (geistig), великій.
Lang, дóлгій.
Prächtig, великолѣпный.

Der Schlaf, сонъ, gen. сна, dat. сну.
Das Schiff, корáбль.
Groß, (dem Maße nach), большóй.
Kurz, корóткій.
Tapfer, храбрый.

Bitten, просить.

Wer bittet?
Der Bettler bittet.
Was bittet er?
Er bittet ein Stück Brod.
Was bitten Sie?
Ich bitte nichts.

Кто прóситъ?
Нищій прóситъ.
Что прóситъ онъ?
Онъ прóситъ кусóкъ хлѣба.
Что прóсите вы?
Я ничегó не прошý.

13. Aufgabe.

Was sehen Sie? — Ich sehe ein Schloß. — Was für ein Schloß sehen Sie? — Ich sehe ein prächtiges Schloß. — Sehen Sie das Schloß des Kaisers oder das des Königs? — Ich sehe weder dieses, noch jenes; ich sehe das des Großfürsten (großen Fürsten). — Sehen Sie nicht den Garten (da)? — Ich sehe ihn. — Wessen Garten sehen Sie? — Ich sehe den des reichen Engländers. — Sehen Sie auch sein großes Haus? — Ich sehe es nicht. — Wen sehe ich? — Sie sehen meinen klei= nen Bruder. — Welchen Menschen sehe ich? — Sie sehen nicht den Schneider, sondern den Schuster. — Sehe ich einen Esel? — Sie sehen nicht einen Esel, sondern einen Maulesel. — Was für einen Maulesel sehe ich? — Sie sehen einen alten Maulesel. — Wessen Taube sehen Sie? — Ich sehe nicht die des Mönches, sondern die meines guten Vaters. — Sehe ich das Schiff des reichen Franzosen, oder das des armen Deutschen? — Sie sehen weder das Schiff dieses, noch das Schiff jenes; Sie sehen das des faulen Türken. — Sehen Sie es? — Ich sehe es. — Sehen Sie nicht mein Messer? — Ich sehe es nicht aber ich sehe das meinige. — Wessen Federmesser sehe ich? — Sie sehen das meinige. — Wessen Bruder sehen Sie? — Ich sehe den meinigen und den meines Freundes. — Sehen Sie die große Stadt des großen Königs? — Ich sehe seine große

Stadt, aber ich sehe nicht das prächtige Schloß und den schönen Garten des tapfern Fürsten. — Wen sehe ich? — Sie sehen den tapfern Zar. — Sehe ich nicht seinen reichen Unter=than? — Sie sehen ihn. — Sehen Sie meinen neuen Rock? — Ich sehe ihn. — Sehen Sie jene weiße Gans? — Ich sehe sie nicht.

14. Aufgabe.

Was bittet der Knabe? — Er bittet ein Glas Bier. — Giebt ihm der Vater Bier? — Er giebt ihm Bier und Wein. — Bitten Sie auch Wein? — Ich bitte nichts. — Befiehlt der Russe dem Engländer? — Er befiehlt ihm nicht, er bittet ihn. — Sehen Sie den Hasen? — Wo ist der Hase, ich sehe ihn nicht? — Er ist im Garten des prächtigen Schlosses. — Ist der Ochse auch dort (такъ)? — Nein, er ist nicht dort, sondern beim Fleischer. — Bei welchem Fleischer? — Bei dem Nachbar meines Vaters. — Hat Ihr Vater sein Haus? — Mein Vater hat sein Haus und ein prächtiges Schloß. — Was ißt (кушаетъ) der Koch des Fürsten? — Er ißt den Hahn des Landmanns. — Was bittet der Knabe von (;) seinem Vater? — Er bittet von ihm Chocolade. — Hat sein Vater Chocolade? — Er hat deren sehr viel. — Hat er auch Thee und Kaffee? — Er hat ein wenig Thee, aber Kaffee hat er nicht. — Was befiehlt der Fürst seinem Unterthanen? — Er befiehlt ihm zu reden. — Geben Sie Ihrem Bruder Zucker genug? — Ich gebe ihm Zucker genug und Honig genug. — Wo ist der Engel (ангелъ)? — Er ist im Paradies. — Welche Uhr ist es? — Ich weiß es nicht (я того не знаю). — Sehen Sie den großen Hahn? — Nein, ich sehe einen kleinen Hahn und einen großen Adler. — Wo ist der Adler? — Er ist im Walde. — Und wo ist der Hasen? — Er ist am (у) Rande des Gartens. — Geben Sie dem Bettler etwas Tabak? — Dem Bettler gebe ich etwas Tabak, dem Matrosen aber gebe ich dessen viel. — Wer giebt dem Bettler ein Stück Brod? — Christus giebt dem Bettler Brod. — Wo ist meine Geldbörse? — Ihr Advokat hat sie. — Hat er auch meine Brieftasche? — Nein, er hat sie nicht. —

Was hat der Koch des reichen Fürsten? — Er hat einen Topf und einen Kessel. — Was hat er noch (eщё)? — Ich weiß es nicht. — Haben Sie diese Gans oder jenen Hasen? — Ich habe weder diese Gans, noch jenen Hasen, ich habe den Ochsen des Fleischers. — Hat der Koch den Hahn? — Er hat den Hahn nicht, er hat den Hasen.

15. Aufgabe.

Geben Sie ihm einen alten Ochsen? — Nein, ich gebe ihm ein junges Kalb. — Wem geben Sie dieses lederne Taschenbuch? — Ich gebe es dem, den ich sehe. — Sehen Sie mich? — Nein, mein Herr, ich sehe Sie nicht. — Wen sehen Sie? — Ich sehe den reichen Fremden. — Hat Ihr Sohn seinen (eignen) Mantel? — Nein, ich gebe ihm den Mantel meines jungen Bruders. — Hat Ihr Koch diesen Hasen oder jenen, oder hat er dieses junge Kalb? — Ich sehe bei ihm weder einen Hasen noch ein Kalb. — Geben Sie dem Bettler weißes Brod? — Nein, mein Herr, ich habe nicht genug weißes Brod, ich gebe ihm schwarzes Brod und etwas Käse. — Hat dieser Bettler auch einen Sohn? — Nein, er hat weder einen Sohn noch einen Bruder, doch er hat einen arbeit= samen und guten, aber armen Vater. — Sieht der Matrose sein Schiff? — Er hat kein (eigenes) Schiff, das Schiff hat der reiche Kaufmann, sein Herr. — Hat der Zar ein präch= tiges Schloß? — Ja, mein Herr, er hat das große und präch= tige Schloß seines reichen Unterthans. — Sehen Sie den Russen? — Nein, mein Herr, ich sehe nicht den Russen, son= dern den Franzosen, den Türken und den Engländer.

Neunte Lektion. — ДЕВЯТЫЙ УРОКЪ.

Gieb, дай.	Gebet, Geben Sie, } дайте.
Gieb mir den Mantel!	Дай мнѣ плащъ!
Geben Sie mir, ich bitte, Brod.	Дайте мнѣ, пожалуйста, хлѣба.

Ich bitte.	Пожа́луйте. Пожа́луйста.
Iß, ку́шай.	Трини́, пей.
Essen Sie, ку́шайте.	Тринкен Sie, пейте.
Spiele, игра́й.	Sprich, говори́.
Spielen Sie, игра́йте.	Sprechen Sie, говорите.
Lese, чита́й.	Schreibe, пиши́.
Lesen Sie, чита́йте.	Schreiben Sie, пиши́те

153. **Mit.** Съ, со (regiert den Instrumental).

Bemerkung 1. Со steht vor Wörtern, die mit mehreren schwer auszusprechenden Consonanten anfangen. (29).

Mit dem Vater.	Съ отце́мъ.
Mit mir.	Со мно́й.
Mit wem?	Съ кѣмъ (von кто)?
Womit?	Съ чѣмъ (von что)?
Mit jenem.	Съ тѣмъ (von тотъ)?
Durch wen? кѣмъ?	Durch meinen, Durch deinen, свои́мъ Durch einen,
Von wem? кѣмъ?	
Durch mich, мной.	
Durch dich, тобо́й.	Durch mich, dich, sich selbst, собо́й.
Mit dir, съ тобо́ю.	Durch diesen, этимъ, симъ.
Durch ihn, имъ.	Durch den (von тотъ), тѣмъ
Mit ihm, съ нимъ.	Wodurch? чѣмъ?
Durch welchen, кото́рымъ.	Durch was für einen? каки́мъ?
Sehen Sie mich mit meinem Vater?	Ви́дите ли вы меня съ мои́мъ отце́мъ?

154. (Er ist) gegeben. Да́нъ.
(Er ist) gesehen. Ви́дѣнъ.

Der Hammer ist mir vom Schmied gegeben.	Молото́къ да́нъ мнѣ кузнецо́мъ.
Das Schiff ist vom Matrosen gesehen.	Кора́бль ви́дѣнъ матро́сомъ.
Von wem (durch wen) ist dieses Schiff gesehen?	Кѣмъ ви́дѣнъ этотъ кора́бль?
Vom Matrosen.	Матро́сомъ.

Bemerkung 2. Der Russe gebraucht selten das Particip, mehr das Imperfectum, sagt also statt: Von wem ñ dieses

Schiff gesehen? häufiger: wer hat dies Schiff gesehen? кто видѣлъ этотъ корабль? (siehe weiter).

Er sieht.	Онъ видитъ.
Der Goldarbeiter sieht.	Золотыхъ дѣлъ мастеръ видитъ.
Der Gefährte, Kamerad, товарищъ.	Der Bauer, земледѣлецъ.
Der Anker, якорь.	Die Amsel, Drossel, дроздъ.
Das Steuer, руль.	Der Schlüssel, ключъ.
Die Tasche, карманъ.	Der Kranz, вѣнецъ.
Der Held, герой.	Der Bösewicht, злодѣй.
Frech, verwegen, дерзкій.	Feige, труслявый.
Listig, хитрый.	Schlau, лукавый.
Bescheiden, скромный.	Vorsichtig, осторожный.
Der Sänger, пѣвецъ.	Unvorsichtig, неосторожный.

16. Aufgabe.

Giebt der Bauer dem Diebe seine Tasche? — Nein, er giebt dem Diebe nicht seine Tasche, und du giebst sie ihm auch nicht. — Siehst du den Dieb? — Ich sehe ihn nicht, aber ich sehe diesen frechen Bösewicht, welcher die neue Börse jenes armen Reiters hat. — Sehen Sie jenen tapfern Helden mit seinem großen Sohne? — Ich sehe den Helden, aber ich sehe nicht seinen Sohn. — Was hat jener Thor? — Er hat ein großes Stück Käse mit Schinken. — (Ist) ihm der goldene Leuchter gegeben? — Nein, ich gebe keinen goldenen Leuchter einem armen Knaben. — Hat er das Weißbrod mit dem Käse? — Womit? — Mit dem guten Käse des jungen Kaufmanns. — Nein, er hat nicht den Käse des Kaufmanns, sondern das Weißbrod des Bäckers. — Von wem (ist) dir der stählerne Nagel gegeben? — Vom fleißigen Schmiede. — Wen sieht er? — Den feigen Bösewicht. — Sieht er die Amsel? — Nein, er sieht sie nicht. — Sieht er nicht den alten Kahn des Holländers mit der weißen Gans? — Er sieht ihn. — Wen sehe ich? — Sie sehen den bescheidenen Sänger mit der kleinen Nachtigall und den unachtsamen Schüler mit dem listigen Sperling. — Sehen Sie den alten Helden mit seinem Kranze? — Ich sehe ihn, aber mein Bruder sieht ihn nicht. — Hat nicht dieser Schmied einen neuen eisernen Nagel und einen alten hölzernen Hammer? — Er hat diesen, aber nicht jenen. — Wessen Laterne hat die Schildwache des Königs? — Sie hat ihre (eigne). — Sehen Sie mich mit meinem jungen Bruder? — Ihren Bruder sehe ich, doch Sie sehe ich nicht. — Der Bauer hat das Schloß mit dem eisernen Schlüssel. — Womit? — Mit dem schönen, eisernen Schlüssel. — Ich sehe den bescheidenen Helden mit dem Bösewicht. — Mit wem? — Mit dem schlauen, aber feigen Bösewicht. — Hat der reiche Fürst das prächtige Schloß mit dem großen schönen Garten? — Er hat weder diesen noch jenes, aber ich gebe ihm ein großes Haus mit einem schönen Garten. — Was giebst du ihm? — Jenen großen Garten mit dem alten Eichenbaum. — Giebst du mir den großen Bienenstock? — Ich gebe dir weder den Bienenstock, den du siehst, noch den Honig. — Wer hat den Garten (hier)? — Der Kaufmann hat ihn, welcher das neue Schiff mit dem eisernen Boote hat.

17. Aufgabe.

Sehen Sie nicht mein Federmesser mit einem Stück Kreide? — Ich sehe nicht Ihr Federmesser, sondern das meinige; aber ich sehe Ihren Lehrer mit einem Stück Rhabarber. — Siehst du meinen Schuster mit meinem neuen Stiefel? — Ich sehe ihn, aber mein junger Bruder sieht ihn nicht. — Wessen Stiefel hat er? — Er hat den, welchen Sie sehen, den seinigen. — Von wem ist er ihm gegeben? — Von seinem guten alten Vater. — Sieht mein guter Vater nicht den Mann mit der Gerste? — Er sieht ihn nicht, aber er sieht dessen Kameraden mit dem Hafer. — Was für einen Mönch sieht der böse Advokat meines guten Bruders? — Er sieht keinen Mönch, sondern einen Bettler mit einer weißen Taube, einem kleinen Adler und einem alten Hahn. — Von wem (ist) der alte Hahn dem alten Bettler gegeben? — Vom bescheidenen Koch des guten Fürsten. — Der junge König giebt einen goldenen Kranz dem tapfern Helden. — Sehen Sie nicht den fleißigen Deutschen mit dem reichen Enländer? — Ich sehe ihn mit einem armen Franzosen. — Was hat der Türke (da)? — Er hat einen eisernen Topf und einen Kessel mit Thee. — Wessen Fingerhut hat jener arme Schneider? — Er hat den seines Kameraden. — Von wem ist ihm dieser eiserne Fingerhut gegeben? — Von seinem armen Kameraden. — Hat jenes Schiff kein Steuer? — Es hat (eins), aber Sie sehen es nicht. — Wer sieht es? — Ich sehe es und mein Koch sieht es. — Sehen Sie unseres Vaters Koch mit der guten Chocolade? — Ich sehe ihn. — Was hat der Russe? — Er hat das Schwert des großen Zaren, seines guten Kaisers. — Sehen Sie jenes Schloß mit der großen Flamme? — Ich sehe das Schloß, aber nicht die Flamme. — Sehen Sie jenen Menschen mit dem großen Hasen? — Ich sehe weder den Menschen, noch den Hasen; ich sehe aber den reichen Franzosen mit dem baumwollenen Taschentuche und mit der hübschen Brieftasche. — Mit wem sehe ich unseren guten Andreas? — Sie sehen ihn mit seinem Bruder Nicolaus und seinem Vetter Alexis. — Ist dieser lederne Geldbeutel ihm von Alexis gegeben? — Nein, mein Herr, von seinem Herrn. — Von wem? — Von dem listigen Vater des schlauen Sohnes. — Womit sehe ich das große Schiff? — Mit dem eisernen Anker und dem hölzernen Steuer.

Zehnte Lektion. — ДЕСЯТЫЙ УРОКЪ.

Willst du?	Хо́четъ ли ты?
Wollen Sie?	Хоти́те ли вы?
Wollen Sie trinken?	Хоти́те ли вы пить?
Nein, ich will nicht trinken, aber essen.	Нѣтъ, я не хочу́ пить, но ку́шать.
Will Ihr Bruder essen?	Хо́четъ ли вашъ братъ ку́шать?
Ja, er will.	Да, онъ хо́четъ,
Weißt du?	Зна́ешь ли ты?
Nein, ich weiß nicht.	Нѣтъ, я не зна́ю.
Wissen Sie Ihre Lektion?	Зна́ете вы свой уро́къ?
Wir wissen sie.	Мы его́ зна́емъ.

5 *

155. Ich spreche.   Я говорю́.
    Du sprichst.   Ты говори́шь.
    Er spricht.   Онъ говори́тъ.

Wir sprechen.   Мы говори́мъ.
Ihr sprechet.   Вы говори́те.
Sie sprechen.   Они́ говоря́тъ.
Mit wem sprichst du?   Съ кѣмъ говори́шь ты?
Ich spreche mit meinem Vater.   Я говорю́ съ мой́мъ отцѐмъ.
Von wem sprechen Sie?   О комъ говори́те вы?
Vom Schmiede.   О кузнецѣ.
(Es ist) gesprochen.   Говоренὸ.

156. Wo? wo ist?   Гдѣ?
    Da, dort.   Тамъ.

    Hier.   { Тутъ.
             { Здѣсь.

    In.   Въ, во (vgl. 153.) (regiert den
                   Präpositional).

Wo sehen Sie den Türken?   Гдѣ вы ви́дите турка?
Ich sehe ihn in der Stadt.   Я его ви́жу въ го́родѣ.
Wo ist der Vater?   Гдѣ отѐцъ?
Er ist im Garten.   Онъ въ саду́?

Bemerkung 1. Diejenigen Wörter, welche im Genitiv
ein unbe= tontes -y annehmen (129. und 130.), nehmen im
Präpositional ein betontes -y an.

An, auf.   На (reg. den Präpositional).
Unter.   Подъ (reg. den Instrumental).

Der Schnitter, жнецъ.   Der Streiter, боѐцъ.
Der Stuhl, стулъ.   Das Zimmer, покои.
Das Theater, теа́тръ.   Das Getreide, хлѣбъ.
    Der Schuppen.   Сарай.
Der Tag, день.   Das Auge, глазъ.
Der Sack, мѣшо́къ.   Die Stimme, го́лосъ.
Das Feuer, огонь.   Der Buchhändler, книгопрода́...
Der Tempel, храмъ.   Der Pole, поля́къ.
    Der Däne.   Датча́нинъ.
    Der Markt.   Рынокъ.
Getreide= (adj.), хлѣбный   Die Scheune (Getreidescheune)
                   хлѣбный сарай.

157. Jemand, irgend wer. Кто, кто нибудь.
Niemand. Никто́.

Sehen Sie Jemand? Ви́дите ли вы кого́ нибудь?

Bemerkung 2. Кто нибудь, heißt eigentlich: wer es auch sei. Нибудь, bleibt stets unverändert.

Ich sehe Niemand. Я никого́ не ви́жу.
Mit wem sehen Sie meinen Vater? Съ кѣмъ ви́дите вы моего́ отца́?
Ich sehe ihn mit meinem Bruder. Я ви́жу его́ съ мои́мъ бра́томъ.

158. Bei den mit -ни zusammengesetzten Wörtern tritt die Präposition zwischen -ни und die zweite Hälfte des Wortes.

In wessen Hause sehen Sie ihn? Въ чьёмъ дому́ вы его́ ви́дите?

159. Ist er? Есть ли онъ? Онъ ли?

Ist er im Garten? (oder ein Anderer?) Онъ ли въ саду́?
Ist er im Garten? (oder anderswo)? Въ саду́ ли онъ?

Bemerkung 3. Dasjenige Wort, auf welchem der Nachdruck liegt, steht in der Frage voran und hat ли hinter sich.

18. Aufgabe.

Kellner (половой), haben Sie Thee? — Nein, wir haben nicht Thee, doch wir haben Kaffee. — Geben Sie mir also (такъ), ich bitte, Kaffee. — Haben Sie guten Kaffee? — Wir haben sehr guten Kaffee. — Mit wem ist mein Vater? — Ich weiß es nicht, mein Herr, wer mit ihm ist. — Lese, fauler Knabe! — Sage deine Lektion! — Wer giebt den goldenen Kranz dem muthigen Helden? — Den goldenen Kranz giebt das Volk dem Helden, seinem Wohlthäter. — Von wem ist dieses Federmesser deinem Bruder gegeben? — Es ist ihm von mir gegeben. — Sprechen Sie nicht mit diesem Bösewicht, er ist schlau und hinterlistig. — Wer giebt diesem guten Landmann den silbernen Becher? — Der reiche Goldschmied. — Sehen Sie den Garten des reichen Kaufmanns? — Ja, ich sehe ihn. —

Sehen Sie aber das Schloß des Fürsten? — Nein, ich sehe
das Schloß des Fürsten nicht, ich habe aber das Schloß des
arbeitsamen Schlossers. — Wer giebt dem Koch einen jungen
Hahn? — Der Kaufmann giebt ihm einen jungen Hahn und
eine schöne Amsel. — Giebt er ihm auch einen Hasen? — Nein,
er hat keinen Hasen. — Was haben Sie? — Ich habe eine
schöne Quappe. — Wer hat sie Ihnen gegeben? — Mir hat
sie der arbeitsame Landmann gegeben. — Wer ist dieser
Mann? — Ich kenne ihn nicht. — Was befiehlt der Vater
seinem kleinen Sohne? — Er befiehlt ihm, Roggenbrod zu
essen. — Was für Brod hat der Bäcker, Ihr Nachbar? — Er
hat sowohl Weißbrod als auch Roggenbrod. — Knabe, lese
gut (хорошо) deine Lektion! — Giebt Ihnen Ihr Schneider
Ihren Mantel? — Nein, er giebt ihn mir nicht. — Trinken
Sie ein Glas heiße (горячаго) Chocolade! — Geben Sie mir
den Schlüssel! — Was für einen Schlüssel? — Den eisernen
Schlüssel des alten Schlosses.

19. Aufgabe.

Sehen Sie jenen trägen Matrosen? — Ich sehe ihn. —
Wo sehen Sie ihn? — Ich sehe ihn im großen Boote. — Mit
wem redet er? — Er redet mit dem Kaufmanne. — Wovon redet
der Matrose? — Er redet vom Schiffe. — Geben Sie ihm Ihr
(eigenes) Federmesser? — Ich habe es nicht. — Wo ist es? —
Es ist hier. — Wo ist Ihr Bruder? — Er ist in unserer Scheune.
— Mit wem ist er dort? — Mit Niemand. — Wo ist der arbeit-
same Bauer? — Er ist in der Stadt. — Womit ist er da? —
Er ist da mit der Gerste und dem Hafer. — Wo hat er den
Hafer? — In dem Sacke. — Mit wem spricht er? — Er spricht
mit seinem Sohne von der Gerste. — Ist Jemand mit unserm
Knaben in dem Walde? — Sein Kamerad ist mit ihm da. — Hat
Jemand meinen silbernen Leuchter oder den meines Lehrers?
— Niemand hat Ihren Leuchter, aber den Ihres Lehrers habe
ich. — In welchem Zimmer ist unser neuer Tisch? — Er ist in
jenem Zimmer. — Ist er hier oder da? — Er ist weder hier,

noch da; er ist dort. — Wo ist mein neuer Rock? — Er ist
da, unter jenem Stuhle in dem großen Zimmer Ihres guten
Vaters. — Sehen Sie einen Matrosen? — Ich sehe einen Matrosen hier auf diesem schönen Ufer. — Wen sehe ich dort auf
der Brücke? — Sie sehen unsern guten Nachbar mit irgend
Jemand. — Mit wem sehe ich ihn? — Mit seinem fleißigen
und bescheidenen Sohne. — Wo ist mein fauler Schüler? —
Er ist im Schnee. — Hat Jemand meinen Schlüssel? — Niemand hat ihn; er ist in Ihrem Schuppen. — Giebt mir Niemand
sein Messer? — Andreas giebt Ihnen sein Messer. — Wo ist
Andreas? — Er ist im Garten mit dem schlauen Nicolaus
und dem arbeitsamen Alexis. — Mit wem ist er dort? — Mit
einem armen, aber fleißigen Knaben, welcher weder Vater,
noch Freund, noch Bruder hat. — Auf welchem Tische ist
mein Schlüssel? — Auf jenem. — In was für einem Schuppen
ist Ihr Vater? — In der Scheune. — Ist nicht Ihr Bruder
mit seinem neuen Kameraden auf dem Balle? — Mein Bruder
ist nicht da, aber sein Kamerad ist da. — Wo ist Ihr Bruder?
— Er ist mit dem neuen Deputirten unserer Stadt im Theater.
— Unter welcher Brücke ist das Schiff des Russen? — Unter
dieser; hier, unter dieser Brücke, auf welcher Sie den Reiter
mit dem kleinen Esel sehen. — Wen sehen Sie auf dem Wege?
— Ich sehe Niemand. — Wo ist unser Führer? — Er ist nicht
im Schlosse des Königs, sondern in dem jenes tapfern Helden, welchen Sie da am Ufer sehen.

20. Aufgabe.

Haben Sie das schöne Pferd des reichen Engländers? —
Ich habe es nicht. — Wo sind Sie? — Ich bin in der Scheune
des prächtigen Schlosses. — Womit ist der Bauer auf dem
Markte? — Er ist dort mit seinem schönen Getreide. — Wer
giebt dem Schnitter das stählerne Messer? — Niemand. — Wovon spricht der Pole mit dem Russen? — Er spricht mit ihm
vom Feuer im prächtigen Schlosse des Fürsten. — Was ist
unter dem Stuhle im Zimmer? — Ein seidener Beutel und eine

leberne Brieftasche. — Siehst du den schönen Schinken auf
dem Tische des faulen Koches? — Ich sehe keinen Schinken,
aber einen Hasen und einen Hirsch. — Wer sieht den Schinken?
— Niemand sieht ihn. — Es ist viel im Theater gesprochen
(worden). — Wer ist hier? — Hier ist Niemand. — Dort aber
auf dem Markte ist der arme Bauer mit dem reichen Kauf=
mann. — Was hat der arme Bauer? — Er hat viel Gerste,
aber wenig Hafer. — Siehst du den Hafer und die Gerste?
— Ich sehe weder den Hafer, noch die Gerste, er hat kein
Getreide auf dem Markte. — Giebst du mir den goldenen
Leuchter? — Ich gebe dir nicht den goldenen Leuchter, sondern
den silbernen Fingerhut.

21. Aufgabe.

Wovon sprechen Sie mit dem faulen Knaben? — Ich spreche
von seiner Lektion. — Von wem spricht der Schlosser? — Er
spricht vom Schmied. — Wo ist Ihr Bruder? — Er ist da. —
Ist er nicht hier? — Nein, er ist nicht hier. — Wer spricht mit
dem Schmied? — Mit ihm spricht Jemand. — Wo sind Sie?
— Ich bin hier. — Wollen Sie spielen? — Nein, ich will nicht
spielen. — Kennen (ich kenne я знаю) Sie den Polen, meinen
Freund? — Nein, ich kenne den Polen nicht, doch kenne ich
gut den Franzosen. — Welchen Franzosen kennen Sie? — Den=
jenigen (Toró), welchen auch Sie kennen. — Trinke (кушай),
mein Freund, ein Glas Chocolade! — Nein, ich will keine
Chocolade, ich will ein Glas Thee oder Kaffee. — Was geben
Sie mir? — Ich gebe Ihnen einen jungen Hasen und einen
Hahn. — Wen sehen Sie? — Ich sehe den schlauen Spieler
und den ehrlichen (честный) Mönch. — Was hat der reiche
Kaufmann? — Er hat schönen Filz. — Wo ist der Rock Ihres
Bruders? — Er ist beim Schneider. — Wer hat den Hammer
des Schlossers? — Mein Bruder hat ihn. — Haben Sie etwas
Weißbrod? — Ich habe dessen viel, aber kein Roggenbrod. —
Wer hat Roggenbrod? — Der Bruder meines Bäckers hat
dessen viel. — Wollen Sie Sammt? — Ich will dessen nicht,

mein Bruder aber will etwas Sammt und Indienne. — Haben
Sie nicht Kreide? — Ich habe keine Kreide; der Kaufmann,
mein Vetter, aber hat deſſen viel. — Wer iſt in dieſem Hauſe?
— In dieſem Hauſe iſt der Unterthan des guten Herrn. —
Was befehlen Sie? — Ich befehle nichts, ich bitte Sie aber,
geben Sie mir etwas Brod und Käſe. — Sprechen Sie mit
dem Franzoſen? — Nein, ich ſpreche nicht mit dem Franzoſen,
ich kenne ſeine Sprache (языкъ) nicht, ich ſpreche aber mit
meinem Landsmanne, dem Ruſſen. — Wer iſt dieſer Ruſſe? —
Er iſt der Vetter meines Freundes, welchen Sie kennen.

.

Eilfte Lektion. — ОДИННАДЦАТЫЙ УРОКЪ.

160. Erſte Declination. Declination der
männlichen Rennwörter.

Mehrheit, Plural. Мнóжественное числó.

| | A. Hauptwort. | | B. Concrescirtes Eigenschaftswort. | C. Adjectiviſches Fürwort. |
	Starke Form.	Schwache Form.		
Nominativ . .	-ы	-и	-ые (іе)	-и
Genitiv	-овъ (ей)	-й	-ыхъ (ихъ)	-ихъ
Dativ	-амъ	-ямъ	-ымъ (имъ)	-имъ
Accuſativ . . .	wie der Nominativ oder Genitiv.			
Inſtrumental .	-ами	-ями	-ыми (ими)	-ими
Präpoſitional	-ахъ	-яхъ	-ыхъ (ихъ)	-ихъ

161. Nach ſchwacher Form gehen alle, deren Charakter ь- iſt, alſo auch die, die auf einen Ziſcher auslauten
(23.), wie мужéй, (30., b.).

162. Wir sprechen.   Мы говори́мъ.
    Ihr sprechet.   Вы говори́те.
    Sie sprechen.   Они́ говоря́тъ.

163. Sie (plur.).   Они́ (vgl. 125.)

Sehen Sie die Männer?   Ви́дите ли вы мужей?
Ich sehe sie.   Я ихъ ви́жу (144.).
Haben die Männer die Brode?   Есть ли у мужей хлѣбы?
Sie haben sie.   Есть у нихъ.

Bemerkung 1. Alle indirecten Casus von они nehmen zu Anfang ein euphonisches н an, wenn vor ihnen eine Präposition steht (27. Bem. c.)

164. Есть, es ist, es giebt, unpersönlich gebraucht, steht auch bei dem Object im Plural. Zu erklären ist: Giebt es bei den Männern Brode? Es giebt (deren) bei ihnen.

165. Ihr (besitzanzeigendes   { Ихъ [deren] (unveränderlich
    Fürwort in Bezug auf   { vgl. 126.)
    mehrere Besitzer.)   { Свои (vgl. 104., 126. ꝛc.)

Wer hat das Brod der Männer?   У кого хлѣбъ мужей?
Ich habe ihr (deren) Brod.   У меня ихъ хлѣбъ.
Die Männer haben ihr (eigenes)   У мужей свой хлѣбъ.
    Brod.

    Diese.   Сій, э́ти.
    Jene.   Тѣ, (hat durch alle Fälle -ѣ
        anstatt -и) тѣхъ, u. s. w.

Was für Brode?   Какіе хлѣбы?

Bemerkung 2. Какой, geht in der Mehrheit nach der Tabelle der Adjectiva (B.).

Haben Sie { nicht die | Tisch?   Нѣтъ ли у васъ столовъ?
        { keine |
Ich habe { deren nicht }   У меня ихъ нѣтъ.
      { keine. }
Der Soldat, солдатъ.   Der Hirt, пастухъ.
Die Mücke, комаръ.   Der Stallknecht, конюхъ.
Spielen Sie?   Играете ли вы?
Nein, ich spiele nicht.   Нѣтъ, я не играю.

Was lieſt Ihr Bruder?	Что читаетъ вашъ братъ?
Er lieſt ſeine Lektion.	Онъ читаетъ свой урокъ.
Ich ſpiele.	Играю.
Ich eſſe.	Кушаю.
Ich leſe.	Читаю.

Bemerkung 3. Alle drei Zeitwörter werden wie знаю, ich weiß, ich kenne, conjugirt.

Der Flachs, лёнъ, gen. льну.	Der Kaiſer, императоръ.
Der Bock, козёлъ.	Die Waare, товаръ.
Johann, Иванъ.	Peter, Петръ.
Gregor, Егоръ.	Joſeph, Іосифъ, pop. Осипъ.
Baſil, Василій.	Conſtantin, Константинъ.
Alexander.	Александръ.
Der Hanf, конопель.	Neugierig, любопытный.
Jung, молодой, юный.	Erfahren, опытный.
Weiſe, мудрый.	Unerfahren, неопытный.

22. Aufgabe.

Was hat der Hirt? — Er hat Ochſen, Böcke und Eſel. — Was für Ochſen hat er? — Er hat große und junge Ochſen. — Haben die Hirten auch Hanf? — Sie haben keinen Hanf, aber die Kaufleute, welche die ſchönen baumwollenen Waaren und die zwirnenen Strümpfe haben, haben auch guten Hanf. — Was ſehen Sie dort? — Ich ſehe einen Schwarm großer Mücken. — Sehen Sie nicht jene neugierigen Nachtigallen und jene liſtigen Sperlinge mit den ſchönen jungen Tauben? — Ich ſehe ſie nicht; aber hier ſehe ich die erfahrenen Bauern und die arbeitſamen Schmiede mit ihrem fleißigen Knaben. — Was für Brode haben die Bäcker in dieſer Stadt? — Sie haben gute Weißbrode und ſchlechte Roggenbrode. — Welche Bäcker haben die guten Roggenbrode, die ich bei Ihrem kleinen Bruder ſehe? — Unſere Nachbarn haben ſie. — Hat der Tiſchler, welchen ich dort ſehe, gute neue Tiſche? — Er hat keine. — Wen ſieht der weiſe Fürſt? — Er ſieht Niemand. — Welche Kaufleute haben dieſe ſchönen großen Seehunde und die hübſchen kleinen Hirſche? — Diejenigen Kaufleute haben ſie, welche die feigen Haſen haben, die Sie dort sehen. — Was sehe ich dort für Männer? — Sie sehen die tapferen Helden unseres guten Vaters, des großen Kaisers. — Sehen Sie in jenen Wäldern nicht die Reiter mit ihren schlauen Kameraden? — Ich sehe in den Wäldern nicht die Reiter, sondern ihre Kameraden auf den Brücken hier. — Hat unser alter Lehrer viele fleißige Schüler? — Er hat wenig Schüler. — Haben Sie meine Messer oder die Ihrigen? — Ich habe weder diese, noch jene, ich habe die jener trägen Schildwachen. — Haben Sie Stiefel genug? — Ich habe deren genug. — Sehe ich dort die Schlösser des Königs oder seine Schiffe? — Sie sehen seine Schlösser, aber nicht seine Schiffe. — Wessen Schiffe sehe ich? — Sie sehen die der reichen Deutschen und die ihrer Kameraden, der arbeitsamen Holländer. — Was haben jene Hähne? — Sie haben etwas Gerste. — Was haben Ihre Köche? — Sie haben silberne Leuchter, neue Kessel, gute große Laternen und auch gute Chocolade und schlechten Kaffee. — Wessen Gänse hat dieser Mann? — Er hat die seinigen. — Hat er nicht die unsrigen? — Nein, mein Herr, die unsrigen hat jener große Mann mit dem weißen Rocke.

23. Aufgabe.

Mit wem spricht der Soldat? — Er spricht mit den Schildwachen. — Wo sieht er die Schildwachen? — Er sieht sie auf dem Markte. — Was hat der reiche Kaufmann auf seinen großen Schiffen? — Er hat dort viel Hafer und Gerste, aber wenig Hanf. — Von wem ist dem bescheidenen Helden dieser goldene Kranz gegeben? — Von dem Zaren Alexander mit seinem Bruder Nicolaus. — Wo ist Peter und Johann? — Sehen Sie Ihren Vetter Alexander mit seinen Nachbarn im Theater? — Ich sehe weder Alexander noch seine Nachbarn, sondern die faulen Söhne der reichen Väter, welche in (ihren) großen Taschen seidene Geldbeutel haben. — Er sieht Euch nicht. — Wen sieht er nicht? — Weder uns noch Euch. — Haben die Sperlinge eine schöne Stimme? — Nein, aber die Nachtigallen haben eine schöne Stimme. — Wovon sprechen Sie? — Wir sprechen von den prächtigen Schlössern des Kaisers der Franzosen. — Von welchem Kaiser sprechen Sie? — Von dem Kaiser, welcher viele tapfere Soldaten hat. — Was für Waaren haben diese arbeitsamen Kaufleute? — Sie haben Zucker, Kaffee, Thee, Honig, Wachs, viel Hanf und wenig Flachs. — Von wem ist den Hirten der Sack mit den ledernen Stiefeln und den baumwollenen Schuhen gegeben? — Er (ist) ihnen von den weisen Greisen auf dem prächtigen Markte gegeben.

24. Aufgabe.

Haben Sie Tische? — Ich habe keine Tische, aber die Tischler haben deren viele. — Sehen Sie den Glöckner? — Den Glöckner sehe ich nicht, ich sehe aber den Stiefelmacher. — Mit wem spielt Andreas? — Er spielt mit Knaben, seinen Kameraden. — Spielen auch Sie mit ihnen? — Nein, ich spiele nicht mit ihnen. — Was ißt der arme Fischer? — Er ißt Roggenbrod, ein Stück Käse und etwas Zwiebel (лукъ), und Knoblauch. — Wessen Messer ist es? — Es ist das Messer meines Vetters. — Was für Messer haben Sie? — Wir haben die guten stählernen Messer unserer reichen und geschickten Schlosser. — Was für Passagiere hat dieser Fuhrmann (извóщикъ)? — Er hat reiche und gute Passagiere. — Wen sehen Sie? — Ich sehe ehrliche Mönche. — Wollen Sie ein Stück Schinken? — Nein, ich esse nicht Schinken. — Sehen Sie diese Kaufleute? — Das sind keine Kaufleute, sondern Thoren. — Was für Dielen sind in diesen Häusern? — In diesen Häusern sind eichene (дубóвый) Dielen. — Kennen Sie meine Vetter? — Nein, ich kenne Ihre Vetter nicht, ich kenne aber gut Ihre Brüder und Nachbarn. — Wem geben Sie diese Gläser? — Ich gebe sie dem Besitzer des prächtigen (великолѣпный) Gasthauses (трактúръ). — Was befiehlt der böse Knabe seinem fleißigen Bruder? — Er befiehlt ihm zu spielen. — Will sein Bruder spielen? — Nein, er will nicht. — Wollen Sie trinken oder essen? — Nein, ich will weder trinken noch essen. — Sehen Sie das Schloß des reichen Fürsten? — Nein, ich sehe weder sein Schloß noch seinen Garten. — Was sehen Sie? — Ich sehe einen dichten (дремучій) Wald. — Geben Sie mir, ich bitte, meinen Mantel! — Ich habe Ihren Mantel nicht, Ihre Vetter haben ihn. — Mit wem spricht dieser Knabe? — Er spricht mit seinen Freunden. — Weißt du schon deine Lektion? — Nein, ich weiß sie noch nicht.

Zwölfte Lektion. — ДВѢНАДЦАТЫЙ УРОКЪ.

166. Ich sah, я видѣлъ.	Ich sprach, я говорилъ.
Du sahst, ты видѣлъ.	Wir sprachen, мы говорили.
Er sah, онъ видѣлъ.	Ich gab, я далъ.
Wir sahen, мы видѣли.	Wir gaben, мы дали.
Ihr sahet, вы видѣли.	Ich habe gesehen, ⎱ я видѣлъ.
Sie sahen, они видѣли.	Ich hatte gesehen, ⎰
Ich spielte, я игралъ.	Ich trank, я пилъ.
Ich las, я читалъ.	Ich schrieb, я писалъ.
Zu Mittag essen, обѣдать.	Zu Abend essen, ужинать.
Frühstücken, завтракать.	Vespern, полдничать.

Bemerkung 1. Die russischen Zeitwörter haben nur drei Zeitformen des Indicativis: Gegenwart, Vergangenheit und Zukunft (siehe Lektion vierundfünfzig).

167. Gegenstände, die paarweise vorhanden sind, oder aus zwei gleichen Theilen bestehen, haben im Nominativ des Plurals ein betontes -á zur Endung.

Bemerkung 2. Durch die Tonstelle unterscheidet sich dieser Plural meistens von dem sonst gleichlautenden Genitiv der Einheit, z. B.; бéрега, des Ufers, берегá, die Ufer.

Die gebräuchlichsten Wörter der Art sind:

Das Auge, глазъ.	Der Mühlstein, жёрновъ.
Die Dachrinne, жёлобъ.	Der Schinken, óкорокъ.
Der Ufer, кúперъ.	Das Segel, пáрусъ.

Der Anker, я́корь.
    Der Kutschkasten, das Linden=
    bastkörbchen.
Der Korb, ко́робъ.
Der Wechsel, ве́ксель.
Der Stempel, штемпель.
    Der Ladstock.
Das Haus, до́мъ.
Der Keller, по́гребъ.
Die Kuppel, ку́полъ.
Die Struse (eine-Art langer Kähne).
Die Stadt, го́родъ.
Die Wiese, лугъ.
    Der Birkhahn.
Der Habicht, я́стребъ.
Der Wächter, сто́рожъ.
Der Jäger, е́герь.
Der Doctor, до́кторъ.
Der Schreiber, писа́рь.
Der Meister, ма́стеръ.
Die Stimme, го́лосъ.
    Das Jahrhundert, Zeitalter.
Der Abend, ве́черъ.
Der Schnee, снѣгъ.

Der Aermel, рука́въ, -á
Ку́зовъ.
Der Hobel, стругъ.
Die Wetterfahne, флю́геръ.
Der Rubel, рубль.
Der Gürtel, по́ясъ.
Шо́мполъ.
Der Hof, дворъ.
Der Schweinstall, хлѣвъ.
Der Heuschober, стогъ.
Стругъ.
Der Wald, лѣсъ.
Die Gegend, der Rand, край.
Те́теревъ.
Der Eber, бо́ровъ.
Der Seekadet, Midshipman, ми́чманъ.
Der Koch, по́варъ.
Der Arzt, ле́карь.
Der Kutscher, ку́черъ.
Das Corps, ко́рпусъ.
Das Eingeweide, по́трохъ.
Вѣкъ.
Die Kälte, хо́лодъ.

Grundzahlen, Cardinalia. *Коли́чественныя чи́сла.*

168. Eins, ein. Одѝнъ, Genitiv одного́. [Geht nach der Tabelle der Fürwörter C.]

Einzelne, allein. Одѝнъ, (plur.).

169. Wie viel? Ско́лько? (reg. den Genitiv.)

Wieviel Tische haben Sie? Ско́лько столо́въ у васъ?
Ich habe einen Tisch. У меня́ одѝнъ столъ.
Wieviel Männer sehen Sie? Ско́лько мужей вѝдите вы? (161.)
Ich sehe einen Mann. Я вѝжу одного́ мужа.

Zwei, два, drei, три, vier, четы́ре, beide, о́ба.

170. So viel. Сто́лько (reg. den Genitiv).

Wieviel Brüder haben Sie? Ско́лько у васъ бра́тьевъ?
So viel wie Sie. Сто́лько, ско́лько у васъ.
Auf dem Markte ist so viel Flachs. На ры́нкѣ сто́лько конопля́.

Bemerkung 3. So viel als, soviel wie, сто́лько-ско́лько.

171. Wenn diese vier letzteren Zahlwörter im No=
minativ stehen, haben sie das Hauptwort im Genitiv der
Einzahl nach sich.

Bemerkung 4. Da bei leblosen Gegenständen der
Accusativ dem Nominativ gleich ist, so haben sie in diesem
Falle auch den Genitiv der Einheit nach sich.

Bemerkung 5. Nach diesen Zahlwörtern steht nie
der Genitiv auf y (129., 130.), sondern stets der Genitiv
auf -a.

Bemerkung. 6. Dieser anscheinende Genitiv des Sin=
gulars ist eigentlich der Nominativ oder Accusativ eines
veralteten Duals [Zweizahl] (vgl. 96. a. Bem.) und
man sagt gewiß besser: два берега. zwei Ufer, als два
берега.

172. Steht bei dem Hauptworte noch ein Adjectiv,
so steht dieses im Nominativ oder Genitiv der Mehr=
heit.

Wir haben zwei Tische.	У насъ два стола.
Wir haben zwei neue Tische.	У насъ два { нóвне / нóвихъ } стол..
Ich sehe vier Tische.	Я вижу четíре стола.

173. In den übrigen Fällen richten sie sich nach
dem Casus ihres Hauptwortes (vgl. 103.). Ihre
Declination ist folgende:

Nominativ . . . два . . . три . . . четíре . . . óба.
Genitiv . . . . . двухъ . трёхъ . четырёхъ . обóихъ.
Dativ . . . . . . двумъ . трёмъ . четíремъ . обóимъ.
Accusativ . . . wie der Nominativ oder Genitiv (7., b.)
Instrumental . двумя . тремя . четíрьмя . обóими.
Präpositional . двухъ . трёхъ . четíрёхъ . обóихъ.

Ich sehe beide Freunde.	Я вижу обóихъ пріятелей.
Sehen Sie den Hirten mit den drei Ochsen?	Видите ли вы пастухá съ тремя быкáми?
Auf beiden Ufern.	На обóихъ берегáхъ.

174. Nur. Тóлько.

Wir haben nur einen Freund.	У насъ тóлько одинъ пріятель
Fünf, пять.	Acht, вóсемь.

Sechs, шесть. Neun, дѣвять.
Sieben, семь. Zehn, десять.

175. Die Zahlen von пять an haben, wenn sie im Nominativ oder Accusativ stehen, den Genitiv der Mehrheit des Hauptworts nach sich.

Bemerkung 7. Wenn diese Zahlen vor den Haupt=wörtern stehen, werden sie declinirt:

Nom.	пять,	шесть,	семь,	вóсемь,	дéвять,	дéсять.
Genit.	пяти́,	шести́,	семи́,	восьми́,	девяти́,	десяти́.
Dat.	пяти́,	шести́,	семи́,	восьми́,	девяти́,	десяти́.
Accuſ.	пять wie der Nominativ.
Inſtr.	пятью́,	шестью́,	семью́,	вóсьмью,	девятью́,	десятью́.
Präp.	о пяти́,	шести́,	семи́,	восьми́,	девяти́,	десяти́.

Er hat fünf Ochsen. У негó пять быкóвъ.
Er sieht sechs Häuser und sieben Онъ ви́дитъ шесть домóвъ и семь
Gänse. гусéй.
Der Mittag, обѣдъ. Das Frühſtück, зáвтракъ.
Das=Abendbrod, ýжинъ. Das Vesperbrod, пóлдникъ.
Heute, сегóдня. Morgen, зáвтра.
Gestern, вчерá. Vorgestern, трéтьяго дня.
Übermorgen. Послѣзáвтра.
Die Suppe. Супъ.
Die Weintrauben. Виногрáдъ.

25. Aufgabe.

Wieviel Reiter sieht der Knabe? — Er sieht nur einen Reiter. — Hat er auch einen Esel gesehen? — Er sah zwei Esel und auch sechs Hirsche. — Mit wem sprechen Sie? — Nie=mand sprach hier. — Wo haben Sie die drei großen Löwen gesehen? — Ich habe sie auf dem Hofe unseres alten Nach=bars, welcher die zwei schönen Häuser hat, gesehen. — Sehen Sie die Anker jenes Schiffes? — Ich sehe nicht die Anker, sondern nur die Segel jenes schönen Schiffes. — Was für Hobel hat der Tischler, den Sie mit jenem Thoren sehen? — Er hat neue Hobel. — Wieviel neue Hobel hat er? — Er hat nur zwei neue Hobel und vier alte. — Spricht der Landmann von den Schweinställen in seinem Hofe und den Kellern unter seinem Hause? — Er hat mir weder von diesen noch

Joel u. Fuchs, Russische Gramm. 6

von jenen gesprochen; er spricht nur von seinen schönen
Wiesen und den großen Wäldern seines guten Fürsten. —
Wieviel Schreiber sehen Sie in dem Hause des Arztes? —
Ich sehe keinen Schreiber in seinem Hause. — Hat dieses Haus
Wetterfahnen? — Es hat zwei Wetterfahnen. — Haben Sie
den Wechsel unseres neuen Kaufmanns? — Ich habe ihn nicht;
aber mein Bruder hat die Wechsel unserer beiden Kaufleute.
— Wieviel Schuhe gab Ihnen mein Schuhmacher? — Er hat
mir wenig Schuhe gegeben, er hat deren nur sechs. — Wieviel Soldaten hat unser Fürst? — Er hat nur zehn Soldaten;
er hat nur vier Soldaten. — Hat Ihr neues Haus Dachrinnen? — Es hat Dachrinnen und Wetterfahnen. — Hat das
alte Schloß des Königs Kuppeln? — Es hat keine. — Sehen
Sie die Ladstöcke jenes feigen Soldaten? — Ich sehe nur einen Ladstock und zwei Soldaten. — Haben Sie in der Stadt
guten Honig? — Wir haben keinen Honig in der Stadt; aber
auf unserm Hofe sehen Sie drei Bienenkörbe und zehn schöne
weiße Gänse, sechs junge Tauben, einen Esel, einen Heuschober, Mühlsteine, Bastkörbchen und zwei tapfere Hähne. —
Wen sieht der listige Matrose? — Er sieht die See-Cadetten
seines Schiffes. — Sieht die Taube jene Habichte? — Die
Taube sieht sie nicht, aber die Gans sieht sie. — Sehen Sie
diese schönen Ufer mit ihren großen Wäldern und guten
Wiesen? — Ich sehe die Gegenden, die Sie sehen.

26. Aufgabe.

Mit wem hast du hier gesprochen? — Ich sprach mit dem
fleißigen Schüler des aufmerksamen Lehrers von der großen
Wiese in der prächtigen Stadt des Königs. — Wieviel
Birkhähne hast du im Walde gesehen? — Ich habe dort zehn
Birkhähne und drei Eber gesehen. — Du sprichst von drei
großen Ebern? — Ja, mein Herr. — Wem giebst du diese vier
hübschen Tauben? — Ich gebe sie dem erfahrenen Arzte, den
Sie bei meinem Bruder im Zimmer gesehen haben. — Hat der
Arzt Ihres Bruders sein eigenes Haus in der Stadt? — Der

Arzt hat kein Haus, der Doctor aber hat sein Haus. — Wem
gehören (Wessen sind) diese Böcke? — Von welchen Böcken
sprechen Sie? — Von den sieben Böcken dort im Walde. —
Hat Basil Ihnen das neue Federmesser gegeben? — Nein,
er sprach mit seinem Vater, der ein Däne ist. — Warum
sprach er mit ihm? — Sein Vater hat ihm etwas Sammt
und viel Indienne gegeben. — Hat der Vater Geschmack?
— Nein, mein Herr, er hat wenig Geschmack.

27. Aufgabe.

Was hat der arbeitsame Matrose gesehen? — Er hat ein
schönes Schiff mit weißem Salpeter und eisernen Ankern
gesehen. — Was hat Ihnen Ihr Vater gegeben? — Er gab mir
fünf Rubel. — Wieviel Schober sind auf dem Hofe? — Auf
dem Hofe dieses Hauses sind drei hohe Schober. — Hat der
fleißige Landmann ebensoviel Schober? — Nein, er hat sieben
Schober. — Hat Ihr Vetter schon (уже) zu Mittag gegessen?
— Nein, er hat nicht zu Mittag gegessen, er hat gevespert. —
Wer ist dieser Mann? — Es ist der Jäger des Königs. — Hat
der Sänger eine gute Stimme? — Er hat eine gute Stimme.
— Mit wem hat der Matrose auf dem Hofe gesprochen? —
Er sprach mit dem jungen Midshipman. — Mit welchem Mid=
shipman sprach er? — Mit dem, welchen Sie kennen. — Ich
kenne den Midshipman nicht, ich kenne den Kapitän (капитáнъ).
— Wollen Sie frühstücken? — Ich danke (благодарю), ich habe
schon gefrühstückt. — Was haben Sie heute zu (къ mit dat.)
Mittag? — Wir haben heute zu Mittag Suppe (супъ), Schin=
ken, einen jungen Hasen, einen Birkhahn, Weintrauben und
Käse. — Haben Sie Ihre eigenen Weintrauben? — Nein, ich
habe nicht meine eigenen, sondern diejenigen meines arbeit=
samen Nachbars. — Wessen Pferd hat der Reiter? — Der Rei=
ter hat sein eigenes Pferd. — Was ist das im Garten des
reichen Kaufmanns, eine Eiche (дубъ) oder ein Ahorn (вязъ)?
— Das ist weder eine Eiche noch ein Ahorn, sondern eine
Ulme. — Wer ist am Ufer des Bachs? — Das ist ein Fischer

6*

mit seinem Kahn. — Was hat er für einen Kahn? — Er hat
einen eichenen Kahn. — Hat der Kaufmann viel Sammt? —
Er hat wenig Sammt, aber viel Indienne. — Wem geben
Sie drei Rubel? — Ich gebe die Rubel meinem Bruder, aber
nicht drei Rubel, sondern fünf. — Geben Sie mir, ich bitte,
ein Stück Kreide! — Was befehlen Sie mir? — Ich befehle
Ihnen nicht, bitte Sie aber, geben Sie mir ein Stück
Kreide. — Wollen Sie auch einen Bleistift? — Nein, ich
danke ergebenst (покорно). — Wer hat den Hafer und die
Gerste? — Den Hafer hat der Landmann, und die Gerste
der Kaufmann.

Dreizehnte Lektion. — ТРИНАДЦАТЫЙ УРОКЪ.

176. **Sein.**   Быть.

Er ist.	Онъ есть.
Sie sind.	Они суть.

Bemerkung 1. Die erste und zweite Person in der
Einheit und in der Mehrzahl sind ganz veraltet; ist (есть).
und sind (суть), werden nur dann gebraucht, wenn ein be=
sonderer Nachdruck darauf liegt.

Ich war, я былъ.	Ich werde sein, я буду.
Du warst, ты былъ.	Du wirst sein, ты будешь.
Er war, онъ былъ.	Er wird sein, онъ будетъ.
Wir waren, мы были.	Wir werden sein, мы будемъ.
Ihr waret, вы были.	Ihr werdet sein, вы будете.
Sie waren, они были.	Sie werden sein, они будутъ.
Ich bin gewesen.	} Я былъ.
Ich war gewesen.	
Sprechen, говорить.	
Geben.	Sehen, видѣть.
Ich werde sprechen.	Дать, давать.
	Я буду говорить.

177. **Folgende Wörter haben nach Verschiedenheit
der Bedeutung** im Nominativ des Plurals -ы oder -á.

Der Blasebalg,	} мѣхъ.	Мѣхи.
Das Pelzwerk,		Мѣхá.

Die Form,	} о́бразъ.	Образы.
Das Heiligenbild,		Образа́.
Das Brod,	} хлѣбъ.	Хлѣбы.
Das Getreide,		Хлѣба́ (Getreidearten).
Die Blume,	} цвѣтъ.	Цвѣты́.
Die Farbe,		Цвѣта́.

178. Ohne Unterschied der Bedeutung haben sowohl -н als -á (я):

Das Monogramm, der Namenszug, Вензель.
Der Orden, о́рденъ.   Der Hammer, мо́лотъ.
Die Glocke, ко́локолъ.   Die Seite, бо́къ.
Das Haar, во́лосъ.   Das Horn, ро́гъ.
Die Insel, о́стровъ.   Das Jahr, го́дъ.

179. Folgende entlehnen ihre Mehrzahl auf -a von ihren theils gebräuchlichen, theils veralteten Collectivformen auf -ье:

Der Balken, бру́съ, das Gebälke, брусьё, Plur. бру́сья, бру́сьевъ, u. s. w.
Der Pfahl, колъ, das Pfahlwerk, колье́, Plur. ко́лья.
Der Lappen, ло́скутъ, das Lappenwerk, лоскутьё.
Der Ast, су́къ, das Geäste, сучьё, (22, b.).
Der Lindenbast, лубъ, collect. (лубьё).

Die Ruthe, пру́тъ (прутье).   Der Stiel, че́ренъ (череньё).
Der Haufe, ко́мъ (комьё).   Die Aehre, ко́лосъ (колосьё).
Das Hitzbläschen, пузы́рь (пу-   Die Schlittenkufe, по́лозь (полозьё).
зырья́).
Der Stuhl, сту́лъ (стульё).   Der Bruder, бра́тъ (братьё).

Bemerkung 2. Die eingeklammerten Wörter sind im Singular ungebräuchlich, dienen aber die Bildung des Plurals.

180. Neben der collectiven Pluralform -ья haben zugleich die regelmäßige auf -и:

Der Büschel, кло́къ, [22., b.]   Der Schorf einer Wunde, стру́пъ.
Die Radfelge, о́бодъ.   Der Stein, ка́мень.
Der Haken, крю́къ (крючьё.)   Die Kohle, у́голь (угольё).
[22., b.]   Der Fürst, кня́зь.
Der Keil, кли́нъ.   Der Klotz, Stamm, пе́нь, plur. пни.
Der Schwiegersohn, зять. [vgl.   Der Freund, дру́гъ.
182., a.]

Bemerkung 3. Друзья́ und князья́ gehen in die zweite Declination über; Genitiv: друзе́й, князе́й, u. s. w.

Bemerkung 4. Другъ, Freund, ist Liebkosungswort, пріятель heißt jede angenehme Bekanntschaft.

181. Andere haben nach Verschiedenheit der Bedeutung die regelmäßige Endung -и oder die Collectiv-Endung -ья:

Der Zahn, зубъ, die Zähne,	im Munde	зубы.
	in der Säge, im Kamme	зубья.
Das Blatt, листъ, die Blätter,	Papier	листы́
	am Baume . . .	ли́стья.
Der Mann, мужъ, die Männer,	allgemein	мужи́.
	Ehemänner	мужья, [vgl. 182., b.]

182. Einige haben neben der regelmäßigen auf -и und der Collectiv-Form auf -ья noch eine Mehrheit auf -a von einem verlängerten Stamme auf -овье, wobei sie in die zweite Declination übertreten, und zwar:

a) ohne Unterschied der Bedeutung:

Der Gevatter, кумъ, Plur. кумы́ und кумовья, Gen. кумовёй, (vgl. 30. b)
Der Freiwerber, сватъ.
Der Schwager, Schwiegersohn, зять, Plur. зяти, зятья, зятовья, (vgl. 181.).

b) Bei verschiedener Bedeutung:

Der Sohn, сынъ, die Söhne,	des Vaterlandes сыны́.	
	des Vaters . . сыновья.	
Der Mann, мужъ, die Männer,	allgemein . мужи́.	
	Ehemänner . мужья, мужовья (vgl. 181.).	

Lieben Sie?	Любите, ли вы?
Ich liebe nicht.	Я не люблю.
Wer liebt?	Кто любитъ?
Mein Bruder liebt.	Мой братъ любитъ.
Liebst Du?	Любишь ли ты?
Wir lieben.	Мы любимъ.
Ihr liebet.	Вы любите.
Sie lieben.	Они любятъ.

28. Aufgabe.

Wieviel Brüder haben Sie? — Ich habe nur zwei Brüder, aber mein Kamerad hat sieben (Brüder). — Haben

Ihre Brüder treue Freunde? — Sie haben nur Bekannte,
aber keine Freunde. — Was hat der neugierige Knabe? —
Er hat [Baum=] Blätter und sein kleiner bescheidener Nach=
bar hat [Papier=] Blätter. — Hat der Vater mit seinen
Gevattern gesprochen? — Er hat keine Gevatter, er hat
nur Freunde. — Ist Ihr Vater im Schlosse des Königs
gewesen? — Er war in der Stadt, aber nicht im Schlosse
des Königs. — Sehen Sie die Steine (Gesteine) an jenem
Ufer? — Ich sehe nur (einzelne) Steine. — Wo (sind)
unsere neuen Stühle und Tische? — Ich sehe sie nicht. —
Sie sind in dem großen prächtigen Zimmer, in welchem Sie
unsere guten Gevatter sehen. — Haben diese jungen Fürsten
Orden? — Sie haben viele Orden. — Wer gab den jungen
Fürsten die vielen Orden? — Es gab sie ihnen der Kaiser
Franz, der Zar Alexander und der König von England,
(áнглійскій). — Hat der Schmied] einen Hammer? —
Er hat Kohlen und große Hämmer, aber sein Nachbar hat
nur Lumpen. — Hat der Schneider Ihrer [Ehe=] Männer
silberne oder eiserne Fingerhüte? — Unsere [Ehe=] Männer
haben keine Schneider mit silbernen Fingerhüten. — Hat
Ihr Lehrer Söhne? — Er hat keine Söhne, aber Schwieger=
söhne. — Wie viel Schwiegersöhne hat er? — Er hat drei
Schwiegersöhne. — Sehen Sie die großen Hörner jenes
Bockes? — Ich sehe zwei Böcke und einen Ochsen mit
schönen großen Hörnern. — Wo sehen Sie sie? — Ich
sehe sie dort auf der Wiese im Walde an diesem Ufer. —
Was für Haare hat der Greis? — Er hat schöne weiße
Haare und Zähne, aber seine jungen Söhne haben keine
Haare und schlechte Zähne. — Was sehen Sie dort? — Ich
sehe da die Heiligenbilder des Mönches und die Blasebälge
des Schmiedes; auch sehe ich schöne Blumen und die hüb=
schen Farben meiner neuen Röcke. — Was für Getreidearten
haben jene fleißigen Bauern? — Sie haben nur zwei Ge=
treidearten, Gerste und Hafer, aber sie haben gute Roggen=
brode und guten Käse.

29. Aufgabe.

Ich werde mit dem jungen Helden von dem frechen Bösewicht sprechen. — Hat der Bösewicht eine prächtige Burg? — Ich habe seine Burg nicht gesehen. — Wo sind die zehn Blätter [Papier]? — Sie sind bei den Kameraden des bescheidenen Lehrers. — Wird der Lehrer im Theater sein? — Nein, mein Herr, er ist auf dem prächtigen Schiffe des reichen Kaufmanns, des Vaters seines Schülers. — Warum ist er nicht im Schlosse des Königs? — Im Schlosse des Königs sind drei Kaiser und neun Fürsten. — Hat das Schloß des Fürsten auch einen Garten? — Ich habe den Garten des Schlosses nicht gesehen. — Waren Sie im Schlosse? — Ich war dort. — Wo ist der neugierige Franzose? — Er ist am Steuerruder im alten Kahne mit dem erfahrenen Engländer. — Giebst du mir drei Birkhähne? — Ich habe keine Birkhähne, doch ich gebe dir zehn Hasen, sieben Eber, vier Hirsche und drei Gänse. — Was für Gänse sind es? — Es sind die Gänse, die mir der Vater des treuen Koches gegeben hat. — Wer hat sie Ihnen gegeben? — Jener Greis, der den Rock von Tuch hat.

30. Aufgabe.

Mit wem haben Sie gesprochen? — Ich habe mit meinem Nachbar gesprochen. — Werden Sie heute den Secretär (секретáрь) des Gesandten (посóлъ) sehen? — Nein, ich werde ihn nicht heute, aber morgen sehen. — Werden Sie mit ihm sprechen? — Ja, ich werde mit ihm sprechen. — Wer hat Ihnen den Schinken gegeben? — Es hat ihn mir der Koch des Großfürsten gegeben. — Haben Sie dem Soldaten den Ladstock gegeben? — Nein, ich habe ihn ihm nicht gegeben. — Mit wem hat heute Ihr Vater gesprochen? — Mit Ihrem Vetter? — Nein, heute hat er mit ihm nicht gesprochen, er hat aber gestern mit ihm gesprochen. — Haben Sie dem Knaben den Aermel gegeben? — Nicht ich habe ihm den Aermel gegeben, es hat ihn ihm vorgestern der Schneider gegeben. — Welcher Schneider? — Der Freund des Stiefelmachers. — Wieviel Pferde hat Ihr Onkel? — Er hat deren mehr als zehn. — Hat er gute Pferde? — Alle seine Pferde sind gut. — Wieviel Ochsen hat der Hirt? — Er hat jetzt drei Ochsen, hatte aber sechs. — Wo waren Sie jetzt? — Ich war im Hause meines Vetters. — Werden Sie morgen dort sein? — Nein, morgen werde ich nicht dort sein. — Hat der Bäcker Getreide gekauft? — Ja, er hat Getreide gekauft, und mir Brode gebacken (печь). — Was für Hörner hat der Ochse? — Er hat große Hörner. — Was für Klöße haben Sie auf dem Hofe? — Ich habe auf dem Hofe eichene Klöße. — Hat der Greis gute Zähne? — Der Greis hat gute Zähne, aber auch sein Kamm hat gute Zähne. — Wollen Sie trinken? — Ja, ich will trinken; geben Sie mir ein Glas Thee! — Haben Sie heute gegessen? — Ja, ich habe drei Mal (три разъ) gegessen: gefrühstückt, zu Mittag gespeist und gevespert. — Haben Sie schon zu Abend gegessen? — Nein, ich habe noch nicht zu Abend gegessen. — Was bittet der Bettler von Ihnen? — Er bittet von mir drei Rubel. — Wollen Sie sie ihm geben? — Ja, ich will sie ihm geben. — Haben Sie mit meinem Freunde gesprochen? — Ja, ich habe mit ihm gesprochen. — Wen haben Sie heute gesehen? — Heute habe ich den feigen Dieb gesehen.

Vierzehnte Lektion. — ЧЕТЫРНАДЦАТЫЙ УРОКЪ.

183. Der eine, одинъ.
Der andre, другой.

Die einen, одни.
Die andern, другіе.

Sehen Sie den Tisch oder den Stuhl?	Видите ли вы столъ или стулъ?
Ich sehe den einen und den andern.	Я вижу одинъ и другой (30, b.).

Ich sehe weder den einen, noch den anbern. — Я не вижу ни одного ни другаго.

Sieht Ihr Sohn die Brode oder die Blumen? — Видятъ ли вашъ сынъ хлѣбы или цвѣты?

Er sieht die einen, aber nicht die anbern. — Онъ видитъ одни, а не видитъ другихъ.

Sie sehen. — Они видятъ.

Die Männer sehen. — Мужи видятъ.

Sehen sie? — Видятъ ли они?

Sehen die Knaben? — Видятъ ли мальчики?

Wen sehen Ihre Söhne? — Кого видятъ ваши сыновья?

Sie sehen mich. — Они меня видятъ.

Sehen Sie mich? — Видите ли вы меня?

Sehen sie mich? — Видятъ ли они меня?

Sie sehen Sie. — Они васъ видятъ.

Sehe ich sie? — Вижу ли я ихъ?

Sie sehen sie. — Вы ихъ видите.

Wem sagen Sie dies? — Кому вы это говорите?

Ich sage es Ihnen. — Я это говорю вамъ.

Mit wem sprechen Sie? — Съ кѣмъ говорите вы?

Ich spreche mit Ihnen vom Künstler. — Я говорю съ вами о художникѣ.

Der Maler, живописецъ. — Der Künstler, художникъ.

Der Kamm, гребень. — Der Tempel, храмъ.

Seiden, шёлковый. — Wollen (adj.), шерстяной.

Leinen. — Полотняный.

184. Von, aus.

Из, изо (vgl. 153. Bem.) [regiert den Genitiv].

Einer von den Männern. — Одинъ изъ мужей.

185. Du.

Ты. Genitiv тебя.

Hast Du? — Есть ли у тебя?

Siehst Du? — Видишь ли ты?

Du siehst. — Ты видишь.

Januar, Январь. — Juli, Іюль.

Februar, Февраль. — August, Августъ.

März, Мартъ. — September, Сентябрь.

April, Апрѣль. — October, Октябрь.

Mai, Май. — November, Ноябрь.

Juni, Іюнь. — December, Декабрь.

186. Dein, deine, dein, der, die, das deinige. }

Твой, свой (102).

Hast du deinen Kamm? — Есть ли у тебя свой гребень?

Ich habe deinen Kamm. — У меня твой гребень.

187. Ты, wird ganz wie das deutſche du gebraucht.

188. Die Wörter auf -анинъ gehen im Singular re=
gelmäßig: der Chriſt, христіа́нинъ, des Chriſten, христіа́-
нина; im Plural aber verwandeln ſie die Sylbe -инъ in -e
und gehen nach der ſtarken Form der zweiten Declination.

Die Chriſten, христіа́не.	Der Chriſten, христіа́нъ u. ſ. w.
Ebenſo gehen: der Bulgar.	Болга́ринъ.
Der Tartar.	Тата́ринъ, (öfter Тата́ра, und auch
	Тата́ры).
Der Zigeuner.	Цыга́нъ, plur. цыга́не.
Der Bauer.	Крестья́нинъ.

189. Ganz unregelmäßige Mehrzahlformen haben:

Der Schwager, Frauenbruder.	Шу́ринъ plur. шурья́, -ьёвъ u. ſ. w.
Der Herr, ба́ринъ plur. ба́ра.	Dieſe vier gehen dabei in die zweite
Der Bojar, боя́ринъ plur. боя́ра.	Declination über.
Der Herr, господи́нъ plur. господа́.	
Der Wirth, хозя́инъ plur. хозя́ева.	Genitiv ба́ръ, хозя́евъ u ſ. w.

Bemerkung. Боя́ринъ, iſt Titel eines Großen, der
gnädige Herr, ба́ринъ, iſt Zuſammenziehung daraus in
der Sprache des gewöhnlichen Lebens. Суда́рь, die gewöhn=
liche Anrede an den Einzelnen, höflicher Госуда́рь мой, mein
Herr oder noch öfter Ми́лостивый Госуда́рь, gnädiger Herr;
letzteres iſt auch die Anrede in Briefen. Господа́! abgekürzt
Г. Г., meine Herren! Anrede an mehrere; beide ohne
мой (vgl. 100.) Господи́нъ, abgekürzt Гнъ, ſteht nur vor Fa=
milien=Namen und vor Titeln: der Herr Poſtmeiſter,
Господи́нъ почтме́йстеръ. Der Herr, Beſitzer des Hau=
ſes iſt хозя́инъ; der Herr des Dieners, господи́нъ; der
Principal eines Commis iſt хозя́инъ. Madame,
Mademoiſelle, mein Fräulein! iſt суда́рыня. Го-
суда́рь! iſt Anrede an einen Monarchen, Sire!

190. Die Wörter: der Nachbar, сосѣ́дъ, der Knecht,
холо́пъ, der Teufel (Schwarze), чёртъ, werden im
Plural nach ſchwacher Form flectirt. Doch gehen die
beiden erſten auch regelmäßig nach ſtarker Form.

191. Der Genitiv des Plurals lautet wie der Nominativ des Singulars

a) in:

Der Apostel, Апостолъ.
Der Stiefel, сапóгъ.

Das Auge, глазъ.
Der Strumpf, чулóкъ.

b) neben der regelmäßigen Form auf -овъ in:

Das Haar, вóлосъ; das Horn, рóгъ.

Der Türke, тýрокъ.

c) nach Zahlwörtern in:

Der Altyn (drei Kopeken), алтúнъ.
Der Arschin, (Ellenmaß), аршúнъ.
Der Pud, (Gewicht von 40 Pfund),
Der Mann, человѣкъ, (wie das deutsche: tausend Mann).
Der Recrut, рекрýтъ.

Mal, einmal, разъ

пýдъ.

Der Grenadier, гренадéръ.
Sammten (von Sammt), бáрхатный

Der Husar, гусáръ.

Der Dragoner, драгýнъ.

192. Das Winseln, вúзгъ, hat im Genitiv Plural вузжéй.

193. Рубль, plur. рубля́, hat im Genitiv plur. рублéй und рублёвъ. Im gemeinen Leben sagt man: zwei Rubel два рубли́, und für zwei Tage, два дни́, doch geschrieben muß stets werden: два рубля́, два дня́.

Wer kauft?
Ich kaufe.

Кто покупáетъ?
Я покупáю (wird wie кýшаю conjugirt).

Ich kaufte.
Du kauftest.
Ich habe gekauft.
Du hast gekauft.
Weder dieser noch jener.

Я покупáлъ.
Ты покупáлъ. (:c).
Я купúлъ.
Ты купúлъ (wie говорúлъ).
Ни тотъ ни другóй.

31. Aufgabe.

Haben Sie meine Schlüssel und meinen Hammer? — Ich habe weder die einen, noch den andern. — Wer hat sie? — Ihre Brüder haben diesen und Ihre Nachbarn haben jene. — Ich sehe dort acht Mann Soldaten. — Dies

sind Dragoner und Grenadiere, sie sind Recruten. — Was
sehen die Maler und jene Künstler dort? — Sie sehen die
schönen Heiligenbilder und die großen Glocken. — Wo sehen
sie diese und jene? — Sie sehen die einen und die andern
in dem prächtigen neuen Tempel jener alten Stadt des
Fürsten H. — Was für Waaren haben die Kaufleute in
deiner Stadt? — Sie haben gute seidene Waaren, aber
weder wollene, noch baumwollene, noch leinene Waaren. —
Haben Sie nicht die schönen Sammtmäntel gesehen, welche ich
habe? — Nein, ich habe nur die zehn Tuchmäntel gesehen.
— Von welchen Tuchmänteln sprechen Sie? — Von denen,
welche die Schneider Ihnen gegeben haben. — Wer hat
diese? — Die einen haben die reichen Tartaren und
die andern die fleißigen Engländer. — Wie viele Arschin
seidene Waaren hat der Schneider unseres Vaters? — Er
hat nur zwei Arschin. — Hat er nicht auch die schönen
zwirnenen Strümpfe? — Er hat keine Strümpfe, er hat
sie dem Lehrer der aufmerksamen Schüler gegeben. — Wem
hat er sie gegeben? — Dem Lehrer der aufmerksamen
Schüler. — Von was für einem Lehrer sprechen Sie?
— Von jenem, welcher das hölzerne Haus mit dem großen Hofe hat, auf welchem viele Ochsen und Böcke und
einige Gänse sind. — Wieviel Hörner haben diese drei
Ochsen? — Sie haben fünf Hörner. — Haben sie nicht
sechs Hörner? — Nein, der eine hat nur ein Horn. —
Sehen Sie viele Türken? — Ich sehe deren viele und einer
von meinen Kameraden sieht viele Soldaten. — Welche Soldaten siehst du? — Ich sehe fünf junge Recruten, zehn
alte Grenadiere und acht Mann andere Soldaten. — Wieviel Augen hat der Mensch? — Der Mensch hat zwei
Augen; aber jene fünf Männer haben nur neun Augen,
denn (1160) der eine von ihnen hat nur ein Auge. — Was
sehen unsre Gevattern? — Die einen sehen einen neuen
Kamm mit schlechten Zähnen, die andern sehen einen alten
weisen Mönch mit schönen weißen Zähnen. — Geben Sie
nicht dem Mönche etwas Brod und Käse? — Von welchem

Mönche haben Sie gesprochen? — Von jenem da? — Nein, diesem Mönche gebe ich nur Thee und Zucker.

32. Aufgabe.

Haben Sie nicht mit den Wirthen dieser Gärten ge=sprochen? — Nein, mein Herr, wir haben nicht die Wirthe, sondern nur ihre Schwäger gesehen. — Wessen Schwäger haben Sie gesehen? — Ich habe die Schwäger des Herrn N., welcher der Besitzer jenes prächtigen Hauses in unserer Stadt ist, und den Sie da mit seinem reichen Nachbarn sehen, gesehen. — Hat unser armer, aber fleißiger Schuster gute Stiefel? — Er hat keine Stiefel, er hat nur lederne Schuhe; aber seine reichen Nachbarn haben viele schöne Stiefel. — Was für Messer hat der Schüler dieses Leh=rers? — Er hat zwei neue Federmesser, das eine mit eiser=nem Stiele, das andere mit hölzernem. — Was für Stiele haben die Messer des Königs und die des Fürsten? — Die einen und die andern haben silberne Stiele. — Was für Brode hat der Bettler? — Er hat keine Brode, er hat nur gute Zähne, welche ihm Gott gegeben hat. — Geben Sie ihm nicht einige Brode und etwas Käse? — Ich habe kein Brob und keinen Käse. — Was sagen Sie? — Ich sage, in meinem Hause habe ich keine Brode, ich habe nur etwas Honig, etwas Wachs, und viel Pfeffer. — Wen sehe ich dort auf jener Brücke im Walde? — Sie sehen einen von den tapfern Reitern unsers guten Kaisers, auch sehen Sie sechs Dragoner, welche neue Orden haben. — Siehst du nicht die weißen Haare jenes alten Menschen; welcher nur zwei Rubel in seiner Tasche hat? — Wieviel Rubel haben die Freiwerber deines Bruders? — Sie haben nur sechs Rubel, aber viel Gerste und Hafer.

33. Aufgabe.

Was haben Sie heute auf dem Markt gekauft? — Ich habe einen jungen Stieglitz gekauft. — Was für einen Monat ha=

ben wir jetzt? — Wir haben jetzt den August. — Sie irren
sich (ошибаетесь), wir haben jetzt October. — Wer hat meine
hübsche Taube gesehen? — Ich habe sie nicht gesehen, aber
Ihr Bruder Alexis hat sie gesehen. — Was sagte Ihnen
mein Bruder Alexis? — Er sprach mir von seinem Freunde
Nikolaus. — Wo ist jetzt Nikolaus? — Ich weiß es nicht.
— Wo waren Sie? — Ich war auf dem Eise. — Was
hat Ihr jüngster (меньшой) Bruder gekauft? — Er hat
fünf Pfannenkuchen gekauft. — Wo hat er sie gekauft? —
Beim Bäcker. — Haben Sie viel Mohn in Ihrem Garten?
— Dort ist wenig Mohn, aber viele Rosen (розанъ). —
Was kauft der reiche Kaufmann? — Er kauft viel Leim.
— Ist viel Schnee auf dem Hof? — Auf dem Hof ist viel
Schnee. — Was geben Sie Ihrem Advokaten? — Ich gebe
ihm meine lederne Brieftasche. — Wer ist der Besitzer dieses Gast=
hauses? — Der Besitzer dieses Gasthauses ist jener dicke
Herr, den Sie auf dem Hof sehen. — Was hat heute der Jäger
Ihres Vetters geschossen (auf Russisch getödtet, убилъ)? —
Er hat heute drei Hasen, sechs Drosseln, zwei Stieglitze, ei=
nen Hirsch (олень), und einen Eber (кабанъ) geschossen. —
Wo hat er sie geschossen? — Im Walde. — Wem geben
Sie ein Stück Brod? — Ich gebe ein Stück Brod dem ar=
men Bettler. — Was für einem Bettler? — Dem, welchen
Sie gestern gesehen haben. — Sehe ich ihn auch jetzt? —
Nein, jetzt sehen Sie ihn nicht. — Wo sind wir jetzt? —
Jetzt sind wir im Garten. — In was für einem Garten
sind wir? — Im prächtigen Garten des reichen Banquiers.
— Essen Sie Hasen? — Nein, Hasen essen wir nicht. —
Wem geben Sie diesen Eichenkranz (дубовый вѣнокъ)? —
Wir geben ihn unserm fleißigen Schüler.

Fünfzehnte Lektion. — ПЯТНАДЦАТЫЙ УРОКЪ.

194. Дай, gieb. .Дайте, gebet.

Gieb mir den seidenen Mantel. Дай мнѣ шёлковый плащъ.
Gebt uns den baumwollenen Lappen. Дайте намъ бумажный лоскутъ.

195. **Haben, als actives Zeitwort mit dem Accusativ.**

Ich habe, я имѣю.
Du hast, ты имѣешь.
Er hat, онъ имѣетъ.
Wir haben, мы имѣемъ.
Ihr habet, вы имѣете.
Sie haben, они имѣютъ.

Hast du ein Schnupftuch?

Ich hatte kein Haus.

Ich hatte, я имѣлъ.
Du hattest, ты имѣлъ.
Er hatte, онъ имѣлъ.
Wir hatten, мы имѣли.
Ihr hattet, вы имѣли.
Sie hatten, они имѣли.

{ Есть ли у тебя носовой платокъ?
{ Имѣешь ли ти носовой платокъ?

{ У меня не было дома.
{ Я не имѣлъ дома.

196. Viele Hauptwörter sind im Russischen nur im Plural gebräuchlich (nomina pluralia tantum). Sie bezeichnen meistens die Gegenstände, die entweder aus zwei gleichen Theilen oder aus mehreren einzelnen Dingen zusammengesetzt sind. Das Geschlecht und die Declination derselben erkennt man aus dem Genitiv.

Von denen männlichen Geschlechts, also zur ersten Declination gehörig, sind die gebräuchlichsten:

Die Narrenspossen, бáлы.
Die Zwillinge (Sternbild), близнецы́.
Die Pfannenkuchen, блины́.
Die Lorbeern, лáвры.
Bauernstiefel, бóты.
Die Hosen, { панталóны.
{ брю́ки.
Der Wasserstaub, бры́зги.
Zubereitungen, сбóры.
Die Pauken, бýбны.
Suppe von eingesäuerten rothen Rüben, бураки́.
Die Trestern, вы́жимки.
Die Essenz von ausgefrornen Getränken, вы́морозки.
Die Wage, вѣси́.
Die Entfernung, die man ohne anzuhalten durchlaufen kann, гóны.
Offene Felder im Brettspiele, лóбки.
Die Leute, Menschen, лю́ди, (nach schwacher Form).
Das Trottoir aus Brettern, мостки́.

Die Feuerzange, смки́, щи́пцы.
Das Hinterleder am Schuh, задки́.
Die Hinterräder; die Hacken an Stiefeln, задки́.
Zusammengewehte Schneehaufen, замéты.
Die ersten Fröste, зáморозы.
Die Uferwellen, заплéски.
Breite Schifferhosen, шаравáры.
Leeres Geschwätz, дрязги.
Die große weiße Winde (convolvulus), звонки́.
Ketten, Fesseln, кандалы́.
Der Alaun, квасцы́.
Die Hefen (aus Kwaß), квáсы.
Die Gerüstböcke, кóзлы.
Lederne Bauernschuhe, коты́.
Kreuz, Treffle (Karten), крести́, крести́.
Das Spühlicht, помóи.
Das halbe Erwachen, просóнки.
Geschichten, Geschwätz, { разскáзы.
{ рóсказни.

Unterhosen, { портки. / подштанники.
Die Socken, Schuhspitzen, носки.
Die Tapeten, обои.
Die Aronwurzel, Fieberwurz, одразки.
Eingemachte Früchte, овощи.
Der junge Erlenwald, олёшки.
Die Reige, опивки.
Feilspäne, опилки.
Die Glockenblume, орлики.
Das Werg, отрёпки.
Die Brille, очки.
Sprossende Federn junger Vögel, пеньки.
Der Vorderwagen; die Vorschuhe, передки.
Vorderräder; das Oberleder; der Protzwagen, переды.
Die Gallerie, переходы.

Grillen, причуды.
Vorspanngelder, прогоны.
Der Nährahmen, пяльцы.
Stiefelstruppen, раструбы.
Leberklette, (agrimonium), репяшки.
Fest-Kalender mit Gebeten, Diurnal, Святцы.
Der Abfall, das Zusammengefegte, стрёбки.
Schneebälle, снёжки.
Zobelkragen (der Frauen), соболи (nach schwacher Form).
Das Rechenbrett, счёты.
Die Presse, der Schraubstock, тиски.
Abgeschmacktes, albernes Zeug, турусы (gemein).
Schanzkörbe, туры.
Die Uhr, часы.
Die Lichtscheere, Zange, щипцы.

Sandige Gegenden, пески.

197. **Alle Bestimmungswörter dieser Plurale müssen auch in der Mehrzahl stehen** (vgl. 103.).

198. Zu viel. | Слишкомъ (eigentlich съ лишкомъ, mit Ueberschuß, von лишекъ, излишекъ, der Ueberschuß); чрезъ чуръ, слишкомъ много.

Zu wenig. | Слишкомъ мало.
So viel — wie. | Столько — сколько oder какъ.
Eben so viel. | Столько же.

Der Bauer hat zu viel Gerste und zu wenig Hafer. | У крестьянина слишкомъ много ячменя и слишкомъ мало овса.
Sie haben zu viel Soldaten gesehen. | Они видѣли слишкомъ много солдатъ.
Wir haben eben so viel wie Sie gesehen. | Мы видѣли столько же сколько вы.

Der andere, иной, другой.

Joel u. Fuchs, Russische Gramm.   7

Bemerkung 1. Другóй, der andere, so viel als der andere, **noch einer dazu,** ohne Rücksicht auf die Beschaffenheit; инóй, von anderer Beschaffenheit.

199. Noch.	Ещё.
Schon.	Ужé, ужъ.
Nicht mehr.	Ужé-не: ужъ-не.

Haben Sie noch Brod?	Есть ли у васъ еще хлѣбъ?
Ich habe keines mehr.	У меня бóлте егó нѣтъ.
Haben Sie schon ein anderes Messer?	Есть ли у васъ ужé другóй ножъ?
Ich habe noch kein anderes.	У меня ещé другáго нѣтъ.
Satteln, осѣдлáть.	Anspannen, запрягáть. 'Wie náть)

Gehen, идти.

Gehen Sie?	{ Идéте вы? { Хóдите вы?
Ich gehe nicht.	{ Я не иду. { Я не хожу.
Wer geht?	Кто идéтъ? (Anruf der Wacht- postení.

Bemerkung 2. Идти bezeichnet die Bewegung, das einmalige Gehen, ходить. das öftere Gehen, Hinundher=gehen, die Gewohnheit des Gehens.

Ich gehe, я иду.	Ich gehe, я хожу.
Du gehst, ты идёшь.	Du gehst, ты хóдишь.
Er geht, онъ идётъ.	Er geht, онъ хóдитъ.
Wir gehen, мы идёмъ.	Wir gehen, мы хóдимъ.
Ihr gehet, вы идёте.	Ihr gehet, вы хóдите
Sie gehen, онú идýтъ.	Sie gehen, они хóдятъ.
Wohin gehen Sie?	Кудá идéте вы?
Ich gehe nach Hause.	Я иду домóй.
Zu Hause.	Дóма.
Nach Hause.	Домóй.

Wohnen, leben, жить.

Wo leben, wohnen Sie?	Гдѣ живéте вы?
Ich lebe, wohne in Paris.	Я живу въ Парúжѣ.
Ich lebe, wohne, я живý.	Wir leben, мы живéмъ.
Du lebst, wohnst, ты живёшь.	Ihr lebet, вы живéте.
Er lebt, wohnt, онъ живётъ.	Sie leben, они живýтъ.

34. Aufgabe.

Wer sieht meinen Nährahmen? — Wir sehen ihn. — Wer hat ihn gesehen? — Die Söhne Ihres Nachbarn haben ihn gesehen. — Wer hat (activ) ihn? — Ich habe ihn nicht. — Was hat (есть) der arme Schmied? — Er hat einen Hammer und eine Feuerzange, aber keinen Schraub= stock. — Hat nicht der gute Mönch einen Psalter (псалъ= тúрь) und einen Fest=Kalender? — Er hat weder diesen, noch jenen, sondern nur eine schöne neue Brille. — Wessen Tauben und Gänse sehen jene Landleute? — Sie sehen weder Tauben, noch Gänse; sie sehen nur jene Schneehaufen, welche wir sehen. — Von welchen Landleuten haben Sie gesprochen? — Ich spreche von den reichen Landleuten, welche auf dem Markte der Stadt sind. — Was für ein Rechenbrett haben jene bösen Knaben? — Sie haben das des fleißigen Türken. — Wessen Rechenbrett haben (activ) Sie? — Ich habe (activ) Ihr Rechenbrett. — Geben Sie ihm sein Rechenbrett? — Ich gebe ihm dieses Rechenbrett nicht. — Welches? — Das Rechenbrett, welches der Kame= rad des guten Lehrers mir gegeben hat. — Hast du nicht die neuen Hosen deines treuen Kameraden? — Ich habe sie nicht mehr; einer von jenen Bösewichten hat sie. — Hat der Hirt so viel Böcke, als Ochsen? — Er hat zu viel Böcke und zu wenig Ochsen; aber er hat Maulesel genug. — Hat er nicht auch einige Bienenstöcke und etwas Honig? — Er hat die Bienenstöcke und den Honig. — Er hat so viel Bienenstöcke, als sein Nachbar [hat], aber er hat nicht so viel Honig, wie jener. — Hat er noch seine drei schönen Nachtigallen und den kleinen Hirsch? — Er hat sie nicht mehr, aber er hat einen andern Hirsch. — Haben Sie nicht einen andern Kamm? — Ich habe einen andern Kamm mit andern Zähnen. — Was sehen wir da? — Wir sehen da zwei große Löwen, aber nur einen kleinen Adler. — Hat der Mann noch den bösen Sperling? — Er hat ihn nicht mehr, aber er hat einen andern.

7*

35. Aufgabe.

Haben Sie nicht noch ein wenig Tabak? — Ich habe keinen Tabak mehr; aber einer von unsern neuen Kauf=leuten hat viel schönen Tabak und eben so viel guten Thee. — Welcher Kaufmann hat die schönen Pelzwerke und die guten baumwollenen Waaren, die wir dort sehen? — Ha=ben Sie diese schönen Pelzwerke gesehen? — Nein, mein Herr. — Haben Sie schon mit den Tartaren und den Engländern gesprochen? — Ich habe weder diese noch jene gesehen. — Hat der Kaufmann genug Lorbeern und Pfannenkuchen? — Ja, mein Herr, aber er hat wenig Alaun, zu viel Pfeffer und zu wenig Honig. — Hat der Matrose nicht andere Hosen? — Er hat Schifferhosen und andere Hosen. — Sehen Sie noch ein anderes Schiff? — Ich sehe nur ein Schiff, aber meine Brüder und meine Gevattern sehen sechs große prächtige Schiffe, welche dem reichen Holländer gehören (принадлежатъ), den wir auf jener Brücke mit den jungen Englän=dern sehen. — Sehen Sie die schönen Blumen auf dieser Wiese? — Ich sehe sie. — Sehen Sie die Schwiegersöhne Ihres Vaters? — Wir sehen sie nicht. — Was sehen jene acht Männer? — Sie sehen jene Ehemänner in der Scheune auf dem Hofe des arbeitsamen Bauern. — Was sehen jene Herren auf dem Hofe des Königs? — Sie sehen die jungen Helden auf dem prächtigen Balle Ihres guten Landesherrn. — Was für einen Tempel sehen wir dort? — Wir sehen den neuen, in welchem die schönen Heiligenbilder sind. — Hat der Künst=ler diese Heiligenbilder? — Er hat nicht mehr die Heiligen=bilder, aber er hat noch ihre Formen.

36. Aufgabe.

Wie viel Rubel haben Sie? — So viel, als Sie mir gegeben haben. — Bist du, mein Freund, ein Bauer oder ein Bojar? — Ich bin weder ein Bauer noch ein Bojar, sondern ein Kaufmann. — Haben Sie mit Ihren Schwägern von Ihren Söhnen und Ihren Brüdern gesprochen? — Nein, mein Herr; aber ich habe von ihnen mit guten Freunden gesprochen. — Mit welchen Freunden? — Mit dem Sänger, dem Advokaten und dem Deputirten. — Und nicht mit dem Doctor und dem Schreiber? — Nein, mein Herr, weder mit diesem noch mit jenem. — Wo haben Sie die zehn Birkhähne gesehen? — Ich habe die Birkhähne im Walde auf einem Heuschober gesehen, doch nicht zehn, sondern nur zwei. — Wessen Blasebalg hat der arbeitsame Schmied? — Er hat seinen eigenen Blasebalg. — Von was für Fürsten sprechen Sie? — Ich spreche von den fünf Fürsten, welche bei dem König sind. — Ich habe bei ihm nur vier Fürsten gesehen. — Nein, er hat fünf Fürsten. — Hast du mit den zwei Soldaten gesprochen? — Ja, ich habe mit den zwei Soldaten von den hübschen Orden und mit den drei Bauern von den schönen Getreidearten gesprochen.

37. Aufgabe.

Was befiehlt der Bojar seinem Bauer? — Er befiehlt ihm ein Pferd zu satteln. — Was hat der reiche Kaufmann gekauft? — Er hat prächtiges Pelzwerk gekauft. — Hat er theures Pelzwerk gekauft? — Sehr theures. — Wen sehen Sie? — Ich sehe Sie und Ihren Bruder. — Wo waren Sie jetzt? — Ich war in diesem Gasthaus. — Warum waren Sie im Gasthaus? — Ich wollte essen, denn ich war sehr hungrig (голоденъ). — Mit wem waren Sie im Gasthaus? — Mit meinem Bruder und seinem Freunde. — Waren sie auch hungrig (голодны)? — Nein, sie waren nicht hungrig, aber durstig (чувствовали жажду fem.). — Wo ist der gute Matrose? — Er ist auf dem Boote beim Steuerruder. — Sehen Sie Ihren Vater? — Ja, ich sehe ihn. — Wo ist er? — Er ist dort im Garten. — Ist er nicht hier? — Nein, hier ist er nicht. — Wo ist Ihr Federmesser? — Es ist auf dem Tisch. — Ist es nicht unter dem Tisch? — Nein, es ist nicht unter dem Tisch. — Wer hat den Blase-

balg des arbeitsamen Schmiedes? — Ich habe seinen Blasebalg nicht. — Wo ist der neugierige Knabe? — Er ist auf
dem Hofe. — Ist die Wetterfahne auf Ihrem Hause? —
Nein, auf meinem Hause ist keine Wetterfahne, sie ist auf
dem Schlosse des reichen Fürsten. — Wo geht der Koch hin?
— Er geht zum Arzt. — Warum geht er zu ihm? — Weil
er krank ist. — Wollen Sie Suppe? — Nein, ich will keine
Suppe, geben Sie mir aber etwas Weintrauben. — Mit
wie vielen Ochsen ist der Hirt im Garten? — Er ist dort
mit keinen Ochsen, sondern mit fünf Pferden. — Wo haben
Sie Häuser? — Auf beiden Ufern des Bachs. — Haben
Sie den Reiter auf dem Pferde gesehen? — Wann? —
Heute. — Nein, heute habe ich ihn nicht gesehen, gestern
aber habe ich ihn gesehen.

Sechzehnte Lektion. — ШЕСТНАДЦАТЫЙ УРОКЪ.

Zweite Declination.

200. Declination der sächlichen Nennwörter.

Einheit, Singular. *Единственное число.*

	A. Hauptwort.		B. Concre-scirtes Eigen-schaftswort.	C. Adjecti-visches Fürwort.
	Starke Form.	Schwache Form.		
Nominativ	-о	-е	-ое	-о
Genitiv . . .	-а	-я	-аго	-ого
Dativ	-у	-ю	-ому	-ому
Accusativ .	gleich dem N. oder G.	-е	gleich dem Nominativ oder Genitiv	
Instrumental	-омъ	-емъ	-нмъ	-нмъ
Präpositional	-ѣ	-ѣ	-омъ	-емъ

Bemerkung 1. Vergleicht man diese Tabelle mit der ersten Tabelle in der Lekt. 1., so findet man, daß sie sich von dieser nur durch die Geschlechtsendung -o [-я,-мя], im Nominativ und gleichlautenden Accusativ unterscheidet.

Bemerkung 2. Die schwache Form hat noch eine zweite; aber nicht oft gebräuchliche Form -я, die eine Diminutivform ist und meistens durch die männliche Endung -окъ ersetzt wird; z. B. von осёлъ, der Esel, Wortstamm ослъ, daraus осля, häufiger ослёнокъ, das Kalb тёля, häufiger телёнокъ. Дитя, das Kind, ist im Plural unregelmäßig (19. Lekt.). Die nicht zahlreichen Wörter auf -мя decliniren sich auch wie die auf -я unregelmäßig.

-я.	-мя.
-яти.	-мени.
-яти.	-мени.
-я.	-мя.
-емъ.	-менёмъ.
-и.	-мени.
Die Zeit, врéмя.	Der Scheitel, тéмя.
Die Last, брéмя.	Der Same, сéмя.
Das Geschlecht, die Race, плéмя.	Die Euter, вы́мя.
Der Steigbügel, стрéмя.	Die Fahne, знáмя.

Bemerkung 3. Die beiden Worte вы́мя и знáмя, haben im Genitiv und Accusativ вы́мени, знáмени und вы́мя, знáмя.

Dieses Regiment hat keine Fahne.	У этого полкá нѣтъ знáмя. У этого полкá нѣтъ знáмени.
Das Geschäft, дѣ́ло.	Der Spiegel, зéркало.
Das Gebäude, стрóеніе.	Die Familie, семéйство.
Die Lende, чрéсло.	Die Butter, мáсло.
Das Fleisch, мя́со.	Die Arznei, лекáрство.
Der Wein, винó.	Das Bier, пи́во.
Das Leid, гóре.	Das Meer, мóре.
Das Feld, пóле.	Der Glanz, сія́ніе.
Die Träumerei.	Мечтáнье.
Sehen Sie meinen Spiegel?	Видите ли вы моё зéркало?
Ich sehe ihn.	Я егó ви́жу.
201. Er, sie, es.	Онó, sächlich. (Die übrigen Fälle wie онъ.)

Bemerkung 4. Eró, steht auch als Accusativ in Bezug auf leblose Gegenstände sächlichen Geschlechts.

202. Dieser, diese,   Cïe, это, sächlich.
     dieses.

Jener, jene, jenes.   To. sächlich.

Siehst du dieses Gebäude?   Видишь ли ты сіе строеніе?
Wessen Bier hast du?   Чье пиво у тебя?
Ich habe das des Bruders.   У меня пиво брата.
Hast du dieses Bier oder jenes?   Это ли пиво у тебя или то?
Ich habe weder dieses noch jenes.   У меня ни этого, ни того нѣтъ

Der, die, das eine.   Одно, sächlich.

Ich habe das eine und das andre.   У меня одно и другое.

Beide.   Оба sächl. | werden wie die mann-
Zwei.   Два sächl. | lichen declinirt (160).

Weit, fern, далёкій.   Erhaben, великій.
Frisch, свѣжій.   Theuer, дорогой.
Was lange seine Wärme behält,   Billig, wohlfeil, дешевый
náркій.   Blütenreich, благовѣтный
   Warm, noch warm, парной
Das, was heiß ist, жаркое.   Frisch gemolkene Milch, парное мо-
   локо.

         Der Braten, жаркое.

203. Auch in dieser Declination sind viele Hauptwörter auf -ое ursprünglich Adjective und werden daher als
solche declinirt.

Wir haben keinen Braten.   У насъ нѣтъ жаркаго.

204. Ich werde haben, я   Wir werden haben, мы будемъ
     буду имѣть.   имѣть.
Du wirst haben, ты будешь имѣть.   Ihr werdet haben, вы будете имѣть.
Er wird haben, онъ будетъ имѣть.   Sie werden haben, они будутъ имѣть.
Wir werden zu Mittag Fleisch und   Мы будемъ имѣть у обѣда мясо
eine Gans haben.   и гусь.

205. Ich gehe, я иду.   Wir gehen, мы идёмъ.
Du gehst, ты идёшь.   Ihr geht, Sie gehen, вы идете.
Er geht, онъ. оно идётъ.   Sie gehen, они идутъ.
206. Wohin?   Куда?
     Зи.   Къ, ко (regiert den Dativ).

Wohin gehen Sie?	Куда̀ пдёте вы?
Ich gehe zu meinem Lehrer.	Я идỳ къ своемỳ учѝтелю.

In.

Въ, во [Lekt. 10.] (reg. auf die Frage:. wohin? den Accusativ.)

Er geht in den Tempel.	Онъ пдётъ во хра̀мъ.
Er (ist) im Tempel.	Онъ во хра̀мѣ (Lekt. 10.).

207. Hungrig, го̀лоденъ.
Gesund, здоро̀въ.

	Krank, бо̀ленъ.
	Unpäßlich, нездоро̀въ.
Sind Sie hungrig?	Голоднѝ ли вы?
Nein, ich fühle aber Durst.	Нѣ̀тъ, но я чỳвствую жа̀жду (subst. fem.).
Sind Sie gesund?	Здоро̀вы ли вы?
Nein, ich bin unpäßlich.	Нѣ̀тъ, я нездоро̀въ.
Sie sind aber nicht krank?	Но вы не больнѝ?
Nein, nur unpäßlich.	Нѣ̀тъ, то̀лько нездоро̀въ.
Wie ist Ihr Befinden?	Каково̀ ва̀ше здоро̀вье?
Ich danke, ziemlich gut.	Благодарю̀ васъ, дово̀льно хорошо̀.
Was denken Sie?	Что вы дỳмаете?
Ich denke nichts.	Я ничего̀ не дỳмаю.
Denken.	Дỳмать.
Ich denke, я дỳмаю.	Wir denken, мы дỳмаемъ.
Du denkst, ты дỳмаешь.	Ihr denket, вы дỳмаете.
Er denkt, онъ дỳмаетъ.	Sie denken, онѝ дỳмаютъ.

Accent.

208. Liegt der Ton auf dem -о́ (-é), so bleibt er durch alle Fälle des Singulars auf der Endung.

Der Brief, письмо̀.   Des Briefes, письма̀.

209. Bei den übrigen Wörtern bleibt er auf der Ton=silbe des Nominativs.

Des Spiegels, зѐркала.   Dem Meere, мо̀рю.

210. Die Wörter auf -я behalten den Ton auf diesem Buchstaben.

Des jungen Esels.   Осля̀ти.

211. Die Wörter auf -мя dagegen haben ihn im Sin=gular auf der Stammsylbe.

Des Samens, сѣ̀мени.   Der Zeit, врѐмени.

38. Aufgabe.

Wohin geht der Bauer mit dem Samen? — Er geht in seine Scheune. — Wo gehst du hin? — Ich gehe zu unserm Bäcker. — Hat er gutes Brod? — Ja, er hat gutes Roggenbrod und billiges Weißbrod, aber seine Nachbarn haben nur theures Fleisch und theure Butter. — In welchem Gebäude sehen Sie den schönen, großen Spiegel? — Ich sehe ihn nicht in diesem Gebäude, sondern in dem andern. — Wo [sind] die frischen Blumen, welche dieser gute Knabe hat? — Sie sind auf jenem fernen blüthenreichen Felde, auf welchem wir die fleißigen Schnitter sehen. — Hat Ihr Koch Zeit? — Er hat keine Zeit, aber unser Knabe hat Zeit. — Was sehen jene Aerzte? Sie sehen diese schlechte Arznei. — Was für ein Geschäft haben die Brüder des guten Deutschen? — Sie haben kein Geschäft. — Wovon sprechen jene Matrosen? — Sie sprechen von zwei Schiffen auf dem erhabenen Meere. — Weisen Schiffe sehen sie dort? — Sie sehen die Schiffe der Holländer und die der Türken. — Sehen sie nicht auch die Kähne der beiden Russen, welche wir an jenem Ufer des Meeres sehen? — Sie sehen sie auch. — Haben Sie ein wenig Butter und Käse? — Ich habe viel Butter, aber nur wenig Käse. — Hat Ihr Schüler ein Stück Butterbrod (Brod mit Butter)? — Er hat zwei Stücke Butterbrod und auch ein großes Stück Fleisch. — Sehen Sie jene arme, aber thätige Familie, welche weder Brod noch Fleisch hat? Ich sehe sie. — Wohin gehen die Söhne dieser Familie? — Sie gehen in die Stadt zu dem reichen Advokaten, der viele Geschäfte hat. — Zu wem gehen Sie, mein Freund? — Ich gehe zu Niemand; ich gehe auf's Feld oder in unsere Scheune, wo unsere trägen Schnitter [sind]. — Gehen wir nicht in jenes prächtige Gebäude, mit den schönen Heiligenbildern? — Wir gehen nicht in dieses Gebäude, sondern in ein anderes.

39. Aufgabe.

Geben Sie mir etwas Bier und etwas Wein. — Von was für einem Weine sprechen Sie? — Von jenem da. — Ich habe keine Zeit. — Wohin gehen Sie? — Ich gehe zur guten Familie meines armen Freundes. — Ist diese Familie in der Stadt? — Nein, mein Herr, sie ist nicht in der Stadt. — Haben Sie schon dem jungen aber erfahrenen Seekadett Bier und weißes Brod mit Butter gegeben? — Ich habe ihm auch noch Wein und Braten gegeben. — Waren Sie im Theater? — Ich gehe mit dem fleißigen Lehrer des guten Fürsten nicht in's Theater, sondern in den Tempel. — In welchen Tempel? — Welcher auf dem Markte der großen Stadt ist. — Hat der reiche Kaufmann ein großes Feld? — Nein, mein Herr, aber er hat Wiesen und Wäl= der. — Haben Sie die Waaren dieser Kaufleute? — Ich habe nicht ihre Waaren, ich habe meine eigenen. — Ich sehe den Schwiegersohn meines Feundes. — Er hat viel Flachs, viel Lein, doch wenig baumwollene Tücher und sammtene Mäntel. — Macht der reiche Kaufmann, den Sie dort auf der Brücke sehen, große Geschäfte? — Ja, mein Herr, er macht sehr (очень) große Geschäfte. — Trinken Sie gern (любите ли вы) frisch gemolkene Milch? — Nein, ich trinke sie nicht gern (не люблю). — Was für Waaren hat Ihr Schwager? — Er hat die Waaren, die er in Paris gekauft hat. — Haben Sie Ihren Bruder oder Ihren Vetter gern? — Ich habe sie beide (обоихъ) gern. — Was haben Ihnen (вамъ) diese reichen Apotheker gegeben (дали)? — Sie haben mir (мнѣ) schlechte Arznei gegeben.

40. Aufgabe.

Haben Sie gestern diesen jungen Mann gesehen? — Ich habe ihn mit meinen Augen gesehen. — Wo hat der Jäger den Habicht gesehen? — Er sah ihn im Walde. — Wo wirst du morgen sein? — Ich weiß es noch nicht. — Wer=

den Sie heute in Ihrem Garten sein? — Nein, wir wer=
den dort sein, wo wir gestern waren. — Sind alle diese
Blumen rosenfarben (розовый)? — Nein, diese Blumen ha=
ben verschiedene Farben. — Wer hat Orden erhalten (получить)? — Fünf Mann Soldaten haben Orden erhalten. —
Was hat der Tischler gekauft? — Er hat fichtene (еловый),
Balken gekauft. — Wozu braucht er (для чего ему) fich=
tene Balken? — Zu Pfählen. — Was hat der Kohlen=
brenner (угольщикъ)? — Er hat gute Birkenkohlen (бере-
зовый уголь). — Wie viel Schwäger haben Sie? — Ich habe
drei Schwäger. — Haben Sie Ihre Schwäger gern (любите)?
— Ich habe sie sehr gern (люблю). — Wer ist dieser
Künstler? — Es ist ein berühmter Maler. — Wohin geht
er? — Er geht in den Tempel Gottes (Божій). — Was
haben Sie für ein Tuch, ein wollenes oder ein seidenes?
— Nein, ich habe weder ein wollenes noch ein seidenes Tuch,
ich habe nur ein leinenes. — Wann wird Ihr Bruder bei
Ihnen sein? — Im Februar (Monat). — Siehst du deinen
Bruder? — Ja, ich sehe ihn. — Wie viel Altyn hast du?
— Ich habe fünf Altyn. — Wie viel Pud Thee hat bei
Ihnen mein Vetter, der reiche Kaufmann aus Paris (Парижъ).
gekauft? — Er hat bei mir drei Pud gekauft. — Hat er
auch Sammt gekauft? — Ja, er hat neun Arschin Sammt
gekauft. — Wie viel Hörner hat der Ochs? — Der Ochs
hat zwei Hörner. — Was hat der Paugefangene (колодникъ)?
— Er hat schwere Fesseln. — Wer hat Alaun gekauft? —
Der Apotheker (аптекарь) hat ihn gekauft. — Wie viel
hat er davon (ихъ) gekauft? — Sechs Pud. — Womit
handelt (торгуетъ) dieser Landmann? — Er handelt mit
Fleisch, Butter, Zwiebel, Knoblauch, Milch, Bauernschuhen
und Bauernstiefeln. — Hat er immer mit diesen Waaren
(товаръ) gehandelt? — Ja, er hat damit immer gehandelt.

Siebzehnte Lektion. — СЕМНАДЦАТЫЙ УРОКЪ.

Zweite Declination.

212. Declination der sächlichen Nennwörter.

Mehrheit, Plural. *Множественное число.*

	A. Hauptwort.		B. Concrescirtes Eigenschaftswort.	C. Adjectivisches Fürwort.
	Starke Form.	Schwache Form.		
Nominativ . .	-a	-я	-ія	-н
Genitiv . . .	Charakter	-й	-ихъ	-ихъ
Dativ	-амъ	-ямъ	-имъ	-имъ
Accusativ . . .	Wie der Nominativ oder Genitiv.			
Instrumental	-ами	-ями	-ими	-ими
Präpositional	-ахъ	-яхъ	-ихъ	-ихъ

213. Die Wörter mit dem Charakter -ять, мень, gehen im Plural nach starker Form, wobei -ть und -нь in тъ und -нъ übergehen.

Die jungen Esel, ослята.

Einige, irgend wie viele. Нѣсколькіе.

Einer, irgend welcher.
Ein gewisser. } Нѣкоторый.

Mein Vater geht in das Schloß mit einigen Freunden. Мой отецъ идётъ въ замокъ съ нѣсколькими пріятелями.

Wir gehen zu einigen (gewissen) Freunden. Мы идёмъ къ нѣкоторымъ пріятелямъ.

Die Schüssel, блюдо.
Der Ring, кольцо.
Der Schatz, сокровище.
Das Zinn, олово.
Das Gold, золото.
Deutsch, нѣмецкій.

Das Ei, яйцо.
Die Milch, молоко.

Das Eisen, желѣзо.
Das Silber, серебро.
Englisch, англійскій.

Ruſſiſch.   Русскій, россійскій.
Holländiſch, голландскій.
Türkiſch.   Турéцкій.
St. Petersburg, Саиктъ-Петер-   Parié, Парúжъ.
бу́ргъ.
London, Лóндонь.   Kopenhagen, Копеигáгень.

214. Die collectiviſche Pluralform iſt wie die der
männlichen [179] Collectiva und hat gleiche Declina=
tion mit dieſen: крылó (auch крилó), der Flügel,
кры́льe, plur. кры́лья. Genitiv кры́льевъ. u. ſ. w., звенó, das
Kettenglied, иолúио, das Holzſcheit; иерó, die Feder.

215. Neben der regelmäßigen Form auf -a (II. Decl.)
hat die collective Pluralform (nach der I. Decl.) дéрево,
der Baum; plur. дерéвá. Genit. дерéвъ; coll. дерéвья. Genit.
дерéльевъ.

216. Den Plural auf -и (nach der I. Decl.) haben:

a) вéко, das Augenlid; plur. вúки, вúковъ u. ſ. w.; сóлнцe.
(51. V.) die Sonne; я́бл¬ко, der Apfel.

b) Die Vergrößerungswörter, Argumentative
auf -ще. z. B. ножúще. ein großes Meſſer, plur. но-
жúщи, ножúщей u. ſ. w.

c) Die Verkleinerungswörter, Diminutive auf
-це, -цo. z. B. иолотéнце. das Handtuch; plur. иоло-
тéнцы. иолотéнцовъ.

Bemerkung 1. Die von Stammwörtern ſächlichen
Geſchlechts abgeleiteten Vergrößerungswörter ſächlichen Ge=
ſchlechts gehen regelmäßig, z. B. окнó. das Feuſter; окнище. ein großes Feuſter; plur. окнúща. Genitiv окнúщъ.

217. Den regelmäßigen Plural auf -a und zugleich einen
Plural auf -и nach der I. Decl. haben:

a) óблако. die Wolke.

b) die von ſächlichen Stammwörtern abgeleiteten Ver=
kleinerungswörter auf -цo.

218. Den Plural auf -и nach der III. Decl. haben:

a) плечó. die Schulter; plur. плéчи. Genit. плéчъ.

b) die Diminutiva auf -чко. -шко. z. B. лошúшко. das

elende Häuschen; plur. домишки, Genit. домишекъ
u. ſ. w.

219. Дно, der Boden, der Grund, hat доньа, дны.

220. Nach Verſchiedenheit der Bedeutung hat

Колѣно, { das Knie, / das Geſchlecht, \ das Glied einer Kette, } im Plural { колѣни, (I. Decl. ſchw. Form). / колѣна, (regelm.). \ колѣньа, (coll. I. Decl.). }

221. Unregelmäßige Pluralformen haben:

a) Das Auge, óко, pl. óчи (I. Decl.) Das Ohr, ýхо, pl. ýши (I. Decl)

b) Der Himmel, нéбо, pl. небесá. Der Körper, тѣло, plur. { тѣлесá. / тѣлá. }

c) { Das Wunder, \ Das Wunderthier, } чýдо, plur. { чудесá. / чýла. }

d) { Das Gefäß; der Nachtſtuhl, \ Das (Waſſer=) Fahrzeug, } сýдно, plur. { сýдны (III. Decl.). / судá (I. Decl.). }

222. Bei Anhäufung von Conſonanten wird im Genit.
der Mehrheit ein -o eingeſchoben (29.):

Die Fenſter, óкна, Gen. óконъ. Die Ringe, кóльца, Gen. кóлецъ.
Die Böden, дны, Gen. донъ (30.). Hundert, сто, Gen. сотъ.
    Die Flinte, ружьё, Gen. plur. ружéй (für ружьій 30., b.).

Hierbei iſt zu merken:

a) Wenn keiner der beiden Buchſtaben ein Kehllaut iſt,
    ſo geht -o in -e über: der Flecken, пятнó; Genit. plur.
    пятенъ.

b) Mit und ohne Zwiſchen = Vocal werden gebraucht:

1. Die Wörter auf -дло, -сло, z. B. der Sattel, сѣ-
    длó, hat сѣдлъ und сѣделъ (42. d.); die Zahl, чи-
    слó hat числъ und чиселъ.

2. Die Wörter:
    Der Eimer, ведрó, Gen. plur. ведръ und ведёръ.
    Die Kanonenkugel, ядрó.   Die Rippe, ребро́.
            Das Joch, ярмó.

c) Keinen Zwiſchen = Vocal nehmen an:

1. Die Wörter auf -ство, z. B. das Gefühl, чýвство;
    Gen. plur. чýвствъ.

2. Folgende Wörter:

Das Nest, гнѣздо, (42., d.).
Die Deichsel, дышло.
Der Ort, Platz, мѣсто.
Das Oel, die Butter, масло.

Die Lende, чресло.
Die Armee, войско.
Die Kehle, горло.
Das Handwerk, ремесло.

d) Die Wörter auf einen unbetonten -ье machen das -ь zu einem tönenden -ій, z. B. die Felsenkluft, ущелье; Gen. plur. ущелій.

e) Einige Wörter auf -ье haben im Genitiv des Plurals -ьевъ: das Essen, die Speise, кушанье: die Speisen, кушанья Gen. кушаньевъ. Ebenso:

Das Lumpenwerk, лохмотья plur.
Der Handwerksgeselle, подмастерье.
Die Mündung, устье.
Der Spieß, копьё.

Das Kleid, платье.
Das Landgut, помѣстье.

Die Wohnung, жилье

Bemerkung 2. Doch sagt man auch: копей. жилей. подмастерій.

223. Elf, одиннадцать.
Zwölf, двѣнадцать.
Dreizehn, тринадцать.
Vierzehn, четырнадцать.
Fünfzehn, пятнадцать.
Dreißig, тридцать.
Ein und dreißig, тридцать одинъ.

Sechzehn, шестнадцать.
Siebzehn, семнадцать.
Achtzehn, восемнадцать.
Neunzehn, девятнадцать.
Zwanzig, двадцать.
Ein und zwanzig, двадцать одинъ.
Zwei und zwanzig, двадцать два etc.

Bemerkung 3. Alle diese Zahlwörter werden wie девять declinirt.

Guten Tag, mein Herr.

Wie befinden Sie sich?
Ich danke, ziemlich gut.
Leben Sie wohl.

Здравствуйте, сударь. (Das erste в wird nicht ausgesprochen.)
Каково поживаете?
Благодарю, довольно хорошо.
Прощайте.

Accent.

224. Liegt der Ton im Singular auf der Endung -о (-е), so tritt er im Plural auf die Anfangs-Sylbe zurück:

Der Brief, письмо: des Briefes, письма: die Briefe, письма.

† Die Wörter auf -ьё behalten den Ton auf der Endung:

Die Wohnung, жильё.   Die Wohnungen, жилья.

† Eine Ausnahme machen: die Flinte, ружьё, die Flinten, ру́жья, der Spieß, копьё, die Spieße, ко́пья.

225. Bei den übrigen Wörtern tritt der Ton im Plural auf die Endung:

Das Meer, мо́ре, Gen. мо́ря.   Die Meere, моря́.
Der Spiegel, зе́ркало, Gen. зер-   Die Spiegel, зеркала́.
кала.

† Die Wörter auf -ie behalten den Ton auf der Sylbe des Singulars:

Das Gebäude, зда́ніе, plur. die Gebäude, зда́нія.

226. Die Wörter auf -я haben den Ton auf -я́ть.

Das Kalb, теля́ (телёпокъ).   Die Kälber, теля́та.

227. Die Wörter auf -мя werfen den Ton im Plural auf die Endsylbe: die Zeiten, времена́, Gen. времёнъ u. s. w.

† Зна́мя, die Fahne, hat знамёна, die Fahnen u. s. w.

41. Aufgabe.

Hat der Knabe meine Ringe? — Er hat nicht Ihre Ringe, sondern diejenigen, welche Sie sehen. — Was hat der Koch? — Er hat ein Stück frische Butter und einen Topf Milch. — Hat er einen eisernen oder zinnernen Topf? — Er hat einen Topf aus gutem Zinn. — Von was für einem Zinne sprechen Sie? — Vom englischen. — Geben Sie mir die Schüsseln, welche dort auf jenem Tische sind. — Ich sehe keine Schüsseln auf diesem Tische. — Ich spreche nicht von diesem Tische, sondern von jenem, auf welchem viele Schüsseln mit Fleisch, Butter, Milch und Eingeweiden von Gänsen sind. — Wem sind diese acht großen und schö=nen Spiegel? — Ich sehe nur zwei große Spiegel, die an=dern sechs sind kleine und nicht schöne Spiegel. — Wohin gehen Ihre Brüder? — Sie gehen in den Garten. — Mit wem und womit gehen sie in den Garten? — Mit einigen treuen Freunden und mit denjenigen Schätzen, welche sie haben. —

Joel u. Fuchs, Russische Gramm.   8

Wohin geht der junge Spieler? — Er geht auf den Ball.
— Wer (ist) auf dem Balle? — Einige von seinen Freun=
den und Kameraden (sind) da. — Wo ist der Ball? — Er
ist im Theater des jungen Königs. — Haben Sie mit den
weisen Doctoren von Ihrem Arzte gesprochen? — Nein, ich
habe mit ihnen nicht von meinem Arzte, sondern von den
Söhnen meines Bruders gesprochen. — Wieviel Flügel hat
die Nachtigall? — Sie hat eben soviel Flügel, als der
Sperling; sie hat zwei Flügel. — Hat sie auch nur zwei
Federn? — Nein, sie hat viele Federn. — Haben Sie meine
Federn? — Ich habe sie nicht. — Wer hat sie? — Ihr
kleiner fauler Nachbar hat Ihre beiden Federn und auch
Ihr neues Federmesser.

42. Aufgabe.

Wie viel Aepfel sehen Sie auf jenen Bäumen? — Ich
sehe nur wenig Aepfel auf den Bäumen, aber ich sehe deren
viele auf diesen Schüsseln hier.   Wo sind die (elenden)
Häuschen dieser (großen) Bauernkerle? — Diese Bauernkerle
haben weder Häuser noch Höfe. — Wessen sind diese (elen=
den) Häuschen? — Sie gehören den (sind der) armen und alten
Bettlern. — Wieviel Ohren hat der Mensch? — Der Mensch hat
zwei Ohren und eben so viel Augen. — Wie viel Bäume sind
in jenem Walde? — In jenem Walde sind viele schöne,
alte und junge Bäume. — Sehen Sie nicht die schönen
Bäume und die neuen Gebäude in dem Garten unseres
Fürsten? — Ich sehe weder diese, noch jene. — Sieht nicht
jener Dieb unsere Kleider und die unserer Zöglinge (voc=
niramur)? — Er sieht weder die einen, noch die andern;
er sieht nur die seinigen. — Sehen Sie die tapfern deutschen
Söhne, welche die Gefühle ihrer alten treuen Väter ha=
ben? — Ich sehe einige von ihnen, aber sie haben nicht
die treuen Gefühle ihrer Väter. — Haben Sie noch Ge=
schäfte (zu thun)? — Wir haben keine Geschäfte mehr (nichts
mehr zu thun); aber unser junge Advokat und unsere bei=

den neuen Deputirten haben noch viele Geschäfte. — Was
hat jener Landmann dort? — Er hat Hasen, Eier, etwas
Fleisch, zwei Töpfe Milch, zwei Hähne, fünf Gänse, zehn
schöne weiße Tauben, Tabak und Brod genug, aber
keine Kreide und keinen Honig. — Was für Hähne hat er?
— Er hat junge billige Hähne. — Wo geht er hin? —
Er geht in die Stadt. — Was sieht er dort? — Er sieht
dort reiche und arme Leute, viele tapfere Soldaten, auch
Mönche, Bettler, Diebe und andere Menschen. — Sieht er
da nicht auch Ochsen, Esel, Böcke und andere Thiere? —
Er sieht diese und jene; aber sein arbeitsamer Nachbar sieht
weder die einen, noch die andern.

43. Aufgabe.

Was für Blumen sehen Sie im Garten? — Ich sehe
dort Rosen und Weideblumen. — Wo haben Sie diese Fe=
dern von jungen Vögeln gefunden? — Ich habe sie am
Neste des alten Adlers gefunden. — Bei wem ist mein
Diurnal (Lebensgeschichte der Heiligen)? — Ihr Diurnal
ist beim Mönch oder beim Priester (попъ). — Wo ist Ihr
Rechenbrett? — Ich habe mein Rechenbrett den Kaufleuten
verkauft. — Haben Sie eine Lichtscheere gekauft? — Nein,
ich habe keine Lichtscheere gekauft. — Gehen Sie nach Haus?
— Ich bin schon zu Haus. — Haben Sie genug Rubel?
— Nein, ich habe deren zu wenig. — Wieviel Zeit sind
Sie in Paris? — In Paris bin ich schon drei Jahre. —
Meer, sagen die Seeleute (моря́къ), ist Land. — Sie lieben
aber das Meer? — Ja, sie lieben es. — Was für Samen
hat dieser Landmann? — Er hat sehr gute Samen. — Mit
wem gehen Sie in den Garten? — Mit einigen Freunden.
— Haben Ihre Freunde schon zu Mittag gegessen? — Ja,
sie haben schon lange zu Mittag gegessen. — Was für
Milch haben Sie? — Ich habe warme Milch. — Was für
einen Teppich (ковёръ) haben Sie gekauft? — Ich habe
einen türkischen Teppich gekauft. — Ist der Grund des

8*

Meeres tief? — Das Meer hat einen sehr tiefen Grund. — Wieviel Ohren hat der Mensch? — Der Mensch hat zwei Ohren, zwei Augen (глазъ), einen Mund, eine Nase und eine Stirn. — Was für Fenster hat dieses Haus? — Dieses Haus hat hohe Fenster. — Wieviel Eimer Bier haben Sie? — Ich habe zwei Eimer Bier. — Wer hat dieses schöne Landgut gekauft? — Mein Vetter hat es gekauft. — Haben Sie einen reichen Vetter? — Ich habe einen sehr reichen Vetter. — Hat der Fleischer viel Kälber? — Der Fleischer hat sechs Kälber und zwanzig Ochsen.

Achtzehnte Lektion. — ОСМНАДЦАТЫЙ УРОКЪ.

Sprechen, говорить (Jnfin.)   Sehen, видѣть.
Geben, дать, давать.   Haben, имѣть.
Sein (Hülfszeitw.), быть.   Wünschen, желать (wie знать.)
Wollen, хотѣть.   Gehen, идти.
Können.   Мочь.

228. Die gewöhnliche Endung des Infinitivs ist -ть (-ти).

Bemerkung 1. Nur siebzehn Zeitwörter enden im Infinitiv auf -чь (-щи).

229. Hauptwörter sächlichen Geschlechts, die nur im Plural gebräuchlich sind (vgl. 194.):

Das Thor, die Pforte.	ворота (sl. врата).
Das Brennholz, дрова.	Das Geländer, перила.
Die Mandel (Drüse), желѣза.	Der Mund, sl. уста.
Die Fesseln, желѣза.	Die Tinte, чернила.
Der Lehnstuhl, кресла.	
Haben Sie ein wenig Tinte?	Есть ли у васъ нѣсколько чер-\nнилъ?

230. Sehr.   Очень.

Der Bettler hat sehr wenig Brenn-   У нищаго очень мало дровъ.
holz.

Der türkische Kaufmann hat sehr guten Tabak.

У турецкаго купца очень хорошій табакъ.

Solcher, solche, solches.
Solche (plur.).

Такой (Genitiv такого).
Такіе, такія.

Was für ein Kleid haben Sie?
Ich habe ein solches Kleid.
Er hat nicht solche Kleider.

Какое платье у васъ?
У меня такое платье.
У него такихъ платьевъ нѣтъ.

Ein solcher —, wie.

Такой —, какой.

Ich habe einen solchen Rock, wie mein Bruder hat.

У меня такой кафтанъ, какой у моего брата.

231. Nach.

За (regiert den Instrumental).

Wen geht der Mann holen?
Er geht den Doctor holen.
Wonach gehen die Gesellen?
Sie gehen nach Tabak.
Holt der Knabe Pfeffer?
Geht der Knabe nach Pfeffer?

† За кѣмъ мужъ идётъ?
† Онъ идётъ за докторомъ.
За чѣмъ идутъ подмастерья?
Они идутъ за табакомъ.
{ Идётъ ли мальчикъ за пер-
{ цемъ?

232. Viel, viele, vieles.

Мпогій (nicht gebräuchlich), многое, pl. многіе, многія.

Ich sehe einen Mann mit vielen Hasen.

Я вижу мужа со многими зай-
цами.

Wenig, wenige, weniges.

Немного, мало.

Wie vieles —
so vieles.

Столько - сколько.

Die Schneide (am Messer rc.), лезвеё.
Das Tuch, сукно.

Ein großer Tisch, столище.
Der Spazierort, гулянье.
Das Scheit, полѣно.

Scharf.
Stumpf, тупой.

Острый, вострый.
Grob, грубый.

44. Aufgabe.

Wonach geht der Mann in die Scheune? — Er geht nach einigen Scheiten Brennholz. — In wessen Scheune geht er nach Brennholz? — Er geht in die Scheune seines Herrn, welcher der Besitzer jener schönen Gebäude (ist). — Hat

'Andreas meine Tinte und meine Federn? — Er sagt, daß er weder diese noch jene habe. — Von welchem Sohne des Lehrers sprechen Sie? — Ich spreche von dem, zu welchem ich gehe. — Haben Sie einen solchen Lehnstuhl, wie mein Vater hat? — Wir haben nicht einen solchen, sondern einen andern. — Wir haben sehr gute neue Tische und Stühle und auch einen sehr schönen Lehnstuhl. — Gehen Sie auf den Ball mit vielen oder nur mit wenigen Freunden? — Ich gehe nur mit zwei Freunden, mit meinem Lehrer und dessen bescheidenem Sohne. — Hat dieser Kaufmann nicht auch gute silberne Ringe und silberne Leuchter? — Er hat sie nicht, doch giebt sie ihm der Vetter des reichen Bauers. — Wo sieht unser Bruder die jungen deutschen Künstler? — Er sieht sie auf den Spazierorten (гуляите) in unserer Stadt und im Walde. — Wo sind die schönen Spazierorte, nach welchen (куда) die Maler gehen? — Sie sind auf jenen blüthenreichen Wiesen und auf den Feldern, auf welchen wir jene Getreidearten, den frischen Hafer und die große Gerste sehen. — Wessen Felder sehen Sie dort? — Ich sehe die der großen Bojaren und die ihrer Nachbarn, der tapfern Bulgaren. — Hat nicht der reiche Engländer einige Zimmer mit vielen Fenstern? — Er hat ein Zimmer mit zwei Fenstern und nur zwei Zimmer mit vier Fenstern. — Sehen Sie dort nicht die Eimer mit Bier oder Wein? — Ich sehe weder die Eimer, noch das Bier, noch den Wein; ich sehe nur den Koch, welcher mit einigen Gänsen, Hühnern und jungen Tauben auf dem Hofe jenes Gebäudes geht

45. Aufgabe.

Wessen Nachbar war einige Zeit im Hause des arbeitsamen Kaufmanns? — Bei dem Kaufmann war nicht der Nachbar, sondern der Sohn meines guten Freundes. — Haben Sie mit dem Spieler und dem Mönche gesprochen? — Ich habe weder mit diesem noch mit jenem gesprochen, doch der Soldat hat mit dem Mönche gesprochen. — Wovon hat der Soldat mit dem Mönche gesprochen? — Er sprach mit dem alten Mönche von seinem armen Vater. — Haben Sie die drei Bojaren gesehen, welche bei den Freunden des Fürsten waren? — Ich habe nicht die Bojaren, sondern die Schwäger des Fürsten gesehen. — Sehen Sie auch die Gevatter des Kaisers? — Was für eines Kaisers? — Des russischen Kaisers. — Sie haben zu wenig Pfannenkuchen! — Ich habe eben so viel wie Sie. — Wieviel Pfannenkuchen haben Sie? — Ich habe fünf Pfannenkuchen. — Wer sieht das prachtvolle Schloß des reichen Fürsten? — Die Einen sehen das Schloß, die Andern sehen es nicht.

46. Aufgabe.

Sind Sie krank? — Ja, ich habe geschwollene (у меня распухли) Drüsen. — Haben Sie sie schon lang? — Ich habe sie seit dem gestrigen (вчерашній) Tage. — Was ist das für eine hohe Pforte? — Es ist die Pforte des prächtigen Schlosses des Fürsten. — Haben Sie viel Brennholz? — Ich habe dessen sehr wenig. — Was für Tinte haben Sie? — Ich habe schwarze und rothe Tinte. — Was für ein Tuch haben Sie beim reichen Kaufmann gekauft? — Ich habe bei ihm ein solches Tuch gekauft, wie Sie. — Wieviel Scheit Holz haben Sie bei sich auf dem Hof? — Ich weiß es nicht, ich habe sie nicht gezählt. — Wer hat sie gezählt? — Niemand hat sie gezählt. — Wieviel Zeit sind Sie hier? — Ich bin schon drei Stunden (часъ), schon fünf Stunden hier. — Wo ist der junge Offizier? — Er ist entweder auf dem Ball beim König oder im Theater. — Wer sagt dies? — Viele sagen dies. — Sagen Alle dies? — Nein, nicht Alle. — Was für Waaren hat der Kaufmann erhalten? — Er hat verschiedene Waaren erhalten. — Wo sind die kleinen Eselchen? — Sie sind entweder auf dem Hof oder auf dem Felde. — Was für Spiegel sind im Palast (дворецъ) des Königs? — Im Palast des Königs sind große und prächtige Spiegel. — Sind Sie hungrig? — Ja, ich bin sehr hungrig.

—Was wollen Sie essen? — Ich will Braten essen. — Was für einen Braten wollen Sie? — Geben Sie mir eine gebratene Gans. — Wollen Sie ein Stück Schinken? — Ja, geben Sie mir ein Stück, ich bitte. — Was werden Sie zum (у) Frühstück haben? — Wir werden zum Frühstück Thee, Kaffee, Milch, Käse und Butter haben. — Spielen die Kinder? — Ja, sie spielen. — Was für ein Spiel (во что) spielen sie? — Sie spielen auf dem Hof mit (въ) Schneebällen

---

Neunzehnte Lektion. — ДЕВЯТНАЦАТЫЙ УРОКЪ.

233. Ich will, я хочу.

Du willst, ты хочешь.

Er will, онъ хочетъ.

Wir wollen, мы хотимъ.

Ihr wollet, вы хотите.

Sie wollen, они хотятъ.

Ich muß, ich bin schuldig, я долженъ.

Du mußt, ты долженъ.

Er muß, онъ долженъ.

Wir müssen, мы должны.

Ihr müßt, вы должны.

Sie müssen, они должны.

234. Die Namen der jungen Thiere auf -я (72., 76. b.) sind im gewöhnlichen Leben nur in der Mehrzahl gebräuchlich. In der Einzahl wendet man dafür die Verkleinerungswörter auf -ёнокъ an.

Das Eselsfüllen, ослёнокъ (осля).   Der Judenknabe, жидёнокъ (жидя).

Das Füllen, жеребёнокъ (жеребя).   Das Kätzchen, котёнокъ (котя).

Das Küchlein, цыплёнокъ (цыпля).   Das Ferkel, поросёнокъ. порося.

235. Der regelmäßige Plural der Wörter auf -ёнокъ kommt neben dem auf -ята gewöhnlich nur in folgenden vor:

Die junge Dohle, галчёнокъ pl. галчата und галчёнки.

Der junge Löwe, львёнокъ.   Das Mäuschen, мышёнокъ.

Das Hündchen, das Junge (von Thieren überhaupt), щенокъ.

236. Дитя, das Kind, hat im Plural дѣти. nach der dritten Declination schwacher Form.

Wieviel Bäume sind in diesem Garten?	Сколько деревъ (есть) въ сёмъ саду? (Wegen есть vgl. 138.)
In diesem Garten sind sieben Bäume.	Въ сёмъ саду семь деревъ.
Was [giebt es] Neues?	Что новаго?
Haben Sie etwas Neues?	Есть ли у васъ что новое?

237. Nach dem **fragenden** Fürworte что? steht das sächliche Adjectiv im **Genitiv.** Wenn что aber **etwas** bedeutet, hat es das Eigenschaftswort sächlichen Geschlechts in **gleichem Casus** bei sich.

Etwas, irgend etwas gewisses. **Nichts.**	**Нѣчто** (werden wie что **Ничто** declinirt).
Ich sehe etwas Weißes.	Я вижу нѣчто бѣлое.
Ich sehe nichts.	Я ничего не вижу (139., 147.).
Er sieht nichts Gutes.	Онъ ничего добраго не видитъ.
Der Bürger (eines Staates), гражданинъ.	Der Bürger (als Stand), мѣщанинъ.
Der Adlige, дворянинъ.	Der Fleischer, мясникъ.
Der Talg, das Fett, сало.	Das Fleisch, мясо.
Die Heerde, стадо.	Das Glas (als Stoff), стекло.
Das Heu, сѣно.	Die Tenne, гумно.
Die Seife, мыло.	Die Vorstadt, предмѣстіе.
Grün, зелёный.	Die Wurfschaufel, махало.
Das Mahagoni-Holz (rothe Holz).	Roth, красный.
Dunkelblau, синій.	Krasnoe Хѣрево. Красное дерево.
Grau, сѣрый.	Himmelblau, голубой.
Schwarz. Muthwillig.	Schwarzgrau (von Pferden), карій. Чёрный. Рѣзвый.
Hoch, высокій.	Niedrig, низкій.
Altbacken.	Черствый.
Frisch, свѣжій.	
Giebt es hier gutes Heu?	Есть ли здѣсь хорошее сѣно?
Was für Leute giebt es in dieser Vorstadt?	Какіе люди (суть) въ этомъ предмѣстіи (19., b.)?
Es giebt da schlechte Leute.	Тамъ дурные люди.
Schlecht.	Дурной.
Ich gebe mir Mühe.	Я стараюсь.
Du giebst dir Mühe.	Ты стараешься.
Er giebt sich Mühe.	Онъ старается.
Wir geben uns Mühe.	Мы стараемся.

Ihr gebet Euch Mühe.	Вы стараетесь.
Sie geben sich Mühe.	Они стараются.

Sich Mühe geben, стараться.

Bemerkung. Das reflexive Zeitwort bekommt die Endung -ся zusammen себя, der in der ersten Person des Singulars und zweiten des Plurals der Gegenwart, und in den drei Personen der Mehrheit der Vergangenheit noch in -сь abgekürzt wird.

Braten, жáрить.	Gar braten, изжáрить.
Kochen, варить.	Gar kochen, сварить.

47. Aufgabe.

Wen siehst du in jenem großen Walde? — Ich sehe einen Hirten mit einigen muthwilligen Füllen, einem schwarzgrauen Eselsfüllen und zwei jungen Hündchen. — Wessen Küchlein willst du haben? — Ich will die unsrigen und die anderer Leute haben. — Was hat der Kaufmann Neues? — Er hat gute frische Seife, schönes dunkelblaues Tuch, billige holländische Tuche, Stühle und Tische aus Mahagoniholz, hübsche Trinkgläser aus rothem Glase; auch hat er seidene Kleider, baumwollene Strümpfe und andere Waaren. — Giebt es in dem Hause Ihres Vaters Kätzchen und Mäuschen? — In unserm Hause giebt es deren keine, aber in unserer Tenne giebt es viel Mäuschen. — Siehst du hohe Bäume in jenem Walde? — Ich sehe hohe und niedrige Bäume. — Hat der Fleischer etwas Frisches? — Er hat nichts Frisches. Hat der Tischler etwas Neues oder etwas Altes? — Er hat weder etwas Neues, noch etwas Altes; er hat nur die Stühle, welche Sie in jenem Zimmer sehen. — Will das Kindlein die hübschen jungen Katzen sehen? — Nein, mein Herr, das Kindern will weder die jungen Katzen noch die kleinen Mäuschen sehen. — Zu wem geht der Vater mit den fleißigen Kindern? — Geht jener Greis mit seinen Enkelkindern in's Theater oder auf den Ball? — Er geht mit ihnen weder in's Theater, noch auf den Ball, sondern an das Ufer des Meeres oder in den frischen Wald. — Was sehen wir dort Schwarzes

auf den Bäumen? — Wir sehen einige junge Dohlen. —
Von welchen Dohlen wollen Sie sprechen? — Ich spreche
von den Dohlen, die ich im Garten auf den Bäumen ge=
sehen habe. — Hat Jemand etwas Tabak und Seife? — Der
Wirth hat Tabak, aber Niemand hat Seife. — Hat Je=
mand etwas Prächtiges? — Ich will dem kleinen Löwen
etwas Fleisch, und den muthwilligen Kätzchen einige Mäus=
chen geben. — Wollen Sie zu dem guten Fürsten in das
prächtige Schloß gehen? — Nein, ich will nicht zum Für=
sten in's hohe Schloß, sondern zum alten Bettler in den
niedrigen Schuppen gehen. — Sehen Sie dort die armen
Judenknaben mit den schwarzen Röcken und den schlechten
Beinkleidern? — Wir sehen sie, aber wir sehen nicht ihre
schlechten Kleider. — Sieht jener Bauer auf jenem Felde
etwas? — Er sieht nichts, aber seine Schnitter sehen die
Getreidearten in seiner großen neuen Tenne. — Was für
Augen haben diese neugierigen Kindlein? — Das eine hat
graue Augen und sein Bruder hat himmelblaue Augen. —
Giebt es bei den Bäckern frisches Roggenbrod? — Es
giebt nur altbackenes Weißbrod.

48. Aufgabe.

Wer hat den Rock des armen Schneiders? — Der Sohn
des reichen Grafen (графъ) hat ihn. — Haben Sie viel
Brod nöthig? — Ich habe dessen nicht viel nöthig, geben
Sie mir etwas davon. — Haben Sie Thee genug? —
Thee habe ich genug, aber zu wenig Zucker. — Wollen Sie
noch Fleisch? — Nein, Fleisch habe ich genug, geben Sie
mir aber noch ein Stück Schinken. — Hat Ihr Schneider
einen guten Geschmack? — Nein, er hat einen sehr schlechten
Geschmack. — Ist der Knabe im Garten oder auf dem Hof?
— Er ist weder im Garten, noch auf dem Hof, er ist im
Walde. — Wem wollen Sie diese Gans geben? — Ich
will sie meinem Koch geben, damit (чтобъ) er sie mir brate.
— Hat er mir schon die Suppe gekocht? — Ja, er hat

fie Ihnen gefocht. — Haben Sie auf der Wiefe die Heerden
Ochfen gefehen? — Nein, ich habe dort keine Heerden Och=
fen, fondern eine Heerde (табунъ) Pferde gefehen. — Wer
hat meine Schlüffel? — Der Schloffer hat fie. — Hat der
Schloffer viel Eifen? — Er hat deffen viel, aber nicht fo
viel als der Schmied. — Wer hat viel Gold? — Der
Goldarbeiter hat viel Gold. — Mit wem hat Ihr fleißiger
Sohn gefpielt? — Er hat mit dem feigen Knaben, feinem
Kameraden gefpielt. — Wo find Sie gewöhnlich, hier in
Petersburg oder in Paris? — Ich bin hier und dort. —
Effen Sie das Fleifch des Hirfches? — Ich effe es fehr
gern. — Ziehen Sie den Hirfch dem Hafen vor? — Ich
ziehe den Hafen dem Hirfch vor. — Was für Brode hat
Ihr Bäcker? — Er hat allerhand (Brode). — Hat er gute
Roggenbrode? — Er hat fehr gute Roggenbrode.

Zwanzigfte Tektion. — ДВАДЦАТЫЙ УРОКЪ.

Dritte Declination.

238. Declination der weiblichen Nennwörter.
Einheit, Singular. *Единственное число.*

	A. Hauptwort		B. Concre= fcirtes Eigen= fchaftswort.	C. Adjectivi= fches Fürwort.
	Starke Form.	Schwache Form.		
Nominativ . .	´-a	Charakter -ь	-ая	-a
Genitiv . . .	-и	-и	(-iя veralt.) -ой	-ой
Dativ	-ѣ	-и	-ой	-ои
Accufativ . .	-у	Gleich dem Nominativ	-ую	-ỳ
Inftrumental	-ою	-iю	-ою	-ою
Präpofitional	-ѣ	-и	-ой	-ой

239. Alle weiblichen Hauptwörter auf -ь gehen nach der schwachen Form und haben den Accusativ gleich dem Nominativ.

Bemerkung 1. Die Wörter auf -ь, welche weiblichen Geschlechts sind, sind durch ein nachgesetztes *f.* (femininum) bezeichnet.

240. Nach der starken Form dieser Declination gehen auch die männlichen Hauptwörter auf -a.

Die Frau, жена.	Die Fliege, муха.
Die Henne, курица.	Die Biene, пчела.
Die Zelle, келлія.	Die Bibel, библія.
Der Hut, шляпа.	Die Mütze, шапка.
Das Bette.	Постеля auch постель.
Der Diener, слуга.	Der Redner, витія.
Der Richter.	Судья.
Die Maus, мышь *f.*	Der Häring, сельдь *f.*
Das Netz, сѣть *f.*	Das Petschaft, Siegel, печать *f.*
Brennen, горѣть.	Singen, пѣть.
Ich brenne, я горю.	Ich singe, я пою.
Du brennst, ты горишь.	Du singst, ты поёшь.
Er brennt, онъ горитъ.	Er singt, онъ поётъ.
Wir brennen, мы горимъ.	Wir singen, мы поёмъ.
Ihr brennt, вы горите.	Ihr singt, вы поёте.
Sie brennen, они горятъ.	Sie singen, они поютъ.
Ich brannte, habe gebrannt, } я горѣлъ, а, о. etc.	Ich sang, habe gesungen,} я пѣлъ, а, о, etc.
Wir brannten, мы горѣли.	Wir sangen, мы пѣли.
Ich werde brennen, я буду горѣть.	Ich werde singen, я буду пѣть.

Bemerkung 2. Die Vergangenheit hat in der Einheit für alle drei Personen лъ für das männliche, ла für das weibliche, und ло für das sächliche Geschlecht, in der Mehrheit die Endung ли für alle drei Personen und Geschlechter.

Brennt das Holz?	Горятъ ли дрова?
Es brennt sehr gut.	Они очень хорошо горятъ.
Und das Licht brennt auch?	И свѣча тоже горитъ?
Ja, das Licht brennt auch.	Да и свѣча тоже горитъ.
Der Lachs, лососъ m.	Der Karpfen, карпъ.
Der Aal, угорь m.	Der Stör, осётръ.
Der Hecht, щука m.	Der Krebs, ракъ.

Accent.

241. Das -o der letzten Sylbe wird in den Fällen, wo das Wort am Ende wächst — mit Ausnahme des Instrumentals der Einzahl — ausgestoßen in den Wörtern:

Die Liebe, любовь f. Die Kirche, церковь f.
Die Lüge, ложь f. Der Roggen, рожь f.
Die Schmeichelei. лесть, f., Gen. лести und льсти.

Bemerkung 3. In den Taufnamen Любовь, Charitas, bleibt das -o durch alle Fälle.

242. Мать, die Mutter; und дочь, die Tochter (Nominativ und Accusativ) leiten die übrigen Fälle von матерь und дочерь ab.

243. Wörter auf -ая, die ursprünglich Adjective sind, werden auch als solche declinirt (vgl. 193).

Die Kinderstube, детская. Der Roßmarkt, конная.
Das Vorrathshaus, Magazin. Кладовая.
Das Vorzimmer. Передняя.

244. Der Instrumental auf -ою wird im gewöhnlichen Leben häufig in -ой, und der auf -ию in -ью abgekürzt.

245. Der Genitiv der Adjective auf -ия ist jetzt veraltet und gehört nur dem höhern Style an.

Haben Sie den Hut? Есть ли у вас шляпа?

Ich habe { nicht den / keinen } Hut. У меня нѣтъ шляпы.

Sehen Sie den Diener? Видите ли вы слугу?

Ich sehe { nicht den / keinen } Diener. Я не вижу слуги.

Gehst du mit dem treuen Diener? Идешь ли ты съ вѣрнымъ слугою?
Ich habe keinen treuen Diener. У меня нѣтъ вѣрнаго слуги.
Von was für einem Hute sprichst du? О какой шляпѣ говоришь ты?
Nicht vom Hute meines Gevatters, Не о шляпѣ моего кума, но о
sondern von dem meinigen. моей.

246. Wenn der Ton nicht auf der Endung liegt, so bleibt er in allen Fällen wie im Nominativ.

Das Gedränge, давка.
Die Bude, лавка; Gen. лавки, Dat. лавкѣ u. s. w.

Das Rebhuhn, куропа́тка.
Der Griff, рукоя́тка.

247. Ist die Endung -á im Nominativ betont, so bleibt der Ton auf der Endung, nur im Accusativ rückt er auf die Anfangssylbe des Worts.

Der Bart, борода́; Gen. бороды́, Accus. бо́роду.

†Ausnahmen. Der Ton bleibt auch im Accusativ auf der Endung:

a) In den Substantiven auf -ла́ und -ма́:

Die Säge, пила́; Acc. пилу́.
Die Franse, бахрома́; Acc. бахрому́.

b) In folgenden Wörtern:

Die Wittwe, вдова́ — вдову́.
Die Welle, волна́.
Das Krummholz, дуга́.
Das Loch, дира́ (дыра́).

Die Frau, жена́.
Der Stern, звѣзда́.
Ein dünnes Plättchen, плена́.
Der Diener, слуга́.

248. Bei den Wörtern auf -ь bleibt der Ton im Singular auf der Tonsylbe des Nominativs.

Das Pferd, ло́шадь.
Das Netz, сѣть.

Des Pferdes, ло́шади.
Mit dem Netze, сѣтью.

249. Die Wörter auf -ливость behalten den Ton jederzeit auf der Sylbe -ли.

Die Sparsamkeit.
Der Sparsamkeit.

Бережли́вость.
Бережли́вости.

250. Ich muß (weibliches Geschlecht).
Du mußt.
Sie muß.

Я должна́.

Ты должна́.
Она́ должна́.

Bemerkung 4. Die Mehrheit ist wie beim männlichen Geschlecht.

49. Aufgabe.

Wonach geht unser alter Diener? — Er geht in das Vorzimmer nach dem Hute des Richters. — Mit wem spricht er im Vorzimmer? — Er spricht mit dem Schwager des

guten Fürsten. — Was will die Frau des trägen Koches? —
Sie will mit der Mutter des reichen Kaufmanns sprechen. —
Warum? — Die Mutter des Kaufmanns will fünf Birkhähne,
drei Hasen und ein Rebhuhn haben, und der Koch sagt, daß
der Jäger sie nicht geben will. — Wo ist der alte gute Mönch?
— Er ist in der kleinen Zelle. — Wo ist das faule Kind?
— Es ist noch im Bette. — Ist deine Mutter noch in der
Kirche? — Sie ist nicht mehr dort. — Mit wem geht unser
Nachbar in die Kirche? — Er geht in die Kirche mit seiner
bescheidenen Tochter. — Haben Sie die hübsche Tochter des
alten Lehrers gesehen? — Ja, mein Herr, ich muß mit ihr
in den prächtigen Garten des Fürsten Nicolaus gehen. —
Und ich habe mit ihr im kleinen Hause des Wächters des
großen Waldes gesprochen. — In welchem Magazin giebt es
eine solche schöne Mütze? — In dem großen Magazin des
Deutschen. — Siehst du jene Henne? — Ich sehe die Henne
und die Küchlein. — Siehst du auch den Hahn? — Ich sehe
ihn nicht, doch ich will den Hahn mit der weißen Henne
sehen. — Siehst du den weisen Richter auf jenem Platze?
— Ich sehe ihn und seinen Bruder, den großen Redner, in
dem Schlosse des Königs. — Haben Sie nicht einen guten
Häring? — Ich habe einen Häring, aber keinen guten. —
Hat der Diener nicht mein Petschaft und mein Federmesser?
— Er hat weder dieses noch jenes. — Geht er nicht nach
meinem Petschaft und nach meinen Federn? — Er geht nach
jenem, aber nicht nach diesen. — Wer geht meinen Diener
holen? — Ich gehe in unsre Kinderstube, um ihn zu holen.

50. Aufgabe.

Ich will essen. — Was willst du essen? — Ich will etwas
schwarzes Brod, ein wenig Butter und ein Stück Schinken
essen. — Der Koch des Nicolaus hat mir ein großes Stück
Käse und weißes Brod gegeben. — Wollen Sie einen guten
Häring essen? — Ja, Sie müssen mir ihn geben. — Willst
du Thee trinken? — Nein, ich will Kaffee trinken. — Auf dem

Hofe ist viel Schnee. — Der Sohn des alten Bettlers will
einen Hut kaufen. — Er will den Hut nicht kaufen, sondern
nehmen. — Geben Sie ihm den Hut! — Waren Sie in der
Kirche? — Ich war nicht in der Kirche, sondern auf dem
Roßmarkt. — Was haben Sie auf dem Roßmarkte gesehen? —
Ich habe auf dem Roßmarkte junge Pferde gesehen. — Wie=
viel? — Vier oder fünf. — Ich will nach Hause mit dem
Engländer gehen. — Das ist kein Engländer, sondern ein
Russe. — Wo sind die Kinder der Wittwe des Dieners? —
Ich sehe sie nicht.

51. Aufgabe.

Was bittet der Bettler von Ihnen? — Er bittet mich
um (von mir) ein wenig Geld (деньги pl. f.). — Mit wem
spricht diese Wärterin? — Sie spricht mit Ihrem Kinde.
— Haben Sie schon Butterbrod (Brod mit Butter) und
ein Glas Bier (пиво) erhalten? — Ich danke ergebenst, ich
habe Alles dies erhalten, doch trinke ich kein Bier; geben
Sie mir, ich bitte, ein Glas Wein. — Wollen Sie eine
Tasse Thee oder Kaffee? — Nein, ich danke Ihnen, ich trinke
weder Thee noch Kaffee. — Was für ein Vogel fliegt dort?
— Es ist eine Amsel. — Was ist dies für ein Schwarm?
— Es ist ein Bienenschwarm (Schwarm Bienen). — Von
wem ist Ihnen dieser Schlüssel gegeben? — Er ist mir vom
tapfern Matrosen gegeben. — Wessen Stimme ist dies? —
Es ist die Stimme des dicken Dänen. — Wo ist der
Däne? — Er ist mit dem Engländer. — Ist es lange,
daß Sie gefrühstückt haben? — Es ist schon (тому) eine
Stunde, daß ich gefrühstückt habe. — Werden Sie bald zu
Mittag essen? — Ich werde in (через) zwei oder drei
Stunden zu Mittag essen. — Mit wem geht Ihr Bruder
Joseph? — Er geht mit Ihrem Vetter Alexander. — Von
wo kommen (идут) sie? — Sie kommen aus dem Schlosse
unseres Fürsten. — Wieviel Mühlsteine hat diese Mühle?
— Diese Mühle hat vier Mühlsteine. — Wessen Heuschober
ist dies? — Es ist der Heuschober des reichen Bauern. —

Was für Wild (дичь f.) hat heut der Jäger geschossen? —
Er hat vier Birkhähne, sechs Rebhühner, drei Haselhühner
(рябчикъ), zwei Hasen und einen Hirsch geschossen. — Hat
er auch einige Amseln geschossen? — Nein, er hat keine
Amseln geschossen. — In welchem Lande leben Sie? —
Ich lebe in einem sehr schönen Lande, an den Ufern des
Mains (Майнъ). — Wer hat Ihnen diese Flinte (ружьё)
gegeben? — Mein Messerschmied (оружейникъ). Sind
Sie schon lange hier? — Sehr lange.

Einundzwanzigste Lektion.—ДВАДЦАТЬ ПЕРВЫЙ УРОКЪ.

251. Sie (weibliche Ein- Она. Gen. ея, Dat. ей, Accus.
heit).   её, Instr. ёю, Präpos. ней.

Bemerkung 1. Ея, als Genitiv, ist nur im höhern
Style und in Beziehung auf hohe Personen gebräuchlich.

Nur eine Biene.   Только одна пчела.
Mit sechs Cameraden.   Съ шестью товарищами.

252. Die Grundzahlen, die auf -ь ausgehen, gehen
nach der schwachen Form der dritten Declination.

253. Ich kann, я могу.   Wir können, мы можемъ.
Du kannst, ты можешь.   Ihr könnet, вы можете.
Er kann, онъ можетъ.   Sie können, они могутъ.
                           Sie können (weiblich), онѣ мо-
                           гутъ.

Ich kann nicht, { я не могу.   Wir können nicht, { мы не можемъ.
                { мнѣ нельзя.   { намъ нельзя.

Du kannst nicht, { ты не можешь.   Ihr könnet nicht, { вы не можете.
                 { тебѣ нельзя.   { вамъ нельзя.

                 { онъ не можетъ.   { они |
Er kann nicht, { ему | нельзя.   Sie können nicht, { онѣ | не могутъ.
               { ей | { имъ нельзя.

254. Auch nicht.   Не — ни. (vor Zahlen).

Er hat auch nicht einen Freund.   У него ни одного друга нѣтъ.
Ich sehe auch nicht eine Fliege. Я ни одной мухи не вижу.
Das Zimmer, die Stube, комната.   Die Küche, кухня.

Das Licht, свѣча́.
Der Weg, доро́га.
Der Hund, соба́ка.
Das Mädchen, дѣви́ца.
Die Sängerin, пѣви́ца.
Warm, тёплый.
Rein, чи́стый.
Liebenswürdig, любе́зный.
    Wohlgestalt.
Von Talg, Talg-, са́льный.
Sagen, сказа́ть.
Säen, сѣять.

Der Pferdestall, коню́шня.
Der Wagen, каре́та.
Die Kalesche, коля́ска.
Das Wasser, вода́.
Der Jüngling, ю́ноша.
Kalt, холо́дный.
Reinlich, sauber, опря́тный.
Kühn, отва́жный.
Стро́йный.
Wächsern, Wachs-, восково́й.
Lieben, люби́ть.
Schreiben, писа́ть.

255. Ihr, ihre, ihr; sein, seine, sein.

Haben Sie den Hut der Mutter?   У васъ ли шля́па ма́тери?
Ich habe ihren Hut.   У меня́ ея́ шля́па.
Wessen Hut hat die Mutter?   Чья шля́па у ма́тери?
Sie hat ihren (eignen) Hut   У неё (ней) своя́ шля́па.
Sehen Sie jene Biene?   Ви́дите ли вы ту пчелу́?
Ich sehe sie.   Я её ви́жу
Sieht die Mutter?   Ви́дитъ ли мать?
Sie sieht.   Она́ ви́дитъ.

256. Nöthig haben. | Benöthigt sein. |

        Нужда́ться въ (Gen.)

Ich habe nöthig, я нужда́юсь.   Wir haben nöthig, мы нужда́емся.
Du hast nöthig, ты нужда́ешься.   Ihr habet nöthig, вы нужда́етесь.
Er hat nöthig, онъ нужда́ется.   Sie haben nöthig, они́, онѣ нужда́ются.

Ich hatte nöthig, я { нужда́лся.   Wir hatten nöthig, мы нужда́лись.
           нужда́лась.   Ihr hattet nöthig, вы нужда́лись.
           нужда́лось etc.   Sie hatten nöthig, они́, онѣ нужда́лись.

Ich werde nöthig haben, я бу́ду нужда́ться.   Wir werden nöthig haben, мы бу́демъ нужда́ться.

Bemerkung 2. Die Reflectiva in der Vergangenheit haben in der Einheit für alle drei Personen im männlichen Geschlecht лся, für das weibliche Geschlecht лась, für das sächliche лось; in der Mehrheit лись für alle drei Personen und Geschlechter.

52. Aufgabe.

Welche Frau sieht jener Bösewicht? — Er sieht die junge Frau in den schwarzen Kleidern. — Wo sieht er sie? —

9*

Er sieht sie in der Kirche. — Wo ist Ihr neuer englischer
Wagen? — Er ist unter der großen Scheune auf dem Hofe
jenes Gebäudes, welches wir dort sehen. — Können Sie
mir sagen, wo die schönen Füllen sind? — Ich kann (es).
— Ich muß in den neuen Pferdestall des liebenswürdigen
Kaufmanns gehen. — Mit wem wollen Sie zum Kaufmann
gehen? — Mit dem wohlgestalteten Jüngling. — Mit wel=
chem Jüngling? — Mit dem, welchen Sie auf dem reinen
Hofe des schönen Hauses sehen können. — Ich sehe auf
dem Hofe ein Mädchen, aber weder einen Jüngling, noch
einen hohen Baum. — Wer hat meine Federn, meine Tinte
und mein Petschaft? — Ich habe sie nicht. — Ihr Diener
hat Ihre Federn und Ihre Söhne haben die Tinte und
das Petschaft. — Haben sie es? — Sie haben es. — Wo=
nach geht der Arzt in die Küche? — Er geht nach frischem
Wasser. — Giebt es dort frisches Wasser? — Ja, es giebt
(welches). — Was für ein Licht hat das bescheidene Mäd=
chen? — Es hat einen silbernen Leuchter und ein Wachs=
licht. — Hat es nicht auch ein Talglicht? — Es hat auch
nicht ein Talglicht. — Wessen Ringe hat das Mädchen? —
Es hat die seinigen. — Wessen Ringe hat jener Jüngling
in der gelben Stube des Richters? — Er hat seine Ringe.
— Wessen Hund hat die Frau mit den vielen Kindern dort
auf der Brücke im Walde? — Sie hat nicht den ihrigen,
sondern den Ihrigen. — Habe ich den Hut der Frau? —
Sie haben den Ihrigen, nicht den ihrigen. — Hast du nicht
einen Eimer Wasser? — Ich habe auch nicht ein Glas
Wasser.

53. Aufgabe.

Kann das liebenswürdige Mädchen ein Wachslicht neh=
men? — Nein, sie kann das Wachslicht nicht nehmen, aber sie
kann es kaufen. — Wollen Sie essen oder trinken? — Ich will
essen und trinken. — Was wollen Sie essen? — Ich will
etwas Roggenbrod, ein wenig Käse, einen neuen Häring
und etwas Schinken essen. — Ich muß fünf Rubel haben.

— Dies ist zu viel, ich kann dir nicht soviel geben, ich kann dir nur zwei Rubel geben. — Wonach will der fleißige Bauer auf sein Feld gehen? — Er will Getreidearten säen. — Welche? — Hafer, Gerste und andere Getreidearten. — Wo will er säen? — Dort auf dem Felde und nicht hier im Garten. — Will Jemand dem bescheidenen Russen und dem schlauen Engländer schreiben? — Der Pole Konstantin will Tinte kaufen und dem jungen Dänen schreiben. — Die reichen Kaufleute wollen Anker, Segel und Mühlsteine kaufen. — Wo sind die Kaufleute? — Sie sind auf dem Markte und sprechen mit den Bürgern von den Wechseln. — Die Frau dieses Bojaren will zum Kaufmann und zum Fleischer gehen. — Wonach? — Sie will beim Kaufmann Kaffee, Thee, Käse, etwas Pfeffer und viel Zucker, und beim Fleischer gutes Fleisch kaufen. — Mit wem geht sie? — Mit ihrem Diener.

54. Aufgabe.

Guten Tag, mein Herr, wie befinden Sie sich? — Ich danke ergebenst, ich bin gesund. — Waren Sie nicht krank gestern? — Nein, ich war nur etwas unwohl. — Waren Sie heut im Gasthaus (гостинница)? — Ja, ich habe dort zu Mittag gegessen. — Was hatten Sie zum Mittagessen? — Wir hatten Suppe, gekochtes (варёный) Fleisch (говядина) mit Gemüse (зелень f.), Pudding (пуддингъ), eine gebratene Gans mit Salat (салатъ) und Kuchen (пирожное). — Haben Sie alle solche Ringe wie ich? — Ja, ich habe ganz (точно) solche. — Wo wohnen Sie? — Ich wohne auf derselben Straße, wie Sie. — Wollen Sie essen? — Ich will ein Stück Lachs essen. — Wollen Sie auch Krebse? — Ja, ich esse sehr gern Krebse. — Was denken Sie? — Ich denke, daß Sie sehr lange nicht bei uns waren. — Sind Sie durstig? — Ja, ich bin sehr (сильный) durstig, geben Sie mir ein Glas Wein oder eine Tasse Kaffee. — Was sind jetzt für Zeiten? — Jetzt sind sehr schlechte Zeiten. — Was ist theurer (дороже), Zinn oder Silber? — Silber; Gold

ift aber noch theurer. — Haben Sie viele Eier gekauft? —
Ich habe deren zehn gekauft. — Was für eine Farbe hat
der Himmel? — Der Himmel hat eine blaue (голубой)
Farbe. — Was für Eimer hat der Wasserträger (водовозъ)?
— Der Wasserträger hat eichene Eimer. — Was für ein
Handwerk hat dieser Mensch? — Er ist seinem Handwerke
nach (no mit dat.) Stiefelmacher oder Schuhmacher. —
Wieviel Hasen waren heut auf dem Markt? — Ich habe
deren einundzwanzig gesehen. — Leben Sie wohl, mein gu=
ter Freund. — Sie gehen schon? — Ja, ich gehe zu mei=
nem Bruder. — „Haben Sie ihn lange nicht gesehen? —
Ich habe ihn sehr lange nicht gesehen. — Was für ein Ge=
länder hat diese Treppe? — Sie hat ein eisernes Geländer.

Zweiundzwanzigste Lektion. — ДВАДЦАТЬ ВТОРОЙ УРОКЪ.

Dritte Declination.

257. Declination der weiblichen Nennwörter.

Mehrheit, Plural. Множественное число.

	A. Hauptwort.		B. Concrescir= tes Eigen= schaftswort.	C. Adjectivi= sches Fürwort.
	Starke Form.	Schwache Form.		
Nominativ . .	-я	-и	-ія	-и
Genitiv	Charakter	-й	--нхъ	-нхъ
Dativ	-амъ	-ямъ	-нмъ	-нмъ
Accusativ . . .	wie der Nominativ oder Genitiv.			
Instrumental .	-ами	-ями	-нми	-нми
Präpositional	-ахъ	-яхъ	-нхъ	-нхъ

258. Nach schwacher Form gehen:

a) Alle Wörter auf -ь, wobei zu bemerken ist, daß sie im Instrumental gewöhnlich das -a ausstoßen (vgl. 248.), z. B. лошадьми.

b) Von den Wörtern auf -a mit dem Charakter -ь:

1. Diejenigen, deren letzter Grundlaut ein -ш, oder ein anderer Zischer mit vorhergehendem Consonant ist:

Das Eichhörnchen, вѣкша; die Eichhörnchen, вѣкши, Gen. векшей.
Die Schwiegermutter, тёща, Plur. тёщи, Gen. тёщей.

2. Diejenigen, deren letzter Grundlaut -д oder -р ist:

Der Oheim, Onkel, дядя, Plur. дяди, Gen. дядей.
Das Nasenloch, ноздря, Plur. ноздри, Gen. ноздрей.

3. Folgende Wörter:

Die Geldstrafe, пеня.
Der Faullenzer, рохля.
Das Viergespann, четверня.
Das Dreigespann, тройка.
Der Schläfer, соня.
Der Panzer, броня.

Die Krebsscheere, клешня.
Die Locke, букля.
Der Fußsteig, стезя.
Das Sechsgespann, шестерня.
Das Paar, пара.

c) Starke und schwache Form haben:

Der Antheil. Доля.
Die Erde, земля, Gen. plur. землей, земель.

Der Fischzug, тоня.
Der Sturm, буря.
Der Jüngling, юноша.

Der Reiher, цапля.
Die Laute, лютня.
Die Morgenröthe, заря.
Der Hain, роща.

259. Wo schwer auszusprechende Consonanten in der Flexion zusammentreffen (29.) wird im Genitiv-Plural ein -o eingeschoben:

Die Großmutter, бабка, Plur. бабки, Gen. бабокъ.
Die Puppe, кукла — куколъ. Das Faß, бочка — бочекъ.
Das Lineal, линейка — линеекъ. Das Schlafzimmer, спальня — спаленъ.
Die Küche, кухня, Plur. кухни, Gen. кухней, кухонъ.
Der Richter, судья — судей (vgl. 23., b.).

Hierbei ist zu bemerken:

a) das -o geht jedesmal in -e über, wenn keiner der beiden Consonanten ein Kehllaut ist:

Die Fichte, сосна — сóсенъ.　　Die Erde, земля — земéль (258. с.).

b) In den Wörtern auf unbetontem -ья wird das -ь vor dem -й des Charakters in ein lautendes -и verwandelt:

Die Lügnerin, лгýнья, лгýнiй, doch ist häufiger der Gen. лгунь gebräuchlich.

c) Folgende Wörter können mit und ohne eingeschobenes -o gebraucht werden:

Die Nähnabel.　　　　　　　　Иглá — úглъ und игóлъ.
Das Spiel, игрá.　　　　　　　Der Fischroggen, Caviar, икрá.
Die Schwester, сестрá — сёстръ und сестéръ.

d) Kein -o wird eingeschoben:

1.　Zwischen -зд und -ст:

Der Stern, звѣздá — звѣздъ.　　Die Braut, невѣста — невѣстъ.
(31. d. 1.)

2.　In folgenden Wörtern:

Die Harfe.　　　　　　　　　Арфа — арфъ.
Die Träbern, бáрда.　　　　　Die Speise, ácтва.
Der Abgrund, бéздна.　　　　Die Hüfte, бедрá auch бёдрó.
Die Sahlweide, вéрба.　　　　Die Bombe, бóмба.
Die Feindschaft, враждá.　　　Die Welle, волнá.
Der Schwarzspecht, желнá.　　Die Drachme, дрáхма.
Der Funke, úскра.　　　　　　Die Bauernstube, избá.
Die Karte, кáрта.　　　　　　Die Kaserne, казáрма.
Der Wucher, лúхва.　　　　　Die Lampe, лáмпа.
Die Palme, пáльма.　　　　　Die Noth, нуждá.
Der Nutzen, пóльза.　　　　　Die Pinte, пúнта.
Die Bitte, прóсьба.　　　　　Die Wahrheit, прáвда.
Das Moorland (am Eismeer),　Die Gemse, сéрна.
　тýндра.　　　　　　　　　Der Mörder, убíйца.
Der Vorwurf, укорúзна.　　　Die Jacht, яхта.

260.　Wird von einem Genitiv schwacher Form das -й abgeworfen, so wird der Charakter in -ъ verwandelt. Dieses findet statt:

a) In den **Grundzahlen** auf -ь bei der Zusammen=
setzung:

Fünfzig, пятьдесятъ, eigentlich: die fünf Zehnen, пять дѐсятей.

b) In dem Worte саженъ, **der Faden, die Klafter,
nach Zahlen:**

Sechs Faden.   Шесть саженъ, anftatt саженѐй.

Bemerkung 1. Ueberhaupt ift nach Zahlen bei Maaßen
oft der Nominativ ftatt des Genitives gebräuchlich. Fünf
Arſchin пять аршинъ für аршиновъ, ſieben Pud семь пудъ
für пудовъ.

c) In den Wörtern auf -ня, die dadurch ſcheinbar in
die ſtarke Form übergehen.

Das Backhaus, пекáрня — пекáренъ ftatt пекáрней.

261. **Unregelmäßige Pluralformen:**

a) Der Saum, каймá, **Plur.** каймы, **Gen.** каёмъ.

b) **Collectiviſche Form** auf -ья nach der erſten
Declination:

Das Loch, дирá (дырá) — дírья, Die Spalte, щéлъ — щéльí,
дírьевъ.   щельёвъ.

c) Die Kirche, цéрковь, hat im **Dativ, Inſtrumen=
tal** und **Präpoſitional** des **Plurals** den **Charak=
ter -ъ,** daher: Dativ цéрквамъ u. ſ. w.

262. **Sie**(weibl. Plural). Онѣ (wie они declinirt).

Einige, die einen. Однѣ (behält -ѣ für -и од-
нѣхъ u. ſ. w.) (weibl.
Plural).

Zwei, двѣ (weibl. Plural), Genit. двухъ u. ſ. w.,
wie два.

Beide, обѣ (weibl. Plural), Gen. обѣихъ u. ſ. w.,
mit -ѣ für -о.

263. Nach обѣ ſteht das Hauptwort im Nominativ
des Plurals.

Wer ſieht mich?   Кто меня видитъ?
Beide Schweſtern ſehen dich.   Обѣ сёстры тебя видятъ.

Accent.

264. Die Wörter auf -á rücken den Ton im Nomi=
nativ und Accusativ der Mehrheit auf die Anfangs.=
sylbe des Worts (vgl. 247.).

Der Kopf, голова.　　　　　Die Köpfe, го́ловы.
Die Frau, жена́.　　　　　Die Frauen, жёны (32., a. b.)
Die Säge, пила́.　　　　　Die Sägen, пи́лы.
Die Welle, волна́.　　　　Die Wellen, во́лны.

265. Die Wörter auf -ь haben den Ton im Nomi=
nativ der Mehrheit auf der ursprünglichen Tonsylbe, in
allen übrigen Fällen des Plurals aber auf der
Endung.

Das Pferd, ло́шадь, die Pferde, ло́шади, Gen. лошаде́й u. s. w.

Bemerkung 2. Wird im Instrumental das -a
ausgeworfen (258. a.), so rückt der Ton auf -ми: лоша-
дьми́.

266. In allen übrigen Wörtern bleibt der Ton auf
der Tonsylbe der Einheit:

Das Buch. кни́га, die Bücher, кни́ги, кни́гамъ u. s. w.

55. Aufgabe.

Wieviel Schwestern hat der fleißige Knabe unseres
Tischlers? — Er hat auch nicht eine Schwester, aber er hat
fünf Brüder. — Haben jene Mörder Schwestern? — Sie
haben zwei Schwestern. — Sieht nicht jener aufmerksame
Matrose auf der neuen Jacht die Abgründe des Meeres?
— Wohin geht die arbeitsame Mutter mit ihren wohlge=
stalteten Töchtern? — Sie gehen in den Tempel des Ju-
piter. — Giebt es in diesem Tempel schöne Heiligenbilder?
— In dem Tempel sind keine Heiligenbilder, sondern Götzen=
bilder. — Sehen Sie viele Sterne am Himmel? — Ich
sehe dort keinen Stern. — Willst du auch die Sterne sehen?
— Nein, aber die beiden Frauen, welche dort am Ufer
sind, wollen sie sehen. — Können Sie nicht mit unseren

guten Onkeln dort in der Kirche sprechen? — Wir können mit ihnen sprechen, aber die Mütter jener liebenswürdigen Mädchen und dieser kleinen Kinder können (es) nicht. — Was für Karten hat der alte Mönch in dem schwarzen Kleide in jener warmen Bauernstube? — Er hat keine Karten; aber der Bauer hat Treffle. — Wieviel Bienen (sind) in Ihren Bienenstöcken? — Wir haben weder Bienenstöcke noch Bienen; wir haben nur Tauben und einige Gänse. — Hat der Kaufmann etwas guten Roggen und gute Gerste? — Er hat keine Gerste, aber Roggen genug. — Haben die Häringe viel Roggen? — Sie haben nur wenig Roggen. — Was für Hinterräder hat der alte Wagen Ihres Oheims? — Er hat noch sehr gute Hinterräder; aber mein neuer Wagen hat keine Hinterräder. — Haben Sie gute schwarze Tuche, mein Herr? — Ich habe keine schwarzen Tuche; ich habe nur dunkelblaue Tuche und schwarze seidene Waaren. — Wessen Puppen wollen die Töchter jener Frau kaufen? — Sie wollen keine Puppen, sondern sammtne Mäntel kaufen. — Ich kann nicht den Töchtern sammtne Mäntel kaufen, doch den Schwestern ihrer Mütter will ich zehn Rubel geben. — Welcher Kaufmann hat solche schöne Häringe, wie Ihre Mutter (hat)? — Die Kaufleute in unserer Stadt haben keine guten Häringe. — In welchen Kirchen (sind) die Herren N.? — Sie sind in den beiden Kirchen, welche du dort siehst. — Hat der Fürst viele Pferdeställe? — Er hat nur zwei Pferdeställe und viele Pferde. — Hat er auch viele Soldaten und Kasernen? — Er hat sehr viele Soldaten in einer Kaserne. — Hat er viele Länder (земля)? — Er hat eben so viele Länder, wie sein erhabener Nachbar, der weise und gute König. — Hat er treue und tapfere Unterthanen? — Gute Könige und Monarchen haben auch treue Unterthanen und tapfere Soldaten.

56. Aufgabe.

Was sehen jene muthwilligen Knaben? — Sie sehen sechs Eichhörnchen auf diesen Fichtenbäumen. — Von wel-

chen Fichtenbäumen sprechen Sie? — Wir sprechen von den
vielen Fichtenbäumen und den anderen Bäumen im Walde
unseres Herrn. — Hat unser Herr nur einen Wald? —
Er hat zwei große Wälder mit vielen Bäumen, Hirschen
und Hasen. — Hat er auch viele Hunde? — Er hat keinen
Hund, aber seine Söhne haben zehn große Hunde? — Was
für Zimmer haben Sie? — Wir haben sehr große, aber auch
sehr warme Zimmer; aber unsere Nachbarn, die armen Sänger,
haben nur ein kleines und kaltes Zimmer. — Wollen
Sie Aepfel kaufen? — Nein, wir haben viele Aepfel in
unseren (eigenen) Gärten. — Was haben sie Gutes? —
Sie haben gute Gebäude, schöne Felder, gute Wege, muthwillige Füllen, reinliche Küchen und Keller mit rothen und
weißen Weinen, einige Fässer altes Bier, zwei neue englische Wagen, gute Getreidearten, schöne Brode, Blumen,
Brennholz, genug Roggen, Gerste, Hafer, Flachs, viele
schöne Kleider, Röcke, Beinkleider, Hüte, Mützen, drei neue
Regenschirme von schwarzer Seide, genug Stiefel von gelbem, russischem Leder und viele schwarze seidene Strümpfe.
— Der hübsche Knabe sagt, daß sein Vater das Brennholz,
das auf dem Hofe jener Hütte ist, nehmen will. — Sie
können ihm das Brennholz geben, der Vater des Knaben
ist ein armer Bettler. — Ich will nach Hause gehen. —
Warum? — Ich muß mit meinem Vater von meinem
(eigenen) Geschäfte reden.

57. Aufgabe.

Haben Sie eine Säge gekauft? — Ich brauche keine
Säge, ich habe viele Sägen. — Wer braucht eine Säge?
— Der Gärtner und der Tischler brauchen eine. — Haben
Sie viele Bücher auf der Auction (αγκιόνυ) gekauft? —
Ich habe dort deren sehr viele gekauft. — Wozu brauchen
Sie so viele Bücher? — Ich will sie meinem guten, alten
Lehrer, der sehr gern Bücher hat, schenken. — Haben Sie beide
Schwestern unseres Freundes Constantin gesehen? — Ich

habe zwei Mädchen gesehen, weiß aber nicht, ob es die Schwestern unseres Freundes sind. — Waren die Wellen des Meeres hoch? — Ja, sie waren sehr hoch. — Woher ist die Feindschaft des bescheidenen Alexanders zum reichen Kaufmann Alexis? — Alexander liebt nicht Alexis, weil dieser für sein Geld zu große Wucherzinsen (лихва) nimmt. — Wieviel Klafter Brennholz haben Sie gekauft? — Ich habe ungefähr sieben Klafter gutes birkenes und fichtenes Holz gekauft. — Welches Holz ist besser (лучше), birkenes oder fichtenes? — Birkenholz ist viel besser als Fichtenholz. — Haben Sie schon das Licht angezündet? — Ja, ich habe es angezündet. — Warum haben Sie es angezündet? — Ich habe es angezündet, weil (потому что) ich schreiben will. — Essen Sie gern Caviar? — Ich esse ihn sehr gern, hier ist er aber nicht gut. — Wo haben Sie bessern Caviar als hier gegessen? — Ich habe Caviar, der viel besser als der hiesige ist, in Astrachan gegessen. — Geben Sie mir ein Lineal! — Wozu brauchen Sie es? — Ich brauche es, ich will Linien ziehen (графить). — Was (на чёмъ) spielt dieses schöne Mädchen? — Es spielt die Harfe. — Was für Fische haben Sie beim (на) Fischzug gefangen? — Beim Fischzug haben wir Lachse, Karpfen (сазанъ), Hechte und viele andere Fische gefangen. — Was sehen Sie vor sich? — Ich sehe vor mir einen Abgrund.

Dreiundzwanzigste Lektion. — ДВАДЦАТЬ ТРЕТІЙ УРОКЪ.

267. Folgende Wörter weiblichen Geschlechts sind nur im Plural gebräuchlich (vgl. 229.):

Die Heuschrecken, акриды, gewöhnliche саранчи.

Athen, Аѳины.

Das Geländer, der Scherz, балясы.

Das Geld, деньги.

Die Zwillinge, двойни (-ей).

Die Träbern, дробины.

Ein Bauernschlitten, дровни (-ей).

Die Schröpfköpfe, бáнки.
Lämmerfälle, барáнки.
Bauernstiefel, бахúлы.
Das Federspiel, бирюльки.
Die Blonden, блóнды.
Muthwillige Streiche, блýдни (-ей).
Abgeschmacktes Zeug, брéхни (-ей).
Die Halskrause, брыжи (-ей).
Schellen, Carreau (Karte), бýбны.

Leinene Bootsdecken, бýйны.
Werkeltag, бýдни (-ей).
Glasperlen, бýсы.
Banden, Ketten, верúги.
Abendgesellschaft, вечерúнки.
Pique (Karte), вúны, пúки.
Die Gabel am Hakenfluge, вóбжи.
Die Haspel, вóробы.
Lügen, врáки.
Spreu, цывéйки.
Schlacken, вúкидки.
Schäben, вúчески.
Fausthandschuhe, вязанки.
Die Unterhosen, гáчи (гáщи sl.)
  [-ей]
Vorschuhe; das Kopfbrett (an der
  Bettstelle), гóловы.
Die Harke, der Rechen, грáбли
  (грáбель und грáблей).
Die Brüste, грýди.
Das Versteckspiel, гýлючки.
Die liegende Harfe, гýсли (гýсель
  und гýслей).
Die Windeln, пелёнки, пеленú.
Coeur (Karte), чéрви.
Säulen; Kalbsknöchel, бáбки.
Das Siebengestirn, бáбы.
Die Thür, двéри auch дверь.
Das Thürchen, двéрцы.
Der Tritt am Wagen, поднóжки.
Das Todtenamt, помúнки.
Die Hosenträger, Tragbänder; das
  Gängelband, помочи, помóщи.
Das Dunkel, потёмки.
Das Leichenbegängniß, пóхороны.

Die Fuhre; der Leichenwagen, дрóги.
Die Hefen, дрóжди, дрóжжи.
Die Droschke, дрóжки.
Die Krebssteine, жернóвки.
Die Fischkiemen, жáбры.
Treffle (Karte), жлýди, трéфы,
  крести.
Das Blindekuhspiel, жмýрки.
Abergläubische Reden, забобóны.
Der Tritt (hinten am Wagen oder
  Schlitten), запятки.
Anstiftung, Einfälle, затéи.
Der Namenstag, имянúны.
Das Tausendschön, исáнки.
Leeres Geschwätz, каляки.
Die Hundstage, канúкулы.
Cannä (Stadt in Italien), Кáнны.
Die Zange, клещú.
Ränke, клáузы.
Der Kutschenbock, кóзлы.
Die krummen Schwanzfedern des
  Hahnes, козицы.
Die Katze (Schiffspeitsche), кóшки.
Der Webestuhl, крóсны.
Der Harnisch, лáты.
Die Milch der Fische, молóки.
Die Reliquien, мóщи.
Die Pritsche (zum Schlafen), нáры.
Der Zwirn, нúтки.
Die Scheere, нóжницы.
Die (Degen- ꝛc.) Scheide, нóжны.
Die Trage, Sänfte, носúлки.
Die Noten, нóты.
Der Blätterpilz, обáбки
Die Fesseln, окóвы.
Das Zusammengescharrte, оскрéбки.
Abfall v. gehecheltem Flachse, начеси.
Carreau (Karte), бýбны, кáро.
Der Rahm, die Sahne, der Schmand,
  слúвки.
Verläumbungen, Klatschereien, сплéт-
  ни.
Die Dämmerung, сýмерки.
24 Stunden (astronomischer Tag),
  сýтки.

Die Krippe, ясли.
Schikane, Bedrückungen, прижимки.
Muthwillige Streiche, проказы.
Der Nachtschatten (Blume), псинки.
Das Taufhemde, Tauskleid, ризы.
Das Meßgewand, ризы.
Bauernschlitten (gewiffer Art), розвальни.
Die Schminke, румяны.
Der Schlitten, сани, санки.
Die zwölf Nächte von Weihnachten bis heilige drei Könige, святки.
Confituren, сласти (варенье).
Lebensgeschichte der Heiligen, Святцы.

Der Hausflur, сени.
Drillinge, тройни.
Die Bande, Fesseln, узы.
Das Feierkleid (der Bäuerinnen), ферези.
Unruhen, Sorgen, хлопоты.
Ein großes, hölzernes Haus, хоромы (pop.)
Das Chor (in der Kirche), хоры.
Der Rosenkranz, чётки.
Plunderhose, шаравары.
Der Schirm, ширмы.
Das Pferdegeschirr, шоры.
Die Tapeten, шпалеры.
Kohlsuppe, щи.
Theben, Өивы.

Bemerkung 1. Mehrere dieser Wörter werden auch im Singular gebraucht, jedoch in anderer Bedeutung, wie z. B.:

Eine halbe Kupfer=Kopeyke, деньга; das Geld, деньги.
Die Stunde, часъ; die Uhr, часы.
Das Brückchen, мостокъ; der Steg, мостки.

Zwei Schlitten.   Двое саней.

Bemerkung 2. Ebenso werden nur im Plural folgende Namen von Städten gebraucht:

Алёшки.	Печёры.
Бендéры.	Пружáны.
Боровичú.	Россіéны.
Брóнницы.	Свенцяны.
Вáлки.	Холмогóры.
Валýйки.	Чебоксáры.
Велúкіе Лýки.	Шáвля.
Вúдзы.	Я'ссы.
Городúщи.	

268. Bei den Hauptwörtern, die nur im Plural gebräuchlich sind, stehen die Zahlen: двóе, zwei, трóе, drei, чéтверо, vier (anstatt: два, три, четыре). und das Hauptwort steht im Genitiv.

Die Magd, служáнка.
Die Wäsche, бѣльё.

Die Wäscherin, прáчка.
Der Handschuh, перчáтка.

Der Degen, шпага.
Der Pfropfen, пробка.
Die Gabel, вилка.
Die Frau in der Bedeutung des Frauenzimmers, женщина.

Die Flasche, бутылка.
Der Heuboden, сѣнникъ.
Die Heugabel, вилá.
Das Huhn, курица.
Die Köchin, кухарка.

Bemerkung 3. Der Fisch, die Fische, рыба, wird collectivisch gebraucht, doch ist auch der Plural gebräuchlich.

Wir haben keine Fische.	У насъ нѣтъ рыбы.
Linkisch, неловкій.	Lebendig, живой.
Schmutzig (von Wäsche), чёрный.	Rein (von Wäsche), бѣлый.
Fett, жирный.	Mager, нежирный.
Kochen, варить.	Braten, жарить.
Waschen, scheuern.	⎰ Мыть. ⎱ Стирать.
Karte spielen.	Играть въ карты.
Die Karte.	Карта.
Das As, тузъ.	Die Fünf, пятёрка.
Der König, король.	Die Sechs, шестёрка.
Die Dame, дама.	Die Sieben, семёрка.
Der Valet, валётъ.	Die Acht, восьмёрка.
Die Zwei, двойка.	Die Neun, девятка.
Die Drei, тройка.	Die Zehn, десятка.
Die Vier, четвёрка.	Das Paar, пара.
Das Zehn, десятокъ.	Das Dutzend, дюжина.
Fünfzig, полсотни.	Das Hundert, сотня.
Ein halbes Dutzend.	Полдюжины.
Hat der Koch heute gekocht?	Варилъ ли сегодня поваръ?
Nein, er hat nur gebraten.	Нѣтъ, онъ только жарилъ.
Hat das Dienstmädchen die Diele gescheuert?	Мыла ли служанка полъ?
Ja, sie hat die Diele und die Wäsche gewaschen.	Да, она мыла полъ и стирала бѣльё.
Das Dienstmädchen.	Служанка.
Ich scheure, wasche, я мою.	Ich brate, я жарю.
Du scheuerst, wäschst, ты моешь.	Du bratest, ты жаришь.
Er scheuert, wäscht, онъ моетъ.	Er bratet, онъ жаритъ.
Wir scheuern, waschen, мы моемъ.	Wir braten, мы жаримъ.
Ihr scheuert, wascht, вы моете.	Ihr bratet, вы жарите.
Sie scheuern, waschen, они моютъ.	Sie braten, они жарятъ.
Pique= (adj), пиковый, винновый.	Carreau (adj.), бубновый.
Treffle (adj.), крестовый, трефовый.	Coeur (adj.), червонный.

58. Aufgabe.

Sehen Sie jenes prächtige Leichenbegängniß? — Ich sehe
es. — Haben Sie mit der Wäscherin gesprochen? — Ja, ich
habe mit ihr gesprochen. — Wovon haben Sie mit ihr gesprochen? — Es will die Mutter des Matrosen der Wäscherin die Wäsche des jungen Sohnes zu waschen geben. —
Haben Sie nicht eine gute Scheere? — Ich habe zwei
Scheeren, aber keine gute. — Was hat unser alter Schuster
in seinen großen Taschen? — Er hat die Vorschuhe meiner
alten Stiefel. — Haben Sie ein wenig Hefen in diesem
Brode? — Ich habe zu viel Hefen und unser Bäcker hat
zu wenig Hefen. — Hat er Butter genug? — Er hat nur
sehr wenig Butter, aber genug. — Hat der Koch noch Brennholz genug in der Küche? — Er hat dessen nicht genug. — Will
er den Birkhahn oder das Rebhuhn braten? — Weder den
einen, noch das andere, er will den Honig kochen. — Ist
das Heu in der Krippe? — Nein, es ist in dem Heuschober.
— Wer geht nach meinem Thee und nach der Sahne? —
Die Magd geht nach dem einen und der Diener geht nach
der andern. — Was haben jene zwei alten Mönche in
ihren Händen? — Sie haben einige Reliquien und zwei
Rosenkränze. — Was für Getreidearten haben die Bauern
auf ihren großen Schlitten, welche wir auf jenem Wege
sehen? — Sie haben etwas Roggen und sehr viel Hafer.
— Wohin geht dieser Schnitter? — Es ist kein Schnitter,
sondern ein Bauer, und er geht auf's Feld Gerste zu säen. —
Hat er auch Flachs und Lein? — Er hat dieses und jenes.
— Wohin geht der Hirt? — Er geht auf's Feld mit seinen
Ochsen und seinen Pferden. — Der Koch ist in der Küche,
was soll er Ihnen zum Mittag kochen oder braten? —
Nichts, ich will nur zwei Eier, etwas Brod und etwas
Milch. — Hat der Held den Panzer? — Nein, der
Jüngling hat ihn. — Was für eine Karte haben Sie?
— Ich habe Coeur. — Wo ist mein Messer und meine sil-
berne Gabel? — Diese ist auf dem Tische und jenes unter

dem Tische. — Siehst du nicht die Wäscherin mit meiner Wäsche? — Ich sehe sie und ihre zwei jungen Töchter mit Ihrer Halskrause und Ihren Unterhosen. — Haben unsere Pferde etwas Roggenkleie? — Sie haben nicht viel Kleie, aber sehr viel Hafer, auch genug gutes Heu und frisches Wasser aus dem neuen Brunnen, den Sie in jenem Garten unter der großen Fichte sehen. — Was hat die Magd, welche du auf jenem Bauernschlitten siehst? — Sie hat drei eiserne Harken und vier Heugabeln. — Haben deine Stiefel noch gute Hacken? — Sie haben weder Hacken, noch Vorschuhe. — Wieviel Hosen hat dein Nachbar? — Er hat drei Bein= kleider, aber nur zwei Hosenträger, und diese armen Juden= knaben haben weder Hosen, noch Stiefel, noch Röcke; sie ha= ben nur schlechte Socken, alte Schuhe und schmutzige Wäsche. — Wem gehören diese seidenen Handschuhe? — Es sind le= derne, aber nicht seidene. — Mit wem sprechen Sie? — Mit Niemanden. — Wollen Sie mit dem liebenswürdigen Fürsten in's schöne Theater gehen? — Mit wem? — Mit dem lie= benswürdigen jungen Fürsten, welcher der Vetter unseres Königs ist. — Hat die Köchin einen Blasebalg? — Nein, sie hat aber schönes Pelzwerk. — Welche Farbe haben diese Blu= men? — Sie haben viele Farben. — Wieviel Grenadiere hast du gesehen? — Nicht einen, doch habe ich zehn Drago= ner gesehen. — Wo hast du mit dem erfahrenen Mönche gesprochen? — In seiner Zelle. — Wer hat meine Noten? — Ihre Schüler haben sie.

59. Aufgabe.

Brauchen Sie etwas? — Ja, ich brauche Geld. — Wo ist denn Ihr Geld? — Ich habe es in Karten verspielt. — Haben Sie viel Geld in Karten verspielt? — Ja, ich habe dessen sehr viel verspielt. — Was für eine Karte haben Sie? — Ich habe Coeurkönig. — Haben Sie nicht die Carreau=zwei? — Ich habe nicht die Carreau=zwei, ich habe die Treffle=zwei und die Pique=drei. — Wo haben Sie Ihre Zeit zugebracht?

—Ich war eine ganze Woche in Jassy. — Was hat uns heute
der Koch zum Mittagsessen gekocht? — Er hat uns eine sehr
schöne Kohlsuppe gekocht. — Haben Sie schon Ihrem Pferde
das Geschirr angelegt? — Nein, ich habe ihm das Geschirr
noch nicht angelegt. — Können Sie heute zu Ihrem Vetter
gehen? — Nein, ich kann nicht zu ihm gehen, ich habe keine
Zeit (dazu). — War im Gasthaus der Ferkel mit Meerrettig
gut? — Er war sehr gut, ich nahm zwei Stück davon. —
Geben sich Ihre Schüler Mühe? — Ja, Sie geben sich viele
(о́чень) Mühe. — Wieviel Lektionen geben Sie ihnen? —
Ich gebe ihnen viele Lektionen. — Was hat dieser Krebs?
— Er hat sehr große (огро́мный) Scheeren. — Wieviel
Pferde haben Sie Ihrem Kutscher anzuspannen befohlen?
— Ich habe ihm befohlen, ein Sechsgespann für den König,
ein Viergespann für den Fürsten, ein Dreigespann für den
Courier (курье́ръ) und ein Zweigespann für mich anzuspannen. — Denken Ihre Schüler, wenn sie arbeiten? — Nein,
sie denken nicht immer, wenn sie arbeiten. — Wieviel Rubel
haben Sie von Ihrem Advocaten erhalten? — Ich habe
von ihm zweiundzwanzig Rubel und fünfzig Kopeken erhalten. — Wieviel Gesellen hat dieser Meister? — Er hat
deren sechs.

Vierundzwanzigste Lektion. — ДВАДЦАТЬ ЧЕТВЕРТЫЙ
УРОКЪ.

Bildung der Verkleinerungswörter, Diminutiva.

269. Die Verkleinerung wird durch die Grund=
laute -я oder -a, die der Charakterform des Wortes
angehängt werden, sowie durch die Endung -очекъ, fem.
-очка, -ечка, bezeichnet. Diese Endung verstärkt noch den
Diminutiv, manche Diminutiva aber haben nur diese ver=
stärkte Form; das Band, ле́нта — ле́нточка; der Ort,

10*

мѣсто — мѣстечко. Nach dem Geschlechte des Stammwortes nehmen sie die allgemeinen Geschlechtsbezeichnungen -ъ, -а, -о an. Ueberall, wo sie Wortauslaut sind, oder an zwei vorhergehende Consonanten treten, wird vor ihnen -о, -ё eingeschoben, das wieder ausfällt, sobald das Wort am Ende wächst.

Das Städtchen,	{ городокъ. городочекъ.	Das Kohlchen,	{ уголёкъ. уголёчекъ.
Das Bächlein,	{ ручеёкъ. ручеёчекъ.	Das Sternlein, звѣздочка.	
Das Weibchen,	{ жёнка (pop.). жёночка.	Die kleine Nähnadel, иголочка.	
Das Blättchen,	{ постелька. постелечка.	Das Bänkchen,	{ скамейка. скамесчка.
Die kleine Küche, кухонка.			
Das Hälschen,	{ шейка. шеечка.	Das Gewinnchen, прибыльца.	
Der kleine Apfel, яблочко.		Das Sättelchen, сѣдёльцо.	
Der kleine Apfelbaum, яблонька.		Das Kindlein, дитятко.	

Hierbei ist zu bemerken:

a) die Kehllaute und -ц gehen vor -к in ihre Wandlinge (16.) über:

Das Hähnchen. Пѣтушокъ.

Das Büchlein, книжка — книжечка. Das Schaf, овца — овечка.

Das Herz, сердце — сердечко. Das Oehrchen, ушко.

b) Die Zischlaute und die Wörter auf ец nehmen vor -к ein -и an.

Das Messerchen, { ножикъ.
ножичекъ. Der Finger, палецъ — пальчикъ.

c) Ebenso -ж und -ш vor -ца:

Das Luftwälbchen, рюмица.

† Dagegen regelmäßig: das Lichtchen, свѣчка.

270. Sonst bezeichnet ein eingeschobenes -и. das zugleich den Wortauslaut mildert, außer der Verkleinerung noch das Liebliche, Niedliche, und wird vorzüglich bei lebenden Wesen angewandt, die nicht auf einen Kehllaut auslauten:

Das Tischlein, стóликъ.

Das Aeuglein, глазóкъ auch глазóчекъ.

Das Böcklein, кóзликъ, gebr. козлёнокъ.

Das Gesichtchen.

Das Löwchen, лёвикъ, gebr. львёнокъ.

Das Häschen, зáйчикъ.

Das Schwesterchen, сестрáца.

Лúчико.

Bemerkung 1. Глáзикъ, in der Einheit, wird nicht gebraucht, statt dessen sagt man in der Einheit глазóкъ und als pl. глáзки, die Aeuglein.

271. Die bemerkenswerthesten Unregelmäßigkeiten sind:

a) Der männliche Charakter=Auslaut -ень geht vor -к in -еш über:

Der Kamm, грéбень, das Kämmchen, гребешóкъ.

b) Der sächliche Charakter=Auslaut -ень wird -еч:

Der Same, сѣмя, Char. сѣмень. Das Samenkörnlein, сѣмечко.

c) -дь, -ть werden -д, -т:

Der Bär, медвѣдь, медвѣжёнокъ. Das Pferd, лóшадь — лошáдка.

d) Das -ль der weiblichen Wörter wird -лъ, das -ль der männlichen bleibt milde:

Die Ritze. Щель f. — щёлка.

Die Büchse, пищáль f. — пищáлка. Der Schmetterling, моты́ль m. — мотылёкъ.

e) Die Neutra, die im Nominativ -ье haben, machen -ьецó, aber auch regelmäßig -ейцó:

Die Lanze, копьё — копьецó und копейцó.

f) Folgende Neutra setzen -ишко an den Charakter an:

Das Korn, зёрно — зёрнышко. Das Nest, гнѣздó — гнѣздышко.

Die Feder, перó — пёрышко. Der Flecken, пятнó — пя́тнышко.

Das Fahrzeug, сýдно — сýднышко. Der Boden, дно — дóнышко.

† Die Sonne, сóлнце — сóлнышко.

Bemerkung 2. Man bemerke sogleich das Zurück= ziehen des Accents auf die Anfangssylbe des Wortes.

g) Vereinzelt stehen:

Die Taube, голубь — голубо́къ, голубо́чекъ.
Der Wurm, червь — червя́къ, червячёкъ.

Der Zweig, вѣтвь f. { вѣтка.
{ вѣточка.
Das Ei, яйцо́ — яичко.
Das Oel, ма́сло — ма́слецо.
Die Lampe vor dem Heiligenbilde.
Die Hand, der Arm, рука́.
Die Brust, грудь f.
Der Finger, die Zehe, па́лецъ.
Die Cigarren.

Das Schwein, свинья — свинка.
Die Gasse, у́лица — у́лочка.
Der Scheitel, тѣмя — тѣмячко.
Der Brief, письмо́ — письмецо́.
Лампа́да, лампа́дка.
Der Fuß, das Bein, нога́.
Der Leib, живо́тъ.
Die Pfeife, тру́бка.
Сига́рка.

Accent.

272. Die männlichen Diminutiva haben gewöhnlich den Ton auf der Endung:

Die Form, о́бразъ.

Das Ufer.

Das Modell, образе́цъ auch обра́зчикъ.
Бе́регъ — бережёкъ.

† Die Diminutiva auf -икъ haben den Ton auf der vorletzten Sylbe:

Die Mücke, комаръ — кома́рикъ. Der Hof, дворъ — дво́рикъ.

† Die verstärkte Diminutivform hat den Accent gewöhnlich auf der vorletzten Sylbe:

Das Gottesbild, о́бразъ — обра́зочекъ.

Bemerkung 3. Von Diminutiven niedrigern Grades abgeleitet, behalten sie die Tonsylbe niedrigeren Grades.

273. Die weiblichen Diminutiva haben den Ton auf der vorletzten Sylbe:

Das Weib, жена́ — жёнка.
Der Hain, ро́ща — рощи́ца; die Sache, вещь f. — вещи́ца.

† Einige auf -ица ziehen den Ton zurück:

Die Pfütze, лу́жа — лу́жица.

Bemerkung 4. Die Neutra haben keine bestimmte Tonstelle (vgl. 271. f. Bem.).

Der Spielball, мячъ.
Niedlich, lieb, ми́лый.

Der Besen, метла́.
Allerliebst, премилый.

Bunt, пёстрый.
   Behende.
Das Pferd, лошадь *f*.
Der Trab, рысь *f*.
   Zahlen, bezahlen.
Rennen galoppiren. }
Schnell fahren. }
Im Trab laufen.
Galoppirt Ihr Pferd gut?
Sehr gut, es läuft aber noch besser im Trab.
Ich renne, galoppire etc.
Wir rennen, galoppiren etc.

Ich rannte, galoppirte.

Unbehülflich, неуклюжій.
Провóрный.
Der Traber, рысáкъ.
Der Renner, скакýпъ.
Заплатѝть.

Скакáть.

Идтѝ рысью.
Хорошó ли скáчетъ вáша лóшадь?
Óчень хорошó, по онá ещё лýчше идётъ рысью.
Я скачý, ты скáчешь, онъ скáчетъ.
Мы скáчемъ, вы скáчете, онѝ скáчутъ.
Я скакáлъ etc.

60. Aufgabe.

Was sehe ich dort in dem Gäßchen? — Du siehst ein niedliches Weibchen mit zwei allerliebsten Kindlein, welche ein schönes buntes Spielbällchen haben. — Mit wem sprichst du auf jenem blüthenreichen Wieslein unter dem Bäumchen? — Ich spreche mit den fünf munteren Jünglingen und den drei liebenswürdigen Mädchen in weißen Röckchen, welche reinliche Eimerchen haben. — Wo ist das muthwillige Pferdchen mit dem neuen Sättelchen meines guten Schwesterleins? — — Es ist in dem Stalle, welchen Sie auf jenem Plätzchen sehen. — Wessen Messerchen haben Sie meinen faulen Schülerchen auf jenem schwarzen Bänkchen gegeben? — Ich habe ihnen kein Messerchen gegeben; sie haben ihre (eigenen) Messerchen und auch die Federchen ihrer fleißigen Kameraden. — Haben sie nicht deren neue Büchlein und bunte Eierchen? — Sie haben weder diese, noch jene. — Haben Sie unsere lieben Täubchen gesehen? — Ich habe sie gesehen und habe ihnen viele Körnchen gegeben. — Sehen Sie jenes Städtchen und das Lustwäldchen unseres Fürsten? — Ich sehe weder das eine, noch das andere; ich sehe nur diese niedrigen Häuschen und bunten Fensterchen und die Aestchen und frischen Zweiglein jener Apfelbäumchen in dem Gärtchen seines reichen Nachbars.

61. Aufgabe.

Welchen Schuhmacher hast du mit seinem kleinen Schuh gesehen? — Ihren. — Haben Sie ein hölzernes Täubchen? — Nein, mein Herr, aber ich habe ein silbernes Gänschen. — Haben Sie ein hübsches Tischchen? — Ja, ich habe ein hübsches Tischchen, mein Vater aber hat ein häßliches. — Ich will dieses kleine Hähnchen kaufen. — Warum? — Ich will es essen. — Willst du auch Schinken? — Nein, ich will nur Käse und etwas Brod. — Hast du die Nachtigall gesehen? — Ja, und ich muß sie beim guten Lehrer kaufen. — Warum? — Ich will sie meinem Schwesterchen geben. — Kannst du den Wald sehen? — Es ist kein Wald, sondern ein Wäldchen. — Der Schneider will meinen Rock haben. — Warum? — Ich kann ihm kein Geld geben. — Hast du mit dem erfahrenen Advokaten gesprochen? — Ich sprach nicht mit dem Advokaten, sondern mit dem Sänger. — Mit was für einem Sänger? — Mit diesem da. — Hat der Lehrer mit den aufmerksamen Schülern von den Büchern gesprochen? — Nein. — Was will der treue Koch sagen? — Er will mit seinem Herrn von dem Häschen, dem Täubchen und dem Gänschen sprechen, welche er kaufen muß. — Willst du das Böckchen nehmen? — Ja, wenn du es mir geben kannst.

62. Aufgabe.

Wo sind Ihr Vater und Ihre Mutter? — Beide sind zu Hause. — Ist es lange, daß Sie in Petersburg gewesen sind? — Wir waren dort vor sehr langer Zeit. — Hat der Koch einen Birkhahn oder eine Ente gebraten? — Nein, er hat mir nur eine Kohlsuppe gekocht. — Was für Geld haben Sie? — Ich habe Rubel und Thaler. — Von wo kommen Sie (гдѣ) jetzt? — Ich komme aus Borowitschy. — Spielen Sie Karte? — Nein, ich bin kein Freund (охотникъ) von (до асс.) Karten. — Was für Karten haben Sie in Ihrer Hand? — Ich habe in meiner Hand nur Carrean und Coeur. — Haben Sie für Ihren Mittag bezahlt? — Ja, ich zahle stets für meinen Mittag. — Wie läuft Ihr Pferd im Galopp? — Es läuft sehr gut im Galopp, läuft aber noch besser im Trab. — Wie befindet sich Ihr Vater? — Ich danke ergebenst, jetzt ist er wohl, doch war er gestern und vorgestern krank. — Wollen Sie diesen schönen Sammt kaufen? — Ich wollte ihn kaufen, jetzt aber will ich es nicht. — Haben Sie den großen Aal, den Ihnen der Fischer geschickt hat, erhalten? — Ich habe ihn erhalten, das war ein sehr schöner Aal. — Was für Gebäude sind das auf dem Hofe? — Das sind die Ställe des reichen Edelmanns. — Wohin wollen Sie gehen? — Ich will nach Hause gehen. — Woher kommen Sie? — Ich komme von zu Hause. — Waren Sie schon auf dem Markt? — Nein, ich war noch nicht dort. — Sind die Tapeten in diesem Zimmer gut? — In diesem Zimmer sind sehr gute Tapeten. — Wann werden Sie zu Hause sein? — Ich werde zu Hause zwischen Weihnachten und den Heiligen drei Königen sein (около Святокъ). — Hat die Wäscherin Ihnen Ihre Wäsche gewaschen? — Ja, sie hat mir die Wäsche gewaschen, und die Diele in meinem Zimmer gescheuert. — Wie viel Tücher haben Sie gekauft? — Ich habe deren ein halbes Dutzend gekauft.

Fünfundzwanzigste Lektion. — ДВАДЦАТЬ ПЯТЫЙ УРОКЪ.

274. Schiebt man vor -къ, -ка die Sylbe -онь, oder vor -ка, -ко die Sylbe -уш — ein, so drückt man neben der Verkleinerung zugleich seine Zuneigung, seine Zärtlichkeit zu dem Gegenstande aus.

Der Vater, бáтя (Volkssprache) — бáтюшка.
Das Männlein, муженёкъ.   Der Großvater, дѣдъ — дѣдушка.
Das Onkelchen, дядюшка.   Die liebe Gevatterin, кумушка.
  † Mütterchen, мáтушка, мáменька.
Das Seelchen, дýшнька.   Die Tante, тётка — тётушка.
Herzchen! mein Herzchen!   Сердéчушко, сердéчинько..

† Folgende einfache Verkleinerungswörter haben auch den Begriff der Zärtlichkeit in sich:

Das Brüderchen, братецъ.

Das Schwesterlein, сестрица.

Das Kindlein, дитятко.

Mein Täubchen, mein Lieber, голубчикъ.

Mein Täubchen, meine Liebe, голубушка.

Bemerkung 1. Diese Liebkosungsformen werden auch als Höflichkeitsformen gebraucht und vertreten die Stelle des deutschen „Herr, Frau, Fräulein" vor Verwandtschaftsnamen.

Ich sehe Ihren Herrn Vater mit Ihrem Herrn Bruder und Ihre Frau Mutter mit Ihren Fräulein Schwestern.

Я вижу вашего батюшку съ вашимъ братцемъ и вашу маменьку съ вашими сестрицами.

Bemerkung 2. Man gebraucht den Diminutiv auch für Speisen und Getränke, die man liebt oder die Einem gut schmecken.

Das ist ein gutes Bier.

Wie gefällt Ihnen dieser Wein?

Ich will etwas guten Thee trinken.

Это хорошее пивцо.

— Какъ вамъ нравится это винцо?

Я хочу кушать немного хорошаго чайку.

275. Um mit der Verkleinerung den Begriff des Verächtlichen zu verbinden, mildert man den Charakterlaut des Stammwortes und schiebt -иш- vor -ко. -ка: und -ен- vor -ко. -ка. -цо ein.

Der Bauer, мужикъ; ein elender Bauernkerl, мужичишко.

Der Greis, старикъ; ein gemeiner Graukopf, старичёнко, старичёнцо. старичишко.

Bemerkung 3. Man bemerke die sächliche Endung der männlichen Wörter, in der auch zugleich etwas Verächtliches liegt.

Bemerkung 4. Die männlichen Diminutiva mit der sächlichen Endung -o werden wie die männlichen Hauptwörter declinirt.

Ein elendes Hündchen, собачёнка.

Ein schlechtes Schlittchen, санишки.

Ein schlechter Spiegel, зеркалишко.

Ein elender Klepper, лошадёнка.

Schlechte Sahne, сливчёнки.

Ein elendes Gesichtchen, личишко.

Bemerkung 5. Man verwechsle hiermit nicht die Wör=
ter auf -ишко nach Härtlingen (271., f.).

276. Die Vergrößerung mit dem Nebenbegriff der
Plumpheit, Unförmlichkeit bezeichnet man durch An=
hängung der Endung -ище für alle drei Geschlechter; -ища,
für weibliche, und -ина für männliche und weibliche,
an den gemilderten Charakter=Laut des Stammwortes:

Ein großes Haus, домище, домина.	Eine plumpe Hand, ручище, ручина.
Ein vierschrötiger Bauernkerl.	Мужичище, мужичина.
Eine große Scheuer, сарáище.	Eine große Uhr, часищи.
Das Weib, бáба; ein großes starkes Weib, бáбище.	
Ein unförmlicher Schlitten.	Санищи.
Ein großes Fenster, окнище.	Ein großes Euter, вымище.
Ein starker junger Bursch, дѣтина (von дѣти, die Kinder).	

Bemerkung 6. Mit dem Begriff der Vergrößerung
ist aber nicht immer derjenige der Plumpheit verbunden.

Bemerkung 7. Ueber die Declination der Wörter
auf -ище siehe oben.

Alt, baufällig, вéтхiй.	Blaß, bleich, блѣдный.
Zänkisch, спóрливый, сварлúвый.	Werthgeschätzt, verehrt, почтéнный.
Traut, lieblich, возлюбленный.	Theuer, дорогóй.
Lieb, любéзный.	

Beschreiben, описáть.	Lesen, читáть.
Ackern, Pflügen, } пахáть.	Arbeiten, рабóтать.
Machen, Thun. }	Дѣлать.

Säen, сѣять.	Pflügen, орáть.
Ich ackere, я пашý.	Ich pflüge, я орý.
Du ackerst, ты пáшешь.	Du pflügst, ты орёшь.
Er ackert, онъ пáшетъ.	Er pflügt, онъ орётъ.
Wir ackern, мы пáшемъ.	Wir pflügen, мы орёмъ.
Ihr ackert, вы пáшете.	Ihr pflüget, вы орёте.
Sie ackern, онú пáшутъ.	Sie pflügen, онú орýтъ.
Ich säe, я сѣю.	Wir säen, мы сѣемъ.
Du säest, ты сѣешь.	Ihr säet, вы сѣете.
Er säet, онъ сѣетъ.	Sie säen, онú сѣятъ.
Ich ackerte, я пахáлъ.	Ich pflügte, я орáлъ.
Ich säete, я сѣялъ.	

63. Aufgabe.

Wohin gehen Ihr Herr Vater und Ihre Frau Mutter?
— Mein Vater geht in den Wald und meine Mutter geht
in die Kirche. — Geht der vierschrötige Kerl mit seinem
elenden Klepper in den Wald oder in die Stadt? —
Er geht nicht in den Wald, sondern in die Stadt. — Wessen
große Häuser mit den unförmlichen Fenstern sehen
wir dort an jenem Uferchen? — Wir sehen die Schlösser des
großen Monarchen. — Mein Täubchen! siehst du nicht unser
trautes Tantchen mit ihrer lieben Schwester? — Ich
sehe weder die eine, noch die andere. — Wen siehst du, trautes
tes Herzchen (сердечко)? — Ich sehe hier Großpapa und
dort einen armen Graukopf mit einem räudigen Hündchen. —
Was für einen Spiegel hat Ihr Herr Bruder? — Er hat
ein elendes Spiegelchen. — Hat er auch einen Schlitten?
— Er hat drei große Schlitten, aber nur zwei elende
Klepper. — Haben Sie Sahne genug, mein Herr? — Ich
habe nur elende Sahne und nicht genug. — Haben Sie
Geld genug? — Ich habe sehr wenig Geld, aber genug. —
Wen sehe ich in jenem Zimmerchen? — Sie sehen ein armes
Mädchen mit einem bleichen elenden Gesichtchen, welches
weder Väterchen noch Mütterchen, weder Schwesterchen
noch Brüderchen und auch nicht einen Freund hat; auch
hat es weder Geld, noch Brod, noch Brennholz, nur schlechte
Kleider, elende Schuhe und alte baumwollene Strümpfe.

64. Aufgabe.

Wo ist der plumpe Bauer? — Er ist auf seinem großen
ßen Felde. — Was will er dort machen? — Er muß sein
Feld pflügen, und Lein, Hanf, Hafer und Gerste säen. —
Haben Sie den elenden Kaufmann gesehen? — Ja.
Wo ist er? — Er ist auf dem kleinen Markte und will Honig
nig, Wachs, Pfeffer und Essig kaufen. — Kann ich Ihr
Aeuglein sehen? — Ja, mein Herr. — Was wollen die

elenden Schüler? — Sie wollen weder lesen noch schrei=
ben. — Was wollen sie aber thun? — Sie wollen nur essen
und trinken. — Was wollen sie trinken? — Etwas guten
Wein und gutes Bier. — Ich kann nicht arbeiten. —
Warum? — Ich muß beim Kaufmann einen Bleistift und ein
gutes Federmesser kaufen. — Was will der unachtsame
Schüler mit dem aufmerksamen Sohn des armen Lehrers
machen? — Sie wollen zu dem Franzosen und dem Russen
gehen. — Mit wem spricht Alexander? — Er spricht mit
dem plumpen Matrosen Konstantin.

65. Aufgabe.

Waren Sie lange in Preußen (Пруссія)? — Ja, ich war
sehr lange in Preußen. — Haben Sie Ihren neuen Schlitten
vom Meister erhalten? — Ja, ich habe ihn gestern erhal=
ten. — Was hat der Mönch in den Händen? — Er hat ei=
nen Rosenkranz. — Hat er ihn gekauft? — Nein, es hat
ihm ihn sein Freund, der Priester (свѣщéнникъ), geschenkt.
— Hat dieser arme Mann (бѣднякъ) viel Sorgen? — Ja,
er hat viel Sorgen, aber sehr wenig Geld. — Wo ist sein
Geld? — Es ist beim Wucherer (ростовщíкъ). — Wer ist
dort im Vorhaus? — Im Vorhaus ist mein Freund Kon=
stantin. — Ist Ihr Freund hungrig? — Nein, er ist nicht
hungrig, er hat nur eben zu Mittag gegessen. — Was ist
im Stall? — Im Stall ist eine Krippe für eine Kuh. —
Wollen Sie eine Neuigkeit wissen? — Nein, ich weiß sie
schon. — Geben Sie mir eine kleine Kohle, ich will meine
Pfeife anrauchen (закурíть). — Wollen Sie nicht eine Cigarre?
Ich habe sehr gute. — Nein, ich danke, ich ziehe eine Pfeife
vor. — Haben Sie ein Briefchen von Ihrer Schwester er=
halten? — Ja, ich habe es gestern oder vorgestern erhalten.
— Wo steht (стоúтъ) die Birke? — Sie steht am Ufer des
Bächleins. — Was hat Ihre Köchin in den Händen? —
Sie hat in den Händen einen Besen. — Was ist das für
ein unbehülflicher Knabe? — Ich sehe keinen unbehülflichen

Knaben, ich sehe nur einen allerliebsten (Knaben). — Mit wem hat Ihr Onkel gesprochen? — Er sprach mit seiner lieben Gevatterin. — Wessen Hund ist dies? — Das ist der Hund meiner Schwester. — Geben Sie mir, mein Freund, eine Tasse Thee mit Sahne, und zwei oder drei Zwieback (сухарь m.), ich will frühstücken. — Wollen Sie nicht auch (не угодно ли) Butterbrod und gekochten Schinken (ветчина)? — Nein, ich danke ergebenst, ich esse keinen gekochten Schinken.

Sechsundzwanzigste Lektion. — ДВАДЦАТЬ ШЕСТОЙ УРОКЪ.

277. Zur Bezeichnung der **Bewohner eines Landes oder Ortes** hängt man dem Namen der letztern die Endung -ецъ oder -янинъ an die Charakterform an.

a) Die Endung -ецъ tritt

1. An die Stelle von -ъ, ь (-ль) -й :

Tambow, Тамбо́въ (Stadt) — тамбо́вецъ, einer aus Tambow.
Reval, Ре́вель — ре́велецъ.
Nowgorod, Но́вгородъ — новгоро́децъ.
Berlin, Берли́нъ.
China, Кита́й.

Jaroslaw, Яросла́вль — яросла́вецъ.
Algier, Алжи́ръ — алжи́рецъ.
Breslau, Бресла́вль.
Mailand, Мила́нъ.

2. An die Stelle von -я oder -ія :

Baiern, Бава́рія — бава́рецъ.
Norwegen, Норве́гія — норве́жецъ.
Portugal, Португа́лія.
Pommern, Помера́нія.
Kurland, Курля́ндія (46., Bem.).
Esthland, Эстля́ндія.
Holland, Голла́ндія.

Irland, Ирла́ндія.
Oesterreich, А́встрія — австріецъ.
Anatolien, Анато́лія.
Abyssinien, Абисси́нія.
Die Schweiz, Швейца́рія.
Spanien, Испа́нія.
Montenegro, Черного́рія.

Bemerkung 1. Mehrere nehmen -я́нецъ. янецъ an:

Italien, Ита́лія.
Amerika, Аме́рика.
Sparta, Спа́рта.
† Asien, А́зія — азія́тецъ.

Der Italiener, италія́нецъ.
Afrika, А́фрика.

b) -áнинъ, -я́нинъ haben die Ortsnamen auf -a, скъ, цъ:

Kaluga, Калу́га — калужа́нинъ.

Olonetz, Оло́нецъ — оло́нчанинъ.

Rußland, Россі́я—россія́нинъ (veraltet und im höheren Style nur gebräuchlich jetzt Русскій. [Bem. 2. †].

Smolensk, † Смоле́нскъ — смоля́нинъ.

Littauen, Литва́ — литвя́нинъ. auch Литва́, лито́вецъ.

Dänemark, Да́нія — датча́нинъ.

Zsborsk, Избо́рскъ — избо́рчанинъ (für ск, ч, anstatt щ).

Riga, Ри́га — рижа́нинъ.

Armenien, Арме́нія — армяни́нъ.

England, А́нглія — англича́нинъ.

Ferner nehmen -я́нинъ an:

Kiew, Кі́евъ — кіевля́нинъ.

Paris, Пари́жъ — парижа́нинъ.

Rom, Ри́мъ — ри́млянинъ.

Egypten, Эги́петъ — эги́птянинъ.

Bemerkung 2. Einige haben -птя́нинъ:

Kostroma, Кострома́ — костроми́тя́нинъ.

Moskau, Москва́ — москвитя́нинъ auch моско́вецъ und verächtlich москви́чъ.

Арабія — аравитя́нинъ (vgl. b.).

† Abweichend sind folgende gebildet:

Rußland, Русь (veraltet.) — ру́сскій, famil. sagt man русса́къ.

Preußen, Пру́ссія — пруса́къ.

Sibirien, Сиби́рь f. сибиря́къ.

Europa, Евро́па — европе́ецъ.

Die Türkei, Ту́рція — ту́рокъ.

Frankreich, Фра́нція — францу́зъ.

Die Moldau, Молда́вія — молда́въ, молдава́нъ, молдава́нинъ.

Lappland, Лапла́ндія — лапла́ндецъ, лопа́рь.

Die Tatarei, Тата́рія — тата́ринъ.

Deutschland, Герма́нія — не́мецъ.

Perm, Пермъ — перма́къ.

Reisen, путеше́ствовать.

Ich reise, я путеше́ствую.

Du reisest, ты путеше́ствуешь.

Er reist, онъ путеше́ствуетъ.

Polen, По́льша — поля́къ.

Тула — туля́къ.

Griechenland, Гре́ція — гре́къ.

Schweden, Шве́ція — шве́дъ.

Wallachei, Валла́хія — воло́хъ.

Die Bulgarei, Болга́рія — болга́рь.

Böhmen, Боге́мія — чехъ, боге́мецъ.

Wir reisen, мы путеше́ствуемъ.

Ihr reiset, вы путеше́ствуете.

Sie reisen, они́ путеше́ствуютъ.

Wir reisten, мы путеше́ствовали.

Ich reiste, я путеше́ствовалъ.

Wo sind Sie dieses Jahr gereist?

Где вы путеше́ствовали въ ны́нешнимъ году́?

Ich bin viel im Auslande gereist.

Я мно́го путеше́ствовалъ за границею.

Im Auslande.

Haben Sie Ihre Zeit dort gut zugebracht?

За границею.

Хорошо́ ли вы тамъ прове́ли вре́мя?

Die Zeit zubringen.	Проводи́ть вре́мя.
Führen.	Води́ть, вести́.
Ich führe, я вожу́, веду́.	Wir führen, мы во́димъ, ведёмъ.
Du führest, ты во́дишь, ведёшь.	Ihr führet, вы во́дите, ведёте.
Er führt, онъ во́дитъ, ведётъ.	Sie führen, они́ во́дятъ, ведутъ.
Ich führte, я води́лъ, вёлъ.	Wir führten, мы во́дили, вели́.

Bemerkung 3. Ebenso werden проводи́ть, провести́, begleiten проводи́ть вре́мя, die Zeit zubringen, отводи́ть, отвести́, wegführen etc. conjugirt.

66. Aufgabe.

Gehen Sie nicht zu dem Rigaer nach Ihren seidenen Taschentüchern? — Ich gehe nicht zu ihm, sondern zu dem jungen Polen, der eben so viele Freunde hat, als Geld. — Wen sehen Sie auf diesem Spaziergange im Walde? — Ich sehe viele Leute: fünf Russen, drei Franzosen, viele Engländer, aber auch nicht e i n e n Deutschen. — Mit wem sprechen die jungen reichen Deutschen? — Sie sprechen mit dem Sibirier, mit welchem sie auf dem Balle des reichen Holländers, welcher die schönen Töchter hat, sind. — Bei wem soll der junge Schmied mit dem schweren, eisernen, g r o ß e n H a m m e r arbeiten? — Er will zu dem Pariser gehen, welcher jenes ungeheure Haus hat. — Haben die Litthauer Yachtschiffe? — Nein, sie haben nur wenige Kähne und andere Fahrzeuge; aber ihre Nachbarn, die Esthländer und die Rigaer, haben viele schöne und große Schiffe. — Was für Waaren haben die Türken und Griechen? — Jene haben gute Pelzwaaren, und diese haben schöne und wohlfeile Heiligenbilder. — Wessen Wagen und Pferde hat der muntere Schweizer? — Er hat den Wagen und die Pferde seines Herrn, des Römers. — Wen sieht der Portugiese? — Er sieht Niemand, aber die Irländer sehen ihn. — Wessen Diener hat meinen Schlitten? — Der Diener des guten Berliners hat ihn. — Wessen Kleider hat Ihr Herr Vater? — Er hat die seinigen und die der armen Mailänder? — Von welchem Römer sprechen Sie? — Von demjenigen,

welchen ich mit den Spaniern sehe. — Können diese Oest=
reicher die Montenegriner lieben? — Ich kann es Ihnen
nicht sagen. — Warum? — Weil die Oestreicher mit mir
davon nicht gesprochen haben. — Wen sieht der Portugiese?
— Er sieht Niemand, doch die Irländer sehen ihn. — Wessen
Diener hat meinen Schlitten? — Der Diener des guten
Berliners. — Wessen Kleider hat Ihr Vater? — Er hat
die seinigen und die Kleider der armen Mailänder.

67. Aufgabe.

Wie haben Sie Ihre Zeit, seitdem ich Sie nicht gesehen habe,
verbracht? — Ich reiste im Auslande. — Wo waren Sie
dort? — Ich war in Frankreich, in England, in Dänemark
und in Schweden. — Wann sind Sie von dort zurückge=
kehrt? — Es werden jetzt (вотъ) schon drei Wochen sein.
— Verbringen Sie Ihre Zeit jetzt gut? — Ich danke
Ihnen, ziemlich gut. — Wo sind jetzt die Landleute, ich sehe
Niemand? — Sie sind alle auf dem Felde. — Was machen
sie dort? — Sie ackern und pflügen. — Haben sie denn
(páзвѣ) noch nicht ihr Getreide gesäet? — Nein, sie haben
es noch nicht gesäet. — Wem gehört diese baufällige Hütte?
— Diese baufällige Hütte gehört (ist des) dem armen Bauern,
den sie dort sehen. — Wer ist dieser ehrwürdige Greis, der
dort auf der Straße geht? — Es ist der Bruder meines
Wohlthäters. — Haben Sie das neue Buch schon gelesen?
— Nein, ich habe es noch nicht gelesen. — Lesen Sie es
also, es ist ein sehr gutes Buch. — Was für ein Pferd
haben Sie da? — Das ist ein Traber. — Und ich dachte,
es sei ein Renner. — Was spielen diese hübschen Kinder? —
Sie spielen Ball. — Wen führt der Fleischer auf der Straße?
— Er führt ein sehr fettes Schwein. — Wo ist das Olivenöl
(деревянное масло), welches Sie beim Kaufmann gekauft
haben? — Es ist jetzt in der Lampe, welche in dem Winkel
vor dem Heiligenbilde ist. — Was haben Sie am Fin=
ger? — Ich habe den Ring meines verstorbenen (покойный)

Onkels. Was kriecht dort auf der Erde? — Auf der Erde kriecht ein kleiner Wurm. — Wieviel Sterne und Sternchen sind am Himmel? — Ich kann es nicht wissen, ich haben sie nicht gezählt und Niemand kann sie zählen. — Was für ein Städtchen ist dort am Wege? — Es ist kein Städtchen, sondern ein Dorf. — Was ist in dieser (womit ist diese) Flasche? — In dieser Flasche ist (diese Flasche ist mit) Wein.

Siebenundzwanzigste Lektion. — ДВАДЦАТЬ СЕДЬМОЙ УРОКЪ.

278. Aus männlichen Hauptwörtern, welche **lebende Wesen** bezeichnen, werden **weibliche** Hauptwörter nach folgenden Regeln gebildet.

I. Die Endung -ица entsteht:

a) Aus -икъ:

Der Verwandte, родственникъ.   Die Verwandte, родственница.
Der Oberst, полковникъ.   Der Sünder, грѣшникъ.
† der Greis, старикъ. — старуха.   Der Müller, мельникъ — мельничиха.

b) Aus -ецъ:

Der Mönch, старецъ.   Die Nonne, старица.
Der Jüngling, молодецъ. — молодица.   Der Wittwer, вдовецъ. — вдовица, (alt) auch вдова.
Der Selbstherrscher, Самодержецъ.
† Der Stricker, швецъ — швея.

Bemerkung 1. Nach dieser Regel, aber unregelmäßig, wird aus протопопъ, der Protopope (Oberpriester) протопопица, die Frau des Protopopen, gebildet, während попъ, der Pope, попадья, die Frau des Popen hat.

c) Die Endung -ица wird angehängt dem Charakter

1. Einiger Thiernamen:

Der Wolf, волкъ — волчица.   Der Esel, оселъ — ослица.
Der Löwe, левъ — львица.   Der Adler, орелъ — орлица.
Die Taube.   Голубь. — голубица.

2. **Folgender Wörter:**

Der Kaiser, Императоръ — Императрица.

Der Zar, Царь — Царица.

Der Meister, мастеръ — мастерица.

Der Diakon, діаконъ, дьяконъ — дьяконица.

Der Zwerg, карла, карликъ — карлица (vgl. I., a.).

Der Sänger, пѣвéцъ, пѣвунъ (st. pop.) — пѣвица, пѣвунья (pop.)

Bemerkung 2. Die Wörter auf -тель setzen -ница an:

Der Freund. Пріятель — пріятельница.

Der Gebieter, повелитель. Der Leser, читатель.

Der Zuschauer. Зритель.

II. Die Endung -ка entsteht:

a) Aus -ецъ, -инъ der Orts= und Völkernamen, sowie einiger anderer Wörter:

Der Amerikaner, американецъ — американка.

Der Russe, россіянинъ — россіянка. (Im höhern Styl.)

Das Männchen (Thiere) самецъ. Das (Thier=) Weibchen, самка.

Der Bekannte, знакóмецъ — знакóмка.

Der Höker, Händler, торговецъ — торговка.

Der Jüngling, молодéцъ — молóдка.

Der Bürger, мѣщанинъ — мѣщанка.

Der Edelmann, дворянинъ. Der Bauer, крестьянинъ.

† Der Indier, индѣецъ — индѣянка.

Der Ausreißer, бѣглéцъ — бѣглянка. Der Chinese, китаецъ — китаянка.

Der Europäer, европеецъ — европейка. Der Putterhahn, индюкъ — die Putterhenne, индѣйка.

Der Herr, хозяинъ — хозяйка.

b) Die Endung -ка wird angehängt dem Charakter

1. Der Völkernamen mit andern Endungen:

Der Schwede, швéдъ — швéдка. Des Polen, полякъ — полячка, † полька.

Der Czeche, чéхъ — чéшка.

Der Mohr, арáпъ. Der Kalmuk, калмыкъ — калмычка.

† Der Grieche, грéкъ — греъянка.

Der Franzose, французъ — француженка. Der Türke, турокъ — турчанка.

Der Tscherkesse, черкéсъ — черкéшенка.

2. Mehrsylbiger Wörter:

Der Bösewicht, злодѣй — злодѣйка. Der Nachbar, сосѣдъ — сосѣдка.

Der Gastfreund. Хлѣбосóлъ — хлѣбосóлка.

Der Hirt. Пастухъ — пастушка.

† Das Kalb, теля — тёлка.

11*

Bemerkung 3. Man bemerke die Wandelung der Kehllaute vor dem -ка.

Bemerkung 4. Die einsylbigen schieben -ов vor -ка ein:

Der Jude, жидъ — жидóка.
   Der Verschwender.
† Der Kater, котъ — кóшка.

Der Zeisig, чижъ.
Мотъ.
Der Spitzbube, плутъ.

III. Die Endung -иня nach Härtlingen:

Der Herrscher, Государь — Госудá-рыня.
   Der Knecht.
Die Gans, гусыня.
Der Herzog, гéрцогъ — герцогúня.
Der Monarch, монáрхъ — монáр-хиня.

Der Edelmann, боярин ъ—бсáрыня.
Рабъ — рабы́ня, auch рáба.
Mein Herr, сýдарь — судáрыня.
Der Mönch, монáхъ — монáхиня.
Der Fürst, князь — княгúня.

Nach Mild= und Wandlingen:

Der Held, герóй — герóйня.
Der Frauen Bruder, своякъ.

Der Frauen Schwester, своячиня auch своячинница (häufiger).

II. Die Endung -ья nehmen an:
  a) die Wörter auf -унъ:

Der Schwätzer, болтýнъ — болтýнья.
  b) Der Dicklippige.
    Der Abt, игýменъ — игýменья.
    Der Gast.

Der Lügner, лгунъ.
Губáнъ — губáнья
Гóсть — гóстья.

V. Die Endung -иха nach Mild= und Wandlingen bezeichnet:

  a) die Frau des Gewerbetreibenden als dessen Gat=tin und gehört dem niedern Style an:

Der Weber, ткачъ.
Der Kaufmann, купéцъ.
Der Dorf= oder Kirchen=Vorsteher, стáроста (Würde) — стáростиха.

Des Webers Frau, ткачúха
Des Kaufmanns Frau, купчúха.

Bemerkung 5. Will man hingegen bezeichnen, daß die Frau selbst das Gewerbe betreibe, so bildet man das Femininum auf -ница:

† Die Schusterin, сапóжница.

Der Küster, дьячёкъ.

Die Frau des Schusters, сапожни-чиха.
Des Küsters Frau, дьячúха.

  b) das Femininum bei folgenden Wörtern:

Der Feigling, die Memme, тру́съ — труси́ха.

Der Spaßmacher, шутъ.   Der Hase, за́яцъ — зайчи́ха.

Der Stutzer, щёголь.   Der Elephant, слонъ — слони́ха.

VI. **Die Endung -ша tritt an fremde und einheimische Bezeichnugen einer Würde oder eines Amtes; wird jedoch nie im feineren Umgange gebraucht.**

Der Officier, офицéръ.   Die Officiersfrau, офицéрша.

Der Secretär, секретáрь.   Die Secretärin, секретáрьша.

    Der Vormund.   Опекýнъ — опекýнша.

Der Richter, судья́.   Die Frau des Richters, судéйша.

Bemerkung 6. -Лъ geht vor -ша in -ль über:

Der General, генерáлъ.   Die Generalin, генерáльша.

VII. **Vereinzelt bastehende Formen sind:**

Der Herr, господи́нъ.   Die Frau, Herrin, госпожá.

Der Narr, дурáкъ.   Die Närrin, дýра.

Der König, корóль.   Die Königin, королéва.

Der Czarensohn, царéвичъ.   Die Czarentochter, царéвна.

Der Königssohn, королéвичъ.   Die Königstochter, королéвна.

Der Freund, другъ.   Die Freundin, подрýга.

Der Stiefsohn, па́сынокъ.   Die Stieftochter, па́дчерица.

Der Schwager, зять.   Die Schwägerin, золóвка.

Der Schwiegersohn, зять.   Die Schwiegertochter, снохá.

Der gemeine Mensch, подлéцъ.   Die gemeine Frau, подля́чка.

Der Freiwerber, сватъ.   Die Freiwerberin, свáха.

Der Schwiegervater (der Frau), свё-   Die Schwiegermutter (der Frau),
коръ.   свекрóвь.

Der Diener, слугá.   Die Dienerin, Magd, служáнка.

Der Bock, козéлъ.   Die Ziege, козá.

Der Pfau, павли́нъ.   Die Pfauhenne, пáва.

Ferner die fremden Wörter:

Der Baron, барóнъ — баронéсса.   Der Prinz, при́нцъ — принцéсса.

Grausam, лю́тый.   Betrügerisch, обмáнчивый.

Glücklich, счастли́вый.   Unglücklich, несчáстный.

Reuig, zerknirscht, сокрушённый.   Verstockt, halsstarrig, упóрный.

Klatschhaft, болтли́вый.   Grimmig, свирѣ́пый.

    Gefräßig.   Прожóрливый.

Die Birke, берёза.   Die Fichte, соснá.

Die Tanne, ель f.   Die Eiche, дубъ.

Der Ahorn, вязъ.   Der Apfelbaum, я́блоня.

279. **Hüten, bewahren.** Беречь.*

Ich hüte, bewahre, я берегу́.	Wir hüten, bewahren, мы бережемъ.
Du hütest, bewahrst, ты бережёшь.	Ihr hütet, bewahret, вы бережёте.
Er hütet, bewahrt, онъ бережётъ.	Sie hüten, bewahren, они́ берегу́тъ.
Ich hütete, я берёгъ, берегла́, бе-регло́ etc.	Wir hüteten, мы берегли́ etc.
Ich werde hüten, я бу́ду бере́чь.	Wir werden hüten, мы бу́лемъ бе-ре́чь.
Hüte, береги́.	Hütet, береги́те.

Bemerkung 7. Von dieser Lektion an werden wir die unregelmäßigen Zeitwörter mit Zeichen * bezeichnen.

68. Aufgabe.

Sehen Sie nicht in dem Zimmer Ihres Herrn Vaters die Dame, welche das schöne neue Büchlein hat? Ich sehe sie; sie (ist) eine Verwandte der Obristin N. Wer ist in dem Zimmer Ihrer Fräulein Schwester? — Hat Ihre Schwester keine Freundin? Sie hat zwei sehr liebenswürdige Freundinnen. — Wessen Hut hat unsere gute Bekannte? — Sie hat ihren (eigenen) Hut. — Was will diese bleiche Nonne essen? — Sie will nicht essen, sondern etwas Wasser trinken. Was hat Ihnen die junge liebenswürdige Fürstin gegeben? Sie hat mir eine solche Laute gegeben, wie Sie haben. Wohin geht die Bäckersfrau mit ihren Kindern? Sie geht mit ihnen zu ihrer Schwiegermutter, der verstockten Sünderin. Hat die alte Höferin gute Waaren? Sie hat wenig Waaren, aber gute und wohlfeile. Was für Waaren hat sie? — Sie hat gute Messer, Gabeln. scharfe Federmesser, Scheeren, Brillen und noch andere Waaren aus Eisen und aus Glas. — Wer hat die beiden grimmigen Löwinnen? Der Pole hat sie; er hat auch eine schwarze Bärin und drei Bären-jungen (медвѣжёнокъ). — Können Sie mir sagen, wo der treue Hund ist? Er ist dort in dem Walde mit der ge-fräßigen Wölfin. — Wen sehen Sie? — Ich sehe einen Zwerg und eine Zwergin; aber jene aufmerksamen Zuschaue-rinnen, welche du auf jenem Bänkchen siehst, sehen den

prächtigen Pfau und seine Pfauhenne. — Geht die fleißige
Schülerin zu ihrer guten Lehrerin? — Nein, sie geht zu
den faulen Schülerinnen, welche weder Bücher, noch Tinte,
noch Federn haben. — Zu wem gehen die Diakonissen mit
der Wirthin dieses Hauses? — Sie gehen in jenes Zimmer
zu der armen Wittwe. — Mit wem geht die Baronesse in
die Kirche? — Mit einer reuigen Sünderin. — Gehen sie
nicht zu der guten Küsterfrau? — Sie gehen nicht zu der
Küsterfrau, sondern zu der Priesterfrau. — Geht die Gene=
ralin mit ihren Töchtern auf den Ball? — Sie geht nicht
auf den Ball, sondern in's Theater.

69. Aufgabe.

Wer muß mit der Holländerin auf dem Schiffe sein? —
Die reichen Engländerinnen und die glücklichen Französinnen.
— Was hat jene Närrin? — Sie hat eine weiße Ziege und
ein schönes Täubchen. — Mit wem gehen die Schwedinnen
auf jenem Spazierweg? — Ich sehe sie mit einer Deutschen,
einer Polin und zwei Italienerinnen. — Wem will der Abt
schreiben? — Der Abtissin. — Was will der Franzose be=
schreiben? — Die Türkei. — Mit wem kann der fleißige
Schüler sprechen? — Mit der jungen Schülerin. — Siehst
du nicht auch die schöne Griechin, die zu unsrer alten klatsch=
haften Nachbarin geht? — Ich sehe sie nicht, aber ich sehe
die arme Negerin mit ihrem lieben schwarzen Knäblein. —
Hat die alte Verschwenderin noch ihre goldenen Ringe und
ihre neue goldene Uhr? — Sie hat sie nicht mehr. — Wer
hat sie? — Es hat sie die alte betrügerische Jüdin. — Was
für Schuhe haben die Chinesinnen? — Sie haben sehr kleine
Schuhe, aber sie haben weder Mützen noch Strümpfe. —
Haben die Hirtinnen eben so viel Kinder, wie die Bäuerin=
nen? — Jene haben keine Kinder, und diese haben drei Kin=
der. — Wollen die Kinder der Sclavin Brod und Käse essen?
— Sie wollen nur etwas Brod, aber weder Butter, noch
Käse essen. — Will die Müllersfrau etwas Bier trinken? —

Nein, sie kann nur etwas Wein trinken. — Sehen Sie jene Bäuerin, welche eine Eselin, eine Gans und fünf junge Gänschen hat? — Ich sehe sie nicht, aber ich sehe die alte treue Magd unserer Gastfreundin, der muntern Tscherkessin, mit einem schwarzen Kater und einer weißen Katze. — In wessen Zimmer geht die tapfere Heldin? — Sie geht in das Zimmer der Kaiserin. — Geht sie mit der Königin oder mit der Großfürstin? — Sie geht mit beiden, und ihre Freundin, die Gräfin, geht mit ihnen.

70. Aufgabe.

Wessen Begräbniß ist das? — Es ist das Begräbniß des reichen Juden, des ersten (пéрвый) Banquiers in unserer Stadt. — Wer hat die Schminke gekauft? — Die Schminke hat die Magd der berühmten Sängerin gekauft. — Ist das Chor in dieser Kirche hoch? — Es ist sehr hoch. — Wer hat diese kleine Nadel verloren? — Die arme Nätherin hat sie verloren. — Für wen haben Sie diesen kleinen Sattel ge= kauft? — Ich habe ihn für das Pferdchen meines kleinen Söhnchens gekauft. — Wieviel Jahre hat Ihr Sohn? — Er wird jetzt zehn Jahre haben. — Wer hat dem sehr nied= lichen Mädchen einen kleinen silbernen Kamm geschenkt? — Es hat ihr ihn ihr Vetter geschenkt. — Wollen Sie in den Garten gehen? — Nein, ich will in den Garten jetzt nicht gehen, ich gehe dorthin gern des Nachmittags (нóслѣ обѣда). — Haben Sie Ihre Pfeife erhalten? — Nein, ich habe sie noch nicht erhalten. — Wann werden Sie sie erhalten (получите)? — Ich weiß es nicht. — Wer hat für Ihren Mittag bezahlt? — Ich selbst habe für ihn bezahlt. — Wa= ren Sie jemals in Abyssinien? — Nein, in Abyssinien war ich nicht, ich war aber lang in Egypten. — Wer hat die schöne Katze, welche sie hatten, gekauft? — Die reiche Kaufmanns= frau hat sie gekauft. — Haben Sie schon Ihren Bruder nach Paris begleitet? — Nein, ich habe ihn noch nicht dort= hin begleitet. — Hat man schon den Flüchtling gefangen?

— Nein, den Flüchtling hat man nicht gefangen, man hat aber die flüchtige Frau gefangen. — Wie ist die Gesundheit Ihrer Nachbarin? — Ich danke Ihnen, sie ist gesund. — Wen sehen Sie dort auf dem Felde? — Ich sehe dort eine junge Hirtin. — Mit wem ist sie dort? — Mit jungen Kälberchen. — Schonen Sie Ihr Geld! — Ich schone es. — Ihr Bruder jedoch schont es schlecht. — Sie haben Recht, (ваша правда), er schont es gar nicht. — Hüten Sie sich! — Ich hüte mich.

Achtundzwanzigste Lektion. — ДВАДЦАТЬ ОСЬМОЙ УРОКЪ.

Ich wollte, я хотѣлъ.   Wir wollten, мы хотѣли.
Du wolltest, ты хотѣлъ.   Ihr wolltet, вы хотѣли.
Er wollte, онъ хотѣлъ.   Sie wollten, они хотѣли.

Bemerkung 1. Im weiblichen Geschlecht: я хотѣла, ты хотѣла, она хотѣла; im sächlichen Geschlecht: es wollte, оно хотѣло, plur. wie im männlichen Geschlecht. Es nimmt nach dem Geschlechte seines Subjects die allgemeine Geschlechtsbezeichnung -ъ, -о -а an, und in der Mehrheit für alle drei Geschlechter das mildernde и.

280. Eigennamen der   Eigennamen der
        Alten.   Neuern.

Mit Lautveränderung.   **Ohne Lautveränderung.**

a) B für W und U (W):
Abraham, Авраамъ.   Adalbert, Адальбертъ.
Barbara, Варвара.   Bertha, Бёрта.
August, Августъ.   Laura, Лаура.

b) И für E:
Elias, Илья.
Raphael (Erzengel), Рафаилъ.   Eduard, Эдуардъ.
                               Raphael (Eigenn.), Рафаэль.

c) Θ für th:

Martha, Μάρθα, Мароа.

Bemerkung 2. Das Th wird durch Θ, Φ und T ausgebrückt.

Theodor, Өёдоръ, häufiger Фёдоръ. Theresa, Тереза.

d) Die Endungen -es, -us, -os werden nach Consonanten bei männlichen Namen abgeworfen:

Diogenes, Дiогéнъ.
Pompejus, Помпéй,
Crösus, Крёзъ.
Alexander, Александръ.

Bemerkung 3. Eine Ausnahme bilden moderne Familiennamen, welche obige Endungen haben: Krusius, Крузiусъ, Mewes, Мéвесъ.

Paulus.   Павелъ (vgl. 280., a.)

Nach Vocalen setzt man dafür -й:

Plinius, Плинiй.
Zachäus, Захéй.
† Moses (Moyses), Моисéй.
Jesus, Іисусъ.   Ein Jesuit, Езуитъ.

e) Männliche Namen auf -as, die im Genitiv gleich viel Sylben behalten, werfen das -s ab:

Lucas, Лукá.   Zacharias, Захарiя.

Nach -ä, -e wird für -as ein -й gesetzt:

Aeneas, Энéй.

f) Alle Namen, die im Genitiv verlängert werden, bilden die russische Form vom Genitiv der Ursprache, indem:

1. die männlichen die Endung -is (griechisch -os) wegwerfen:

Pallas, Pallantis, Паллáнтъ.   Otto, Ottonis, Оттóнъ.

2. die weiblichen -is in -a verwandeln:

Pallas, Palladis, Паллáда.   Ceres, Cereris, Церéра.
Locris, Locridis, Локрида.   Juno, Junonis, Юнóна.

g) Aus -ia, -ium wird -ia:

Aurelia, Аврéлiя.   Dyrrhachium, Диррáхiя.

Auch bei Gattungsnamen:

Collegium, коллегія.

Ueberhaupt wird -a, -o (weiblich) nach Vocalen -я:

Galiläa, Галилея.　　　Die Nation, natio, нація.

Bemerkung 4. Die Wörter auf -ia sind im Russischen weiblich, ohne Rücksicht auf das Geschlecht in der Ursprache:

Unser Collegium.　　　Наша коллегія.

h) In griechischen Namen steht für C — к, in lateinischen ц:

Alcibiades, Алкивіадъ.　　　Cicero, Цицеронъ.

i) Aus neuern Sprachen entlehnte Wörter werden ihrer Aussprache gemäß geschrieben, erhalten aber Geschlecht und Declination nach ihrer russischen Endung.

Aigle, Эглъ.　　　Alentejo, Алентéхо.
Zuyderfee, Зéйдеръ-Зе.　　　Ryswik, Рéйзвикъ.
Cambridge, Кéмбриджъ.　　　Cook, Кукъ.
Blois, Блуá.　　　Civita — Vecchia, Чúвита — Вéккія.
Reggio, Рéджіо.　　　Lüttich, Лютихъ.
Lübeck, Любекъ.

Bemerkung 5. Haben sie eine im Russischen nicht vorkommende Endung, so werden sie gar nicht declinirt:

Aus Baku.　　　Изъ Бáку.

281. Auch von den Eigennamen, besonders Taufnamen, werden Verkleinerungswörter als Ausdrücke der Zärtlichkeit gebildet, doch gewöhnlich in solcher Form, daß der ursprüngliche Name kaum oder gar nicht wieder zu erkennen ist, wie man das in allen Sprachen häufig findet. Daher sind hier die gewöhnlichsten verzeichnet:

Aemilian, Емéлюшка, Емéличка.
Agrippina, Аграфéна, Грýша, Грýня, Грýшенька.
Alexander, Alexandra, Сáша, Сáшенька.
Alexis, Алёша, Лёня.
Anastasia, Нáстенька.
Irene, Ирúнушка, Ирéшенька.
Jakob, Яша, Яшенька.
Johann, Hänschen, Вáня, Вáнинька, Ванюша, Вáнька.
Katharina, Käthchen, Кáтя, Кáтинька, Катюша.
Mariechen, Мáша, Мáшенька.

Andreas, Андрюша.
Aennchen, Nanette, Анюта, -Ан-
  нушка.
Bärbchen, Варя, Варинька.
Boris, Bernhard, Боринька,
  Боричка.
Constantin, Коста, Костенька.
Demetrius, Митя, Митинька.
Dorchen, Дарья, Даша, Дашенька.
Elias, Илюша, Илинька.
Elisabeth, Лиза, Лизинька, Ли-
  занька.
Esperentia, Надя, Наденька.
Eudoxia, Дуня, Дуняша.
Fides, Вѣринька, Вѣрочка.
Gregor, Гриша, Гришинька.

Michael, Миша, Мишенька.
Natalie, Наташа, Настинка.
Nicolaus, Коля, Колинька.
Olga, Олинька, Оличка.
Paulchen, Павленька, Павликъ,
  Павлуша, Павлушка, Паша.
Peterchen, Петя, Петруша.
Prascovia, Паша, Пашенька, Па-
  раша.
Sophiechen, Соня, Сонюшка.
Stephan, Стѣночка, Стѣпинька(ver=
  ächtlich Стенька).
Thimotheus, Тимоша, Тимошинь-
  ка.
Wasily, Basilius, Вася, Васинька.
Wladimir, Володя, Володинька.

Helene, Алёна, Лёлинька, Лёничка.

Bemerkung 6. Oft wird auch die Endung -окъ, —
урочка angehängt.

Alexander, Alexandra, Сашокъ,
  Сашурочка.
Mariechen, Машурочка, Машокъ.

Paulchen, Paulinchen, Пашурочка,
  Пашокъ.
Dorothea, Дашурочка, Дашокъ.

282. Lügen. Лгать.*

Ich lüge, я лгу.
Du lügst, ты лжешь.
Er lügt, онъ лжётъ.
Ich log, я лгалъ.
Lüge, лги.
Bestrafen, наказывать.

Wir lügen, мы лжёмъ.
Ihr lüget, вы лжёте.
Sie lügen, они лгутъ.
Wir logen, мы лгали.
Lüget, лгите.
Besuchen, посѣщать.

283. Nähren. Кормить.*

Ich nähre, я кормлю.
Du nährst, ты кормишь.
Er nährt, онъ кормитъ.
Ich nährte, я кормилъ, о etc.
Ich werde nähren, я буду кормить.

Wir nähren, мы кормимъ.
Ihr nähret, вы кормите.
Sie nähren, они кормятъ.
Wir nährten, мы кормили.
Wir werden nähren, мы будемъ
  кормить.

Nähre, корми.
Fangen.
Lieben.

Nähret, кормите.
Ловить (wie кормить).
Любить (wie кормить).

Bemerkung 7. Der Plural des Imperativs unter=
scheidet sich von der zweiten Person des Plural der Gegen=

wart dadurch, daß erſterer den Accent auf der vorletzten
Sylbe hat, während er bei erſterer zurückrückt, wenn es mög=
lich iſt.

71. Aufgabe.

Mit wem iſt Julius in unſerm Garten? — Ich ſehe Ju=
lius, Laura und Käthchen. — Weſſen Uhr hat Michael? —
Er hat die ſeines Freundes Paul. — Hat Hänschen ein neues
Kleid? — Nein, er hat ſein altes Kleid, aber er hat einen
neuen Hut und neue Hoſen. — Siehſt du den armen La=
zarus? — Ich ſehe ihn, und auch den reichen Cröſus. —
Welche Halskrauſe hat Lieschen? — Sie hat die ihrige. —
Hat ſie nicht auch die Handſchuhe Dorchens? — Sie hat ſie
nicht. — Wo iſt Aeneas und ſein Bruder Amadeus? — Sie
(ſind) nicht hier. — Hat Mariechen die eingemachten Früchte
ihrer Mutter, oder die ihrer Schweſter? — Sie hat weder die
der einen, noch die der andern, ſie hat die ihrer Freundin
Olga. — Hat Alexchen viel Unruhe? — Er hat ſehr viel
Unruhe und ſehr wenig Geld. — Sehen Sie dort auf dem
Bänkchen Bärbchen und ihr Michelchen? — Ich ſehe beide,
auch ſehe ich Alexandrinchen mit Jacobchen. — Sehen Sie
jene ſchöne Venus und dieſen tapfern Scipio? — Ich ſehe
dieſen, aber nicht jene. — Haben Sie meine Journale? —
Ich habe ſie nicht, Laurentius hat ſie. — Iſt Nicodemus
ſchon auf der Univerſität? — Er iſt ſchon dort. — Wohin
geht Lucas mit Nicetas? — Sie gehen in's Collegium.

72. Aufgabe.

Was will Paulchen kaufen? — Etwas Pfeffer und viel
Brod. — Weſſen Sohn iſt Eliaschen? — Er iſt der Sohn des
armen Bürgers. — Mit wem hat der treue Koch von den
Gänſen und dem Schinken geſprochen? — Mit dem reichen
Vater des Auguſt. — Was will der Koch Peter kochen? —
Er will nicht kochen, ſondern ſieben Rebhühner und zwei
Birkhähne braten. — Wollte der Buchhändler die hübſche

Katze kaufen? — Nicht der Buchhändler wollte die Katze
kaufen, sondern des Webers Frau. — Will der Bauer sein
Feld ackern? — Nein, er will nicht ackern, sondern Hanf
säen. — Hat der Schneider Vortheil vom Röckchen, welches
er dem armen Edelmann gegeben hat. — Nein, er hat keinen
Vortheil von ihm. — Wo ist Lieschen? — Sie ist bei ihrer
Mutter Barbara. — Will Dorchen den Rosenkranz kaufen?
— Nein, sie will ihn nicht kaufen, sondern den ihrer Mut=
ter nehmen.

73. Aufgabe.

Was ist jener Narr, der dort an der Ecke der Straße
steht? — Es ist kein Narr, es ist ein armer Blödsinniger
(юродивый). — Haben Sie schon den Bedienten der Banquiers=
frau gesehen? Ich habe ihren Bedienten und ihre Magd
gesehen. — Was für Bäume sind im Walde? — Im Walde
sind verschiedene Bäume, dort sind Fichten, Tannen, Birken,
Ahorne und Eichen. — Waren Sie schon im Kerker? Ich
war dort und habe den halsstarrigen Bösewicht gesehen.
Was hat er an Händen und Füßen? — Er hat an Händen
und Füßen Fesseln. — Mit wem ist diese junge Dame? —
Mit ihrer Schwiegermutter. — Wer ist diese geschwätzige, alte
Dame? — Es ist die Gevatterin Aller, welche sie kennen.
— Wer ist dieser traurige Herr? Es ist ein unglücklicher
Prinz, der aus seinem Vaterlande verbannt ist (изгнанный).
— Wer hat Ihnen dies vorgelogen (солгать une лгать)? —
Dies hat mir meine Köchin Therese vorgelogen. — Wer war
der Gott des Getreides und der Erndten (жатва) bei den
Römern? — Es war kein Gott, sondern eine Göttin und ihr Name
war Ceres. — Haben Sie schon mit meinem Sohne Hans ge=
sprochen? — Ja, ich habe mit ihm gesprochen. — War er
allein? — Nein, er war mit seiner Cousine, der kleinen Olga.
Was machten sie? — Sie spielten im Garten Schneeball.
— Gieb mir, Mariechen, ein Glas Wasser, ich fühle einen großen
Durst. — Da haben Sie ein Glas Wasser. — Wen hat der

Lehrer bestraft? — Er hat seinen Schüler Peter, und seine
Schülerin Sophiechen bestraft. — Füttern die Kutscher ihre
Pferde? — Sie füttern sie gut. — Womit füttern sie sie?
— Sie füttern sie mit frischem Heu und schwerem Hafer.
Was für Vögel fangen Sie? — Ich fange Nachtigallen,
Amseln und Sperlinge. — Fangen Sie auch Adler? — Nein,
Adler habe ich nicht gefangen, wir haben deren keine. —
Wer füttert Ihren Canarienvogel? — Ich selbst füttere ihn.

**Neunundzwanzigste Lektion. — ДВАДЦАТЬ ДЕВЯТЫЙ
УРОКЪ.**

Wessen Schinken ist dies?	Чей это окорокъ?
Es ist des Kochs Schinken.	Это поваровъ окорокъ.

284. Um den Besitzer eines Gegenstandes zu bezeichnen,
leitet man im Russischen von den Benennungen lebender
Wesen besitzanzeichende (possessive) Adjectiva ab,
und zwar fügen die Namen der ersten Declination dem
Charakter die Endung -овъ, die Namen der dritten Declination dem gemilderten Charakter die Endung -инъ
an. Diese Adjectiva vertreten den Genitiv anderer Sprachen:

Der Großvater, дѣдъ — дѣдовъ.	Der Oheim, дядя — дядинъ.
Der Hase, заяцъ — зайцевъ.	Die Schwester, сестра — сёстринъ.
Andreas, Андрей — Андреевъ.	Die Zarin, Царица — Царицинъ.
Der Lehrer, учитель — учителевъ.	Die Tochter, дочь — дочеринъ.
Der Kamerad, товарищъ — товарищевъ.	
† Jacob, Яковъ — Яковлевъ.	† Der Zar, Царь — Царевъ.
† Der Bruder, братъ — братнинъ.	† Der Mann, мужъ — мужнинъ.
† Der Schwager, зять — зятнинъ.	† Gott, Богъ — Божій.

285. Diese Adjectiva nehmen nach dem Geschlechte des
Hauptworts, mit dem sie verbunden sind, die allgemeinen
Geschlechtsbezeichnungen -ъ, -а, -о, an:

Andreas Mutter.	Мать Андреева.
Das Feld des Oheims.	Дядино поле.

286. In der Declination richten sie sich nach folgendem Schema:

Einheit, Singular. Mehrheit, Plural.

	Männlich.	Weiblich.	Sächlich.	Für alle drei Geschlechter.
Nominativ..	-ъ	-а	-о	-ы
Genitiv...	-а	-ой	-а	-ыхъ
Dativ....	-у	-ой	-у	-ымъ
Accusativ..	wie Nom. oder Gen.	-у	wie Nominat.	wie Nom. oder Gen.
Instrumental	-ымъ	-ою	-имъ	-ыми
Präpositional	-омъ	-ой	-омъ	-ыхъ

Ich sehe meinen Bruder mit des Lehrers Sohne, in Nachbars Garten. — Я вижу своего брата съ сыномъ учителевымъ въ саду сосѣдовомъ.

Hast du der Schwester Schuhe? — Есть ли у тебя сестрины башмаки?

Bemerkung 1. In gleicher Weise werden die Familien= und Städtenamen auf -овъ (-евъ) und -инъ (-ынъ), nach Maßgabe ihrer Geschlechtsendung declinirt, nur daß die männlichen und sächlichen im Präpositional der Einzahl die Endung -ѣ annehmen.

Ich gehe mit Georg Kolzow und mit Sophia Rjasanowa zu des Nachbars Bruder. — Я иду съ Егоромъ Кольцовымъ и съ Софіею Рязановою къ сосѣдову брату.

Mein Bruder ist in Charkow und meine Schwester in Makžina. — Мой братъ въ Харьковѣ, а сестра моя въ Максиной.

† Die Städtenamen: Гдовъ, Кіевъ, Орловъ, Псковъ, u. s. w. werden ganz wie Hauptwörter männlichen Geschlechts declinirt.

287. Hat im Deutschen der Genitiv ein Bestimmungswort bei sich, so steht auch im Russischen der Genitiv.

| Wer hat des Bruders Buch? | У кого брáтнина кнúга? |
| Ich habe das Buch {deines / des guten} Bru=ders. | У меня́ кнúга {твоегó / дóбраго} брáта. |

Bemerkung 2. Die deutschen Composita, von denen ein Wort im Genitiv steht, werden im Russischen getrennt und beide Hauptwörter stehen dann in gleichem Casus.

| Siehst du den Sohn des Helben-königs? | Вúдишь ли ты сы́на короля́-ге-рóя? |

288. In gerichtlichen Verträgen setzt man bei jedem Namen das Wort сынъ oder дочь, mit dem von dem Namen des Vaters gebildeten possessiven Abjectiv vor den Familiennamen.

| Theodor Nicolaussohn Wolkow. | Ѳёдоръ, Николáевъ сынъ, Вóл-ковъ. |
| Sophia Nikolaustochter Wolkow. | Сóфія, Николáева дóчь, Вóлкова. |

289. Im gewöhnlichen Leben läßt man сынъ und дочь weg und bildet eigene substantive Vaternamen, indem man die Endung -овъ in -овичъ (gew. -ичъ), -инъ in -ичъ für den Sohn; -овъ in -овна, -инъ in -инишна, -инична, für die Tochter verwandelt.

Theodor Nikolaussohn Wolkow.	Ѳёдоръ Николáичъ Вóлковъ.
Sophie Nikolaustochter Wolkow	Софія Николáевна Вóлкова.
Lorenz Cosmussohn.	Лаврéнтій Козьмúчъ.
Louise Cosmustochter	Луúза Козьмúнишна.
Johann Johannessohn.	Ивáнъ Ивáновичъ oder Ивáнычъ.

Bemerkung 3. Das Volk behält auch oft für die Vaternamen die Endung -овъ, -евъ bei: Ивáнъ Петрóвъ Ля́линъ, Яковъ Андрéевъ Ерпóвъ. Die Endung -овичъ war früher eigentlich nur für die abligen Vaternamen, doch ist sie jetzt allgemein gebräuchlich.

290. In derselben Weise werden von Würden=namen und dergleichen die Bezeichnungen des Standes=herkommens abgeleitet.

Der Zarssohn, Prinz.	Царéвичъ.
Die Zarstochter, Prinzessin.	Царéвна.
Der Königssohn, Prinz.	Королéвичъ.
Die Königstochter, Prinzessin.	Королéвна.
† Der Fürstensohn, Prinz.	Княжичъ (selten).

Joel u. Fuchs, Russische Gramm.   12

† Die Fürstentochter unverheirathete Prinzessin, княжна́.
Der Herrensohn.   Па́ничъ.
Die Herrentochter.   Па́ночка.

Bemerkung 4. Es ist nicht gebräuchlich, Jemand bei seinem Familiennamen anzureden, man redet ihn nur beim Vor= und Familiennamen an.

Auguste, А́вгуста.	Elijabeth, Елисаве́та.
Valerius, Вале́рій.	Lucretia, Луке́рья.
Ulrica.	Улья́ка.
Heilig, свято́й.	Geheiligt, свяще́нный.
Keusch, цѣломму́дренный.	Tugendhaft, доброде́тельный.
Fromm, благочести́вый.	Reizend, преле́стный.

291. Die meisten russischen Familiennamen sind possessive Adjectiva auf -овъ, -евъ, -инъ: Ряза́новъ, Ива́новъ, Алексѣ́евъ, Плы́гинъ, Шуше́ринъ.

Bemerkung 5. Ein Hauptwort mit nominativer Endung bildet niemals einen ächt russischen Familiennamen.

292. Hoffen. }
     Vertrauen. }   Наде́ятьса.

Ich hoffe, я надѣ́юсь.	Wir hoffen, мы надѣ́емся.
Du hoffst, ты надѣ́ешьса.	Ihr hoffet, вы надѣ́етесь.
Er hofft, онъ надѣ́етса.	Sie hoffen, они́, онѣ́ надѣ́ятса.
Ich hoffte, я надѣ́ялся, ась, ось etc.	Wir hofften, мы надѣ́ялись.
Hoffe, надѣ́йся.	Hoffet, надѣ́йтесь.
Lachen.	Смѣ́ятьса (wie надѣ́ятьса, nur hat das Präsens die Conjugations-endung ѣ́тьса, ѣ́тса, ѣ́тесь, ютса).
Loben, хвали́ть (wie люби́ть).	Spaßen, } шали́ть wie люби́ть.
	Unsinn machen, }
Lehren.	Учи́ть.
Ich lehre, я учу́.	Wir lehren, мы учи́мъ.
Du lehrst, ты учи́шь.	Ihr lehret, вы учи́те.
Er lehrt, онъ учи́тъ.	Sie lehren, они́, онѣ́ учи́ли.
Ich lehrte, я учи́лъ, а, о.	Wir lehrten, мы учи́ли.
Lehre, учи́.	Lehret, учи́те.

Bemerkung 6. Das Reflexiv wird aus dem Activ gebildet, indem man im Präsens сь, ся, ся, ся, сь, ся; an die 1te, 2te und 3te Person in der Vergangenheit in der Einheit, für das männliche Geschlecht ся, für das weibliche ась, für das sächliche ось, und in der Mehrheit сь für alle drei Ge-

ſchlechter an alle drei Perſonen ohne Unterſchied, und im
Imperativ сь für beide Zahlen an die Endung anhängt.

Lernen, учи́ться.   Ich lernte, я учи́лся, ась, ось.
Ich lerne, я учю́сь.   Lernet, учи́тесь.
     Lerne, учи́сь.

74. Aufgabe.

Weſſen Kleider hat der Schneider? — Er hat Georgs
Kleider. — Haſt du nicht Auguſts Feder? — Nein, mein
Herr, ich habe Auguſtens Feder. — Was für Bücher will
des Nachbars Tochter leſen? — Deutſche oder engliſche Bücher.
— Hat ſie die Bücher des Lucas oder die des Andreas?
— Sie hat weder dieſe, noch jene; ſie hat ihre Bücher.
Wen ſehen Sie auf jener Brücke und wen unter dieſen Bäu=
men? — Ich ſehe hier der Schweſter Töchter und dort des
Bruders Sohn. — Wohin geht Ihr aufmerkſamer Knabe?
— Er geht in des Großvaters Stube nach des Vaters Hut
und nach der Mutter Handſchuhen. — In weſſen Haus kann
ich gehen? — Du kannſt in das Haus des Herrn Mamajew
gehen. — In welcher Stadt iſt Ihr Herr Bruder? — Er
iſt in der Stadt Dmitrow. — Mit wem geht er nach Kiew?
— Mit Johann Johannisſohn Dmitriew. — Zu wem gehen
Ihre Herren Brüder? — Sie gehen zu Johann-Andreasſohn
Krylow. — Haben Sie nicht des Lehrers Tinte? — Ich habe
ſie nicht; ich habe des Kameraden Tinte. — Wer hat des
Großvaters Lehnſtuhl? — Elias' Bruder hat ihn. — Sprechen
Sie mit Eliſabeth, Valerius' Tochter, und mit ihrem Bru=
der Eduard, Valerius' Sohn? — Ich ſpreche weder mit der
einen noch mit dem andern, ſondern mit der kleinen Pras=
covia Riaſanow und mit Alexis Alexisſohn Alexeew. —
Was wollen Sie ihnen ſagen? — Ich ſage ihnen, daß ich
das Heiligenbild der keuſchen Eliſabeth kaufen will. — Wo=
hin müſſen Sie gehen? — Ich muß in des Kaiſers Schloß
zu den Zarenſöhnen und den Zarentöchtern gehen, um mit
ihnen von dem Zaren und der Zarin zu ſprechen. — Wen
ſehen Sie in der Kirche des heiligen Michael? — Ich ſehe

12*

die reizende, junge Fürstin Marie Johannis Tochter B. mit
ihrer frommen Freundin, der Baronesse Alexandra Nicolaus
Tochter W. — Sehen Sie dort auch Mariens Bruder und
Alexandrinens keusche Tochter? — Ich sehe diese, aber ich sehe
nicht jenen. — Sehen Sie die tugendhafte Tochter jener frommen
Mutter? — Ich sehe beide. — Wer hat des Schwagers Pferd?
— Theodor, Theodors Sohn, Baranow hat es.

75. Aufgabe.

Auf wen vertrauen Sie? — Ich vertraue auf Gott und
die heilige Muttergottes (Богородица). — Sie müssen nicht
immer lachen, dies ist sehr unanständig. — Ich lache nur
weil (потому что) das, was Sie sagen sehr lächerlich ist. —
Das ist nicht wahr, Sie lachen weil Sie Unsinn zu machen
lieben. — Sie irren sich (ошибаетесь), ich mache nie Unsinn. —
Giebt (mit acc.) der Lehrer Ihren Kindern gut Unterricht? —
Er lehrt sehr gut, aber auch meine Kinder lernen nicht schlecht
(недурно). — Wer ist dieses reizende Mädchen? — Das ist die
kleine Prascovia, die Tochter jenes reichen Goldarbeiters,
den Sie kennen. — Ist er ein Russe? — Nein, er ist ein
Sibirier. — Wessen Wagen ist das? — Es ist der Wagen
meines Onkels. — Ist das der Regenschirm des Bruders?
— Nein, es ist nicht des Bruders, sondern des Lehrers Regen=
schirm. — Hütet Eure Kinder, sie machen viel Unsinn!
— Das ist nichts, das wird mit den Jahren vergehen. —
Mit wem ist Ihr Bruder auf den Markt . gegangen? — Er
ist dorthin mit seinem Schwager und seiner Schwägerin ge=
gangen. — Haben Sie viele Verwandte? — Ich habe viele
Verwandte, aber noch mehr Verwandtinnen. — Wen haben
Sie gestern im Walde gesehen? — Ich habe einen Wolf und
eine Wölfin gesehen. — Haben Sie auch einen Löwen oder
eine Löwin gesehen? — Nein, ich habe keinen Löwen gesehen,
denn wir haben in Europa weder Löwen, noch Löwinnen,
diese sind nur in Asien und Afrika. — Reisen Sie gern?
— Ich reise sehr gern, und reise deswegen fast das ganze

Jahr. — Wo sind Sie voriges Jahr gewesen? — Ich war
in Rom. — Waren Sie auch in der Schweiz? — Nein, in
der Schweiz war ich nie, kenne aber viele Schweizer. —
— Wer pflügt dort im Felde? — Mein Nachbar, der flei=
ßige Landmann. — Hat er schon sein Feld gepflügt? —
Nein, er hat sein Feld noch nicht gepflügt, er ackert,
dann pflügt er, und zuletzt (наконéцъ) säet er.

Dreißigste Lektion. — ТРИДЦАТЫЙ УРОКЪ.

293. Ich konnte, я могъ, моглá.

Du konntest, ты могъ, моглá.	Wir konnten, мы моглú.
Er konnte, онъ могъ, моглá.	Ihr konntet, вы моглú.
Es konnte, онó моглó.	Sie konnten, онú, онѣ моглú.

Ist der Lehrer gut?   Добръ ли учúтель?
Er ist gut.   Онъ добръ.

294. Wie sich das deutsche Beschaffenheitswort
(gut) durch den Mangel der Concretions=Endung
von dem Eigenschaftsworte (gute) unterscheidet, so
unterscheidet sich auch im Russischen das Beschaffenheits=
wort (добръ) von dem Eigenschaftsworte (дóбрый) durch
die fehlende Concretions=Endung -ый. Das Beschaffenheitswort
ist die Charakterform des Adjectivs, der noch die Geschlechts=
bezeichnung -ъ, -а, -о hinzugefügt wird. Bei Anhäufung von
schwer auszusprechenden consonantischen Auslauten wird, wie
gewöhnlich, -о eingeschoben, welches bei Verlängerung des
Wortes natürlich wieder ausfällt.

Gut, дóбрый — добръ, добрá, добрó.
Blau, сúній — синь, синя́, синё.
Lang, дóлгій — дóлогъ, долгá, дóлго.
Bitter, гóрькій — гóрекъ, горькá, горькó.
Ruhig, спокóйный — спокóенъ, спокóйна, спокóйно.
Schwer, тяжкій — тяжекъ, тяжкá, тяжкó.
† Würdig, достóйный — достóинъ, достóйна, достóйно.

Hierbei merke man:

a) Vor -н geht -о stets in -е über:

Roth, красный — красенъ, красна́, красно́.
Wahr, истинный — и́стиненъ, и́стина, и́стино.
Göttlich, Господній — Господень, Госпо́дня, Госпо́дне
Alt (vor Zeiten), дре́вній — дре́венъ, древна́, древно́.
† Voll, по́лный — по́лонъ, полна́, полно́.

b) Vor -в, -ᴏ, -з, -л, -р, -ст, -х wird kein -о ein=
geschoben.

Geschwind, бо́рзый — борзъ, бо́рза, бо́рзо, (ist nur bei Hunden ge=
bräuchlich.)
Dick, то́лстый — толстъ, толста́, толсто́.
† Muthwillig, рѣзвый — рѣзовъ, рѣзва́, рѣзво́.
Sauer, ки́слый — ки́селъ, кисла́, кисло́.
Hell, свѣ́тлый — свѣ́телъ, свѣтла́, свѣтло́.
Böse, злой — золъ, зла, зло.
Warm, тёплый — тёплъ und тепёлъ, тепла́, тепло́.

295. Diese Wörter werden nur im Nominativ der
Einheit und Mehrheit gebraucht und richten sich nach Ge=
schlecht und Zahl des Hauptworts, zu dem sie gehören. Bei
Dichtern, bei den neuern aber äußerst selten, werden sie des
Versmaßes wegen an der Stelle der concrescirten Adjective
gebraucht — ähnlich wie im Deutschen: ein heilig Pfand,
statt heiliges — und dann wie im possessiven Adjectiv
auf -овъ und -инъ declinirt.

296. Wörter, die aus zwei Hauptwörtern oder
aus einem Beschaffenheits= und einem Hauptworte
so zusammengesetzt sind, daß beide Theile unverändert und
gleichsam in Apposition neben einander stehen, wie das
deutsche Fürst=Bischof, decliniren beide Theile.

Constantinopel, Царьгра́дъ, Gen. Царягра́да, Dat. Царягра́ду u. s. w.
Nowgorod, Но́вгородъ, Gen. Новаго́рода u. s. w. Wird aber auch als
ein einziges Wort declinirt. Dann bleibt -ов unverändert

Gen. Но́вгорода u. s. w.

Bin ich fleißig?   Прилѣ́женъ ли я?
Sie sind fleißig.   Вы прилѣ́жны.
Sie sind fleißig.   Они́, онѣ́ прилѣ́жны.

Die Schüler sind fleißig.	Ученики прилѣжны.
Er ist nicht arm.	Онъ не бѣденъ.
Ist sie arm?	Бѣдна ли она?
Das Kind ist arm.	Дитя бѣдно.
Ist Ihr Lehrer nicht gut?	Не добръ ли вашъ учитель?

297. Das Hülfszeitwort **sein** bleibt in der gegenwärtigen Zeit gewöhnlich fort (vgl. 92.):

Aufrichtig, откровенный.	Süß, сладкій.
Stolz, гордый.	Geschickt, искусный.
Stark, сильный.	Schwach, слабый.
Gesund, здоровый.	Krank, больной.
Nützlich, полезный.	Unnütz, безполезный.
Streng, строгій.	Milde, кроткій, нестрогій.
Heiter.	Веселый.
Die Luft, воздухъ.	Das Papier, бумага.
Der Vogel, птица.	Das Heft, тетрадь f.
Der Rabe, воронъ.	Die Krähe, ворона.
Der Ofen, печь f.	Das Gemälde, картина.
Wissen.	Знать.
Fahren, ѣхать.	Reiten, ѣхать верхомъ.
Verkaufen, продать.	Laufen, бѣгать.
Springen, прыгать.	Tanzen, танцовать,

298. Welcherlei, Welcher Art? Wie? In was für einem Zustande? — Каковой? Каковъ?

| Was für Tuch haben Sie? | Каковое сукно у васъ? |
| Wie (in welchem Zustande) ist das Tuch, welches Sie haben? | Каково сукно, которое у васъ? |

299. Dürfen Sie? — Смѣете ли вы?

Ich darf nicht.	Я не смѣю.
Wer darf?	Кто смѣетъ?
Niemand darf.	Никто не смѣетъ.

Dürfen. — *Смѣть.*

Ich darf, я смѣю.	Wir dürfen, мы смѣемъ.
Du darfst, ты смѣешь.	Ihr dürfet, вы смѣете.
Er darf, онъ, она смѣетъ.	Sie dürfen, они, онѣ смѣютъ.
Ich durfte, я смѣлъ.	Wir durften, мы смѣли.
Dürfe, wage, смѣй.	Dürfet, waget, смѣйте.

Ich werde dürfen, я бу́ду смѣ́ть.   Wir werden dürfen, мы бу́демъ смѣ́ть.

Du wirst dürfen, ты бу́дешь смѣ́ть.   Ihr werdet dürfen, вы бу́дете смѣ́ть.

Er wird dürfen, онъ бу́детъ смѣ́ть.   Sie werden dürfen, они́, онѣ́ бу́дутъ смѣ́ть.

Sich hüten, бере́чься.   Sich nähren, корми́ться.

Sich lieben.   Люби́ться.

Accent.

300. Das männliche Beschaffenheitswort behält gewöhnlich den Ton des Eigenschaftswortes.

Arm, бѣ́дный — бѣ́денъ.   Reich, бога́тый — бога́тъ.

† Wohlfeil, дешёвый — дёшевъ.   † Lustig, весёлый — ве́селъ.

† Theuer, дорого́й — до́рогъ.   † Kalt, холо́дный — хо́лоденъ.

301. Lag der Ton im Adjectiv auf der Endung, so tritt er im männlichen Beschaffenheitswort auf die Anfangssylbe.

Jung, молодо́й — мо́лодъ.   Trocken, сухо́й — сухъ.

302. In den weiblichen und sächlichen Beschaffenheitswörtern ist der Sitz des Tones nicht zu bestimmen, und muß aus der Uebung und dem Wörterbuche erlernt werden.

a) Viele behalten die Tonstelle des männlichen bei:

Lustig, ве́селъ, весела́ und весела́, ве́село und весело́.

Zärtlich, нѣ́женъ, нѣжна́ und нѣжна́, нѣжно und нѣжно́.

b) Einige werfen ihn in weiblichen und sächlichen auf die Endung:

Bleich, блѣ́денъ, блѣдна́, блѣдно́.   Weiß, бѣлъ, бѣла́, бѣло́.

Alt, ветхъ, ветха́, ветхо́.   Gut, добръ, добра́, добро́.

Alt, дре́венъ, древна́, древно́.   Roth, кра́сенъ, красна́, красно́.

Leicht, лёгкій — лёгокъ, легка́, легко́.   Scharf, остръ, остра́, остро́.

Geschwind, скоръ, скора́, скоро́.   Warm, тёплъ, тепла́, тепло́.

Gut, хоро́шъ, хороша́, хорошо́.   Schwarz, чёренъ, черна́, черно́.

c) Andere betonen blos die weibliche Endung:

Nahe, бли́зокъ, близка́, бли́зко.   Gelb, жёлтъ, желта́, жёлто.

Tief, глубо́къ, глубока́, глубо́ко.   Grimmig, лютъ, люта́, лю́то.

Stolz, гордъ, горда́, го́рдо.
Weise, му́дръ, мудра́, му́дро.
Dunkelblau, синь, синя́, си́не.
Alt, старъ, стара́, ста́ро.
Kalt, хо́лоденъ, холодна́, хо́лодно.
Altbacken, чёрствъ, черства́, чёрство.
Hoch, высо́къ, высока́, высо́ко.
Dumm, глупъ, глупа́, глу́по.
Theuer, до́рогъ, дорога́, до́рого.
Der Sommer, лѣто.
Der Frühling, весна́.

Lieb, милъ, мила́, ми́ло.
Lebendig, живъ, жива́, жи́во.
Klein, малъ, мала́, ма́ло.
Jung, мо́лодъ, молода́, мо́лодо.
Frisch, свѣжъ, свѣжа́, свѣжо.
Schwach, слабъ, слаба́, сла́бо.

Streng, строгъ, строга́, стро́го.
Schlecht, худъ, худа́, ху́до.
Rein, чистъ, чиста́, чи́сто.
Der Winter, зимо́.
Der Herbst, о́сень.

303. Blühen.

Ich blühe, я цвѣту́.
Du blühst, ты цвѣтёшь.
Er blüht, онъ цвѣтётъ.
Ich blühte, я цвѣлъ (sprich цвёлъ),
цвѣла́, цвѣло́.
Ich werde blühen, я бу́ду цвѣсти́.

Was für Blumen blühen in Ihrem
Garten?
In meinem Garten blühen verschie-
dene Blumen.
Die Rose, ро́занъ.
Das Veilchen, фіа́лка.

Die After, а́стра.
Die Levkoje, левко́й.

Цвѣсть, цвѣсти́.*

Wir blühen, мы цвѣтёмъ.
Ihr blühet, вы цвѣтёте.
Sie blühen, они́ цвѣту́тъ.
Wir blühten, мы цвѣли́.

Wir werden blühen, мы бу́демъ
цвѣсти́.
Какіе цвѣты́ цвѣту́тъ въ ва́шемъ
саду́?
Въ моёмъ саду́ цвѣту́тъ ра́зныя
цвѣты́.
Das Vergißmeinnicht, незабу́дка.
Das Stiefmütterchen, Ива́нъ да
Ма́рія (wird nicht declinirt).
Die Lilie, лѝлія.
Die Nelke, гвозди́ка.

304. Tragen.

Ich trage, я несу́.
Du trägst, ты несёшь.
Er trägt, онъ несётъ.
Ich trug, я нёсъ, несла́, несло́.
Ich werde tragen, я понесу́.
Trage, неси́.

Нести́.*

Wir tragen, мы несёмъ.
Ihr traget, вы несёте.
Sie tragen, они́ несу́тъ.
Wir trugen, мы несли́.
Wir werden tragen, мы понесёмъ.
Traget, неси́те.

Bemerkung. Ebenso conjugirt werden принести́,
bringen; отнести́, wegtragen; über das Futurum понесу́,
das wie das Präsens conjugirt wird f. weiter beim Verbum.

Tragen.
Ich trage, я ношу́.
Du trägst, ты но́сишь.

Носи́ть* (öfters tragen).
Wir tragen, но́симъ.
Ihr traget, вы но́сите.

Er trägt, онъ носитъ. | Sie tragen, они носятъ.
Ich trug, я носилъ, a, o. | Wir trugen, мы носили.
Ich werde tragen, я буду носить. | Wir werden tragen, мы будемъ носить.

Trage, носи. | Traget, носите.

76. Aufgabe.

Wollen Sie jenes Haus mit dem Garten kaufen? — Nein, es ist ein schönes, hohes Haus, aber der Garten ist klein. — Wollen Sie in jenes weiße Schloß im Walde reiten? — Ich will dorthin nicht reiten, sondern im Wagen fahren, doch das Schloß ist nicht weiß, sondern gelb; es ist das Schloß des Grafen. — Wie sind die Zimmer in diesem Schlosse? — Sie sind groß und sauber und die Tische und Stühle sind von Mahagoniholz, das sehr gut, aber auch sehr theuer ist. — Wie sind die Gebäude seines Nachbars, des Fürsten Andreas Andreassohn? — Sie sind nur klein, niedrig und schlecht; das Glas in den Fenstern ist weder weiß noch rein; auch sind die Pferdeställe nicht so sauber, wie die des Grafen. — Können Sie auf das nahe Feld des Onkels gehen? — Das Feld ist nicht nahe, sondern weit. — Will der Bauer darauf Hafer oder Gerste säen? — Weder Hafer noch Gerste, sondern Lein und Hanf. — Ist die Fürstin glücklich? — Sie ist sehr glücklich; der Fürst ist sehr liebenswürdig und sie hat tapfere Söhne und schöne Töchter. — Auch hat sie englische Wagen, die sehr prächtig sind, sechs Pferde, die sehr muthig sind, und eine Freundin, welche wahr und treu ist. — Haben Ihre Söhne einen guten Lehrer? — Der Lehrer meiner Söhne ist gut und fleißig, aber er ist nicht sehr streng und meine Söhne sind unachtsam und faul. — Ist das Brod, welches unser alter Bäcker hat, frisch? — Sein Brod ist nicht frisch und zu sauer. — Das Weißbrod ist nicht so weiß, wie das seines Nachbars, und das Roggenbrod ist altbacken und zu schwarz. — Wie ist der Zucker bei Ihrem neuen Kaufmann? — Er ist gut und billig; er hat auch holländischen Käse, welcher schlecht und theuer ist. — Kann der Kaufmann uns auch Pfeffer und Milch) verkaufen? — Pfeffer können Sie bei ihm kaufen, doch Milch hat er nicht. — Was hat er nicht? — Er hat weder Milch noch Sahne.

77. Aufgabe.

Sind deine Stuben warm? — Die eine ist warm, aber die andere ist sehr kalt, doch beide sind hoch und hell und in beiden ist die Luft frisch und gut. — Ist Ihr Herr Bruder noch krank? — Nein, mein Herr, er ist gesund und heiter, aber mein armer Freund Iwan Iwanssohn ist sehr krank, und seine Schwester ist auch noch sehr schwach. — Wer ist seine Schwester? — Es ist das junge und hübsche Käthchen. — Was will Käthchen thun? — Will sie arbeiten, lesen und schreiben? — Nein, sie will nur laufen, springen und tanzen. — Was für Bücher hat Ihr Schüler? — Er hat englische und französische Bücher; jene sind gut und nützlich, aber diese sind schlecht und unnütz. — Sehen Sie den Mann mit den Füllen auf dem Roßmarkte? — Ich sehe ihn; die Füllen sind jung und stark, aber sie sind nicht wohlfeil. — Sind die Ochsen wohlfeil? — Die Ochsen sind sehr wohlfeil, aber das Fleisch ist theuer. — Wie ist der Hafer? — Er ist groß und billig, aber das Heu ist schlecht, und der arme Bauer hat kein anderes Heu in seiner Scheune. — Ist der Bauer erfahren und fleißig? — Ja, er ist er= fahren, fromm und fleißig, aber er ist sehr arm, seine Frau ist schwach und krank, sein Sohn ist böse und muthwillig und seine Tochter ist faul. — Ist der Ofen in meinem Zim= mer schon warm? — Nein, mein Herr, der Ofen ist noch kalt. — Wie ist die Luft? — Die Luft ist weder rein, noch gesund. — Wie ist das Bett? — Das Bett ist weiß und sauber. — Haben Sie etwas gute Sahne? — Ich habe Sahne genug, aber sie ist nicht frisch und schon sauer. — Sind die Bürger in Nowgorod sehr thätig? — Es giebt viele fleißige und reiche Bürger in Nowgorod. — Ist Ihr Herr Bruder noch in Constantinopel? — Nein, er ist nicht mehr da.

78. Aufgabe.

Wohin gehen Sie mit Ihrem neuen Freunde? — Ich gehe mit ihm in jenen prächtigen Tempel; der Tempel ist alt (antik). — Sind die Gemälde auch alt (antik)? — Nein, die Gemälde sind neu. — Ist der Maler geschickt? — Er ist sehr geschickt und sehr bescheiden. — Wie ist die Schneide Ihres Federmessers? — Sie ist scharf, aber die meines andern Messers ist stumpf. — Hast du warmes Wasser in jenem Töpfchen? — Das Wasser, welches ich hier habe, ist nicht warm; es ist noch kalt. — Bist du aufrichtig? — Ich bin aufrichtig, aber Sie sind zu streng. — Mein Thee ist bitter. — Wolltest du süßen Thee? — Ja, mein Herr. — Ich konnte dir keinen süßen Thee geben, ich habe weder Zucker noch Honig. — Was für ein Heft hast du? — Das Heft, welches ich habe, ist sauber und gut; aber das Heft meines faulen Kameraden ist weder sauber, noch nützlich. — Hat der Knabe dort auf der Wiese eine Krähe oder einen Raben? — Er hat weder einen Raben, noch eine Krähe; der Vogel, welchen er hat, ist weder schwarz, noch grau, sondern hellblau. — Was wollten Sie sagen? — Ich wollte sagen, daß meine Mutter ein Stück Birkhahn essen will. — Wer will essen? — Meine gute alte Mutter Elisabeth. — Wie ist dein neuer Meister? — Mein neuer Meister ist mild und gut; aber die Frau Meisterin ist schlecht und böse. — Ist das Papier deines Nachbars nicht weiß? — Nein, es ist hellblau, aber das meinige ist weiß. — Ist Ihre Scheere scharf? — Sie ist stumpf; aber die der Schneiderfrau ist scharf. — Haben Sie nicht eine andere Gabel? — Diese ist stumpf. — Ich habe keine andere Gabel, welche scharf ist. — Sind unsere silbernen Leuchter nicht neu? — Nein, sie sind schon alt; aber die Leuchter des Oheims sind neu. — Sind sie von Silber oder von Zinn? — Sie sind von englischem Zinn. Sehen Sie den Holländer mit seinem Löwen? — Ich sehe ihn; der Mann ist sehr verwegen, aber auch schlau und behende. — Wie ist das Eis? — Es ist noch stark auf den Wiesen, aber

unser Schlitten ist schlecht. — Ist der Weg noch gut? — Er
ist nicht mehr gut; es ist wenig Schnee und schon viel Was=
ser unter dem Schnee; der Schlitten ist groß, die Pferde
sind schwach und die Last auf dem Schlitten ist zu schwer.
— Sind die Hunde nicht stark? — Wir haben nur einen
Hund und der[selbe] ist klein und schwach. — Wieviel Hunde
hat Ihr Nachbar? — Er hat keinen Hund, aber er hat
einen großen schwarzen Kater und zwei Katzen, die sehr
listig und sehr nützlich in seinem Keller sind, wo viele
Mäuse sind.

79. Aufgabe.

Was für Blumen blühen in Ihrem Garten? — In un=
serem Garten blühen noch keine Blumen, doch werden sie
bald blühen. — Welche Farben ziehen Sie vor? — Ich ziehe
allen andern Farben die hellblaue vor. — Sind im Garten
des Gouverneurs viele Blumen? — Nein, nicht viele, dort
sind nur Rosen, Vergißmeinnichte, Veilchen, Astern, Levkojen,
Lilien, Nelken und einige andere Blumen. — Was tragen
Sie? — Ich trage einen Stock, welchen mir mein Freund
geschenkt hat. — Bringen Sie mir, Kellner, ein Glas Wein!
— Wie Sie befehlen (слушаю, eigentlich: ich höre); was für
Wein wünschen Sie (прикажете)? — Was haben Sie für
Wein? — Wir haben allerhand Weine. — Bringen Sie mir
also ein Glas Burgunder (бургундское). — Tragen Sie diese
Blume in den Garten! — Wie Sie befehlen, mein Herr. — Was
für Kleider tragen die Chinesen gewöhnlich? — Sie tragen
gewöhnlich breite Kleider. — Haben Sie einen guten Nachbar?
— Unser Nachbar ist ein sehr guter Mann und ein großer
Gastfreund. — Mit wem hat der junge Edelmann gesprochen?
— Er sprach mit einer Freundin unseres guten Barons. —
Guten Tag, mein Herr, wo sind Sie so lang gewesen? —
Ich war zu Haus, doch kann ich nicht mit Ihnen reden,
ich habe keine Zeit. — Leben Sie wohl, auf Wiedersehen
(до свиданья)! — Auf Wiedersehen, mein guter Freund, auf
baldiges Wiedersehen! — Wollen Sie Fisch essen (покушать)?

— Ich danke ergebenſt, ich eſſe keinen Fiſch. — Wir haben auch Krebſe. — Wenn Sie Krebſe haben, ſo bitte ich (попрошу) um einige, ich bin ein großer Freund davon. — Mit wem haben Sie geſprochen? — Mit meinem Schwager und mit meiner Schwägerin.

Einunddreißigſte Lektion. — ТРИДЦАТЬ ПЕРВЫЙ УРОКЪ.

305. Tropfen.   Ка́пать.

Es tropft, ка́плетъ.	Sie tropfen, ка́наютъ.
Es tropfte, ка́нпило.	Sie tropften, капли́ли.
Tröpfeln.	Кра́пать (wie ка́пать).
Fallen.	Па́дать (пасть).
Ich falle, я на́даю.	Wir fallen, мы на́даемъ.
Es regnet, идётъ дождь.	Es regnete, шёлъ дождь.
Es wird regnen, пойдётъ дождь.	
Es ſchneit, идётъ снѣгъ.	Es hagelt, идётъ градъ.
Der Schnee, снѣгъ.	Der Regen, до́ждь.
Der Hagel.	Градъ.
Schlucken.	Глота́ть (wie знать).
Nagen.	Глода́ть.

306. Ich nage, я гложу́.   Wir nagen, мы гло́жемъ.

Du nagſt, ты гло́жешь.	Ihr naget, вы гло́жете.
Er nagt, онъ гло́жетъ.	Sie nagen, они́ гло́жутъ.
Ich nagte, я глода́лъ, а, о.	Wir nagten, мы глода́ли.
Ich werde nagen, я бу́ду глода́ть.	Wir werden nagen, мы бу́демъ глода́ть.
Nage, гложи́.	Naget, гложи́те.
Athmen, дыша́ть.	Winken, ſingen, маха́ть *.
Ich athme, я дышу́ etc.	Ich winke, я машу́ etc.
Ich athmete, я дыша́лъ, а, о.	Ich winkte, я маха́лъ, а, о.
Ich werde athmen, я бу́ду дыша́ть.	Ich werde winken, я бу́ду маха́ть.
Athme, дыши́.	Winke, маши́.
Athmet, дыши́те.	Winket, маши́те.

307. Wenn das Prädicat ein Beſchaffenheits= wort iſt, bleibt есть oder суть gewöhnlich weg (vgl. 297.),

ist aber das Prädicat ein Hauptwort, so werden beide Wörter wie im Deutschen angewendet.

Johann und Georg sind krank.　Ивáнъ и Егóръ больнú.
Sie sind gute Jünglinge.　Онú (суть) дóбрые ю́ноши.

308. Das Prädicat, das sich auf mehrere Gegenstände bezieht, steht im Plural.

Entweder —, oder.　Лúбо —, лúбо.

Entweder der Lehrer oder der　Лúбо учúтель, лúбо ученúкъ идётъ
Schüler geht nach Hause.　домóй.
Weder der Kaufmann, noch der　Ни купéцъ, ни кузнéцъ богáты.
Schmied ist reich.
Ist der Nachbar oder sein Bruder　Сосѣ́дъ ли или брáтъ егó бóленъ?
krank?

Des Nachdrucks wegen wird oft an das erste Hauptwort die Fragepartikel ли angehängt.

War August oder sein Bruder bei　А́вгустъ ли или брáтъ егó былъ
mir?　у меня́?

309. Nach den durch obige Bindewörter verbundenen Hauptwörtern steht das Prädicat in der Einzahl, wenn sie gleichen Geschlechts sind; in der Mehrzahl, wenn sie verschiedenes Geschlecht haben.

Weder das Messer ist rein, noch die　Ни ножъ, ни блю́до не чúсты.
Schüssel.
Die Söhne des alten Rom und　Сынú дрéвняго Рúма и Спáрты.
Sparta.

310. Ein Adjectiv, das zu mehreren Substantiven gehört, steht im Plural, auch wenn diese im Singular stehen.

Der arbeitsame Vater und die ar-　Трудолюбúвые отéцъ и дóчь бѣ́-
beitsame Tochter sind arm.　дны.

311. Sind die Hauptwörter verschiedenen Geschlechts, so hat das männliche den Vorzug und das Adjectiv erhält die männliche Plural-Endung.

Athen ist alt.　Аөúны дрéвнú.
Die Stadt Athen ist alt.　Гóродъ Аөúны дрéвенъ.
Sparta ist alt.　Спáрта дрéвна́.
Die Stadt Sparta ist alt.　Гóродъ Спáрта дрéвенъ.

312. Wenn ein Gegenstand durch einen **Eigennamen und Gattungsnamen zugleich** bezeichnet wird, so richtet sich das Prädicat in Geschlecht und Zahl nach dem **Gattungsworte**.

Der reiche und arme Bruder sind boshaft.	Богáтый и бѣ́дный брáтья ковáрны.

313. Stehen bei einem Hauptworte zwei oder mehrere Eigenschaftswörter, aus deren Bedeutung hervorgeht, daß sie **verschiedene** Gegenstände bezeichnen, so steht das **Hauptwort in der Mehrheit**.

Boshaft, ковáрный.	Zuträglich, здорóвый.
Zinnern, оловя́нный.	Gläsern, стекля́нный.
Irden, гли́няный.	Porzellanen, фарфóровый.
Gewaschen.	Мы́тый.
Der Löffel, лóжка.	Der Teller, тарéлка.
Das Tischtuch, скáтерть *f.*	Die Serviette, салфéтка.
Das Salz, соль *f.*	Das Tintenfaß, черни́льница.
Das Sandfaß, песóчница.	Der Siegellack, сургу́чъ.
Die Oblate.	Облáтка.

314.

Es donnert, громъ гремитъ.	Es blitzt, мóлнія блéститъ.
Der Donner, громъ.	Der Blitz, мóлнія.
Das Gewitter. Das Wetterleuchten.	Грозá.

80. Aufgabe.

Haben Sie das schöne prächtige Moskau gesehen? — Nein, ich war nicht in der schönen Stadt Moskau, sondern in der alten Stadt Nowgorod. — War das alte Athen reich? — Ich kann sagen, daß die alte Stadt Athen groß und reich war, das neue Athen aber ist klein und arm. — Wo waren Lieschen und Dorchen mit dem armen kranken Hündchen? — Sie waren in der warmen Stube. — Hatten Sie mein reines Sandfaß und Tintenfaß? — Ich hatte beide, aber weder das eine, noch das andere war rein. — War Tinte in dem Tintenfaß? — Ja, aber die Tinte war zu blaß. — Wer hatte Peters zinnerne Löffel und Teller? — Paul Paulssohn hatte seinen Löffel, aber nicht seinen

Teller. — Siehst du auf dem Tische dort das neue gläserne Tintenfaß und Sandfaß, das schöne Petschaft, den rothen und schwarzen Siegellack, die weiße, gelbe und blaue Oblate, das leinene Tischtuch und die leinene Serviette? — Wer wollte Ihnen die schöne, neue Serviette geben? — Der treue Diener meines guten Freundes Alexander Eliassohn. — Wer wollte das Salz haben? —Der alte Koch des jungen Kaufmanns. — Warum? — Er wollte Fleisch kochen. — Wollte er nicht auch Etwas braten? — Ja, mein Herr, er wollte drei Amseln, einen Hasen und ein Stück Böcklein braten. — Siehst du den Tisch? — Ja, mein Herr, aber ich sehe weder Brod, noch Salz, weder Essig, noch Pfeffer, weder Messer, noch Gabel auf dem Tische. — Die fleißige Schülerin liebt zu lesen und zu schreiben. — Wer liebt zu lesen und zu schreiben? — Die fleißige Schülerin. — Liebt sie auch zu spielen? — Sie liebt entweder zu arbeiten oder zu tanzen, zu springen oder zu spielen.

81. Aufgabe.

Was liebst du, mein Freund? — Ich reite gern. — Wer ist krank in diesem Hause? — Entweder der Vater oder der Sohn ist krank. — Ist der Bruder und die Schwester gesund? — Weder der Bruder noch die Schwester ist gesund. — Hatten Sie viele Brüder und Schwestern? — Ich hatte zwei Brüder und nur eine Schwester. — Hatte unser Nachbar gute irdene Töpfe und Teller? — Er hatte diese und jene; auch hatte er gute und billige Handschuhe und Strümpfe. — Wem gehört dieser silberne Leuchter? — Es ist der Leuchter der Tochter. — Was für einer Tochter? — Des kleinen Lieschens. — Hatte mein Diener meinen schwarzen Hut oder den weißen, und meine ledernen Handschuhe oder die seidenen? — Er hatte deinen schwarzen und den weißen Hut und seine ledernen Handschuhe. — Wohin geht mein Diener und seine Braut? — Sie gehen in den Tempel des Herrn. — Hatte seine Braut etwas Neues? —Sie hatte ein neues Kleid und ein neues Tuch, aber einen alten Kamm und eine alte Mütze.

welche nicht gewaschen war. — Wie war ihre Wäsche? —
Sie war sehr rein und sauber. — Wer wollte die Wäsche
waschen? — Die geschwätzige Wäscherin. — Was lieben die
Wäscherinnen? — Zu sprechen und nicht zu arbeiten. —
Welche Wäscherinnen? — Nicht diese, sondern jene.

82. Aufgabe.

Was für eine Farbe hat dieses Kleid? — Dieses Kleid
ist gelb. — Sind die Löwinnen grimmig? — Sie sind sehr
grimmig, wenn man ihnen ihre kleinen Löwen wegnimmt.
— Wer ein reines Gewissen hat, der ist glücklich. — Woher
ist Ihr Söhnchen so klein? — Hans ist noch klein, weil er
sehr jung ist. — Wer hat meine Stahlfeder genommen? —
Entweder der Lehrer oder sein Schüler hat sie genommen.
— Werden wir bald zu Mittag essen? — Der Tisch ist
schon gedeckt, da ist das Tischtuch, da sind die Gabeln, die
Messer, die Servietten, die Gläser und die Weingläser
(рюмка). — Aber es ist weder Pfeffer noch Salz, noch
Senf da. — Der Diener hatte wahrscheinlich noch keine Zeit,
sie zu bringen, doch da kommt er selbst, und bringt Essig und
Oel. — Bringen Sie mir ein Tintenfaß, ich will schreiben!
— Da ist es, was brauchen Sie noch? — Brauchen Sie
Oblaten? — Nein, ich brauche keine Oblaten, ich siegle stets
mit Siegellack, und den habe ich bei mir, ebenso ein Petschaft;
zünden Sie mir aber, ich bitte, dieses Wachsendchen (воско-
вой огарокъ) an. — Da ist es, ich habe es angezündet (за-
жёгъ). — Ach (A). Sie haben es angezündet (зажгли),
ich danke also ergebenst, ich brauche nichts mehr. — Wie
ist das Wetter? — Das Wetter ist nicht gut, es donnert, blitzt und regnet sehr stark (идётъ проливной дождь).
— Ist denn draußen ein starkes Gewitter? — Ja,
das Gewitter ist sehr heftig (сильна). — Jetzt ist, scheint's,
der Himmel hell? — Nein, noch ziehen (ходятъ) am (по mit
Inst.) Himmel dichte (густой) Wolken (облако). — Doch ist der
Regen jetzt nicht mehr stark? — Nein, er ist fast schon vorbei (прошёлъ). — Wo ist Ihre Dienstmagd? — Sie ist in's
Feld nach der Ziege gegangen.

Zweiunddreißigste Lektion. — ТРИДЦАТЬ ВТОРОЙ УРОКЪ.

315. Ich sagte, я сказа́лъ.
Ich säete, я сѣ́ялъ.
Ich schrieb, я писа́лъ.
Ich beschrieb, я описа́лъ.
Ich ackerte, я паха́лъ.
Ich lief, я бѣ́галъ.
Ich aß, я ку́шалъ.
Ich trank, я пилъ.
Ich kochte, я вари́лъ.
Ich wusch, я мы́лъ.

Ich ging (von идти́).

Ich las, я чита́лъ.
Ich arbeitete, я рабо́талъ.
Ich that, я дѣ́лалъ.
Ich sprang, я пры́галъ.
Ich wußte, я зналъ.
Ich tanzte, я танцова́лъ.
Ich nahm, я взялъ.
Ich liebte, я люби́лъ.
Ich briet, я жа́рилъ.
Ich ging (von ходи́ть), я ходи́лъ

Я шёлъ, шла, шло.
Wir gingen, мы шли.

Bemerkung 1. Da die russische Sprache nur eine Vergangenheit hat, so heißt z. B. я пилъ, ich trank und ich habe getrunken.

Das Wetter. . Пого́да.
Was ist es für ⎫ Wetter? Какова́ пого́да?
Wie ist das ⎭
Es ist schönes Wetter. Прекра́сная пого́да.

316. Es, wenn es sich auf kein bestimmtes Subject bezieht, wird im Russischen nicht übersetzt.

Es ist kalt. Хо́лодно.

317. In Bezug auf ein unbestimmtes Subject steht das Beschaffenheitswort mit der sächlichen Endung.

Ist das Zimmer warm? Тепла́ ли ко́мната?
Es ist kalt. Она́ холодна́.

Bemerkung 2. Hier bezieht es sich auf ein bestimmtes Subject, das Zimmer. Da ко́мната weiblich ist, so stehen она́ und холодна́ mit weiblicher Endung.

Heiß, жа́ркій. Angenehm, прія́тный.
Trocken, сухо́й. Feucht, сыро́й.
Trübe, па́смурный. Heiter, klar, я́сный.

13*

Das Wetter, погода. | Das Unwetter, непогода.
Mir ist heiß. | Мнѣ жарко.
Ist Ihnen heiß? | Жарко ли вамъ?
Mir ist sehr heiß. | Мнѣ очень жарко.
Ihm ist sehr kalt; ihn friert. | Ему очень холодно.
Draußen. | На дворѣ, (auf dem Hofe).
Wie ist es draußen? | Каково на дворѣ?
Draußen ist es sehr feucht. | На дворѣ очень сыро.
Draußen ist Glatteis. | На дворѣ гололедица.
Draußen friert und regnet es. | На дворѣ изморозь.
Das Glatteis, гололедица. | Das leichte Frieren mit Regen, изморозь.

Die Hitze, жаръ. | Der Frost, морозъ.
Die Wärme, тепло. | Die Kälte, холодъ.

318. Fühlen. | Чувствовать *.

Ich fühle, я чувствую. | Wir fühlen, мы чувствуемъ.
Du fühlst, ты чувствуешь. | Ihr fühlet, вы чувствуете.
Er fühlt, онъ чувствуетъ. | Sie fühlen, они чувствуютъ.
Ich fühlte, я чувствовалъ. | Wir fühlten, мы чувствовали.
Ich werde fühlen, я буду чувствовать. | Wir werden fühlen, мы будемъ чувствовать.
Fühle, чувствуй. | Fühlet, чувствуйте.
Heut, dieses Tages. | Сегодня.
Gestern. | Вчера.
Gestern war das Wetter schön und heute regnet es. | Вчера погода была прекрасна, а сегодня идётъ дождь.
Es ist heute ein heiterer Tag. | Сегодня ясный день.
Wir haben feuchtes Wetter. | У насъ сырая погода.

83. Aufgabe.

Wo waren Sie gestern? — Ich war in Kiew. — War Ihr Bruder mit Ihnen? — Nein, er war hier mit unserm Väterchen. — Hat deine Schwester gestern auf dem Balle der schönen Gräfin Auguste Jwanstochter getanzt? — Nein, sie hat nicht getanzt, aber ihr Schwager hat getanzt. — Hat sie viele Schwäger? — Sie hat deren fünf. — Waren diese Schwäger bei der ehrwürdigen Gräfin? — Sie waren nicht bei der Gräfin, sondern beim Grafen. — Habe ich Ihre Handschuhe oder die meinigen genommen? — Sie haben die Ihrigen genommen, aber die meinigen hat meine Schwester genommen. — Was haben Sie in Breslau gesehen? — Ich habe dort viele schöne Häuser, aber wenig große Gärten gesehen. — Was für ein Wetter hatten Sie dort? — Vorgestern war es dort sehr kalt und gestern warm. — Wie ist der Weg? — Der Weg ist sehr schlecht. — Ist es draußen sehr heiß? — Nein, es regnet, hagelt und schneit. — Haben schon die fleißigen Bauern Hafer gesäet? — Nein, sie haben nur ihre Felder geackert. — Wann hat dieser Bauer geackert? — Heute und gestern. — Wie sind Ihre Wiesen? — Sie sind sehr gut. — Sind Ihre Heerden fett? — Sie waren sehr fett, aber sie sind nicht mehr fett; die Ochsen sind sehr mager und die Schafe sind nicht gesund. — War der Hirt unachtsam? — Er war treu und aufmerksam, aber wir hatten zu schlechtes Wetter. — Wer hat Algerien beschrieben? — Jener Franzose und dieser Pole, welche dein Vater kannte, haben es beschrieben. — Wohin gehen sie? — Sie gehen nach Hause. — Wessen Buch hatten deine Kameraden? — Sie hatten mein neues Buch. — Welche Feder hatte dein Nachbar und welche hattest du? — Mein Nachbar nahm diejenige Feder, die du hier siehst, und ich nahm seine Feder. — Wer schrieb mit seiner Feder? — Seine Schwester that dieses. — Wer hat meine Wäsche gewaschen? — Niemand hat weder Ihre noch meine Wäsche gewaschen. — Haben die Diener unsere Gläser genommen? — Sie haben nicht Ihre Gläser, sondern die Gläser Ihrer Gevatter genommen. — Hast du, meine Tochter, gestern fleißig gearbeitet? — Nein, lieber Vater, gestern war ich nicht fleißig, doch heute werde ich ein fleißiges Mädchen sein. — Was für ein Nest hatten die bösen Knaben? — Sie hatten ein Nest mit drei jungen Sperlingen. — Was sehen die Jäger im Walde? — Sie sehen jenen kühnen Eber unter der hohen Fichte. — Was für einen Kranz hatte die reizende Braut in der Kirche? — Sie hatte einen Kranz von frischen Blumen. — War sie sehr froh und glücklich? — Sie war sehr bleich und sehr unglücklich.

84. Aufgabe.

Was für ein Wetter ist draußen? — Es schneit und es ist Glatteis. — Sie sind heute bleich; sind Sie denn krank? — Nein, ich bin nicht krank, ich fühle mich aber nicht ganz wohl. — Wie haben Sie sich gestern gefühlt? — Ich habe mich viel besser als heute gefühlt. — Ist heute eine große Kälte? — Nein, die Kälte ist nicht groß, es ist ein kleiner Frost mit Regen. — Doch das Wetter ist sehr unangenehm. — Wo ist Ihre Köchin? — Sie ist zum Bäcker nach (за mit Inst.) Hefen gegangen. — Gehen Sie zu Fuß auf die Eisenbahn (желѣзная дорога)? — Nein, ich gehe nicht gern zu Fuß, ich werde fahren (поѣду) und habe eine Droschke holen lassen (послалъ за). — Hat der Koch Ihnen heute Speisen gekocht? — Ja, er hat mir eine ausgezeichnete (отличный) Suppe und sehr schmackhaftes (превкусный) Fleisch gekocht. — Er hat Ihnen aber gar keinen Braten gebraten? — Er hat mir einen fetten Puterhahn gebraten, den ich zu meinem Mittagsessen mit Salat essen werde. — Wieviel Pferde haben Sie? — Ich habe nur ein Paar Pferde, doch die Pferde sind ausgezeichnet (отличный) und theuer. — Wer ist diese Frau? — Diese Frau wäscht und scheuert mir die Diele. — Wessen Tischchen ist dies? — Das ist das Tischchen meines Bruders. — Wer ist dies niedliche Kind, das Ball spielt? — Das ist der Sohn eines reichen Banquiers. — Wo ist Ihr Großvater? — Er ist in Paris.

Dreiunddreißigste Lektion. — ТРИДЦАТЬ ТРЕТІЙ УРОКЪ.

319. Ich schreibe, я пишу. Wir schreiben, мы пишемъ.
Du schreibst, ты пишешь. Ihr schreibt, вы пишете.

Er schreibt, онъ пишетъ.   Sie schreiben, они пишутъ.

Ich ackere.   Я пашу.

Wem schreibst du?   Кому пишешь ты?
Meinem Vater.   Моему отцу.
Was ackert der Bauer?   Что пашетъ крестьянинъ?
Sein Feld.   Своё поле.

320. Eggen.   Боронить.

Ich egge, я бороню.   Wir eggen, мы боронимъ.
Du eggst, ты боронишь.   Ihr egget, вы бороните.
Er eggt, онъ боронитъ.   Sie eggen, они боронятъ.
Ich eggte, я боронилъ.   Wir eggten, мы боронили.
Ich werde eggen, я буду боро-   Wir werden eggen, мы будемъ бо-
нить.   ронить.
Egge, борони.   Egget, бороните.
Hatten Sie Pferde?   Были ли у васъ лошади?
Ich hatte keine Pferde.   У меня небыло лошадей.

Bemerkung 1. Die Negation не gilt im Russischen als unbestimmtes Subject, daher die sächliche Endung des Präteriti было.

Jetzt, нун.   Теперь.

Hatten Sie keinen Zucker?   Небыло ли у васъ сахару?
Ich hatte keinen.   У меня его небыло.
Jetzt habe ich viel Zucker.   Теперь у меня много сахару.
Wieviel Gäste waren bei Ihnen?   Сколько гостей было у васъ?
Bei uns waren nur sechs Gäste.   У насъ было только шесть гостей.

321. Alle Zahlwörter, bestimmte und unbestimmte, die den Genitiv der Mehrheit nach sich haben, haben das Präteritum mit der sächlichen Endung bei sich.

Bemerkung 2. Bei два, три, четыре ist die sächliche Endung nicht Regel, kann aber auch angewendet werden.

Mein Bruder hatte zwei Söhne   У моего брата было два сына и
und drei Töchter.   три дочери.
Warst Du nicht fleißig?   Небылъ ли ты прилёженъ?
Sie war nicht faul.   Она небыла лѣнива.
Die Schüssel war nicht rein.   Блюдо небыло чисто.

Vorhin, ganz vor
Kurzem. Neulich.   Давича. Намедни, намнясь.
Er war noch ganz vor Kurzem zu   Онъ давича былъ дома.
Hause.

Im Sommer, лѣтомъ.
Im Winter, зимо́ю.
Die Nacht, ночь f.
Im Sommer ist es warm, im Winter kalt.
In diesem Winter ist es außerordentlich kalt.

Im Frühjahr, весно́ю.
Im Herbste, о́сенью.
Des Nachts, но́чью.
Лѣтомъ жа́рко, а зимо́ю холодно́.
Нынѣшняя зима́ чрезвыча́йно холодна́.

322. Auf die Frage wann? während welcher Zeit? stehen die Tages = und Jahreszeiten, wenn sie allein sind, im Instrumental; mit einem Bestimmungsworte verbunden aber im Accusativ mit der Präposition въ.

Er war ein fleißiger Knabe, aber jetzt ist er träge.
Онъ былъ прилѣжнымъ ма́льчикомъ, а тепе́рь онъ лѣни́въ.

323. Beim Präsens des Zeitworts sein (ausgedrückt oder bloß verstanden) steht das Prädicat im Nominativ, bei den andern Zeitformen aber nur dann, wenn von einer bleibenden, in dem Wesen des Gegenstandes begründeten Eigenschaft die Rede ist, vorübergehend ihm beigelegte Eigenschaften dagegen stehen im Instrumental.

Außerordentlich.
Staubig, пы́льный.
Schwül, ду́шный.
Unerträglich, несно́сный.
Grün, зелёный (зе́ленъ, а́, о́).
Geistreich, остроу́мный.
Sommerlich, Sommer=, лѣтній.
Winterlich, Winter=, зимній.
Herbstlich, осе́нній.
Die Hitze, жаръ.
Der Unterricht, die Lehre, уче́ніе.
Die Menge, мно́жество.

Чрезвыча́йно.
Schmutzig, гря́зный.
Brennendheiß, зно́йный.
Gemäßigt, gelinde, умѣ́ренный.
Windig, вѣ́треный.
Frühlings= (adj.), весе́нній.
Ruhig, still, ти́хій.
Der Sommerweg, лѣтній путь.
Die Schlittbahn, зимній путь.
Die Schwüle, зной.
Die Gegend, страна́.
Das Gras, трава́.

85. Aufgabe.

Wo waren Sie gestern mit Ihrem Fräulein Schwester und deren reizenden Freundin Louise Basiliustochter N.? — Wir waren auf dem Balle der Baronesse Lucretia Nicolaustochter W. — Haben dort viele Gäste getanzt? — Nur wenige Gäste haben auf diesem Balle getanzt. — War der Baron zu Hause? — Er war nicht zu Hause; er ist in dem fernen Moskau bei seiner kranken Schwiegermutter. — Haben Sie gestern Abend mit vielen Zuschauern gesprochen? — Ich habe keine Zuschauer, sondern nur Zuschauerinnen gesehen. — War Ihre verehrte Lehrerin mit Ihnen im Theater? — Sie war nicht dort, sondern ihr Ehemann war dort mit mir; es war ihr zu heiß, mir aber war es kalt. — Sind Sie auf dem Sommerwege geritten? — Ich bin nicht geritten, sondern fuhr im Wagen, der Weg war zu staubig. — Wir hatten einen schönen, leichten Wagen und ein schnelles Viergespann, aber der Wagen hatte keine Fenster. — War der Winterweg sehr schmutzig? — Nein, er war außerordentlich trocken, aber die Kälte war unerträglich und unsere Pelze waren nicht warm genug. — Wie ist das Wetter in Constantinopel? — Dort ist es sehr schwül und staubig, und im Winter kalt, aber trocken, im Frühling ist es gelinde, aber schmutzig, im Herbste ist es nicht kalt, aber sehr feucht. — Mit wem haben Sie gestern gearbeitet? — Nicht gestern, sondern heute habe ich mit meiner liebenswürdigen Verwandtin gearbeitet. — Mit wem geht sie des Abends nach Hause? — Mit mir und meiner jungen und hübschen Schwester. — Wer lief in den Garten? — Mein Bruder Alexander. — Wieviel Kinder hatte deine Nachbarin, die Müllersfrau? — Sie hatte sechs Kinder. — Hatte sie nicht drei Knaben und drei Mädchen? — Sie hatte nur sechs Mädchen und keinen einzigen Knaben. — Wer hat das neue deutsche Buch gelesen? — Es hat nicht viele Leser, doch viele Leserinnen haben mit mir davon gesprochen. — Sehen Sie nicht die boshaften Knaben auf der grünen Wiese? — Ich sehe sie; was haben sie? — Sie haben eine Menge junger Hündchen und armer Vögel.

86. Aufgabe.

Wie ist die Gegend, in welcher Sie in diesem Sommer mit den geistreichen Franzosen und Französinnen waren? — Sie ist reizend. — Sie sehen dort große Wälder mit

hohen alten Fichten, fette Felder, prächtige grüne Wiesen
mit frischen Kräutern und vielen Blumen; auch sehen Sie
da nur gesunde Menschen, Männer und Frauen, Greise und
Kinder, und auch nicht ein bleiches, krankes Gesicht. — Ha=
ben die jungen Griechen, die mit uns auf dem Schiffe wa=
ren, viel gegessen? — Nein, mein Herr, sie haben wenig
gegessen, doch viel getrunken. — Haben die hübschen Grie=
chinnen auch viel getrunken? — Sie haben weder gegessen,
noch getrunken, noch gesprochen. — Waren das Meer und das
Wetter ruhig und angenehm? — Am Tage war die Luft
schwül und unerträglich, und des Nachts war es kühl und
feucht.—Das Meer war nicht ruhig; es war ein wenig windig.
— Die Sommertage in dieser Gegend sind außerordentlich
schwül, und die langen Winternächte eben so kalt.

87. Aufgabe.

Wann ist das Schiff, auf welchem sich Ihr Bruder be=
fand, untergegangen? — Es sind schon einige Jahre.
— Guten Tag, lieber Freund, wie ist Ihre Gesundheit? —
Ach, guten Tag, wie geht es? — Ich bin außerordentlich
froh, Sie zu sehen, sind Sie schon lange bei uns in Würz=
burg (Вюрцбургъ)? — Es sind schon drei Tage, daß ich hier
bin. — Wie ist heute das Wetter? — Heute ist es außeror=
dentlich heiß und schwül. — Woher kommt dies hübsche Kind?
— Es kommt aus der Schule. — Ist es heute windig? —
Nein, heute ist es nicht windig, gestern aber war es sehr
windig. — Wer hat diese kleine Nadel verloren? — Wahr=
scheinlich hat die Nätherin sie verloren. — Blicken Sie auf's
Feld! Sehen Sie dort das hübsche Häschen? — Ja, ich sehe
es. — Was ist das für ein Federchen? — Es ist ein Feder=
chen aus den Federn eines jungen Adlers. — Was für ein
Pferd galoppirt dort auf dem Wege? — Es galoppirt nicht,
es trabt. — Hat der Landmann schon sein Feld gepflügt?
— Er hat es schon gepflügt und geeggt, jetzt säet er. —
Was für Getreidearten säet er? — Er säet Roggen, Weizen

und Hafer. — Mit wem haben Sie heute früh gesprochen? — Ich habe mit meinem Freund, dem Armenier, gesprochen. — Waren Sie auch in Armenien? — Ja, ich bin viel herumgereist und war auf (во время) meinen Reisen auch in Armenien. — Wohin führen Sie Ihren Sohn? — In die Schule, wohin ich ihn alle Tage führe. — Haben Sie im Gefängniß den verstockten Bösewicht gesehen, der Ketten an Händen und Füßen hat? — Ich habe ihn gesehen, doch ist er nicht verstockt, sondern zerknirscht von Kummer und Unglück; jetzt ist er kein Bösewicht, sondern ein Unglücklicher.

Vierunddreißigste Lektion. — ТРИДЦАТЬ ЧЕТВЕРТЫЙ УРОКЪ.

324. Zu Grunde gehen. Гибнуть.

Ich gehe zu Grunde, я гибну.

Wir gehen zu Grunde, мы гибнемъ.

Du gehst zu Grunde, ты гибнешь.

Ihr gehet zu Grunde, вы гибнете.

Er geht zu Grunde, онъ гибнетъ.

Sie gehen zu Grunde, они гибнутъ.

Ich ging zu Grunde, я гибъ, ла, ло.

Wir gingen zu Grunde, мы гибли.

Ich werde zu Grunde gehen, я погибну.

(Wie гибну, von погибнуть.)

Gehe zu Grunde, гибни.

Gehet zu Grunde, гибнете.

Bemerkung 1. Ebenso погибнуть.
Verlöschen.
Гаснуть (wie гибнуть).

Bemerkung 2. Ebenso погаснуть.
So —, wie.
Такъ —, какъ.

Der Ochs ist so stark, wie der Löwe.
Быкъ такъ силенъ, какъ левъ.

325. Такъ — какъ, zeigen den gleichen Grad der Beschaffenheit zweier Gegenstände an. Der Ochs ist stark, wie ein Löwe. Бы́къ си́ленъ какъ ле́въ.

326. Bei vergleichungsweiser Angabe der Beschaffenheit kann такь ausgelassen werden, wie das deutsche so. Der Ochs ist stark, der Löwe ist Бы́къ си́ленъ, ле́въ сильне́е. stärker.

327. Den höhern Grad der Beschaffenheit bezeichnet man an dem Beschaffenheitsworte selbst durch die Form des Comparativs. Man bildet denselben durch Anhängung der Endung -ѣе an die Charakterform des Wortes.

Verständig, уменъ, умна́, о.　　Verständiger, умне́е.
Schädlich, вре́денъ, вредна́, о.　Schädlicher, вредне́е.
Zärtlich, нѣженъ, нѣжна́, о.　　Zärtlicher, нѣжне́е.
Grob, грубъ, груба́, о.　　　　Gröber, грубѣе.
Gerade, прямъ, пряма́, о.　　　Gerader, прямѣе.

Bemerkung 3. Die eigentliche Comparativ-Endung — wie sie noch bei Dichtern häufig angewendet wird — ist -ѣй.

Schnell, бы́стръ, быстра́, о.　Schneller, быстрѣ́й, быстрѣ́е.

328. In -ѣе hat sie die sächliche Endung -о angenommen, indem beim Comparativ des Beschaffenheitsworts kein Geschlecht bezeichnet wird.

† Billig, дёшевъ, дёшева, дёшево. Billiger, деше́вле.
† Hübsch, кра́сенъ, красна́, о. Hübscher, кра́ше.
Dagegen: roth, кра́сенъ, hat regelmäßig: röther, краснѣе.
† Doppelte Form hat: alt, старъ, а́, о. älter, старѣе und ста́рше.

329. Viele Beschaffenheitswörter nehmen im Comparativ bloß -e (-ѣо) an, und zwar:

a) Die einen Kehl= oder Zungenlaut zum Charakter haben. Der Auslaut wird dabei gewandelt:

Theuer, до́рогъ, дорога́, о. Theurer, доро́же.
Bitter, го́рекъ, горька́, о. Bittrer, го́рьче.
Hinfällig, ветхъ, ветха́, о. Hinfälliger, ве́тше.
Jung, мо́лодъ, молода́, о. Jünger, моло́же.
Reich, бога́тъ, бога́та, о. Reicher, бога́че.

Flach, glatt, плоскъ, плоска́, о.   Flacher, пло́ще.
Dick, толстъ, толста́, о.   Dicker, то́лще.

Dazu die Umstandswörter:

Spät, по́здно.   Später, по́зже.
† Vor, предъ.   Eher, пре́жде.

Ausnahmen:

† Grau von Haaren, сѣдъ, сѣда́, о́.   Grauer, сѣдѣ́е.
† Mitleidig, милосе́рдъ, а, о.   Mitleidiger, милосе́рдѣе.
† Flink, gewandt, бо́екъ, бойка́, о.   Flinker, gewandter, бойчѣе.
† Wild, дикъ, дика́, о.   Wilder, дичѣе.
† Schlimm elend, го́рекъ, горка́, о.   Schlimmer, elender, го́рче.
†† Schwer, тя́жекъ, тяжка́, о.   Schwerer, тяже́ле, тя́гче.

Folgende haben doppelte Formen:

Kläglich, жа́локъ, жалка́, о.   Kläglicher, жа́лче, жалчѣе.
Hart, жесто́къ, жесто́ка, о.   Härter, жесто́че, жесточѣе.
Hellklingend, зво́нокъ, звонка́, о.   Hellerklingend, зво́нче, звонѣ́е.
Behende, gewandt, ло́вокъ, ловка́, о.   Behender, ло́вче, ловчѣе.
Einfach, schlicht, простъ, проста́, о.   Einfacher, про́ще, простѣ́е.
† Dünn, то́нокъ, тонка́, о.   Dünner, то́ньше, тончѣе.

Folgende werfen vorher die Endsylbe -окъ ab:

Nahe, бли́зокъ — бли́же.   Niedrig, ни́зокъ — ни́же.
Enge, у́зокъ — у́же.
Häßlich, га́докъ — га́же.   Glatt, гла́докъ — гла́же.
Flüssig, жи́докъ — жи́же.   Selten, рѣ́докъ — рѣ́же.
Kurz, коро́токъ — коро́че.   Sanft, кро́токъ — кро́че.
Hoch, высо́къ — вы́ше.   † Süß, сла́докъ — сла́ще.
† Tief, глубо́къ — глу́бже.   † Schlaff, сла́бокъ — сла́бже.

Mit doppelten Formen:

Weit, далёкъ — да́льше, далѣе.   Breit, широ́къ — ши́ре, ширѣе.

Bemerkung 4. Diejenigen auf -сть, die mehr als zwei Sylben haben, und von Substantiven abgeleitet sind, gehen regelmäßig.
Gebirgig, гори́стъ.   Gebirgiger, гори́стѣе.

b) Die den Comparativ von einem andern Stammworte entlehnen:
Groß, вели́къ — бо́льше.   Viel, мно́го, mehr, бо́лѣе, бо́льше.
Klein, малъ — ме́ньше.   Wenig, малъ — ме́нѣе, ме́ньше.
Gut, хоро́шъ — лу́чше.

Bemerkung 5. Добръ, in der Bedeutung von gütig, hat добрѣе.

330. Zur **Einſchränkung** der Bedeutung wird dem Comparativ das Präfix -по vorgeſetzt.
Etwas größer, побо́льше. **Ein wenig** ſüßer, посла́ще.

331. **Verſtärkt** wird die Bedeutung des Comparativs durch das vorgeſetzte Wort гора́здо, **weit**.

Er iſt weit beſſer. Онъ гора́здо лу́чше.
Er iſt fleißiger als der Bruder. Онъ приле́жнѣе бра́та.
Die Schweſter iſt jünger als ich. Сестра́ моло́же меня́.

332. Sind die verglichenen Gegenſtände **Subjecte** (Nominative), ſo fällt das deutſche **als** aus und das darauf folgende Subject wird in den **Genitiv** geſetzt.

333. **Als** (nach dem Comparativ). Не́жели.

Heute iſt es wärmer als geſtern. Сего́дня тепле́е, не́жели вчера́.
Im Zimmer iſt es kälter als auf der Straße. Въ ко́мнатѣ холодне́е, не́жели на у́лицѣ.

Bemerkung 6. Не́жели. **als**, ſteht auch nach **inö**. **ander** (ſ. 199. Bem. 1.)

Anders als die Andern. Ина́че не́жели дру́гіе.
Einem Knaben iſt **nichts nützlicher, als Unterricht.** Ма́льчику ничего́ нѣтъ полезнѣе, какъ уче́ніе.

334. Wenn eine **Verneinung** Gegenſtand der Vergleichung iſt, ſo ſteht какъ (**als**) nach dem Comparativ.

Mein Bruder iſt { **weniger** / **nicht ſo** } reich als ich. Мой бра́тъ ме́ньше бога́тъ, не́жели я.

Bemerkung 7. Oft wird nach dem Comparativ **als** (какъ) ausgelaſſen und es ſteht der Genitiv.*

335. Einen **geringern** Grad der Beſchaffenheit giebt man durch das, dem Poſitiv vorgeſetzte ме́ньше.

336. **Denn** (weil). Ибо.

Nicht nur —, ſondern auch. Не то́лько —, но и. да и.

Er iſt nicht nur verſtändiger, ſondern auch fleißiger, als du. Онъ не то́лько умнѣе, но и прилежнѣе тебя́.

Er hat mehr Geld als du. | У него бо́лѣе де́негъ нѣжели у тебя́.

Bemerkung 8. Nach бо́лѣе, mehr, folgt wie nach seinem Positiv, мно́го, viel, der Genitiv.

337. **Ganz, aller,** Весь, вся, всё.
alle, alles.

Bemerkung 9. Charakterform -вс. Es wird wie ein Fürwort declinirt und hat stets für -и in der Endung ein -ѣ.

Haben Sie nicht alles Brod, welches auf dem Tische war? | Не весь ли хлѣбъ у вась, кото́рый былъ на столѣ?
Ich habe alles Brod und Fleisch. | У меня́ весь хлѣбъ и всё мясо.
War die ganze Stube voll? | Вся ли ко́мната была́ полна́?
Haben alle Bäcker gutes Brod? | У всѣхъ ли бу́лочниковъ хоро́шій хлѣбъ?

Dieser Schüler ist fleißiger als alle. | Этотъ учени́къ всѣхъ прилеж-
Dieser Schüler ist am fleißigsten. | нѣе.

338. Auf diese Weise wird der relative Superlativ anderer Sprachen, der im Russischen keine besondere Form hat, ausgedrückt.

Accent.

339. Der Comparativ auf -ѣе behält diejenige Ton-stelle, welche das Femininum des Beschaffenheitswortes hat, weshalb in obigen Beispielen auch das Femininum beigesetzt worden ist.

340. Der Comparativ auf -e hat den Ton auf der vorletzten Sylbe.

88. Aufgabe.

Sind alle Jünglinge bescheiden und alle Greise weise? — Nicht alle Jünglinge sind so bescheiden, wie der junge Grieche und der Russe, die gestern bei unsrer lieben Schwe-ster waren, und viele Jünglinge sind verständiger, als alte Thoren. — Wo sind alle unsere Schüler und Schülerinnen? — Unsere Schülerinnen sind alle im Garten, aber einige un-

serer Schüler sind im Walde und die andern auf der Wiese.
— Ist es heute so warm wie gestern? — Gestern war es
wärmer, als vorgestern und heute. — Wir waren gestern in
dem neuen Hause unsres alten Oheims; es ist weit größer und
prächtiger, als sein altes Haus. — Wessen Haus ist am schönsten?
— Das Haus des Grafen, welches Sie in jener breiten Straße
sehen, ist am schönsten. — Nichts ist schöner, als dessen hohe
Fenster, welche sehr weißes und reines Glas haben. — Ist
das Glas so gut, wie das dieses Spiegels? — Es ist weit
besser und weißer. — Ist der Kaufmann, welcher die schönen
porzellanenen Schüsseln und Teller hat, reicher als sein
Nachbar? — Er ist nicht so reich, wie dieser. — Wessen
Tochter ist am schönsten? — Die Tochter unseres Lehrers
ist am schönsten. — Ist sie schöner als die des russischen
Grafen? — Sie ist nicht so schön, aber sie ist einfacher und
reizender als diese. — Sind alle Mädchen so reizend und
liebenswürdig, wie deine Schwester? — Meine Schwester ist
ein sehr liebenswürdiges Mädchen, aber ihre Freundin ist reizender und liebenswürdiger und ihre Lehrerin ist am reizendsten.
— Ist der Löwe ebenso groß wie der Elephant? — Alle Elephanten sind größer als die Löwen, aber der des reichen Indiers,
welcher auf jenem Schiffe ist, ist am größten. — Welches Pferd
ist größer, das Ihrige oder das des Revaler? — Meines
ist größer als seines; es ist auch schöner und theurer. —
Hatten Sie nicht Tuch, welches etwas dicker war, als dieses?
— Dieses Tuch ist weit dicker als das andere. Ist Frankreich eben so gebirgig wie die Schweiz? — Die Schweiz ist
weit gebirgiger, aber weit kleiner als Frankreich. — Welches
Land in Europa ist am gebirgigsten? — Die Schweiz ist am
gebirgigsten. — Ist Frankreich ebenso groß wie Rußland?
— Frankreich ist weit kleiner als Rußland, denn Rußland ist
weit größer als das übrige Europa. — Rußland ist auch weit
reicher, als die andern Länder, denn in dem gebirgigen Sibirien giebt es mehr Gold und Silber, als in ganz Europa.
— Welche Straße ist breiter, diese oder jene? — Jene ist
nicht so breit, aber heller, denn die Häuser sind niedriger.

— Ift der Wald näher, oder die Stadt? — Der Wald ift
entfernter als die Stadt, aber der Weg ift nicht schmutzig
und sehr angenehm. — Waren Sie in dem Schlosse später,
als die sechs Grenadiere mit dem wilden Knaben? — Ich
war früher dort, als jene. — Der Knabe ist nicht wilder
als andre Kinder, aber er ist weit listiger, als die Söhne
der Europäer und Asiaten. — Wer ist zärtlicher, als eine
Mutter, und wer ist gütiger, als ein Vater? — Niemand
ist so zärtlich und so gütig. — Wo ist der Winter am läng=
sten und am härtesten? — In einigen Gegenden Sibiriens
sind die Winter länger und härter, als bei uns. — Dort
ist der Schnee am tiefsten und das Eis am dicksten. — Ist
dieses Mädchen schöner, als jener Jüngling? — Das Ge=
sicht des Jünglings ist röther und seine Farbe frischer, aber
nicht so schön, wie das des bleichen Mädchens.

89. Aufgabe.

Wohin willst du gehen? — Auf's Feld und in den Wald.
— Warum nicht in den Garten? — Der Wald ist näher.
— Welcher Lehrer ist geistreicher, dieser oder jener? — Ich
weiß es nicht. — Liebst du mehr den Sommer oder den
Frühling? — Ich liebe mehr den Sommer als den Frühling,
denn im Sommer ist es wärmer. — Draußen ist es außer=
ordentlich schwül. — Sie wollen sagen, daß es unerträglich
heiß und staubig ist. — Vorhin ging die Frau des arbeit=
samen Bürgers zu dem reichen Kaufmanne. — Ich habe
nicht allein die Frau des Bürgers, sondern auch das
Schwesterlein des Fürsten gesehen. — Wer ist besser, die
Frau des Bürgers, oder das Schwesterlein des Fürsten? —
Beide sind nicht allein gut und mitleidig, sondern auch ver=
ständig und schlicht. — Wer ist fleißiger, der Schmied oder
der Schneider? — Weder der eine, noch der andere sind flei=
ßig, aber der Schneider ist reicher als der Schmied. — Er ist
nicht allein reicher, sondern auch mitleidiger. — Willst du
jetzt oder später essen? — Ich will jetzt nicht essen, denn ich

Joel u. Fuchs, Russische Gramm.   14

habe vorhin gegessen. — Wer ist boshafter, Bernhardchen oder Hänschen? — Weder dieser noch jener, sie sind nicht boshaft, sondern nur faul.

90. Aufgabe.

Sind Sie mit dem Lehrer Ihrer Kinder zufrieden? — Ich bin mit ihm sehr zufrieden, doch finde ich, daß er zu träge ist. — Ist der Fluß Wolga tief? — Er ist nicht gleich, einige Stellen sind tief, andere tiefer. — Wer ist gewandter, Ihr ältester oder Ihr jüngster Sohn? — Mein jüngster Sohn ist viel gewandter als mein ältester. — Ist Ihr Licht ausgelöscht? — Ja, es ist ausgelöscht. — Ist die Kuppel (ку́-полъ) der Isaakscathedrale (собо́ръ) ebenso hoch, wie die Spitze (ба́шня) des Straßburger Münsters (собо́ръ)? — Die Spitze des Straßburger Münsters ist viel höher. — Wollen Sie im Herbst nach Petersburg reisen? — Nein, ich will den Winter abwarten (ложду́сь), um auf Winterwegen zu reisen. — Was für ein Wetter gefällt Ihnen am besten? — Am besten gefällt mir das Frühlings-Wetter. — Fühlen Sie heute Schmerz in den Zähnen? — Nein, ich fühle keinen Schmerz mehr. — Waren Sie gestern auf dem Ball? — Ja, ich war auf dem Ball und habe dort viel getanzt. — Mit wem haben Sie getanzt? — Ich habe mit der reizenden Gräfin O. getanzt. — Was hat Ihnen der junge Mann gesagt? — Er hat mir gesagt, daß er morgen zu mir kommen würde. Haben Sie schon das neue Buch, das bei Ihrem Verleger erschienen ist (вы́шла), gelesen? — Nein, ich habe es noch nicht gelesen. — Ist es in diesem Zimmer gut? — Nein, hier ist es feucht und trübe. — Essen Sie mehr Fleisch und trinken Sie mehr Bier, dies ist Ihnen sehr gesund. — Nein, ich habe weder Fleisch noch Bier gern. — Ist dieser Löffel schon gewaschen? — Nein, der Löffel ist noch nicht gewaschen, das Glas und das Weinglas aber sind schon gespült. — Was träufelt vom Dache? — Das ist Regen. — Ist auf dem

Fluſſe viel Eis? — Es iſt beſſen dort noch ſehr viel. — Fahren (ѣздить) Sie gern auf Winterwegen? — Ich fahre ſehr gern auf Winterwegen.

Fünfunddreißigſte Lektion. — ТРИДЦАТЬ ПЯТЫЙ УРОКЪ.

Das hellſte Zimmer iſt am niedrigſten.   Свѣтлѣйшій покой ниже всѣхъ.

341. Beim Eigenſchaftswort wird der Comparativ durch Anhängung der Endung -ѣйшій an die Charakterform gebildet. Hierbei merke man:

a) Die Kehllaute werden gewandelt und aus -ѣ wird -a:

Mein Freund hat das dünnere Tuch.   У моего друга тончайшее сукно.

b) Von -зк fällt -к weg und -з geht in -ж über:

Nahe, близкій.   Nähere, ближайшій.

c) Besondere Formen sind:

Der größere, бо́льшій*).	Der kleinere, ме́ньшій.
Der höhere, вы́сшій**).	Der niedrigere, ни́зшій, ни́жшій.
Der beſſere, vorzüglichere, вя́щшій.	Der beſſere, лу́чшій.
Der jüngere, мла́дшій.	Der ältere, ста́ршій.
Der ſchlechtere, ху́дшій.	Der bittrere, elendre, го́рчій.
Der weitere, fernere, да́льшій.	Der breitere, ши́ршій.
Der Dünnere.	То́ньшій.

342. Dieſer concreſcirte Comparativ iſt nur bei urſprünglich ſlawenischen Adjectiven gebräuchlich. Um ihn da, wo er nicht gebräuchlich iſt, zu erſetzen, ſetzt man dem Poſitiv бо́лѣе vor.

Das engere Kleid.   Бо́лѣе у́зкое пла́тье.

---

*) Der Comparativ бо́льшій, größer, unterſcheidet ſich von dem Poſitiv большо́й, groß, durch den Accent und durch das o ſtatt des i.

**) Высоча́йшій, wird als ehrendes Beiwort gebraucht.

14*

Höflich, учтивый.
Kostbar, драгоцѣнный.
Milbthätig, freigebig, щедрый.
Schön, wohlgestalt, благообра́зный.
Ruchlos, ehrlos, нечести́вый.
Der Befehl, повелѣ́ніе.
Die Tugend, добродѣ́тель f.
Das Gut, бла́го.
Die Leidenschaft, страсть f.
Der Neid, за́висть f.
Die Verläumdung, клевета́.
Ich achte, я почита́ю.
Ich ziehe vor, я предпочита́ю.
Ich gebe Acht (höre an), я внима́ю.
Ich begreife, verstehe, я понима́ю.
Mein Nachbar, reicher als Cröfus, ist geiziger als Harpax.

Artig, wohlgesittet, благонра́вный.
Unbescheiden, нескро́мный.
Geizig, скупо́й.
Berühmt, сла́вный.
Kalifornisch, калифо́рпскій.
Der Liebling, люби́мецъ.
Die Schönheit, красота́.
Die Gesundheit, здоро́вье.
Das Gewissen, со́вѣсть f.
Das Laster, поро́къ.
Die Fabel, ба́сня.
Ich achtete, я почита́лъ.
Ich zog vor, я предпочита́лъ.
Ich gab Acht, я внима́лъ.
Ich begriff, verstand, я понима́лъ.
Мой сосѣ́дъ, бога́че Кре́за. скупѣ́е Га́рпакса.

Bemerkung. Man unterscheide sorgfältig zwischen Eigenschafts- und Beschaffenheitswort. Letzteres wird stets im Deutschen durch das Zeitwort sein mit dem Subject verbunden, oder steht adverbialisch zur nähern Bestimmung eines Zeit- oder Eigenschaftswortes.

343. Der concrescirte Comparativ dient — wie die entsprechende Form im Deutschen — dazu, einen Gegenstand aus seiner Gattung hervorzuheben.

Auf höhern Befehl.
Der fleißigere Schüler ist stets ein Liebling seiner Lehrer.

По Высоча́йшему повелѣ́нію.
Приле́жнѣйшій учени́къ всегда́ (есть) люби́мецъ свои́хъ учи́телей.

Nämlich: Jeder Schüler, dem das Prädicat fleißig in einem höhern Grade zukommt, der durch diese Eigenschaft aus seiner Gattung hervorgehoben wird; also kann dieser Comparativ auch als Superlativ dienen (329.).

344. Da der Superlativ anderer Sprachen den Gegenstand aus seiner ganzen Gattung hervorhebt, so wird der concrescirte Comparativ auch für den fehlenden Superlativ gebraucht, indem man изо всѣхъ, aus allen, von allen (derselben Gattung) entweder hinzusetzt, oder hinzudenkt. (Vgl. 345. 347.).

Der fleißigste Schüler ist mein Liebling.   Прилежнѣйшій ученикъ (есть) мой любимецъ.

Д. і. Прилежнѣйшій изо всѣхъ моихъ учениковъ (есть) мой любитецъ.

345. Der Superlativ des Adjectivs wird dadurch verstärkt, daß man dem Positiv das Wort самый, selbst (dem deutschen aller= entsprechend), vorsetzt.

Auguſt ist der fleißigste Schüler und Auguste die trägste Schülerin.   Августъ (есть) самый прилежный ученикъ, а Августа самая лѣнивая ученица.

346. Auch die Präfixa -пре-, -наи-, dem concrescirten Comparativ vorgesetzt, helfen den Superlativ verstärken.

Sie ist das liebenswürdigste Mädchen.   Она наилюбезнѣйшая дѣвица.

Er ist der berühmteste Künstler.   Онъ преславнѣйшій художникъ.

347. Das deutsche aller=, vor dem Superlativ, giebt man durch самый, --все, vor dem concrescirten Comparativ.

348. Schmieden.   — Ковать.

Ich schmiede, я кую.   Wir schmieden, мы куёмъ.
Du schmiedest, ты куёшь.   Ihr schmiedet, вы куёте.
Er schmiedet, онъ куётъ.   Sie schmieden, они куютъ.
Ich schmiedete, я ковалъ, а, о.   Wir schmiedeten, мы ковали.
Schmiede, куй.   Schmiedet, куйте.
Picken.   Клевать.
Ich picke, я клюю.   Wir picken, мы клюёмъ.
Du pickst, ты клюёшь.   Ihr picket, вы клюёте.
Er pickt, онъ клюётъ.   Sie picken, они клюютъ.
Ich pickte, я клевалъ.   Wir pickten, мы клевали.
Picke, клюй.   Picket, клюйте.
Spucken.   Плевать (wie клевать).
Die Kirsche, вишня.   Die Traube, виноградъ.
Die Pflaume, слива.   Die Birne, груша.
Der Apfel, яблоко.   Die Johannisbeere, смородина.
Die Stachelbeere, крыжовникъ.   Die Himbeere, малина.
Die Erdbeere.   Землянйка.
Handeln.   Торговать (wie ковать).
Rathen.   Совѣтовать (wie ковать).
Klagen, traurig sein.   Сѣтовать (wie ковать).
Er hat die allerbeste Waare.   У него самый лучшій товаръ.
Der allerunterthänigste Diener.   Всепокорнѣйшій слуга.

Ich habe ein besseres Buch als У меня лучшая книга, нежеле
Sie.   у васъ.
Stets, immer, всегда.   Ueberall, allenthalben, вездѣ.
Manchmal, oft, часто.   Zuweilen, иногда.

91. Aufgabe.

Wer war stets mildthätiger, der reiche Mann, oder sein
armer Nachbar? — Dieser war überall mildthätiger, denn
der reichere Mensch ist oft geiziger, als der ärmste Bettler.
— Was ist besser, Tugend oder Schönheit? — Die Tugend,
kostbarer als Kaliforniens (kalifornisches) Gold, ist ein hö=
heres Gut, als die Schönheit, und der wohlgesittete Mensch
ist liebenswürdiger, als der wohlgestaltetere. — Welche Lei=
denschaft ist am schädlichsten? — Die schädlichste Leidenschaft
ist das Spiel und das niedrigste Laster ist der Neid. — Wo=
hin gehen Sie? — Ich gehe zu einem geschickteren und er=
fahrnern Arzt, denn die Gesundheit ist ein theurerer Schatz
als Gold. — Ja, mein Freund! Gesundheit und ein ruhiges
Gewissen sind die allerhöchsten Güter. — Sehen Sie jenen
Jüngling, welchen alle seine Freunde achten? — Wen achten
Sie? — Ich achte jenen fleißigeren und höflicheren Jüng=
ling, der immer und überall mehr Freunde hat, als seine
unbescheidneren Kameraden. — Geben diese Kameraden im=
mer Acht (auf) das [Dativ], was ihnen der berühmte und
schöne Lehrer sagt? — Nein, mein Herr, denn sie sind grö=
ber, als jene groben Bauernkerle. — Was ist am
boshaftesten und ruchlosesten? — Nichts ist boshafter und
ruchloser als Verleumdung. — Welche Taschentücher sind
billiger? — Die seidenen Taschentücher sind billiger als die
baumwollenen; aber die billigern Waaren sind nicht immer
die bessern. — Haben Sie nicht billigere Hüte, als diese?
— Wir haben billigere, aber sie sind nicht nur gröber, son=
dern auch dünner. — Haben Sie nicht ältern Käse, als
diesen? — Ich habe keinen, denn ich ziehe den frischen Käse,
der so süß wie frisch gemolkene Milch ist, dem alten vor,
welcher schlechter und bitterer ist. — Was ziehen Sie vor?

— Den frischen Käse dem ältern. — Warum? — Weil er süßer und besser ist. — Welche Zeit des Jahres ist die an= genehmste? — Der Frühling ist die angenehmste und der Sommer die heißeste Zeit des Jahres. — Ist es heute käl= ter, als gestern? — Mir war gestern nicht kalt, und heute ist mir wärmer, als gestern und vorgestern. — Ist dieser Baum höher, als jene Kirche? — Nein, der allerhöchste Baum ist nicht so (weniger) hoch, als diese Kirche. — Ist diese Kirche die älteste in unserer Stadt? — Nein, wir haben noch eine ältere Kirche, aber das allerälteste Gebäude ist das Schloß. — Welche Freunde sind am nützlichsten? — Nichts ist nützlicher, als ein gutes Buch; es ist unser bester, treu= ster und aufrichtigster Freund und unser geistreichster Ge= fährte. — Der treuste Freund ist nicht so wahr, wie meine Bibel, und die verständigsten Kameraden sind weniger geist= reich und weise, als die Fabeln unsres berühmten Krylow. — Wer ist berühmter, Krylow oder Crösus? — Krylow ist be= rühmter bei uns, doch Crösus war reicher. — Wer ist schö= ner, diese Türkin oder jene Griechin? — Weder die eine noch die andere ist schön, doch die Türkin ist jünger als die Griechin.

92. Aufgabe.

Wer hat die Kirschen in Ihrem Garten gepickt? — Die Sperlinge haben sie gepickt. — Haben Sie viele Sperlinge in Ihrem Garten? — Es sind dort deren sehr viele. — Was rathen Sie mir? — Ich rathe Ihnen öfter Stunde zu nehmen, sonst (а то) werden Sie niemals Russisch (по русски) lernen. — Wer schmiedet das Eisen? — Der Schmied schmiedet es. — Spucket nicht in's Zimmer, das ist unan= ständig (неприлично). — o Whaben Sie dies bunte Tuch ge= kauft? — Ich habe es auf dem Bazar (Гостинный Дворъ) gekauft. — Wen führt der junge Mann am Arme (подъ рукою)? — Er führt seine Cousine am Arme. — Es ist ein äußerst hübsches Mädchen. — Ja, Alle sagen es. — Wen hütet dieses böse Weib? — Sie hütet ihre Stieftochter. — Was haben

Sie für einen gefräßigen Hund! — Er ist nicht gefräßig, er ist jetzt nur hungrig. — Wo ist jetzt Ihr Diener Theodor? — Er ist auf den Hof. — Wen klagen Sie Ihres Unglücks an? — Ich klage wegen meines Unglücks Niemanden anders, als meinem Bruder an. — Wessen Küchenmesser ist es? — Das ist das Messer des Kochs. — Auf wen verlassen Sie sich. — Ich verlasse mich jetzt auf Niemand, früher verließ ich mich aber auf meinen Vetter. — Macht, Kinder, keinen Unsinn, das ist unanständig! — Wir machen keinen Unsinn, wir spielen nur. — Riecht diese Nelke gut? — Diese Nelke riecht ganz und gar nicht. — Wem bringen Sie diesen Topf (горшóкъ) mit der Rose? — Ich bringe ihn meinem Vetter. — Tragen Sie, ich bitte, dies Geld zu meinem Banquier! — Wie Sie befehlen, ich werde es sofort zu ihm tragen. — Bringen Sie mir aber von ihm etwas Gold. — Soll ich Ihnen Silber bringen? — Nein, ich brauche kein Silber.

Sechsunddreißigste Lektion. — ТРИДЦАТЬ ШЕСТОЙ УРОКЪ.

Die Madonna des Raphael ist ein sehr berühmtes Gemälde.	Рафаэлова Мадóнна презнаменúтая картúна.
Das Spiel ist ein höchst verderbliches Laster.	Игрá весьмá губúтельный порóкъ.
Ist dieser Fürst gut?	Добръ ли этотъ князь?
Ja, er ist ein äußerst guter Mann.	Да, онъ предóбрый человѣкъ.

349. Eine absolute Steigerung der Eigenschaft bezeichnen die Präfixa -пре sehr, -вее, ganz; höchst und die Umstandswörter:

Sehr, óчень, весьмá.	Ungemein, vorzüglich, отмѣнно.
Aeußerst, крáйне.	

350. Gewisse Modificationen der Eigenschaft oder Beschaffenheit eines Gegenstandes — ohne diesen mit andern

Gegenständen zu vergleichen — bezeichnet man durch folgende Formen:

a) Die Verminderung der Eigenschaft durch -нек, -ѐнькій mittelst des Binde=Vocals -o der Charakterform angehängt.

Reich, богатъ.; etwas reich, богатёнекъ, богатенькій.
Lang, дологъ; ein wenig lang, долгонекъ, долгонькій.

Bemerkung 1. Die mittelst -окъ gebildeten Adjective werfen biese Sylbe gewöhnlich vorher ab.

Flüssig, жидокъ — жиденекъ, жиденькій.
Leicht, лёгокъ; ganz leicht, легонекъ, лёгонькій.
Hart, fest, крѣпокъ; etwas hart, крѣпонекъ, крѣпонькій.
† Bitter, горекъ; bitterlich, горьконекъ, горьконькій.
†† Weich, мягокъ; ziemlich weich, мяконекъ, мяконькій.

Bemerkung 2. Sie enthalten meistens zugleich etwas Tändelndes und werden daher gern mit den Diminutiven (268.) verbunden.

Das Kind hat ein hübsches Röckchen. У дитяти хорошенькій кафтанчикъ.
Louise ist ein liebes Mädchen. Луиза миленькая дѣвочка.
Alexandrinchen ist sehr lieblich. Саша весьма миленька.

Accent.

351. Die meisten behalten den Ton des männlichen -Stammwortes bei: klein, малъ — маленькій.

† Jung, молодъ — молоденькій. Schwarz, чёрнъ — чёрненькій.

b) Eine Schwächung der Eigenschaft bezeichnet (-o) ватъ, an bie Charakter=Form bes Abjectivs gehängt.

Feucht, сыръ; wenig feucht, сыроватъ, сыроватый.
Blau, синь; bläulich, синеватъ, синеватый.
Die Wäsche ist bläulich. Бѣльё синевато.
Wir haben süßlichen Käse. У васъ сладковатый сыръ.

Bemerkung 3. Die von Hauptwörtern abgeleiteten Adjectiva auf -оватъ, wie moosig, моховатъ, von Moos, мохъ; schuldig, виноватъ, von Schuld, вина, gehören nicht hierher.

c) Vor (-o) нек, [siehe a.] ein (-o) -x oder (-o) -ш eingeschoben, bezeichnet die Verstärkung der Eigenschaft.

Etwas dünn, тонёнекъ; ganz dünn, тонёхонекъ, тонёшенекъ.

Ganz gelb, желтёхонекъ, желтёшенекъ.

Sie ist ganz gelb.   Она желтёхонька.

Bemerkung 4. Sie werden meistens nur als Beschaffenheitswörter gebraucht, und man verstärkt ihre Bedeutung durch Hinzufügung ihres Stammworts im Instrumental.

Das Tuch ist ganz und gar, über und über schwarz.	Платокъ чёрнымъ чернёхонекъ.
Schlüpfrig.	Скользкій († скользковатъ).
Steil, крутой.	Flüchtig, leichtsinnig, вѣтреный.
Lahm, хромой.	Blind, слѣпой.
Feucht, naß, мокрый.	Finster, тёмный.
Der Thon, глина.	Die Treppe, Leiter, лѣстница.
Der Gärtner, садовникъ.	Das Scheerchen, ножёнки f.

352. Frieren.   Мёрзнуть.

Ich friere, я мёрзну.	Wir frieren, мы мёрзнетъ.
Du frierst, ты мёрзнешь.	Ihr frieret, вы мёрзнете.
Er friert, онъ мёрзнетъ.	Sie frieren, они мёрзнутъ.
Ich fror, я мёрзнулъ, а, о.	Wir froren, мы мёрзнули.

Bemerkung 5. Steif frieren, замёрзнуть, wird wie мёрзнуть, conjugirt.

Frieren Sie denn?	Развѣ вы мёрзнете?
Ich bin ganz steif gefroren.	Я совершенно замёрзъ.
Riechen.	Пахнуть.
Ich rieche, я пахну.	Wie riechen, мы пахнемъ.
Du riechst, ты пахнешь.	Ihr riechet, вы пахнете.
Er riecht, онъ пахнетъ.	Sie riechen, они пахнутъ.
Ich roch, я пахнулъ, а, о.	Wir rochen, мы пахнули.
Was riecht besser, die Rose oder das Veilchen?	Что пахнетъ лучше розанъ или фіалка?
Sowohl die Rose als auch das Veilchen riechen gut.	И розанъ и фіалка хорошо пахнутъ.

93. Aufgabe.

Was haben Sie Neues, Freund? — Ich habe sehr schöne neue Stiefelchen und ein neues schwarzes Hütchen. — Was hat Ihr Weibchen? — Es hat sechs rothe Tüchlein, zwei weiße Täubchen und ein schönes Schlittchen, welches aber etwas enge ist. — Sehen Sie die weißen Täubchen, die jenes liebliche Mädchen hat? — Ich sehe sie; es hat auch zwei allerliebste weiße Mäuschen und ein munteres Ziegenböckchen. — Wohin ging gestern dein gutes Brüderchen? — Es ging in unsern Garten. — Euer Garten ist weit schöner als der unsrige, aber er ist etwas klein. — Hat Ihr Gärtner gute eingemachte Früchte? — Nein, er hat aber frische süße Aepfelchen in seinem Gärtchen und auch gute Birnen, die ziemlich weich, aber bitterlich sind. — Wie ist das Brod, welches Ihr Söhnlein hat? — Es ist etwas hart und säuerlich. — Wo ist mein altes Scheerchen, liebes Herzchen? — Dort unter Großvaters zierlichem Lehnstühlchen aus Mahagoniholz. — Ging der Diener nach meiner Wäsche? — Er ging, aber sie ist noch etwas feucht und ganz gelb. — Wie ist das neue Häuschen, in welches Sie vorgestern mit Ihrem verehrten Herrn Vater gingen? — Das ganze Häuschen ist nicht sehr gut; alle Treppen sind etwas steil, die Fußböden, aus feuchtem Thon, sind ein wenig schlüpfrig und die Zimmerchen sind etwas niedrig und ganz finster. — War der Wirth des Hauses ein reicher Mann? — Er war nicht arm aber leichtsinnig, und die Wirthin war noch leichtfertiger als er. — Sie waren die leichtsinnigsten und trägsten Leute in unserer Stadt. — Sind sie noch hier? — Nein, sie gingen nach Petersburg zu ihrem reichen Gevatterchen, der gutmüthiger und freigebiger ist, als alle reichen Leute in diesem Orte. — Haben Sie ein anderes Pferd? — Ich habe ein anderes Pferd, welches ein wenig lahm ist und blinder, als das, welches ich hatte.

94. Aufgabe.

Wohin gingen Sie, als ich mit Ihnen sprach? — Ich ging nach Hause. — Was sagte Ihnen Ihr Vater? — Er sagte mir, der Honig sei süßer als der Zucker. — Dieser Bauer ist gröber als jener. — Haben Sie den neuen Leuch-

ter meines Bruders gesehen? —Welchen, den zinnernen oder
den gläsernen? — Weder diesen noch jenen, sondern den
porzellanenen. — Haben Sie viel Siegellack? — Nein, mein
Herr, ich habe nicht viel Siegellack, ich habe dessen viel
weniger als Sie. — Ich habe auch dessen nicht sehr viel.
— Wohin ging die gute Frau mit ihrem kleinsten Kinde?
— Sie ging in's prächtige Theater, wo sie gestern getanzt
hat. — Springen Sie gern? — Ich ziehe vor zu laufen als
zu springen. — Wer springt gern? — Nicht nur ich, sondern
auch mein größerer Bruder. — Wer hat den Siegellack genom=
men? — Entweder der junge aufmerksame Lehrer oder der
kleine Schüler. — Was ist näher, das prächtige Schloß des
Fürsten Andreas oder der große Garten des verständigen
Kaufmanns Alexander Alexanderssohn Petrow? — Das Schloß
ist weiter als der Garten. — Wann waren Sie im Garten?
— Ich war dort vor Kurzem. — Ist dieses Kind fleißig? —
Früher war es ein fleißiges Kind, doch jetzt ist es sehr faul.

95. Aufgabe.

Was haben Sie heute gegessen? — Wir hatten ein ausge=
zeichnetes Mittagessen. — Was hatten Sie zum Mittagsessen?
— Wir hatten eine Krebssuppe (рачій), Fleisch mit Kohl
(капуста) und Mohrrüben (морковь), einen Hecht, gebratenes
Wild mit Salat und Kuchen. — Sind Sie jetzt satt (сыть)?
— Ja, ich bin jetzt sehr satt. — Haben Sie viele Brüder?
— Ich habe drei Brüder und zwei Schwestern. — Sie ha=
ben also eine große Familie? — Ja, eine ziemlich (довольно)
große. — Sind Sie freundschaftlich (дружень) unter einan=
der? — Ja, wir sind sehr freundschaftlich unter einander. —
Haben Sie dieses Jahr viele Stachelbeeren? — Dieses Jahr
haben wir nicht so viel Stachelbeeren wie voriges, aber
wir haben viel mehr Himbeeren. — Wer handelt hier mit
Tuch? — Mit Tuch handelt der Kaufmann, welcher im Ba=
zar ist. — Hat er gute Tuche? — Sehr gute. — Wer ist der
berühmteste unter den Schriftstellern und Dichtern (стихо-

твóрецъ) Deutſchlands? — Die berühmteſten Schriftſteller (писáтель) und Poeten (поэ́тъ) Deutſchlands ſind Göthe (Гёте) und Schiller (Шѝллеръ). — Iſt dieſer Herr taub? — Nein, er iſt nicht taub, aber nur etwas harthörig (крѣпóнекъ нá-ухо). — Iſt dieſes Brod weich? — Ja, es iſt ſehr weich. — Wer hat Ihnen dieſes ſchöne Vergißmeinnicht gegeben? — Mir hat es meine Schweſter gegeben. — Darfſt du zu deinem Lehrer gehen? — Warum ſoll ich nicht dürfen, ich habe ihm ja nichts Böſes gethan. — Reiten Sie gern? — Ich reite lieber, als daß ich im Wagen fahre. — Iſt Ihr Vater geſund? — Nein, er iſt nicht geſund, er iſt ſehr krank. — Wo iſt Ihr Heft? — Mein Heft iſt auf dem Tiſch. — Tanzt Ihre Schweſter gern? — Sie tanzt ſehr gern.

Siebenunddreißigſte Lektion. — ТРИДЦАТЬ СЕДЬМОЙ УРОКЪ.

353. Fortgehen, уйтѝ.

Ich gehe fort, я ухожу́.

Ich ging fort, { я уходѝлъ. / я ушёлъ.

Erfahren.

Ich erfahre.

Ich erfuhr.

Finden, найтѝ.

Ich finde, я нахожу́.

Ich fand, { я паходѝлъ, / я нашёлъ.

Узнáть.

Я узнаю́.

Я узнáлъ.

Wann ſind Sie von Hauſe weggegangen?

Когдá вы ушлѝ изъ дóма?

Geſtern Abend.

Вчерá вéчеромъ.

Hat der Knabe ſeinen Bleiſtift gefunden?

Нашёлъ ли мáльчикъ свой карандáшъ?

Ich kann es erfahren.

Я могу́ узнáть это.

Von wem?

Отъ кого́?

Von dem Lehrer, der eben nur weggegangen iſt.

Отъ учѝтеля, который тóлько что ушёлъ.

354. Ohne.

Mein Kamerad ging ohne Hut nach Hause.

Без, безо, reg. den Gen.

Мой товарищ шёл домой без шляпы.

Woher? (örtlich.)

Woher kommen Sie? |
Wo kommen Sie her? |
Ich komme aus der Kirche.

Откуда?

Откуда идёте вы?

Я иду изъ церкви.

Von, aus (aus dem Innern heraus).

Von (=her, Trennung).

Sie kömmt vom Hause.
Er kömmt von seinem Lehrer.

Изъ, изо, mit dem Genitiv.

Отъ, ото, mit dem Genitiv.

Она идётъ изъ дома.
Онъ идётъ отъ своего учителя.

Woher? (von der Ursache).

Woher ist Ihre Stube so kalt?

Отъ чего? (von was?)

Отъ чего ваша комната такъ холодна?

355. Eigenschaftswörter, die den Genitiv nach sich haben:

Werth, würdig, достойный.
Voll, angefüllt mit.

Diese That ist der Belohnung werth.
Ein Fürst, würdig der Liebe seiner Unterthanen.
Dieser Jüngling ist dem Laster so fremd, wie dem Neide.
Der Knabe hat eine Mütze voll Aepfel.
Der Eimer ist voll Wasser.

Fremd, frei von, — чуждый.
Полный.

Это дѣло достойно награжденія.
Князь, достойный любви своихъ подданныхъ.
Этотъ молодёцъ такъ чуждъ порока, какъ зависти.
У мальчика шапка полная яблоковъ.
Ведрó полнó воды.

356. Den Dativ haben folgende Adjective nach sich:

Lieb, angenehm, милый.
Angenehm, пріятный.
Erfreut (über), радъ.
Gefällig, bequem, угодный.
Bekannt (von Ansehen u. dgl.), знакомый.
Angemessen, entsprechend, соотвѣтственный.
Angemessen, verhältnißmäßig, соразмѣрный.
Angemessen, anständig, passend, приличный.

Lieb, beliebt, любезный.
Theuer, дорогой.
Gnädig, милостивый.
Aehnlich, подобный.
Bekannt (nachrichtlich), извѣстный.
Treu, вѣрный.

Anständig, schicklich, пристой- Nützlich, полéзный.
ный.

Eigen, eigenthümlich, angeboren, свóйственный.
Ergeben, gehorsam, покóрный. Gehorsam, gehorchend, по-
слýшный.

Bemerkung. Радъ, concrescirt обрáдованный, wor=
auf nicht der Dativ, sondern der Instrumental folgt.

Du bist mir sehr lieb. Ты мнѣ óчень милъ.
Der fleißige Knabe ist [bei] seinem Прилéжный мáльчикъ любéзенъ
Lehrer (be=) lieb (=t). своемý учителю.
Der Brief meines Vaters war mir Письмó моегó отцá мнѣ нéбыло
nicht angenehm. прiятно.
Nichts ist dem Mutterherzen theu= Ничегó нѣтъ дорóже мáтерину
rer, als ihr Kind. сéрдцу, какъ ей дитя.
Ich bin über Sie stets erfreut. | Я всегдá вамъ радъ.
Ich freue mich stets über Sie. |
Der Kaiser war dem alten Sol= Императóръ былъ óчень мило-
daten sehr gnädig. стивъ прóтивъ стáраго солдáта.
Die Schuhe waren ihr nicht ge= Башмакú ей небылú угóдны.
fällig.
Der Sohn ist seinem Vater nicht Сынъ своемý отцý не подóбенъ.
ähnlich.
Das Mädchen ist mir bekannt. Дѣвица мнѣ знакóма.
Der Diebstahl ist der Schildwache Крáжа извѣстна часовóму.
bekannt.
Der Hund ist seinem Herrn treu. Собáка вѣрнá своемý господину.
Eine der That angemessene Be= Соотвѣтсвенное дѣлу награж-
lohnung. дéнie.
Der Hut ist dem Kopfe ange= Шляпа соразмѣрна головѣ.
messen.
Ein solches Zimmer ist dem Gra= Такáя кóмната не приличнá
fen nicht angemessen (anständig). грáфу.
Dieses Kleid ist für einen Edel= Сié плáтье не пристóйно дворя-
mann nicht anständig. нину.
Der Sohn ist dem Vater sehr Сынъ óчень полéзенъ отцý.
nützlich.
Der Neid war dieser Frau eigen, Зáвисть былá свóйственна сей
angeboren. женѣ.
Der Diener ist seinem Herrn treu Слугá вѣренъ и покóренъ сво-
und ergeben. емý господину.
Er ist seinem Lehrer stets gehor= Онъ всегдá послýшенъ своемý
sam. учителю.
Die Belohnung, награждéнiе. Die Strafe, Bestrafung, наказáнiе.
Der Diebstahl, крáжа. Die Bewunderung, удивлéнiе.

Das Lob, Loben, хвала́, хвале́ніе.
Die Prahlerei, похвальба́.
Der Ruhm, сла́ва.
Die Schande, Beschämung, посрамле́ніе.

Der Tadel, das Tadeln, хула́.
.хуле́ніе.
Die Verherrlichung, славле́ніе.
Das Betragen, die Führung, поведе́ніе.

Die Verehrung, Hochachtúng, почте́ніе, почита́ніе.
Die Verachtung, презре́ніе.
Die Tapferkeit, хра́брость f.
Die Treue, ве́рность f.
Der Fleiß, прилежа́ніе.

Die Reue, раска́яніе.
Die Feigheit, трусли́вость f.
Der Verrath, изме́на.
Die Trägheit, Faulheit, лени́вость.
ле́ность f. лень f.

Der Stolz, го́рдость f.
Die Erniedrigung, униже́ніе, уничиже́ніе.
Die Aufgeblasenheit, Arroganz, надме́нность f.

Die Demuth, униже́нность f.

357. Trocknen.
Bitten.

Сушить.
Проси́ть.

Ich bitte, я прошу́.
Du bittest, ты про́сишь.
Er bittet, онъ про́ситъ.
Ich bat, я проси́лъ, а, о.
Bitte, проси́.
Wen bitten Sie?
Wir bitten Ihren Bruder, uns sein Federmesser zu geben.

Wir bitten, мы про́симъ.
Ihr bittet, вы про́сите.
Sie bitten, они́ про́сятъ.
Wir baten, мы проси́ли.
Bittet, проси́те.
Кого́ про́сите вы?
Мы про́симъ ва́шего бра́та, чтобъ онъ далъ намъ свой перочи́нный но́жикъ.

Wer bat Sie?
Der Soldat bat mich.
Was bat er bei Ihnen?
Seine Flinte.

Кто проси́лъ васъ?
Солда́тъ проси́лъ меня́.
Что проси́лъ онъ у васъ?
Своё ружьё.

96. Aufgabe.

Welche Laster sind am verachtungswürdigsten (am würdigsten der Verachtung)? — Der Neid und die Arroganz. — Ist Ihnen jener Mann, mit welchem Sie gesprochen haben, bekannt? — Ja, er ist mir bekannt. — Was ist er für ein Mensch? — Sein Herz ist voll Demuth und Treue, er ist frei von allem Stolze und sein Betragen ist der höchsten Achtung werth. — War seine Treue und Tapferkeit dem Könige bekannt? — Sehr, und der König und der Prinz waren ihm stets sehr gnädig. — Waren seine Brüder und

Verwandten dem Monarchen auch treu und ergeben? —
Sie waren diesem treuen Diener nicht ähnlich; ihre Strafe
war auch ihrem Verrathe und ihrer Feigheit angemessen.
— War der Russe (über) die Engländer erfreut? — Er
war erfreut über sie, denn ihr Betragen ist bescheiden und
Edelleuten angemessen. — Hatten sie anständige Kleidung?
— Ihre Kleider waren solchen reichen Kaufleuten nicht
angemessen; ihre Röcke waren ältlich und ihre Stiefel wa=
ren über und über staubig. — Ging der Russe mit ihnen
in's Theater? — Nein, denn das Theater war voll Zuschauer
und es war kein Platz mehr darin. — Was für Bücher haben
Ihre Schülerinnen? — Sie haben nur solche Bücher, welche
jungen Leserinnen nützlich sind. — Sind sie Ihnen gehorsam?
— Sie sind mir gehorsam und ihr Fleiß ist auch lobenswerth.

97. Aufgabe.

Ist es ist heute kalt? — Ja, mein Herr, heute ist es
kälter, als es gestern war. — Von wem haben sie gesprochen?
— Von dem alten, treuen Diener. — Was hat er gethan?
— Er hat den Birkhahn und das Stück Schinken, welche ich
gegessen habe, gut gebraten. — Ihr Koch bratet besser als
der unsrige, doch der unsrige kocht besser. — Dem armen
Mann ist das Geld, welches er auf der Straße gefunden
hat, sehr nützlich. — Von welchem armen Manne sprechen
Sie? — Von jenem alten Manne, welcher dort ohne Hut
geht. — Warum hat er keinen Hut? — Ein Hut ist ihm
zu theuer. — Woher kommt er? — Er kommt von dem
Markt der kleinen Stadt. — Wem sind die Soldaten treu?
— Ihrem gnädigen Kaiser. — Sind sie ihm auch ge=
horsam? — Sie sind eben so gehorsam, wie ergeben.
— Was hat Sophiechen genommen? — Ich kann es
nicht sagen. — Warum? — Ich habe es nicht gesehen,
was sie genommen hat. — Wissen Sie, ob ihr Vater zu
Hause ist? — Ja, er ist zu Hause, denn er ging soeben
nach Hause. — Wie viel Pud Pfeffer hat der blinde Kauf=
mann? — Er hat fünf Pud Pfeffer und zwei Pud Wachs.

Joel u. Fuchs, Russische Gramm.   15

98. Aufgabe.

Wer hat diesen Käse gekauft? — Meine Köchin hat viel Käse gekauft, doch ich weiß nicht, ob es dieser Käse oder ein andrer ist. — Wer hat noch Käse gekauft? — Mein Koch hat auch Käse gekauft. — Wollen Sie ein Glas Most? — Ich bitte, geben Sie mir ein Glas, wenn er gut ist. — Sie können ihn trinken, dieser Most ist sehr gut. — Wer befindet sich dort in der Ecke? — Der faule Schüler befindet sich dort. — Wer hat diese Arbeit gemacht? — Sie ist von mir gemacht. — Was für einen Kranz hat der Goldarbeiter gemacht? — Er hat einen goldenen Kranz für den Helden gemacht. — Wer war in der Stadt? — Mein Vetter war dort. — Die Männer dieser Damen sind große Männer in ihrem Vaterlande. Sie sind in Träumerei versunken. — Nein, dies ist keine Träumerei, sondern Sehnsucht (тоска) nach (по mit dat.) der Heimath und nach der Familie. — Haben Sie gutes Heu? Ich habe gutes Heu in Schobern und gutes Getreide in der Scheune. — Hat dieser Mensch viel Gold? — Er hat dessen mehr als du. — Wer hat am meisten Gold? — Jener alte Wucherer, den Sie dort an der Ecke der Straße sehen. — Sind die französischen Bücher den jungen Leserinnen nützlich? — Nein, sie sind ihnen ganz und gar nicht (вовсе) nützlich. — Ist es heute warm draußen? — Nein, heute ist es nicht warm, gestern war es viel wärmer. — Hören Sie auf das, was Ihnen Ihr Lehrer sagt? — Ich höre darauf und verliere kein einziges Wort. Was ist die höchste Tugend? Seinen Nächsten und selbst seinen Feind so zu lieben, wie sich selbst. Wer ist dieser unbescheidene Knabe? — Das ist ein Freund meines Sohnes und ich bedaure es sehr, daß er es ist. — Haben Sie alle meine Worte verstanden? — Ich habe sie alle verstanden.

Achtunddreißigste Tektion. — ТРИДЦАТЬ ОСЬМОЙ УРОКЪ.

358. **Glauben,** думать.
Ich glaube, я думаю.
Ich glaubte, я думалъ.
Ist Ihr Bruder eben so groß als Sie?
Er ist um einen Kopf höher.
Ich empfing gestern einen Brief.

Empfangen, получать.
Ich empfange, я получаю.
Ich empfing, я получилъ.
Такъ ли великъ вашъ братъ какъ вы?
Онъ головою выше.
Я получилъ вчера письмо.

Im Instrumental steht bei einem Comparativ das Maß, um welches der eine Gegenstand den andern in der genannten Eigenschaft übertrifft.

Je reicher er ist, desto geiziger ist er. (Um was er reicher ist, um das ist er geiziger).
Чѣмъ онъ богаче, тѣмъ онъ скупѣе.

Das Mädchen ist bleich von Gesicht.
Дѣвица блѣдна лицёмъ.

359. Das Hauptwort, welches den Begriff des Adjectivs ergänzt, steht auf die Frage woran? in welcher Hinsicht? im Instrumental.

Reich, überfließend, изобильный.
Arm, dürftig, скудный.
Stark, robust, дюжій.
Berühmt, ausgezeichnet, знаменитый.
Vornehm, знатный.
Stark, fest, standhaft, крѣпкій.
Wunderbar, wunderlich, дивный.
Flink, gewandt, проворный.
Hoch, высокій.
Groß, великій.
Wild, roh, дикій.
Schlecht, böse, злой.
Alt, старый.
Gott ist reich an Liebe.

Arm, бѣдный, убогій, нищій.
Zufrieden, довольный.
Schwach, kraftlos, слабый.
Berühmt, ruhmvoll, славный.
Bekannt (durch), извѣстный.
Sanft, кроткій.
Rein, чистый.
Krank, больной.
Niedrig, низкій.
Klein, малый.
Gut, добрый, хорошій.
Alt, древній.
Jung, молодой.
Богъ изобиленъ любовью.

Unsere Nachbarn sind {reich an} {arm } Brod.
Наши сосѣди {богаты} {бѣдны} хлѣбомъ.

Der Bettler ist arm an Freunden.
Er ist arm an Kenntnissen.
Нищій убогъ друзьями.
Онъ скуденъ знаніями.

15*

Meine Mutter ist krank am Kopfe   Моя̀ ма̀ть больна̀ головою̀.
(hat Kopfschmerzen).

Der Sänger ist nicht hoch an   Пѣвчій не высо́къ го́лосомъ.
Stimme.

Der Held ist groß an Ruhm.   Геро́й вели́къ сла́вою.

Ich bin hübsch (gut an mir).   Я хоро́шъ собо́ю.

360. Das ergänzende Substantiv steht im Dativ mit der Präposition къ, ко nach den Adjectiven der Befähigung und Neigung.

Begierig, а́лчный.   Tauglich, го́дный, уго́дный.
Bereit, fertig, гото́вый.   Geneigt (zu), скло́нный.
Fleißig, прилѣ́жный.   Eifrig ergeben, стра́стный.
Eifrig, herzlich (zu), усе́рдный.   Leidenschaftlich, partheiisch, пристра́стный.

Fähig, tüchtig, спосо́бный.   Freigebig milde (gegen), ще́дрый.
Mitleidig, сострада́тельный, жа́лостливый.

361. Im Accusativ, mit der Präposition на, steht das ergänzende Substantiv nach den Eigenschaftswörtern:

Aehnlich, похо́жій, схо́жій.   Sparsam, schonend, бережли́вый.
Flink, бро́скій.   Kühn, verwegen, де́рзкій.
Gierig, ерпичт, па́дкій.   Lüstern, ки́дкій.
Taub, глухо́й.   Leicht, ле́гкій.
Erfahren, geschickt, гора́здый.   Aufgebracht, erzürnt, гнѣвный.

362. Nach den Adjectiven der Geschicklichkeit, Ausdauer, Mäßigung, steht das Substantiv auf die Frage worin? im Präpositional mit der Präposition въ, во.

Glücklich, счастли́вый.   Geschickt, искусный.
Sorgfältig, accurat, исправный.   Stark, си́льный.
Schwach, сла́бый.   Erfahren, bewandert, свѣ́дущій.
Erfahren, versucht, о́пытный.   Neu, unerfahren, но́вый.
Erfahren, gelehrt, зна́ющій.   Unschuldig, schuldlos, невинный.
Sauber, reinlich, опря́тный.   Mäßig, уме́ренный
Fest, твёрдый.   Standhaft, beständig, постоя́нный

Reich, überfließend, оби́льный.

363. Der Genitiv mit der Präposition до steht nach den Adjectiven:

Gut, до́брый.   Durstig, begierig, жа́дный
Lüstern, naschhaft, ла́комый.

und nach dem Substantiv:

Der Liebhaber, Freund (von), охо́тникъ.
Ist er tauglich zum Dienste? Го́денъ ли онъ ко слу́жбѣ?
Der Hund ist dem Wolfe ähnlich. Соба́ка похо́жа на во́лка.
Du bist sehr glücklich im Spiel. Ты весьма́ сча́стливъ въ игрѣ.
Das Heer ist fertig zur Schlacht. Во́йско гото́во · къ бою́, auch на
бо́й.

Er ist reisefertig. † Онъ гото́въ въ путь.
Dieser Mann ist mir bekannt. Этотъ человѣ́къ мнѣ знако́мъ.
Ich bin mit diesem Mann bekannt. Я знако́мъ съ э́тимъ человѣ́комъ.
Er ist durch seine Feigheit bekannt. Онъ извѣ́стенъ свое́ю трусли́-
востью.

Der Knabe ist schwach an Verstand. Ма́льчикъ слабъ умо́мъ.
Sein Bruder ist schwach im Zeichnen. Братъ его́ слабъ въ рисова́нiи.
Selig sind, die reines Herzens sind. Блаже́нны чи́стые се́рдцемъ.
Der Diener hält nicht reine Hand, Слуга́ печи́стъ на́ руку.
macht lange Finger.
Er ist fest von Charakter, hart auf Онъ крѣ́покъ пра́вомъ, крѣ́покъ
dem Ohre, harthörig, па-ухо,
und stark im Erdulden von Leiden. и крѣ́покъ въ стерпѣ́нiи стра-
да́нiй.

Er ist ein Liebhaber von Hunden. Онъ охо́тникъ до соба́къ.
Sind Sie eine Freundin vom Lesen Охо́тница ли вы до чте́нiя?
(von der Lektüre)?

Der Verstand, умъ. Das Zeichnen, рисова́нiе.
Die Geduld, терпѣ́нiе. Das Leiden, страда́нiе.
Das Lesen, die Lektüre, чте́нiе. Der Charakter, die Sitte, нравъ.
Die Süßigkeit, сла́дость f. Die Arbeit, рабо́та.
Die Mathematik, матема́тика. Die Sprache, Zunge, язы́къ.
Die Musik, му́зыка. Der Tanz, das Tanzen, танцова́нiе.
Die Wissenschaft, das Fach, нау́ка. Die Kunst, искусство.
Die Geographie, геогра́фiя. Das Studium, уче́нiе.
Die Prahlerei, хвастовство́. Die Bescheidenheit, скро́мность.
Das Loos, жре́бiй. Die Speise, пи́ща.
Die Gesundheit, здоро́вiе. Der Körper, Leib, тѣ́ло.
Das Werk, сочине́нiе. Die Jagd, охо́та.
Der Fuß (Maßstab), футъ. Die Wange, щека́.
Selig, блаже́нный. Vorig, пре́жнiй.

Belieben, wollen, wünschen. Изво́лить (mit dem Genit.)
Was beliebt Ihnen? Was wünschen Чего́ вы изво́лите?
Sie?

Ich brauche nichts. Мнѣ ничего́ не на́добно.
Also wünschen Sie nichts? И такъ, вы ничего́ не жела́ете?
Nein, ganz und gar nichts. Нѣтъ, соверше́нно ничего́.

Ich beliebe, я изволю.   Wir belieben, мы изволимъ.
Du beliebst, ты изволишь.   Ihr beliebet, вы изволите.
Er beliebt, онъ изволитъ.   Sie belieben, они изволятъ.
Ich beliebte, я изволилъ.   Wir beliebten, мы изволили.
     Beliebe, изволь.   Beliebet, извольте.

Meinethalben! Gut! Einverstanden!   { Изволь.
                                 { Извольте.

364. Schmerzen.   Болѣть.

Es schmerzt, болитъ.   Es schmerzen, болятъ.
Es schmerzte, болѣлъ.   Es schmerzten, болѣли.

99. Aufgabe.

Ihr jüngerer Bruder ist so bleich von Angesicht, ist er krank? — Ja, mein Herr, er hat Zahnschmerzen. — Ich glaube, er ist zu lüstern nach Zucker und andern Süßig= keiten. — Wem gleicht er? — Er ist weder dem Vater, noch der Mutter ähnlich, denn beide sind sehr mäßig in Speise und Trank; aber mein Bruder ist überhaupt geneigt zu Allem, was ihm nicht nützlich ist. — Sind seine Lehrer mit ihm zufrieden? — Ich glaube, sie sind sehr zufrieden mit ihm, denn er ist ihnen gehorsam, sehr sorgfältig in seinen Lektionen, sauber in seinen Arbeiten und fleißig zu denselben (оный). — Ist er stark in den Wissenschaften? In der Mathematik ist er sehr schwach, denn er ist etwas beschränkt an Verstand, aber in der Musik und im Zeichnen ist er stark, und in der Geographie sehr bewandert. — Ist Ihnen der Lehrer dieser Damen bekannt? — Er ist mir durch seine Werke bekannt, aber ich bin nicht bekannt mit ihm. — Der junge Mensch, der in jenes fremde Haus ging, ist sein äl= tester Sohn. — Er ist ein Jüngling, sehr froh von Charak= ter und reinen Gemüths (душа), aber nur schwach an (in Betreff der) Gesundheit. — Wie ist seine Aufführung? — Sie ist stets lobenswerth, und ich bin jederzeit erfreut über ihn; auch ist er allen seinen Bekannten stets lieb und an= genehm. — Ist sein Bruder ihm ähnlich? — Sein Bruder gleicht ihm nicht; jener ist klein von Wuchs und immer

bleich von Gesicht und kränklich, dieser ist hoch gewachsen
(von Wuchs), robust von Körper, frisch und roth an
Wangen und immer wohlauf. — Ist er so geschickt in den
Künsten und so erfahren in den alten Sprachen, wie seine
Kameraden? — Er ist geschickter als diese, aber je geschick=
ter er ist, desto fauler ist er. — Er ist so geizig und so
gierig auf Geld, wie sein Meister. — War dein voriges
Zimmer größer als dieses? — Es war um ein Fenster brei=
ter und um zwei Fuß höher als dieses; aber je größer,
desto kälter sind die Zimmer im Winter. — Wir sind sehr
sparsam an Holz, denn unsere Gegend ist nicht überflüssig
reich an Waldungen und arm an Kohlen. — Sind die
Hunde Ihrer Jäger tauglich zur Jagd? — Sie sind alle
sehr tauglich und sehr leicht auf den Beinen; mein Jäger
ist ein solcher Liebhaber von Hunden, wie ich von schönen
Pferden; aber ich bin erzürnt auf ihn, denn er macht lange
Finger, ist böse von Charakter und stets bereit zu allen
schlechten Handlungen. — Was haben Sie jetzt für einen Arzt?
— Unser Doctor ist ein Mann, Gott und Menschen gefällig;
er ist erfahren in seinem Fach, mitleidig gegen Arme und
eifrig ergeben seinem Studium. — Ist er reich an Geld?
— Er ist nicht reich, aber er ist sehr zufrieden mit seinem
Loose. — Wie ist sein Herz? — Er ist sehr gut von Herzen,
sein Herz ist voll Demuth und Bescheidenheit und fremd
aller Anmaßung und Prahlerei.

100. Aufgabe.

Wo sind Sie gestern gewesen? — Ich bin gestern zu
Hause gewesen. — Was haben Sie dort gethan? — Ich las
das Werk des berühmten Vaters meines theuern Freundes.
— Ist er erfahren in der Mathematik und der Geographie?
— Er ist gelehrt in allen Wissenschaften und mäßig in sei=
ner Nahrung. — Wieviel Geld haben Sie erhalten? — Ich
habe ebensoviel als Sie erhalten. — Ich glaubte, Sie hät=
ten mehr erhalten. — Nein, mein Herr, doch ich kann von

meinem Vetter sehr viel Geld erhalten. — Ist dieser reiche
Kaufmann freigebig? — Ja, mein Herr, er ist freigebig und
ebenso mitleidig gegen die (mit den) Armen. — Jener Kauf=
mann aber ist taub für die Leiden der Menschen. — Er ist
sehr gierig nach dem Gelde. — Jene hübschen Mädchen sind
eifrig dem Lesen ergeben. — Wo ist jener gute Priester? —
Ich weiß es nicht; ich habe ihn nicht gesehen. — Woburch
ist jener Held berühmt? — Er ist berühmt durch seine
Tapferkeit, seine Treue zum Zaren und seinen Verstand.
Dieser arme Knabe ist schwach an Gesundheit, doch er ist
stark burch sein Studium und seine Bescheidenheit. — Ist er
ein Liebhaber von Musik? — Ich glaube es nicht, doch er
ist ein großer Liebhaber aller Wissenschaften.

101. Aufgabe.

Sie haben, scheint's, jetzt viel Sorgen. — Ja, ich habe
deren sehr viele wegen der Feiertage. — Wessen ist dieser
schöne Schlitten? — Mein Vetter hat ihn gekauft. — Hat
er gute Pferde? — Er hat sehr gute aus dem Orlovskischen
(орловскій) Gestüte (заводъ). — Ist sein Reitpferd gut? —
Jetzt hat er kein gutes Reitpferd, denn er hat das seinige
dem König verkauft, das war ein ausgezeichnetes (отличный)
Pferd, von ächten arabischem Blut (порода). — Was für
eine Karte haben Sie jetzt gespielt (сыграть)? — Ich habe
Ihren Coeurkönig (червонный король) mit einer Atout=Zwei
(козырная) geschlagen (бить). — Was ist Atout (козырь)? —
Atout ist Carreau. — Und ich dachte es sei Coeur. — Nein,
Sie irren sich. Haben Sie schon Ihre Hände gewaschen?
— Ja, ich habe sie gewaschen. Haben Sie die Taube ge=
kauft? — Nein, ich habe sie nicht gekauft, meine Cousine
hat sie mir geschenkt. — Bringen Sie (Пожалуйте) mir, Kellner,
eine Pfeife! — Verzeihen Sie, mein Herr, wir haben keine
Pfeifen, wir haben nur Cigarren. — Also geben Sie mir
eine Cigarre, bringen Sie aber auch ein Licht, damit ich sie
anzünden kann. — Wieviel haben Sie für Ihren Renner

bezahlt? — Ich habe für ihn sieben ta usend drei hundert fünfzig Rubel Silber bezahlt. — Und ich dachte, er hätte weniger gekostet. — Nein, der Verkäufer wollte nicht weniger nehmen. — Ist es lang, daß Sie nicht bei Ihrer Gevatterin waren? — Es ist lange, daß ich nicht bei ihr gewesen bin. — Wessen elendes Pferdchen ist dies? — Dieses elende Pferdchen gehört (ist des) jenem armen Bauer, welchen Sie oft auf der Straße begegnen. — Hat er schon sein Feld gepflügt? — Ja, er hat schon gepflügt, geeggt und gesäet. — Welches Land ist ber= giger, Montenegro oder die Schweiz? — Montenegro ist kleiner, ich denke aber, viel bergiger. — Sie sprechen sehr gut Englisch, sind Sie denn in England gewesen? — Nein, ich war nicht in England, ich kenne aber viele Engländer. — Wo sind Sie im vorigen Jahr gereist? — Ich reiste in (по mit dat.) den Wüsten Arabiens (аравійскія пустыни).

Neununddreißigste Tektion. — ТРИДЦАТЬ ДЕВЯТЫЙ УРОКЪ.

Was für ein Horn haben Sie? Какой рогъ у васъ?
Ich habe ein Hirschhorn. У меня олёній рогъ.

365. Für den deutschen Genitiv in zusammenge= setzten Hauptwörtern, wenn er den Besitzer oder den Ursprung des Grundworts bezeichnet (Subjects= Genitiv), bildet man im Russischen ein possessives (Gattungs=) Adjectiv.

a) Bei Gattungsnamen lebender Wesen hängt man an die Charakterform die mildernde Endung -ій an, vor welcher die Kehl= und Zungenlaute, sowie das -ц ge= wandelt werden.

Der Hahn, пѣтухъ, Hahnen=, пѣтушій.
Der Hahnenkamm, пѣтушій гребешёкъ.
Menschen=, человѣчій, das Menschenauge, человѣчій глазъ.

Bemerkung 1. In den übrigen Casus des Mascu=
linum und in allen Casus des Femininum und Neutrum
wird das -и der Endung ausgeworfen.

Der Bär, медвѣдь — медвѣжій; Bärenfleisch, медвѣжье мясо.
Der Fisch, рыба — рыбій; Fischkopf, рыбья голова.
Das Kalb, телл. -телячій.
Die Leber, печень. f.
Hat der Fleischer keine Kalbsleber? Нѣтъ ли у мясника телячей пе-
чени?

† In Божій, göttlich, Gottes=, und вражій, feind=
lich, Feindes= bleibt das -й. Sie haben außerdem im
Genitiv und Dativ der Einzahl im männlichen
und sächlichen Geschlecht die Endungen -a, -y, seltener
-аго, -ому. Dabei wird das -и wie zum Wortstamme ge=
hörig betrachtet. Im Plural gehen sie wie die Pronomina
(f. die Decl.=Tabellen).

Gottessohn, сынъ Божій.
Der Knochen, das Bein, кость f.
Die Spur, слѣдъ.
Der Balg, das Fell, шкура.
Die Brühe, отваръ.
Der Hammel, баранъ.

Dem Gottessohne, сыну Божію.
Das Mark, Hirn, мозгъ.
Der Pelz, шуба.
Die Höhle, пещера.
Rindes=, говяжій.
Der Fuchs, лиса.

Bemerkung 2. Die possessiven Adjective von Namen
junger Thiere werden zuweilen für die Gattung im All=
gemeinen gebraucht.

Maus=, мышій.
Ochsen=, бычій.

Mäuschen=, мышячій.
Oechschen=, бычачій.

† Abweichende Bildungen:

1. Der Stier, волъ — воловій.
   Der Wels, сомъ — сомовій.

   Der Elephant, слонъ — слоновій.
   Das Roß, конь — коневій.

2. auf -овый:

Der Biber, бобръ.
Der Igel, ёжъ — ежовый.
Der Bock, козёлъ — козловый.
Das Wallroß, моржъ — моржёвый.

Von Biber, бобровый.
Der Wallfisch, китъ — китовый.
Der Maulwurf, кротъ — кротовый.

3. auf -иный, mit Milderung des Charakters:

Die Taube, голубь — голубиный. Die Gans, гусь — гусиный.

Der Kranich, журавль, журавлиный.　Das Huhn, кура — куриный.
Der Bock, козёлъ — козлиный.　Der Löwe, лёвъ — львиный.
Das Pferd, лошадь — лошадиный.　Die Ameise, муравей, муравьиный.
Der Adler, орёлъ — орлиный.　Der Esel, осёлъ — ослиный.
Die Biene, пчела — пчелиный.　Die Eule, сова — совиный.
Der Falke, соколъ — соколиный.　Die Nachtigall, соловей — соловьиный.

Der Habicht, ястребъ, ястребиный.

4. auf -скій:

Der Held, герой — геройскій.　Der Lehrer, учитель—учительскій.
Das Roß, конь — конскій.　Die Leute, люди — людской.
Der König, король — королевскій.

Bemerkung 3. Die auf -икъ endigenden Hauptwörter haben -ическій:

Der Gesandte, посланникъ — посланническій.
Der Schüler, ученикъ — ученическій.

5. Der Kaufmann, купецъ — купеческій.

Der Vater, отецъ — отеческій.　Der Mensch, человѣкъ — человѣческій.

Gott, Богъ — Божескій.

6. Der Jude, жидъ — жидовскій.　Der Teufel, чёртъ — чертовскій.
Der Vater, отецъ — отцёвскій.

7. Der Sohn, сынъ — сыновный.　Der Geist, духъ — духовный.
Die Seele, душа — душевный.

8. Das Schwein, свинья — свиной.

b) **Andere Gattungsnamen (nicht belebter Wesen) nehmen verschiedene andere Endungen an:**

Haus-, домовой, der Hausschlüssel, домовой ключъ.
Stadt-, городской, die Stadtmauer, городская стѣна.
Mai-, майскій, die Maibutter, майское масло.
Die Bibel, библія — библейскій.　Die Bibelgesellschaft, библейское общество.
Der März, Мартъ, мартовскій.　Der Märzschnee, мартовскій снѣгъ.

366. **Für den Objects=Genitiv der Zusammensetzungen ist die gewöhnliche Adjectiv=Endung -ный, vor welcher die Kehllaute gewandelt werden:**

Subjectiv: der Fischkopf, рыбья голова.
　　der Fischleim, рыбій клей (Ursprung des Leims).

Objectiv: die Fiſchſpeiſe, рыбное кушанье (Gegenſtand, Object der Speiſe).

Luft=, воздушный, die Luftpumpe, воздушный насосъ.

Berg=, горный, Bergſchule, горное училище (deren Gegenſtand Berg= kunde iſt).

Buch=, книжный, der Buchladen, книжная лавка.

Bemerkung 4. Man unterſcheide ſehr wohl die (Lekt. 29.) angeführten poſſeſſiven Adjectiva auf -овъ., -инъ. Dieſe beziehen ſich auf das Individuum, die in dieſer Lektion beſprochenen aber auf die Gattung. Отцева лю- бовь, die Liebe des (einzelnen, in Rede ſtehenden) Vaters; отеческая любовь, Vaterliebe, väterliche Liebe (Liebe jedes Vaters zu ſeinen Kindern).

DerВатername, отцевское имя.

367. Durch die Endung -скій. werden Adjective von Länder=, Städte=, Völkernamen ꝛc. gebildet, indem man ſie an Stelle der Endungen -ецъ, -анинъ. -танинъ, -лкъ ſetzt.

Bemerkung 5. Sie entſpricht ganz der deutſchen Endung - iſch.

Der Baier, баварецъ — baieriſch, баварскій.
Der Oeſtreicher, австріецъ — öſterreichiſch, австрійскій.
Der Ruſſe, русскій — ruſſiſch, русскій.
Der Ruſſe, россіанинъ — ruſſiſch, россійскій.
Der Römer, римлянинъ — römiſch, римскій.
Der Engländer, англичанинъ — engliſch, англійскій.
Der Pole, полякъ — polniſch, польскіи.
† Der Türke, турокъ — турецкій. † Deutſch, нѣмецкій.
† Griechiſch, греческіи. † Boßniſch, боснякскій.
† Tſchechiſch, чехскій. † Wallachiſch, волошскій.

Bemerkung 6. Wo die in der Lekt. 26. aufgeführ= ten Völkernamen nicht gebräuchlich ſind, da bezeichnet man den Einwohner eines Orts durch Beifügung obiger Adjective auf -скій, zu dem Worte: Eingeborner, уроженецъ.

Ein Archangelsker, архангельскій уроженецъ.

Oder man ſetzt blos die Präpoſition изъ. mit dem Ge= nitiv des Städtenamens:

Er iſt ein Archangelsker, онъ изъ Архангельска.

368. Die Endung -ный, gewöhnlicher -янный, bildet Adjectiva von Stoffnamen:

Gläsern.   Стеклянный.
Thönern, глиняной.   Eisern, железный.
Kupfern.   Мѣдный.
† Tuchen, суконный.   † Seiden, шёлковый.
                               † Wächsern, восковой.

Man unterscheide:

- Von Erde, irden (als Element), земляной.
Erd= (als Weltkörper), земной.
Sand=, песочный (subjectiv.)   Die Sanduhr, песочные часы.
Sand=, sandig (materiel), несчаный. Der Sandweg, песчаная дорога.

Bäume, Pflanzen haben meistens -овый (евый):

Fichten, сосновый.   Tannen, словый.
Birnen, грушевый.   Eschen, ясневый auch ясенный.

369. Umstandswörter werden durch Anhängung der Sylbe -ни concrescirt, vor welcher -з und -с gewandelt werden.

Heut, днесь, heutig, днѣшній.   Hier, здѣсь, hiesig, здѣшній.
Zuletzt, послѣ, der letzte, послѣдній. Gestern, вчера, selt. вчерась, gestrig,
                               вчерашній.
Da, dort, тамъ, тамо, dasig, dortig. тамошній, (тамось).
Dort, туть, dortig, тутошній.   Damals, тогда, damalig, тогдашній.
Im vorigen Sommer, Jahr, лѣгось. Vorjährig, лѣтошній.
Immer, всегда, beständig, всегдаш- Zu Hause, дома, häuslich, домашній.
ній.

370. Auch von Hauptwörtern werden unmittelbar concrescirte Umstandswörter vermittelst -ни abgeleitet.

Der Sommer, лѣто, sommerlich,   Das Untere, нисъ, untere, нижній.
лѣтній.   Mütterlich, матерній, (häuf. мате-
Das Hintere, задъ, hintere, задній. ринскій.

Bemerkung 7. Alle in dieser Lektion aufgeführten Adjective können nach der Natur ihrer Bedeutung nicht als Beschaffenheitswörter gebraucht werden, und kommen daher nur concrescirt vor.

Der Schlüssel, ключъ.   Die Wand, Mauer, стѣна.
Die Gesellschaft, общество.   Der Leim, клей.
Die Speise, das Gericht, кушанье. Die Pumpe, насосъ.
Die Lehranstalt, Schule, училище. Die Bude, der Laden, лавка.

Das Thier, животное.
Das Lamm, ягня.
Der Schlund, гортань f.
Die Verbindung, сообщеніе.
Unbedeutend, маловажный.

Der Marder, куница.
Die Suppe, супъ.
Der Handel, торговля.
Wasser=, водяной.

371. Schaffen, bauen.

Зиждить, созидать.

Wer hat die Welt erschaffen?
Gott hat die Welt erschaffen.

Кто создалъ міръ?
Богъ создалъ міръ.

    Glauben. }
    Glauben schenken. }

Вѣрить.

Ich glaube, я вѣрю.
Ich glaubte, я вѣрилъ.
Glaube, вѣрь.

Wir glauben, мы вѣримъ.
Wir glaubten, мы вѣрили.
Glaubt, вѣрьте.

102. Aufgabe.

Sehen Sie den Mann mit dem Fuchspelze? — Ich ver=
stehe nicht, von welchem Manne Sie sprechen. Von dem
dort. — Den sehe ich, aber er hat keinen Fuchspelz, sondern
einen sehr schönen Wolfspelz. — Was für eine Mütze hat
der Matrose auf jenem russischen Schiffe gekauft? — Er hat
eine Zobelmütze gekauft. — Was hat jenes Mädchen auf
der irdenen Schüssel? — Sie hat eine Gänseleber und zwei
Schweinsohren. — Welches Thieres Hirn ist am größten und
am schwersten? — Ich kann es nicht wissen. — Wer weiß
es? — Der Lehrer. — Was sagt er? Er sagt das Ele=
phantenhirn ist am größten und schwersten; denn es ist ein
wenig kleiner und leichter als das Menschenhirn, und dieses
ist das schwerste und größte von allen. — Ist das Menschen=
auge auch am schärfsten? — Ich finde es nicht, denn das
Adlerauge ist am Tage schärfer und das Katzen= und Eulen=
auge bei Nacht. — Haben Sie frische Rinderbrühe? — Ich
weiß es nicht, doch ich kann es von unserem Koch erfahren.
— Was hat Ihnen Ihr Koch gesagt? — Er sagt, er habe
keine Rinderbrühe, doch glaubt er, er könne etwas vom Die=
ner des Grafen erhalten. — Was hat er denn? — Er hat
nur gute Hühner= und Kalbsbrühe. — Haben Sie nicht
leichtere silberne Messer und Gabeln? — Wir haben keine,

die leichter sind, als diese. — Ich finde, sie sind schon weit
leichter, als die kleinen goldenen Theelöffel. — Was für
Brennholz ist auf dem Nachbarhofe? — Ich sehe nur Tan=
nen= und Fichtenholz. — Wer hat gutes Birken= und Eschen=
holz? — Der Kaufmann aus Riga in der Sandstraße hat
das festeste, trockenste und billigste Brennholz. — Haben alle
Leute ist Astrachan solche schöne Bärenpelze, wie der Ihres
Herrn Oheims ist? — Alle dortigen Bürger haben gute Bären=,
Marder=, Zobel= oder Fuchspelze. — Was für Pelze ziehen
die Bauern in hiesiger Gegend vor? — Sie ziehen Schaf=
und Lämmerfelle vor. — Warum? — Weil sie billiger sind.
— Hatten Sie heut Fisch= oder Fleischspeise? — Wir hatten
weder die eine noch die andere; wir hatten nur schlichte
Milchsuppe. — Was hat das Kind im Munde? — Es hat
eine große Fischgräte (p. кость) im Schlunde. — Wie ist
überhaupt der Fischhandel in hiesiger Stadt? — Er ist sehr
unbedeutend, denn wir haben keine Wasserverbindung mit
dem deutschen Meere und mit größern Flüssen. — Warum
wollen Sie weggehen? — Ich will nach Hause gehen, denn
dort glaube ich meinen guten Freund zu finden. — Wen
ziehen Sie vor, Ihren Bruder oder Ihren Freund? — Ich
habe beide gern, doch ziehe ich meinen Bruder vor.

103. Aufgabe.

Was für Federn verkauft der Kaufmann? — Er ver=
kauft Gänsefedern und Schwanenflaum (лебяжій пухъ). —
Was trägt der Tischler? — Er trägt Tannenbretter (доскá)
und Fichtenklötze. — Was hat er in den Händen, ein Beil
oder eine Säge? — Er hat weder ein Beil noch eine Säge,
er hat in seinen Händen einen Hobel (долотó). — Wer ist
dieser Herr? — Ich habe gehört er sei ein Baumeister
(стройтель). — Sie irren sich, es ist kein Baumeister, sondern
ein Componist, er baut (стрóить) nur Luftschlösser (воздýшный).
— Ist es heuriger (нынѣшній) Wein? — Nein, es ist vorig=
jähriger. — Glauben Sie den Worten dieses Lügners? —

Nein, ich glaube ihnen sehr (весьма) wenig. — Wer glaubt ihnen? — Ich glaube, daß ihnen Niemand glaubt. — Wo ist jetzt der Matrose? — Er steht an der Pumpe. — Haben Sie heute Theodor gesehen? — Nein, ich habe ihn gestern gesehen, heute habe ich aber seine Schwester Therese gesehen. — Wieviel Pud Honig haben Sie gekauft? — Ich habe keinen Honig gekauft, habe aber Wachs und Tabak gekauft. — Haben Sie mit Nicolas gesprochen? — Es ist lang, daß ich mit ihm nicht gesprochen habe, ich sehe aber oft seine Schwester Therese. — Wessen prächtiges Haus ist dies? — Es ist des Onkels Haus. — Ist es lange, daß er es gekauft hat? — Nein, er hat es vor Kurzem gekauft. — Was trägt jener reiche Kaufmann, welchen Sie kennen? — Er trägt der Toch= ter Mitgift (приданое). — Gottes Hand (перстъ) bewacht sie. — Sind Sie mit Peter Petrowitsch Riasanow bekannt? Ja, ich bin mit ihm gut bekannt, doch kenne ich noch besser seinen Bruder Ignaz (Игнатій) Petrowitsch. — Hoffen Sie Geld zu erhalten? — Ja, ich hoffe, weiß aber nicht, ob ich es er= halten werde oder nicht.

Vierzigste Lektion. — СОРОКОВОЙ УРОКЪ.

Woher kommen Sie?	Откуда вы идёте?
Ich komme aus der Kirche.	Я иду изъ церкви.
Mein Nachbar ist von Adel.	Мой сосѣдъ изъ дворянъ.
Sie kommt von Hause.	Она идётъ изъ дому.
Der Knabe kommt von seinem Lehrer.	Мальчикъ идётъ отъ своего учи- теля.
372. Von (=herab, längs der Oberfläche).	Съ, со. mit dem Genitiv.
Mein Vater kam vom Felde und meine Brüder kamen aus dem Walde.	Мой отецъ шёлъ съ поля, а мои братья шли изъ-лѣсу.
Ich gehe nach Moskau.	Я иду въ Москву.
Er geht in die Stadt.	Онъ идётъ въ городъ.
Wir gehen auf's Land.	Мы идёмъ въ деревню.

Er kommt vom Felde mit einem Sack Getreide.   Онъ идётъ съ поля съ мѣшкомъ хлѣба.

Das Hauskleid, домашнее платье.   Die Hauskirche, домовая церковь.

Der Duft, Hauch, Athem, духъ.   Duftend, hauchend, духовой.

Der Geist; die Beichte, духъ.   Geistig, geistlich, Beicht=, духовный.

Athmen, дышать.   Der Athem, дыханіе.

Der Beichtvater, духовный отецъ.   Das Beichtkind, духовное чадо.

Das Blas-Instrument.   Духовой инструментъ.

Die Messe, das Hochamt, обѣдня.   Das Kind, чадо (slaw.).

Wir gingen zur Beichte.   Мы шли на-духъ.

Ihr gehet zur Messe.   Вы идёте къ обѣднѣ.

Das Menschenauge ist kleiner als das Pferdeauge.   Человѣчій глазъ меньше лошадинаго глаза.

Das Menschenauge ist der Spiegel der Seele.   Человѣческій глазъ есть зеркало души.

Warum athmet dieses Kind so schwer?   Что это дитя такъ тяжело дышетъ?

Es ist krank.   Оно больно.

373. Die Endung -истый an den gemilderten Charakter der Hauptwörter gehängt, bedeutet ein Erfülltsein von —, Reichsein an —.

Waldig, waldreich, лѣсистый.

Die Waldameise, лѣсной муравей.

Die Waldgegend, лѣсистая страна.

Steinig, reich an Steinen, каменистый.

Die Steinkohle, каменный уголь.

Der Steinweg, (steinige Weg), каменистая дорога.

374. Wenn das zusammengesetzte Wort im Deutschen durch eine Präposition aufgelöst werden kann, so steht im Russischen nicht das possessive Adjectiv.

Das Tischgebet (Gebet bei Tische), молитва за столомъ.

Das Waldgeschrei (Geschrei im Walde) крикъ въ лѣсу.

Das Bergschloß (Schloß auf dem Berge), замокъ на горѣ.

Das Gebet, молитва.   Das Geschrei, крикъ.

Der Berg, гора.   Der Kampf, сраженіе.

Die Beleuchtung, освѣщеніе.

375. In manchen Fällen fehlt das possessive Adjectiv und die deutsche Zusammensetzung wird durch zwei getrennte Wörter wiedergegeben.

Der Kampfplatz, мѣсто сраженія.   Die Straßenbeleuchtung, освѣщеніе улицы.

376. Für viele Wörter bildet die russische Sprache auch eigene zusammengesetzte Wörter.

Das Nachtlager, ночлѣгъ. Die Weintraube, виноградъ.

Besonders ist dieses der Fall:

a) Wenn ein Theil der deutschen Zusammensetzung kein Hauptwort ist:

Der Umgang. Обходъ, обхожде́ніе.
Das Jahrhundert, столѣтіе. Das Glatteis, гололе́дица.

b) Wenn der eine Theil das Object einer Handlung oder Thätigkeit des andern Theiles ist.

Der Bierbrauer. Пивова́ръ.
Der Heerführer, воево́да. Der Maulaffe (Maulaufsperrer), ротозѣй.

Der Wendehals (Vogel), вертоше́йка.

377. Endlich ist für viele deutsche Zusammensetzungen im Russischen ein einfaches Wort vorhanden, sowie hinwieder russische Zusammensetzungen durch ein einfaches deutsches Wort gegeben werden.

Athmen. Дыша́ть.

Ich athme, я дышу́. Wir athmen, мы ды́шемъ.
Ich athmete, я дыша́лъ. Wir athmeten, мы дыша́ли.
Athme, дыши́. Athmet, дыши́те.

Nehmen. Брать.*

Ich nehme, я беру́. Ich nahm, я бралъ.
Ich habe genommen, я взялъ (von взять). Nimm, бери́, возьми́.
Nehmet. Бери́те, возьми́те.
Verspielen. Проигра́ть (von игра́ть).
Borgen. Занима́ть (wie игра́ть).
Verborgen. Дава́ть въ за́ймы.
• Geben. Дава́ть, дать (letzteres das einmalige Geben).

Ich gebe, я даю́. Wir geben, мы даёмъ.
Ich gab, я дава́лъ, да́лъ. Wir gaben, мы дава́ли, да́ли.
Gieb, дава́й, дай. Gebet, дава́йте, да́йте.
  Das Hühnerauge, мозо́ль.

Der Widersacher (Widerkämpfer), Gegner, противобо́рникъ.
Der Gegner (in der Meinung), противомы́сленникъ.
Der Strohsack. Соло́менникъ.

378. Das eßbare Fleisch von Hausvieh, Wild, Fischen ꝛc.
wird durch Anhängung der Endungen -ина, -атина, -ятина,
ausgedrückt.

Der Lachs, лосось.
Die Gans, гусь.
Das Schwein, свинья.
Das Wild, дичь.
Das Rebhuhn, куропатка.

Der Thurm, башня.
Der Markt, рынокъ.

Das Kupfer, мѣдь f.
Das Porzellan, фарфоръ.
   Der Schatten.
Körnertragend, зерноносный.

Das Fleisch des Lachses, лососина.
Das Gänsefleisch, гусятина.
Das Schweinefleisch, свинина.
Das Fleisch des Wildes, дичина.
Das Rebhuhnfleisch, куропатина.

Die Schule, школа.
Das |Chor, клиросъ (pop. крылосъ)
Das Messing, жёлтая мѣдь.
Der Taffet, тафта.
Тѣнь f.
Kornreich, зернистый.

104. Aufgabe.

Wo kommst du her, mein Freund? — Ich komme von
meinem lieben Kameraden, Alexis Andreassohn. — War er
zu Hause? — Er war zu Hause und bei ihm waren einige
Jünglinge, welche mir schon bekannt waren, und die überhaupt durch ihren Fleiß und durch ihre lobenswerthe Aufführung allen guten Menschen bekannt sind. — Wohin ginget
Ihr? — Wir gingen in die Kirche. — Wollen Sie in die Kirche
des heiligen Paul zum Hochamte gehen? — Ja, ich will in
die Kirche gehen, denn heute ist da eine schöne Musik. — Lieben
Sie Musik? — Ich liebe sie sehr. — Hörten Sie lange der
Musik zu? — Ich ging spät aus der Kirche fort. — Von dem
Chore (herab) kamen zwei junge Damen; die eine in einem
Kleide von schwarzem französischen Taffet, und die andere in
einem Kleide aus himmelblauem Sammt; beide aber waren
außerordentlich schön. — Was essen Sie? — Ich esse Lachs-
(fleisch), ein wenig Wild(fleisch), und ein Stück Käse. — Wollen
Sie auch Pfeffer? — Ich weiß nicht, ob ich Pfeffer nehmen soll.
— Woran denken Sie? — Ich denke an die reizenden Ge-
sichter, welche ich in der Kirche gesehen habe.

16*

105. Aufgabe.

Wohin gehen Sie heute? — Ich gehe nach dem königlichen Garten, wo es die schönen, schattigen Plätze unter
den blüthenreichen Bäumen giebt. — Ist Ihr neuer
Nachbar ein Bürgerlicher? — Nein, ich glaube er ist von
Adel; ich weiß, daß er ein jüngerer Bruder des Generals ist
und Officier (instrumental) in der preußischen Armee war.
— Was für Teller hat Ihre Frau Tante gekauft? — Sie
hat hübsche neue Teller von Berliner Porzellan gekauft.
Hat sie auch porzellanene Bilder? — Ja, aber die Bilder,
die sie hat, sind von Meißner Porzellan, welches nicht so
weiß ist, als das Berliner. — Welches Porzellan ist das
schönste, härteste und beste? — Das französische Porzellan
aus Sèvres (Севръ). — Wer kam die Treppe herab? — Der
Beichtvater der Generalin mit seiner Beichttochter. — Hat
der General eine Hauskapelle? — In dem Generalshause
ist eine Hauskirche, aber in des Generals Hause ist keine.
— Sind die Wege dort gut? — Viele sind schlecht, sandig
und steinig; aber es giebt mehr gute als schlechte Wege.
— Hat Ihr Herr Vater Schmerzen am Fuße? — Er hat
Hühneraugen.

106. Aufgabe.

Mit wem hast du von des Großvaters Haus gesprochen?
— Ich habe von ihm mit Ernst Feodorssohn Feodorow gesprochen, und spreche jetzt mit (meines) Bruders Schwager.
— Was thut der Bauer auf dem Felde? — Er ackert das
Feld, denn er will dort Gerste und Hafer säen. — Wo
gingst du hin? — Ich ging in das kleine Haus zu der armen Wittwe und zu dem guten, blinden Bettler. — Wen
hat der starke Bauernkerl mit sich nach Hause genommen?
— Er fand im Walde drei kleine Bären und nahm sie mit
sich nach Hause. — Ziehen Sie Schweinefleisch oder Wild-
fleisch vor? — Ich liebe dieses und jenes, und weiß nicht,
welches ich vorziehe. — Haben Sie gestern im Hauskleide oder

im Ballkleide getanzt? — Gestern war nur ein kleiner Ball und ich habe im Hauskleide getanzt. — Wer hat Sibirien beschrieben? — Der berühmte Deutsche hat es beschrieben. — War er dort? — Er war im Sommer dort. — Was für ein Land ist es? — Es ist gebirgig und waldig, auch sehr reich an Getreide.

107. Aufgabe.

Essen Sie gern Gänsefleisch? — Ja, ich esse (ѣмъ) Gänse= fleisch gern, ziehe ihm aber Wild vor.—Was für Fisch ziehen Sie jedem andern vor? — Ich ziehe jedem Fisch den Lachs vor. — Wer ist dieser dicke Herr, welcher auf der Straße geht? — Das ist ein reicher Bierbrauer aus dem Nachbar= städtchen (сосѣдній). — Haben Sie Ihrem Bruder das Geld, welches er bei Ihnen erbeten hat, gegeben? — Ich habe ihm oft welches gegeben, er hat aber dessen nie genug. — Wer athmet so schwer? — Ich athme schwer, ich habe einen heftigen (сильный) Schnupfen (насморкъ). — Was ist das für ein Thurm mitten auf dem Markt? — Es ist der Glockenthurm der Stadtkirche. — Aus was für einem Stoff hat diese Dame ein Kleid? — Sie hat ein Kleid aus gelbem Taffet. — Ist die Straßenbeleuchtung in Ihrer Stadt gut? — Nein, sie ist sehr schlecht. — Ist Ihr Vaterland eine stei= nige Gegend? — Sie ist sehr steinig und sehr waldig. — Sind die Weintrauben (sing.) in diesem Jahr gut? — Sehr gut, sie sind kernig und saftig. — Woher kommen Sie? — Ich komme von zu Hause (со двора). — Ist Ihr Lehrer gut? — Er ist sehr gut, seine Frau aber ist noch besser. — Dieser Prinz ist, scheint es, sehr stolz und streng.—Sie irren sich, er ist nicht stolz, im Gegentheil er ist sehr freundlich und sanftmüthig.—Dürfen Sie mit ihm reden?—Ja, ich darf es. — Liebet Euch, sagt der Heiland, wie Brüder und Schwestern.

Einundvierzigste Lektion. — СОРОКЪ ПЕРВЫЙ УРОКЪ.

379. **Wann.** — Когда́.

Jemals, irgend wann. — Когда́-нибу́дь.

Niemals. — Никогда́-не.

Wann sahen Sie den Kaiser?	Когда́ ви́дѣли вы импера́тора?
Ich habe ihn niemals gesehen.	Я его́ никогда́ не ви́дѣлъ.
Gehen Sie oft zur Beichte?	Ча́сто ли вы идёте на ду́хъ?

Dahin. — Туда́.

Daher (örtlich), von da. — Отту́да.

Hierher. — Сюда́.

Von hier. — Отсю́да.

Bis, bis nach, bis zu. — До (mit dem Genitiv).

Ist es weit von hier bis Moskau?	Далеко́ ли отсю́да до Москвы́?

Bis wohin? — Доку́да?

Bis dahin. — Доту́да.

Es ist ein Mann von Ehre.	Онъ че́стный человѣ́къ.

380. Für das **Hauptwort** mit **von**, als Prädicat, setzt man im Russischen das **Adjectiv**.

Haben Sie den König von Preußen gesehen?	Ви́дѣли ли вы короля́ пру́сскаго?
Lomonossow war ein Mann von neidischem Charakter.	Ломоно́совъ былъ человѣ́къ за́вистливаго нра́ва.

381. Besteht das Prädicat aus einem **Haupt-** und **Eigenschaftsworte**, so setzt man beide in den **Genitiv** und läßt **von** aus.

Michael ist ein wohlgesitteter Jüngling.	Миха́йло добронра́вный ю́ноша.
Sein Bruder ist ein ehrloser Mensch.	Его́ братъ безче́стный человѣ́къ.
Sein Gesicht war kreideweiß.	Лице́ его́ бы́ло бѣ́ло какъ мѣлъ.

382. Die russische Sprache bildet **zusammengesetzte Adjective**, wie die deutsche. Wo aber die Zusammen-

ſetzung ſich als ein Vergleich durch wie auflöſen läßt, da drückt der Ruſſe ſie auch als einen ſolchen aus: weiß wie Kreide.

Wo eine ſolche Auflöſung nicht möglich iſt, da wird der Sinn des deutſchen Worts durch ein, dem Begriff entſprechendes, ruſſiſches Wort wiedergegeben.

Steinhart, hart wie ein Stein.	Крѣпкій какъ камень.
Dagegen: steinalt, ſehr alt.	Престарый, престарѣлый.
Steinreich, { reich an Steinen, ſehr reich, . .	каменистый, богатый камнями. пребогатый.
Wohlthätig, благодѣтельный.	Ausgezeichnet, отмѣнный.
Sanguiniſch, сангвиническій.	Jähzornig, вспыльчивый.
Edel, благородный.	Sehenswerth, любопытный.
Die Freundſchaft, дружба.	Das Temperament, сложеніе,нравъ.
Die Gabe, das Talent, дарованіе.	Die Kenntniß, познаніе.
Tödten, umbringen.	Убивать, убить.
Ich tödte, я убиваю.	Wir tödten, мы убиваемъ.
Ich tödtete, я убивалъ.	Ich habe getödtet, я убилъ.
Ich werde tödten, я буду убивать, я убью.	
Tödte, убивай, убей.	Tödtet, убивайте, убейте.
Getödtet.	Убитъ, убита, убито.
Tödten, ſchlachten.	Колоть, заколоть.
Ich ſchlachte, я колю.	Wir ſchlachten, мы колемъ.
Du ſchlachteſt, ты колешь.	Ihr ſchlachtet, вы колете.
Ich ſchlachtete, { я кололъ. я закололъ.	Wir ſchlachteten, { мы кололи, мы закололи.
Ich werde ſchlachten, я заколю.	Wir werden ſchlachten, мы заколемъ.
Schlachte, коли, заколи.	Schlachtet, колите, заколите.

108. Aufgabe.

Waren Sie jemals in Paris? — Ich habe Paris oft geſehen. — Wieviel Mal haben Sie Paris geſehen? — Ich kann es Ihnen nicht ſagen. — Welche Stadt ziehen Sie vor, Paris oder London? — Ich habe London nicht geſehen, aber ich ziehe Paris allen andern Städten vor. — Haben Sie den Kaiſer von Frankreich geſehen? — Ich habe ihn niemals geſehen, aber die junge Kaiſerin von Frankreich habe ich zuweilen im Theater und auf Spazierorten oder in der

Kirche gesehen. — Wie finden Sie den Kaiser und die Kai=
serin? — Ich finde den Kaiser schön, aber die Kaiserin noch
schöner. — Mit wem haben Sie von Rom gesprochen? —
Ich habe von Rom, der schönen Stadt, mit meinem alten
Freunde und Lehrer, dem Herrn Cosmus Eliassohn, ge=
sprochen, einem in allen Wissenschaften und Künsten bewan=
derten Manne, reich an Gaben des Himmels, fest in der
Liebe und Freundschaft und mir mehr geneigt, als allen
seinen jüngern Schülern. — Was hat er Ihnen von Rom
gesagt? — Er hat mir die berühmtesten alten (дре́вній) und
neuen Gebäude, die Raphael'schen Gemälde im Vatican, die
bewundernswerthen Werke (творе́нія) Michael Angelo's,
überhaupt Alles, was es Schönes und Sehenswerthes in
der ewigen (ве́чный). an Schätzen der alten und neuen Zeit
überfließenden Stadt giebt, beschrieben. — Wohin will dein
Kamerad gehen? — Er geht dorthin in die Bude des Kauf=
manns, der die schönen Tuchmützen und die schwarzen
Sammtröcke hat. — Will er sich eine Tuchmütze kaufen? —
Ja, mein Herr. — Was thun dort deine Schwestern und
deine Vetter? — Sie springen, tanzen und sprechen. — Lie=
ben sie auch zu arbeiten? — Sie wissen sehr viel und le=
sen gute Bücher gern. — Ist die Braut des Fürsten unwohl?
— Ich glaube es, sie ist sehr blaß von Angesicht. — Ich
glaube es nicht, denn sie ist wohlauf. — Ihr Gesicht ist
milchweiß, ihre Sitten sind engelrein, ihr Herz ist voll von
allen Tugenden und stets mitleidig gegen Arme. — Ich habe
mit der schönen und mildthätigen Dame gesprochen, welche
mit Speise und Arzeneien zu den armen Kranken, welche
auf dem Hofe jenes Häuschen sind, ging. — Ist sie sehr
reich? — Ihr Vater ist steinreich; er ist der reichste Mann
im ganzen Lande, aber er ist noch geiziger als reich, und
sein Herz ist allen Tugenden fremd und allen guten Thaten
abgeneigt.

109. Aufgabe.

Hat Ihr Koch den Hahn schon geschlachtet?—Nein, er hat ihn noch nicht geschlachtet, er will ihn aber nachher schlachten. — Was war das für ein Geschrei? — Mein Nachbar ist sehr jähzornig, er ärgerte sich über seinen Sohn und schrie: ich werde ihn tödten, ich werde ihn tödten! — Hat dieser Knabe einen guten Charakter? — Ja, sein Charakter ist sehr gut, seine Kenntnisse aber sehr schwach. — Hat er einen guten Bruder? — Nein, sein Bruder ist nicht gut; er hat ein Herz, das so hart wie Stein ist. — Ist Ihr Messer scharf? — Nein, es ist sehr stumpf. — Haben Sie diesen Sommer fröhlich verbracht? — Ja, sehr fröhlich, ich bin viel herumgereist. — Wo waren Sie? — Ich war in Italien und in Egypten. — Ist das Wetter heute kalt? — Nein, das Wetter ist nicht kalt, doch ist es trüb und es regnet ein wenig. — Ist das Schweinefleisch, das Ihr Koch beim Fleischer gekauft hat, frisch? — Ja, es ist sehr frisch und saftig. — Wer winkt Ihnen dort auf der Straße? — Es winkt mir mein Vetter. — Was wünscht er von Ihnen? — Er will mit mir reden. — Ist dieser Sänger reich? — Nein, er ist nicht reich, aber sehr arbeitsam. — Ist seine Tochter reich? — Nein, seine Tochter ist ebenfalls (также) nicht reich, aber sie ist faul. — Geben Sie mir, ich bitte, einen Teller, ich habe keinen reinen Teller. — Da haben Sie ein reines Gedeck (приборъ). — Ich danke Ihnen ergebenst (покорно). — Ich will schreiben; bringen Sie mir Siegellack, ein Tintenfaß, Stahlfedern, und gutes Postpapier (почтовой). — Da haben Sie Alles, was Sie brauchen. — Ich danke Ihnen, mir scheint es aber, daß im Tintenfaß sei nicht Tinte genug Sie haben Recht (Ваша правда), ich kann aber deren nicht mehr geben, ich selbst habe nicht mehr.

Zweiundvierzigste Lektion. — СОРОКЪ ВТОРОЙ УРОКЪ.

Ich nehme, я беру.   Wir nehmen, мы берёмъ.
Du nimmst, ты берёшь.   Ihr nehmet, вы берёте.
Er nimmt, онъ берётъ.   Sie nehmen, они (онѣ) берутъ.

Bemerkung. Nehmen, взять, entlehnt seine gegenwärtige Zeit von nehmen, брать. Ich nahm, я взялъ, я бралъ; du nahmst, ты взялъ, ты бралъ; 2c.

383. Jeder, ein jeder.   Каждый (distributiv).
Jeder, jedermann, all.   Всякій (collectiv).

Jeder, ein jeder, jeder einzelne von meinen Schülern ist fleißig.	Каждый изъ моихъ учениковъ прилѣженъ.
Jedes Laster (alle Laster zusammen) ist verabscheuenswerth.	Всякій порокъ гнусенъ.
Jeder Reiter hatte einen Sattel.	У каждаго ѣздока было сѣдло.
Als der König im Theater war, sah ihn Jedermann.	Когда король былъ въ театрѣ, всякій его видѣлъ.
Jedermann sieht deine schlechte Aufführung.	Всякій видитъ твоё худое поведеніе.
Alle Leute sahen sie.	Всѣ люди её видѣли.

384. Ganz (unversehrt, ungetheilt).   Цѣлый.

Hast du eine ganze (nicht gesprungene) Flasche?	Есть ли у тебя цѣлая бутылка?
Ich sah bei ihm eine ganze Flasche Wein.	Я видѣлъ у него цѣлую бутылку вина.
Er ist mit der ganzen Stadt bekannt (mit allen Leuten u. s. w.).	Онъ знакомъ со всѣмъ городомъ.
Ich sah die ganze Stadt in Flammen.	Я видѣлъ цѣлый городъ въ пламени.

385. Morgen (der folgende Tag).   Завтра.

Uebermorgen.   Послѣ завтра.

Nach (von der Zeit), nachher.   Послѣ (mit dem Genitiv).

Das Mittagsmahl.   Обѣдъ.
Nach Mittag, nach Tische.   Послѣ обѣда.
Das Abendessen.   Ужинъ.
Das Frühstück.   Завтракъ.

Das Vesperbrod.	Полдникъ.
Ich werde gehen.	Я пойду (fut. perfectum).

Wann wirst du nach Brob gehen? Когда пойдёшь ты за хлѣбомъ?
Ich werde nach der Unterrichtsstunde Я пойду послѣ урока.
gehen.

Morgen wird es schneien. Завтра { будетъ пойдётъ } снѣгъ.

386. Das Futurum (futurum imperfectum) wird aus dem Infinitiv und den Personen von буду gebildet (161.).

Wirst du morgen auf dem Balle Будешь ли ты танцовать завтра
tanzen? на балу?
Ich werde tanzen. † Буду.
Wird der Knabe seine Lektion wissen? Будетъ ли мальчикъ знать свой
  урокъ?
Ja. Будетъ (101.).
Werden die Engländer Gibraltar Будутъ ли англичане описывать
beschreiben? Гибралтаръ?
Nein, sie werden es nicht beschreiben. Нѣтъ, не будутъ.

387. Bald, sogleich, Скоро.
schnell.

Werden Sie morgen ein Buch ha- Будетъ ли у васъ завтра книга?
ben?
Ich werde kein Buch haben. У меня не будетъ книги.
Werde ich meine Kleider haben? Будутъ ли у меня свои платья?
Sie werden keine Kleider haben. У васъ не будетъ платьевъ (122).
Werden wir keinen Frühling haben? Не будетъ ли у насъ весна?
Wir werden bald Frühling { haben. bekommen. Скоро у насъ будетъ весна.
Wirst du fleißiger sein? Будешь ли ты прилѣжнѣе?
Wird dein Bruder nicht bescheidener Не будетъ ли твой братъ скром-
sein? нѣе?
Werden Sie mein Nachbar sein? Будете ли вы моимъ сосѣдомъ?

In Zukunft, fortan. Впередъ, впредь.

Schwer, mühsam. Трудный.
Das Todtenamt, панихида. Das Volk, народъ.
Der Neumond, новолуніе. Der Vollmond, полнолуніе.
Der Fall, Zufall, случай. Der Anfang, начало.
Das Produkt, Erzeugniß. Произведеніе.
Bewohnen. Обитать.
Heißen, sich nennen. Называться.

Machen, thun.	Дѣлать.
Leiden.	Страдать.
Wünschen.	Желать.
Was wünschen Sie?	Что вы желаете?
Ich wünsche nichts.	Я ничего не желаю.
Ist Ihr Vater noch immer leidend?	Всё ли ещё страдаетъ вашъ батюшка?
Er ist noch immer leidend.	Онъ всё ещё страдаетъ.
Was machen Sie?	Что вы дѣлаете?
Ich schreibe.	Я пишу.

110. Aufgabe.

Ist es draußen finster? — Nein, es ist sehr hell. — Wann werden wir Vollmond haben? — Wir werden schon morgen oder übermorgen Vollmond haben. — Wie ist das Wetter? — Es ist nicht sehr kalt, aber etwas windig. — Werden wir Schnee bekommen? — Wir werden nicht Schnee, sondern Regen bekommen, denn es ist sehr warm. — Wann wird Ihre Schwester ihrem Vetter schreiben? — Auf jeden Fall morgen. — Werden Sie nach Tische in den Garten gehen? — Nein, ich werde nach dem Mittage in den Wald gehen, denn er ist weiter von der Stadt und die Luft ist dort kühler und frischer, als in dem Garten, und ich bin nicht wohl. — Was fehlt Ihnen? — Ich bin krank an der Leber. — Was werden Sie morgen thun? — Ich werde das ausgezeichnete Buch meines edlen Freundes lesen. — Wann werden Sie in den schönen Garten des prachtvollen Schlosses gehen? — Heute nach dem Mittage werde ich dorthin gehen. — Warum ist Ihr junges Brüderchen so schnell fortgegangen? — Er wollte schneller in die Schule gehen. — Ist seine Aufgabe schwer? — Ja, mein Herr, doch fortan werden die Aufgaben leichter sein. — Wohin ging er nach der Stunde? — Er geht nach jeder Stunde mit einigen Kameraden in den Wald nach Vogeleiern. — Gestern hatten die bösen Knaben ein ganzes Nest mit Nachtigalleneiern. — Wer hat Ihnen das gesagt? — Alle Leute haben es gesagt. — Wissen es (объ этомъ) auch die Väter der bösen Knaben? — Ich kann es Ihnen nicht sagen, denn ich weiß es nicht. — Wohin gingen sie mit den Eiern? — Sie gingen bis nach Hause. — Waren die Eier noch ganz, als (когда) Sie sie sahen? — Alle waren nicht mehr ganz, als ich sie sah. — Welche Wissenschaft war für Sie am schwersten, als Sie noch Schüler waren? — Der Anfang einer jeden Wissenschaft war mir schwer, denn aller Anfang ist schwer; aber am schwersten war mir die Geographie, denn unser Lehrer war nicht sehr bewandert in derselben und sein Benehmen war einem Lehrer solcher Jünglinge, wie wir alle waren, nicht angemessen. — Er war jähzornigen Charakters, geldgierig, dürftig an Verstand, und jeder seiner bessern und fleißigern Schüler war fähiger zum Unterricht, als er.

111. Aufgabe.

Werden Sie auf Ihrem Wege viele berühmte Städte sehen? — Ich weiß es nicht, doch glaube ich, daß in jeder von den größern Städten, die ich sehen werde, prächtige Ge= bäude, schöne Gemälde der berühmtesten Künstler aller Völ= ker sind. — Haben alle Völker große Künstler gehabt? — Ich glaube es (Genitiv) nicht, denn es giebt Völker, welche niemals einen Künstler oder ein Kunst=Product gesehen haben. — Ueberhaupt waren nur die alten griechischen Künstler große Künstler. — Werden Sie fortan mein Freund sein? — Ja, mein Herr, ich glaube, daß ich Ihr Freund fort= an werde sein, denn ich liebe Sie sehr. — Werden die Kauf= leute fortan die Waaren billiger und besser haben? — Ich weiß es nicht, ich kann es Ihnen nicht sagen. — Sie wa= ren immer gut und billig, aber sie sind nicht mehr so freigebig, wie sie früher waren. — In welche Kirche wer= den Sie morgen gehen? — Wir gehen in die Kirche des hei= ligen Peter, in welcher morgen ein Todtenamt sein wird. Werden wir dort auch die kaiserlichen Prinzen und Prinzes= sinnen sehen? — Wir werden sie alle sehen und auch die Generale aller Regimenter, welche jetzt hier sind. — Werden

nicht einige Regimenter bald von hier nach Moskau gehen?
— Sie werden nicht eher dahin gehen, als (bis) es wär=
mer sein wird; denn jetzt ist es weit kälter, als im Winter.

112. Aufgabe.

Der Weg zur Tugend ist schwer, doch eine schöne Be=
lohnung erwartet denjenigen, welcher diesen Weg wandelt
(идётъ по). — Kennen Sie diesen Herrn schon lange? — Nein,
unlängst hat uns der Zufall zusammengeführt. — Was ha=
ben wir jetzt, Vollmond oder Neumond? — Jetzt haben wir
Neumond. — Von wem ist dieses Bild gemalt? — Dieses
Bild ist das beste Werk des berühmten Malers Horaz Ver=
net. — Was werden Sie thun? — Ich werde schreiben. —
Wem wollen Sie schreiben? — Meiner Cousine Cesarine. —
Schreiben Sie ihr oft? — Ja, ich schreibe ihr sehr oft. —
Haben Sie noch immer (страдать отъ) Zahnschmerzen? —
Ja, ich habe noch immer Zahnschmerzen. — Ist dieser Alte
taub? — Nein, er ist nicht taub, aber er ist harthörig. — Woher
ist das Wasser der Elbe gelb? — Es ist nicht gelb, wird aber
gelb (желтѣть), wenn es regnet. — Wollen Sie ein Stück
Schinken essen? — Nein, ich will keinen Schinken, geben Sie
mir einige Krebse. — Fühlen Sie sich immer noch unwohl?
— Nein, jetzt fühle ich mich etwas besser. — Ist es heute
draußen still? — Es ist nicht allein still, sondern sogar
schwül. — Wie befindet sich jetzt Herr Petrow? — Jetzt
haben sich seine Angelegenheiten gebessert, sie gingen aber
sehr schlecht; er ging zu Grunde, Sie haben ihn aber ge=
rettet. — Löschen Sie (погасить) das Licht aus! — Man
braucht es nicht auszulöschen, es verlischt schon. — Die=
ser Bauer ist, scheint es, sehr grob. — Ja, er ist grob,
sein Bruder aber ist noch gröber. — Ihr Brod ist,
scheint es, schwarz. — Sie irren sich, es ist weißer als
das Ihrige. — Ist dieser Banquier reich? — Er ist sehr
reich, er hat, sagt man (говорятъ), an zwanzig Millionen Rubel.

Dreiundvierzigste Lektion. — СОРОКЪ ТРЕТІЙ УРОКЪ.

388. Null, нуль *m.*

Eins, одинъ, одна, одно, единъ, едина, едино.
Zwei, два, двѣ.
Drei, три.
Vier, четыре.
Fünf, пять.
Sechs, шесть.
Sieben, семь.
Acht, восемь.
Neun, девять.
Zehn, десять.
Eilf, одиннадцать.
Zwölf, двѣнадцать.
Dreizehn, тринадцать.
Vierzehn, четырнадцать.
Fünfzehn, пятнадцать.
Sechzehn, шестнадцать.
Siebzehn, семнадцать.
Achtzehn, восемнадцать (осемнадцать).
Neunzehn, девятнадцать.
Zwanzig, двадцать.
Einundzwanzig, двадцать одинъ ꝛc.
Dreißig, тридцать.
Fünf Millionen.

Vierzig, сорокъ.
Fünfzig, пятьдесятъ.
Sechzig, шестьдесятъ.
Siebzig, семьдесятъ.
Achtzig, восемьдесятъ.
Neunzig, девяносто.
Hundert, сто.
Hundert und eins, сто одинъ.
Hundertfünfundvierzig, сто сорокъ пять.
Zweihundert, двѣсти.
Dreihundert, триста.
Vierhundert, четыреста.
Fünfhundert, пятьсотъ.
Sechshundert, шестьсотъ u. f. w.
Tausend, тысяча.
Tausend und drei, тысяча три.
Tausend und neunundneunzig, тысяча девяносто девять.
Zwei, drei, vier Tausend, двѣ, три, четыре тысячи.
Fünftausend, пять тысячъ u. f. w.
Million, милліонъ.
Zwei Millionen, два милліона.

Пять милліоновъ.

Bemerkung 1. -надцать, steht für на десять, auf, über zehn, одиннадцать, eins über zehn u. f. w.

Bemerkung 2. Двадцать, тридцать, steht für два десять, три десять, zwei Zehner, drei Zehner.

389. Die Declination von одинъ: von два, три, четыре.

Die Zahlen von пять bis тридцать und von пятьдесятъ bis восемьдесятъ, gehen nach schwacher Form der III. Declination und werden in beiden Theilen declinirt: пятидесяти u. f. w. Сорокъ ist männlichen Geschlechts und geht nach der I. Declination; ebenso милліонъ: девяносто und сто sind sächlich und gehen nach der II. Declination; ты-

сяча ift weiblich unb geht nach ber III. Declination (vgl.
388.)

1,224, тысячи двѣсти двадцать четыре.
12,275, двѣнадцать тысячъ двѣсти семьдесятъ пять.
100,000, сто тысячъ. ·102,000, сто двѣ тысячи.
120,000, сто двадцать тысячъ.
1,250,000, милліонъ двѣсти пятьдесятъ тысячъ.
2,304,000, два милліопа триста четыре тысячи.
5,401,000, пять милліоновъ четыреста одна тысяча.

Wie viel Tage find im Jahre?   Сколько дней въ году?
365 ober 366 Tage. Триста шестьдесятъ пять или триста шестьдесятъ шесь дней.

Er hat 21 Federn.   У него двадцать одно перо.
Wir haben 42 Tifche unb unfer   У насъ сорокъ два стола, а у
Nachbar hat 45 Stühle.   нашего сосѣда сорокъ пять
                                стульевъ,
Ich fehe bort 2 Bäume unb 2   Я тамъ вижу два дерева и двухъ
Ochfen.   быковъ.
Geftern fah ich zwölf Ochfen unb Вчера я видѣлъ двѣнадцать бы-
22 Kühe.   ковъ и двадцать двѣ коровы.

390. Wenn vor два, три, четыре, ein Zahlwort
fteht, fo ift ber Accufativ auch bei lebenben Wefen
gleich bem Nominativ.

Ich fah einen Fleifcher mit 40   Я видѣлъ мясника съ сорока
Kälbern, 90 Schweinen unb   телятами, девяноста свинь-
100 Hammeln.   ями и ста баранами.
Der arme Mann ging zu 40 Nach-   Бѣдный человѣкъ шелъ къ сорока
barn.   сосѣдамъ.
Mein Bruder fah in 90 Kirchen   Мой братъ видѣлъ въ девяно-
fehr fchöne Gemälde, aber in   стѣ церквахъ прекрасныя ико-
145 Kirchen auch nicht ein Hei- ны, но во ста сорока пяти
ligenbild.   церквахъ ни одного образа.

391. Сорокъ, девяносто, сто, haben wie in ben inbi-
recten Fällen ben Ausgang -а, wenn nur ein Hauptwort unmittelbar nach ihnen folgt; im Präpofitio-
nal behalten fie -ѣ. Steht aber zwifchen ihnen und dem
Hauptworte noch eine Zahl, fo erhält das Präpofitio-
nal auch -а.

Ich hatte 5 Bücher; mein Kame-   У меня было пять книгъ, у моего
rad hat etwa (circa) 6 Bücher.   товарища было книгъ шесть.

390. Das nach dem Hauptworte stehende Zahlwort bestimmt die Zahl als ungefähr; etwa; circa.

Ich sah Andreas mit etwa 4 Kameraden auf der großen Wiese. — Я видѣлъ Андрея съ четырьмя товарищами на большомъ лугу.

391. Die Präposition steht in solchem Falle (385.) zwischen dem Haupt= und Zahlworte.

392. Ohne, weniger, безъ, безо, mit dem Genitiv. minus.

Er geht in die Schule ohne Federn. — Онъ идётъ въ школо безъ перьёвъ.

In diesem Buche sind 60 Blätter weniger (minus) 2. — Въ этой книгѣ шестьдесятъ листовъ безъ двухъ.

393. Außer, ausgenommen. — Кромѣ, mit dem Genitiv.

Ich habe alle meine Kleider, außer einem. — У меня есть всѣ свои платья кромѣ одного.

Sie hat nur eine Scheere. — У неё только однѣ ножницы.

394. Der Plural von одинъ steht in der Bedeutung von ein, eins mit Hauptwörtern, die nur im Plural gebräuchlich sind, sonst bedeutet er die einen oder allein, in welcher letztern Bedeutung auch der Singular gebraucht wird.

Haben Sie Brod und Milch? — Есть ли у васъ хлѣбъ и молоко?
Ich habe Milch allein. — У меня одно молоко.
Wir waren allein da. — Мы тамъ были одни.
Fürsten allein haben solche Haine. — У однихъ князей такія рощи.
Die Meile, миля. — Die Werste (7 Werste = 1 Meile) верста.

Die Wärterin, няня. — Der Einwohner, житель.
Der Fremde, пностранецъ. — Der Landsmann, соотечественникъ.

113. Aufgabe.

Wieviel Finger hat der Mensch an jeder Hand? — Er hat an jeder Hand fünf Finger. — Und wieviel Hände hat jeder Mensch? — Jeder Mensch hat zwei Hände. — Wieviel Aepfel hat der Bauer in jenem Korbe? — Er hat sechszig

Joel u. Fuchs, Russische Gramm.   17

Aepfel weniger einen. — Wieviel Geld ist in Ihrer Börse?
— Etwa zweiundzwanzig Silberrubel. — Sind in jedem Zim=
mer mehr als hundertfünfzig Bücher? — In jedem von die=
sen Zimmern sehen Sie mehr als zweitausenddreihundert=
fünfzig Bücher aus allen Wissenschaften. — Wieviel Blätter
sind in diesem Buche? — In diesem Buche sind hundertacht=
undachtzig Blätter. — Wieviel deutsche Meilen sind von Berlin
bis St. Petersburg? — Es sind etwa zweihundert deutsche Mei=
len. — Und wieviel Werst sind von Petersburg bis Moskau?
— Siebenhundertachtundzwanzig Werst. — Wieviel Einwoh=
ner hat Moskau? — In Moskau sind von dreihunderttausend
bis vierhunderttausend Seelen. — Sind in Petersburg mehr
Einwohner, als in Berlin? — In Petersburg sind weit mehr
Einwohner, als in Berlin, denn in Berlin sind an (около) vier=
hunderteinundzwanzigtausend Seelen und in Petersburg mit
den zwanzigtausend Fremden mehr als vierhundertachtzigtau=
send Seelen. — Wieviel Hasenfelle hat der Jude? — Er hat
drei Zimmer (сорокъ). — Wieviel Häute sind in drei Zimmern?
— Hundertzwanzig Felle. — Hat Ihr Herr Bruder viele Kin=
der? — Er hat sieben Kinder: zwei Söhne und fünf Töch=
ter. — Sind die Söhne jünger, als die Töchter? — Der
eine Sohn ist das älteste Kind meines Bruders und der
andere ist jünger als seine fünf Schwestern. — Wieviel
Wärterinnen hat das jüngste Kind? — Es hat nur eine
Wärterin. — Bei sieben Wärterinnen ist das Kind ohne
Auge. — Werden Sie morgen viele Gäste haben? — Meine
beiden Brüder mit ihren fünfzehn Kindern werden allein bei
uns sein. — Wieviel Mann Soldaten hatte der General,
der vorgestern in unserer Stadt war? — Ich habe nur
einen Obersten mit sechsundneunzig Mann Grenadieren und
vierzig Mann Dragonern gesehen. — Mit wie vielen Kame=
raden werdet ihr aus der Schule in den Wald gehen? —
Wir werden alle in den Wald gehen, unsere drei Lehrer
mit fünfhundertzweiundsechszig Schülern und zwei Lehrerin=
nen mit zweihundertsechsundsiebenzig Schülerinnen.

114. Aufgabe.

Wieviel Federn hat der Kaufmann verkauft? — Gestern hat er sechshundertneunundachtzig Federn verkauft und jetzt hat er keine Feder mehr. — Ich glaubte, er verkauft keine Federn. — Ja, mein Herr, doch außer Federn verkauft er noch Wachs, Honig, Pfeffer und andere Waaren. — Was für Gerichte hat der Koch uns heute gekocht? — Er hat heute weder gekocht noch gebraten. — Warum? — Der Jäger hat ihm nicht die zwei Birkhähne und der Fleischer nicht das Fleisch gegeben. — Wir wollen aber essen; was hat er? — Er hat die gestrige Fleischbrühe und kalten Lachs. — Was hat der erfahrene Lehrer dem fleißigen Schüler gesagt? — Er sagte ihm, daß Geduld die größte Tugend ist. — Wer ist fleißiger, Hänschen oder Paulchen? — Paulchen ist weit fleißiger als Hänschen. — Hat Lieschen gut gearbeitet? — Nein, doch will sie fortan gut arbeiten. — Wieviel Soldaten hat dieser König? — Er hat jetzt fünfzigtausend Soldaten, doch wird er bald weit mehr haben. — Warum hat er jetzt weniger? — Weil er nicht genug Geld hat. — Ist der König gut? — Es giebt Niemanden, der besser ist als er; denn er liebt sein Volk, ist voll von Tugend und fremd Allem, was schlecht ist.

115. Aufgabe.

War Jemand heute bei Ihnen zum Besuch? — Niemand außer Ihnen war (da). — Ist Ihr Sohn mit vielen Kameraden in der Schule? — Er ist in einer kleinen Schule. — Er ist dort mit zehn oder zwölf Kameraden. — Warum bist du heute ohne deinem Bruder? — Er ist nicht zu Hause. — Wo ist er denn? — Er ist auf dem Lande. — Wieviel Bücher sind in der Dresdener Bibliothek. — Dort werden an sechsmalhunderttausend Bücher sein. — Was sind das für Streiche, Sie machen nichts als Unsinn. — Wo ist Ihr Kutscher? — Sehen Sie ihn denn nicht? Er sitzt dort auf

17*

dem Bocke. — Laſſen Sie dieſes Geſchwätz, es iſt Zeit etwas
Vernünftiges (умнаго) zu ſagen. — Ich ſchwätze nicht, ich
ſpreche; ich weiß aber nicht ob das, was ich ſage, ſei klug
oder nicht. — Sind dieſer Bruder und ſeine Schweſter, welche
ihm ſo ähnlich iſt, Zwillinge? — Nein, ſie ſind Drillinge,
es iſt noch ein Bruder, welchen Sie nicht kennen. —
Eſſen Sie nicht ſoviel Süßigkeiten, dieſe verderben
(портить) die Zähne. — Hat man bei Ihnen ſchon die
Diele geſcheuert? — Ja, meine Köchin hat bei mir die
Diele geſcheuert, und meine Wäſche gewaſchen. — Wie iſt
die Maus in die Stube gekrochen (пролѣсть)? — Sie iſt
durch eine Spalte gekrochen. — Haben Sie die Bärin ge=
ſehen, welche der Führer (вожатый) führte? — Ja, ich
habe ſie und ihre kleinen Bären geſehen. — Wieviel waren
es ihrer? — Es waren ihrer fünf oder ungefähr (около
того). — Wie hoch iſt dieſer Thurm? — Er iſt an ſechszig
Fuß hoch. — Will Ihr Bruder in die Schule gehen? —
Er hat es mir nicht geſagt.

— — —

**Vierundvierzigſte Lektion. — СОРОКЪ ЧЕТВЕРТЫЙ
УРОКЪ.**

Die Pferde dieſer. 200 Mann ſind ſehr ſtark.	Лóшади этихъ двухъ сотъ человѣкъ óчень сильны.
Der General ging mit 300 Grena= bieren und 500 Dragonern nach Odeſſa.	Генерáлъ шёлъ въ Одéссу съ тремя стáми гренадéръ и съ пятью стáми драгýнъ.
Sahſt du den Oberſten der 500 Mann?	Вúдѣлъ ли ты полкóвника пятú сóтъ человѣкъ?
Ich ſah die 500 Mann und ihren Oberſten.	Я вúдѣлъ пятьсóтъ человѣкъ и ихъ полкóвника.
Wieviel Bücher ſind in jedem von dieſen Zimmern?	Скóлько книгъ въ кáждой изъ сихъ кóмнатъ?
In jedem ſind dreihundert Bücher.	Въ кáждой трúста книгъ.

| In jedem Stalle sind vierzig Pferde. | Въ каждой конюшнѣ сорокъ лошадей. |
| Jeder Knabe hat zwei Aepfel und jedes Mädchen einen Apfel. | У каждаго мальчика было два яблока, а у каждой дѣвицы одно яблоко. |

395. Das distributive zu: zu zwei, zu hundert — je zwei, je hundert — wird durch по gegeben, nach welchem два, три, четыре im Accusativ mit folgen= dem Genitiv Singularis, однѝъ, mit seinem Haupt= worte im Dativ, alle übrigen Zahlwörter im Dativ mit folgendem Genitiv Pluralis stehen.

Bemerkung 1. Сорокъ, девяносто, сто, haben nach diesem по den regelmäßigen Dativ auf -у.

| In diesem Hause sind drei Stuben zu drei Fenster. | Въ этомъ домѣ три комнаты о трехъ окнахъ. |

Bemerkung 2. Wenn man die Zahl von Sachen, die sich in einer Räumlichkeit befinden, angiebt, steht о, объ, mit dem Präpositional.

396. Nach (nach Verlauf.) Чрезъ, mit dem Accusativ.

| Ich werde nach fünf Tagen zu ihm gehen. | Я пойду къ нему чрезъ пять дней. |

397. Das Jahr, годъ. Die Jahre, лѣта (Plural von лѣто.).

Mein Schüler ist ein Knabe von neun Jahren.	Мой ученикъ мальчикъ девяти лѣтъ.
Er hat ein Töchterchen von einem Jahre.	У него дочка одного года.
Wie alt bist du? [Wieviel Jahre sind dir von Geburt an?]	Сколько тебѣ лѣтъ отъ-роду?
Ich bin achtzehn Jahre alt.	Мнѣ восемнадцать лѣтъ отъ-роду. Я восемнадцати лѣтъ.
Mein Bruder ist 24 Jahre alt.	Моему брату двадцать четыре года отъ-роду. Мой братъ двадцати четырёхъ лѣтъ.
Ich habe ein achtjähriges Pferd; ein Pferd von acht Jahren.	У меня восьмилѣтная лошадь; лошадь восьми лѣтъ.

Er und sein Freund sind von glei=
chem Alter (gleichen Jahren).

Он и друг его одни́хъ лѣтъ.

Andreas ist um fünf Jahre älter
als ich.

Андре́й старѣе меня пятью го-
да́ми.

Die Erndte dieser drei Jahre war
sehr reich.

Жа́тва э́тихъ трёхъ годо́въ была́
изоби́льна.

398. Das astronomische Jahr heißt stets годъ und
kann im Genitiv des Plurals nie durch лѣтъ gegeben werden.

399. Nahe.

Близъ, mit dem Genitiv.

Mein Vater ist { fast 60 Jahre alt.
{ nahe an 60 Jahren.

Моему́ отцу́ уже́ близъ шести́де-
сяти лѣтъ.

Giebt es eine Goldmünze [im Wer=
the] von 5 Rubeln?

Есть ли золота́я моне́та въ пять
рубле́й? ober Есть ли пяти́ру-
блёвая золота́ моне́та?

Ein Stück Tuch von zwei Arschin.

Кусо́къ сукна́ въ два арши́на.

Ein Kleid zu zehn Rubeln.

Пла́тье въ де́сять рубле́й.

400. Die Angabe des bestimmten Maßes ober
Preises geschieht durch die Präposition въ mit dem
Accusativ.

Die Länge, длина́.
Die Höhe, вышина́.
Die Dicke.

Die Breite, ширина́.
Die Tiefe, глубина́.
Толщина́.

Dieser Garten ist zwanzig Faden
lang und zwölf Faden breit.

Э́тотъ садъ два́дцать са́женъ
въ длину́, а двѣна́дцать са́-
женъ въ ширину́, ober — дли-
ны́, — ширины́, ober — дли-
но́ю, — ширино́ю. Ober:
Э́тому са́ду два́дцать са́женъ
длино́ю, — ширино́ю. Ober:
Э́тотъ садъ длино́ю два́-
дцать са́женъ . . . . у э́того
са́да два́дцать са́женъ дли-
ны́ . . .

Das Gedeck, прибо́ръ.
Die Semmel, бу́лка.
Die Münze, моне́та.
Die Woche, недѣля.
Der Vetter, Cousin, двою́родный
братъ.
Der Koffer, сунду́къ.
Sonntag, воскресе́ньс.

Der Schrank, шкафъ, шкапъ.
Die Pfefferbüchse, пе́речница.
Der Bankschein, ассигна́ція.
Der Monat, Mond, мѣсяцъ.
Die Vase, Cousine, двою́родная
сестра́.
Der Neffe, племя́нникъ.
Mittwoch, середа́ ober среда́.

Montag, понедѣльникъ.

Dienstag, вторникъ.
Sonnabend.

Donnerstag, четвергъ ober четвер-
токъ.
Freitag, пятница.
Суббота.

401. Auf die Frage wann? steht der Tag im Accusativ nach der Präposition въ.

Ich werde zu bir am Dienstag kommen.

Я приду къ тебѣ во вторникъ.

402. Ich werde kommen, я приду.

Ich werde gehen, я пойду.

Du wirst kommen, ты придёшь.

Du wirst gehen, ты пойдёшь.

Wann werden Sie zu uns kommen?
Wann ich ausgehen werde.
Leeren Sie Ihr Glas, und ich werde Ihnen anderen Wein einschenken.
Leeren, leer machen.
Wann gehen Sie in's Theater?
Ich gehe die Dienstage hin.
Wer hat den König gerettet?
Der tapfere Held hat ihn gerettet.

Когда прійдёте вы къ намъ?
Когда я пойду со двора.
Опорожните свой стаканъ, и я вамъ налью другаго вина.
Опорожнить.
Когда ходите вы въ театръ?
Я хожу туда по вторникамъ.
Кто спасъ короля?
Храбрый герой спасъ его.

403. Retten.

Спасать.

Ich rette, я спасаю.
Du rettest, ты спасаешь.
Er rettet, онъ спасаетъ.
Ich rettete, я спасалъ, а, о.
Ich werde retten, я буду спасать (fut. imp.).
Rette, спаси.

Wir retten, мы спасаемъ.
Ihr rettet, вы спасаете.
Sie retten, они спасаютъ.
Habe gerettet, я спасъ, а, о.
Ich werde retten, я спасу (fut. perf.).

Rettet, спасите.

Gerettet, спасёнъ, а, о.

116. Aufgabe.

Wo waren Sie gestern? — Wir waren bei meiner jüng=
sten Tante. — Waren viele Gäste da? — Es waren mehr
als dreihundert Gäste, Männer, Frauen, Jünglinge und
Mädchen da. — Wieviel Zimmer hat Ihre Tante? — Sie hat
nur sechs größere Zimmer; das eine zu fünf Fenster, je=
des der andern zu drei Fenster. — Wie lang und wie
breit ist das größere Zimmer? — Es hat in der Länge

dreiundsechszig Fuß und in der Breite einundvierzig Fuß.
— Ist es sehr hoch? — Es ist etwa sechszehn Fuß hoch. —
Und die andern Zimmer? — Sie sind von zwanzig bis
dreißig Fuß lang und von achtzehn bis zweiundzwanzig
Fuß breit. — Wieviel Gedecke waren in jedem Zimmer? —
In dem größern waren vierundneunzig Gedecke, und in drei
der kleineren zu fünfundsiebzig Gedecken. — Alle Gäste von
ähnlichem Alter waren in einem Zimmer. — Waren auch
Kinder und Greise da? — Es waren nur zwei Knaben von
vier und sieben Jahren und ein Greis, der nahe an ein-
undneunzig Jahre alt war. — Wann wird der träge Diener nach meinen neuen Beinkleidern gehen? — Er hat mir
es nicht gesagt, doch glaube ich den Sonnabend. — Und zu
dem Schmied nach meinem Wagen? — Ich weiß, daß er
den Donnerstag in vierzehn Tagen (zwei Wochen) hingehen wird. — Wird der Wagen dann fertig sein? — Ja,
mein Herr. — Haben Sie nicht eine Zobelmütze zu zwölf
Rubel? — Ich habe eine zu vierzig Rubel, aber nicht zu
zwölf Rubel.

117. Aufgabe.

Wie alt ist Ihr ältester Vetter? — Er ist zweiunddreißig
Jahre alt. — Und seine jüngste Schwester? — Meine liebenswürdige Cousine ist nahe an ihren neunzehnten Jahre. —
Ist dieser Winter kälter, als der vorige? — Der heurige
Winter ist der kälteste in den drei letzten Jahren. — Um
wieviel Jahre ist Nicolaus älter als sein Neffe? — Er ist
nur um zwei Jahre älter. — Wer hat dir deine neue Wäsche
gewaschen? — Der Schwester Wäscherin. — Ist sie auch bei
Elisabeth, der Tochter Peters, gewesen? — Ich glaube dies
nicht, denn als ich sie sah, ging sie nach Hause. — Haben
Sie dem reizenden Lieschen einen Brief geschrieben? — Ja,
ich schreibe ihr jeden Tag. — Haben Sie nicht einige Drei-
rubelscheine? — Ich habe fünf Scheine zu drei Rubeln und
drei Scheine zu einem Rubel. — Wieviel Monate sind im
Jahre zu dreißig und wieviel zu einunddreißig Tagen? —

Es sind im Jahre sieben Monate zu einunddreißig Tagen, und ein Monat zu achtundzwanzig oder neunundzwanzig Tagen. — Und wieviel Wochen sind im Jahre? — Im Jahre sind zweiundfünfzig Wochen und ein Tag oder zwei Tage. — Wieviel Wochen sind in jedem Monat? — Vier Wochen und zwei oder drei Tage. — Wieviel Stunden sind in jedem Tage? — Im (astronomischen) Tage (сутки) sind vierundzwanzig Stunden, in einem Sommertage circa siebzehn Stunden und in einem Wintertag circa sieben Stunden. — Wieviel Pud Wachs hat der reiche Kaufmann gekauft? — Ich weiß es nicht, doch sein junger Sohn hat mir gesagt, daß er fünfundzwanzig Pud gekauft hat. — Hat er schon etwas Wachs verkauft? — Er hat vor Kurzem viel Wachs, aber noch mehr Pfeffer, Salz und Honig verkauft.

118. Aufgabe.

Wo wohnen Sie in St. Petersburg? — Ich wohne dort in der Nähe der Isaakscathedrale (Исакіевскій соборъ). — Werden Sie über den Fluß durch die Furth (въ бродъ), oder über die Brücke gehen? — Nein, durch die Furth werde ich nicht gehen, ich werde über die Brücke gehen. — Sind die Schüler bei diesem Lehrer alt? — Seine Schüler sind von eilf bis zwanzig Jahr und noch mehr alt. — Wer hat den großmüthigen König gerettet? — Sein tapferer Feldherr hat ihn gerettet. — Was für einen Tag haben wir heute? — Morgen wird Dienstag sein, darum ist heute Montag. Leeren Sie (опорожнить) Ihr Glas, ich will Ihnen anderen Meth (мёдъ) einschenken! — Wollen Sie Handschuhe? — Ja, bringen Sie mir ein Dutzend. — Hat Ihnen Ihr Koch gute Bouillon (бульонъ) heute gekocht? — Er hat mir keine Bouillon gekocht (варить), er hat mir eine Kohlsuppe (щи) gekocht (сварить). — Wo ist Ihre Dienstmagd? — Sie ist auf den Markt gegangen. — Sehen Sie auf den Himmel! Was ist dort für ein reizendes Sternchen! — Ich sehe kein Sternchen, weil die Sonne noch nicht untergegangen ist. —

Ist der Meister zu Haus? — Nein, der Meister ist nicht zu Haus, zu Haus ist der Geselle. — Wer ist auf dem Hof? — Auf dem Hof ist der Schlosser, er hat die Schlösser gebracht. — Was für Schlösser? — Die Schlösser für das Schloß des großmüthigen Fürsten. — Wer ist dort am (на) Uferchen? — Am Uferchen (бережокъ) ist der Fischer, welcher Fische fängt. — Was für Fische fängt er? — Verschiedene; er hat Karpfen, Lachse und Hechte. — Was schmerzt Ihnen (у)? — Mir schmerzt die Brust. — Haben Sie einen Renner? — Nein, ich habe einen Traber.

———————

Fünfundvierzigste Lektion. — СОРОКЪ ПЯТЫЙ УРОКЪ.

Rechnen, считáть.	Abbiren, слагáть.
Multipliciren, умножáть.	Subtrahiren, вычитáть.
Dividiren.	Дѣлить.
Ich dividire.	Я дѣлю.
Ich werde dividiren.	{ Я бýду дѣлить (fut. impf.). { Я раздѣлю (fut. perf.).
Ich werde abbiren.	{ Я бýду слагáть (fut. impf.). { Я сложý (fut. perf.).
Ich werde multipliciren.	{ Я бýду умножáть. { Я умножý.
Ich werde subtrahiren.	{ Я бýду вычитáть. { Я вычту.
Ich abbirte.	{ Я слагáлъ (imperfectum). { Я сложилъ (perfectum)
Wieviel ist 4 und 5?	Скóлько четы́ре да пять?
4 + 5 ist 9.	Четы́ре да пять дѣлаетъдéвять.
Wieviel ist 100 weniger 40?	Скóлько бýдетъ сто безъ сорокá?
100 — 40 ist 60.	Сто безъ сорокá, шестьдесятъ.
404. Wie oft? wieviel mal?	Какъ чáсто? Скóлько разъ?

Wie oft war Ihre Nichte im Theater?

Sie war nur einmal dort, aber
ihr Bruder war sechsmal dort.

Waren Sie zweimal bei ihm?
Ich war vielmal (öfter) da.
Ich habe ihn hundertmal gesehen.
Wieviel ist zweimal neun (2×9)?
(4 × 8 = 32.)   Viermal acht ist
zweiunddreißig.
7 mal 7 ist 49.

Какъ часто была ваша племян-
ница въ театрѣ?

Она тамъ была только одинъ разъ,
а ея братъ былъ шесть разъ
(191. с.).

Были ли вы у него два разъ?
Я тамъ былъ многократно.
Я его видѣлъ сто кратъ.

Сколько дважды девять?
Четырежды восемь дѣлаетъ трид-
цать два.
Семью семь сорокъ девять.

405. Mal in Vervielfältigungszahlen heißt:
a) Auf die Frage: wie oft? разъ seltener кратъ [slaw.])
-кратно: hundertmal стократъ, стократно.

b) Im Rechnen wird es bei одинъ, (одна) два, три, четыре, durch das angehängte -жды, bei den übrigen Zahlen
durch ein angehängtes tonloses -ю-gegeben; von hundert an
sind die Hunderte unverändert oder mit разъ verbunden.

Einmal, однажды, одинъ разъ.   Zweimal, дважды, два раза.
Viermal, четырежды, auch четырью, четыре раза.
Vierzigmal, четыредесятью.   Zweihundertmal, двѣсти.
Hundertmal, сотью häuf. сторазъ.   Dreihundertmal, триста.
Tausendmal, тысяча разъ oder тысяча кратъ.

Bemerkung 1.   Die Multiplications-Zahlen auf -ю
unterscheiden sich von dem Instrumental der Grundzahlen
durch den Ton, den letztere auf der Endung haben.

Fünfmal, пятью.   Mit 5 Pferden, съ пятью лошадьми.
Einmal, однократно.   Vielmals, oft, многократно.
Diesesmal, сей разъ.   Allemal, всякій разъ.
Jedesmal.   Каждый разъ.

406. Die mit -кратно zusammengesetzten Zahlen werden wie die Adjective concrescirt:

Einmalig, отнократный.   Zweimalig, двукратный.
Fünfmalig, пятвкратный.   Vielmalig, mehrmalig, многократ-
                                ный.

Die mehrmalige Wiederholung einer   Многократное повтореніе одного
Lektion wird jedem Schüler sehr   урока всякому ученику будетъ
nützlich sein.   очень полезно.

407. **Gattende Zahlen** sind:

Zwei, двóе.   Vier, чéтверо.
Beide, обóе.   Fünf, пятеро.
Drei, трóе.   Sechs, шéстеро.

u. f. w. durch Anhängung von -epo an die Form des Plural=Genitivs (Charakterform).

Hundert, сóтня.   Zweihundert, двѣ сóтни.

Fünfhundert, пять сóтень (382.).

Bemerkung 2. Sie werden wie die Adjective im Plural declinirt. Genitiv двойхъ, четверúхъ u. f. w.

Bemerkung 3. Nach двóе. трóе ꝛc. folgt der Genitiv.

408. Двóе, обóе. трóе, werden von **Personen** und **Sachen**, die übrigen **nur von Personen**, die eine **Gesammtheit** bilden, gebraucht.

Bemerkung 4. Wenn sie bei Hauptwörtern, die nur im Plural gebräuchlich sind, stehen, haben sie auch die Plural=Endung -и: двóи. чéтверы u. f. w.

409. Stehen sie im **Nominativ** oder **Accusativ**, so haben sie das Hauptwort im Genitiv des Plurals nach sich.

Zwei Diener meines Nachbars wa=ren bei mir.   Двóе слугъ моегó сосѣда былú у менá.

Ich sehe dort die fünf Kinder mei=nes Vetters.   Я тамъ вúжу пятерúхъ дѣтéй двоюрóднаго моегó брáта.

Er hat fünf Uhren und drei Ga=beln.   У негó пятеро часóвъ и три вúлки.

Wieviel Stunden waren Sie unter=wegs von hier bis Twer?   Скóлько часóвъ былú вы въ дорóгѣ отсюда до Тверú?

Zwei Stunden.   Два часá.

Wieviel Uhr ist es? \
Was ist die Uhr? /   Котóрый часъ?

Es ist ein Uhr, die Uhr ist eins.   Часъ.
Es ist zwei Uhr.   Два часá.
Es ist fünf Uhr.   Пять часóвъ.

410. **Es schlägt,**   Бьётъ.

Es hat geschlagen, schlug.   Бúло.

Es hat eins geschlagen.   Бúло часъ.
Es hat fünf geschlagen.   Бúло пять часóвъ.
Hat es drei geschlagen?   Бúло ли три часá?

Es wird schlagen. | { Бу́детъ бить. / Уда́ритъ.

Es wird bald zwölf schlagen. | { Ско́ро бу́детъ бить двѣна́дцать. / Ско́ро уда́ритъ двѣна́дцать.

Die Minute. | Мину́та.

Es fehlen fünf Minuten an vier. | Четы́ре часа́ безъ пяти́ мину́тъ.

In wieviel Stunden ging er von hier nach N.? | Въ ско́лько часо́въ шёлъ онъ отсю́да до Н.?

In sechs Stunden. | Въ шесть часо́въ.

Um wieviel Uhr ging er nach Hause? | Въ кото́ромъ часу́ пошёлъ онъ домо́й?

Um sechs Uhr. | Въ шесть часо́въ.

Pünktlich, präcise. | То́чно, ро́вно.

Ich gehe Punkt sieben Uhr. | Я иду́ то́чно oder ро́вно въ семь часо́въ.

Die Wiederholung. Das Einmaleins. | Повторе́ніе. Табли́чка умноже́нія.

Die Addition, сложе́ніе. | Die Multiplication, умноже́ніе.

Die Subtraction, вычита́ніе. | Die Division, дѣле́ніе.

Der Monat, мѣсяцъ. | 24 Stunden (der Tag), су́тки (pl. masc.).

Januar, Янва́рь. | März, Мартъ.

Februar, Февра́ль. | April, Апрѣ́ль.

Mai, Май. | September, Сентя́брь.

Juni, Iю́нь. | October, Октя́брь.

Juli, Iю́ль. | November, Ноя́брь.

August, Авгу́стъ. | December, Дека́брь.

Bemerkung 5. Auf die Frage: wann? steht bei Namen der Monate der Präpositional in Verbindung mit der Präposition въ.

Die Feiertage. | Пра́здники.

Weihnachten, Рождество́ Христо́во. | Ostern, Па́сха.

Pfingsten, Тро́ица. | Ostersonntag, Свѣ́тлое Воскресе́нье.

119. Aufgabe.

Wieviel ist achtundvierzig und dreizehn? — Achtundvierzig und dreizehn ist einundsechszig. — Und wieviel ist neunundsechszig weniger fünfzehn? — Neunundsechszig weniger fünfzehn ist vierundfünfzig. — Kennen Sie das Einmaleins? —

Ich glaube, mein Herr, daß ich es kann. — Wieviel ist sieb=
zehnmal hundertzweiundneunzig? — Siebzehnmal hundert=
zweiundneunzig ist dreitausendzweihundertvierundsechzig. —
Wie oft waren Ihre Fräulein Schwestern auf dem Balle
der Frau Generalin? — Sie waren auf dem Balle sieben=
mal. — War Ihr Freund oft mit Ihnen in Petersburg?
— Wir waren nur zweimal dort. — Haben Sie den Kaiser
und die Kaiserin oft gesehen? — Die Kaiserin sahen wir
nur einmal, aber den Kaiser und die Großfürsten sahen wir
öfters. — Sehen Sie zuweilen Ihre beiden lieblichen Cou=
sinen und Ihre drei Cousins? — Diese sehe ich oft, aber
jene habe ich nur einigemal gesehen, als sie bei unserer
Tante waren. — Welchen Monat haben wir jetzt? — Wir
haben den November. — Um wieviel Uhr kommst du aus
der Schule? — Ich komme aus der Schule um zwölf Uhr.
— Hat es schon neun geschlagen? — Es hat noch nicht ge=
schlagen, aber es wird bald schlagen. — Warst du den Frei=
tag in der Schule? — Nein, denn ich war krank. — Was
kannst du besser, die Subtraction oder die Multiplication?
— Ich denke, daß ich besser multiplicire, als subtrahire. —
Wirst du aber auch bald die Division kennen? — Ich muß
sie im August kennen. — Sind deine sechs Cameraden flei=
ßiger als du? — Ich bin fleißiger, und unser Lehrer ist
mit mir allemal mehr zufrieden, als mit den übrigen sechs
Schülern. — Waret Ihr im kaiserlichen Schlosse? — Wir waren
alle da. — War Euer Betragen stets bescheidenen Knaben
angemessen? — Das Betragen meiner beiden Gefährten war
den Söhnen eines solchen edeln Vaters nicht angemessen, aber
ihre Beschämung war ihrem schlechten Betragen angemessen.

120. Aufgabe.

Ist dein Freund Peter weit älter als seine wohlgesittete
Schwester? — Er ist um drei Jahre und fünf Monate älter
als sie; aber sie ist in den Wissenschaften weit bewanderter
als ihr träger, unachtsamer und ungehorsamer Bruder, der

schon fünfzehn Jahre alt ist, dessen Kenntnisse aber geringer
sind, als die eines Knaben von acht Jahren. — Wieviel
Pud Kupfer und wieviel Pud Zinn werden in der Glocke
dieser Kirche sein? — Es werden von jedem nicht mehr als
zweitausendfünfhundert Pud sein. — Wieviel Uhren haben
Sie? — Ich habe nur drei Uhren, eine goldene und zwei
silberne. — Welche von den drei Uhren geht am besten? —
Diese kleine silberne Uhr geht besser, als die andere silberne,
und weit besser, als die goldene. — Haben Sie sich auch
silberne Löffel gekauft? — Nein, mein Herr, denn ich fand
beim Kaufmann keinen silbernen Löffel, er hatte nur silberne
und goldene Leuchter. — Waren die Leuchter, welche der
Kaufmann hatte, gut? — Sie waren wunderschön, und die
goldenen waren schwerer, als die silbernen. — Haben Sie
den Wagen mit sechs Pferden gesehen? — Wessen Wagen ist
es? — Es ist der Wagen der Prinzessin; es war Niemand
in demselben. — Ist der Wagen theurer, als der der Gräfin?
— Er ist um zweihundertachtundfünfzig Rubel theurer. —
Ist die Uhr schon fünf? — Es fehlen noch zehn Minuten
an fünf. (Es ist fünf Uhr weniger zehn Minuten.) —
Jetzt schlägt es sechs Uhr.

121. Aufgabe.

Verstehen Sie zu addiren? — Ich addire nicht allein,
ich multiplicire auch. — Sagen Sie mir, wieviel ist zwei=
mal zwei? — Zweimal zwei ist vier. — Waren Sie oft in
Paris? — Ich war oft dort. — Kennen Sie meinen Freund
Iwan Andreevitsch? — Ich kenne nicht allein ihn, sondern
auch seine beiden Brüder. — Wieviel Uhr ist es? — Gleich
wird es fünf schlagen. — Wieviel Regeln hat die Arith=
metik? — Sie hat deren viele, die hauptsächlichsten aber sind:
die Addition, die Subtraction, die Multiplication und die
Division. — Gut, daß ich Ihnen begegnet bin; kommen
Sie mit mir spazieren. — Nein, ich werde mit Ihnen
nicht spazieren gehen, heute ist ein großes Fest und ich gehe

in die Kirche. — Was ist heute für ein Fest? — Wissen Sie
denn das nicht? — Heute ist Ostersonntag. — Haben Sie
Ihre Mutter gesehen? — Ja, ich habe sie gestern gesehen,
sie war aber nicht wohl. — Wo ist Ihr Großvater? — Er
ist auf dem Lande. — War der Landmann gestern lange
auf dem Felde? — Er hat bis tief in die Nacht (до глубокой
ночи) gepflügt und geeggt. — Sind Sie lange in Irland
herumgereist? — Nein, in Irland reiste ich nicht lange,
denn ich bin lange in England geblieben. — Wie haben
Sie den gestrigen Abend verbracht? — Ich spielte Karten.
— Wo führen Sie Ihren Sohn hin? — Ich führe ihn in
die Schule. — Wer fliegt in der Luft? — In der Luft flie=
gen ein ungeheurer Adler und eine kleine Taube. — Was
hat Ihr Koch auf dem Markt gekauft? — Er hat einen
Puterhahn und eine Puterhenne gekauft.

**Sechsundvierzigste Lektion. — СОРОКЪ ШЕСТОЙ
УРОКЪ.**

411. Der erste, пе́рвый.   Der allererste, первѣ́йшій.

Der letzte, послѣ́дній.   Der allerletzte, послѣ́днѣйшій.

Der zweite, второ́й   Der andere, друго́й.

Der dritte, тре́тій, -ья, -ье. Der vierte, четвёртый.

Der fünfte, пя́тый.   Der sechste, шесто́й.

u. s. w. durch Anhängung von -ій an die hart auslautende Form des
Plural=Genitivs (Charakterform) der Grundzahlen gebildet.

Der eilfte, одиннадцатый und so die übrigen.

Der zwanzigste, двадцатый (двадесятый slw.).

Der 21ste, два́дцать пе́рвый.   Der 22ste, два́дцать второ́й u. s. w.

Der vierzigste, сороково́й (четыредесятый slaw.).

Der fünfzigste, пятидеся́тый.   Der sechzigste, шестидеся́тый u. s. w.

Der neunzigste, девяно́стый (девятдесятый slw.).

Der hundertste, со́тый.   Der 200ste, двухъ-со́тый, двусо́тый.

Der 500ste, пятисо́тый.   Der 1000ste, ты́сячный.

Der 2000ſte, двухъ-тысячный, двутысячный.

Der 10,000ſte, десятитысячный.   Der 100,000ſte, стотысячный.
          Der Millionſte.   Миллiонный.

Der Anfang des 101ſten Jahres.   Начало сто перваго года.

412. Bei zuſammengeſetzten Zahlen bekommt — wie im Deutſchen — nur das letzte Zahlwort die Ableitungs= Endung, ſo wie Geſchlechts= und Caſus=Zeichen.

413. Der wievielſte? Который? Коли́кiй (ſelten ge= bräuchlich)?

Die wievielſte Feber hat er?   Коли́кое перо́ у него́?
Er hat ſchon die zwölfte.   У него́ уже́ двѣна́дцатое.

Den wievielſten ｝ haben wir heute?   Кото́рое у насъ сего́дня число́?
Welchen Datum ｝

Wir haben heute den ſechsten. ｝ У насъ сего́дня ｛ шесто́е.
Heute iſt der eilfte.   ｝   ｛ оди́ннадцатое.

Bemerkung 1. Оди́нъ на́десять, два на́десять, ſind jetzt nicht mehr im gemeinen Leben gebräuchlich und gehören nur dem höheren, officiellen und juriſtiſchen Style an.

414. Was iſt die Uhr?   Кото́рый часъ?

Es iſt nach zwölf. ｝
Es geht auf eins. ｝   Пе́рвый [часъ].

Es iſt 20 Minuten ｛ nach zwei. ｝   Два́дцать мину́тъ тре́тьяго.
                  ｛ auf drei. ｝

       Der Ausgang.   Исхо́дъ.

Wann werden Sie zum Arzte gehen?   Когда́ пойдёте вы къ ле́карю?

Gleich nach drei.   Въ нача́лѣ четвёртаго часа́.

Kurz vor vier.   Въ исхо́дѣ четвёртаго часа́.

Wann waren Ihre Couſinen auf dem Balle?   Когда́ двою́родныя ва́ши сёстры бы́ли на балу́?

Am 22. Mai. Den 22. Mai.   Два́дцать втора́го ма́я.

In welchem Jahre war Ihr Nach= bar in Kiew?   Въ кото́ромъ году́ вашъ сосѣ́дъ былъ въ Кiевѣ?

Im Jahre 1832.   Въ ты́сяча во́семь сотъ три́дцать второ́мъ году́.

Wann ſahen Sie die Königin von Spanien?   Когда́ ви́дѣли вы короле́ву ис= па́нскую?

Am 15. Januar 1851.   Пятна́дцатаго января́, ты́сяча во́семь сотъ пятьдеся́тъ пе́р- ваго го́да.

Ich habe ſie im Mai geſehen.   Я её ви́дѣлъ въ ма́ѣ мѣ́сяцѣ.

Joel u. Fuchs, Ruſſiſche Gramm.   18

415. Der **Monat allein** oder die **Jahreszahl allein** steht im **Präpositional** mit въ. **Monat und Datum**, sowie **Jahreszahl und Datum** zusammen, stehen im **Genitiv**. Auf die Jahreszahl muß stets годъ folgen.

Ich war schon in meinem zwölften Jahre in Preußen.	Я уже па двѣнадцатомъ году былъ въ Пруссіи.
Der Theil, часть *f*.	Der Theil (eines Buches), томъ, часть.
Die Seite, страница.	Die Zeile, Reihe, строка.
Das Kapitel, глава.	Der Abschnitt, отдѣленіе.
Der Paragraph, параграфъ.	Das Ende, конецъ.
Theil. I, Kapitel 5., §. 12.	Пе́рвая часть, глава́ пятая, параграфъ двѣнадцатый.
Der Pabst, папа.	Das Kirchdorf, село.
Der Bischof, епископъ.	Der Erzbischof, архіепископъ.

416. **Regieren.** Царствовать.

Ich regiere, я царствую.	Ich regierte, я царствовалъ.
Fliehen, laufen.	Бѣжа́ть.
Ich fliehe, я бѣгу́.	Wir fliehen, мы бѣжи́мъ.
Du fliehst, ты бѣжи́шь.	Ihr fliehet, вы бѣжи́те.
Er flieht, онъ бѣжи́тъ.	Sie fliehen, они́ бѣгу́тъ.
Ich floh, я бѣжа́лъ, бѣгъ spr. бёгъ.	Wir flohen, мы бѣжа́ли, бѣгли́.
Fliehe, бѣги.	Fliehet, бѣги́те.

417. **Fliegen.** Лѣтѣ́ть.

Ich fliege, я лечу́.	Wir fliegen, мы лети́мъ.
Du fliegst, ты лети́шь.	Ihr flieget, вы лети́те.
Er fliegt, онъ лети́тъ.	Sie fliegen, они́ летятъ.
Ich flog, я летѣлъ.	Wir flogen, летѣли.
Fliege, лети.	Flieget, лети́те.
Vormittags, дополудни.	Nachmittags, пополудни.

122. **Aufgabe.**

Welchen Theil meines Buches haben Sie und welchen hat Ihr Herr Onkel? — Ich habe den dritten Theil und mein Onkel hat den siebenten. — Das wievielste Haus von dieser Ecke ist das Ihrige? — Das meinige ist das achtzehnte. — Sind dir die Namen der berühmtesten römischen Päbste bekannt? — Ja. — Alexander VI., Gregor VII. und Leo X.,

ein Florentiner aus dem Geschlechte der Medici, waren die
berühmtesten. — In welchem Jahrhundert war Leo X. Pabst
von Rom? — Im fünfzehnten Jahrhundert. — Wann sahen
Sie den Kaiser von Oesterreich zum (въ mit dem Accusat.)
ersten Male? — Am 14. April 1849. — Und den König
von Sachsen? — Schon im Januar. — Wann waren wir
zum letzten Male im Theater? — Am Dienstag, den 22.
März. — Den wievielsten haben wir heute? — Den 1. April.
— Den wievielsten Sommer sind Sie jetzt hier? — Ich bin
jetzt den achten Sommer hier. — Das wievielste Jahr ist
Ihr Neffe jetzt in Athen? — Schon das neunzehnte Jahr.
— Wie oft waren Sie im Schlosse? — Jede Woche zweimal, des Montags und Donnerstags. — Ist es weit von
hier bis zum zweiten Kirchdorfe? — Es sind noch zweiund-
vierzig Werst. — Ist es weiter als bis zur nächsten Stadt?
— Es ist um acht Werst näher. — Aus welchem Jahrhundert ist das schöne alte Gemälde, welches wir gestern in
dem Hause Ihrer Nichte sahen? — Soviel (сколько) mir bekannt ist, aus dem Anfange des fünfzehnten Jahrhunderts, und
gehört zu den besten Gemälden jenes an Kunstwerken so reichen
Zeitalters. — Wie sind die jetzigen Zimmer Ihres Freundes?
— Er ist mit allen vier nicht zufrieden, denn zwei sind zu nie-
brig und dunkel, das dritte zu groß und zu kalt und das vierte
zu feucht. — Siehst du nicht die vierte Laterne von hier?
Dort ist das Haus meines alten Schwiegervaters. — Ich
sehe die Laterne und das Haus. — Ist es schon neun Uhr?
— Es ist schon nach neun Uhr.

123. Aufgabe.

Wer liest (служитъ) heute die Messe in der Cathedrale?
— Wissen Sie denn das nicht? — In der Cathedrale liest
die Messe der Erzbischof selbst. — Herrscht der jetzige Kaiser schon lang? — Er herrscht schon sieben Jahre. — Und
hat der verstorbene (покойный) lang geherrscht? — Er
herrschte ein und dreißig Jahre. — Wer fliegt dort in der

18*

Luft? — Das ist eine Fliege. — Und ich dachte, es sei eine Schwalbe (ласточка). — In diesem Falle (случай) irrten Sie sich. — Wer läuft dort auf dem Felde? — Sehen Sie es denn nicht? — Das ist wahrscheinlich ein Räuber? — Nein, ein sehr friedlicher Bürger, Ihr Freund Iwan Andreasjohn Durnow. — Haben Sie oft unsere Königin gesehen? — Nein, ich habe sie nicht oft gesehen, ihrer Stieftochter jedoch bin ich oft im Garten begegnet. — Was ist das für ein Wald, ein Tannen= oder ein Fichtenwald? — Das ist weder ein Tannen= noch ein Fichtenwald, das ist ein Birkenwald. — Wer ist dies gefräßige Mädchen? — Das ist, zu meiner Schande, meine Nichte Theresa. — Hören Sie nicht auf diesen Schwätzer, er sagt kein wahres Wort; Alles, was er spricht ist fade Lüge. — Werfen Sie ihm das nicht vor, er ist nicht so sehr schuld, als es scheint. — Wessen Ohrringe sind es? — Es sind meiner Schwester Ohrringe. — Was für ein Fleisch wünschen Sie? — Geben Sie mir ein Stückchen Schweine= fleisch, Brod und Butter, ich bin sehr hungrig. — Da ha= ben Sie Alles, was Sie brauchen. — Ich danke Ihnen er= gebenst. — Was ist das für ein wunderschönes Bild, welches ich in Ihrem Zimmer sehe? — Es ist ein Originalbild Raphaels. — Ist das eine Copie? — Nein, es ist keine Copie. — Hoffen Sie auf Ihren Onkel? — Nein, auf ihn ist gar keine Hoffnung.

124. Aufgabe.

Wann hat der ruhige und arbeitsame Landmann sein schönes Feld, das jetzt grün ist, geackert? — Er hat es vo= riges Jahr im Monat October geackert und hat dieses Jahr im März Gerste darauf gesäet. — Wieviel Arschin blauer Indienne hat die arme Frau des ehrlichen Bürgers gekauft? — Sie hat sich keine blaue Indienne, sondern dreizehn Ar= schin rother Indienne gekauft. — Was wollte jener lustige Matrose auf dem Markte des Städtchens? — Er kaufte fünfzig Pud frisches und zwei Pud altbackenes Brod. — Wieviel Palmen sind in jenem Walde in Asien? — Ich kann

es nicht wissen, ich habe sie nicht gezählt. — Wieviel Jahre
hat dieser alte Richter? — Die ehrwürdige Frau des Rich=
ters sagt, daß ihr Mann siebenundachtzig Jahre und fünf
Monate hat. — Wohin gehen diese müden Schnitter?
— Sie gehen nach Hause, sie waren drei Wochen nicht zu
Hause. — Mit wem gehen sie? — Mit vielen Knaben und
einigen Frauen. — Sind deine Messer stumpf? — Ich habe
viele Messer, die einen sind scharf, die andern stumpf.

Siebenundvierzigste Lektion. — СОРОКЪ СЕДЬМОЙ
УРОКЪ.

Werfen, { бросáть (inf. iterat.).
{ брóсить (inf. simpl.).

Ich warf, { я бросáлъ.
{ я брóсилъ.

Ich werfe, я бросáю.

Ich werde werfen.

{ Я бýду бросáть (fut. imp.)
{ Я брóшу fut. perf.).

Führen, { водúть.
{ вестú.

Ich führte, { я водúлъ.
{ я вёлъ.

Ich werde führen.

{ Я бýду водúть.
{ Я поведý.

418. Die Hälfte, das Halbe,
половúна.

Das Drittel, трéть f.

Das Viertel, чéтверть f.

Das Fünftel, пятая часть одет
дóля, пятое.

Vier Fünftel (⁴/₅).

Четы́ре пяты́хъ.

Es ist halb eins (halb ein Uhr).

Половúна пéрваго [часá].

Es ist ein Viertel auf zwei.

Чéтверть вторáго [часá].

Es ist drei Viertel auf drei.

Три чéтверти трéтьяго.

Anderthalb, полторá m. полторы́ f.

Dritthalb, полтретья́, полтретьй.

Achthalb, полосьмá, полосьмú и. s. w.

Aus пол- mit dem unconcrescirten Genitiv der Einzahl der Ord=
nungszahlen zusammengesetzt.

Bemerkung. Declination der mit -пол zusammen=
gesetzten Zahlen:

Einzahl.   Mehrzahl.

	Männlich und sächlich.	Weiblich.	Für alle drei Geschlechter.
Nominativ . .	полтор-а́	-я	полу́торы
Genitiv	полу́тор-а	-п	полу́торыхъ
Dativ	полу́тор-у	-ѣ	u. s. w. wie die
Accusativ . . .	полтор-а́	-п	Eigenschaftswörter.
Instrumental .	полу́то-рымъ	-ею	
Präpositional	полу́тор-ѣ	-ѣ	

419. Steht das halbirende Zahlwort im Nominativ oder Accusativ, so steht das folgende Hauptwort im Genitiv der Einheit. In den übrigen Fällen steht das Hauptwort im Plural und das vor demselben stehende Zahlwort endet im männlichen und sächlichen Geschlecht auf -a, im Präpositional auf -ѣ; im weiblichen Geschlecht hingegen hat das Zahlwort die Endungen der Mehrheit.

Ich habe anderthalb Pfund Butter.

Haben Sie nicht dritthalb Pfund Käse?

Er geht nach anderthalb Pfund Zucker.

Ein Eimer Wasser in dritthalb Eimern Bier.

Hat er nicht dritthalb Klafter Holz?

Mit fünfthalb Faß Bier.

† Jeder Soldat hat zu anderthalb Pfund Brod und zu dritthalb Maß Bier.

У меня́ полтора́ фу́нта ма́сла.

Нѣтъ ли у васъ полутретья фу́нтовъ сы́ру?

Онъ идётъ за полу́тора фунта́ми са́хару.

Одно́ ведро́ воды́ въ полу́третьѣ вёдрахъ пива́.

Нѣтъ ли у него́ полу́третья са́женъ дровъ?

Съ полупятью бо́чками пива́.

У ка́ждаго солда́та есть по полу́тору фу́нтовъ хлѣба и по полу́третьѣ мѣры пива́.

420. Bei но, зу, steht das männliche und sächliche Hauptwort im Genitiv der Mehrheit, das weibliche im Genitiv der Einheit, bei einer, eine, eins одинъ.

одна́, одно́, ſteht nach по, zu, der Dativ der Einheit in bei=
den Geſchlechtern.

Je ein Mann.   По одному́ челове́ку.
Je eine Frau.   По одно́й же́нщинѣ.

421. Anderthalb Hundert, полтора́ста, hat in
allen übrigen Fällen: полтора́ста.

Anderthalb, ein und ein Halb.   Оди́нъ съ полови́ною.
Dritthalb, zwei und ein Halb.   Два, двѣ съ полови́ною u. ſ. w,
Wie im Deutſchen, werden im höhern Style angewandt.

Der Mittag, Süden, по́лдень.   Die Mitternacht, Norden, по́лночь f.
Ein halbes Buch Papier, по́ддесть f.   Das Halbbier, по́лпиво.

422. In dergleichen Zuſammenſetzungen wird das
Hauptwort regelmäßig declinirt und -пол nimmt in allen
Fällen ein -y an.

Von Mittag bis Mitternacht.   Отъ полу́дня до полу́ночи.
Das Halbjahr, по́лгода.   Ein halber Fuß, полфу́та,
Ein halbes Pfund.   Полфу́нта.

423. Hier hat das Hauptwort im Nominativ ſchon die
Genitiv=Endung. In den übrigen Fällen geht es indeſſen
regelmäßig, wie ſein Stammwort, und -пол nimmt auch
hier -y an.

Haben Sie nicht ein halbes Pfund   Нѣтъ ли у васъ полуфу́нта мяса́?
  Fleiſch?
Der Diener mit einem halben   Слуга́ съ полуфу́нтомъ сы́ру.
  Pfund Käſe.
† Eine halbe Stunde, полчаса́, получаса́.
Der Halbgott, полубо́гъ.   Der Halbmond, полумѣ́сяцъ.
Der Halbkreis, полукру́жіе.   Die Halbinſel, полуо́стровъ.
Das Halbtuch, полусукно́.   Der Halbſchatten, полутѣ́нь f.

424. Solche Zuſammenſetzungen werden regelmäßig
declinirt. Daſſelbe iſt bei Wörtern der Fall, deren zweite
Hälfte als beſonderes Wort nicht mehr im Gebrauch
iſt, wie:

Der halbe Rubel (in der Rechnung), полти́на.
Das halbe Rubelſtück (Silbermünze), полти́нникъ.
Wieviel halbe Rubelſtücke haſt du? Ско́лько у тебя́ полти́нниковъ?

425. Einfach, einfältig,   Zweifach, zweifältig, doppelt, двой-
  одина́кій.   но́й, двойственный.

Dreifach, dreifältig, тройной, тройственный.
Vierfach, vierfältig, четверичный u. s. w.,
indem man den Auslaut -o der gattenden Zahlen (401.) in ein milderndes -ичный verwandelt.

426. Das fach, fältig, so viel, wird auch durch ein dem gattenden Zahlworte vorgesetztes в. Abkürzung der Präposition въ, ausgedrückt, oder es wird auch крать (404.) angehängt, im letzteren Falle steht aber nach dem Zahlwort noch больше.

Zweifach, zweimal so viel, вдвое, двукрать больше.
Vierfach, viermal mehr, вчетверо. Zehnfach, zehn mal mehr, вдесятеро.

427. Adverbialiter und dabei meistens nur im höhern Style gebraucht man auch:

Auf einmal, единицею. Zum zweiten Male, вторицею.
Zum dritten Male, третицею. Vierfältig, четверицею u. s. w.,
der Auslaut -o der gattenden Zahlen (376.) in ein milderndes -ицею verwandelt.

428. Einerlei, одинакий. Zweierlei, двоякий.
Dreierlei, троякий. Viererlei, четвероякий u. s. w.,
durch Anhängung von -який an die gattenden Zahlen (401.) gebildet.

429. Zahl = Substantiva.

a) Die Einheit, единица. Das Paar, двойка.
Die Dreieinigkeit, Троица.
Die große 40tägige Fasten. Четыредесятница.

b) Das Zweigespann, Paar, пара. Das Dreigespann, тройка.
Das Viergespann, четвёрка, четверня. Das Sechsgespann, шестерня.

c) In den Karten:
Das Aß, гузъ.
Die Zwei, двойка. Die Drei, тройка.
Die Vier, четвёрка u. s. w. Die Neun, девятка.
Die Zehn, десятка. Der Bube, валётъ.
Die Dame, краля. Der König, король.

d) Die Fünf, eine Handvoll, пятерня.
Das Zehend, zehn Menschen, десятка. Das Hundert, сотня.

e) Das Fünfkopekenstück. Пятакъ.
Das Vierrubelstück, (25 Kopeken). Четвертакъ.

f) Das Dutzend, дюжина.

Fünf Stück, пятокъ.   Zehn Stück, десятокъ.

Ein Ganzes, das ein gewisses Normal=Maß oder Gewicht zwei=
mal enthält, oder die Hälfte desselben ausmacht . . . . двойникъ.
Dasselbe dreimal oder ein Drittel . . . . . тройникъ.
„ fünfmal oder ein Fünftel . . . . . патерикъ.
u. s. w. durch Verwandlung der Endung -o der gattenden Zahlen
(401.) in -икъ (mildernd).
z. B.: Ein 5 Zoll dickes und 5 сáженъ langes Brett ⎫ патерикъ.
Ein Licht, wovon 5 auf ein Pfund gehen . . ⎭
Der Sarg, грóбъ.   Der Doppelgänger. двойникъ.

125. Aufgabe.

Wieviel Pfund Butter sind in diesem kleinen Fasse? —
Zwölftehalb. — Und wieviel Wachs ist auf dieser Schüssel?
— Acht und ein halbes Pfund. — Wieviel Brod und Käse
ißt jeder Schnitter? — Jeder von meinen Schnittern ißt
zu dritthalb Pfund Brod und zu anderthalb Pfund Käse
und des Sonntags zu einem Pfund Fleisch. — Was hast
du in diesem Korbe? — Ein Hundert Eier. — Wieviel
Pferde hat der neue Deputirte unseres Kirchdorfes? — Er
hat ein schönes Dreigespann. — Wem ist das prächtige Sechs=
gespann, welches wir dort auf der neuen Brücke sehen?
— Es ist das der Königin. — Wieviel Dutzend Handtücher
und Strümpfe hat die reiche Braut Ihres Freundes ge=
kauft? — Sie hat 24 Dutzend von jenen, aber mehr als
36 Dutzend von diesen gekauft. — Was für ein schönes
neues Gemälde sah ich gestern in Ihrer grünen Stube?
— Sie sahen das Bild des Halbgottes Herkules; es ist
sehr schön, aber die Halbschatten sind etwas dunkel. —
Warum werfen Sie diese Stahlfedern fort? — Ich habe
deren viele, gestern habe ich mir zwölf Dutzend gekauft. —
Sie sagen, daß dieser Knabe fleißig sei? — Ja, mein Herr,
er arbeitet vom Morgen bis zum Abend, zuweilen schreibt
und liest er spät bis um Mitternacht. — Wieviel Pferde
hat jener Pole vom Engländer gekauft? — Zehn oder zwölf.

— Wer hat jenes schöne Gemälde des berühmten Malers verkauft? — Entweder mein Onkel oder sein leichtsinniger Sohn, welcher mein Vetter ist. — Ist der Fürst dieses treuen Unterthanen großmüthig? — Er hat fünf und ein halb Millionen Unterthanen und alle lieben ihn. — Haben Sie mit ihm gesprochen? — Ich wollte mit ihm sprechen, aber ich konnte es nicht. — Hat der Kaufmann nicht einige Halbrubelstücke? — Er hat nur zwei Halbrubelstücke, aber er hat sechs Viertelrubelstücke. — Was ist jetzt die Uhr? — Es ist eilf vorbei; es wird bald Mitternacht sein. — Wann werden wir nach Hause gehen? — Wir gehen um halb zwei oder kurz vor zwei Uhr nach Hause. — Ist es schon drei Viertel auf eilf? — Es schlägt eilf. — Haben Sie nicht ein Glas Halbbier? — Ich habe keins, denn ich bin kein Freund von Halbbier. — Haben Sie nicht ein Wachslicht, acht auf's Pfund? — Ich habe einige Lichter, sechs auf's Pfund, und einige, drei auf's Pfund.

126. Aufgabe.

Geben Sie mir ein Fünfkopekenstück? — Ich habe kein Fünfkopekenstück, da haben Sie ein Fünfundzwanzigkopeken=stück. — Ich brauche kein Fünfundzwanzigkopekenstück, ich brauche ein Fünfkopekenstück. — Ist dieser Kaufmann ebenso reich, wie sein Nachbar? — Er hat zehnmal mehr. — Waren Sie lang bei meinem Schneider? — Ungefähr (около) eine halbe Stunde. — Wo gehen Sie hin? — Ich gehe auf den Markt, ich muß ein halbes Buch Papier kaufen. — Haben Sie Ihre Kinder spazieren geführt? — Nein, noch nicht, ich werde sie aber morgen spazieren führen. — Wer ist ent=flohen? — Aus dem Gefängniß sind Arrestanten entflohen. — Was lachen Sie immer? — Für ein junges Mädchen ist es sehr unziemlich fortwährend (ihre) Zähne zu zeigen (скалить). — Ich zeige nicht die Zähne, lache aber, weil die Sache mir komisch scheint. — Wie ist das Tuch, das Sie gekauft haben? — Es ist gut, aber nicht so wie das Ihrige. — Fahren Sie nach Paris? — Nein, nach Paris fahre ich nicht, ich habe kein Geld zum Reisen. — Haben Sie Butter genug? — Nein, ich habe deren zu wenig, geben Sie mir, ich bitte, noch ein Stückchen. — Was träufelt vom Dache? — Sehen Sie denn nicht, daß es Regen ist. — Wo ist Ihr Neufund= länderhund? — Er ist unter dem Tisch und nagt an einem Knochen. — Ist das Wetter heute gut? — Wie können Sie so fragen, sehen Sie denn nicht wie der Blitz leuchtet und hören Sie nicht, wie der Donner rollt? — Essen Sie nicht soviel Fisch, er ist ihnen nicht gesund. — Ich weiß es; ich soll keinen Fisch essen, denn ich habe das Fieber. — Was ist aber zu thun? — Hier ist außer Fisch nichts. — Waren Sie heute bei Ihrem Banquier? — Ich ging zu ihm, traf ihn aber auf dem Wege.

Achtundvierzigste Lektion. — СОРОКЪ ОСЬМОЙ УРОКЪ.

Erhalten	получа́ть. получи́ть.	Ich erhielt	я получа́лъ. я получи́лъ.

Ich erhalte, я получа́ю.

Ich werde erhalten.

Я бу́ду получа́ть.
Я получу́.

Schlafen, спать.

Ich schlafe, я сплю.

Ich schlief, я спалъ.

Ich werde schlafen, я бу́ду спать.

430. Wie viele waret Ihr in der Stube?   Сколько васъ бы́ло въ ко́мнатѣ?

Wir waren unser sechs.   Насъ бы́ло ше́стеро.

Sie sind ihrer drei im Walde.   Ихъ тро́е тъ лѣсу́.

431. Selbst.   Самъ, сама́, само́.

Bemerkung 1. Самъ, wird als Fürwort declinirt.

Ich selbst habe ihn gesehen.   Я самъ его ви́дѣлъ.
Ich habe ihn selbst gesehen.   Я его самого́ ви́дѣлъ.
Gehen Sie selbst zum Könige?   Идёте ли вы сами къ королю́.
Ich gehe zum Könige selbst.   Я иду́ къ самому́ королю́.
Er ging selbander, selb=   Онъ шёлъ въ це́рковь самъ
dritt in die Kirche.   другъ, самъ-тре́тій.

432. Die nicht concrescirte Ordnungszahl nach
самъ, zeigt an, der wievielste Jemand selbst unter einer
gewissen Zahl sei.

Bemerkung 2. Тре́тій, wird ohne Concretions=Endung
nicht gebraucht.

Sie selbvierte (d. i. sie und noch   Она́ сама́ четверта.
drei).

In der That, wirklich.   Въ са́момъ дѣлѣ.

Er ist in der That sehr bescheiden.   Онъ въ са́момъ дѣлѣ о́чень скро́-
    менъ.

Ich sehe mich in jenem Spiegel   Я ви́жу себя́ въ томъ зе́ркалѣ.
Siehst du dich im Spiegel?   Ви́дишь ли ты себя́ въ зе́ркалѣ?
Er, sie sieht sich.   Онъ, она́ себя́ ви́дитъ.

433. Себя́, ist das reflexive Pronomen für alle
drei Personen im Singular und Plural und wird wie
тебя́ declinirt (s. тм. 179). Der Nominativ fehlt. Es be=
zieht sich auf das Subject des Satzes zurück (vgl. свой).

Ich habe kein Geld bei mir.   Со мно́ю нѣтъ де́негъ.

Bemerkung 3. Hier liegt das Subject (es) in нѣтъ,
daher ˙мно́ю.

Ich bin mit mir zufrieden.   Я дово́ленъ собо́ю.
Er ist mit sich selbst unzufrieden.   Онъ сами́мъ собо́ю недово́ленъ.

An und für sich; an sich   Самъ по себѣ́.
selbst.

Das Tuch ist an und für sich gut,   Сукно́ само́ по себѣ́ хорошо́, но
aber etwas theuer.   дорого́нько.
Selbst das Unglück ist ihm nicht   Са́мое несча́стіе ему́ невѣрно.
treu.

434. Derselbe (jener   Тотъ са́мый.
selbige).

Eben derselbe.   Тотъ же; та же, то́ же.

Ich hatte dasselbe Buch (desselben Inhalts u. dgl.).	У меня была та самая книга.
Ich hatte eben dasselbe Buch (dieses Exemplar).	У меня была та же книга.
Diesen Dieb gerade habe ich gesehen.	Того-то вора я и видѣлъ.
Eben dieses Buch, } hatte er heute. Dieses Buch da,	Сія-то } книга сегодня у него Сія самая } и была.

435. Ein angehängtes -то verstärkt die Bedeutung der Fürwörter sowie auch der Hauptwörter, gleich dem deutschen eben, gerade, — da. Vor das Zeitwort wird dabei и eingeschoben.

Ein und derselbe.	Одинъ и тотъ же.
Ich sehe bei ihm stets einen und denselben Mann.	Я всегда вижу у него одного и того же человѣка.
Es ist eine und dieselbe Das Farbe.	Это одинъ и тотъже цвѣтъ.

436. Это steht, wie das deutsche es ist, das ist; es sind, das sind, zur allgemeinen Hinweisung auf ein bestimmtes Subject. Bezieht es sich auf einen Plural, so hat es das Zweitwort im Plural bei sich.

Das waren gute Leute.	Это были добрые люди.

437. In Bezug auf ein unbestimmtes Subject wird es im Russischen nicht ausgedrückt.

Es ist } ungesundes Wetter. Wir haben	У насъ нездоровая погода.
Das ist ungesundes Wetter. (Ein solches Wetter ist ungesund).	Это нездоровая погода.

438. Bezieht sich **es** im Accusativ auf einen bestimmten Satz zurück, so wird es gleichfalls durch это gegeben.

Haben Sie das Theater gesehen?	Видѣли ли вы театръ?
Ich habe es gesehen.	Я его видѣлъ.
Karl war unbescheiden, ich habe es gesehen.	Карлъ былъ нескромнымъ, я это видѣлъ.
Ich habe es (das) nie gesehen. (Daß näml. K. unbescheiden war).	Я этого никогда не видалъ.

439. Hinweisend auf einen folgenden Objects-Satz wird es nicht übersetzt.

Ich habe es gesehen, wie der Lehrer mit dir unzufrieden war.

Я видѣлъ какъ учитель былъ тобою недоволенъ.

Er ist mein Vetter. }
Er ist ein Vetter von mir. }

Онъ мнѣ двоюродный братъ.

440. Wo der Besitz eines Gegenstandes mehr als äußere Zufälligkeit denn als innere Nothwendigkeit bezeichnet werden soll, steht der Dativ des persönlichen Fürworts für das Possessiv=Pronom, und bei Hauptwörtern der Dativ für den Genitiv, obgleich auch der Gebrauch des letzteren Casus nicht ausgeschlossen ist.

Er ist ein treuer Diener meines Vaters. }
Er ist meinem Vater ein treuer Diener. }

Онъ вѣрный слуга моему отцу und моего отца.

Das Bücherverzeichniß.

Роспись книгамъ.

In meiner Grammatik ist ein Wort=Register.

Въ моей грамматикѣ списокъ словамъ.

Das ist der Preis=Courant unserer Weine.

Это цѣна нашимъ винамъ.

Mein Bruder ist der Wirth dieses Hauses.

Мой братъ хозяинъ этому дому.

Bemerkung 4. Unrichtig ist es aber auch nicht, wenn der Genitiv, wie im Deutschen, in diesem Falle gebraucht wird (siehe oben).

441. Dagegen steht das possessive Pronomen für das deutsche Personenwort bei Gegenständen unveräußerlichen Besitzes.

Mir ist der Kopf voller Sorgen.

Голова моя полна заботъ.

442. Derselbe, dieselbe, dasselbe; er, sie, es.

{ Оный, оная, оное. (das concrescirte es).

Der Preis dieses Tuches ist seiner Güte angemessen (der Güte desselben).

Цѣна этого платка соразмѣрна добротѣ онаго.

Jener, jene, jenes.

Тотъ, та, то.

Das Verzeichniß, роспись f. oder списокъ.
Der Preis, Preis=Courant, цѣна.
Der Kopf, голова.
Die Gallerie, галлерея.
Die Auferstehung, Воскресеніе.
Die Wunde, рана.
Arm, Hand, рука.

Das Wort, слово.
Die Güte, доброта.
Die Sorge, забота.
Die Malerei, живопись f.
Die Rechtschaffenheit, честность f.
Der Fuß, das Bein, нога.

Bemerkung 5. Wenn man Hand von Arm, Fuß von Bein unterscheiden will, sagt man кисть руки, кисть ноги; für Fuß auch ступня f.

443. Что за? fragt nicht allein wie какой? nach der Beschaffenheit eines Gegenstandes, sondern kann auch nach Herkommen und Zweck desselben fragen.

Aus was für einem Lande kommen Sie?	Изъ которой земли пріѣхали вы?
Aus Frankreich.	Изо Франціи.
Wissen Sie, was für ein Land Frankreich ist?	Знаете ли вы, что за страна Франція?
Ja, es ist ein reiches und mächtiges Land.	Да, она богатая и могущественная страна.
Was ist das für ein Land, welches wir dort sehen?	Что это за земля, которую мы тамъ видимъ?
Es ist Frankreich.	Это Франція.

444. Ohne за, folgt auf что? was für? wieviel? der Genitiv.

Was für ein Geschäft hast du dort? Was hast du dort zu schaffen?	Что тамъ за дѣла у тебя?
Was ist es Wie steht's } mit Ihrem Bruder?	Что вашъ братецъ?
Ich habe etwas Schönes.	У меня что-то прекраснаго.
Haben Sie irgend etwas (was es auch sei) Neues?	Есть ли у васъ что-нибудь новаго?
Ich sehe etwas (gewisses) Gefährliches.	Я вижу нѣчто опасное.
Was } ich sah, war nicht Das jenige was } sehr lobenswerth.	Что } я видѣлъ, не было очень То, что } похвально.
Ist er etwas Anderes, als ich?	Онъ ли иное что, какъ я?
Du bist nicht was Anderes, als ich.	Ты не иное что, какъ я.
Wo ist das Buch, das ich gestern bei dir gesehen habe?	Гдѣ книга, которую я вчера видѣлъ у тебя?

445. Что, als Relativ-Pronomen für который, ohne Unterschied des Geschlechts und der Zahl, ist nur im Nominativ und Accusativ anwendbar, und gehört der Sprache des gewöhnlichen Lebens an.

Was ist er anderes als ein Faulenzer?	Что онъ иное какъ лѣнивецъ?
Ja, er ist nichts anderes.	Да, онъ ничто иное.
Ich gehe um { was es auch sei / Alles in der Welt } nicht zu ihm.	Я къ нему не иду ни и за что.
Wer hat den Dieb gesehen?	Кто видѣлъ вора?
Es hat ihn { einer / Jemand } gesehen.	Кто-то его видѣлъ.
Haben Sie Jemand (wer es auch sei) gesehen?	Видѣли ли вы кого-нибудь?
Ich habe (einen gewissen) Alexis bei Ihrem Vater gesehen.	Я видѣлъ нѣкоего Алексѣя у вашего батюшки.
Es sind heute viele Landleute auf dem Markte; der eine mit Getreide, der andere mit Milch, ein dritter mit Butter u. s. w.	Много крестьянъ сегодня на рынкѣ; кто съ хлѣбомъ, кто съ молокомъ, кто съ масломъ и. т. п.
Wer Derjenige, welcher { immer } faul ist, wird nie zu etwas tauglich sein.	Кто всегда лѣнивъ, никогда не будетъ годнымъ ни къ чему.
Niemand hat uns gesehen.	Никто насъ не видѣлъ.
Mein Bruder ist hier mit { Niemand / Keinem } bekannt.	Мой братъ ни съ кѣмъ здѣсь не знакомъ.
Das ist das Schiff, auf welchem wir die schöne Türkin sahen.	Это тотъ корабль, на коемъ мы видѣли прекрасную турчанку.

446. Welcher, welche, welches.

Кой (кій), коя, кое [Frage= und Relativ=Pronomen].

Bemerkung 6. Es wird ganz wie мой declinirt, nur daß der Ton stets auf -ко bleibt, und steht für который, wird jedoch im gewöhnlichen Leben selten gehört und kommt niemals im Nominativ vor.

Das Mädchen, dessen Herz schöner ist, als das Gesicht, ist das liebenswürdigste.	Та дѣвица, коей сердце краше ея личика, есть самая любезнѣйшая.

447. Irgend welcher (wer es auch sei).

Который-нибудь.

Ein gewisser Jemand.	Нѣкоторый, нѣкій.
Einige, gewisse.	Нѣкоторые.

Keiner, Niemand.	Никій (gehört nur dem Kanzleistyle an).
Ein Gewisser, Jemand.	Нѣкій.

Bemerkung 7. Findet sich niemals allein, sondern stets in Verbindung mit einem Hauptworte.

448. Singen. — **Пѣть.**

Wer hat heute gesungen?	Кто пѣлъ сегодня?
Die berühmte Sängerin hat gesungen.	Знаменитая пѣвица пѣла.
Wo hat sie gesungen?	Гдѣ она пѣла?
Sie hat in der Oper gesungen.	Она пѣла въ оперѣ.
Ich singe, я пою.	
Ich sang,	я пѣлъ (imp.). / я запѣлъ (perf.).
Ich werde singen,	я буду пѣть (fut imp.) / я запою (fut. perf.)
Singe, пой.	Singet, пойте.
Gesungen, пѣтъ, а, о.	

Trinken. — **Пить.**

Ich trink, я пью.	Wir trinken, мы пьёмъ.
Ich trank, я пилъ.	Ich werde trinken, я буду пить.
Trinke, пей.	Trinket, пейте.
Getrunken, питъ, а, о.	

Keiner, gar keiner. — **Никакой.**

Ich habe kein Buch.	У меня нѣтъ книги.
Ich habe gar kein Buch (mit Nachdruck).	У меня никакой книги нѣтъ.
Er ist bei keiner Gelegenheit unbescheiden.	Онъ ни въ какомъ случаѣ не нескроменъ.
Der Faulenzer, лѣнтяй.	Die Ausrede, Ausflucht, отговорка.
Die Thätigkeit, дѣятельность f.	Das Mitleiden, Beklagen, сожалѣніе.
Die Vergeltung, воздаяніе.	Das Erbarmen, милосердіе.
Das Gefängniß, темница.	Die Race, порода.
Der Sänger, пѣвецъ.	Der Tänzer, танцоръ.
Die Oper, опера.	Das Ballet, балетъ.
Der Wachtelhund, Hühnerhund.	Лягавая собака.
Newfoundland=.	Ньюфаундлендскій.
Lobenswerth, похвальный.	Leer, nichtig, пустой.
Milthätig, благотворительный.	Hülfreich, вспомогательный.
Halbnackt, полунагій.	Uebermüthig, кичливый.
Stolz, гордый.	Hartherzig, жестокосердый.
Fällig, zahlbar, платимый.	Selten, рѣдкій.
Gewöhnlich, обыкновенный.	Wahrscheinlich, вѣроятный.

Joel u. Fuchs, Russische Gramm.

19

127. Aufgabe.

Was sind das für Leute, die gestern Nachmittag in dem königlichen Garten waren und von da in das Schloß gingen? — Das waren die Sänger und die Sängerinnen der königlichen Oper und die Tänzer und Tänzerinnen des Ballets. — Was für ein Mensch hat mit Ihnen gesprochen? — Es war der Koch meines guten Nachbars. — War es derselbe, den ich gestern bei Ihnen gesehen habe? — Ja, mein Herr, es war einer und derselbe. — Von welcher Race sind die Hunde, die mit diesen jungen Leuten waren? — Es waren ein Neufoundländer und ein Bulldogge (бульдогъ). — Ging nicht Jemand zu dem lustigen Freunde unseres Lehrers? — Ich habe Niemanden gesehen; aber ein gewisser Jemand ging zu dem Kaufmann in unserer Straße. — Was hat er da zu thun? — Der stolze Kaufmann hat gewisse Schulden, die nicht gering sind, und einen Geldbeutel, der gewöhnlich sehr leer ist, und derjenige, der zu ihm ging, hatte Wechsel, die heute fällig sind, und ein gewisser Jemand wird heute wahrscheinlich in's Gefängniß gehen. — Hat der Kaufmann gar kein Geld? — Er hat Etwas, aber nicht genug. — Hat er gar keine guten Freunde? — Wer im Glücke übermüthig ist, wird im Unglück selten Freunde haben. — Können Sie mir nicht ein Viertelrubelstück geben? — Nein, denn ich habe in der That nur ein Fünfkopekenstück bei mir. — Wieviel Pfund Fleisch soll der Koch kaufen? — Er muß beim Fleischer fünf Pfund Rindfleisch, drei Pfund Schweinefleisch, beim Jäger etwas Wild und beim Fischer (рыбакъ) eilf Pfund Lachs kaufen. — Welcher Kaufmann war neulich so hartherzig gegen [къ mit dem Dativ] die arme Wittwe mit den drei kleinen, halbnackten Kindern? — Gerade er war das, von welchem wir sprachen, aber die Stunde der Vergeltung hat bereits geschlagen und Niemand wird mitleidig sein gegen einen Menschen, wie dieser, der allem Erbarmen und überhaupt allem menschlichen Gefühl fremd war. — Ist er ein Bürgerlicher? — Ja, sein Vater war nichts

Anderes, als ein armer Gärtner bei dem Baron Theodor Alexanderssohn, aber er war allenthalben durch seine Rechtlichkeit und Thätigkeit bekannt. — War sein Vater mildthätiger, als er? — Weit mildthätiger; wir haben es oft genug (довóльно чáсто) gesehen. — Wie alt ist der beklagenswerthe Kaufmann? — Er ist erst 36 Jahre alt. — Wie alt war sein Vater? — Der war über (mehr als) 75 Jahre alt. — Bist du schon lange zu Hause? — Nein, nicht lange, erst eine halbe Stunde. — Wieviel schlägt es jetzt? — Es schlägt drei Uhr Nachmittags. — Wieviel Mal bist du in England gewesen? — Nicht oft, nur ein Mal. — Tanzest du heute auf dem Balle bei dem Grafen Fedor Peterssohn? — Ich weiß es noch nicht, ob ich dorthin gehen werde.

128. Aufgabe.

Sie müssen nicht so oft in's Theater gehen. — Was kümmert es Sie (что вамъ за дѣло), wohin ich gehe? — Was haben Sie mit meinem Nachbar zu thun? — Ihr Nachbar ist ein Schuster, und macht mir Stiefel. — Was ist das für eine Race Hunde? — Das ist ein Neufoundländerhund. — Wer ist dieser stolze Mann? — Das ist ein hartherziger Wucherer. — Ist es wahrscheinlich, daß Ihr Bruder heute zu uns kommen wird? — Nein, das ist nicht sehr wahrscheinlich. — Wer singt dort in der Nachbarstube? — Die berühmte Sängerin aus Leipzig. — Ist sie jung? — Ja, sie ist noch sehr jung. — Werden Sie heute nicht zu mir kommen (зайдёте)? — Da Sie zu Hause (у себя) sein werden, komme ich zu Ihnen auf eine Stunde oder zwei. — Giebt es bittre Kräuter? — Es giebt viele bittre Kräuter, das bitterste unter ihnen ist der Wermuth (полынь). — Ist das Eis in diesem Jahre glatt? — Dieses Jahr ist es glatt, voriges Jahr aber war es glatter. — Ist dieser Knabe ebenso fleißig, wie sein Kamerad? — Er ist nicht so fleißig, hat aber einen viel bessern Character. — Tanzt die Tänzerin gut? — Sie tanzt gut, aber nicht so, wie ihre

19*

Schwester. — Werden Sie heute auf dem Ball bei der Baronin Cleopatra Petrowna tanzen? — Ich glaube, weiß es aber noch nicht sicher. — Hat der Banquier viel Geld erhalten? — Er hat dessen viel erhalten, aber weniger als sein Bruder. — Ist der Wein gut? — Er ist viel besser als der, welchen wir soeben tranken.

Neunundvierzigste Lektion. — СОРОКЪ ДЕВЯТЫЙ УРОКЪ.

449. Die russische Sprache bildet aus einem und demselben Wortstamme mit gleichem Ausgange und gleicher Flexion ganze Reihen von Wörtern, von denen das eine die Frage bezeichnet, die übrigen aber mit den einfachsten Verhältnißbegriffen darauf antworten, ähnlich wie im Deutschen: wer? der; warum? darum; weßhalb? deßhalb. Die Wörter einer solchen Reihe heißen in Beziehung auf einander Correlative.

450. Zu jeder Reihe, wenn sie vollständig im Gebrauch ist, gehört: 1. das Fragewort (interrogativum); 2. das Hinweisende (demonstrativum); 3. das Zurückweisende (relativum); 4. das Unbestimmte (indefinitum); 5 das Verneinende (negativum).

1. Das Fragewort hat zum Anlaut -к.

2. Das Relativum lautet wie das Fragewort, den Sinn entscheidet der Satzton.

3. Das Unbestimmte setzt dem Fragewort -нѣ vor.

4. Das Negativum setzt -ни vor das Fragewort.

5. Das Demonstrativum hat dreierlei Formen (vgl. 132.):

a) das Demonstrativ der 1. Person macht aus -к ein -сь.

b) „ „ „ 2. „ „ „ -к „ -т.

c) „ „ „ 3. „ „ „ -к „ -нь.

Interrogat. und Relativum.	Indefinitum.	Negativum.	Demonstrativa.		
			a.	b.	c.
(кій, кой)	нѣкій	(нйкій)	сій (сей)	тотъ	иной
какой	нѣкакой	никакой	—	такой	инакій
каковой	—	—	—	таковой	инаковой
колйкій	—	—	—	толйкій	—
кто	нѣкто	никто	—	† тотъ	—
который	нѣкоторый	ни который	—	—	—
† что	нѣчто	ничто	(се)	то	ино
колй (коль)	—	—	—	толй (толь)	—
† сколь	—	—	—	† столь	—
† сколько	нѣсколько	—	—	† столько	—
какъ	нѣкакъ	никакъ	сякъ	такъ	инакъ
когда	нѣкогда	никогда	—	тогда	иногда
куда	нѣкуда	никуда	сюда	туда	—
† гдѣ	нѣгдѣ	нигдѣ	† (здѣсь)	—	индѣ

† **Bemerkung.** Тотъ, ist unregelmäßig wegen des hinzugefügten Auslautes -тъ; in что ist der Anlaut -ч abweichend: сколь, сколько, haben nur -с vorgesetzt; in гдѣ steht -г für -к wegen des folgenden weichen -д, ebenso in здѣ, сь das -з für -с.

Was für einen Rock haben Sie? — Какой кафтанъ у васъ?

Ich habe einen solchen Rock. — У меня такой кафтанъ.

Ich habe einen solchen Rock, wie Sie haben. — У меня такой кафтанъ, какой у васъ.

Ich habe einen gewissen Rock (von einer gewissen Beschaffenheit), wie Sie ihn sehen. — У меня нѣкакой кафтанъ, какъ вы видите.

Wo waren Sie? — Гдѣ вы были?

Nirgends, нигдѣ. — Irgendwo, нѣгдѣ.

Wo gehen Sie hin? — Куда идёте вы?

Nirgends (hin), никуда. | Irgendwo, куда-нибудь.
Wo kommen Sie her? | Откуда идёте вы?
Nirgendswoher, ни откуда. | Irgendwoher, откуда-нибудь.
Sie werden es sehen, (dann) | Вы это будете увидите тогда,
wann Sie fleißiger sein werden. | когда будете прилежнѣе
Er ist so (sehr) höflich, wie (sehr) | Онъ столь учтивъ, сколь скро-
bescheiden. | менъ.
Er ist so gelehrt, wie du. | Онъ такъ учёнъ, какъ ты.
Es giebt wenig solche Leute, wie er. | Есть немного такихъ людей,
| каковъ онъ.

Wieviel Bücher haben Sie? | Сколько книгъ у васъ?
Ich habe gar keine Bücher. | У меня никакихъ книгъ нѣтъ.

451. Die Correlative einer Reihe geben nur die directeste Antwort auf die Frage. Ihre Wechselbeziehung zu einander hört natürlich auf, wo in der Antwort zu einem andern Verhältnißbegriff übergegangen werden muß.

452. Ihr Begriff wird durch ein folgendes -же oder -то verstärkt (vgl. 435.).

Eben dort, тамже. | Ebenso, gleichfalls, также.
Als nämlich, wie eben, както. | Eben dahin, тудаже.

453. Mancher. | Иной.

Der eine — —, der andere. | Иной — —, иной.

Was für einer? | } Кто таковъ?
Welches Standes u. dergl. |
Wo ist dieser Mann her, und wer | Откуда сей человѣкъ, и кто та-
ist er? | ковъ?
Was für ein Ding, Begriff (ist)? | } Что такое?
Was heißt, bedeutet? |
Was ist Liebe? | Что такое любовь?
Liebe ist der Zug zweier Herzen zu | Любовь есть влеченіе двухъ
einander. | сердецъ, одно къ другому.
Wir sehen einander oft. | Мы часто видимъ другъ друга.

454. Das deutsche einander und einer den andern wird durch другъ друга und одинъ другаго gegeben. Die Präposition tritt — schon in Folge des Wortsinns — zwischen beide.

Ohne einander: Одинъ безъ другаго, другъ безъ друга.
Одна безъ другой.
Mit einander: Одинъ съ другимъ, другъ съ другомъ.
Одна съ другою.

455. Das deutsche **hie und da, hier und dort,**
wird im Russischen durch тамъ и сямъ übersetzt.

Er treibt sich hier und da herum.	Онъ таскается тамъ п сямъ.
Der Schaden.	Вредъ, поврежденіе.
Der Zug, влеченіе.	Der Feind, непріятель.
Die Krankheit, болѣзнь *f.*	Der Friede, миръ.
Die Welt, міръ, свѣтъ.	Der Beistand, помощь
Der Haß, нéнавпсть *f.*	Die Cur, Behandlung, пóльзованіе.
Der Windbeutel, вѣтренпкъ.	Das hitzige Fieber, горячка.
Die Ursache, причина.	Die Pflege, хожденіе (за).
Die Sorgfalt, радѣніе.	Die Nachlässigkeit, { нерадѣніе.
Der Leidende, стрáждущій.	Die Nachlässigkeit, { неряшество.
Gelehrt, учёный.	Körperlich, тѣлéсный.
Außerlich, нарýжный.	Sorgfältig, радѣтельный, рачи-
Innerlich, внýгренній.	тельный.

129. Aufgabe.

Wann wird allgemeiner Friede auf (въ) der Welt sein?
— Wer kann das sagen? — Doch ich glaube, wenn alle
Menschen so (solche) sein werden, wie der beste und reinste
unter den Menschensöhnen war; wenn alle Herzen frei von
Haß und voll von Liebe zu einander sein werden. — Wird
das je (irgendwann) sein? — Ich weiß es nicht, doch ich glaube:
nie; denn die Menschen werden nie anders [beschaffen]
sein, als sie jetzt sind. — Haben Sie ebensoviel Feinde, wie
(viel) Ihr geistreicher Kamerad [hat]? — Ich habe gar kei=
nen Feind, denn ich bin nicht so geistreich, wie er; er ist
eben so (sehr) gelehrt, als geistreich, und bescheidener und
höflicher, als alle seine Feinde, [von] deren Feindschaft der
Neid allein die Ursache ist. — Wieviel Geld empfängst du
von deinem Verwandten? — Er giebt mir nicht viel Geld,
denn er hat selbst dessen wenig, doch er ist stets gut mit
mir und voll von Liebe zu Allen. — Soll ich zu dem ge=
lehrten Arzte, den die ganze Welt achtet, gehen? — Sie
müssen zu ihm gehen, denn er ist krank an einer Fußwunde.
— Haben Sie einige Halbrubelstücke? — Ich habe deren
eben so viele, als Sie haben, aber ich habe deren nicht

so viele, als Viertelrubelstücke. — Wo geht der Mönch hin?
— Dahin, wo der alte Schmied hingegangen ist. — Und
wohin ist dieser gegangen? — Er ist dahin gegangen, wo
seinem, am hitzigen Fieber kranken Nachbarn sein Beistand
nöthig war. — Gingen die Nonnen auch dahin? — Nein,
sie gingen anders wohin; denn auch da giebt es arme
Leidende, die des Beistandes jener würdig sind. — Sind
alle Mönche und Nonnen geschickt in der Pflege (за mit präp.)
der Kranken? — Die meisten (der größere Theil). —
Einige sind erfahren in der Behandlung gewisser körperlicher
Krankheiten; einige in der Behandlung [von] Gemüths=
krankheiten (душевный..); manche sind sehr geschickt in
äußeren Schäden, manche in innern; aber sie alle sind einan=
der ähnlich und einer ist ebenso sorgfältig in der Pflege, wie der
andere. Können Sie die Soldaten dieses liebenswürdigen
Fürsten zählen? Das ist mir unmöglich, denn es sind
ihrer mehr als anderthalb Millionen. — Wer hat Ihnen
dies gesagt? — Jener Knabe hat eben mit mir davon ge=
sprochen. — Ist es derselbe Knabe, der gestern beim guten
Lehrer aß?—Nein, es ist ein Anderer. — Ist Ihr Schüler
jetzt anders (ein anderer), als er früher war? — Er ist
noch ein eben solcher Windbeutel, aber auch noch ebenso
liebenswürdig, als sonst, und ich freue mich jedesmal über
ihn, wenn ich ihn sehe. — Wo ist er jetzt? — Hier und
dort, überall und nirgends; er hat keine bleibende Stätte
(постоянное место).

130. Aufgabe.

Haben alle Menschen gleichen Charakter? — Nein, die
Charaktere der Menschen sind sehr verschieden, der eine
ist gut und der andere schlecht. — Wer sind diese beiden
Herren? — Es sind Freunde, niemals sieht man den Einen
ohne dem Andern. — Haben Sie gehört, daß der Feind ge=
schlagen ist und Frieden anträgt? — Ja, ich habe davon
gehört. — Warum sehe ich Ihren Bruder nicht? — Mein

Bruder ist immer zu Hause (большой домосѣдъ), er geht nir=
gendshin aus. — Wohin gehen Sie? — Ich gehe in die Kirche. —
Warten Sie also ein Wenig, ich werde auch dorthin gehen.
— Dieses Mädchen ist sehr schön! — Das ist wahr, sie ist
aber nicht wohl; und was ist Schönheit ohne Gesundheit?
— Hat sie einen guten Charakter? — Ich habe stets ihren
Charakter dem Charakter ihrer Schwester vorgezogen, und
sehe jetzt, daß sie bei Weitem besser ist. — Hat dieser
Mensch ein reines Gewissen? — Ich denke, sein Gewissen ist
nicht rein. — Woher denken Sie das? — Weil sein Blick
sehr falsch ist. — Warum haben Sie das nicht gethan, was
ich Ihnen gesagt habe? — Ich habe Sie nicht verstanden.
— Sie haben mich sehr gut verstanden, wollten aber nicht
auf meine Worte horchen. — Das ist eine Verläumdung, ich
gehorche Ihnen stets mit Vergnügen. — Was für Gold ha=
ben Sie vom Banquier erhalten? — Er gab mir ächtes
kalifornisches Gold. — Haben Sie den berühmten Maler
gekannt, der jetzt hier wohnt, aber in Leipzig gewohnt hat?
— Ja, ich habe ihn sehr gut gekannt, er war mein Freund.
— Was rathen Sie mir zu thun? — Ich rathe Ihnen
economisch zu sein und zu sparen, damit sie niemals Noth
leiden. — Welches Laster ist das verderblichste? — Das ver=
derblichste Laster ist das Spiel. — Der Spieler ist zu jeder
Niederträchtigkeit (низость) fähig.

Fünfzigste Lektion. — ПЯТИДЕСЯТЫЙ УРОКЪ.

Sein (Infinitiv).	Быть.
Haben.	Имѣть.
Schlucken.	Глотать.
Führen.	Вести́.

456. Die gewöhnliche Endung des Infinitivs der russischen Zeitwörter ist -ть (ти́).

Bemerkung 1. Nur siebzehn Zeitwörter enden den Infinitiv auf -чь (щи).

457. Schuldig, ver= До́лжный.
pflichtet.

Ich bin schuldig, ich muß. Я до́лжен.
Ich muß in die Schule gehen. Я до́лжен итти́ въ шко́лу.
Man ist schuldig, man muß. Должно́.

458. Das Neutrum des Beschaffenheitsworts bezieht sich auf das unbestimmte Subject und bezeichnet daher das deutsche man und es.

Das Kind muß in die Schule gehen. Дитя́ должно́ итти́ въ шко́лу.
Man muß in die Schule gehen До́лжно итти́ въ шко́лу.
Du mußt (es ist dir Pflicht, zu). Ты до́лженъ, тебѣ́ до́лжно.

459. Nöthig, nothwendig. На́добенъ. mit dem Dat. der Person.

Das Buch ist mir nöthig. Кни́га мнѣ́ на́добна.

Es ist nöthig, man muß. На́добно.

Ich muß zum Arzte gehen Мнѣ́ на́добно итти́ къ лѣ́карю.

Schluchzen, хны́кать. Schneiden, рѣ́зать.

Nähen, шить. Ich schneide, я рѣ́жу.

Du mußt dem Armen Brod geben. Ты до́лженъ дать хлѣ́ба бѣ́дному.
Wir müssen Stiefel kaufen. Намъ на́добно купи́ть сапоги́.
Die Magd muß das Fleisch schnei= Служа́нка должна́ рѣ́зать мя́со.
den.
Ihr müßt euch die Hände waschen. Вамъ на́добно мыть свои́ ру́ки.
Ich habe nicht Zeit, das Brod zu У меня́ нѣтъ вре́мени рѣ́зать
schneiden. хлѣбъ.

460. Zu vor dem Infinitiv bleibt unübersetzt.

Ist es Ihnen gefällig, mit mir in Уго́дно ли вамъ, итти́ со мно́ю
den Garten zu gehen? въ садъ?

461. Wenn (bedingend). Е́сли.
So (im Nachsatze). То.

Wenn es Ihnen gefällig ist, so Е́сли вамъ уго́дно, то мнѣ́ бу́детъ
wird es mir sehr angenehm sein. о́чень прия́тно.

462. **Es ist möglich,** Мо́жно, возмо́жно.
man kann.

Kann man die Kirche sehen? Мо́жно-ли ⎫ ви́дѣть це́рковь!?
Возмо́жно-лв ⎰

Es ist nicht möglich, Не мо́жно, нельзя́, невозмо́жно.
man kann nicht.

Bemerkung 2. Невозмо́жно, verneint die **Möglich-**
keit stärker als не мо́жно, geb. нельзя́.

Nein, man kann nicht. Нѣтъ, нельзя́.
Es ist nicht möglich hinzugehen. Не возмо́жно идти́ туда́.

Es geht an, ist thunlich, ⎫
man kann. ⎰ Льзя́ (nicht gebräuchlich).

Es geht nicht an, ist Нельзя́.
nicht thunlich, man
kann nicht.

Не льзя wird in zwei Wörtern und in einem einzigen
Worte geschrieben, im letzteren Falle ist es folgender Weise
accentuirt: нельзя́.

463. **Daß, damit.** Что.

Man kann nicht sagen, daß der Нельзя́ сказа́ть, что ма́льчикъ
Knabe dumm ist. глупъ.

464. **Nach, zufolge.** По, mit dem Dativ.

Demzufolge, demnach, ⎫
daher, darum. ⎰ Потому́.

Er ist krank, und darum ist ihm Онъ бо́ленъ, а потому́ твоё
dein Besuch nicht gelegen. посѣще́ніе ему́ не уго́дно.

Darum, daß, weil. Потому́, что.

Ich gehe nach Hause, weil es mir Я иду́ домо́й потому́ что мнѣ
hier zu kalt ist. здѣсь сли́шкомъ хо́лодно.
Mußt du nicht dahin gehen? Не до́лжно ли тебѣ иттй туда́?

465. **Die Negation** steht nicht vor dem **Infinitiv,**
sondern vor dem **Endzeitwort.**

Ich war schuldig, ich mußte. Я до́лженъ былъ, мнѣ до́лжно
бы́ло.

Man mußte den Armen Kleider Надобно бы́ло дать бѣднымъ
geben. пла́тья.

Gingſt du nicht in den Wald?

Es war nicht thunlich, ich konnte nicht, es war zu ſchmutzig.

Werde ich Geld geben müſſen?

Sie werden zu ihm gehen müſſen.

Sie werden ihm ſagen müſſen, daß der Vater nicht zu Hauſe ſei.

Bezahlen, платить.

Spalten, ſchlachten, колоть.

Der Beſuch, посѣщеніе.

Die Geſellſchaft, Unterhaltung, бесѣда.

Dumm, глупый.

Witzig, забавный.

Rund, круглый.

Ich beabſichtige, я намѣренъ.

Erbſen, горохъ.

Не шёлъ ли ты въ лѣсъ?

Нельзя было, было слишкомъ грязно.

Долженъ ли я дать денегъ?

Вы должны будете итти къ нему.

Вамъ надобно будетъ ему сказать, что отца дома нѣтъ.

Verſchließen, запереть.

Die Mondfinſterniß, лунное затмѣніе.

Die Klugthuerei, умничанье.

Überflüſſig, übrig, лишній.

Fade, ungeſalzen, безсольный.

Ich beabſichtige nicht, я не намѣренъ.

Bohnen, бобы.

Linſen, чечевица.

Kartoffeln, картофель m.

Bemerkung 3. Die Namen der Gemüſe werden als Collectiva im Ruſſiſchen meiſtens im Singular, Ausnahms= weiſe nur, wie бобы, im Plural gebraucht.

131. Aufgabe.

Was muß ich bezahlen? — Sie müſſen Ihre Schulden bezahlen und nichts Ueberflüſſiges kaufen. — Haben Sie noch Holz genug? — Ich habe nur noch ſehr wenig; es wird gut ſein, welches zu ſpalten. — Wo iſt die Magd? — Sie ging auf den Markt nach Eiern und Mehl. — Mußte ſie nicht vorher die Hühner und Gänſe füttern? — Sie konnte es nicht, weil keine Gerſte und kein Hafer [da] war. — Wird es nicht gut ſein, die Fenſter zu verſchließen? — Ja, denn es iſt draußen ſehr kalt und windig. — Kann man von hier bis Kaſan zu Waſſer (inſtrum.) fahren? — Man kann es, aber es iſt beſſer und bequemer zu Lande (auf trockenem Wege) [путь, Inſtrum.] dahin zu fahren. — Wie= viel Werſt iſt es von Petersburg bis Kaſan? — Ich kann es nicht ſagen, aber mein Kutſcher muß es wiſſen. — Wo= her kann man wiſſen, daß die Erde rund ſei? — Man kann es an (no mit dem Dativ) ihrem Schatten auf dem Monde zur (во mit dem Accusativ) Zeit einer Mondfinsterniß sehen. — Ist es nicht besser, reich, als arm zu sein? — Das kann man nicht sagen, denn nicht jeder Reiche ist glücklicher, als sein ärmster Nachbar; darum kann man nur sagen, reich zu sein ist angenehmer, als arm zu sein. — Welche Tugenden sind einem Soldaten am rühmlichsten? — Tapfer und treu seinem Herrn (государь) zu sein. — Sind Ihre Schwestern Willens (entschlossen), heute in's Theater zu gehen? — Sie sind noch nicht entschlossen hinzugehen.

132. Aufgabe.

Einige Leute sprechen viel und wissen wenig. — Die Leute, welche wir lieben, sprechen wenig und wissen viel. — Ich sehe etwas Dummes darin, wenn man zu viel spricht. — Was für ein Faulenzer ist dieser Schüler, er arbeitet niemals und spielt immer! — Kein Schüler soll faul oder unbescheiden sein. — Was ist das für eine Malerei? — Es ist eine Copie der berühmten Auferstehung des Heilands in der Gallerie von Dresden. — Ist die Copie genau? — Ja, mein Herr, sie ist sehr getreu, es ist eine ausgezeichnete Arbeit. — Hat sie derselbe Maler gemalt (писать), den Sie und ich kennen? — Eben derselbe. — Was für eine Karte haben Sie in den Händen? — Es ist die Carreau=Acht. — Ich dachte, es sei das Aß. — Nein, mein Herr, Sie sehen, es ist kein Aß, sondern eine Acht. — Ihre Karte hat einer= lei Farbe (масть, f.) mit der meinigen. — Wer war der letzte König von Frankreich? — Karl der Zehnte. — Und der erste Großfürst von Rußland? — Der erste Großfürst von Rußland war Rürik. — Wieviel Pfund Thee haben Sie gekauft? — Ich weiß es nicht, doch ich glaube, etwa zwei Pfund. — Werden Sie bald mit Ihrer schönen Cou- sine sprechen? — Vielleicht morgen, vielleicht auch übermor= gen. — Wann haben Sie sie gesehen? — Vorgestern um halb fünf Uhr Nachmittags.

133. Aufgabe.

Geben Sie mir, ich bitte, Ihr Buch. — Ich kann es Ihnen nicht geben, ich brauche es selbst. — Haben Sie Zeit, mit mir spazieren zu gehen? — Nein, ich habe keine Zeit, ich muß zu meinem Schneider gehen. — Wenn Sie mir Ihre Schuld bezahlen, bin ich stets bereit, Ihnen behülflich (полёзенъ) zu sein. — Wollen Sie zu Mittag essen? — Nein, ich kann nicht zu Mittag essen, ich habe keine Zeit. — Warum haben Sie keine Zeit? — Weil ich schreiben muß. — Ist Ihr Schüler dumm? — Nein, er ist nicht dumm, aber sehr faul. — Ist das Buch, welches Sie lesen, amüsant? — Nein, es ist sehr langweilig. — Wäscht die Wäscherin Ihre Wäsche gut? — Nein, Sie wäscht sie nicht gut, sie ist bald gelblich, bald bläulich. — Haben Sie den Geruch des Veilchens gern? — Ich habe den Geruch des Veilchens sehr gern. — Riecht diese Rose gut? — Sie riecht sehr gut. — Ist es Ihnen kalt? — Mir ist nicht nur kalt, ich bin ganz erfroren. — Von wo ist dieser Courier angekommen? — Er ist aus St. Petersburg angekommen und hat die Nachricht von dem geschlossenen (заключённый) Frieden gebracht. — Wie finden Sie diesen Käse? — Er ist nicht schlecht, doch finde ich, daß er etwas bitter ist. — Sie haben Recht, er ist nicht süß. — Haben Sie meinen Freund erkannt? — Nein, ich habe ihn nicht erkannt, früher trug er einen Bart, und jetzt ist er ohne Bart. — Woher ist Ihre Stube so kalt? — Weil sie nicht geheizt ist. — Befehlen Sie sie also einzuheizen? — Ich würde das gern thun, doch habe ich kein Holz. — So kaufen Sie denn Holz, hier haben Sie Geld.

Einundfünfzigste Lektion. — ПЯТЬДЕСЯТЪ ПЕРВЫЙ УРОКЪ.

466. Spalten, колоть. | Gäten, полоть.

Ich spalte, я колю. | Ich gäte, я полю.

Soll ich Holz spalten, oder auf den Markt gehen? | Колоть ли мнѣ дровъ, или идти на рынокъ?

Nein, du mußt auf's Feld gehen und das Gras gäten. | Нѣтъ, ты долженъ идти на-поле и полоть траву.

Er kann die Thür nicht zumachen (Ist es nicht im Stande). | Ему не запереть дверей.

Ob ich mein Vaterland je wieder sehe? Werde ich mein Vaterland je wieder sehen? | Видѣть ли мнѣ когда-нибудь своё отечество?

Ich wollte soeben schreiben, aber ich habe weder Tinte, noch Federn. | Мнѣ было писать, но у меня ни чернилъ, ни перьевъ нѣтъ.

Ich hätte ihr nur eher schreiben sollen. | Мнѣ было писать ей прежде.

Beschleunigen, ускорить. | Vergessen, забыть (conj. wie быть).

Blicken, смотрѣть. | Schmecken, вкушать (conj. wie кушать.)

Beruhigen, успокоить. | Bereuen, leidthun, жалѣть (wie имѣть).

467. Быть, mit dem Dativ der Person **vor** dem Infinitiv eines andern Zeitworts zeigt die Nothwendigkeit, das Bevorstehen; **nach** dem Infinitiv das Nothwendig gewesen sein einer unterlassenen Handlung oder einen Zweifel, mit не ein Verlangen, eine Unmöglichkeit, an.

468. Um zu (vor dem Infinitiv). | Чтобы, дабы.

Er geht nach Hause, um seine kranke Mutter zu sehen. | Онъ идётъ домой, чтобы видѣть больную свою мать.

Aber er wird sie nicht mehr sehen. | Но не видѣть ему её болѣе.

Sie müssen Ihrer Braut schreiben, um sie zu beruhigen. | Вы должны писать вашей невѣстѣ, дабы её успокоить.

Bemerkung 1. Чтобы, geht auf die bestimmte Absicht, den bestimmten Zweck; дабы, auf den gewünschten Zweck.

469. Es verlangt |
(mit dem Accusativ). | Хочется (mit dem Dativ).
Möchte (mit dem Infinitiv). |

Es verlangt mich, meinen Vater   Мнѣ хочется видѣть моего
zu sehen.   отца.

Bemerkung 2. Das persönliche Zeitwort хочется geht mehr auf die bestimmte Absicht, das unpersönliche хочется auf den Wunsch, das Verlangen nach etwas.

Jetzt will ich schlafen (und will   Теперь я хочу спать.
daher nicht gestört sein).

Ich will jetzt schlafen (mich schlä-   Теперь мнѣ хочется спать.
fert).

Zeichnen, рисовать.   Riskiren, рисковать.
Aufstehen, вставать.   Verlieren, потерять, терять.
Tauchen, нырять.   — Sich überall eindrängen, соваться.
Warten, ждать.   Sehen (öfters), видать.
Das Vaterland, отечество.   Der Commis, Handlungsdiener,
   приказчикъ.
Das Comptoir, контора (писчая).   Das Vergnügen, удовольствіе.
Vielerlei, различный.   Reel, ehrlich, честный.
Lieber, лучше.   Geradeswegs, прямо.
Fällig.   То, чему срокъ.

134. Aufgabe.

Was willst du jetzt thun? — Ich will in die Schule gehen; aber vorher möchte ich frühstücken. — Warst du auch gestern in der Schule? — Nein, ich habe meinem Lehrer geschrieben, daß ich krank sei. — Warst du krank? — Nicht krank, aber unwohl. — Ob ich heute schreibe, oder lieber dieses schöne französische Buch lese, welches ich morgen schon meiner Tante wiedergeben muß? — Du hast heute noch zwei Briefe an (къ) unsern Kaufmann in Warschau (Bapwiba) zu schreiben; aber wenn du lesen willst, werde

ich ſelbſt ſie ſchreiben müſſen. — Wonach will der Commis
in mein Comptoir gehen? — Er geht nach einem Petſchaft
und nach etwas Siegellac. — Er hätte geradeswegs in die
nächſte Bude gehen ſollen, denn in meinem Comptoir iſt
weder das eine, noch das andere. — Sie hätten es ihm
ſagen ſollen, denn er hat wenig Zeit, weil er heute noch
einige fällige Wechſel einzucaſſiren hat. — Kennſt du den
Ural? — Ja, ich bin dort geweſen; es iſt eine waldreiche
und ſteinige Gegend. — Wann haſt du den Ural geſehen?
— Als ich nach Sibirien, jener an Steinen, Metallen und
Getreide ſo reichen Gegend, reiſte. — Wann werden wir nach
Holz fahren müſſen? — Unſer Brennholz war geſtern ſchon
alle. — Dann war es [an] Euch, ſchon vorgeſtern in den
Wald zu fahren; denn heute regnet es ſehr ſtark, darum
werden morgen die Wege im Walde zu ſchlecht ſein, und
wir werden bis übermorgen warten müſſen. — Wann wer=
den wir Sie bei uns ſehen? — Mich verlangt's jeden Tag,
bei (съ mit dem Inſtrum.) Ihnen zu ſein; aber ich habe
ſehr viele Geſchäfte [zu thun], und deshalb durchaus keine
Zeit, zu irgend einem Freunde zu gehen. — Haſt du mei=
nen alten Freund, Paul Eliasſohn, erkannt? — Ich habe
ihn geſtern geſehen, habe mit ihm geſprochen und habe ihn
doch nicht erkannt. — Haben Sie in der That fünfund=
fünfzigtauſend Rubel? — Ich habe ſie nicht gezählt, doch
ich glaube, es wird ſo ſein. — Was für Tuch wollen Sie
kaufen? — Ich will vielerlei Tuche kaufen, ſchwarzes,
graues und grünes, theures und wohlfeiles. — Dann hät=
ten Sie in eine andere Bude gehen ſollen, denn dieſer
Kaufmann hat nur zweierlei (zwei Sorten) (разборъ)
Tuche, deren [Dativ] Preis verhältnißmäßig ſehr hoch iſt.
— Wieviel bin ich Ihnen ſchuldig? — Sie ſind mir hundert=
dreiundſiebzig Rubel ſchuldig. — Wofür bin ich ſie Ihnen
ſchuldig? — Sie haben bei mir neun Pud Wachs gekauft
und mir nur neunundzwanzig Rubel gegeben. — Wiſſen
Sie das genau? — Ja, mein Herr, ich weiß es ganz ge=
nau. — Ja, jetzt weiß ich es ſelber, es iſt ſo. — Ich

Joel u. Fuchs, Ruſſiſche Gramm.   20

bin geſtern in der ſchönen Peterskirche geweſen; ſind Sie auch
dort geweſen? — Ja, ich war eben dort und will heute
eben dahin gehen. — Sehen Sie Peter und Lieschen? —
Ja, man kann niemals den Erſteren ohne die Letztere ſehen.
— Was iſt eine Krankheit? — Es iſt ein Schaden an der
(genit.) Geſundheit. — Wollen Sie nicht ſchöne ſeidene
Strümpfe und Sommerhandſchuhe kaufen? — Ich habe
deren ſehr ſchöne und billiger, als irgend ein Kaufmann
in unſerer Stadt. — Ich habe noch Strümpfe genug, aber
Handſchuhe will ich kaufen und ſeidene und baumwollene
Tücher, wenn Sie deren recht ſchöne haben. — Ich habe
jene aus den erſten Manufacturen (мануфактура) des Landes, und dieſe aus den beſten und berühmteſten Häuſern
Deutſchlands und Frankreichs. — Freuen Sie ſich nicht über
Ihren alten Freund und Nachbar? — Nicht ſehr; denn
jedesmal, wenn wir einander ſehen, muß der Eine oder
der Andere das Vergnügen theuer erkaufen; uns verlangt
daher niemals, einander zu ſehen.

135. Aufgabe.

Hat ſchon Ihr Hausknecht Ihnen Holz geſpalten? —
Nein, er hat es noch nicht geſpalten. — Hat der Koch den
Hahn geſchlachtet? — Ja, er hat ihn geſchlachtet, um eine
Suppe zu kochen. — Es iſt Zeit, daß Sie (пора вамъ) auf-
ſtehen, es iſt Zeit (время) zu frühſtücken. — Wer hat Ihnen
den grünen Sammt gebracht?—Der Beſitzer des Magazines
ſelbſt oder ſein Commis? — Weder der Beſitzer des Magazines, noch ſein Commis, ſondern ſein Bedienter (лакей).
— Sind Sie durſtig? — Nein, ich bin nicht durſtig, ich
habe eben getrunken. — Wohin geht der junge Maler? —
Er geht zum berühmten Profeſſor, um bei ihm Unterricht
zu nehmen. — Iſt dies Tuch, das ſie haben, das beſte? —
Nein, dieſes Tuch iſt von der zweiten Sorte. — Haben Sie
das Geld, das Sie verloren haben, gefunden? — Nein, ich
habe es nicht gefunden, und denke nicht, daß ich es jemals

finden werde. — Wann haben Sie Ihren Vater besucht? — Ich habe ihn gestern Abend besucht. — Kann man sich auf diesen Menschen verlassen? — Nein, man kann sich nicht auf ihn verlassen, er bleibt nie seinem Worte treu. — Ist es nützlich für Sie, die russische Sprache zu lernen? — Es ist für mich sehr nützlich die russische Sprache zu lernen, denn ich will nach Rußland reisen. — Ziemt sich dieses für mich? — Das ziemt sich sehr für Sie. — Ist der Eimer mit Wasser voll? — Ja, er ist voll Wasser. — Wie gefällt Ihnen das Gespräch (pl.) dieses Herrn? — Es gefällt mir ganz und gar nicht, er erzählt mir das, was ich schon längst weiß. — Wie ist der Fleiß dieses Knaben? — Sein Fleiß ist gut, seine Fähigkeiten aber sehr schlecht. — Was hat dieser Alte bei Ihnen gefragt? — Das ist ein Bettler und er bat mich um Almosen.

Zweiundfünfzigste Lektion. — ПЯТЬДЕСЯТЪ ВТОРОЙ УРОКЪ.

470. Hängt man an das russische Zeitwort das ver= kürzte rückwirkende Pronomen -ся (für себя́ und себѣ́) an, so wird es:

a) Zu einem activen rückwirkenden Verbum, wenn die, durch dasselbe bezeichnete Handlung auf das Subject zurückgeht.

Sich schonen, sich hüten, бере́чься.	Sich schneiden, рѣ́заться.
Sich waschen, мы́ться.	Sich drehen, sich wenden, вертѣ́ться.
Der träge Knabe will sich nicht waschen.	Лѣни́вый ма́льчикъ не хо́четъ мы́ться.

b) Zu einem rückwirkenden Neutrum. Sie kommen nur in Verbindung mit -ся vor.

Sich bemühen, стара́ться.	Sich schämen, стыди́ться.
Sich fürchten, боя́ться.	Sich freuen, ра́доваться.

20*

Ihr Bruder muß sich bemühen, besser zu schreiben.

Ein Soldat muß sich nicht fürchten.

Ваш братъ до́лженъ стара́ться, лу́чше писа́ть.

Солдату́ не до́лжно боя́ться.

c) Zu einem Verbum, welches das gegenseitige Einwirken zweier oder mehrerer handelnder Subjecte auf einander bezeichnet, wenn das deutsche sich durch sich gegenseitig, Einer den Andern ersetzt werden kann.

Einander kennen, зна́ться.

Einander sehen, сви́дѣться.

Ihr müßt Euch nicht schlagen.

Sich schlagen, би́ться.

Вы не должны дра́ться

Bemerkung 1. Da -ся, себя́, das Reflexiv=Pronomen für alle drei Personen ist, so heißt es nicht nur sich, sondern auch mich, dich, Euch, uns.

Ich will mich nicht mit ihr zanken. Мнѣ не хо́чется ссо́риться съ нею.

Bemerkung 2. Viele solche Zeitwörter sind im Deutschen nicht rückwirkend.

Hoffen, надѣ́яться.

Ringen, streiten, боро́ться.

Erröthen, рдѣ́ться, auch рдѣть.

Zweifeln, сомнѣва́ться.

Befürchten, опаса́ться.

Andere sind im Deutschen Verba neutra:

Ertrinken, утону́ться, eigentl. sich ersäufen, von ersäufen, утопи́ть.

Gehorchen, слу́шаться, von hören, слу́шать.

Zittern, тряcти́сь; eigentlich sich schütteln, von schütteln, тряcти́.

Bemerkung 3. Nach vocalischem Auslaute spricht man gewöhnlich -сь statt -ся.

471. Wie im Deutschen, kann fast jedes active Verbum, dessen Bedeutung es gestattet, durch Anhängung von -ся in ein rückwirkendes Verbum verwandelt werden.

Loben, rühmen, хвали́ть.

Sich loben, sich rühmen, хвали́ться.

Einander lieben, люби́ться.

Lernen, учи́ться: eigentlich sich belehren von lehren, учи́ть.

Stehlen. Красть.

Der Krüppel, калѣ́ка, с.

Der Schritt, шагъ.

Das Geschöpf, тварь f.

Die Unwissenheit, невѣ́жество.

Der Rath, совѣтъ.

Der Nebel, тума́нъ.

Die Angst, тоска́.

Ein unwissender Mensch, неучъ.

Die Aufrichtigkeit, и́скренность f.

Das Versprechen, обѣща́ние.

Die Verstellung, притворство.   Der Vorsaß, die Absicht, намѣреніе.
Möglich, возможный.   Dicht, густой.

136. Aufgabe.

Kann man hoffen, daß morgen schönes Wetter sein wird?
Ich muß nach Moskau zu meiner kranken Mutter reisen.
— Man muß befürchten, daß es morgen regnen wird, denn
der Nebel ist so dicht, daß man nichts auf (за mit dem
Accusativ) zehn Schritte vor sich sehen kann. — Wo kommst
du mit den Kameraden her? — Wir waren selbdritt im
nächsten Walde. — Was hattet Ihr dort zu thun? (Was
für ein Geschäft hattet Ihr da?) — Wir gingen nach Vogel-
nestern. — Ihr müsset Euch schämen, Ihr bösen Knaben! —
Ihr wollt also (итак am Anfang des Satzes) den armen
Vögeln ihre Häuser und ihre Eier stehlen? — Ist es Euch
möglich, Euch [über] die Angst [Dativ] der armen Geschöpfe
zu freuen? — Knaben müssen in die Schule gehen, ihre Lektionen lernen, fleißig und aufmerksam sein und ihren guten
Lehrern [Genitiv] gehorchen. — Wer aber nicht lernen will,
der wird stets ein unwissender Mensch sein und in vielen
Fällen über (genit.) seine Unwissenheit erröthen müssen. —
Wollet ihr in Zukunft meinem Rathe gehorchen? — Ja,
lieber Vater, wir wollen dir stets gehorchen und uns bemühen, stets deiner Liebe und der Liebe aller guten Menschen werth zu sein. — Wer kann an (въ mit der Präpos.)
der Aufrichtigkeit Eures Versprechens zweifeln? — Ich will
hoffen, daß Eure Herzen der Lüge und Verstellung noch
fremd und voll [von] guten Vorsätzen sind.

137. Aufgabe.

Man muß sich schonen, um nicht krank zu werden. — Ich
möchte jetzt nicht trinken, es ist zu heiß und je mehr man
trinkt, desto mehr Durst hat man. — Warum waren Sie
gestern um halb drei Uhr nicht bei mir? — Es war mir

unmöglich zu Ihnen zu kommen, ich mußte in die Stadt zu meinem älteren Bruder gehen. — Kein Mensch kann sagen, daß er glücklich sei. — Woher denken Sie das? — Weil der Glücklichste in irgend Etwas unglücklich sein kann. — Ja, ich weiß es; ein und derselbe Mensch kann glücklich und unglücklich sein. — An welchem Tische aßen Sie gestern zu Mittag? — An demselben Tische, an welchem Ihr Bruder aß. — Hast du deinen treuen Diener vergessen? — Welchen? — Den Elias. — Nein, ich vergesse niemals den, der mir treu ist. — Geben Sie dem armen Bettler die Hälfte des Brodes, das Sie in den Händen haben! — Warum? — Weil er hungrig ist und Sie satt sind. — Bedauern Sie nicht (o mit der Präpos.) das bittere Loos jenes tapfern Helden, den sein Kaiser nicht liebt? — Warum sollte ich ihn bedauern? — Er ist reich und angesehen. — Wollen Sie Siegellack und ein Tintenfaß kaufen? — Ich brauche (нахожно) weder das Eine noch das Andere, ich brauche nur Oblaten.

138. Aufgabe.

Haben Sie diesen jungen Mann gern? — Nein, ich habe ihn nicht gern, er lobt sich selbst zu sehr. — Hoffen Sie Ihren jungen Bruder zu sehen? — Nein, ich habe die Hoffnung, ihn zu sehen, verloren; ich glaube er ist mit dem Schiffe, auf welchem er sich befand, untergegangen. — Wer ist dieser unverschämte Mensch? — Ich weiß es nicht, er scheint mir aber voll von Dummheit. — Haben Sie die Absicht, dieses Jahr nach Paris zu reisen? — Nein, ich habe nicht diese Absicht. — Was lehrt diese Grammatik? — Sie lehrt gut zu sprechen, zu lesen und zu schreiben. — Ist Ihr Bedienter aufrichtig? — Nein, er ist nicht aufrichtig, er ist voll von Verstellung. — Wo ist Ihre Flinte? — Sie ist beim Waffenschmied, ich habe sie ihm gegeben, damit er sie reparire (починить). — Haben Sie schon gehört, daß die Schlacht verloren sei? — Ja, sie ist durch den Verrath des Feldherrn verloren. — Bitten Sie Ihren Lehrer um Vergebung! —

Nein, ich werde ihn nicht um Vergebung bitten; ich trage keine Schuld vor ihm. — Lieber werde ich eine ungerechte Strafe erdulden. — Sie scheinen mir sehr eigensinnig zu sein, das ist nicht gut, denn der Eigensinn führt nicht zum Guten. — Ich bin nicht eigensinnig, ich liebe nur die Gerechtigkeit. — Ist dieser Knabe seinem Bruder ähnlich? — Nein, er ist ihm gar nicht ähnlich. — Wer ist dieser Greis, den Sie so eben gegrüßt haben? — Es ist ein berühmter Professor, er ist fast in allen Wissenschaften erfahren. — Werden Sie heute den Wucherer sehen? — Nein, ich gehe nicht zu ihm, er ist zu gierig nach Geld. — Ist er reich? — Man glaubt, daß er sehr reich [sei]. — Sind Sie Liebhaber von Hunden? — Nein, ich bin kein großer Liebhaber von Hunden, doch von Pferden bin ich ein großer Liebhaber.

Dreiundfünfzigste Lektion. — ПЯТЬДЕСЯТЪ ТРЕТІЙ УРОКЪ.

472. Von dem russischen Verbum werden folgende Zeiten und Formen gebildet:

a) Die Gegenwart, Vergangenheit und Zukunft des Indicativs.

b) Der Infinitiv.

c) Der Imperativ.

d) Das Transgressiv (Gerundium) der Gegenwart und der Vergangenheit.

e) Das passive Particip der Gegenwart und Vergangenheit.

f) Das Verbal=Substantiv, nomen verbale.

Bemerkung 1. Die einfache oder unvollständige Zukunft wird gewöhnlich durch das Hülfszeitwort буду mit dem Infinitiv des Zeitwortes gebildet, oder es ist der Präsensform gleich.

Bemerkung 2. Für den Conjunctiv oder die bedingende Form hat die russische Sprache keine be= sondere Form.

Bemerkung 3. Das Passivum wird gewöhnlich durch das Hülfsverbum быть, und die passiven Participien ausgedrückt.

473. Nur in der Gegenwart und der Zukunft (Präsensform) findet eine Bezeichnung der Personen durch besondere Endungen statt: weshalb die persönlichen Fürwörter in diesen beiden Zeiten auch wegbleiben kön= nen und nur da gebraucht werden, wo ein besonderer Nach= druck auf ihnen ruht. In der Vergangenheit dagegen sind sie zur Bezeichnung der Personen unumgänglich noth= wendig.

474. Thema des Verbums nennen wir diejenige Zeitform, welche der Bildung aller obigen Formen (472.) zur Grundlage dient.

475. Charakter des Verbums heißt der Stamm= Auslaut (ъ, й, ь) des Themas nach Wegnahme der Mo= dus=, Tempus= und Personen=Endungen.

476. Die Personen der Präsensform werden durch Anhängung folgender Auslaute an den Charakter des Verbs gebildet.

Einheit.	Mehrheit.
1. Person, -у, -ю.	-мъ.
2. „ -шь, (шп).	-те.
3. „ -тъ.	-тъ.

477. Durch die Art wie diese Auslaute mit dem Cha= rakter des Verbs verbunden sind, zerfällt die Conjugation in eine starke Form und in eine schwache Form.

478. Stark heißt die Conjugations=Form, wenn die obigen consonantischen Auslaute (476.) vermittelst eines

eignen Bindevocals (-e) mit dem Charakter verbunden werden; schwach hingegen, wenn der milde Charakter (ь, й) vor denselben blos tönend (-и) wird (vgl. 93.).

Bemerkung 4. In der dritten Person der Mehrzahl ist der Bindevocal starker Form -y (-ю), schwacher Form aber -a.

479. Hieraus geht schon von selbst hervor, daß nach schwacher Form nur Verba mit mildem Charakter conjugirt werden. Dies sind die Verba, deren Infinitiv auf -ить, -ѣть und -ать mit vorhergehendem Zischlaut (23. a. 3.) ausgeht, und zwar die beiden letztern (auf -ѣть und -ать) auch nur dann, wenn sie Stammwörter, nicht aber, wenn sie Derivative sind. Diese letztern, so wie alle übrigen Verba, werden nach starker Form conjugirt.

480. Als Thema dient bei den Verben starker Form die Gegenwart, bei den Verben schwacher Form dagegen der Infinitiv.

481. Verba mit doppeltem Thema sind solche, von denen man Gegenwart und Infinitiv kennen muß, um die übrigen Formen zu bilden.

I. Zeitwörter starker Form.

Erste Klasse.

A. Mit consonantischem Charakter.

Ausgänge: Präsens -y. Präteritum -ъ (-лъ). Passives Particip (-e) -нъ. Infinitiv -ти (-ть).

Bemerkung 1. - Die Zungenbuchstaben fallen in der Vergangenheit aus und -лъ tritt an ihre Stelle. Bei den übrigen tritt das -л erst in der Verlängerung hinzu.

Bemerkung 2. Lippen= und Zungenlaute gehen im Infinitiv vor -ть in -c über; die Kehllaute da= gegen verwandeln sich mit dem -ть zusammen in -чь (щи).

a) Ich führe (zu Wagen), везу́, вёзъ, везла́, везло́, везли́, ве= зёнъ, везти́.

Ich nage, грызу́.　　　　Ich kletterte, лѣзу.

Ich krieche, ползу́.

Ich trage, несу́, пёсъ, несла́, несло́, несли́, несёнъ, нести́.

Ich weide (activ), насу́.　　　Ich schüttele, трясу́.

Ich werde erretten, спасу́, (ich errette, спасаю).

b) Ich harke, rubere, гребу́, грёбъ, гребла́, гребло́, гребли́, гребёнъ, грести́.

Ich kratze, schabe ab, скребу́.

c) Ich beobachte, блюду́, блюлъ, блюла́, блюдёнъ, блюсти́.

Ich stoße, боду́.　　　　Ich schleiche einher, бреду́.

Ich führe, веду́.　　　　Ich lege, кладу́ (кладенъ).

Ich stehle, краду́.　　　　Ich spinne, пряду́.

Ich werde fallen, паду́.

Ich drücke, verfolge, гнѣту́, гнѣлъ, гнѣтёнъ, гнѣсти́.

Ich fege, kehre, мету́.　　　　Ich verwirre, мяту́.

Ich flechte, плсту́.

Ich blühe, цвѣту́ (36., d. 2.).

Ich ehre, achte (veralt.) чту, (slaw.) чту, чёлъ, чла . . . чтёнъ, честй.

d) Ich hüte, spare, берегу́, берёгъ, берегла́, бережёнъ, беречь.

Ich brenne, жгу, жжёшь, жёгъ, жжёнъ, жечь.

Ich kann, могу́.

Ich bewahre, hüte, стерегу́.

Ich scheere, стригу́ (стрйженъ).

Ich ziehe, schleppe, влеку́, влёкъ, влечёнъ, влечь.

Ich schleppe, волоку́.　　　Ich backe, пеку́.

Ich sage (sl.) реку́ [Inf. рещи́]. . Ich hacke, haue, сѣку́ (сѣчёнъ).

Ich fließe, теку́.

† Abweichende Formen; ich werde mich setzen: † сяу, сѣлъ, сѣсть.

Ich wachse, росту́, (расту́), † росъ, ростй.

Ich werde mich legen † лягу, † лёгъ, лечь.

Ich stoße † толку́, толокъ, † толчёнъ, толочь.

Ich erwerbe, ich erhalte, я обрѣтаю, обрѣлъ, (sch. обрѣлъ) обрѣту́.

Ich schwitze, я потѣю, потѣлъ, потѣть.

Ich erreiche, я настигаю, настигъ, настигу́

B. Mit vocalischem Charafter.

Ausgänge: Präsens -ю. Präteritum -лъ. Passives Particip -нъ. Infinitiv -ть.

Ich gebe, да-ю, да-лъ, да-нъ, да-ть.
Ich kenne, знаю.　　　　　Ich grabe, копаю.
Ich offenbare, явля-ю, явля-лъ, явля-ть.
Ich darf, wage, смѣю.
Ich habe, besitze, имѣю.
Ich erröthe, рдѣюсь, рдѣлся, рдѣнъ, рдѣться.
　† Abweichende Formen: ich reife, спѣю-спѣнъ und † спѣ-
　　янъ, спѣть.
Ich wärme, грѣю, und † грѣтъ, грѣть.
Ich singe † пою, пѣлъ und † пѣтъ, пѣть.

482. Vor dem milden Bindevocal -e werden die Kehllaute gewandelt (8): ich kann, могу, du kannst, можешь. Die harten Zungen= und Lippenlaute dage=gen werden nur gemildert ich fahre (10. Bem.) веду, ведёшь.

Accent.

483. Im Präsens bleibt der Ton, wie in der ersten Person.

Ich gebe, я даю; du giebst, ты даёшь.　　Ich kenne, я знаю; du kennst, ты знаешь.
Ich thue, я дѣлаю; er thut, онъ дѣлаетъ.　　Ich kann, я могу; fie können, они могутъ.
† могу, можешь, можетъ, можемъ, можете; ebenfo von: прягу, пря-жёшь, u. f. w.

484. Die einfylbigen Präterita werfen den Ton mit wenigen Ausnahmen auf die Endung; die übrigen be=halten den Ton des Präsens, besonders die mit vocali=schem Charafter, von denen auch die einfylbigen ihn nur mit der weiblichen Form auf die Endung werfen.

Ich führte, вёзъ; fie führte, везла, везло, везли.
Ich gab, я далъ; fie gab, она дала; fie gaben, они дали.
Ich that, я дѣлалъ; fie that, она дѣлала.

Bemerkung 3. Die im Ton abweichenden passiven Participien sind den einzelnen Verben in Klammern beigefügt.

Wer schüttelt den Baum?	Кто трясётъ дерево?
Wohin führst du das Getreide?	Куда везешь мы хлѣбъ?
Dieser Weg führt zur Wahrheit.	Сей путь ведётъ къ истинѣ.
Du kannst nicht zum Großvater gehen.	Ты не можешь итти къ дѣдушкѣ.
Sie schleppen Ihr Kleid.	Вы волочёте своё платье.
Sie können noch nicht fahren.	Они ещё не могутъ ѣхать.
Sie giebt dem Armen Brod.	Она даётъ нищему хлѣбъ.
Sie kennen einander.	Они знаютъ другъ друга.
Das Feuer brennt und wärmt.	Огонь жжётъ и грѣетъ.
Wir haben kein Glück.	Мы не имѣемъ счастія.

Bemerkung 4. Имѣть, haben, geht mehr auf den dauernden, unveräußerlichen Besitz, wogegen быть у ... mehr ein zufälliges, vorübergehendes Haben bezeichnet.

Er hat heute Glück (im Spiele u. dgl.).	{ У него сегодня счастіе. { Ему сегодня везетъ счастіе (pop.).
Er hat Glück (stets; ist ein Glückskind).	Онъ имѣетъ счастіе.
Sie singt ein munteres Lied.	Она поетъ весёлую пѣсню.
Wo trug er den Rock hin?	Куда онъ нёсъ кафтанъ?
Sie schonte sich nicht.	Она не береглась.
Er führte die Aepfel nach Berlin.	Онъ везъ яблоки въ Берлинъ.
Sie haben mir jederzeit Freundschaft gezeigt.	Вы мнѣ всегда изъявляли дружбу.
Die Blume ist in unserm Garten gewachsen.	Сей цвѣтъ росъ въ нашемъ саду.
Dieser Baum wuchs im Zimmer.	Это дерево росло въ комнатѣ.
Wann werden wir das Heu zusammenharken (rechen)?	Когда будемъ мы грести сѣно?
Wir werden uns auf jene Bank setzen.	Мы сядемъ на ту лавку.
Der Herr wird Euch aus dieser Trübsal erretten.	Господь васъ спасётъ изъ этой бѣды.
Ich werde den Kaffee wärmen.	Я буду грѣть кофей.

485. Recht so! es ist recht! — Ничто!

Es geschieht dir recht!	Ничто тебѣ!
Die Wahrheit, истина.	Das Feuer, огонь m.

Das Lied, пѣсня.
Die Trübſal, das Elend, бѣдá.
Der Faden, нúтка.
Hinlänglich, достáточный.

Die Bank, лáвка.
Der Lohn, die Bezahlung, плáта.
Das Fernrohr, зрúтельная трубá.
Die Tulpe, тульпáнъ, тюльпáнъ.
Gefährlich, опáсный.

139. Aufgabe.

Die Bauern haben ihm alle ſeine Schafe geſtohlen, und
er kennt den Dieb nicht. — Es geſchieht ihm ganz recht;
denn er drückt jetzt ſeine armen Leute und giebt ihnen nicht
einen hinlänglichen Lohn. — Was beobachten (наблюдáть)
Sie hier? — Hier kriecht ein Wurm, den ich noch nie ge=
ſehen habe. — Hat Ihr Herr Vater ihn ſchon geſehen? —
Ich weiß es nicht. — Er iſt im Garten, hat das dürre
(сухóй) Laub zuſammengeharkt und fegt nun die Gänge
(дорóжка); aber hier war er heute noch nicht. — Blühen die
Tulpen ſchon? — Ich kann es nicht ſagen; ich habe noch
keine geſehen. — Die Sonne wärmt ſchon ſehr; wir haben
heute einen heitern, warmen Frühlingstag. — Im Frühling
iſt es ſehr angenehm und luſtig, in den Gärten und auf
dem Felde zu arbeiten. — Die Haut ſchwitzt nicht ſo,
wie in den Tagen der Roggen=Ernte. — Wird der Knecht
morgen mit dem Weizen nach der Stadt fahren? — Er wird
es nicht können; denn der Ochs hat ihn geſtoßen. — Konnte
er ſich nicht davor (тогó) hüten? — Er hätte nur auf den
nächſten Baum klettern ſollen. — Werden Sie dieſen gefähr=
lichen Ochſen nicht zum Fleiſcher führen? — Es geht nicht.
— Dieſer Ochs arbeitet ſo viel, wie zwei Pferde. — Wol=
len Sie nicht dieſes Buch in Ihre Taſche ſtecken (legen)?
— Ich kann es nicht; denn in die eine Taſche habe ich ſchon
meine Brille geſteckt und in die andere ein Fernrohr. —
Wer ſpinnt dort in der großen Stube? — Unſre Mägde
ſpinnen dort Wolle, aber meine Tochter ſpinnt Flachs. —
Sie kann einen ſehr feinen und reinen Faden ſpinnen. —
Darf ich Ihren Herrn Vater ſehen? — Er iſt jetzt nicht

zu Hause. — Er mußte zum Onkel gehen, der am hitzigen Fieber krank ist.

140. Aufgabe.

Haben Sie den Bauer auf dem Felde gesehen? — Ja, mein Herr, er ackert und wollte säen. — Was wollte er säen? — Verschiedene Getreidearten. — Welche? — Hafer, Gerste, Weizen, Flachs und Hanf. — Ist jeder Bauer fleißig? — Er muß es sein, aber viele Bauern sind auch faul. — Ist das ein Tannenwald? — Nein, es ist ein Fichtenwald. — Sind in diesem Garten Birnbäume? — Ja, mein Herr, und sogar sehr viele. — Was für Speisen ißt man in dieser Lehranstalt? — Die Schüler haben jeden Tag eine gute Suppe und einen vortrefflichen Braten. — Was für einen Braten haben die Schüler? — Bald Rindfleisch, bald Gänsefleisch, bald Wild. — Sind sie mit ihrem Lehrer zufrieden? — Nicht sehr, sie lieben mehr des Lehrers Söhne. — Wer ging da auf dem Hofe des Schlosses zu dem reichen Fürsten? — Es war des Fürsten jüngster Sohn. — Ist er dem Fürsten theuer? — Der Fürst liebt ihn angemessen seinen Verdiensten. — Ist das Zeichnen leichter als die Malerei? — Ich glaube es nicht, beide Künste sind schön, aber nicht leicht. — Wessen Werk ist diese Geographie? — Des gelehrten Lehrers meines jüngsten Vetters. — Hat er auch eine Geschichte geschrieben? — Ja, mein Herr, er hat viel über (o präp.) Wissenschaften geschrieben.

141. Aufgabe.

Wer nagt unter der Diele? — Das ist eine Maus, wir haben deren sehr viele hier. — Was für eine Blume blüht dort auf dem Fenster? — Es ist eine Tulpe, sie blüht sehr schön. — Was für Soldaten sind heute in unsrer Stadt angekommen? — In unsrer Stadt sind ungefähr hundert und fünfzig Grenadiere angekommen. — Ist seine Wunde sehr gefährlich? — Haben Sie Gold genug? — Ja, jetzt habe ich dessen genug. — Wollen Sie ein Stückchen Fleisch? — Nein, ich will kein Fleisch, geben Sie mir ein Stückchen Wild. — Da haben Sie (извольте). — Haben Sie noch Zahnschmerzen? — Nein, ich habe keine Zahnschmerzen mehr, doch schmerzt mich der Kopf sehr. — Was für eine Nahrung ziehen Sie vor, Fleischspeisen oder Fischspeisen? — Ich esse weder Fleischspeisen noch Fischspeisen gern, ich esse am liebsten Gemüse. — Ihre linke Wange scheint geschwollen zu sein. — Ja, das kommt von Zahnschmerzen. — Wo haben Sie diesen schönen Pelz gekauft? — Ich habe ihn beim bekannten Sorokoumski in Moskau gekauft. — Haben Sie viel dafür gegeben? — Ja, er kostet mir sehr viel, ich habe dafür mehr als achthundert Rubel bezahlt. — Sind die Pelze in Rußland theuer? — Ja, in Rußland sind sie theurer als in Deutschland. — Was für einen Pelz haben Sie Ihrer Frau gekauft? — Ich habe ihr einen wunderschönen Zobelpelz gekauft. — Sind Sie durch einen Tannenwald gefahren? — Nein, ich bin durch keinen Tannenwald gefahren (проѣзжа́лъ), ich bin aber durch einen Fichtenwald gefahren. — Haben Sie Sommerkleider? — Nein, ich habe mir noch keine Sommerkleider bestellt. — Bringen Sie mir Leim, ich will das Loch zuleimen.

Vierundfünfzigste Lektion.—ПЯТЬДЕСЯТЪ ЧЕТВЕРТЫЙ УРОКЪ.

Zweite Klasse.

A. Mit consonantischem Charakter.

Ausgänge: Präsens -y. Präterit. -ъ. Passiv-Particip -тъ. Infinitiv (-е) ть.

Ich sterbe, мру, мёръ, мере́ть.

Bemerkung.1. Gebräuchlich ist nicht мру, sondern умру́, ich werde sterben, у́меръ, er starb, умерла́, sie starb.

Bemerkung 2. Das -e vor und nach -p ist (nach 22.) eingeschoben.

Ich dränge, -пру.   Ich reibe, тру-тёртъ.

B. Mit vocalischem Charakter.

Ausgänge: Präsens -ю. Präteritum -лъ. Passiv=Particip -тъ. Infinitiv -ть.

Faulen, гнію, гни́лъ, гни́тъ, гни́ть.

Blasen, ду́ю.   Fett werden (fl.), мы́ю, мы́лъ, мы́тъ,

Ich kleide an, одѣва́ю.   мы́ти.

Bemerkung 3. Hierher gehören auch die Formen кля́лъ, кля́тъ, кля́ть, fluchen, wozu das Präsens кляну́ und ein Infinitiv кля́сть.

† Rasiren брѣ́ю, бри́лъ, бри́тъ, бри́ть.

† Sich rasiren, бри́ться.

Bemerkung 4. Nehmen, взять, bildet sein Präsens von брать: ich nehme, я беру́, du nimmst, ты берёшь ꝛc.

Bemerkung 5. Den Stamm=Vocal -и stoßen im Präsens aus:

a) Nach Mildlingen:

Schlagen, бью, би́лъ, би́тъ, би́ть.

Winden, вью.   Gießen, лью

Trinken, пью.   Nähen, шью.

b) Nach Härtlingen, wo dafür -o eingeschoben wird (30. b.):

Heulen, во́ю. вы́лъ, вы́ть.   Waschen, мо́ю-мы́ть.

Wehe thun, но́ю.   Graben, scharren, ро́ю.

Decken, кро́ю.

Abweichende Formen: schwimmen † плыву́ (плову́). плылъ, плытъ, плыть.

Heißen, † слыву́ (слову́), слылъ, слыть.

Leben, † wohnen † живу́, жить.   Sein, † бу́ду, бы́лъ, бы́тъ, бы́ть.

Die arme Familie stirbt· vor Hunger.	Бѣдное семейство отъ голода умираетъ.
Seine Mutter starb vor Gram.	Его мать съ печали умерла.
Der Wind weht stark.	Вѣтръ сильно дуетъ.

Bemerkung 6. Das Beschaffenheitswort mit der sächlichen Endung steht adverbialiter.

Er arbeitet fleißig.	Онъ прилежно работаетъ.
Wir trinken keinen Wein.	Мы не пьёмъ вина.
Er wohnt bei seinem Vater.	Онъ живётъ у своего отца.
Der Kummer, Gram, печаль f.	Der Wind, вѣтръ.
Das Band, лента, ленточка.	Das Gefäß, сосудъ.
Der Bursche, парень.	Die Gondel, гондола.
	Das Hemd, рубашка, höfl. сорочка.
Die Gegenwart, присутствіе.	Der Strom, Fluß, рѣка.
Der Gestank, вонь f.	Der Rinnstein, канава.
Das Dampfboot, пароходъ.	Der Kanal, каналъ.
Die Lokomotive, паровозъ.	Der Steuermann, кормчій, -яго.
Der Untergang, погибель.	Ritterlich, рыцарскій.
Feld=, полевой.	Schrecklich, ужасный.
Geschmackvoll, вкусный.	Adelig, дворянскій.
Alterthümlich, устарѣлый.	Friedlich, ruhig, смирный.
Langsam, leise.	— Тихонько.

142. Aufgabe.

Kennen Sie den Maler, welcher im Schlosse des Fürsten N. wohnt? — Er gilt überall für einen geschickten Künstler (Instrum.). — Ich habe einige seiner Gemälde gesehen, und muß sagen, daß sie sehr schön sind. — Auf dem einen sehen Sie eine reizende Schäferin, ein Mädchen von 16 bis 17 Jahren, welche aus Feldblumen die geschmackvollsten Kränze flicht. — Ein jüngeres Mädchen windet aus Gräsern Bänder. — Einige von den Schäfchen, welche die beiden lieblichen Mädchen weiden, spielen munter mit einander, andere trinken aus hölzernen Gefäßen, in welche ein stämmiger Bursche frisches Wasser gießt. — Was sehen Sie auf dem andern Gemälde? — Auf dem andern Gemälde sehe ich eine Gondel, die langsam auf (но mit dem Dativ) dem ruhigen Strome schwimmt. — In der Gondel

Joel u. Fuchs, Russische Gramm.   21

fiten (haben fich gefetzt) zwei ritterliche Jünglinge. —
In die Segel weht nur ein leifes Lüftchen (Windchen),
aber defto emfiger rubern die muntern Gefellen auf ein
alterthümliches Gebäude zu (къ). — Wer anders kann dort
wohnen, als die Freundin des Einen der beiden Freunde?
— Ich bin Willens, diefe Gemälde zu kaufen, wenn fie nicht
fehr theuer find. — Haben Sie den Untergang diefes fchönen
Dampfbootes gefehen? — Ja, ich habe es gefehen, er war
fchrecklich; die Matrofen warfen Alles in's Meer, und
fprangen felbft dann in's Waffer. — Hat man gefchluchzt?
— Nein, Alle waren tapfer und fremd dem Schrecken (испугъ).
— Was hat der Jäger gefchoffen? — Fünf Marder, zwei
Füchfe und einundzwanzig Hafen. — Was arbeiten Ihre
Coufinen jetzt? — Sie nähen Hemden und wafchen Hand-
fchuhe. — Woher ift der Geftank in diefer Straße? — Von
den Rinnfteinen, weil fie nicht fließen, die Leute fie nicht
oft genug fegen und das Waffer in denfelben fault. —
Sahen Sie das Dampfboot, welches fo fchnell ging? —
Ich fah es. — Wir werden auf demfelben Dampfboote nach
Mainz fahren (fchiffen, плыть). — Als wir von Havre
(Гавръ) nach London fuhren, heulte ein fchrecklicher Sturm;
das Schiff ftieß (fetzte fich) auf einen Stein, und nur die
Geiftesgegenwart unferes Steuermanns rettete uns vom
nahen Untergange.

143. Aufgabe.

Hören Sie nicht diefen Herrn an; er thut nichts als
(всё тóлько) lügen. — Ift es wahr, daß er nur lügt? —
Ich dachte, daß er die Wahrheit fpricht. — Nein, alle feine
Worte find nichts als Lügen. — Stehen Sie auf, Sie haben
genug gefchlafen! — Ich habe nicht gefchlafen, fondern nur
gefchlummert. — Sie haben nicht gefchlummert, fondern fehr
feft gefchlafen. — Wen rufen Sie? — Ich rufe meinen Bedienten. — Schreien Sie nicht fo, man kann von Ihrem
Gefchrei taub werden. — Ich fchreie nicht, ich fpreche fehr
leife. — Was für ein Pferd führte der junge Kutfcher

heute auf der Straße? — Er führte das Reitpferd des reichen Grafen in sein prächtiges Schloß. — Kellner, bringen Sie mir den Speisezettel (списокъ кушаньямъ)! — Er ist noch nicht fertig. — Sagen Sie mir also auswendig, was Sie haben. — Wir haben Krebssuppe, Rindfleisch mit grünen Erbsen, Schöpscoteletts (бараньи котлéты) mit gerösteten Kartoffeln, Braten und Kuchen. — Was haben Sie für Kuchen? — Mandelkuchen (миндáльное). — Bringen Sie mir also (такъ) mein Mittagessen. — Haben Sie guten Wein? — Wir haben ausgezeichneten Wein, wir kaufen ihn im englischen Magazin. — Haben Sie guten Rheinwein? — Wie sollten wir ihn nicht haben? — Wir haben verschiedene Sorten Rheinwein. — Geben Sie mir eine Flasche Lieb= frauenmilch (Либфрауэнмильхъ) und zum Kuchen einen Po= kal Champagner. — Wir verkaufen den Champagner nicht in Pokalen, er wird nur in Flaschen und halben Flaschen verkauft. — Bringen Sie mir also eine halbe Flasche! — Wie Sie befehlen (слушаюсь). — Zerschneiden Sie, ich bitte, den Braten; mir schmerzt die Hand. — Lieben Sie kleine oder große Stücke? — Weder zu kleine noch zu große, son= dern mittlere. — Kann man ein Glas Branntwein erhal= ten? — Nein, wir können keinen Branntwein verkaufen, das ist uns verboten (запрещенó).

Fünfundfünfzigste Lektion. — ПЯТЬДЕСЯТЪ ПЯТЫЙ УРОКЪ.

Dritte Klasse.

A. Mit consonantischem Charakter.

a) Nach Härtlingen.

Ausgänge: Präsens -у. Präteritum -алъ. Passiv= Particip -анъ. Infinitiv -ать.

Schwatzen, lügen, вру, вралъ, вранъ, врать.
Warten, жду.   Reißen, рву.

21*

Drängen, пру.　　　　　　　Lügen, лгу.
Weben, тку.　　　　　　　　Wiehern, ржу.
Freſſen, жру.

Nehmen, беру́, бралъ, бранъ, брать.
Ebenſo mit Ausſtoßung des -e und -o des Präſens:
Reißen, деру́.　　　　　　　Rennen, rufen, зову́.
Hierher gehören, auch:
Jagen, treiben, гоню́, гналъ, гнанъ, гнать.
Saugen, соcу́, соса́лъ, со́санъ, соса́ть.
Fahren † ѣду, ѣхалъ, ѣхать.

b) Nach Mild= und Wandlingen.

Ausgänge: Präſens -ю. Präteritum -алъ. Paſſiv=
Particip -анъ. Infinitiv -ать.

Pflügen, орю́, ора́лъ, бранъ, ора́ть.
Schlafen, сплю, спалъ, [спанъ], спать.
Betten, стелю́, стлалъ, стланъ, стлать.
Reden, глаго́лать.
Schlummern, дремлю́ (26., d. 1.) дрема́лъ, [дре́манъ], дрема́ть.
Flachs brechen, треплю, трепа́ть.
Schütten, сыплю, сы́пать.　　Kneifen, щиплю́, щипа́ть.
Schicken † шлю, слалъ, сланъ, слать.
Binden, ſtricken, вяжу́, вяза́лъ, вяза́нъ, вяза́ть.
Zeigen (ſl. ſtrafen), кажу́.　　Schmieren, ма́жу.
Aufreißen, иэза́ть.　　　　　Schneiden, рѣзать.
Lecken, лиза́ть.
Nagen, гложу́, глода́лъ, гло́данъ, глода́ть.
Brummen, trommeln, (von den Tauben), бормочу́, [бармочу],
　бормота́лъ, [бормота́нъ], бормота́ть.
Schreien, (von Adler), клектать.
Kakeln (Henne), квохта́ть.　Laut lachen, грохота́ть.
Schnattern, рогота́ть.　　　　Gauchzen, ächzen, клохта́ть.
Schreien (von Hühnern), кокота́ть.　Lispeln, lallen, лепета́ть.
Verbergen, verwahren, пря́тать.　Treten, ſtampfen, топта́ть.
Sich Mühe geben, ſich ängſtigen,　Laut lachen, хохота́ть.
　хлопота́ть.
Wiehern, хрепета́ть [хропо-　Flüstern, шепта́ть.
　та́ть].
Kitzeln, щекота́ть.

† Das -т geht in -щ über in:
　Verleumden, клевещу́, клевета́лъ, клевета́нъ, клевета́ть.
† Murren, ронта́ть (hat auch ро́нчу).　Knirſchen (mit den Zähnen) скре-
† Zittern, beben, трепета́ть.　жета́ть.

Rufen, кли́чу, кли́калъ, кли́канъ, кли́кать.
Weinen, пла́кать.   Springen, gallopiren, скака́ть.
Schreiben, пишу́, писа́лъ, пи́санъ, писа́ть.
Tanzen, пляса́ть.   Kämmen, чеса́ть.
Behauen, теса́ть.
Kläffen, bellen, брешу́, бреха́лъ, [бре́ханъ], бреха́ть.
Pflügen, ackern, паха́ть.
Klatschen (mit der Peitsche) хлещу́ [хлы́щу], хлеста́лъ, [хле-
     ста́нъ], хлеста́ть.
Suchen, ищу́, иска́лъ, и́сканъ, иска́ть.
Spülen, полощу́, полоска́ть.

Accent.

486. Alle unter b. aufgeführten Verba, wenn sie im
Präsens in der ersten Person den Ton auf der Endung
haben, ziehen ihn in den andern Personen vor dem Bin=
devocal -e zurück.

Ich suche, я ищу́, er sucht, онъ | Ich schlummere, я дремлю́, du
   и́щетъ.   schlummerst, ты дре́млешь.

487. Die Participien auf -анъ ziehen meist den Ton
zurück.

B. Mit vocalischem Charakter.

Ausgänge: Präsens -ю. Präteritum -ялъ.
    Passiv=Particip -янъ. Infinitiv -ять.

Sprechen, ба́ю, ба́ялъ, ба́янъ, ба́ять (pop.)

Blöcken, [бле́ю], бле́ю.	Verzärteln, леле́ю.
Krächzen, (Rabe), гра́ю.	Schnell fließen, ре́ю.
Bellen, ла́ю.	Schmelzen, aufthauen, та́ю.
Hoffen, наде́юсь.	Wehen, ве́ю.
Säen, се́ю.	Ermahnen, ка́ю (veralt.).
Vermuthen, hoffen, ча́ю.	Ermüben, ма́ю.
Wogen, вло́ю, (veralt.).	Lachen, сме́юсь.
Thun (sl.), де́ю.	Stiften, затѣва́ю.

† Abweichende Formen hat:
Hören, wittern, чу́ю, чу́ялъ, † чутъ, чу́ять.

Ueber wen lachen Sie?	Надъ кѣмъ смѣётесь вы?
Worüber lachte sie?	Надъ чѣмъ смѣя́лась она́?
Was zerreißest du?	Что ты рвёшь?
Ich habe einige Briefe zerrissen.	Я разорва́лъ нѣсколко пи́семъ.

Dieser Taffet reißt schnell. | Эта тафта́ ско́ро дерётся.
Sie müssen den Knaben nicht ver= | Вы не должны леле́ять ма́льчика.
zärteln, verwöhnen. |
Wer klopft mir auf die Schulter? | Кто меня́ тре́плетъ по плечу́?
Sie zeigt ihrer Freundin das neue | Она́ ка́жетъ свое́й прія́тельницѣ
Kleid. | но́вое пла́тье.
Der Hund beleckte alle Teller. | Соба́ка лиза́ла всѣ таре́лки.
Wirst du das Brod schneiden? | Бу́дешь ли ты рѣ́зать хлѣ́бъ?
Die Hühner zertreten die jungen | Ку́рицы то́пчутъ молоды́я былинки.
Hälmchen. |
Es schickt sich nicht für ein sittsames | Благонра́вной дѣ́вицѣ не прили́ч-
Mädchen, aus vollem Halse zu | но хохота́ть.
lachen. |
Der Vater ruft dich. | Оте́цъ тебя́ кли́четъ.
Wir säen Weizen. | Мы сѣ́емъ пшени́цу.
Unser Nachbar hat keine Gerste ge= | Нашъ сосѣ́дъ не сѣ́ялъ ячменя́.
säet. |
Mein Onkel pflügt mit Pferden. | Мой дя́дя оретъ обет па́шетъ
| лошадьми́.

Wiederkommen. | Возврати́ться.
Der Grashalm, былинка. | Der Schornstein, труба́.
Der Arbeiter, рабо́тникъ. | Der Tuchmacher, сукóнщикъ.
Der Bräutigam, жени́хъ. | Die Laube, бесѣ́дка.
Das Zeug, Stoff, матéрія. | Der Mantel, шине́ль.
Der Mohr (Zeug), объя́ръ f. | Das Unterfutter, подкла́дка.
Das Geräusch, der Lärm, шу́мъ. | Der Niederländer, Нидерла́ндецъ.
Schlesien, Силéзія. | Sachsen, Саксо́нія.
Königlich, короле́вскій. | Braunroth, dunkelroth, темнокра́с-
| ный, темнобу́рый.

144. Aufgabe.

Worüber lachen Sie, Madame? — Ich lache über die
Sängerin, die sich so sehr (стóлько) quält (Mühe giebt), um
schlecht zu singen. — Darf ich hoffen, Sie bald zu sehen?
— Wir hoffen, schon morgen wiederzukommen. — Was ist
draußen für ein Geräusch? — Der Wind heult im Schorn=
steine, die Hunde bellen auf dem Hofe, die Pferde wiehern
im Stalle und die Knechte und Mägde lachen [aus vollem
Halse]. — Haben die Hühner den Hafer nicht gefressen? —
Sie haben ihn gefressen, aber der Hahn schreit und will nicht
fressen. — Wo ist unser Handlungsdiener? — Er ist auf

den Platz gegangen, wo unsre Arbeiter und Arbeiterinnen den Flachs und den Hanf brechen. — Unser Nachbar verleumdet ihn und will wissen, daß er lange Finger macht; aber ich weiß, daß Jener lügt, denn er hat es nicht selbst gesehen. — Weben die Tuchmacher in Schlesien ebenso gutes Tuch, wie die in Sachsen? — Die Einen und die Andern weben gute Tuche, aber ehedem webten die Niederländer die besten Tuche. — [Auf] wen warten die Leute hier? — Sie warten, bis die reizende Prinzessin mit ihrem königlichen Bräutigam aus der Kirche kommt; aber ich kann nicht länger warten. — Was haben Sie zu thun? — Ich habe bis um drei Uhr noch sechs Briefe zu schreiben und jetzt ist es schon halb eins. — Wer versteckt sich dort in der Laube? — Es ist unser Freund Paul Petersjohn. — Ich werde ihn zu uns rufen und ihm die schönen Bücher und Gemälde zeigen, welche die Gräfin nach Paris schicken wird. — Wohin schickst du das Kind? — Ich schicke es nach Hause. — Was für Zeug nimmt Ihre Frau Mutter zum (на mit dem Accusativ) Mantel? — Sie nimmt braunrothen Mohr und zum (на mit dem Accusativ) Unterfutter will sie sich grünlichen Taffet nehmen. — Haben Sie Lust, diesen Wachtelhund zu kaufen? — Wenn er gut wittert und nicht sehr theuer ist, will ich ihn kaufen.

145. Aufgabe.

Warum schrie der Hahn die ganze Nacht? — Er witterte einen Fuchs. — Kakelte auch das Huhn? — Ja, mein Herr, ich hörte es, ebenso daß der Hund bellte. — Ist der Vater über seinen guten Sohn erfreut? — Ja, denn es ist einem Vater angenehm, gute Kinder zu haben. — Sind alle seine Kinder ähnlich seinem Sohne Karl? — Alle sind geschickt, doch einige sind erpicht auf böse Dinge. — Was für ein Wetter haben wir heute? — Es ist weder kalt noch warm. — Wie der Mensch sich bettet, so schläft er. — Wen hat der alte Hirt auf die Wiese (луг) getrieben? — Er hat eine Heerde von Kühen und Ochsen, dreiundvierzig Schafe und neun Pferde geweidet. — Stoßen seine Kühe? — Nein, nicht die Kühe stoßen, sondern die Ochsen. — Hat dich ein Ochse gestoßen? — Ja, gestern hat mich ein Ochse gestoßen. — Es geschieht dir recht, warum gehst du zu nah! — Hat dir der Schneider einen hinlänglich langen Faden gegeben? — Ja, der Faden war lang genug, aber nicht zu sehr. — Was für Getreidearten hat der Landmann gesäet? — Er säete Weizen. — Hat er aber nicht auch Roggen oder Hafer gesäet? — Nein, weder Roggen noch Hafer. — Bist du davon über= zeugt? — Ich hoffe, daß ich es weiß, denn er selbst hat es mir gesagt.

146. Aufgabe.

Was lachen Sie unaufhörlich? — Dies stört die Andern und ist sehr unschicklich! — Wie soll ich nicht lachen? — Mein Bru= der macht Unsinn und kitzelt mich. — Zittern Sie nicht! — Die Sache kann sich noch zum Guten wenden (исправиться). — Glau= ben Sie das nicht, Alles ist verloren (потеряно) und ich bin verloren (погибъ)! — Seien Sie nicht kleinmüthig (малоду= шенъ), es ist eine Schande für einen Mann, den Muth (бо= дрость) und die Hoffnung zu verlieren. — Springen Sie nicht so hoch, Sie können das Bein brechen. — Ist der Schnee auf den Feldern schon geschmolzen (растаять)? — Noch nicht, Sie werden nach Petersburg auf dem Winterwege reisen müssen. — Dies Jahr dauert (стоить) der Winter lang. — Ja, sehr lang. — Wer klettert dort auf den Schornstein? — Das ist der Schornsteinfeger. — Wie ist dieser junge Mann im Kartenspiel glücklich! — Ja, er hat heute viel Glück, gewöhnlich spielt er aber sehr unglücklich. — Es ist ihm recht; warum spielt er! — Das Spiel ist meiner Ansicht das schädlichste unter allen Lastern. — Was haben Sie dort für ein Fernrohr? — Das ist ein ächtes münchner! — Gehen Sie nicht auf diesem Wege, er ist sehr gefährlich. — Un= glück und Gram erwarten den, welcher vergebens die besten Jahre seines Lebens, seine Jugend, verloren hat. — Geben Sie mir einen Stuhl: ich will mich setzen, denn ich bin sehr müde. — Ich kann Ihnen keinen Stuhl geben; ich habe keinen, da haben Sie aber eine Bank. — Ist das wahr, was uns dieser Herr erzählt? — Nein, das ist nicht wahr, es ist nichts als Lüge. — Ihre Vetter scheinen große Freunde (untereinander zu sein). — Sie haben Recht, der Eine kann ohne dem Andern nicht leben. — Ist es wahr, daß in Frankreich die Körperstrafe noch existirt? — Nein, Sie irren sich, sie ist dort seit langer Zeit aufgehoben (уничтожено). — Sind in Ihrer Stadt viele Gelehrte? — Es giebt deren sehr viele in unserer Stadt. — Welche Krankheiten sind gefährlicher, die inneren oder die äußeren? — Die inneren sind viel gefährlicher als die äußeren.

Sechsundfünfzigste Lektion. — ПЯТЬДЕСЯТ ШЕСТОЙ УРОКЪ.

(Fortsetzung).

488. Nach Mild= und Wandlingen endet das Präsens auf -аю und -ю in folgenden:

Picken, зобаю, und зоблю, зобалъ, зобанъ, зобать.

Tropfen, капать.	Schweißen, клепать.
Wankend machen, bewegen, колебать.	Tröpfeln, sprenkeln, крапать.
Spalten (zu kleinen Spänen), щепать, расщепать.	
Stöhnen, стонаю, † стону, [il. стеню], стонать.	
Hinken, хромаю, хромлю, und † храмлю, хромать.	
Küssen, лобзаю, лобжу, лобзать.	Bespritzen, брызгаю, брызжу, брызгать.
Nagen, глодаю, гложу, глодать.	Bewegen, двигаю, движу, двигать.
Blinzeln, мигать.	Hobeln, стругать und строгать.
Dürsten, жаждаю, жажду, жаждать.	
Leiden, страдаю, † стражду, страдать.	
Schlucken, глотаю, глотать.	Gackern (vom Huhn), кудахтать.
Werfen, schleudern, метать.	
Dürsten, verlangen, алкаю, алчу, алкать.	

Kümmerlich leben, горемы́кать.　Lecken, saufen, лока́ть.
Eintunken, мака́ть.　Schluchzen, хны́кать.
Athmen, дыха́ю, дыха́ть, дышу́.　Schaukeln, wiegen, колыха́ть.
Schwingen, winken, маха́ть.
Schimmern, блиста́ю, блещу́, блиста́ть.
Pfeifen, свиста́ть.
Klatschen, плеска́ю, плещу́, плеска́ть.
Spritzen, пры́скать.　Herumlaufen, sich herumtreiben ры́-
　скать.

489. Die Endung -аю wird von wiederholter oder
bauernder Handlung, -ю von vorübergehender, zu
einer bestimmten Zeit geschehender Handlung gebraucht.

Die Sperlinge picken den Samen　Воробьи́ клю́ютъ сѣмя въ сада́хъ.
　in den Gärten auf.
Sie streuet den Vögeln Brodkrüm-　Она́ сы́плетъ пти́чкамъ кро́шки,
　chen, welche sie fleißig aufpicken.　кото́рыя онѣ прилѣ́жно клю-
　　　　ю́тъ.

Wer rüttelt den Tisch?　Кто колѣ́блетъ столъ?
Jetzt schimmert dort ein Licht.　Тепе́рь тамъ свѣтъ бле́щетъ.
Aus dieser Ritze spritzt Wasser.　Изъ э́той сква́жины вода́ бры́-
　　　　жетъ.

Er schlägt den Stein und Wasser　Онъ бьётъ ка́мень, и вода́ изъ
　spritzt aus ihm.　　не́го пры́щетъ.
　　Schluchzen.　　Рыда́ть, 1.
Das Brodkrümchen, кро́шка.　Der Blitz, мо́лнія.
Das Licht, свѣтъ.　Die Ritze, сква́жина.
Der Rahmen, ра́мка.　Der Schmerz, боль f.
Das Hobeleisen, стругъ, ско́бель.　Das Pflaster, пла́стырь.
Die Unterredung, разгово́ръ.　Die Leinwand, хо́лстъ, полотно́.
　　Die Dampfmaschine.　　Парова́я маши́на.
　　Der Span.　　Ще́пка.

147. Aufgabe.

Was arbeiten Sie da, lieber Freund? — Ich hoffe, mein
Herr, Sie sehen, daß ich einen Stamm hoble. — Ich sehe
das, aber sagen Sie mir, warum wackelt Ihr Hobeleisen?
— Sie müssen [mit] einem Hammer (Instrum.) auf diesen
Keil klopfen, dann wird es fester sein. — Haben Sie selbst
das Holz in Späne gespalten? — Ja, heute habe ich es gespalten, doch gewöhnlich thut dies mein alter und treuer

Diener. — Wieviel haben Sie für diesen ganzen Baum ge=
geben? — Einundzwanzig Rubel. — Wovon (von was отъ,
чего) hinkt Ihr kleiner Vetter? — Seine neuen Stiefel sind
zu eng und reiben ihn so, daß er vor Schmerz stöhnt. —
Ich werde ihm ein kleines Pflaster schmieren, das ihm sehr
nützlich sein wird. — Wir schmieren nur etwas Talg auf Lein=
wand und streuen (schütten) etwas Kreide auf den Talg. —
Das ist auch ein sehr gutes Pflaster. — Schneidet diese Scheere
gut? — Die Scheere ist stumpf, aber das Federmesser schnei=
det sehr gut. — Was (Genit.) suchst du? — Ich suche mein
Buch (Genit.). — Der Vater hat es verwahrt, weil Ihr kein
Buch schonet und die Blätter zerreißt. — Ich habe nie ein
Buch oder Blatt zerrissen; aber Eduard bespritzt alle seine
Bücher mit Tinte (Instrum.), weil er die Feder zu tief ein=
tunkt. — Wer blinzelt dort mit den Augen und winkt mit
der Hand? — Es ist des Lehrers Olga. — Was (Genit.) will
sie? — Sie verlangt (dürstet) [nach] eine Unterredung (Ge=
nit.) mit (съ mit dem Instrum.) Ihnen. — Was hat Ihr
jüngerer Bruder so lange geschwatzt? — Er sprach mit mir
von der, ein Wenig feuchten Wäsche, welche ihm die träge
Wäscherin gewaschen hatte. — War die Wäsche gut? — Nein,
sie war nicht weiß, sondern ganz schwarz. — Die Wäscherin
hatte sie ohne Seife gewaschen. — Weint nicht die kleine
Alexandrine? — Sie weint und schluchzt, denn sie und ihre
arme kranke Tante, bei welcher sie im Elende [kümmerlich]
lebt, leiden sehr. — Hast du gepfiffen? — Ich habe nicht
gepfiffen. — Ich kann auch nicht so stark pfeifen. — Es ist
die Dampfmaschine, welche pfeift; sie pfeift jeden Morgen
um sechs Uhr.

148. Aufgabe.

Welches Pferd wünschen Sie zu kaufen? — Mir ist es
einerlei, beide sind gleich gut, ich werde dasjenige kaufen,
welches billiger ist. — Wer hat Ihnen das gesagt? — Ein
gewisser, sehr bekannter Mann. — Wo ist das Buch, welches
auf dem Tisch gelegen hat? — Ich gab es meinem Diener,

welcher es zu meiner Cousine getragen hat.—Wer ist jener
Faulenzer, welcher niemals seine Lektion lernt? — Das ist
der Sohn des hartherzigen Wucherers; er hat einen ebenso
schlechten Character wie sein Vater. — Trinken Sie doch
Ihren Wein, er ist sehr gut. — Ich weiß es, ich mag aber
nicht mehr trinken, ich fühle keinen Durst mehr. — Wecken
Sie Ihren Bruder, es geht schon auf acht! — Nein, ich
werde ihn nicht wecken, er mag (пусть) schlafen; er ist eben
eingeschlafen, denn er hatte die ganze Nacht Zahnschmerzen.
— Wer spaziert dort im Garten? — Es ist der Hauptmann
jener Grenadiercompagnie, welche heute in unsre Stadt ein=
marschirt ist. — Warum haben Sie Ihre Lektion nicht ge=
lernt? — Ich hatte keine Zeit, ich mußte etwas Anderes
arbeiten. — Das ist eine leere Ausflucht; um eine so kleine
Lektion zu lernen (чтобъ выучить) hätten Sie immer Zeit
gefunden.— Ist es wahrscheinlich, daß Ihr Wagen ein ächter
Wiener (вѣнскій) ist? — Es ist nicht wahrscheinlich, das
sehe ich selbst ein und glaube, daß mich der Wagenbauer, bei
welchem ich ihn gekauft habe, betrogen hat. — Werden Sie
auf den Ball zum Grafen gehen? — Ich glaube es nicht,
er hat mich spät eingeladen und ich zweifle (сомнѣваться).
daß der Schneider zu rechter Zeit (во время) mir den neuen
Frack bringen wird.—Ist denn Ihr alter Frack nicht gut?—
Nein, er ist alt und ganz abgetragen. — Ist diese Arbeit
gut? — Nein, mein Sohn hat weder Sorgfalt noch Fleiß.
—Wagen (рисковать) Sie nicht zu viel; das ist gefährlich!—Die
Russen haben ein Sprichwort: das Wagen (рискъ) ist eine
edle Sache; nur der gewinnt, welcher wagt. —Das ist wahr,
doch kann er auch Alles verlieren.

Siebenundfünfzigste Lektion. — ПЯТЬДЕСЯТЪ СЕДЬ-
МОЙ УРОКЪ.

490. Vierte Klasse.

A. Mit consonantischem Charakter.

a) Ausgänge: Präsens -ну. Präteritum -ялъ. Passiv-Particip -ятъ. Infinitiv -ять.

Zerknittern, ину, мялъ, мятъ, мять.
Schneiden, mähen, жну, жалъ, жатъ, жать.
Drücken, † жму, жалъ, жатъ, жать.

b) Ausgänge: Präsens -ю. Präteritum -олъ. Passiv-Particip -отъ. Infinitiv -оть.

Stechen, schlachten, колю, кололъ, колотъ, колоть.
Auftrennen, пороть. Jäten, полоть.
Mahlen (auf der Mühle); abgeschmacktes Zeug reden, † мелю, мололъ,
молотъ, молоть.

B. Mit vocalischem Charakter.

Nehmen, fangen † — иму, — ялъ, — ятъ, — ять.
Wir jäten die Blumenbeete. Мы полемъ цвѣточныя гряды.
Sie rangen mit den Meereswogen. Они боролись съ морскими вол-
нами.

Diese Schuhe drücken mich. Эти башмаки меня жмутъ.
Wann werden Sie den Roggen Когда вы будете жать рожь?
schneiden?
Das Beet, гряда. Die Albernheit, вздоръ.
Der Haber, ссора. Der Streit, споръ.
Der Schulknabe, школьникъ. Die Ente, утка.
Blumen-, цвѣточный. Meer-, морской.
Sammten, Sammt-, бархатный. Lust-, увеселительный.
Lose, voll Kniffe, затѣйливый. Unterwegs, im Vorbeigehen, мимо-
ходомъ.

149. Aufgabe.

Hast du schon den Kaffee gemahlen? — Die Köchin mahlt
ihn. — Wann wird sie die Enten schlachten? — Sie will

sie noch nicht schlachten, weil sie noch nicht fett genug sind;
sie will sie noch eine Woche füttern. — Heute schlachten wir
zwei fette Gänse und unser Nachbar schlachtet ein drei Wo=
chen altes Spanferkel. — Wer hat den Brief so zerknittert?
— Georg, denn er hat ihn mit einem Stück Brod in eine
und dieselbe Tasche gesteckt. — Du schwatzest und sagst
eine Albernheit; ich habe weder den Brief, noch das
Brod gehabt; ich trug meinen Sammtrock zum Schneider.
— Er näht Alles so schlecht, daß es bald zerreißt (пороться).
— Sahst du nicht unterwegs Georg und Theodor, die ich
zum Apotheker schickte? — Sie waren im Lustgarten und
rangen mit andern Schulknaben. — Die losen Buben wer=
fen sich überall auf (на mit dem Accus.) einander, und zer=
reißen einander die Kleider. — Was ist die Ursache ihres
Streites? — Des Küsters ältester Sohn hat unsern Georg
in der Schule verleumdet und des Kaufmanns Neffe hat
den Theodor mit einer Gerte gehauen; das ist die Ur=
sache ihres Hasses und ihres Haders.

150. Aufgabe.

Warum küßte gestern Ihre Mutter ihre jüngste Tochter?
— Weil meine kleine Schwester ein äußerst gutes und
äußerst hübsches Kind ist. — Wen rufen Sie? — Ich rufe
meinen faulen Diener. — Wo ist Ihr Diener? — So viel
ich weiß, ist er zu Hause. — Wer tanzte vorgestern auf dem
Balle? — Es war die reiche Webersfrau, Marie, Antons
Tochter. — Warum schreit der Adler so? — Weil er auf
dem Felde ein Schaf sieht. — Wieviel Rubel ist Ihnen Peterchen
schuldig? — Er ist mir, glaube ich, dreiundneunzig Rubel
und einige Kopeken schuldig. — Haben Sie ihn lange nicht ge=
sehen? — Ich habe ihn schon lange nicht gesehen, ich möchte
mit ihm zusammentreffen, mich aber nicht mit ihm zanken.
— Kann man Sie bei der Schule erwarten? — Nein, dort
kann man mich nicht erwarten, ich werde heute nicht in die
Schule gehen. — Daher werden Sie zu Hause sein? — Ich

glaube es nicht; ich will zu meinem Bruder fahren. — Das ist ein lobenswerther Besuch.

151. Aufgabe.

Guten Tag, wie befinden Sie sich? — Ich danke ergebenst für die Aufmerksamkeit, jetzt geht es mit meiner Gesundheit besser (моё здоровье поправилось), ich habe aber lange gekränkelt (хворать). — Gehen Sie, Kellner, ich bitte, zur Wäscherin und sagen Sie ihr, daß sie meine Wäsche bringen soll. — Sie sagt, sie hätte schon Alles gebracht. — Nein, das ist nicht wahr, sie hat noch ein Dutzend Hemden, eilf Schnupftücher, sieben Handtücher (полотенце), neun Paar Socken (носки), und zwei Paar wollene Strümpfe. — Von woher weht heute der Wind? — Er weht von Norden. — Haben Sie bei unserem Schuhmacher die hübschen Schuhe, welche er für meine Cousine gemacht hat, gesehen? — Ja, ich habe sie gesehen. — Der Kaiser hat, wie es scheint, die Verurtheilung (приговоръ) des Verbrechers bestätigt? — Ja, unter den Urtheilsspruch hat er die Worte: „Dem sei also!" (Быть по сему) geschrieben. — Werden Sie morgen zu uns kommen? — Ich glaube es nicht, denn ich denke morgen nach Paris zu reisen. — Sind jetzt viele Ausländer (иностранцы) in Paris? — Auch dieses bin ich nicht im Stande Ihnen zu sagen, man sagt aber, dort seien deren von zwei bis dreimal hunderttausend. — Leben denn ihrer stets dort so viele? — Gewöhnlich leben ihrer dort sogar mehr. — Ist Ihr Vater lange krank gewesen? — Nein, er ist nicht lange krank gewesen, er ist plötzlich (скоропостижно) gestorben. — Wer sind jene Mönche, welche dort in der katholischen Kirche singen? — Es ist die Genossenschaft (братія) des heiligen Makarius. — Waren Sie schon in der neuen Menagerie? — Nein, ich war noch nicht dort, man sagt aber, dort seien sehr schöne Thiere. — Ich kann nicht sagen, daß sie ausgezeichnet seien, aber doch findet man sie nicht übel. — Wird diese Menagerie noch lange bei uns bleiben? — Ich

weiß es nicht, man sagt aber, daß sie auf allgemeines Ver=
langen noch drei ober vier Tage bleiben wird. — Was sitzt
dort auf der Rose? — Es ist ein Schmetterling. — Mei=
nen Sie, daß dies gut sei? — Ich meine es nicht allein,
sondern bin davon überzeugt.

Achtundfünfzigste Lektion. — ПЯТЬДЕСЯТЪ ОСЬ-
МОЙ УРОКЪ.

491.   Fünfte Klasse.

Ausgänge: Präsens -ую. Präteritum -овалъ. Passiv=
Particip -ованъ. Infinitiv -овать.

a) Nach hartem Charakter:

Opferte, жéртвую, жéртвовалъ, жéртвованъ. жéр-
твовать.

Wirken, дѣйствовать.	Reisen, путешéствовать.
Sich grämen, härmen, тосковáть.	Feilschen, handeln, торговáть.
Sich beklagen, жáловаться.	Rathen, совѣтовать.
Einstecken, сую, совáть.	Schmieden, ковáть.

b) nach mißdem und vocalischem Charakter:

streiten, kriegen, воюю, воевáлъ, воевáнъ, воевáть.	
Peitschen, бичую, бичевáть.	Curiren, heilen, врачевáть.
Kauen, жую, жевáть.	Picken, клевáть.
Ausspucken, плюю, плевáть.	

Bemerkung 1. Die Zeitwörter dieser Klasse sind alle
Derivativa und haben fast alle eine iterative Bedeutung.

Bemerkung 2. Nach dieser Form werden auch Zeit=
wörter, die aus fremden Sprachen entlehnt sind, gebildet,
ähnlich wie die deutschen auf -iren.

Recommandiren, рекомендую, рекомендовáть.
Tanzen, танцовáть.   Pinseln, малевáть.

Bemerkung 3. In уповáть, vertrauen, ist -овать
nicht Ableitungs=Endung, daher gehört es zur ersten Klasse.

Ich vertraue auf Gott.	Я уповаю на Бога.
Verwöhnen, verziehen, баловать.	Нежить, именовать.
Tuschen, тушевать.	Fordern, требовать.
Zeichnen, рисовать.	

Fühlen, empfinden.
Чувствовать.

Mein Bruder opfert seinem Freunde sein ganzes Vermögen.
Мой братъ жертвуетъ своему другу всѣмъ своимъ имѣніемъ.

Ihr Söhnchen tuscht sehr gut, aber es liest sehr schlecht.
Вашъ сынокъ очень хорошо тушуетъ, но очень худо читаетъ.

Sein Vater handelte mit Stahl= waaren, er aber handelt mit Gold.
Отецъ его торговалъ стальными товарами, но онъ торгуетъ золотомъ.

Mein Bruder wird das nicht ver= langen.
Мой братъ этого не будетъ требовать.

Das Vermögen, Besitzthum, имѣніе.	Die Hoffnung, надежда.
Der Tod, смерть f.	Die Landschaft, ландшафтъ.
Das Hauswesen, хозяйство.	Der Rath (Person), совѣтникъ
Der Nebenmensch, Nächste, ближній.	Das Schicksal, судьба.
Die Vorsehung, провидѣніе.	Die Gemahlin, супруга.
Der Bruch, переломъ.	Der Major, майоръ.
Die Krisis (bei einer Krankheit), пе= реломъ.	Der Lieutenant, поручикъ.
Der Hauptmann, капитанъ.	
Die Erfahrung, опытность f.	Der Oberst, полковникъ
Der Dienst, das Amt, должность f.	Die Besserung, Genesung, выздо=
Der Glaube, die Treue, вѣра.	ровленіе.
Stählern. Stahl=, стальной.	Die Arbeit, Mühe, трудъ.
Höfisch, Hof=, надворный.	
	Vortrefflich, превосходный.
Einzig, единственный.	Glücklich, mit gutem Erfolg, успѣш=
Genau, коротко.	ный.
Zuletzt, am Ende, наконецъ.	Schwer, тяжёлый.
	Besonders, особливо.

152. Aufgabe.

Ist Ihnen die junge Gemahlin des Hofraths N. be= kannt? — Ich kenne sie sehr genau. — Sie ist voll von vielen schönen und nützlichen Talenten und von einem vor= trefflichen Herzen. — Sie zeichnet vortrefflich, besonders Land= schaften und Blumen, tanzt reizend und ist nicht unerfahren in den Arbeiten, welche (Genit.) das Hauswesen erfordert.

Joel u. Fuchs, Russische Gramm.   22

— Sie fühlt die Noth (бѣда) ihrer Nebenmenschen, denn auf ihr selbst hat lange die Hand des Schicksals gelastet. — Aber nie konnte Etwas ihren Glauben und ihre Hoffnung wankend machen, sie vertraute auf die Vorsehung und opferte sich ihrer leidenden Familie. — Wie hieß (nannte sich) ihr Vater? — Er hieß Alexis Peterssohn (Jnstrum.); er war ein Deutscher, war viel gereist, lebte zuletzt in Rußland und starb vor Gram über den Tod seines einziges Sohnes. — Welcher Arzt curirt den Beinbruch (Bruch des Beines) (ногѣ) des Majors? — Es ist der Wundarzt N., ein Mann von vieler Erfahrung und großer Geschicklichkeit (некусгвⷪ), der schon viele gefährliche Wunden und Brüche glücklich curirt hat. — Ich freue mich sehr [über] die schnelle Besserung (Dativ) eines so braven Officiers, der seinem Dienste eifrig ergeben ist und viel Gutes und Nützliches wirkt.

153. Aufgabe.

Was mahlt dieser Müller? — Er mahlt den Roggen des guten Herrn N. — Sie sind unglücklich, doch murren Sie nie. — Warum sollte ich murren? — Ich hoffe auf Gott. — Warum hat der Jäger seinen Hund gepeitscht? — Er peitschte ihn, weil er nicht das Wild suchte. — Wer schnatterte dort auf dem Hofe? — Das waren Enten und Gänse. — Um wieviel Uhr frühstücken Sie? Wir frühstücken gewöhnlich um sieben Uhr. — Man muß sich schonen, um nicht krank zu werden. — Was thut dieses Kind? — Es spielt immer und springt. — Kann man es nicht bestrafen, damit es arbeite? — Warum nicht? — Man kann dies sehr gut thun. — Sind alle seine Brüder gut? — Nein, nicht alle, mancher von ihnen ist gut, mancher schlecht. — Wann wird der Fleischer dieses Schwein und jenen Ochsen schlachten? — Niemals, er hat sie seinem Nachbar verkauft. — Einst war dieser Mann reich und jetzt ist er arm. — Was ist das für ein Mensch? — Das ist ein sehr guter und mildthätiger Mensch, doch sein Sohn ist sehr hartherzig.

—

154. Aufgabe.

Haben Sie schon die neuen Zeitungen erhalten? — Ja, ich habe sie erhalten und mit großer Aufmerksamkeit durchgelesen. — Was schreibt man darin? — Sehr interessante (прелюбопытный) Nachrichten über den Krieg der Franzosen mit den Mexikanern. — Ist der junge Mann, mit welchem Sie gestern sprachen, reich? — Nein, jetzt ist er nicht reich, hofft aber ein großes Vermögen nach dem Tode seiner Tante zu erhalten. — Was macht er jetzt? — Er malt eine Landschaft, welche ein reicher Kaufmann bei ihm bestellt hat. — Hofft der Arzt, daß der Oberst gesund wird? — Er hoffte (es), jetzt aber hofft er (es) nicht mehr. — Verlieren Sie die Hoffnung nicht, Gott hilft dort, wo der Arzt nicht helfen kann! — Der Glaube ist der beste Trost (утѣшитель m. Tröster). — An welchem Fluß liegt Paris? — Paris liegt an der Seine (Сена). — Ist die Seine ebenso breit, wie die Newa? — Nein, sie ist nicht so breit. — Nennen Sie mir den größten Fluß Europa's! — Der größte Fluß Europa's ist die Wolga (Волга). — Haben Sie die Wolga gesehen? — Ich bin auf der Wolga von Nischnei-Nowgorod bis Astrachan gefahren. — Hat (ist auf) dieses Dampfschiff einen guten Steuermann? — Auf dem Dampfschiff ist ein sehr geschickter und erfahrener Steuermann. — Haben Sie Ihrer Schwester das Band, welches sie hat, gekauft? — Sie hat mir von keinem Bande gesprochen. — Wer gräbt den Kanal? — Den Kanal graben Soldaten. — Warum ist dieser junge Mann so traurig? — Er ist traurig, weil seine Mutter unlängst gestorben ist. — Haben Sie sich schon rasirt? — Nein, ich habe mich noch nicht rasirt.

22*

Neunundfünfzigste Lektion. — ПЯТЬДЕСЯТ ДЕВЯ-
ТЫЙ УРОКЪ.

Sechste Klasse.

A. Mit consonantischem Charakter.

Ausgänge: Präsens -ну. Präteritum -ъ. Particip-
Passiv -нутъ. Infinitiv -нуть.

Vertrocknen, сóхну. сохъ. (сóхла, сóхло, сóхли).
сóхнутъ, сóхнуть.

Frieren (Kälte empfinden), зябнуть. Gefrieren, (zu Eis), мёрзнуть.
Riechen (Geruch geben), пахнуть. Heiſer werden, сипнуть.
Feucht werden, мокнуть.

Bemerkung 1. • Sie bezeichnen meiſtens das Gerathen in einen Zuſtand (Inchoativa) und haben den
Ton auf der Sylbe vor -ну.

Bemerkung 2. Das Präteritum auf -ъ haben ſie
vorzugsweiſe, wenn ſie ein Präfix vor ſich haben. Außer
dieſer Zuſammenſetzung haben ſie auch ein Präteritum auf
-нулъ, wie сóхнулъ, гáснулъ. Daſſelbe iſt der Fall bei den
einſylbigen:

Biegen, гну, гнулъ, гнутъ, гнуть.

B. Mit vocaliſchem Charakter.

Ausgänge: Präsens -ну. Präteritum -нулъ. Passiv
Particip -нутъ. Infinitiv -нуть.

Hinthun, суну, сунулъ, сунутъ, сунуть.
Werfen, кину. Picken, клюнуть.

Abweichende Formen haben

Verwelken, вяну, † вялъ, вянутъ, вянуть.
Kalt werden, erkalten, стыну, † стылъ, стынутъ, und † стыть.

Einige haben im Passiven-Particip die Endung -овен.

Blaſen, дуну, дунутъ, und † дуновён, дунутъ.
Vergehen, -мину, -минутъ, und -миновён.
Sich gewöhnen, выкну, -выкъ, -выкнулъ, -выкнутъ, und -выкновён,
-выкнуть.
Röcheln, anwehen, дохнуть, дохновён.

492. Die meisten Zeitwörter dieser Klasse bezeichnen eine **Bewegung** oder überhaupt eine **Handlung, die plötzlich vorübergehet.** In diesem Falle hat die **Präsens-Form** auf -ну die **Bedeutung eines Futuri.** Bei den **Inchoativen** aber, sowie bei denjenigen Zeitwörtern, die eine **Handlung** bezeichnen, welche **nicht plötzlich vorübergehen kann, bleibt die Bedeutung des Präsens.**

Präsens.

Die Blume welkt im Finstern.	Цвѣтъ вянетъ въ темнотѣ.
Mir frieren die Füße in diesem Zimmer.	У меня зябнутъ ноги въ этой комнатѣ.
Das arme Mädchen vergeht fast vor Gram.	Бѣдная дѣвица почти сохнетъ съ печали.

Futurum.

Es wird donnern, denn ich habe einen Blitz gesehen.	Громъ грянетъ, ибо я видѣлъ молнію.
Durch diese Spalte wird ein Wind blasen und das Licht wird verlöschen.	Сквозь сію щель вѣтръ дунетъ и свѣча погаснетъ.
Der Knabe warf Steine in den Fluß.	Мальчикъ кидалъ камни въ рѣку.
Er sah seinen Sohn im Wasser und warf sich in den Fluß, um ihn zu retten.	Онъ видѣлъ своего сына въ водѣ, и кинулся въ рѣку, чтобы его спасти.

Durch (etwas hindurch).	Сквозь (mit dem Accusativ).
Donnern, греметь.	Hinauswerfen, выкинуть.
Berühren, коснуться (mit dem Genit.).	Verbleichen, блёкнуть.
Sauer werden, киснуть.	Unsanft, hart, жёсткій.
Die Finsterniß, темнота.	Grausam, жестокій.
Die Hyacinthe, гіацинтъ.	Hindurchgehend, Zug- сквозной.
	Fast, beinahe, почти.

155. Aufgabe.

Wollen Sie nicht das Fenster oder die Thür zumachen? — Es ist hier ein Zugwind. — Jetzt weiß ich erst, woher (отчего) mir die Hände so sehr frieren. — Wie ist das Wetter draußen? — Es ist noch sehr kalt, besonders des

Nachts. — Das Wasser gefriert selbst in den Stuben. — Was riecht hier so stark? — Es ist ein Strauß Lilien und einiger Hyacinthen, welche so stark riechen. — Wo sind die schönen Rosen, die Sie gestern hatten? — Es berührte sie (Genit.) Jemand unsanft; sie verblühten und wir warfen sie hinaus. — Haben Sie nicht etwas frische Milch? — Die unsrige ist alle sauer geworden, aber die des Nachbars ist sehr frisch und gut.

156. Aufgabe.

Wer verwöhnt diese Kinder? — Ihr Vater und ihre Mutter. — Haben Sie gerathen, sie nicht zu verwöhnen? — Ja, aber weder der Eine noch die Andere hören auf mich. — Sprengten die Pferde lange auf dem Felde? — Nicht lange, nur eine halbe Stunde. — Wird der Schnee bald schmelzen? — Ich kann es nicht wissen, doch glaube ich, er wird im folgenden Monat schmelzen. — Warum hat der Koch die Suppe gekocht? — Er kochte sie schon, bevor ich ihm sagen konnte, daß er uns Birkhähne brate. — Welcher Monat ist der erste im Jahre? — Der Januar. — Und welchen zählt man als den letzten? — Den December. — Sagen Sie die Wahrheit? — Ja, ich sage die Wahrheit, denn ich lüge niemals. — Man kann nicht immer die Wahrheit sprechen, denn nicht Alle lieben sie. — Derselbe Mensch war gestern bei mir, der fast immer etwas kaut. — Die oftmalige Wiederholung seines Besuches ist mir nicht sehr angenehm.

157. Aufgabe.

Kommen Sie in den Garten; sehen Sie, was für wunderschöne Blumen dort sind! — Was blühen dort für Blumen? — Es blühen dort Hyacinthen, Lilien, Rosen, Levkojen, Astern, Jasmin, und viele andere Blumen. — Welche Farben ziehen Sie den andern vor? — Ich ziehe allen Farben die blaue vor. — Handelt dieser junge Mann gut? — Nein, er handelt sehr schlecht. — Hat der Gärtner den Garten gegätet? — Nein, er hat ihn nicht gegätet, dazu hat er keine Zeit. — Was hat Ihre Schwester heute morgen gemacht? — Sie hat Ihr Kleid aufgetrennt. — Rufen Sie mir den Schuhmacher, ich muß mit ihm sprechen! — Der Schuhmacher ist schon da; hier ist er. — Was ist Ihnen gefällig? — Nehmen Sie mir das Maß zu einem Paar neuer Stiefel! — Ich brauche kein Maß, ich habe eins zu Hause. — Leben Sie wohl, ich wünsche Ihnen viel Glück (счастливо оставаться)! — Warten Sie ein Wenig, da sind (вотъ вамъ) alte Stiefel, die Sohlen sind abgetragen, besohlen (сдѣлать подмётки) Sie sie. — Sehr wohl, es wird gemacht (будетъ сдѣлано). — Haben Sie gutes Stiefelleder (кожа для сапóгъ)? — Ich habe Leder von der ersten Sorte, ächtes petersburger (петербу́ржская). — Wo ist meine Sammtweste? — Suchen Sie sie! — Sind Sie denn blind (ослѣпнуть)? — Da ist sie vor Ihren Augen. — Was pickt die Ente? — Sie pickt Körner. — Rathen Sie Ihrem Neffen, gut zu lernen. — Das rathe ich ihm stets, er ist arm und was er weiß (знáетъ) ist sein einziger Reichthum. — Mit was für Waaren handelt dieser Kaufmann? — Er handelt mit verschiedenen Waaren. — Hat er Honig? — Er hat viel Honig, Zucker, Kaffee und Thee.

Sechzigste Lektion. — ШЕСТИДЕСЯТЫЙ УРОКЪ.

II. Zeitwörter schwacher Form.

493. Siebente Klasse.

Ausgänge: Infinitiv -ить. Präteritum -илъ. Passiv-Particip -енъ. Präsens -ю.

Kochen (activ), варить, варилъ, варёнъ, варю́.

Glauben, вѣрить.
Schätzen, цѣнить.
Sprechen, говорить.
† Denken, überlegen, мыслить. мыслилъ, † мышленъ. † мышлю.
Meinen, мнить, мнилъ, † мнѣнъ, † мню.
Zögern, длить, длилъ, † длѣнъ, длю.
Zerstören, тлить, † тлѣнъ.
Melken, доить, доилъ, доёнъ, дою.
Stellen, ставить, ставилъ, ставленъ, ставлю.
Hetzen, топить.
Brechen, ломить.
† Tödten *у-мертвить, *у-мертвилъ. †*у-мерщвлёнъ, *у-мерщвлю).
Säumen, каймить. † каймю.

Erzürnen, злить.
Salzen, солить.
Träumen, сниться.
Schwärmen, роиться.

Liniren, графить
Stempeln, клеймить. † клеймю(26., d. l. †).

Verdunkeln, -тмить, † -тмѣнъ, † -тмю.
Richten, судить, судилъ, суженъ, сужу.
Angeln, удить. Wecken, будить, († буждёнъ.) Führen, водить, (вож-дёнъ).
Herumstreifen, блудить, (блуждёнъ).
Gebären, родить, (рождёнъ). Zwingen, нудить, (нуждёнъ).
Nageln, гвоздить, гвоздилъ, † гвозжёнъ, гвозжу.
Schlagen, разить, разилъ, ражёнъ, ражу.
Drohen, грозить.
Mehren, множить, множилъ, множёнъ, множу.
Dienen, служить. Sündigen, грѣшить.
Schrecken, страшить. Lehren, учить.
Trocknen, сушить.
Mit Moos verstopfen, мшить. Wichsen, bohnen, вощить.
Schleppen, тащить. Sich bemühen, тщиться.
Dreschen, молотить, молотилъ, молочёнъ, молочу.
Trüben, мутить. Schrauben, винтить. Zahlen, платить.
Tragen, носить, носилъ, ношёнъ, ношу.
Bitten, просить. Wägen, вѣсить.
Mähen, косить. Löschen, гасить.
Zu Gaste sein, гостить, гостилъ, гощенъ, гощу.
Traurig sein, грустить. Rächen, мстить.
Taufen, крестить. Schmeicheln, льстить.

Abweichende Formen:

a) Der Charakter-Laut wird nicht gewandelt in:

Reich machen, robзить, robзю (veraltet).
Den Schwanz stutzen, кургузить.
Klimpern, гудить.
Auf der Schalmei spielen, дудить.

Kunststücke machen, gaukeln, кудзить.
Thränen weinen, слезить.
Nachbar werden, сосѣдиться.

Ehren, dafür halten, чтить, чтилъ, чтёнъ, чту.

b) Das -т wird in -щ gewandelt in:

Bereichern, богатить, богатилъ, богащёнъ, богащу́.

Wenden, *вратить.	Bezähmen, *у-кротить.
Aufwiegeln, *воз-мутить.	Sättigen, *на-сытить.
Leuchten, scheinen, свѣтить (slaw. свѣчу́.	Heiligen, weihen, святить.
Empfinden, fühlen, *о-щутить.	Besuchen, *по-сѣтить.
Drohen, verbieten, *за-претить.	Rauben, entführen, *по-хитить.
Beschützen.	*За-щитить.

Bemerkung. Die mit * bezeichneten Verba kommen nur mit Präfixen vor und dann hat die Präsensform die Bedeutung des Futuri.

Dann werde ich Euch beschützen.	Тогда́ я васъ защищу́.
Der Lehrer lobt dich sehr.	Учитель тебя весьма́ хва́литъ.
Ich koche Ihnen Kaffee.	Я вамъ варю́ ко́фей.
Sie glauben das (Dativ) nicht, was er spricht.	Они́ не вѣ́рятъ тому́, что онъ говоритъ.
Ich liebe sie, aber sie liebt mich nicht.	Я её люблю́, но она́ меня́ не лю́битъ.
Er dient schon lange dem Vaterlande.	Онъ до́лго у́же слу́житъ оте́честву.
Sie weint, aber sie bezahlt nicht.	Она́ пла́четъ, а не пла́титъ.
Haben Sie den Zucker gewogen?	Вѣ́сили ли вы са́харъ?
Er wog drei Pfund.	Онъ вѣ́силъ три фунта.
Ich bin bei meinem Bruder zu Gaste.	Я гощу́ у своего́ бра́та.
Bei wem bist du zu Gaste?	У кого́ ты гости́шь?
Er wird bei uns zu Gaste sein.	Онъ бу́детъ гости́ть у насъ.
Der Verlust, поте́ря.	Der Trost, утѣше́ніе.
Die Freude, ра́дость f.	Der Gram, печа́ль f.
Die Trennung, разлу́ка.	Die Ankunft, прiѣ́здъ.
Die Abreise, отъѣ́здъ.	Der Tod, смерть f.
Der Handel.	Торго́вля.
Das Leben, жизнь f.	Das Wiedersehen, свида́ніе.
	Das Bild, о́бразъ.
Nervös, Nerven=, не́рвный.	Die Aussicht, видъ.
Schaf=, ове́чій.	Verloren, поте́рянный.

Einsam, уединённый.

158. Aufgabe.

Kennen Sie den Mann, mit dem Peter Theodorssohn spricht? — Ich kenne ihn schon sehr lange, denn er hat mich schrei=

ben und lesen gelehrt. — Haben Sie je seine Frau gesehen?
— Ich habe sie schon lange nicht gesehen und, so viel ich weiß,
ist sie jetzt nicht hier, sondern bei ihrem alten Vater, der
in Polen lebt, zu Gaste. — Mit wem sprechen Ihre Söhne
dort? — Sie sprechen mit einem Freunde, der um (о mit
der Präpos.) den Verlust seiner treuen Gattin trauert. —
Woran ist sie gestorben? — Sie starb am hitzigen Nervenfieber (нервöсен hitzigen Fieber). — Wie alt war sie?
— Sie war noch nicht 25 Jahre alt. — Ist sein Oheim
reich? — Seine Handelsgeschäfte machen ihn sehr reich.
— Seine Schiffe befahren (schwimmen auf на) jetzt
die Ost- und Nordsee (das baltische (балтийское) und
deutsche Meer). — Ist der Schuster schon hier? Ja,
er wartet im Vorzimmer; doch wagte ich nicht, Sie zu
wecken. Löschest du das Licht aus? — Nein, mein Herr,
es verlöschte von selbst. Was macht mein Diener? — Er
wichst Ihre Stiefel. — Und was thun die Mägde? — Sie
melken die Kühe und die Ziegen. Trinken Sie gern Ziegenmilch? — Wir trinken sie sehr gern, aber unsre Töchter
trinken lieber Schafmilch. — Welche ist theurer? — Die
Schafmilch ist theurer, aber die Ziegenmilch ist gesünder. — Wo
schweifst du mit deinen Kameraden und deinen Hunden umher? — Ich schweife einsam in den Wäldern umher und sehe
überall nur das Bild meiner verlornen Schwester. — Glauben Sie nicht an ein Wiedersehen (Dativ) in einem bessern
Leben? — Ich glaube daran (Dativ) und dieser Glaube ist
mein (Dativ) Trost. — Wem drohst du mit diesen Worten?
— Ich drohe Niemanden, ich bitte nur.

159. Aufgabe.

Wer ist dieser junge Mann, auf dessen Gesicht Kummer
zu sehen ist? — Das ist mein Nachbar. — Worüber härmt
er sich? — Er härmt sich über den Tod seiner Geliebten.
— Das ist für ihn ein unersetzbarer (невозвратной) Verlust. — Was für eine Krankheit hat sie dahingerafft (похи-
тить)? — Ein Nervenfieber hat sie in der Blüthe ihrer

Jugend dahingerafft. — Was für einen Trost hat er? — Er hat gar keinen Trost und kann auch keinen haben. — Wem gehört dieses einsame Haus? — Dieses einsame Haus gehört (принадлежать) meinem Bruder. — Was beweint diese arme Wittwe? — Sie beweint den Verlust ihres Vermögens, welches ihr der habgierige Advokat geraubthat — Sagen Sie ihr guten Trost, (чтобъ) damit sie nicht weine, und sagen Sie ihr, daß (что) ich sie schützen würde. — Wer hat die Katze aus dem Fenster geworfen? — Das war ein böser Knabe, der Sohn meines Nachbarn. — Worüber lacht dieses Mädchen? — Sie lacht über den Schmerz der armen Katze. — Sie sollte sich nicht freuen, sondern schämen! — Woher ist es so dunkel? — Ist es denn schon spät? — Nein, es ist noch früh, draußen ist aber ein dichter Nebel. — Hat Ihnen der Wucherer Geld gegeben? — Nein, er hat mir noch keins gegeben, hat mir aber versprochen, mir morgen welches zu verschaffen. — Es ist vielleicht ein leeres Versprechen. — Ich glaube es nicht, er war bis jetzt stets treu seinem Worte. — Die Aufrichtigkeit ist eine große Tugend, Verstellung ist allen ehrlichen Leuten widerwärtig (противно). — Sind Sie schon in London gewesen? — Nein, ich war nicht dort, habe aber die Absicht diesen Sommer dorthin zu reisen. — Wieviel Schritte sind von hier bis zur Brücke? — Ich glaube, es werden an sechshundert Schritte sein.

Einundsechzigste Lektion. — ШЕСТЬДЕСЯТЪ ПЕРВЫЙ УРОКЪ.

Zeitwörter schwacher Form.

494.   Achte Klasse.

Ausgänge: Infinitiv -ѣть. Präteritum -ѣлъ. Passiv-Particip -ѣнъ. Präsens -ю.

Schmerzen, болѣть, болѣлъ, [боленъ], [болю].

Brennen, горѣть.   Sehen, erblicken, зрѣть.
Schauen, смотрѣть.   Befehlen, Laſſen, велѣть.
Ziſchen, шипѣть, шипѣлъ [шипѣнъ], шиплю (20., d.).
Donnern, гремѣть.   Bekümmert ſein, скорбѣть.
Rauſchen, шумѣть.   Leiden, dulden, терпѣть.
Kochen (neutr.), кипѣть.
Sehen, видѣть, видѣлъ [видѣнъ], вижу.
Fliegen, летѣть, летѣлъ, лечу.
Hängen, висѣть, висѣлъ, вишу (pop. вислю).
Kniríchen, kniſtern, хрустѣть, хрустѣлъ [хрустѣнъ]. хрущу.
Sitzen, сидѣть.   Drehen, вертѣть.
† Wachen, бдѣть, бдѣлъ [бдѣнъ], † бжю.

495. Nach den **Ziſchern** ſteht -a für -ѣ (ſ. 19. a. 2.).
     Liegen, лежать, лежалъ лежу.
Wimmern, верезжать.   Schweigen, молчать.
Wimmern, winſeln, визжать. Brummen, мурчать, мурлыкать.
Brüllen, мычать.   Halten, держать.
Hören, слышать.   Rauſchen, журчать.
Sumſen, жужжать.
† Wimmeln † кишѣть, † кишѣлъ [†† кишѐпъ], кишу (ſ. 25., a. 2. †).

Bemerkung 1. Hierher gehört auch:
Schlafen † спать, спалъ [спанъ], сплю.

496. Nach **vocaliſchem Charakter** ſteht -a für -ѣ
in den beiden Zeitwörtern:
Stehen, стоять, стоялъ [стоянъ], стою
Sich fürchten, бояться, боялся, боюсь.

Bemerkung 2. Von den Zeitwörtern dieſer Klaſſe
müſſen ſehr wohl die Zeitwörter, welche eine eintretende
Handlung bezeichnen, und auf -ѣть (nach Ziſchern -ать) endigen, unterſchieden werden, wenn ſie von andern Redetheilen
abgeleitet ſind und nach ſtarker Form, I. Klaſſe, gehen.

Roth werden, алѣю, алѣть.   Blaß werden, блѣднѣю, блѣднѣть.
Gelb werden, vergilben, желтѣю. Roth werden, erröthen, краснѣть.
   желтѣть.

                    Verſtehen, können, умѣть.
Haben, имѣть.   Verwalten, regieren, владѣть.
Faſten, говѣть.   Zaudern, коснѣть.
Bedauern, сожалѣть.   Veralten, ветшаю, ветшать.
† Leuteſcheu werden, † дичѣть, aber auch дичать, (ſ. 25., a. 2. †).
Ich ſitze auf der Bank.   Я сижу на лавкѣ.
Wo ſitzt dein Kamerad?   Гдѣ твой товарищъ сидитъ?

Er sitzt in dem Schatten jener Linde.	Онъ сидитъ въ тѣни той лины
Wer dreht den Stuhl?	Кто вертитъ стулъ?
Ich drehe ihn.	Я его верчу.
Die Knaben drehen das Rad.	Мальчики вертятъ колесо.
Der Ochs brüllt.	Быкъ мычитъ.
Die Kinder schreien.	Дѣти кричатъ.
Kinder müssen nicht schreien.	Дѣти не должны кричать.
Meine Wäsche wird schon gelb.	Моё бѣльё уже желтѣетъ.
Die Himmel veralten nicht, wie ein Kleid.	Небеса не ветшаютъ, какъ платье.
Kannst du schon ⎫ lesen? Verstehst du schon zu ⎭	Умѣешь ли ты уже читать?
Ich kann schon lesen und schreiben.	Я уже умѣю читать и писать.
Kosten, gelten, zu stehen kommen.	Стоитъ 7.
Schläfst du?	Спишь ли ты?
Ich schlafe nicht.	Я не сплю.
Die Kinder schlafen.	Дѣти спятъ.
Mein Vater schlief noch.	Мой отецъ ещё спалъ.
Er fürchtet sich [vor] dem Feuer [Genit.].	Онъ бойтся огня.
Sie fürchtete den Tod nicht.	Она не боялась смерти.
Was steht dort?	Что тамъ стоитъ?
Was kostet das Buch?	Что эта книга стоитъ?
Wo steht der neue Tisch, der zehn Rubel kostet?	Гдѣ стоитъ новый столъ, который стоитъ десять рублей?
Schreien.	Кричать. 8.
Das Rad, колесо.	Das Insekt (Gekerbte), насѣкомое.
Die Achse, ось f.	Der Knüpel, дубина.
Die Wespe, оса.	Der Wasserfall, водопадъ.
Der Mantel, плащъ.	Der Frost, стужа.
Der Käfig, клетка.	Die Menagerie, звѣринецъ.
Der Büffel, буйволъ.	Das Verlangen, der Wunsch, желаніе.
	Die Brüderschaft, братья.
Die Stange, шестъ.	
Der Stock, палка.	
Heimlich, verdeckt, скрытный.	Geheimnißvoll, mystisch, таинственный.
Groß, mächtig, огромный.	Kläglich, Klage=, плачевный.
In der Ferne.	Вдали.

160. Aufgabe.

Was (на mit dem Accus.) besehen Sie so aufmerksam? — Ich betrachte die arbeitsamen Insekten. — Hören Sie,

wie die Wespen jumsen?—Ich höre und jehe sie; sie fliegen in
den Garten hin.—Was ist das für ein Geräusch in der Ferne?
— Es ist der nahe Wasserfall, der so rauscht (шумѣть). —
Wo werden Sie den Abend sein?—Ich werde im nahen Haine
sein, wo die Bäume so heimlich rauschen und die Nachtigall
in ihren Zweigen ihre Klagelieder flötet (singt). — Was
ist (mit) Ihnen? — Sie werden so bleich. — Mir (у
меня) thut der Kopf sehr wehe. — Ich muß nach Hause
gehen und mich [zu Bette] legen. — Sie haben zu lange ge=
jessen. — Wo hängt mein Mantel? — Er hängt in jenem
Zimmer an der Thür. — Zitterst du vor Frost oder vor
Schmerz? — Ich friere (зябнуть) ein Wenig. — Weshalb
(отчего) wimmert (стонать) das Kind so sehr? — Die
Wunde, welche es an der Hand hat, schmerzt ihm (Dativ)
sehr. — Was sagte Ihr Lehrer zu (о mit dem Präp.) dem
Betragen seiner jüngsten Tochter? — Er schwieg, sie aber
ward roth und weinte bitterlich. — Ich bedaure Beide. —
Was für Thiere sind in jenen Ställen?—Hier brummt ein
polnischer Bär und dort brüllt ein mächtiger Büffel. — Wer=
den Sie heute die Gemahlin unseres Freundes sehen?—Ich
brenne [vor] Verlangen (Instrum.) und hoffe, sie bald zu
sehen. — Wer wird bei unserm kranken Freunde wachen?—
Ein frommer Mönch von der barmherzigen Brüderschaft
wird bei ihm wachen. — Wirst du die schwere Stange lange
halten? — Ich halte sie nicht mehr; sie liegt dort auf dem
Kasten. — Weißt du nicht, wo mein Stock und mein Regen=
schirm steht? — Ich habe weder den einen noch den andern
gesehen.—Wo stehen die Dragoner jetzt?—Das erste Dra=
goner= (драгунскій) Regiment steht im Felde. — Gehen Sie
nicht mit uns in den Garten? — Nein, ich fürchte das Ge=
witter. — Donnert es schon? — Es blitzt und wird bald
donnern.—Fürchten Sie sich nicht vor dem Feinde?—Wer
sein Vaterland liebt, der fürchtet weder Wunden, noch schreckt
ihn der Tod.—Ging Ihre Tochter heute auf den Ball?—Nein,
sie fürchtete den Regen und besonders den heftigen Wind, denn
sie ist nicht sehr wohl und muß sich hüten (остерегаться).

161. Aufgabe.

Hat der Schneider mir den neuen Mantel gebracht? — Nein, er konnte ihn Ihnen nicht bringen, er hatte kein Seidenzeug zum Futter. — Wann wird er ihn mir bringen? — Ich kann es Ihnen nicht sagen, er hat mir davon nichts gesagt. — Wo liegt Schlesien? — Schlesien liegt zwischen Polen, Preußen, Sachsen und Oestreich. — Ist der Niederländer, von welchem man so viel spricht, reich? — Man sagt, daß er sehr reich sei, ich habe aber seine Reichthümer nicht gezählt. — Womit handelt er? — Er handelt mit holländischer Leinwand. — Es ist gut, daß ich es weiß, ich brauche Leinwand zu Hemden. — Gehen Sie also zu ihm, er hat, sagt man, ausgezeichnete Leinwand, welche er zu sehr billigem Preise verkauft. — Mein Herr, man hat mich zu Ihnen geschickt und mir gesagt (говоря), daß Sie gute Leinwand hätten (Indicativ). — Was für (Leinwand) wünschen Sie, grobe (тóлстый) oder feine? — Zeigen Sie mir mittelfeine (срéднее). — Da haben Sie ein Stück, mit welchem Sie, ich bin versichert, zufrieden sein werden. — Ja, diese Leinwand ist nicht übel, was kostet (почёмъ за) die Arschin? — Wir verkaufen nicht nach Arschinen, das ganze Stück kostet fünfzig Rubel Silber. — Das ist theuer, können Sie (es) mir nicht billiger [lassen]? — Es ist nicht theuer, es ist der genaueste (настоящій) Preis, wir schlagen nicht vor (запрáшивать) und handeln nicht. — Gut, ich nehme die Leinwand, wickeln Sie sie mir in Papier ein, da haben Sie das Geld. — Ich danke ergebenst, ich wünsche Ihnen einen guten Tag (счастлúво оставáться). — Bringen Sie mir einige Späne, ich will den Ofen heizen! — Da haben Sie Späne. — Wollen Sie eine Cigarre? — Nein, ich danke Ihnen ergebenst, ich rauche nur Pfeifen. — Johann stopfe (набéй) eine Pfeife für Peter Feodorssohn und bringe ein Licht, aber kein Talglicht oder Stearinlicht, sondern eine Wachskerze.

Zweiundfechzigste Lektion. — ШЕСТЬДЕСЯТ ВТОРОЙ УРОКЪ.

497. Bei folgenden Zeitwörtern geht das Präsens nach ftarker Form, der Infinitiv mit feinen Ab=leitungen nach fchwacher Form.

Gründen, bauen, зижду. зиждешь 1., зиждутъ, зиждилъ. зижленъ. Öfterer, созидаю, созидать 1.

Brüllen, реву, ревёшь, 1., ревѣть, ревѣлъ [ревѣнъ] 8.

498. Sowohl nach ftarker als nach fchwacher Form werden conjugirt (Heteroclita):

Glänzen, fchimmern, блещу, блещешь, und блестишь. блестѣлъ, † блещёнъ, блестѣть.

Pfeifen, zifchen, свищу, свищешь. und свистишь. auch свистаю' свисталъ, свистанъ, свистать.

499. Nach ftarker Form, aber nach zwei verfchiede=nen Klaffen geht:

Jch werde mich, ftellen, стану 6. Dagegen, стать 1. сталъ 1.

Diefer König gründet mehr Städte, als feine Vorfahren gegründet haben. Сей царь зиждетъ болѣе городовъ, нежели его прѣдки созидали.

Wer von Euch pfeift? Кто изъ васъ свищетъ?

Die Hirtenknaben pfeifen auf den Bergen. Пастушки свистятъ на горахъ.

Die Sterne fchimmern am Himmel. Звѣзды блещутъ на небѣ.

Glauben (für wahr halten). Вѣрить 7. (mit dem Dat.).

Glauben, meinen, denken. Думать 1.

Jch glaube das nicht, was er fagt. Я не вѣрю тому, что онъ говоритъ.

Jch glaube nicht, daß es regnen wird. Я не думаю, что будетъ дождь.

Glauben (an). Вѣровать 5. (mit въ und dem Accuf.).

Sie glauben an Chriftus. Они вѣруютъ во Христа.
Was halten Sie von Träumen? Что думаете вы о снахъ?
Wie denken Sie über Träume?

Wir glauben nicht an Träume (eigentl. den Träumen).	Мы не вѣримъ снамъ.

Wünschen.

	Желать 1. (mit dem Genit.).
Was wünscht er?	Что желаетъ онъ?
Ich wünsche Ihnen eine gute Nacht!	Желаю вамъ доброй ночи!
Vermuthen, догадываться 1.	Schließen, заключать 1.
Forschen, испытывать 1.	Erforschen, допытывать 1.
Die Vorfahren, Ahnen, прѣдки, -овъ.	Der Hirtenknabe, пастушокъ.
Der Schlaf, Traum, сонъ.	Der Ton, звукъ.
Die Compagnie (Soldaten), рота.	Die Wache, караулъ.
Der Exercier-Platz, мѣсто ученія.	Das Tischrücken, столодвиженіе.
Die Beachtung, Achtung, уваженіе.	Der Magnetismus, магнетизмъ.
Das Zeugniß свидѣтельство.	Der Augenzeuge, очевидецъ.
Wissenschaftlich, gelehrt, ученый.	Thierisch, животный.
Unverwerflich, glaubwürdig.	Доеговѣрный.

162. Aufgabe.

Was für ein Thier brüllt in jenem Käfig? — Es ist ein prächtiger junger Löwe aus der Menagerie des Kaisers von Frankreich. — Haben Sie schon gehört, wie das Meer brüllt? — Ich habe es noch nie in einem Sturme gesehen. — Stehen die Buden schon auf dem Markte? — Noch nicht. — Ich glaube, daß dieses Mal kein Jahrmarkt sein wird. — Wessen Compagnie steht heute auf Wache? — Ich glaube, daß es die Compagnie des Hauptmanns Kern ist. — Kerns Compagnie sah ich auf dem Exercier-Platze, daher kann sie nicht auf der Wache stehen. — Was denken Sie von dem Tischrücken? — Ich denke, daß es einer wissenschaftlichen Beachtung nicht werth sei. — Glauben Sie nicht [an] thierischen Magnetismus? — Die Wissenschaft glaubt nichts (Dativ); sie vermuthet, schließt, forscht, erforscht und weiß. — Glauben Sie nicht dem Zeugnisse so vieler unverwerflicher Augenzeugen? — Der Blinde muß nicht von den Farben, der Taube nicht von den Tönen sprechen; auch verstehen nicht alle Augen zu sehen, sowie (такъ какъ) nicht alle Ohren zu hören verstehen.

163. Aufgabe.

Haben Sie oder Ihr Bruder die von mir verlorene, Ansicht der Stadt Astrachan? — Ich habe diese Ansicht nicht gesehen. — Wie hat der Jäger den wilden Wolf bezähmt? — Er hat ihn nicht bezähmt, denn der Wolf raubte das arme Schaf und sättigte sich an seinem Blute. — Mit wem wollen Sie Nachbar werden? — Mit der Gemahlin des tapfern Lieutenants Johann Artemy's Sohn Pawlow. — Man muß nicht über die Vorsehung klagen; sie weiß besser als wir, was uns gut und nützlich und was uns schädlich ist. — Wieviel giebt jener arme Kaufmann für seine kleine Bude? — Ich kann das nicht wissen, er hat mir nichts davon gesagt. — Sind die Wasserverbindungen in diesem Reiche gut? — Nein, mein Herr, sie sind unbedeutend. — Was für ein Gericht hat Ihre Schwester heute zu Mittag gegessen? — Nur etwas Suppe und gebratenes Ochsenhirn. — Von wem haben Sie diese Ziegenbockhaut erhalten? — Es ist keine Ziegenbockhaut, sondern eine Wallroßhaut. — Wer hat sie Ihnen gegeben? — Der reiche Kaufmannssohn, den Sie kennen. — Welche Butter ist die beste? — Die Maibutter, und das Märzbier ist besser als die andern Biere. — Ist es Ihnen nicht möglich, mir zu sagen, wo die beste Forstschule sei? — Sie ist in Tharandt bei Dresden.

164. Aufgabe.

Von wo (откуда) bringt das Licht in's Zimmer ein (проходить)? — Der Fensterladen (ставень m.) ist nicht dicht verschlossen, er hat eine Ritze, durch welche das Licht bringt. — Ist im Dorfe hier ein Schmied? — Wie sollte keiner sein (какъ не быть)? — Was wünschen Sie? — An meinem Wagen ist ein Rad zerbrochen, er muß es wieder in Stand setzen (починить). — Soll er auch Ihr Pferd beschlagen? — Nein, es braucht nicht beschlagen zu werden, es ist unlängst beschlagen worden. — Wo ist Ihr Bruder? — Er ist nicht

ganz (не такъ) wohl, übrigens ist es mehr Hypochondrie
(хандра́), als Unwohlsein. — Wo waren Sie jetzt? — Ich
war im Kerker, um den berühmten Gefangenen zu besuchen.
— Wer ist dieser Gefangene? — Er war der Wohlthäter
seiner Mitbürger. — Ihn hat der hartherzige Wucherer,
dem er nicht das, auf Wechsel schuldige, Geld bezahlen konnte,
in's Gefängniß gesetzt (заключи́ть). — Er ist des Mitleids
würdig; warum nahm er aber Geld, welches er nicht be=
zahlen konnte? — Er nahm es, um einer halbnackten Fa=
milie zu helfen; ihn hat seine Wohlthätigkeit zu Grunde
gerichtet. — Waren Sie vorgestern im Theater? — Ja,
ich war dort, denn ich hatte meinem Freunde, dem Tänzer,
versprochen, ihn zu besuchen. — Ich habe gehört, daß dieser
Tänzer sehr stolz sei. — Sie irren sich, er ist ganz und gar
nicht stolz, wahrscheinlich hat man Ihnen nicht von ihm,
sondern von der Tänzerin, welche sehr stolz ist, gesprochen.
— Warum singen Sie heute nicht, gnädiges Fräulein? — Ich
fing eben zu singen an (я бы́ло запѣ́ла), doch kann ich nicht
singen, denn ich bin heiser (я оси́пла). — In diesem Falle
singen Sie nicht, Sie können Ihre Stimme verderben
(испо́ртить). — Wer ist dieser Stutzer? — Ich weiß es
nicht, man spricht von ihm jedoch nicht viel Gutes, er scheint
ein Betrüger (плутъ) und falscher Spieler (шу́леръ) zu sein.

23*

Dreiundsechzigste Lektion. — ШЕСТЬДЕСЯТЪ ТРЕТІЙ
УРОКЪ

500. Uebersicht der Ausgänge aller acht Conjugations-
Klassen.

Reihe	Klasse	Präsens.	Infinitiv.	Präteritum.	Passiv-Particip.
I.	1.	-у, -ю	-ть	-ъ, -лъ	-нъ
I.	2.	-у, -ю	-ть	-лъ	-тъ
II.	3.	-у, -ю	-(а) ть	-(а) лъ	-(а) нъ
II.	4.	-(н) у, -ю	-$\binom{о}{я}$ ть	-$\binom{о}{я}$ лъ	-$\binom{о}{я}$ тъ
III	5.	-(у) ю	-(ова) ть	-(ова) лъ	-(ова) нъ
III	6.	-(н) у	-(ну) ть	-ъ, -(ну) лъ	-(ну) тъ
IV.	7.	-ю	-(и) ть	-(и) лъ	-(е) нъ
V.	8.	-ю	-$\binom{ѣ}{а}$ ть	-$\binom{ѣ}{а}$ лъ	-$\binom{ѣ}{а}$ нъ

Die erste Reihe (I.) setzt die Endung an den bloßen
Verbal-Stamm.

Die zweite Reihe (II.) schiebt einen Binde=Vocal (-a, -o) zwischen beide ein.

Die dritte Reihe (III.) schiebt eine ganze Sylbe (-ова, -ну) zwischen Stamm und En=dung ein.

Die vierte Reihe (IV.) macht das -ь, -й der Charakterform lautend (-н).

Die fünfte Reihe (V.) schiebt einen Vocal (-ѣ, -a) vor die Endung ein.

Der charakteristische Unterschied der starken Form (I., II., III.) ist (neben dem Eingeschobenen) die En=dung (-нъ und тъ) des passiven Particips.

Bemerkung 1. Nur aus wenigen Infinitiv=Endungen läßt sich bestimmt auf die Präsensform schließen. Zur Be=quemlichkeit des Lernenden wollen wir sie hier zusammen=stellen.

a) Infinitiva auf -атъ mit vorhergehendem б, п, р und ц gehören zur 1. Klasse.

　† Nur reden, глаго́лать (veralt.); pflügen, ора́ть; gehören
　　zur 3. Klasse.

b) Infinitiva auf -вать, ohne vorhergehendes o, e ge=hören zur 1. Klasse.

c) Infinitiva auf -ять mit vorhergehenden Consonanten gehören zur 1. Klasse.

d) Infinitiva auf -ерѣть mit vorhergehenden Consonanten gehören zur 2. Klasse.

e) Infinitiva auf -оть mit vorhergehenden Consonanten gehören zur 4. Klasse.

f) Infinitiva auf -овать, -евать mit vorhergehenden Con=sonanten gehören zur 5. Klasse.

g) Infinitiva auf -нуть mit vorhergehenden Consonanten gehören zur 6. Klasse.

Bemerkung 2. Die mehrsylbigen auf -итъ lassen mit wenigen Ausnahmen auch sicher auf die Präsensform schließen.

501. **Unregelmäßige Präsensformen** sind:

a) **Sein, быть,** hat folgendes Präsens:

Einzahl.	**Mehrzahl.**
Ich bin, я есмь.	Wir sind, мы есьмй.
Du bist, ты есй.	Ihr seid, вы ёсте.
Er ist, онъ есть.	Sie sind, онй суть.

Bemerkung 3. Im gewöhnlichen Leben kommen nur есть und суть vor, wenn der Nachdruck auf dem **Verbum** ruht und wenn sie ein **Vorhandensein,** Existiren, bedeuten. Die übrigen Formen gehören dem höhern Style an.

b) Von **essen,** ѣсть, ist das Präsens:

Einzahl.	**Mehrzahl.**
Ich esse, ѣмъ.	Wir essen, ѣдимъ.
Du issest, ѣшь.	Ihr esset, ѣдите.
Er ißt, ѣстъ.	Sie essen, ѣдятъ.

c) Von **laufen,** бѣжать, 8., ist das Präsens:

Einzahl.	**Mehrzahl.**
Ich laufe, бѣгу.	Wir laufen, бѣжимъ.
Du läufst, бѣжишь.	Ihr laufet, бѣжите.
Er läuft, бѣжитъ.	Sie laufen, бѣгутъ.

d) Ebenso geht **ehren,** чтить 7.

Ich ehre, чту.	Wir ehren, чтимъ.
Du ehrest, чтишь.	Ihr ehret, чтите.
Er ehrt, чтитъ.	Sie ehren, † чтутъ.

e) Das gemischte Präsens von **wollen,** хотѣть:

Ich will, я хочу.	Wir wollen, мы хотимъ.
Du willst, ты хочешь.	Ihr wollet, вы хотите.
Er will, онъ хочетъ.	Sie wollen, онй хотятъ.

Essen, genießen.	Кушать 1. Höflichkeitsausdruck.
Was issest du?	Что ты ѣшь?
Ich esse Fleisch.	Я ѣмъ говядину.
Wohin fahren die Leute?	Куда ѣдутъ эти люди?
Wo läufst du hin?	Куда ты бѣжишь?
Die Schüler laufen in die Schule.	Ученикй бѣгутъ въ школу.
Wollen Sie nicht Schinken essen?	Не хотите лп вы кушать окорока?
Trinken Sie weißen oder rothen Wein?	Красное ли или бѣлое вино вы пьёте?

Wenn man sie ansieht ⎱ lacht sie.
Wenn du sie ansiehst ⎰

Как смо́тришь на неё, она́ смѣ́-
ётся.

Man liest ⎱ in den Zeitungen, daß
Du liesest ⎰ die Franzosen gesiegt haben.

Чита́ешь въ газе́тахъ, что фран-
цу́зы побѣди́ли.

Man schreibt (die Leute, sie schreiben), daß man in Südamerika
einen Kometen sieht.

Пишу́тъ, что ви́дятъ коме́ту
въ Южной-Аме́рикѣ.

Man glaubte (Alle glaubten), daß
das der König sei.

Всѣ ду́мали, что э́то былъ царь.

Was man (Jemand) nicht weiß,
das kann man (einer) nicht
sagen.

Что кто не зна́етъ, то и не мо́-
жетъ сказа́ть.

502. Nach dem Sinn der Rede und der Absicht des
Sprechenden wird das deutsche **man** durch die **zweite**
Person der **Einzahl** oder durch die **dritte Person** der
Mehrzahl (Letzteres am häufigsten) ausgedrückt. Wo es der
Sinn gestattet, wird auch ein bestimmtes Subject (лю́ди,
всѣ, кто) dazu gesetzt.

Kaufen, einkaufen. — Покупа́ть 1.

Wo kaufen Sie (gewöhnlich) Ihre
Cigarren?

Гдѣ вы покупа́ете свои сига́ры?

Sonst kaufte ich sie [gewöhnlich]
bei R., diese habe ich (diesmal)
bei A. gekauft.

Пре́жде я ихъ покупа́лъ у Н.,
э́ти я купи́лъ у А.

Zu wieviel ⎱ das Hun-
Um welchen Preis ⎰ dert?

Почему́ со́тня?

Das Hundert zu 6 Rubel.

Со́тня по шести́ рубле́й.

Achten, beachten, уважа́ть 1.
Pflücken, рвать 3.
Reich sein [an], Überfluß haben [an].
Sich legen, ложи́ться 7.
Vorstellen, geben, представля́ть 1.
Die Zeitung, газе́та.
Der Hecht, щу́ка.
Der Karpfen, карпъ, саза́нъ.
Das Pökelfleisch, солони́на.
Die Frucht, плодъ.
Die Beere, я́года.
Die Feld=Erdbeere, земляни́ка.
Die Johannisbeere, сморо́дина.
Die Gurke, огуре́цъ.

Danken, благодари́ть 7.
Pflanzen, сажа́ть 1.
Izobilovать 7. (m. d. Instr.).
Anfangen, beginnen, начина́ть 1.
Siegen, побѣжда́ть 1.
Der Komet, коме́та.
Die Tasse, ча́шка.

Die Apfelsine, апельси́нъ.
Die Himbeere, мали́на.
Die Bohne, бобъ.
Die Garten=Erdbeere, клубни́ка.
Die Stachelbeere, крыжо́вникъ.
Der Kohl, капу́ста.

Die rothe Rübe, свёкла.
Das Geißblatt (Caprifolium).
Die Mohrrübe, морковь f.
Die Lerche, жаворонокъ.
Der Kampf, die Schlacht, битва.
Das Belieben, произволъ.
Das Trauerspiel, трагедія.
Der Verfasser, сочинитель.
Der Norden, сѣверъ.
Der Westen, западъ.
Südlich, Süd=, южный.
Täglich.
Im Übrigen, übrigens, впрочемъ.

Козья жимолость f.
Das Gemüse, зелень f.
Der Krieg, война.
Der Kampf, Streit, борьба.
Das Schauspiel, зрѣлище.
Der Dichter, стихотворецъ.
Der Süden, югъ.
Der Osten, востокъ.

Zurückkehrend, Rück=, обратный.
Ежедневный.
Sogleich, gleich, тотчасъ.

165. Aufgabe.

Sind Sie ein Freund von Fisch? — Ich esse zuweilen ein Stückchen Hecht oder Karpfen; im Uebrigen mache ich mir wenig aus Fischen (achte ich die Fische nicht.) — Warum или чего essen Sie nicht von diesem Pökelfleisch? — Ich danke ergebenst; ich werde kein Fleisch mehr essen. — Wollen Sie gleich nach dem Essen Kaffee trinken? — Ich trinke gewöhnlich eine Stunde nach Tische (dem Mittagsmahle) eine Tasse Kaffee ohne Sahne (сливки pl.).—Wollen Sie (Beliebt Ihnen) Wein oder Bier? — Ich trinke keinen Wein; bei Tische (dem Mittagsmahle) trinke ich nur Wasser oder leichtes Halbbier. — Sind Ihnen einige Apfelsinen oder Aepfel gefällig? — Ich danke bestens (очень); ich bin weder ein Freund von Apfelsinen, noch von anderen Früchten. Die Himbeeren und Erdbeeren (beide im Singular) esse ich sehr gern. Wenn es Ihnen gefällig ist, mit mir in den Garten zu geben, so können Sie von beiden nach (но mit dem Dativ) Belieben pflücken und essen. — Wir haben auch sehr schöne Johannis= und Stachelbeeren. — Wer läuft da vor uns in den Garten? — Es ist des Gärtners Sohn; er trägt seinem Vater das Essen hin. — Haben Sie hier sonst Bohnen und Gurken gepflanzt? — Wir pflanzen keine Bohnen, sondern

Geisblatt. — Giebt es gutes Obst in Moskau? — Wir
haben hier ebenso schönes Obst, als in Deutschland und
meistentheils ebenso billig.

166. Aufgabe.

Wie sind die Gemüse hier? — Diese Gegend ist reich an
Kohl, Mohrrüben und Beeten (свёкла). — Wer läuft
dort auf dem Felde? — Derselbe Landmann, mit dem Sie
gestern sprachen, als er säete. — Was für Getreide säete
er? — Er säete verschiedene Getreidearten; Weizen, Hafer,
Flachs und Gerste. — Glauben Sie an den Heiland? —
Nicht allein an den Heiland, sondern auch an Gott Vater,
den heiligen Geist und die Mutter Gottes. — Was für
Thiere schreien in den Käfigen, welche dort in der Menage-
rie sind? — Es ist eine Löwin mit kleinen Löwen, ein Bär
mit kleinen Bären und eine Wölfin mit kleinen Wölfen. —
Um welchen Preis kauft man hier das Pfund Honig? —
Der Honig ist hier sehr billig; ich habe sehr schönen und
reinen Honig, das Pfund zu zehn Kopeken, gekauft. —
Spricht man bei Ihnen vom Kriege? — Wie überall. —
Man urtheilt über nichts lieber, als über dasjenige, was
man am wenigsten versteht. — Wann sieht man in Ihrer
Gegend die ersten Lerchen? — Hinter (за mit dem Instrum.)
Riga sieht man sie nie, dort ist der Sommer zu kurz und
der Rückweg von da nach dem Süden zu weit. — Warum
(почему) beginnt man nicht die Vorstellung? — Man erwartet den Hof. — Wovon haben die Blätter der Bäume
angefangen, gelb zu werden? — Draußen war (стоять)
lange eine große Kälte. — War Ihr Vater lange krank?
— Er war nicht lange krank, er starb am vierten Tage.
— Hat man dieses Trauerspiel hier schon gegeben (vorgestellt)? — Ich glaube das nicht. — Es ist, wie man sagt,
ein neues und vortreffliches Werk (comédie) eines sehr
jungen Dichters. — Kennt man den Verfasser? — O ja

(о́чень). — Er lebt hier und Alle, die ihn kennen, ehren und lieben ihn.

167. Aufgabe.

Haben Sie schon zu Mittag gegessen? — Nein, ich habe noch nicht zu Mittag gegessen, ich esse immer später. — So kommen Sie zu mir zum Mittagessen; meine Frau läßt (вели́тъ) Sie bitten. — Ich danke ergebenst für die für mich schmeichelhafte Aufmerksamkeit. — Frau, ich bringe dir (привожу́) einen theuren und lang ersehnten Gast. — Er hat mir versprochen bei uns zu Mittag zu essen. — Ich freue mich sehr Sie zu sehen, Sie haben uns durch Ihren Besuch sehr verbunden; ich bitte, kommen Sie (ми́лости про́симъ) in den Speisesaal, die Suppe ist schon auf dem Tisch. — Setzen Sie sich, ich bitte, (не уго́дно ли сади́ться). — Hier ist ein Platz neben mir. — Ich bin Ihnen, gnädige Frau (суда́рыня), für die Ehre verbunden. — Wollen Sie nicht noch etwas Suppe? — Ich danke ergebenst, ich habe deren genug. — Wenn auch nur einen Löffel (ло́жечка) oder zwei? — Ich bin Ihnen sehr verbunden, ich habe vollkommen genug. — Wollen Sie ein Stück gekochtes Fleisch, oder Pökel= fleisch? — Weder das eine noch das andere, ich bitte, geben Sie mir etwas Kohl. — Der Kohl ist nicht gut, nehmen Sie Salzgurken (солёные огурцы́). — Ich danke sehr (о́чень благода́ренъ), ich esse sie sehr gern (ich bin ein großer Freund davon.) — Essen Sie gern Fisch? — Nicht sehr, doch esse ich ihn. — Wir haben Hecht und Karpfen, was ziehen Sie vor? — Mir ist es gleich. — Erlauben Sie mir also, Ihnen ein Stückchen von diesem und von jenem zu geben; versuchen Sie, welcher besser ist. — Ich danke ergebenst. — Nehmen Sie jetzt ein Stück gebratener Ente. — Ist es eine wilde Ente? — Nein, es ist eine zahme (дома́шній); ich kann Ihnen aber rathen ein Stückchen zu nehmen, sie ist saftig und gut gebraten. — Ja, alle Speisen sind vortrefflich bereitet. — Haben Sie einen Koch oder eine Köchin? — Wir haben keinen Koch, wir haben eine Köchin;

fie hat in den beften Häufern Petersburgs gelernt. —
Werden Sie jetzt Ihren Freund befuchen (заѣдете ли вы)?
— Nein, ich werde ihn auf dem Rückweg befuchen.

**Vierundfechzigfte Lektion. — ШЕСТЬДЕСЯТЪ ЧЕТВЕР-
ТЫЙ УРОКЪ.**

Imperativ.

503. In der ftarken Form wird der Imperativ
von der Futurumform oder, wenn die Präfensform mit
erfterer identifch ift, von diefer (ohne Rückficht auf die Be=
beutung) abgeleitet, indem man die Perfonen=Endung
-y, -ю in ein milbernbes -и verwandelt.

Ich führe, веду; führe! веди!   Ich klopfe, клеплю; klopfe! клепли!
Ich werde erretten, спасу.   Errette! спаси!

† Die Kehllaute werden, gegen alle Analogie,
nicht gewandelt: ich fchone, берегу; fchone! береги!
ich lüge, лгу; lüge! лги!

Bemerkung 1. Im Slawenifchen fagte man regel=
mäßig: бережи, лжи.

504. Steht vor dem -ю ein Vocal, fo wird -й aus -и.

дѣлаю,   thue! дѣлай!   смѣюсь,   lache! смѣйся!
пью,   trinke! пей! (23., b.) вѣрую,   glaube! вѣруй!
вопію,   winfele! вопій!   воюю,   ftreite! воюй!

505. Ift -y, -ю nach einfachem Confonanten ton=
los, fo wird -ь aus -и; nach mehreren Confonanten
bleibt -и.

Ich weine, плачу; weine! плачь!   Ich werde fein, буду; fei! будь!
Ich tröpfele, краплю; tröpfle! крапли!
Ich werde rufen, кликну; rufe! кликни!

Bemerkung 2. Ѣхать, fahren, entlehnt den Im=
perativ ѣзжай, fahre! von einem verwandten Verbum
ѣзжать 1.

Von ѣсть, essen, ist der Imperativ: ѣшь! ѣ̈!

506. In der schwachen Form treten -н, -у, -ь nach denselben Regeln an die Stelle der Infinitiv=Endung -ить, -ѣть, -ать, -ять.

Любить,	liebe! люби!	вѣрить,	glaube! вѣрь!
Сидѣть,	sitze! сиди!	видѣть,	sieh! видь!
Лежать,	liege! лежи!	слышать,	höre! слышь!
Стоять,	stehe! стой!	бояться,	fürchte! бойся!
Доить,	melke! дои! doch auch дой!		

507. Für den Plural des Imperativs wird dem Sin=gular -те angehängt.

Береги!	schonet! берегите!	Плачь!	weinet! плачьте!
Дѣлай!	thuet! дѣлайте!	Бойся!	fürchtet! бойтесь!
Сиди!	sitzet! сидите!	Видь!	sehet! видьте!

Laufe nicht so schnell! — Не бѣги такъ скоро!

Schreiben Sie diesen Brief! — Пишите это письмо!

Lerne in der Jugend, wenn du im Alter weise sein willst! — Учись въ юности, если хочешь быть мудрымъ въ старости!

Nimm die Zeit in Acht! — Береги время!

Die bestimmte Zeit.
Der Zeitpunkt.
Es ist Zeit.
Пора.

Eile, denn es ist Zeit, in die Schule zu gehen! — Спѣши, ибо пора итти въ школу!

Sei stumm, wenn du giebst, und sprich, wenn man dir giebt. — Будь нѣмъ, когда даешь, и говори, когда тебѣ даютъ.

Erwäge mehr, mit wem, als was du issest, sagte Epikur. — Болѣе разсуждай о томъ съ кѣмъ, нежели что кушаешь, говорилъ Эпикуръ.

Habe stets ein heiteres und ruhiges Antlitz! — Имѣй всегда лицо веселое и спокойное!

Baue nicht auf den Erfolg, und verzweifle nicht beim Mißlingen. — Не уповай на удачу, и не отчаивайся въ неудачѣ.

Sei so gütig, gefällig!
Seien Sie so gütig!
Haben Sie die Güte! Ich bitte!
Пожалуй!

Пожалуйте!

Haben Sie die Güte zeigen Sie mir Ich bitte | das Buch — Пожалуйте, покажите мнѣ книгу

Sich wohl befinden: gesund sein. — Здравствовать 5. 145. Bem. 2.

Guten Morgen! Guten Tag! | Здра́вствуй! здра́вствуйте!
Sei, Seien Sie gegrüßt! |

Bemerkung 3. Der gewöhnliche Gruß und Gegengruß zu jeder Tageszeit.

Verzeihen.   Проща́ть 1.

Lebe, Leben Sie wohl! Adieu! | Проща́й! проща́йте!
Ich empfehle mich! |

Bemerkung 4. Der gewöhnliche Scheidegruß, wie Adieu.

Lebe, Leben Sie wohl! прости́! прости́те!

Eilen, спѣши́ть 7.	Zeigen, показа́ть 3.
Erwägen, разсужда́ть 1.	Bringen, принести́ 1.
Verzweifeln, отча́яваться 1.	Schmieren, нама́зать 3.
Stopfen, наби́ть 2.	Schärfen, остри́ть 7.
Erhalten, beommen, получи́ть 7.	Sich setzen, сади́ться 7.
Auswählen, избра́ть 3.	Aufziehen (Uhr), завести́ 1.
Sich üben, упражня́ться 1.	Ablaufen, сойти́ (wie итти́).
Die Jugend, ю́ность f.	Das Alter, ста́рость f.
Der Erfolg, das Gelingen, уда́ча.	Das Mißlingen, неуда́ча.
Die Unterschrift, подпи́ска, по́дпись.	Die Tabakspfeife, тру́бка.
Das Feuerzeug, огни́во.	Das Stück (Brod u. dgl.), ломо́ть.
Das Urtheil, die Meinung, мнѣ́ніе.	Die Uebung, упражне́ніе.
Die Farbe (als Stoff), кра́ска.	Der Stahl, сталь f.
Der Fortschritt, успѣхъ.	Die Bettdecke, одѣ́яло.
Neben, по́длѣ mit dem Genitiv.	Ganz, ganz und gar, совсѣ́мъ.
Früh, ра́но.	

168. Aufgabe.

Guten Tag, mein Herr. — Was wünschen Sie? — Lesen Sie gefälligst (Haben Sie die Güte, lesen Sie) diesen Brief und sagen Sie mir, was Sie davon (о томъ) denken. — Haben Sie ihn von Ihrem Herrn Vater erhalten? — Sehen Sie auf die Unterschrift. — Belieben Sie, sich zu setzen. — Ist Ihnen eine Pfeife Tabak oder eine Cigarre gefällig? — Ich bitte um eine Pfeife. — Iwan, stopfe diesem Herrn eine Pfeife und bringe auch ein Feuerzeug. — Mein Sohn! setzen Sie sich neben mich und hören Sie aufmerksam zu. — Ich habe keine Zeit

es ist Zeit nach Hause zu gehen und zu arbeiten. — Soll
ich Brod schneiden? — Ja, schmiere einige Butterbrode
(Schnitte mit Butter); aber wasche dir zuvor die
Hände. — Das Messer ist ganz stumpf. — Schärfen Sie es
an diesem Stahl. — Geben Sie mir diese Stahlfeder, ich
brauche sie. — Ich brauche sie ebenso sehr, wie Sie. — Führen Sie mich nach Hause, ich kenne den Weg nicht.. — Schone
das Geld, es ist uns stets nöthig. — O Gott, rette uns!
— Leben Sie wohl. — Warten Sie? — Sagen Sie mir, wohin
Sie gehen? — Ich gehe zu meinem Vetter. — Liebe zu spielen, liebe aber auch zu arbeiten! — Glaube dem Worte
Gottes! — Machen Sie gefälligst die Thüre zu; es ist hier
Zugwind und ich habe heftiges Zahnweh. — Was soll ich
heute zeichnen? — Zeichnen Sie dieses Portrait (портретъ) oder
malen Sie diese Blumen, thun Sie was Sie wollen.

169. Aufgabe.

Ich habe Lust, diesen Korb mit Früchten in Wasserfarben
(Aquarell) zu malen. — So (итакъ) thun Sie es. — Darf
ich um ein Glas Wasser bitten? — Gießen Sie das Wasser
aus dieser Flasche in jenes Glas. — Rufen Sie meine
Schwester; ich will ihr mein Werk zeigen. — Sieh diese Arbeit, aber lobe sie nicht zu sehr. — Fürchte nichts, meine
Liebe (другъ мой)! — Traue meinem Urtheil, wenn ich dir
offen sage, daß du Talent, aber wenig Uebung hast, und
olge meinem Rathe. Wähle dir ein bestimmtes (нѣкоторый) Feld, übe dich täglich in demselben und du wirst dich
bald selbst über deine Fortschritte freuen. — Wo soll ich hingehen? — Geh' nach Hause und lege dich zu Bett. — Hier
ist es zu kalt, und du bist krank. — Kann ich Wein trinken
und Schwarzbrod essen? — Schonen Sie sich! — Trinken Sie
nur Wasser und essen Sie nur etwas Semmel. — Was ist
die Uhr? — Es ist noch nicht zehn. — Ziehen Sie Ihre Uhr
auf, denn sie ist abgelaufen. — Um wieviel Uhr soll ich sie
wecken? — Wecke mich nicht zu früh; wecke mich um sieben
Uhr. — Wollen Sie Thee oder Kaffee trinken? — Koche

mir recht starken Kaffee und wärme die wollene Bettdecke.
— Ehre die Rechtschaffenheit und achte die ehrlichen Leute.
— Wieviel haben Sie für Ihren Pelz gegeben? — Ich werde
Ihnen nicht seinen Preis sagen, Sie kennen ihn selbst. —
Sagen Sie mir die Wahrheit, kostet er wirklich sechshundert=
neununddachtzig Rubel Papiergeld? — Nein, er kostet soviel
in Silber. — Wann haben Sie ihn gekauft? — Belieben
Sie sich zu erinnern, ich habe ihn mit Ihnen im vorigen
Sommer gekauft.

170. Aufgabe.

Was haben Sie für Geschäfte mit diesem alten Manne? — Er
ist mein Procurist (повѣренный) und ist wegen eines Wechsels, den
mein Schuldner mir heute bezahlen soll (платимый), mit mir zu
sprechen gekommen. — Ist dieser Ihnen viel schuldig? — Nicht
wenig, er ist mir über sechstausend Rubel schuldig. — Beeilen
Sie sich, es ist Zeit, daß Sie gehen. — Ich habe noch Zeit, ich
komme noch zu rechter Zeit (успѣть). — Sie sagen: ich komme
noch zur rechten Zeit, ich aber zweifle daran. — Fürchten Sie
Gott und bedrücken Sie nicht Unschuldige. — Ich will Nie=
manden bedrücken, ich kann aber mein Geld nicht verlieren.
— Verzeihen Sie mir, ich wollte Sie nicht beleidigen. —
Was kümmert's mich, ob Sie mich haben beleidigen wollen
oder nicht, Sie haben mich beleidigt. — Geben Sie mir ein
Stück Brod, ich bin sehr hungrig. — Da haben Sie Brod;
wollen Sie auch Käse dazu? — Nein, ich danke; ich esse nicht
gern Käse, mir scheint es aber, daß Sie auch Wurst haben.
— Ja, ich habe ächte westphälische. — Das ist gut, ich bitte,
geben Sie mir ein Stück davon. — Da haben Sie, und trin=
ken Sie auch (къ этому) ein Glas Bier. — Ich danke, jetzt
kann ich das Mittagsessen erwarten. — Kellner, stopfen Sie mir
eine Pfeife Tabak! — Gleich, was für Tabak befehlen Sie?
— Was für Tabak haben Sie? — Wir haben verschiedenen
Tabak: Varinas, türkischen und mailändischen Tabak. — Ha=
ben Sie ächten mailändischen? — Ausgezeichneten, aus erster
Hand (изъ пéрвыхъ рукъ). — Ist auf diesem Briefe Ihre

Unterschrift? — Ja, das ist meine Hand. — Mir ist kalt, haben Sie keine wärmere Bettdecke? — Nein, wir haben keine andere Bettdecke. — Bringen Sie mir ein Federbett!

Fünfundsechzigste Lektion. — ШЕСТЬДЕСЯТЬ ПЯ- ТЫЙ УРОКЪ.

Höre doch den Knaben; wie schön er schon lesen kann.	Слушай-ка этого мальчика; какъ хорошо онъ уже умѣетъ чи- тать!

508. Die Sylbe -ка, dem Imperativ anzehängt, ge= hört der Sprache des gewöhnlichen Lebens an, und ist nichts Anderes als eine pleonaitiiche Bezeichnung des Imperativs.

Laß uns, Lassen Sie uns fleißiger sein! Wir wollen	Будемте прилежнѣе!
Lassen Sie uns auf jene Bank Wir wollen uns setzen.	Сядемте-ка на ту скамейку.
Wir wollen lieber unsre Briefe Laß uns schreiben.	Лучше будемъ писать наши письма.

509. Als Bezeichnung gemeinsamer Aufmunte= rung mit der Bedeutung: Lasset uns! wir wollen! wird die erste Person der Mehrheit des Futurums gebraucht, der man im gewöhnlichen Leben die Sylbe -те anhängt (507).

510. Lassen, mögen, in der Bedeutung von zulas= sen, zugeben, heißt пускать, пустить, deren Imperativa пускай, пусть, der Präsensform anderer Zeitwörter vorge= setzt werden.

Laß [ihn] thun, Laß zu, [daß] er thue, was er will. Mag er thun,	Пускай дѣлаетъ. Пусть его дѣлаетъ. что хочетъ.
Lassen Sie mich zu ihm gehen.	Пусть я къ нему пойду.
Mögen sie schlafen. Laß sie	Пусть ихъ спятъ. Пускай они спятъ.

511. Mögen, als Wunsch, wird durch да mit dem Präsens gegeben.

Der König möge, soll leben! ⎫
Es lebe der König! ⎬ Да здравствуетъ король!

Es möge mir erlaubt sein! ⎫
Es sei mir erlaubt! (Möge ich die ⎬ Да будетъ мнѣ позволеніе!
Erlaubniß haben)! ⎭

Sonst wird der Wunsch in Bezug auf die dritte Person durch die zweite Person des Imperativs gegeben.

Gott bewahre dich vor allem Bösen! — Храни тебя Богъ отъ всякаго зла!

512. Elliptisch steht für den Imperativ auch der Infinitiv (ähnlich wie im Deutschen).

Nicht lärmen, Kinder! Der Vater will schlafen. (Ihr sollt nicht lärmen!) — Не шумѣть, дѣти! Батюшка хочетъ спать.

Dem sei also!
{ Будь по сему!
{ Быть по сему!

(Bei der Unterschrift des Monarchen zur Vollziehung eines Befehls, Gesetzes u. dgl.)

Bemerkung. Für die folgenden Aufgaben bemerke man vorläufig, daß jede Präsensform eines einfachen Zeitworts die Bedeutung eines Futuri erhält, wenn ihr ein Präfix vorgesetzt wird.

Ich gehe, иду; ich werde gehen, пойду; ich werde angehen, зайду.
Ich mache, дѣлаю; ich werde machen, сдѣлаю; ich werde anmachen при дѣлаю.

[Das Präfix, welches zu wählen ist, ist jedesmal in Parenthese beigesetzt].

Bewahren, hüten, хранить 7.
Sich ergießen, литься 2.
Wüthen, свирѣпствовать 5.
Genesen, выздоравливать 1.
Treiben, гонять (Präf. гоню) 1.
Ankommen (fahrend) пріѣхать 3.
Nachkommen, folgen, слѣдовать 5.
Athmen.
Die Erlaubniß, позволеніе.
Die Menschlichkeit, Menschenliebe.

Kommen, прійти (von идти).
Gebieten, befehlen, повелѣвать 1.
Sich ereignen, случиться 7.
Nehmen, взять 4.
Davon kommen, спастись 1.
Aussteigen, hinausgehen, выдти (von идти).
Дышать 8.
Das Böse, Uebel, зло.
Человѣколюбіе.

Joel u. Fuchs, Russische Gramm. 24

Die Ehre, честь f.
Der Theelöffel, ложечка.
Müde, ermüdet, усталый.
Nöthig, nothwendig, нужный.
Plötzlich.
Stromweise, in Strömen, потоками.
Wieder, wiederum.
Krank sein.
Erkranken.

Es regnet in Strömen.

Das Unwetter, непогода.
Der Platz, Marktplatz, площадь f.
Abscheulich, schrecklich, ужасный.
Ruhig, покойный, спокойный.
Скоропостижный.
Voran, впередъ.
Опять.
Хворать 1.
Сдѣлаться больнымъ.
{Дождь идётъ ливмя.
{Идётъ проливной дождь.

171. Aufgabe.

Ach, (Ахъ) Herr Doctor! Haben Sie doch die Güte, zu uns zu kommen; meine gute Mutter ist plötzlich erkrankt (за). — Sogleich! Aber, Freund, du kannst jetzt nicht gehen! — Höre nur, welch' abscheuliches Wetter draußen wüthet. — Laß den Wind heulen und den Regen in Strömen fließen; ich werde thun, was Menschlichkeit, Pflicht (долгъ) und Ehre mir gebieten. — Laß uns bedenken, daß wir in einen ähnlichen Fall kommen können (что можетъ случиться и намъ тоже) und laß uns Andern thun, was wir von ihnen erwarten. — So schütze dich Gott! — Er gebe deinem Werke Gedeihen (успѣхъ)! — Die Kranke möge bald und ganz genesen! — Was laufet Ihr nicht, Kinder? — Warten Sie ein wenig, wir werden sogleich laufen (-но). — — Essen Sie (-но) etwas Brod und Butter, sonst werden Sie hungrig sein. Geben Sie mir nicht allein Brod und Butter, sondern auch etwas Käse oder Schinken und eine Tasse Thee. — Diener, bringe (-при) diesem Herrn einen silbernen Theelöffel! — Pflücken (-на) Sie mir im Garten Himbeeren, Erdbeeren, Gartenerdbeeren und Stachelbeeren. — Für wen soll ich diese Beeren pflücken? — Für die Kranke, sie ißt dieselben gern. — Lassen Sie uns abfahren (у)! — Fahren wir beim (къ) Apotheker an (-за), um das Nothwendigste mit (съ собою) zu nehmen! — Kutscher! treibe die Pferde nicht so stark! — Lassen Sie ihn sie treiben! Wir kommen um so schneller aus diesem Unwetter! — Wir wollen über (чрезъ mit dem Accusativ) diesen Platz fahren (-про), der Weg ist näher. — Halt! (Steh!) Kutscher! — Wir sind angelangt. — Steigen wir ab! — Geh' nur voran, ich komme nach.— Stille! (Schweigen!) — Sie wecken die Kranke. — Sei es so! (Sein!) — Es ist jetzt nicht Zeit zu schlafen. — Gieb doch ein Stückchen Zucker und einen Thee= löffel, aber je schneller, desto besser. — Sie athmet ruhiger und schlummert wieder (ein). — Laß sie nun schlafen und möge sie gesund wieder erwachen! — Adieu! — Seid ge= trost (fürchtet Euch nicht) und vertraut auf Gott! — Ich wünsche, wohl zu schlafen (eine ruhige Nacht)! — Setzen Sie sich zu Tische, die Suppe ist schon aufgetragen. — Ich will keine Suppe. — Trinken Sie also ein Glas Wein aus (вы-)! — Ich will auch keinen Wein. — Ich bitte, schlagen Sie mir dies (въ этомъ) nicht aus. — Mur= melt nicht, bei Tisch muß man laut reden. — Zündet ein Wachslicht vor dem Gottesbild an (-за)! — Warum? — Ihr wißt es, daß morgen Ostern ist. — Gebet diesem armen Manne Geld; ich bin von seiner Ehrlichkeit überzeugt.

172. Aufgabe.

Ist das Wetter heute schön? — Nein, es ist schreckliches Wetter, der Regen gießt in Strömen. — Ist denn Ihre Schwester wieder krank? — Ja, sie ist stets unwohl, ich er= innere mich bei ihr keines gesunden Tages. — Was kosten diese Aepfel? — Das Hundert kostet sechs bis sieben (von — bis) Rubel Silber. — So billig? — Ja, dieses Jahr sind die Aepfel gerathen (урожай на). — Was schreibt man aus England? — Man schreibt, daß man in Kurzem die junge Gemahlin des Prinzen von Wallis dort erwartet.—Glaubte Jemand die Lügen (россказни) dieses Schwätzers (краснобай)? — Alle haben ihm geglaubt. — Pflanzt Ihr Gärtner die Georginen in Töpfe? — Nein, er setzt sie sofort in die Erde. — Ist Ihr Gärtner erfahren? — Er ist sehr erfah=

24*

ren und in seinem Fache (дѣло) geschickt. — Was ist in
diesem Käfig? — Das ist ein Auerochs, welchen unlängst
der Besitzer der Menagerie gekauft hat. — Woher ist die=
ser Auerochs? — Ich weiß es nicht, man sagt, er sei aus
Sibirien, doch glaube ich es nicht. — Kaufen Sie Waaren
auf der Frankfurter Messe? — Nein, ich bin nicht Kauf=
mann und kann keine Waaren kaufen; ich bin oft in Geld=
verlegenheit (нуждаться въ деньгахъ). — Was halten (думать)
Sie von diesem Engländer? — Ich glaube, daß er ein sehr
gebildeter junger Mann ist. — Ist er reich? — Das geht
mich nichts an: nicht der Reichthum schmückt den Mann,
sondern sein Verdienst (доблести). — Glauben die Muha=
medaner an den Heiland? — Sie glauben nicht an den
Heiland, sie halten ihn aber für einen der höchsten Prophe=
ten (пророкъ). — Was ist Magnetismus? — Ich kann
Ihnen dieses nicht in kurzen Worten erklären, zu einer
langen Erklärung jedoch fehlt mir (ich habe keine) die Zeit.

**Sechsundsechzigste Lektion. — ШЕСТЬДЕСЯТЪ ШЕСТОЙ
УРОКЪ.**

Präteritum.

513. Nur das ohne -л gebildete Präteritum schließt
sich genau an das Präsens an, indem es dessen reinen
Verbal=Stamm darstellt.

Ich trage, несу.　　　　　　　Ich trug. нёсъ.

Wo der Präsens=Stamm aus zwei Consonanten besteht,
wird das gewöhnliche -o eingeschoben.

Ich brenne, жгу; ich brannte, жёгъ.　Ich reibe, тру; ich rieb, тёръ.
Ich stoße, толку; ich stieß, толокъ.

Bemerkung 1. Im weiblichen und sächlichen
Geschlecht, sowie in der Mehrzahl, schieben die Präterita

ſtatt -ъ das -л ein, wobei жёгъ, толóкъ das -o wieder ausſtoßen.

Sie trug, oнá неслá.   Sie wuchs, oнá рослá.
Sie brannte, oнá жгла.   Sie ſtieß, oнá толклá.
Sie rieben, oнú терлú.   Wir brannten, мы жгли.

514. Alle Präterita auf -лъ werden vom Infi=
nitiv gebildet, indem man deſſen -ть oder -сть in -лъ
verwandelt.

Trinken, пить; ich trank, я пилъ.   Sie trank, oнá пилá.
Rufen, звать, звалъ, звалú.   Scharren, рыть, рылъ.
Fegen, местú, мёлъ, мелú.   Leſen, читáть, читáлъ.
† [ich] ging, шёлъ, шла, шло, шли.

Bemerkung 2. Gehen, идтú, bildet ſein Präteritum
von dem jetzt aus der Sprache verſchwundenen шесть, das
in шéствовать, gehen, noch zu finden iſt.

515. In Verbindung mit der Partikel бы bezeichnet
das Präteritum den Optativ und Conditionalis an=
derer Sprachen; wobei zu bemerken iſt, daß бы ſtets demjenigen
Worte im Satze folgt, welches mit Nachdruck hervor=
gehoben werden ſoll.

Er würde mir das Geld gegeben ha=   Oнъ бы мнѣ далъ дéньги, éсли
ben, wenn ſie gewollt hätte.   бы oнá хотѣла.
Er hätte mir das Geld gege=   Oнъ мнѣ далъ бы дéньги, éсли
ben, wenn er es bei ſich gehabt   бы ихъ имѣлъ съ собóю.
hätte.
Mir hätte er das Geld gegeben,   Мнѣ бы oнъ далъ дéньги, по
aber meinem Bruder wollte er   моемý брáту oнъ ихъ не хотѣлъ
es nicht anvertrauen.   ввѣрить.
Das Geld würde ⚫er mir gege=   Дéньги бы oнъ мнѣ далъ, но я
ben haben, aber ich wollte das   хотѣлъ плáтье.
Kleid.

Bemerkung 3. Wo der Anlaut des folgenden Wor=
tes keine Conſonanten=Anhäufung verurſacht, kann -ы von
бы abgeworfen werden, auch kann dies бы vom Worte zu
dem es gehört, des Wohlklanges wegen, getrennt werden;
nur dann kann es nicht von demſelben getrennt werden,
wenn auf jenes Wort ein beſonderer Nachdruck gelegt wer=
den ſoll.

Ich wünschte, daß sie es nicht thäte.	Я желалъ бы, чтобъ она этого не дѣлала.
Was würden Sie an meiner Stelle thun?	Что бы вы дѣлали на моёмъ мѣстѣ?
Ich würde ihm sagen, daß ich ihm glauben würde, wenn er nicht als ein Lügner bekannt wäre.	Я ему бы сказалъ, что я ему бы повѣрилъ; еслибъ онъ не былъ извѣстнымъ лгуномъ.
Ihr Schwager (Mannesbruder) würde jetzt viel Geld haben, wenn er sparsamer gewesen wäre.	У вашего деверя теперь было бы много денегъ, ежели онъ былъ бы бережливѣе.

516. Die Conjunctionen aber, doch, же: об, ли; so, то, такй, treten zwischen бы und dasjenige Wort, zu welchem es gehört.

Hätte ich ihn gesehen, wenn ich früher gekommen wäre?	Видѣлъ ли бы я его, когда бы пришёлъ ранѣе?
Wenn er doch noch heute käme!	Если бы онъ пришёлъ ещё сегодня!
Ich habe es ihm gegeben, damit er ruhig sei (auf daß er — sein möge).	Я это далъ ему, чтобы онъ успокоился.
Er will ihr schreiben, damit sie sich nicht härme (härmen möge).	Онъ хочетъ ей писать, дабы она не грустила.
Sie schrieb ihm, daß sie sich nicht härme.	Она ему писала, что она не груститъ.

517. Nach что (ohne бы) folgt diejenige Zeit, welche die Absicht des Sprechenden erfordert.

Sie schrieb ihm, daß sie sich nicht härmen werde.	Она ему писала, что она не будетъ грустить.

518. Kaum, beinahe nicht. — Чуть чуть, чуть не.

Beinahe, bald, fast.	Чуть ни, чуть было ни, чуть чуть ни.
Es fehlte nicht viel, daß.	
Der Stein ist sehr schwer, ich kann ihn kaum (fast nicht) tragen.	Камень очень тяжёлъ, чуть мгу я его нести.
Beinahe wäre ich gefallen	Я чуть не упалъ.
Es fehlte nicht viel, daß ich gefallen wäre.	
Anvertrauen, ввѣрить 7.	Fallen, herabfallen, упасть 1.
Borgen, leien, ссудить 7.	Verspielen, проиграть 1.
Borgen, entlehnen, занимать 1.	Verstehen, понимать 1.
Handeln, verfahren, поступать 1.	Umbringen, erschlagen, убить 2

Bemerken, примѣ́тить 7.

Fragen, спроси́ть 7.

Grüßen, поклони́ться 7.

Der Schwager (Mannesbruder), дѣверь (auch дѣ́верь).

Die Trennung, разлу́ка.

  Das Landgut.

Gewiß, unfehlbar, непремѣ́нный.
  Leichtsinnig, unüberlegt.

Vergessen, забы́ть (von быть).

Verabreden, bedingen, условиться 7.

Ermangeln, премину́ть 6.

Das Land, Dorf, дере́вня f.

Die Bildung, образова́ніе.

Да́ча.

Falsch, несправедли́вый.
Безразсу́дный.

173. Aufgabe.

Wo waren Sie gestern? — Ich war zu Hause. — Was
arbeiteten Sie? — Ich las, schrieb einige Briefe, und dann
(nach diesem, пото́мъ) ging ich zu unserm Freunde, Iwan
Paulssohn und fuhr (-по) mit ihm auf's Land. — Wenn
Sie zu mir gekommen wären, hätten Sie einen werthen
(дорого́й) Bekannten (пріятель) gesehen, den wir Alle lange
nicht gesehen haben und ich glaube, daß Sie beide sich würden gefreut haben (-по) über das Wiedersehen nach so
langer Trennung. — Wenn wir das gewußt hätten, wären
wir gewiß gekommen. — Füttern Sie (-по) unsere Pferde,
sie sind müde und hungrig. — Wenn Sie mir für (-за) den
Hafer und für das Heu (-за) bezahlen werden, werde ich
sie füttern. — Warum fragen Sie mich dies (объ э́томъ) im
Voraus? — Weil Sie mir neulich nichts bezahlt haben. —
Können Sie mir (Accus.) nicht einige Rubel (Instrum.)
borgen? — Ich würde es thun, wenn ich nicht wüßte, daß
Sie sie verspielen wollen. — Wenn Sie nicht so leidenschaftlich gespielt hätten, würden Sie jetzt nicht nöthig haben,
von Andern zu borgen. — Kaum kann ich mir denken, daß
ein Mensch in Ihrem Alter und mit Ihrer Bildung so
leichtsinnig handeln kann. — Haben Sie noch nie gespielt?
— Einmal, und fast hätte ich dabei (bei der Gelegenheit) Einen umgebracht, weil ich bemerkte, wie er falsch
spielte. — Werden Ihre Schwestern morgen auf dem Balle
sein? — Sie würden hingehen, wenn sie die Erlaubniß hätten. — Ich glaubte, sie lieben nicht zu tanzen? — Sagen

Sie, welches Mädchen liebt nicht zu tanzen? — Sie kennen
vielleicht solch' ein Mädchen, ich aber kenne keins. — Würde
Ihr Nachbar dieses Landgut kaufen, wenn es nicht so theuer
wäre? — Dann würde er es kaufen. — Fast hätte ich ver=
gessen, Sie zu fragen, was es kostet. — Nur zwanzigtausend
Rubel. — Lassen Sie uns zu ihm hingehen. — Gehen Sie
allein zu ihm und sagen Sie mir gefälligst, was Sie verab=
redet haben. — Leben Sie wohl! Auf (10) Wiedersehen!
Ihr ergebenster Diener! — Grüßen Sie Ihren Herrn Bru=
der und Ihr Fräulein Schwester (Dativ) von mir. — Ich werde
nicht ermangeln, es zu thun. — Fragen Sie, ich bitte, Ihren
Bruder, ob er gehört habe, daß man Etwas davon gesprochen
hat? — Ich werde nicht ermangeln, ihn darüber zu befragen.
— Vertrauen Sie Ihr Geld Ihrem Schwager an; er ist reich
und ehrlich, er wird es Ihnen wohl bewahren. — Eilen
Sie schnell zu ihm, sonst fährt er fort (-y). — Ich werde
thun, wie Sie mir zu sagen geruhen.

174. Aufgabe.

Ich habe Sie bei unserm gemeinschaftlichen Freund er=
wartet, und Sie sind nicht gekommen. — Um Vergebung,
Sie waren eben nur fort, als ich zu ihm kam. — Ist es
wahr, daß dieser Bösewicht seinen Bruder ermordet hat?
— Man sagt es, ich kann es aber nicht glauben: übrigens
ist er des Verbrechens nicht überführt. — Geben Sie mir
einen silbernen Löffel, ich will etwas Eingemachtes essen. — Was
haben Sie für Eingemachtes? — Wir haben verschiedenes
Eingemachte: Stachelbeeren, Johannisbeeren, Himbeeren und
Erdbeeren. — Ist in diesem Dorfe Bildung (ist dieses Dorf
gebildet)? — In diesem Dorfe ist mehr Bildung, als in
mancher Stadt. — Wohnen Sie im Sommer in der Stadt?
— Nein, im Sommer lebe ich auf dem Lande. — Handeln
Sie nicht so thöricht, Sie schaden sich und Ihrer Gesund=
heit. — Ich weiß, daß ich thöricht handle, anders kann
ich aber nicht handeln. — Wer sitzt an (возле) dem Was=

serfalle? — Mir scheint's eine Wespe zu sein. — Sie irren sich, es ist keine Wespe, sondern eine Biene. — Haben Sie dieses Ereigniß selbst gesehen? — Nein, ich selbst habe es nicht gesehen, das Zeugniß eines Augenzeugen jedoch bestätigt dessen Wahrheit. — Essen Sie Fleisch gern? — Nein, ich esse nicht gern Fleisch, ich ziehe ihm Fisch vor. — Haben Sie gute Fische im Flusse? — Wir haben ausgezeichnete Fische. — Was für einen Wein trinken Sie lieber? — Ich ziehe Rothwein dem Weißwein vor. — Ich, im Gegentheil, Weißwein dem Rothwein. — Haben Sie schon Gurken gepflanzt? — Nein, Gurken habe ich noch nicht gepflanzt, jetzt pflanze ich Wassermelonen (арбузъ) und Melonen (дыня).

Siebenundsechzigste Lektion. — ШЕСТЬДЕСЯТЪ СЕДЬМОЙ УРОКЪ.

519. Wie mag $\begin{Bmatrix} das \\ es \end{Bmatrix}$ sein? Wie mag es zugehen?	Какъ бы то было?
Wie es auch sein möge! Dem sei, wie ihm wolle! Es mag sein, wie es wolle!	Какъ бы то ни было!
Was mag $\begin{Bmatrix} es \\ das \end{Bmatrix}$ sein?	Что бы то было?
Was es auch sei. Es sei, was es wolle.	Что бы то ни-было!
Was mag er sagen?	Что бы онъ говорилъ?
Was er auch sagen mag. Er sage, was er wolle.	Что бы онъ ни говорилъ.
Was mag das Kleid kosten?	Что бы это платье стоило? Во что бы это платье стало?
Es (das Kleid) koste, was es wolle. Was es (das Kleid) auch koste.	Что бы оно ни стоило. Во что бы оно ни стало.
Es (allgemein) koste, was es wolle, (um jeden Preis), gehe ich zu ihm.	Во что бы то ни стало, я иду къ нему.
Mag er, (laß ihn) reden, was er will.	Пусть онъ говоритъ, что хочетъ.

Er {mag / will} es nicht thun. Er hat nicht Luft, es zu thun. Du magst reden, (rede) was du willst.	Онъ не хóчетъ э́то дѣ́лать. Емý не хóчется э́то дѣ́лать. Говорѝ, что хóчешь.

Es kann sein, es mag sein, vielleicht.

Можетъ быть.

Es kann sein, daß ich Sie schon irgendwo gesehen habe.	Мóжетъ быть, что я васъ ýже вѝдѣлъ гдѣ-нибýдь.
Ich habe Sie vielleicht schon irgendwo gesehen.	Я, мóжетъ быть, васъ ýже вѝдѣлъ гдѣ-нибýдь.
Wie schön der Sommer auch sein mag, so wird doch die Erndte gering sein.	Какъ бы лѣто ни-было хорошó, но всё-таки жáтва бýдетъ плохá.

Daß, bei alledem, immer.

Всё, всё-таки.

Sie hätten die Bücher immer kaufen können.	Вы бы всё-таки моглѝ купѝть сіѝ кнѝги.
Sie mögen glauben, was Sie wollen.	Дýмайте, что хотѝте.
Ob ich gleich bereits gefrühstückt habe, so bin ich doch noch hungrig.	Хотя я ужé зáвтракалъ, я всё-таки ещё я гóлоденъ.

Obgleich, obschon, zwar.

Хотя, хоть.

Wir grüßen uns, obschon wir uns nicht kennen (ohne daß wir uns kennen).	Мы клáняемся другъ дрýгу, хотя и не знáемся.

Obgleich nicht, obschon nicht, ohne daß.

Хотя и не.

Du sollst, (magst) dich schämen! Du bist der älteste und trägste aller meiner Schüler.	Стыдѝсь! Ты стáршій и лѣнѝвѣйшій изо всѣхъ моѝхъ ученикóвъ.
Grüßen, клáняться 1.	Sich überzeugen (von), увѣриться7. (въ mit dem Präpoj.).
Abreisen (sich auf den Weg begeben). Vernachlässigen, пренебрегáть 1. Kommen (gehen), приходѝть 7.	Отправиться 7. (въ путь). Erlauben, позволять 1. Auftragen, Auftrag geben, закáзывать 1.
Schätzen.	Уважáть 1.
Die Beschaffenheit, кáчество. Der Glanz, блéскъ. Die Messe (Jahrmarkt) я́рмарка.	Die Sorte, сóртъ. Die Abreise, отъѣздъ. Die Sache, вещь f.

Gering, плохо́й.

Ungefällig, unbienstfertig, неуслу́ж-
ливый.

| Früh (des Morgens). | Поутру́, у́тромъ. |

Spät {des Abends.}
    {des Nachts.}

Поздно { ве́черомъ.
        { но́чью.

175. Aufgabe.

Möchten Sie uns seidene Strümpfe und Taschentücher zeigen?
— Belieben Sie, sich dieselben zu betrachten! — Was würden
diese schwarzen Strümpfe kosten? — Zwei Rubel das Paar. —
Das ist sehr theuer. — Wollen Sie sich gefälligst überzeugen,
daß (въ томъ, что) die Strümpfe von sehr guter Beschaffen-
heit sind, und darum der Preis nicht niedriger sein kann. —
Wie gut sie auch sein mögen, so (одна́ко) ist der Preis der
Waare doch nicht angemessen. — Wenn Sie billige Waare
wünschen, so würde ich Ihnen diese Sorte empfehlen. —
Die mag ich nicht, wie billig sie auch seien, weil sie zu viel
Glanz haben. — Wann wollen Sie nach Petersburg reisen?
— Wir werden morgen früh um sieben Uhr, spätestens
(und nicht später als) um halb acht Uhr von hier
abreisen. — Ich glaube, daß es morgen, vielleicht auch noch
heute, regnen wird. — Wir werden uns auf den Weg begeben, wie das Wetter auch sein möge; denn wir müssen
am neunten August in Petersburg sein, und wir möchten
nicht, daß man glaubte, wir vernachlässigen unsre Pflicht.
— Wann würden Sie mir erlauben, Sie noch vor Ihrer
Abreise zu besuchen? — Wann es Ihnen gefällig sein wird.
— Wann Sie auch zu mir kommen, sind Sie mir stets will-
kommen. — Ist der Kaufmann schon von der Messe zurückgekehrt? — Er mag schon zurückgekehrt sein, ich habe ihn
aber noch nicht gesehen. — Hat er Ihnen die Sachen gekauft, die Sie wünschten? — Sie mögen ihm auftragen,
was Sie wollen; er ist sehr ungefällig. — Mag er immer
ungefällig sein; er ist dennoch ebenso redlich als thätig, und
man schätzt ihn allgemein (Alle schätzen ihn).

176. Aufgabe.

Gehet unfehlbar in den neuen Garten unseres guten
Fürsten, dort singen jetzt wunderschön die Lerchen. — Führet
mich selbst, ich kenne den Weg nicht. — Es geschehe nach
Ihrem Wunsche. — Dichter, schreibe nicht so schlechte Verse,
wie der Verfasser jener Tragödie! — Bleiben Sie einige
Zeit bei uns zu Gaste (-ио), mein theurer Freund? — Das
kann ich nicht; mein Bruder hat mich gebeten, zu ihm in's
Dorf zu kommen (прiѣхать). — Wie dem auch sei, müssen
Sie nicht vergessen, was wir verabredet haben. — Was auch
die Trennung kosten möge, müssen wir uns trennen. —
Kann man diesen Knaben bestrafen? — Vielleicht ist es
möglich, doch muß man erst erfahren, ob er strafbar ist oder
nicht. — Glaubet was Ihr wollt, ich weiß aber, daß er
strafbar ist. — Ist dieses Salzfleisch gut? — Es ist gut,
doch ist nicht genug Salz darin. — Und ich glaube, daß
darin fast zu viel Salz sei.

177. Aufgabe.

Thun Sie das nicht, es ist Ihnen schädlich! — Vielleicht!
Ich werde es aber doch thun, koste es, was es wolle. —
Sind Sie ein Freund dieses Herrn, den Sie grüßen? —
Nein, wir sind nicht Freunde, obgleich wir einander grüßen.
— Wie sind Sie doch ungefällig! Was kostet es Ihnen, dieses
Ihrer Schwester zu Liebe (для) zu thun? — Ich würde es thun,
sie hat mich aber beleidigt. — Warum drängt sich so viel
Volk auf den Straßen? — Wissen Sie denn nicht, daß
heute hier Jahrmarkt ist? — Werden Sie heute früh zu
Ihrer Freundin gehen? — Des Morgens habe ich keine
Zeit, ich werde zu ihr des Abends gehen. — Wodurch ist der
Wagen auf die Seite gefallen? — Es scheint, daß die Achse
gebrochen ist. — Nein, sie ist ganz, ich aber sehe, daß das
Rad zerbrochen ist. — Schlafen Sie schon? — Nein, ich
schlafe noch nicht, es ist aber Zeit zu schlafen, es ist schon

ſpät. — Ich erkenne Ihre Stadt nicht, die Straßen und Plätze waren früher voll Volk und jetzt ſind ſie leer und traurig. — Vergangenen Sommer hat hier eine furchtbare anſteckende (повальный) Krankheit gewüthet (свирѣпствовать). — Wie heißt dieſe Krankheit? — Man nennt ſie die Cholera (холéра). — Wo iſt mein ſilberner Löffel? — Er iſt auf der Theetaſſe (блюдечко). — Kommen Sie auf's Feld ſpazieren! — Sie ſind, ſcheint's, nicht bei Sinnen (не въ своёмъ умѣ). wie kann man bei ſolchem Unwetter ſpazieren gehen? — Der Donner rollt, der Blitz leuchtet und der Regen fällt in Strömen (ливмя). — Sie haben Recht (Ваша прáвда), bleiben wir alſo zu Haus und laſſen Sie uns Karten ſpielen! — Mit dem größten Vergnügen.

Achtundſechzigſte Lektion. — ШЕСЬДЕСЯТЪ ВОСЬМОЙ УРОКЪ.

Er fing an zu weinen.	Онъ сталъ плáкать.
Die Hunde fingen an zu bellen.	Собáки стáли лáять.

520. Das Präteritum сталъ vom Zeitworte стать, ſich ſtellen, werden, mit dem Infinitiv eines andern Zeitworts verbunden, bezeichnet ein Anfangen, Hineingerathen, ſich Anſchicken in oder zu einen Zuſtand oder einer Handlung.

Anfangen, beginnen (activ).	Начинáть 1., начáть 4.
Einen Anfang nehmen (neutrum).	Начинáться 1., начáться. 4.
Die Sonne fängt an zu ſcheinen.	Сóлнце начинáетъ свѣтить.
Es fing an zu regnen.	Дождь нáчалъ итти́.
Der Frühling fängt (läßt ſich) gut an.	Весна́ хорошó начинáется.

Ich hatte alle meine Briefe ge= | Я написалъ было всё свои
schrieben, als er zu mir kam. | письма, когда онъ пришёлъ ко
| мнѣ.

521. Было heißt eigentlich in Verbindung mit Zeit= wörtern zwar, eben: er ging zwar, doch kehrte er gleich zurück, онъ пошёлъ было, но тотчасъ воротился. Doch findet man es zuweilen, besonders in alten Sagen, als Pleonas= mus mit жилъ verbunden.

Bemerkung. Man findet auch билъ statt было, wel= ches Letztere indeß jetzt das Gebräuchlichere ist.

Es lebte (einmal, einst) ein Mann. | Жилъ былъ человѣкъ.
Sich verstellen, sich stellen. | Притворіться 7.
Sich erinnern, вспомнить 1. | Tadeln, хулить 7.
Hören, (unbestimmt), слыхать. | Züchtigen, наказывать 1.
Durchlesen, прочитать 1. | Verweigern, abschlagen, отказать 3.
Anzeigen, ankündigen, увѣдомить 7. | Sich quälen, leiden, мучиться 7.
Gehen, ходить 7. | Durchsehen, пересматривать 1.
Corrigiren, поправлять 1. | Machen, feststellen, положить 7.
Vervollständigen, beendigen, довер- | Scharfen, изощрять, изострить.
шать. |
Sich gewöhnen, привыкать 1. | Nachleben, befolgen, послѣдовать 5.
Arbeiten, sich bemühen. | Трудиться 7.
Beißen, кусать. | Reden, zetten, дразнить 7.
Beißen, anbeißen, укусить. |
Schaden, вредить 7. | Laut schreien, schluchzen, рыдать 1.
Sich ängstigen. | Тосковать 5.
Ostern, Святая Недѣля. | Die Ohnmacht, обморокъ.
Die Rückgabe, отдача. | Die Aufgabe, das Thema, задача.

In's Reine, на бѣло. | Als Concept, на черно.
Das Gesetz, die Regel, правило. | Die Sorgfalt, попечительность f.
Die Ordnung, порядокъ. | Die Gewohnheit, привычка.
Die Natur, природа. | Die Besserung, исправленіе.
Der Wille, воля. | Die Ausdauer, постоянство.
Die Zukunft, будущее, -аго. | Der Schreck, страхъ.
Wohlmeinend, доброжелательный. | Sorgsam, попечительный.
Rühmlich, достопохвальный. | Freundlich, ласковый.
Toll, бѣшеный. | Tödlich, смертельно.
Wieder, zurück. | Назадъ.

178. Aufgabe.

Wann fingen die Ostern in diesem Jahre an? — Soviel ich mich erinnere, am 22. April. — Wann beginnt gewöhn=

lich Ihre ruſſiſche Stunde (уро́къ)? — Sie beginnt täglich um ſechs Uhr Abends (ве́черомъ). — Haben Ihre Schulfe= rien ſchon angefangen? — Ja, ſie fingen bereits am 15. Juli an. — Was that dein halsſtarriger (упра́мый) Kame= rad, als ſein Lehrer ihn wohlmeinend tadelte?—Er fing an, zu leſen und ſtellte ſich, als ob er nichts hörte (слы́хать). — Finget ihr nicht an, ein ſolches Betragen zu loben? — Im Gegentheil (напро́тивъ того́), wir fühlten, daß Andreas ſehr unbeſcheiden ſei, und würden ihn ſelbſt gezüchtigt haben, wenn das nicht ebenſo, ja noch unbeſcheidener geweſen wäre. — Hatten Sie das italieniſche Buch ſchon durchgeleſen, als deſſen (о́ный) Beſitzer (господи́нъ) es zurück forderte? — Ich fing erſt recht (то́лько тепе́рь) zu leſen an; aber ich mochte ihm um keinen Preis die (въ mit dem Präpoſitional) Rück= gabe verweigern. — Was ſagte Ihre unglückliche Freundin, als man ihr den plötzlichen Tod ihres geliebten Bräutigams anzeigte? — Sie fing an heftig (си́льно) zu zittern, ward leichenblaß und fiel (упа́сть) in Ohnmacht. — Mit (съ mit dem Genitiv) dieſem Augenblicke (мину́та) fing die Krankheit an, an der (Inſtrum.) ſie bis jetzt (bis zu dieſer Zeit (до сихъ поръ) noch leidet. — Fängt Ihr kleiner Neffe ſchon an zu gehen und zu ſprechen? — Er ſpricht ſchon lange, aber er will immer noch (всё ещё) nicht anfangen, zu gehen. — Haben Sie ſchon Ihren neuen Sammtrock erhalten? — Noch nicht, ich wäre zufrieden, wenn der Schneider ihn ſchon an= gefangen hätte. — Wieviel Tage wüthete dieſer ſchreckliche Sturm auf dem Meere? — Mehr als neunzehn Tage. — Sind viele Schiffe untergegangen? — So viele, daß man ſie nicht zählen kann. — Fängt es ſchon an, Tag zu werden? — Nein, noch fängt es nicht an, Tag zu werden, noch iſt es zu früh. — Es lebte eine Fee in einem gläſernen Schloſſe! — Spre= chen Sie nicht weiter, ich kenne dieſe alte Fabel. — Haben Sie gehört, daß wir den Blitz fürchten müſſen? — Wer bellt dort auf dem Hofe? — Niemand bellt, es kläffen die jungen Hunde. — Hat mir die Magd ſchon mein Bett gebettet? — Ich glaube es nicht.

179. Aufgabe.

Was arbeitest du? — Ich zeichne diese Blume. — Hast du deine russischen Aufgaben schon geschrieben? — Noch nicht, aber ich werde sie schreiben, doch habe ich die französischen schon geschrieben. — Schreibe sie nur recht sauber (чисто) und sorgfältiger, als du gewöhnlich schreibst. — Es sind doch (вѣдь) nur Concepte, die mein Lehrer durchsieht, um sie zu corrigiren. — Mag sein; aber mache es dir selbst zum (за mit dem Accusativ) Gesetz, Alles, was du auch arbeiten magst, mit Fleiß und Sorgfalt auszuführen. — Dadurch (тѣмъ) übst du Hand und Auge, gewöhnst dich an (къ) Ord= nung und zuletzt wird diese rühmliche Gewohnheit dir zur andern Natur. — Ich danke Ihnen freundlichst für (за mit dem Accus.) diesen Rath und werde mit) bemühen, ihm nach= zuleben. — Wer hat sich beim Untergange dieses Schiffes ge= rettet? — Nur der Captain und zwölf Matrosen. — Nicht mehr? — Ich habe nicht gehört, daß sich mehr gerettet hätten. — Warum schlugen Sie diesem ehrlichen Greise etwas Geld ab? — Das ist kein ehrlicher Greis, sondern ein ge= fährlicher Bettler, welcher nicht gewohnt ist, zu arbeiten, sondern kümmerlich zu leben (горемыкать) und sich in der Welt herumzutreiben. — Sagen Sie, würde er kümmerlich leben, wenn er arbeiten könnte? — Ich weiß, daß er es kann; er will aber nicht, und ich zweifle, ob er jemals ar= beiten wird. — Haben Sie schon angefangen, Ihre Blu= menbeete zu jäten? — Der Gärtner mag sie schon gejätet haben; ich bin die ganze Woche nicht im Garten gewesen, und kann es (о томъ) daher nicht sagen. — Können Sie (Instrumental) mit Wasserfarben malen (писать)? — Ich würde es können, wenn ich fleißiger gearbeitet hätte, aber wie sehr mich mein wohlmeinender Lehrer auch tadelte, ich hörte ihn dennoch nicht, und jetzt ist die Reue zu spät — Leere Reue kommt immer zu spät, Besserung nie. — Fester Wille und Ausdauer können vieles wieder gut machen. — Wessen Hund hat unseres Dieners Sohn gebissen? — Es war des Hirten

Hund. — Er würde ihn nicht gebissen haben, wenn er ihn nicht geneckt hätte, denn es ist ein sehr gutes, treues Thier. — Ich wünschte nur, daß die Wunde dem Knaben nicht schade. — Man sagt, der Hund sei toll. — Dem Knaben sei es eine Lehre (Instrum. наука) für (на mit dem Accus.) die Zukunft. — Hatte er große Schmerzen? — Ich glaube, daß die Angst größer war, als die Schmerzen; er fing an, laut zu schreien und an allen Gliedern zu zittern. — Wie mag sich seine arme Mutter ängstigen! — Sie müßte den Knaben etwas (-по) strenger halten, dann würde ihm dergleichen (тому подóбное) nicht begegnen (случáться). — Wieviel Uhr ist es? — Es ist gleich sieben. — Dann ist es Zeit, nach Hause zu gehen. — Leben Sie wohl! — Grüßen Sie Ihre Frau Mutter und besuchen Sie (пожáлуйте къ . . .) uns morgen!

180. Aufgabe.

Halten Sie Ihre Schwester, sie ist blaß geworden, ich fürchte, daß sie in Ohnmacht fallen wird (сдѣлается óбморокъ съ ней.) — Fürchten Sie sich nicht, das ist nichts und wird gleich vorüber gehen. — Haben Sie schon Ihre Aufgabe gemacht? — Nein, ich werde sie gleich machen. — Die erste Regel im Leben muß sein: sei ehrlich und thue Niemand etwas zu leid (не обижáй)! — Das ist eine lobenswerthe Regel. — Schreiben Sie Ihre Aufgaben sofort in's Reine? — Nein, ich habe die Gewohnheit, sie erst in's Concept zu schreiben. — Was für ein Mensch reitet auf einem dunkel=braunen Pferde? — Es ist ein junger Lieutenant. — Ist es schon lang, daß er im Regiment ist? — Seit sehr kur=zer Zeit (óчень недáвно), er ist ungefähr vor einem Jahr Husar geworden (поступѝлъ съ гусáры); früher war er Ci=vilbeamte (шёлъ по штáтской службѣ). — Dieser Wucherer handelt sehr gewissenlos mit seinen Schuldnern. — Er fürch=tet nicht Gott; der Tag der Vergeltung wird aber bald kommen. — Wohin gehen Sie? — Ich gehe in die Kirche. — Warten Sie auf mich, ich gehe eben dorthin. — Sehen

Sie oft Ihren Bruder? — Nein, wir sehen einander nicht
oft. — Haben Sie sich denn mit ihm veruneinigt (разсо́риться)? — Nicht daß wir uns veruneinigt hätten; er
ist aber sehr leichtsinnig (большо́й вѣтренникъ) und nimmt sein
Geld nicht in Acht. — Sind Alle damit einverstanden? —
Nein, nicht Alle; der Eine spricht dieß, der Andere jenes. —
Soll man dies Ihrem Vater sagen? — Nein, ich bitte Sie,
sagen Sie (es) nicht. — Wer soll das Fleisch schneiden? —
Die Magd soll es schneiden, denn die Köchin hat keine Zeit.
— Kann man Ihre Frau Mutter sehen? — Nein, man
kann sie nicht sehen, sie ist krank.

**Neunundsechzigste Lektion. — ШЕСТЬДЕСЯТЪ ДЕВЯ-
ТЫЙ УРОКЪ.**

Actives Particip.

522. Zu einem und demselben Subjecte können
zwei Zeitwörter gehören, von denen das eine die Haupt=
handlung bezeichnet, während das andere den Umstand
einer darauf bezüglichen Nebenhandlung angiebt. Die
Form des Zeitworts, welche die Nebenhandlung bezeichnet,
ist eine adverbialische und heißt das Particip (дѣе-
причастіе).

523. Das Präsens des Particips zeigt an, daß
beide Handlungen gleichzeitig geschahen, geschehen oder
geschehen werden.

Es wird bei der starken Form vom Präsens, bei
der schwachen vom Infinitiv abgeleitet, indem man
an den Tempus=Stamm die Endung -а, -я oder -учи
anhängt.

Ich führe, веду́.	Führend, im Führen, ведя́, ведучи.
Ich rudre, гребу́, гребя́, гребучи.	
† Ich esse, ѣмъ (ѣдимъ), ѣдя́.	Ich schlage, бью (бію), бія, бьючи.
Ich mache, дѣлаю, дѣлая, дѣлаючи.	Ich rufe, кли́чу, клича.

Bemerkung 1. Ich schone, берегу, hat unregelmäßig бережа, regelmäßig, берегучи.

Bemerkung 2. Die Endung -a gehört mehr dem höhern Style, -учи dem gewöhnlichen Leben an. Nicht alle Verba haben beide Formen zugleich. Man merke:

a) Die Endung -a gehört vorzugsweise der schwachen Form an; von der starken Form aber nur der fünften Klasse und denjenigen der ersten und dritten Klasse, bei denen der letzte Consonant des Stammes ein Zischlaut ist.

b) Die Endung -учи ausschließlich haben nur die Verba auf -ереть, -оть und -нуть.

Lieben, любить, любя.   Sehen, видеть, видя.

Ich fühle, чувствую, чувствуя.   Ich verzeihe, прощаю, прощая.

Reiben, тереть (тру], тручи.   Mahlen, молоть († мелю).

Erlöschen, гаснуть (гасну).

Bemerkung 3. Hat die Präsens=Form die Bedeutung des Futuri, so wird davon kein Particip gebildet. Ausnahme macht: ich werde sein, буду; seiend, будучи.

Ich schreibe stehend (im Stehen), Я пишу стоя, а мой учитель aber mein Lehrer schrieb sitzend. писал сидя.

Ich werde liegend trinken.   Я буду пить лёжа.

Während sie spinnt, (beim Она прядя читает въ моли Spinnen, spinnend) liest sie твенникѣ. im Gebetbuche.

Bemerkung 4. Das Präsens des Particips läßt sich im Deutschen durch während, indem und der Zeitform des Haupt=Verbs auflösen.

Der Graf speisete zu Mittag, wäh= Разговаривая со мною, графъ rend er mit mir sprach.   обѣдалъ.

Der Graf speisete zu Mittag, Графъ обѣдалъ, когда я съ нимъ während ich mit ihm sprach. говорилъ.

524. Wo beide Handlungen nicht auf ein Subject gehen, kann das Particip nicht gebraucht werden.

525. Das Präteritum des Particips zeigt die Vollendung der Nebenhandlung vor dem Eintreten der Haupthandlung an.

25*

Man bildet es:

a) vom Präteritum auf -лъ durch Verwandlung des -лъ in -въ oder -вши.

Ich legte, клалъ.
Gelegt habend, клавъ, клавши.

Ich wartete, ждалъ, ждавъ, ждавши.
Ich sah, видѣлъ, видѣвъ, видѣвши.

Ich bog, гнулъ, гнувъ, гнувши.
Ich mahlte, молóлъ, молóвъ, молóвши.

b) vom Präteritum ohne -лъ durch Anhängung von -ши.

Ich trug, нёсъ, нёсши.
Ich harkte, грёбъ, грёбши.

Ich rieb, тёръ, тёрши.
Ich vertrocknete, -сохъ, -сóхши.

Bemerkung 5. Die Verba der ersten Klasse, welche vor dem -лъ des Präteriti ein -д oder -т verloren haben, nehmen es in der Regel im Particip wieder auf.

Ich führte, вёлъ (веду́), вёдши.
Ich blühte, цвѣлъ (цвѣту́), цвѣтши.

† Ich ging, шёлъ (иду́), шедъ und шедши.

Bemerkung 6. Die Verba: класть, legen, клясть, fluchen, сѣсть, sich setzen, haben nur das Particip auf -въ, -вши.

† Essen, ѣсть, hat nur ѣвши.

Stehlen, красть (краду́), hat кравъ, кравши und крадши

Fallen, пасть (паду́), hat павъ, павши und падши.

Bemerkung 7. Vor -ся muß stets -ши stehen.

Gekannt habend, зналъ und знавши; sich gekannt habend, знавшись.

Bisher war sie sehr traurig, aber einen Brief empfangen habend (nachdem sie einen Brief empfangen hatte), ist sie ungemein fröhlich.
До сегó врéмени онá былá óчень печáльна, но получи́въ письмó, онá весьмá весéла.

Bemerkung 8. Das Präteritum des Particips läßt sich im Deutschen durch nachdem, als, wenn, mit dem Perfectum, Plusquamperfectum oder Futurum exactum nach Maßgabe des Hauptzeitworts, auflösen.

Als (Nachdem) ich den Brief gelesen hatte, ging ich selbst zu ihm.
Прочитáвъ письмó, я самъ пошёлъ къ нему́.

Wenn (Nachdem) ich es werde gesehen haben, werde ich es glauben.   Увидѣвъ это, я этому повѣрю.

Ich komme zurück, ihn nicht gesprochen habend (ohne ihn gesprochen zu haben).   Я возвращаюсь, не говоривши съ нимъ.

Das Kind spricht, ohne zu stottern.   {Дитя говоритъ, не заикаючись.
{Дитя говоритъ не заикаясь.

526. Das Particip mit mit dem Infinitiv aus. — не дрꙋект das deutsche ohne

Sprechen, sich unterreden, разговаривать 1.   Zu Mittag essen, обѣдать 1.

Zu Abend essen, ужинать.   Frühstücken, завтракать.

Sehen, увидѣть 8.   Glauben, повѣрить 7.

Stottern, stammeln, заикаться.   Aufstehen, встать 1.

Satteln, осѣдлать.   Putzen, чистить 7.

Tränken, напоить 7.   Befehlen, приказать 3.

Einschenken, налить 2.   Bereisen, разъѣзжать 1.

Vermischen, смѣшивать 1.   Zurückkehren, воротиться 7.

Heraufgehen, kommen, взойти.

Poltern, klopfen.   Стучать 8.

Der Bodensatz, das Dicke, гуща.   Die Freundin, подруга.

Vorig, vergangen, прошедшій.   Westlich, западный.

181. Aufgabe.

Was fehlt Ihnen? — Ich bin sehr müde. — Wovon? — Nachdem ich die vorige Nacht wenig geschlafen hatte, bin ich heute sehr früh aufgestanden und habe den ganzen Tag stehend gearbeitet. — Warum gehen Sie nicht zu Bette? — Ich kann nicht erst zu Bette gehen, (ohne vorher) wenn ich meine Lektion nicht gelernt habe (zu haben). — Wenn man müde ist, kann man nicht lernen. — Stehen Sie lieber morgen zeitiger auf. — Ich werde, im Bette liegend, noch ein wenig lesen. — Thun Sie das nicht; das schadet den Augen. — Hast du schon das Pferd gesattelt? — Noch nicht. — Nachdem ich es geputzt hatte, tränkte ich es noch. — Wenn du es gesattelt hast, führe es [vor]. — Ist der Kaffee schon fertig? — Er ist fertig. — Befehlen Sie, daß ich einschenke? — Schenke ein, aber ohne den

Bodensatz aufzurühren. — Waren Sie schon in Paris? — Als ich mit dem jungen Baron das westliche Europa bereiste, war ich auch in Paris. — Haben Sie den König gesehen? — Nein, wir kamen erst hin, nachdem er bereits abgereist war. — Wann werden Sie Ihre kranken Freundinnen sehen? — Wann ich nach Hause fahre, besuche ich sie. — Wessen Kutscher kam mit solchem Lärm die (wo mit dem Dativ) Treppe herauf? — Es war der Kutscher unseres Nachbars. — Was will er? — Er sucht seinen Herrn; da er ihn aber nicht sieht, kehrt er zurück. — Gehst du in die Schule, ohne dich gewaschen zu haben? — Nein, ich habe mich gewaschen und gekämmt. — Lassen Sie uns heute in den Wald gehen? — Mit Vergnügen; wann ich diesen Kopf werde gezeichnet haben, werde ich Sie abholen (werde ich nach [за mit dem Instrumental] Ihnen kommen).

182. Aufgabe.

Wo hast du diese kleine Kohle genommen? — Im Ofen. — Nachdem ich mit dieser Plaudertasche gesprochen hatte, war ich sehr müde. — Ist sie mit Ihnen verwandt? — Nein, sie ist mit mir nicht verwandt, sie ist nur eine Gevatterin. — Als ich mich an frischem Brode vollgegessen hatte, fühlte ich mich schwer. — Man muß nicht zu frisches Brod essen, es ist ungesund. — Ist Ihr Federmesser scharf? — Wenn ich es versucht haben werde, werde ich es Ihnen sagen. — Ich glaube, Ihr Bruder ist kleiner als Sie. — Sie irren sich, er ist unvergleichlich größer. — Er ist nicht allein größer, sondern auch älter als ich. — Wenn Sie nicht müde sind, so lassen Sie uns weiter gehen. — Wohin wollen Sie mich führen? — Wenn Sie etwas gewartet haben werden, werden Sie es sehen. — Kann man es jetzt erfahren? — Nein, man kann es nicht. — Als sie ihren Sohn bestraft hatte, fing die Mutter an, selbst zu weinen. — Die Sterne, nachdem sie die ganze Nacht geglänzt haben, verlöschen des Morgens. — Sie glänzen hell im Dunkel der Nacht. — Indem ich das

Kind meiner hübschen Cousine führte, rettete ich es vor ei=
ner Kuh, welche es stoßen wollte.

183. Aufgabe.

Der Schneider ist gekommen, Sie haben nach ihm ge=
fragt! — Ja, er mag herein kommen, ich muß mit ihm
sprechen. — Guten Tag, man hat Sie mir recommandirt,
man sagt, daß Sie gut Kleider machen (шить). — Ich
hoffe, Sie werden mit meiner Arbeit zufrieden sein. — Ich
brauche einen Frack, einen Ueberrock, zwei Paar Hosen und
eine Weste. — Sehr wohl, hier habe ich Ihnen Muster=
proben gebracht. — Dieses Tuch ist, scheint es, nicht fest,
sondern sehr leicht. — Verzeihen Sie, es ist sehr gutes, ächt
englisches Tuch. — Zeigen Sie mir Tricot zu Hosen! —
Das hier scheint mir nicht übel zu sein. — Wann werden
Sie mir meine Kleider bringen? — Am Dienstag oder
am Mittwoch. — Das ist zu spät, ich muß sie durchaus
am Sonntag haben, denn ich reise Montag früh am Mor=
gen fort. — Gut, ich werde mir Mühe geben, daß Alles
zur Zeit (къ сроку) fertig sei. — Ich brauche solch' ein Ver=
sprechen nicht; ich will, daß Sie mir sagen, ob Sie die Klei=
der machen können oder nicht. — Ich kann es Ihnen nicht ver=
sprechen, ich will aber mit meinem Gesellen Rücksprache neh=
men (переговорить) und Ihnen die Antwort in einer Stunde
bringen. — Gut (ладно), ich erwarte Sie. — Beabsichtigen
Sie, die Mondfinsterniß zu beobachten? — Nein, ich habe
deren viele gesehen. — Was säet der Gärtner in seinem
Gemüsegarten? — Er säet Erbsen, Bohnen, Kartoffeln und
Linsen. — Essen Sie Linsen gern? — Ich esse sie sehr gern.
— Kann man in den Garten gehen? — Man kann dorthin
nicht gehen, es fiel ein Platzregen (шёлъ проливной дождь)
und jetzt ist es im Garten zu schmutzig. — Machen Sie das
Fenster zu! Hier ist Zugwind. — Ich werde sofort das Fen=
ster zumachen; machen Sie die Thür zu!

Siebenzigſte Tektion. — СЕМИДЕСЯТЫЙ УРОКЪ.

527. Soll das active Particip adjectiviſch d. h. in Beziehung auf ein Hauptwort, zu näherer Beſtim̃ung eines Gegenſtandes gebraucht werden, ſo nimmt es die Concretions-Laute an, und zwar wird aus:

-учи — -ущій; aus -а — -ащій; aus -въ oder -mв — -вшій oder mій.

Führend, ведучи.	Der, welcher führt, ведущій.
Mahlend, мелючи — мелющій.	Machend, дѣлаючи — дѣлающій.
Sehend, видя — видящій.	Lehrend, уча — учащій.
Liebend, любя — любящій.	
Gemacht habend, дѣлавъ, дѣлавши.	Der, welcher gemacht hat, дѣлавшій.
Geführt habend, ведши — ведшій.	Geliebt habend, любивъ — любившій.
Gesehen habend, видѣвъ — видѣвшій.	Gemahlen habend, моловъ — моловшій.

Bemerkung 1. Concrescirt wird für die ſtarke Form nur -ущій, für die ſchwache Form nur -ащій gebraucht.

Der fleißig lernende Knabe (Der Knabe, welcher fleißig lernt,) erhält dieſes Buch.	Прилѣжно учащійся мальчикъ (Мальчикъ, который прилѣжно учится), получитъ эту книгу.
Hören Sie die im Haine ſingende Nachtigall (die Nachtigall, welche — — ſingt)?	Слышите ли вы соловья, поющаго въ рощѣ?
Mein Lehrer liebte nur die ſchön ſchreibenden Schüler (die Schüler, welche — — ſchrieben).	Мои учитель любилъ только учениковъ, хорошо пишущихъ.
Mein geiziger Nachbar gab [gewöhnlich] dem, ihn um Brod bittenden Armen einen Stein (dem Armen, welcher — — bat).	Скупой мой сосѣдъ бѣдному, просящему у него хлѣба, давалъ камень.
Ich werde dem, die Wahrheit Bekennenden, verzeihen (dem, welcher — bekennen wird).	Признающагося въ правдѣ, я буду прощать.
Die, die Erde in vorſündfluthlichen Zeiten bewohnt habenden Thiere	Животныя, обитавшія землю во времена допотопныя, назы-

411

(die Thiere, welche — bewohnt haben) heißen antediluvianische Thiere.

ваются допотопными животными.

Wer mich sieht, sieht den, der mich 'gesandt hat.

Видящій меня, видитъ пославшаго меня.

Man zog eine Frau aus dem Wasser, welche hineingesprungen war.

Вытащили изъ воды женщину, кинувшуюся туда.

Der Jüngling, welcher das beste Requiem componirt haben wird, wird das Stipendium erhalten.

Юноша, сочинившій наилучшую панихиду, получитъ стипендію (жалованье).

Bemerkung 2. Wie das adverbiale Particip durch eine Conjunction (522. B. 4., 525. B. 6.), so läßt das adjective Particip sich durch ein relatives Fürwort und die, dem Hauptverbum entsprechende Zeitform der unvollendeten oder vollendeten Handlung im Deutschen auflösen.

Das fließende Wasser.	Текущая вода.
Das laufende Jahr.	Текущій годъ.
Das vergangene Jahr.	Прошедшій годъ.
Die vergangene Zeit, Präteritum.	Прошедшее время.
Die gegenwärtige Zeit, Präsens.	Настоящее время.
Die zukünftige Zeit, Futurum.	Будущее время.
Der ehemalige (gewesene) Gouverneur von Tobolsk.	Бывшій тобольскій губернаторъ.

528. Das adjective Particip wird ganz wie ein Eigenschaftswort gebraucht und gehört nur als solches der gewöhnlichen Umgangssprache an, während es zur Zusammenziehung des relativen Nebensatzes mit dem Hauptsatze nur im höhern Style angewendet wird.

Der Knabe, welcher das Holz trägt, ist mein Sohn.

Мальчикъ { несущій / который несётъ } дрова, мой сынъ.

Geben, давать 1.	Gestehen, bekennen, признаться 1.
Senden, schicken, послать 3.	Herausziehen, вытащить 7.
Verfassen, componiren, сочинить 7.	Beschenken, подарить 1.
Sich (wohin) begeben, пуститься 7.	Vorführen, подвести 1.
Eintreten, вступить 7.	Vorfahren, подъехать 1.
Erwerben, снискать 3.	Commandiren, командовать 5.
Beistehen, helfen, помогать 1.	Zuknöpfen, застегнуть 6.

Auflegen, положить 7.
Anstrengen, quälen, томить 7.
Sich ausruhen, отдохнуть 6.
Der Gouverneur, губернаторъ.
Die Post, почта.
Der Postillion, ямщикъ.
Der Briefträger, почталіонъ.
Der Vorgesetzte, начальникъ.
Der Arzt, врачъ.
    Die Nachricht.
Vorgeschichtlich, доисторическій.
Vorsündfluthlich, antediluvianisch.
Kastanien=, каштановый.
Recht, правый.
Die rechte Hand, десница.
Vorig, vergangen, прошлый.

Sich geben, vorübergehen, пройти (von итти).
Einkehren, заѣхать 3.
Sich erfrischen, прохладиться 7.
Der Shawl, шаль f.
Der Huf, копыто.
Der Bote, вѣстникъ.
Der Thierarzt, коновалъ.

Извѣстіе.
Link, лѣвий.
Допотопный.
Uhlanen=, уланскій.
Die linke Hand, шуйца.
Reitend, верхомъ.
Zu Fuß, пѣшкомъ.

184. Aufgabe.

Welche von diesen zwei Damen ist Ihre Gemahlin? — (Die, welche) den rothen Shawl auf (на mit der Präpo=sition) dem linken Arm (рука) trägt, ist meine Gemahlin, und der junge Mann, der sie führt, ist ihr ältester Bruder. — Wer hat den armen Mann (Dativ), der dort am (у) Wege steht, so reich beschenkt (дать милостыню)? — Das waren die reizenden Mädchen, die unter jenem prächtigen Kastanienbaum ihren Kaffee trinken. — Wann werden wir uns auf den Weg begeben? — Ich habe dem Kutscher, der aus der Stadt gekommen ist, befohlen, vorzufahren. — Wird Ihr Herr Sohn uns (за mit dem Instrumental) bald nachkommen? — Wenn er diesen Brief wird geschrieben und zur Post gesendet haben, wird er mit den Pferden nach=kommen. — Kann er reiten (ѣхать верхомъ)? — [Wie sollte] Sollte es möglich sein, daß ein gewesener Ca=vallerist (кавалеристъ) nicht reiten [können] kann? — Wie lange hat er gedient? — Nachdem er drei Jahre als Dra=goner (Instrumental) gedient hatte, trat er auf (въ mit dem Accusativ) ein Jahr in das Uhlanen=Regiment, welches in N. steht, und nachdem er sich hier, wie dort, die Liebe

seiner Kameraden und die Achtung seiner Vorgesetzten, be=
sonders des commandirenden Generals, erworben hatte,
kehrte er im vorigen Winter zu uns zurück, um seinen al=
ten Vater, der schon [seit] längerer Zeit (Accus.) kränkelt,
in der Wirthschaft beizustehen. — Johann! wenn du das
Pferd gesattelt hast, führe es [vor]; aber schnalle den Sat=
tel recht fest an.—Wann hat der reiche Kaufmann zum Weber
nach den baumwollenen Waaren geschickt? — Vergangene
Woche am Montag und diese Woche am Mittwoch. —
Warum schickt er so oft zu ihm? — Er will jene recht bald
verkaufen, denn es ist die Nachricht gekommen, daß bald Friede
sein würde, und dann wird man diese Waaren gut kaufen.
— Wohin führtest du diesen kleinen Knaben? — Das war
mein Neffe, ich führte ihn in die Schule. — Wann werden
Sie nach Pilnitz reiten? — Sogleich nach Mittag. — Ich
weiß nicht, ob Sie das thun können. — Warum nicht? —
Ihr Pferd hat einen kranken Huf. — Man muß dann
zum Thierarzt gehen. — Ich war schon bei ihm. — Was
hat der Thierarzt gesagt? — Er sagte, es würde von selbst
(само собóй) vergehen, doch müsse man das Thier schonen
und es nicht anstrengen. — In diesem Falle will ich, mei=
netwegen (пожáлуй), zu Hause bleiben. — Und Sie werden
gut thun. — Wo (кудá) ist der Bote, der uns die gute
Nachricht gebracht hat, eingekehrt? — Er ging zu einer
Schwester, die in unserer Stadt wohnt. — Wird er bald
zurückkommen? — Wenn er etwas ausgeruht und sich er=
frischt haben wird, will er herkommen, und um halb neun,
spätestens gegen neun Uhr abreisen.

185. Aufgabe.

Wird die Vorstellung bald beginnen? — Der Vorhang
ist schon aufgerollt und die Vorstellung hat begonnen. —
Wo ist Ihr Onkel? — Er ist zu Hause, er liegt im Bette,
denn er ist vom Schlag gerührt worden (разбúтъ параличёмъ).
— Was für eine Belohnung erwartet diesen tapfern Officier?

—Er ist zum Hauptmann ernannt (произведёнъ въ капитаны)
und jetzt für einen Orden vorgeschlagen worden.—Von welchem
Orte an ist die Wolga schiffbar?—Sie ist von ihren Quellen
an schiffbar. — Hat der Koch das Frühstück für den Reisenden bereitet? — Er hat es noch nicht bereitet und ich
habe ihn dafür gezankt (побранить), denn es ist Zeit, daß
der Reisende abreist, wenn er nicht den Zug versäumen
will — Wann geht der Zug ab? — Um neun Uhr
dreißig Minuten. — Geht nicht noch ein Zug (поѣздъ)
um zehn Uhr ab? — Ganz recht, das ist aber nur ein
Güterzug (товарный); jener aber ein Courierzug (курьерскій).
— Giebt es keinen Postzug (почтовой)? — Der Postzug
geht um drei Uhr ab und der Fremde muß schon um zwölf
an Ort und Stelle sein. — Hören Sie diese leeren Reden
nicht an, es ist nur ein Zeitverlust, und Zeit ist Geld,
sagen die Engländer. — Ist Ihr Bruder krank, weil ich
ihn nicht sehe? — Ja, er ist sehr krank, er hat ein heftiges
(жестокій) Fieber. — Sagen Sie Ihrem Sohne, er soll
(чтобъ) nicht schluchzen, das ist ja unerträglich. — Dieser
Knabe scheint sehr dumm zu sein. — Man kann nicht sagen,
daß er dumm sei, er ist aber sehr verzogen, ihn hat seine
Mutter verzogen.—Plaudern Sie nichts Ueberflüssiges, sagen
Sie das Nöthige(дѣло).—Mir scheint es, daß ich nichts Ueberflüssiges sage (что я говорю дѣло). — Nein, Sie sprechen
vielen Unsinn. — Dieser Franzose scheint sehr klug zu sein
(умёнъ). — Nein, das ist nicht Klugheit, es ist nur
Klügelei (умничаніе).

Einundsiebzigste Lektion. — СЕМЬДЕСЯТЪ ПЕРВЫЙ УРОКЪ.

Passives Particip.

529. Die Endung des passiven Particips der
Gegenwart ist -мъ, das in der starken Form an den

Präsens=Stamm durch den Binde=Vocal -o, in der schwa=
chen Form an den Infinitiv=Stamm durch -и angehängt
wird.

Ich führe, веду, geführt werdend, ведóмъ.
† Ich suche, ищý (искáть) — † ис-   Ich mache, дѣлаю — дѣласмъ.
    кóмъ.   Ich kämme, чешý (чесáть) — † че-
                                  сóмъ.

        Ich esse.   Ѣмъ (ѣдáмъ) — † ѣдóмъ.
Lieben, любúть —♦любúмъ.   Richten, судúть — судáмъ.
        Sehen, вúдѣть — вúдниъ.

530. Das passive Particip des Präteriti, als
charakteristisches Unterscheidungszeichen der zwei Hälften, in
die jede Reihe der Conjugations=Klassen starker Form zer=
fällt (493.), ist bereits bei jeder Klasse angegeben. Es hat
die Endung -нъ oder -тъ. Nur bei den Zeitwörtern der
ersten Klasse A. wird vom Präsens=Stamm gebildet,
bei allen übrigen hingegen am bequemsten vom Infinitiv=
Stamm.

a) Nimmt der Infinitiv einen Bindevocal an, so hat
das Particip denselben Vocal. In allen übrigen Fäl=
len ist der Binde=Vocal des Particips -e.

Schicken, посылáть, geschickt, пóсланъ.
Säen, сѣять — сѣянъ.   Schmieden, ковáть — кóванъ.
Sehen, вúдѣть — вúдѣнъ.   Schreiben, писáть — пúсанъ.
† Drehen, вертѣть — вéрченъ.
Ich führe, веду — ведёнъ.   Ich brenne, жгý — жжёнъ.
Melken, дойгъ — доёнъ.   Lieben, любúть —лю́бленъ (26. d. 2.)
Bitten, просúть — прошёнъ. † Segnen, благословúть; — † бла-
                        гослóвенъ, auch благословлёнъ.

b) Das Particip auf -тъ verwandelt nur den Mild=
ling -ть des Infinitivs in den Härtling -тъ.

Winden, вить, gewunden worden, витъ u. s. w.

Bemerkung. Die Participe auf -овенъ, siehe bei
den einzelnen Klassen.

531. Die passiven Participe erhalten, wie die Be=
schaffenheitswörter, die Geschlechts= und Zahl=
bezeichnung und dienen in Verbindung mit dem substan=

tiven Verbum быть, sein (das hier die Bedeutung des deutschen werden erhält), zur Bezeichnung des Passivums.

Ich werde geliebt.	{ Я любимъ. { Я любима.
Sie werden gelobt.	Они хвалимы.
Das Kind wird gesucht.	Дитя искомо.
Mein Bruder ist gestochen worden.	Мой братъ былъ колотъ.
Ihre Cousine ist im Garten gesehen worden.	Ваша двоюродная сестра была видѣна въ саду.
Wo ist dieses blaue Tuch gekauft worden?	Гдѣ куплено сіе синее сукно?
Das Bier ist von dem Diener ausgetrunken worden.	Пиво выпито слугою.

532. Der wirkende Gegenstand beim passiven Verbum steht im Instrumental oder im Genitiv mit der Präposition отъ, von.

Die Trojaner sind von den Griechen besiegt worden.	Троянцы были побѣждены греками.
Die Kirche wird nicht gebaut werden.	Церковь не будетъ построена.
Sei gesegnet, du Land, das solche Söhne zeuget!	Будь благословленá, земля, производящая такихъ сыновъ!
Dieses Insect stirbt, wenn es berührt wird.	Это насѣкомое, будучи трогаемо, умираетъ (когда его трогаютъ).
Nachdem der Verbrecher eine ganze Stunde gepeitscht worden war, gab er den Geist auf.	Преступникъ, бывъ сѣкомъ цѣлый часъ, испустилъ духъ.
Sie ward gequält, aber sie blieb standhaft.	Она была мучима, но осталась постоянной.
Dies ist von meinem Bruder erhalten worden.	Это получено моимъ братомъ.

533. Das Particip des Präsens bezeichnet eine dauernde, das Particip des Präteriti eine vollendete Handlung.

Austrinken, выпить 2.	Berühren, трогать 1.
Bauen, строить 7.	
Herauslassen, auslassen, испустить 7.	Hervorbringen, zeugen, производить 7.
Bleiben, verbleiben, пребыть (быть).	Erneuern, renoviren, возобновлять 1.
Wiederherstellen, востановлять 1.	Pflanzen, anpflanzen, насадить 7.

Erweitern, vergrößern, распростра-
нять 1.

Verlaffen, оставить 7.

Kennen lernen, erkennen, узнать 1.

Schildern, изображать 1.

Rühren, трогать 1.

Frifiren, причесывать 1.

Erhöhen, возвышать 1.

Taufen, крестить 7.

  Zieren, schmücken.

Der Verbrecher, преступникъ.

Der Ankauf, покупка.

Die Art, Weise, образъ.

Der Bewohner, обитатель.

Der Reiz, прелесть f.

Der Vorhang, занавѣсъ.

  Die Geschichte.

Obft=, овощный.

Heifer, осиплый.

  Etats=, Staats=,

Verkaufen, продать 1.

Versetzen, переместить 7.

Beschreiben, описывать 1.

Regieren, владѣть 1.

Umwenden, ausfehren, вывoро-
тить 7.

Begaben, одарить 7.

Erheben, aufziehen, поднять 4.

Drucken, печатать 1.

Украсить 7.

Die Rechnung, Koften, счётъ.

Der Reifende, путешественникъ.

Die Feftung крѣпость f.

Der Schmuck, уборъ.

Die Chronik, лѣтопись f.

Исторія.

Öffentlich, публичный.

Neugeboren, новорождённый.

Статскій.

186. Aufgabe.

Von wem wird das Landgut Ihres Oheims jetzt be=
wohnt? — Von der Familie feines Schwiegerfohnes. —
Wird die Kirche auch von demfelben renovirt? — Ich weiß
es nicht, aber ich glaube, daß fie auf (на mit dem Accuf.)
Koften (счётъ sing.) des Staats wiederhergestellt werden wird.
— Ist diefer Hain von Ihrem Großvater gepflanzt wor=
den? — Von unferm Großvater ist er nur vergrößert
worden, theils (отъ части) durch Ankauf, theils durch neue
Anpflanzungen. — [Auf] welche Weise (Instrumental) wird
diefer Obstgarten verkauft werden? — Man fagt, daß er
öffentlich versteigert werden wird (съ публичнаго тóрга продать). — Warum haben die Söhne Ihres Vetters diefe
Schule verlaffen? — Da fie oft unverdienter Weife (не-
заслужено) von ihren Lehrern getadelt und auch am
erften des vorigen Monats nicht in eine höhere Klaffe
(клáссъ) verfetzt wurden, gingen fie ab (verließen fie

die Schule). — Von wem ist dieses Buch verfaßt?
— Von einem Gelehrten, der es schrieb, nachdem er Spa=
nien selbst kennen gelernt hatte. — Ist die Pyrenäische
(пиренейскій) Halbinsel nicht schon von vielen Reisen=
den beschrieben worden? — In der That, aber von kei=
nem sind die Sitten ihrer Bewohner so treu, wahr und le=
bendig geschildert worden, als von diesem Verfasser. —
Ward die Arie (áрія) gestern von Fräulein N. gesungen?
— Nein; sie war heiser und konnte nicht singen. — Welche
Festungen sind von dem jetzt (нынѣ) regierenden Monarchen
erbaut? — Noch ist keine von ihm erbaut worden. —
Warum weint deine Schwester? — Sie ist gerührt von
der Nachricht, die sie soeben (теперь лишь) empfangen hat. —
Gesegnet sei deine Mutter dafür, daß sie mich getränkt
(вспоить) und ernährt hat (вскормить) und mich so liebt,
wie ich unwürdig (нехостойнъ) bin, geliebt zu werden. —
Warum brennt der Schmied so viel Holz? — Jeden Tag
muß er viele Pferde beschlagen. — Wessen Pferde? —
Verschiedener Herrn. — Ist dein Rock schon gewandt? —
Schon zweimal. — Dabei (притомъ) ist er schon aus meines
Vaters altem Mantel gemacht worden.—Wie war die Braut
gekleidet? — Sie trug ein Kleid von himmelblauem Atlas
(62.). — War sie schön frisirt? — Nach (no mit dem Da=
tiv) der neuesten (послѣдній) Mode (мода) und dabei so
äußerst geschmackvoll, daß die Reize, mit denen sie von der
Natur begabt ist, noch durch den Schmuck erhöht wurden.
— Hatte die Comödie (комéдія) schon begonnen, als Sie
ankamen? — Noch nicht; aber der Vorhang wurde in dem=
selben Augenblicke aufgezogen. — Ist der neugeborne Sohn
Ihrer jüngsten Frau Schwester schon getauft? — Noch nicht;
aber er soll künftigen Sonntag getauft werden. — Wo ist
dieses Buch gedruckt worden?—Bei N. N. in Leipzig.—Die
Bilder, mit denen es geziert ist, sind in Karlsruhe gestochen
(рѣзать 3.) worden. — Von wem wird die neue Chronik ver=
faßt?—Von dem Etats=Rath N., Professor (профéссоръ) der

Geschichte an (при mit dem Präpositional) der Univer=
sität (университетъ) Charkow.

● **187. Aufgabe.**

Worüber freuen Sie sich? — Ich freue mich über die
Nachricht, die ich von zu Hause erhalten habe. — Was
war das für eine freudige Nachricht?—Kann man es erfah=
ren? — Warum nicht (óчень можно)?—Meine Mutter war
todtkrank (при смéрти), und jetzt schreibt man mir, daß sie
sich zu bessern (выздорáвливать) beginnt. — Klettre nicht
auf den Apfelbaum! — Die Aeste sind schwach (тóнкій) und
du kannst fallen.—Das ist schön; ich soll, Ihrer Meinung nach,
die Aepfel auf dem Apfelbaume lassen. — Das sage ich
dir nicht, du kannst aber eine Leiter bringen, und so (по
ней) auf den Apfelbaum klettern. — Liebet die Wahrheit
und fliehet die Lüge! — Bringen Sie mir einen Zwirn=
faden und eine Nähnadel, die Nath meines Handschuhs
ist aufgetrennt. —— Sie verstehen nicht zu nähen, geben
Sie lieber (лýчше) den Handschuh Ihrer Magd, sie wird
ihn ausbessern. — Waren Sie jemals in Venedig? — Ich war
sehr oft da. — Sie fuhren also dort in Gondeln spazieren?
— Ich fuhr sehr oft in Gondeln auf den Kanälen, welche
in Venedig anstatt Straßen dienen, spazieren. — Sitzen
Sie still! Sie stören Ihren Bruder im Lernen. — Schmilzt
schon der Schnee auf den Straßen? — Noch nicht, es
ist immer noch sehr kalt (всё ещё стоитъ сильная стýжа).
— Also können die Landleute noch nicht säen? — Sie
werden nicht vor fünf oder sechs Wochen säen können. —
Wann wird der Arbeiter vom Feld zurückkehren? — Er
kehrt nicht bald zurück; er muß auch zu seinem Nachbar,
dem Tuchmacher, gehen. — Gehen Sie zum Apotheker und
bringen Sie mir ein Pflaster! Ich habe mich in den Finger
geschnitten. — Ich habe Ihnen gesagt, daß man mit dem
Messer nicht spielen (шалить) soll, Sie gehorchen aber niemals.
— Gut, ein anderes Mal werde ich Ihnen gehorchen —

Was für ein Pflaster brauchen Sie? — Bringen Sie mir englisches Pflaster.

•

Zweiundsiebzigste Lektion. — СЕМЬДЕСЯТЪ ВТОРОЙ УРОКЪ.

Der Bösewicht kann von Niemand geliebt werden.	Злодѣй никѣмъ не можетъ быть любимъ.
Belohnungen müssen durch den Dienst erworben werden.	Награды должны быть пріобрѣтаемы службою.
Es muß zugestanden werden, daß die alten Griechen ein sehr gebildetes Volk waren.	Должно быть признано, что древніе греки были весьма образованнымъ народомъ.

534. Bezieht sich der **Infinitiv** des **Passivs** auf ein **bestimmtes** Subject, so steht das Particip mit dem Subjecte in Geschlecht, Zahl und Fall gleich oder im Instrumental. Hat aber der Infinitiv **kein** bestimmtes Subject, so erhält das Particip den Auslaut -y.

535. Das **passive Particip des Präsens** ist nicht bei allen Zeitwörtern gebräuchlich. Die Anwendung des Passivs in der bisher gezeigten Weise gehört überhaupt dem höhern Style an. Im gewöhnlichen Leben wird das Passivum durch andere Redewendungen ausgedrückt.

a) Durch **Umwandlung** des passiven Satzes in einen **activen**.

Du wirst von deinen Lehrern getadelt. Deine Lehrer tadeln dich.	Твои учителя тебя хулятъ.
Unser Geselle ist von einem Hunde gebissen worden.	Нашъ подмастерья укушёнъ собакою.
Ein Hund hat unsern Gesellen gebissen.	Собака укусила нашего подмастерья.
Der Mörder wird enthauptet werden.	Убійцѣ отрубятъ голову.
Man wird den Mörder enthaupten.	Убійцу будутъ казнить.

b) Durch Anhängung des Reflexiv = Prono=
mens -ся an das active Verbum, besonders wenn von
Sachen die Rede ist, weil da keine Zweideutigkeit
entstehen kann.

Die Wäsche wird gewaschen. Бѣльё моется.

Bei lebenden Wesen, besonders Personen, würde
es zweifelhaft bleiben, ob das Verbum mit -ся passiv oder
reflexiv verstanden sein soll, daher drückt man das Passiv
nach der vorigen Weise (a) aus.

Der Knabe wäscht sich. Мáльчикъ мóется.

Der Knabe wird gewaschen ⎫
Man wäscht den Knaben. ⎬ Мóютъ мáльчика.

Die Pferde wurden hier vom Reit= Лóшади здѣсь объѣзжáлись кó-
knecht zugeritten. нюхомъ.

Das Buch wird in Moskau gedruckt Кни́га бýдетъ печáтаться въ Мо-
werden. сквѣ.

Erwerben, пріобрѣтáть 1. Abhauen, отрубáть 1.

Zureiten, объѣзжáть 3., объѣзжи- Fällen, рубить 7.
вать.

Bringen, anfahren, привозить 7. Sägen, feilen, пили́ть 7.

Hetzen, трави́ть 7. Übersenden, пересылáть 1., пере-
слáть 7.

Hinrichten, казни́ть 7.

Darreichen, verehren, поднести́ 1. Zubereiten, пригото́вить 7.

Melden, доложи́ть 7. Eintreten, войти́ (von итти).

Die Belohnung, награ́да. Der Reitknecht, Stallknecht, кóнюхъ.

Das Wild, Wildpret, дичь f. Das Geschenk, подáрокъ.

Der Pfarrer, Geistliche, свящéн- Der Kelch, чáша.
никъ. Das Blut, кровь f.

Der Eierkuchen, яи́чница. Der Schlag, Schlagfluß, удáръ, па-
рали́чъ.

Die Gefahr, опáсность f.

Gebildet, образо́ванный. Schiffbar, судохо́дный.

Alljährlich, ежегóдный. Ehren=, почётный.

Kühn, verwegen, смѣлый. Die Hinrichtung, казнь.

188. Aufgabe.

Von wem wird bei Ihnen das Holz gespalten? — Es
wird durch unsere Knechte gefällt, aus dem Walde gebracht,
gesägt und gespalten. — Wann wurde dieser schiffbare
Canal (канáлъ) gegraben? — Er ward begonnen am 8.

26*

April 1825 und vollendet am 25. September 1832. — Wird hier viel Wild gehetzt? — Jetzt nicht mehr; aber bei unserm Nachbar wird alljährlich eine Menge Hirsche gehetzt. — Was für ein Ehrengeschenk wird dem braven (честный) Pfarrer übersandt werden? — Ich glaube, man wird ihm einen goldenen Kelch verehren. — Wird Ihr Sohn für seine kühne That (подвигъ) öffentlich gelobt werden? — Ich möchte nicht, daß dies geschehe (схвалили); das Gute muß um seiner selbstwillen gethan werden. — Was wird heute bei uns gekocht? — Es wird nur ein einfaches Gemüse zubereitet und einige Eierkuchen werden gebacken werden. — Was fehlte Ihrem Freunde? — Ihm mußte zur Ader (Blut) gelassen (пустить) werden, weil er in (въ mit dem Präpos.) Gefahr war, vom Schlage getroffen zu werden (einen Schlagfluß zu bekommen) (получить). — Wieviel Briefe werden täglich in Ihrem Comptoir geschrieben? — Ich glaube, daß durchschnittlich (въ сложности) an (около mit dem Genitiv) 150 Briefe bei uns geschrieben und fast (почти) eben so viele gelesen werden. — Ist der Fremde schon dem Herrn gemeldet worden? — Ich glaube, daß er durch den Diener gemeldet ward. — So treten Sie gefälligst ein.

189. Aufgabe.

Haben Sie schon den Ochsen Ihres Nachbars gesehen? — Ja, ich habe ihn auf der grünen Wiese, nicht weit vom Dorfe wieder gesehen. — Wann kehren Sie in Ihr Dorf zurück? — Ich werde im Laufe dieses Jahrs dorthin zurückkehren. — Mit wem haben Sie soeben gesprochen? — Ich habe mit dem gewesenen Gouverneur von Saratow gesprochen. — Rufen Sie den Roßarzt, mein Pferd hat seinen Huf verdorben. — Es giebt ein russisches Sprichwort welches sagt, daß die Linke (лѣвая) es nicht zu wissen braucht, was die Rechte (правая) giebt. — Wer hat das Fleisch, welches auf dem Tisch lag, aufgegessen? — Die Katze ist in

die Küche gekommen und hat das Fleisch aufgefressen. —
Man muß die Katze schlagen, damit sie das nicht thue. —
Nicht die Katze ist schuld, sondern der Koch.—Warum hat er
Fleisch auf dem Tisch gelassen?—Ist mein Pferd schon beschla=
gen? — Nein, es ist noch nicht beschlagen, heute wird der
Kutscher es in die Schmiede führen. — Haben Sie einen
guten Schmied im Dorfe? — Wir haben einen sehr guten
Schmied, er ist zugleich auch Thierarzt. — Giebt es denn
keinen Wein mehr im Keller? — Keine einzige Flasche,
Alles hat der unehrliche Diener ausgetrunken. — Was lesen
Sie?—Ich lese die Chronik der Stadt Würzburg.—Wer ist
die Dame, welche mit dem jungen Husar tanzt? — Das ist
die Gräfin Mischinski (Мышинская); sie wird von Allen geliebt,
denn sie ist ebenso schön, wie sie gut ist. — Wer ist dort
im Vorhaus? — Das ist der Schneider, er hat Ihnen die
Rechnung gebracht. — Sagen Sie ihm, er solle warten, ich
habe jetzt kein Geld, dieser Tage aber erhalte ich welches,
und dann bezahle ich ihm Alles (сполна). — Er sagt, er
könne nicht warten, er brauche Geld äußerst nöthig.—Geben
Sie ihm denn diese zehn Rubel, das Uebrige kann er morgen
um zehn Uhr abholen (за остальнымъ пусть онъ придётъ).

Dreiundsiebzigste Lektion. — СЕМЬДЕСЯТЪ ТРЕТІЙ
УРОКЪ.

536. Wie die activen Participe, so können auch die
passiven adjectivisch gebraucht werden. Man hängt ih=
nen die Concretions=Laute -iй an, vor denen der Auslaut
-н verdoppelt wird.

Der gesucht werdende, искомый.	Der gesucht wordene, исканный.
Der bewohnt werdende, обитаемый.	Der bewohnt wordene, обитанный.
Der geliebt werdende, любимый.	Der geliebt wordene, любленный.
Der gesehen werdende, видимый.	Der gesehen wordene, видѣнный.

Der gestochen werdende, колимый. | Der gestochen wordene, колотый.
Der dort gesehen werdende Stern | Звѣздá, тамъ видимая, Юпи-
(der Stern, der dort gesehen | теръ.
wird), ist der Jupiter. |
Der dort gesehen wordene Stern | Звѣздá, тамъ видѣнная, была ко-
(der Stern, der dort gesehen | мéта.
worden), war ein Komet. |

Bemerkung 1. Auch die **passiven Participe**
lassen sich im Deutschen durch das **relative Pronomen**
und die dem Hauptzeitworte entsprechende Zeitform der unvollendeten oder vollendeten Handlung auflösen (vgl. 521.,
Bem. 2.).

Mein Sohn, geliebt von Allen, die | Мой сынъ, любимый всѣми егó
ihn kannten, ist gestorben. | знáющими, умеръ.
Mein geliebter Sohn ist gestorben. | Возлюбленный мой сынъ умеръ.
Unsre geliebte Tochter ist gestern | Любимая нáша дочь вчерá при-
angekommen. | ѣхала.

537. Die von Verben abgeleiteten Adjective auf -мый
mit einem -н unterscheiden sich von den Participien mit
-нн dadurch, daß sie nicht sowohl die Handlung des Zeitworts, als vielmehr nur eine **Eigenschaft ihres Gegen-**
standes bezeichnen.

Das gesuchte Buch (das Buch, | Искóмая книга у твоегó брáта.
welches gesucht wird) hat dein |
Bruder. |
Das gesuchte Buch (das Buch, | Искáнная книга былá въ моéй
welches gesucht ward) war in | кóмнатѣ.
meinem Zimmer. |
Die Stadt, Moskau genannt | Гóродъ, Москвá называемый, ле-
(welche M. genannt wird), | житъ при рѣкѣ тогóже ѝмени.
liegt an dem Flusse gleichen Na- |
mens. |
Die Hauptstadt, welche an der | Столѝца, лежáщая при Москвѣ
Moskwa liegt, wird Moskau ge- | рѣкѣ, называется Москвóю.
nannt. |

Im ersten Satze steht **genannt adjectivisch**: die
Moskau genannte Stadt, daher называемый (masc. weil
auf Stadt гóродъ sich beziehend), **concrescirt.**

Alles, was gesehen wird (gesehen | Всё видимое есть тѣло.
werden kann, Alles sicht- |
bare) ist ein Körper. |

538. Das passive Präsens=Particip hat auch die
Bedeutung der Möglichkeit; mit davorstehendem -не der
Unmöglichkeit.

Bemerkung 2. In dieser Bedeutung entspricht es
den deutschen Adjectiven auf -bar, -lich.

Der zahlbare Wechsel.
Платимый вексель.

Das unentrinnbare (unvermeidliche)
Geschick.
Неизбѣжная судьба.

Sterben, умерѣть 2.
Errichten, aufrichten, воздвигнуть 6.
Durchfließen, протекать 1.
Ausstellen, выставить 7.
Unternehmen, предпринимать 1.
Erklären, изъяснять 1.
Verwunden, ранить 7.
Zusammenkommen, begegnen, встрѣ-
чаться 1.
Bilden, образовать 5.
Bepflanzen, усадить 7.
Anbeten, vergöttern, обожать 1.
Sich vermählen, сочетаться, сочё-
тываться 1. (бракомъ).
Einsetzen, bestimmen.
Die Hauptstadt, Residenz, столица.
Die Angelruthe, уда.
Die Geduld, терпѣніе.
Ausführung, Darstellung, изобра-
женіе.
Die Ausstellung, выставка.
Die Kunst, художество.
Das Duell, поединокъ.
Der Strauch, кустарникъ.

Der Gemahl, супругъ.
Das Testament, духовная, -ой.
Der Erbe.
Zart, нѣжный.
Geld=, денежный.
Vertraut, искренный.
Ausländisch, иноземный.
Herzlich, innig, сердечный.
Allgemein, Universal=.
Gewiß, allerdings, конечно.

Entrinnen, vermeiden, избѣжать 8.
Fangen, ловить 7.
Wagen, попытать 1.
Wählen, избрать 1. (избранный).
Verschaffen, доставить 7.
Errathen, отгадать 1.
Bekanntschaft machen (mit), позна-
комиться (съ).
Erziehen, воспитать 1.
Beglücken, осчастливить 7.
Gehören, принадлежать 8.
Sich verloben, сговориться 7.
Finden, vorfinden, найти (von
йтти).
Опредѣлять 7.
Das Denkmal, памятникъ.
Die Beschäftigung, упражненіе.
Das Angeln, уженіе.
Der Gegenstand, предметъ.

Die Gränze, предѣлъ.
Der Dienst, услуга.
Der Stand, состояніе.
Die Mildthätigkeit, благотворитель-
ность.
Die Schwindsucht, чахотка.
Die Verfügung, распоряженіе.
Наслѣдникъ.
Mißlungen, неудачный.
Reif, зрѣлый.
Wichtig, важный.
Verstorben, selig, покойный.
Eigenhändig, своеручный.
Всеобщій.
Neulich, unlängst, недавно.

190. Aufgabe.

Würden Sie einen Brief, von der Hand Ihres ehe=
maligen Principals (господинъ) geschrieben, sogleich erken=
nen? — Gewiß. — Ich habe drei ganze Jahre hindurch
(въ продолженiи) täglich von ihm geschriebene Briefe in
Händen gehabt. — Haben Sie das Denkmal gesehen,
welches dem Fürsten A. wird errichtet werden? — Ich
habe es im Modell (модель f.) gesehen. — Wie sind
die in diesem Flusse gefangenen Fische (die ge=
fangen werden)? — Sie haben sehr zartes Fleisch
und sind sehr schmackhaft. — Wo ist dieser Aal gefangen?
— In dem Flüßchen, welches durch unser Dorf fließt
und reich an Aalen ist. — Wo sind diese Fische gekauft?
— Heute speisen wir Fische, [die] von meinem Vetter mit
der Angelruthe gefangen [sind]. — Ist Ihr Vetter ein Lieb=
haber dieser Beschäftigung, die so viel Geduld erfordert?
— Er ist ein solcher Liebhaber vom Angeln, daß er, als
er in B. war, weiter nichts (ничего болѣе не) that. — Wann
werden Sie das gestern von Ihnen durchgelesene Buch zu=
rückgeben? — Meine Schwester wird es zurückschicken, wenn
sie es gelesen hat. — Wie gefällt Ihnen das, von dem jun=
gen Maler ausgestellte Gemälde? — Ich glaube, er hat die
Ausführung eines durch die Malerei nicht darstellbaren
Gegenstandes gewagt. — Uebrigens sind die meisten Bilder,
[die] in der diesjährigen (нынѣшнiй) Ausstellung gesehen
[werden], mißlungene Darstellungen übel (худо) gewählter
Objecte. — Ein Künstler, der die Gränzen seiner Kunst
kennt, wird es niemals unternehmen, dergleichen Gegenstände
zu malen. — Haben Sie noch etwas gemahlenen Kaffee
im Hause? — Zu dienen. (Zu Ihren Diensten. —
Können Sie mir einen oder einige auf Amsterdam (Амстер-
дамъ) zahlbare Wechsel verkaufen? — Ich habe auch nicht
einen, aber ich will Ihnen welche verschaffen. — Es ist
mir unerklärlich, warum dergleichen Wechsel so selten sind.

— Da Sie einige Kenntniß von Geldgeschäften haben, sollten Sie die Ursache leicht errathen können.

191. Aufgabe.

Sagen Sie mir doch, wer das reizende Mädchen ist, [das] von dem artigen Franzosen geführt [wird]? — Ich glaube, es ist die Schwester des jungen Polen, der neulich im Duell so gefährlich verwundet würde. — Mein Gefährte wird es Ihnen besser sagen können, da er sie genauer kennt. — Wer sie auch sei, ich wollte daß ich Gelegenheit hätte, ihre (съ mit dem Instrum.) Bekanntschaft zu machen. — Sind Sie ihr noch nicht vorgestellt worden? — Wo hätte ich mich ihr vorstellen sollen, da ich noch nie mit ihr zusammenge= kommen bin? — Ist sie älter, als ihr Bruder? — Nein, sie ist jünger, aber wie sie größer und schöner an Gestalt (ростъ) ist, so ist sie auch reifer an Verstand und edler von Herzen, und so wohlerzogen und gebildet, wie wenige Mäd= chen ihres Alters (ihrer Jahre) und Standes. — Ist sie hier sehr bekannt? — Nur wenig; aber sie wird von Jeder= mann, der sie kennt, geliebt und geachtet. — Möge sie so glücklich sein, wie sie es werth ist, und Andere so glücklich machen, als ein reines und bescheidenes Gemüth denjenigen, der es zu würdigen (цѣнить 7.) weiß, beglücken kann. — Warum geht der Bär ohne Führer? — Es führte ihn der Führer (поводильщикъ), aber der Bär riß sich los (вырваться) und lief fort. — Wen führte noch der Führer? — Niemanden, als einen Affen. — Wieviel Werst ist es von Petersburg bis nach Paris? — Ich weiß es nicht genau, doch es wer= den an dreitausend und etliche Werst sein. — Ja, es fehlt nicht viel daran. — Grönland ist ein sehr armes Land. — Ja, es ist nur reich an Seefischen. — Woher ist Ihr Bruder so blaß? — Ist er krank? — Ja, er ist krank, doch nicht an Körper, sondern an Seele. — Ist das Schauspiel (драма) hier schon gesehen worden? — Das glaube ich nicht. — Alle Schauspiele, [welche] hier gesehen [sind], giebt (пока-

зывать 1.) Ihnen dieses Verzeichniß an. — Wo ist jetzt
dein vertrauter Freund? — Ich habe ihm nie etwas ver=
traut, denn was ihm je vertraut ward, es sei, von wem
es wolle, und es sei so wichtig, als es wolle, wußte bald
die ganze Stadt. — Also ist er sehr plauderhaft? — Ja, er
ist plauderhafter als eine Wäscherin. — Verleumdung ist das
schlimmste Laster.—Warum? — Sie wissen es selbst und ich
brauche es Ihnen nicht zu sagen, daß der Verläumder
(клеветникъ), wissend daß er Schaden anrichtet (дѣлать) und
daß seine Verläumdung den, welchen er verläumdet, in's Unglück
bringen (повести mit къ, mit Dat.) wird, sich noch darüber freut.
— Ja, ich glaube, daß man einen Dieb einem Verläumder
vorziehen muß. — Wem gehört der Garten, [der] mit so herr=
lichen ausländischen Blumen und Sträuchern bepflanzt [ist]?
— Er gehört der jungen Wittwe des verstorbenen Grafen,
berühmt durch ihre Schönheit und Mildthätigkeit und an=
gebetet von ihren Unterthanen. — Ist sie wieder verlobt?
— Nein, man sagt, daß sie sich nie wieder vermählen werde,
weil sie ihren ersten Gemahl so innig geliebt hat. — Woran
starb er? — An der Schwindsucht. — Wurde ein Testament,
von ihm gemacht, vorgefunden? Nein, aber eine eigen=
händig von ihm geschriebene Verfügung fand man, in wel=
cher sie [zur] Universal=Erbin eingesetzt ist.

192. Aufgabe.

Die Arbeiter sind gekommen; befehlen Sie, daß sie das
Holz sägen? — Nein, das Holz brauchen sie nicht zu
sägen, ich habe es schon gesägt gekauft. — Von wem haben
Sie dies reizende Geschenk gekauft? — Ich habe es von
meinem Freunde, dem Ehrenbürger (почётный гражданинъ)
Riasanow erhalten. — Lassen Sie einen Arzt holen (послать
за), damit er meinem Kutscher, da ihn ein Schlagfluß gelähmt
hat, zu Ader lasse. — Essen Sie gern Eierkuchen? — Ich
bin ein großer Freund davon und esse welchen fast täglich
zum Abendbrod. — Haben Sie Ihrem Bruder das Fell=

eisen, welches er bei Ihnen gelassen hat, geschickt?—Nein, ich habe es ihm noch nicht überschickt, werde es ihm aber einen dieser Tage (на дняхъ) auf der Eisenbahn überschicken. — Was für Wild haben Sie gestern auf der Jagd getödtet? — Wir haben verschiedenes Wild getödtet, Eber, Hirsche, wilde Enten, Haselhühner, Birkhühner und Rebhühner, am meisten aber haben wir Hasen getödtet. — Wie groß (wie viel hat) ist das jährliche Einkommen Ihres Onkels? — Ich kann es Ihnen nicht bestimmt (навѣрное) sagen, man hat mir aber gesagt, daß seine Güter ihm jährlich an zwanzig tausend Rubel einbringen; außerdem hat er einen Jahres= gehalt (жалованье) von ungefähr sieben tausend. — Er er= spart also sehr viel?—Ganz und gar nicht, denn seine Frau ist eine große Verschwenderin. — Was für ein Fut= ter soll Ihr Schneider zu Ihrem Mantel nehmen (положить подъ)? — Mir ist's gleich, ich glaube aber am besten ist seidenes. — Und von welcher Farbe? — Die Farben auch sind mir gleich, nur daß es eine dunkle Farbe sei (былъ бы). — Werfen Sie nichts aus dem Fenster, das ist hier streng (строжайше) verboten. — Glauben Sie, daß Ihr Bruder morgen zu uns kommen wird? — Ich glaube es nicht, hoffe es aber. — Glänzt der Mond am Himmel? — Nein, der Mond glänzt am Himmel nicht, es funkeln (блестѣть) jedoch die Sterne.

Vierundsiebzigste Lektion. —СЕМЬДЕСЯТЪ ЧЕТВЕРТЫЙ УРОКЪ.

Ich sah Ihre Frau Mutter in die Kirche gehen.	Я видѣлъ вашу матушку иду- щую въ церковь.
Man hört sie oft heimlich wei= nen.	Часто её тайно рыдающую слышать.

539. Nach den Begriffen sehen und hören steht im

Ruſſiſchen das adjective Particip ſtatt des deutſchen Infinitivs.

Ich höre Ihren Bruder im Nebenzimmer ſprechen.	Я слышу вашего брата, говорящаго въ боковой комнатѣ.
Man hört weit und breit von der Pracht dieſes feierlichen Aufzuges ſprechen.	Повсюду слышишь о великолѣпіи сего торжественнаго шествія.

540. Wenn ſprechen hören ſo viel als verneh=men, erfahren bedeutet, wird es im Ruſſiſchen bloß durch слышать 8. hören, gegeben.

Von, über.   О, объ, ббо m. b. Präpoſ.

Er ſcheint zu ſchlafen.	Онъ, кажется, спитъ.
Du ſchienſt unwohl zu ſein.	Ты, казалось, былъ нездоровъ.
Die Feinde ſcheinen zu fliehen.	Непріятели, кажется обер по видимому обет какъ видно, обратились въ бѣгство.
Die Kinder ſchienen zu ſpielen.	Дѣти, казалось, играли.

541. Das Zeitwort ſcheinen iſt im Ruſſiſchen un=perſönlich; daher ſteht das Ergänzungs=Verbum nicht wie im Deutſchen, im Infinitiv, ſondern in der durch den Sinn erforderlichen Zeitform: Er, ſcheint es, ſchläft.

Sich zeigen, ſcheinen.	Казаться 3.
Es ſcheint, es ſchien.	Кажется, казалось.
Wie es ſcheint, dem Anſcheine nach.	Кажется, какъ видно, по видимому.
Du mußt (Dir gebührt es zu) ſchweigen, wenn ältere Männer ſprechen.	Тебѣ надлежитъ молчать, когда старшіе говорятъ.
Sie mußten jetzt ausſpielen. Es war die Reihe an Ihnen, auszuſpielen.	Теперь вамъ слѣдовало ходить.
Ich träumte einen ſchrecklichen Traum. Mir träumte ein ſchrecklicher Traum.	Мнѣ снился страшный сонъ.

542. Unperſönliche Zeitwörter dürfen nie perſön=

lich gebraucht werden, und man muß dem deutschen Satze im Russischen, wie in den vorstehenden Beispielen, eine an= gemessene Wendung geben.

Sie soll gestorben sein.
Man sagt, daß sie gestorben sei. } Говорятъ что она умерла.

543. Sollen, soviel als: es heißt, man spricht, es geht die Rede, daß — — wird durch говори́ть ge= geben.

Es geht die Rede, es heißt. Слухъ идётъ.
Es ist die Rede, es betrifft. Дѣло идётъ.

544. Verzeichniß unpersönlicher Zeitwörter.

Es geschieht, trägt sich zu, быва́етъ.
Es wird Abend, вечерѣетъ.
Es wird ausgegeben, erwiesen, воз-даётся.
Es wird windig, вѣтренѣетъ.
Es wird übel, га́дится.
Man sagt, говори́тся.
Es geht an, taugt, годи́тся.
Es träumt, грѣзится.
Es genügt, довлѣетъ.
Es ergiebt sich, es erhellt, дово́дится.
Es wird nachbezahlt, доплаётся.
Es ist erlaubt, дозволя́ется.
Es ist genug, доста́етъ.
Es trifft sich, доста́ётся.
Man muß, es ist erlaubt, досто́итъ.
Es schläfert, дре́млется.
Es dünkt, ду́мается.
Es giebt, есть, имѣется.
Es ist gut, es geht, живётъ.
Es hängt ab, зави́ситъ.
Es trifft sich, задаётся.
Der Himmel überzieht sich, заво-ла́кивается.
Es gelüstet, захо́чется.
Das Gähnen kommt an, зѣва́ется.
Es schimmert vor den Augen, ме-рѣщется.
Es friert, моро́зитъ.

Es zieht (Zugwind), несётъ.
Es gefällt, нра́вится.
Es schallt; es schmeckt nach, от-даётся.
Es geht ein Gerücht, расславля́ется.
Es gebührt sich, подоба́етъ.
Es reift, fällt Reif, па́даетъ иней.
Es regnet, идётъ дождь.
Es schneit, идётъ снѣгъ.
Es fällt ein (in den Sinn), по́м-нится.
Es ereignet sich, приключа́ется, случа́ется.
Es tagt, разсвѣта́етъ.
Es klärt sich auf, разъясни́вается.
Es brennt, beißt, рнётъ.
Der Thau fällt, роси́тъ.
Es schimmert, свѣти́тся.
Es folgt, kömmt zu, gebührt, слѣ-дуетъ.
Es dämmert, смерка́етъ, смер-ка́ется.
Es träumt, спи́тся.
Es schläfert, спи́тся.
Es fragt sich, спра́шивается.
Es sticht (Stiche empfinden), стрѣ-ля́етъ.
Es thaut (auf), та́етъ.
Es erregt Uebelkeit, тошни́тся.

Es scheint, мнится.
Es kann sein, можетъ статься.
Es gehört sich, muß, надлежитъ.
Es findet sich, es giebt, находится.
Es fehlt, mangelt недостаётъ.
Es ließ sich einfallen.
Es ist gelungen, поталанилось (pop.)

Diese drei letztern ohne Präsens.

Es ist übel, тошнится.
Es gelingt, es trifft sich, удаётся.
Man ist krank, хворается.
Es verlangt, хочется.
Es wird schwarz, чернѣется.
Вздумалось.
Es dünkt, привидѣлось.

Der Wind hat den Schnee auf eine Seite zusammengeweht. (Es hat durch den Wind den Schnee ..) — Вѣтромъ снѣгъ на одну сторону навѣяло.

Die Hitze hat das Brett krumm gezogen. (Es hat durch die Hitze — krumm gezogen). — Жаромъ доску покоробило.

545. Wenn die wirkende Ursache ein unbelebter Gegenstand ist, so bezeichnet man sie durch den Instrumental (statt des deutschen Nominativs) und behandelt das Verbum als ein unpersönliches, besonders im Präterito.

Der Hagel hat das Getreide niedergeschlagen. — Градомъ хлѣбъ прибило.

Ich lasse mir ein neues Kleid machen. — Велю себѣ шить новое платье.

Laß mich [einmal] trinken! — Дай мнѣ пить.

Die Mutter läßt uns heute nicht auf den Ball gehen. — Мать не позволяетъ намъ ѣтти сегодня въ балъ.

Der Knabe ließ den Schmetterling fliegen. — Мальчикъ пустилъ бабочку летѣть.

Ich ließ ihn des Vaters Brief lesen. — Я заставилъ его читать отцёво письмо.

Laß ihn kommen! — Пусть онъ придётъ.
Laß sehen, zeige! — Покажи-ка.
Laß hören, sprich! — Говори.
Er ließ seine Frau im Garten. — Онъ оставилъ свою жену въ садъ.

Wo haben Sie meinen Rock gelassen? — Куда вы дѣвали мой кафтанъ?

546. Wie die vorstehenden Beispiele zeigen, wird das deutsche Verbum lassen im Russischen durch verschiedene Verba ausgedrückt. Dieses richtet sich stets nach dem Nebenbegriff, der sich mit dem deutschen lassen ver-

bindet und der die **Grundbedeutung** des russischen Zeitworts ausmacht.

Lassen, befehlen, велѣть 8. Lassen, geben, gewähren, дать 1.
— Gestatten, erlauben, zugeben, позволить, дозволить 7.
— Entlassen, gehen lassen, пускать 1., пустить 7., отпускать 1.
— Veranlassen, nöthigen zu ... заставить 7.
— Hinthun, hinlegen, дѣвать 1.

Noch einige Redensarten mit dem deutschen lassen.

Das läßt (ist) nicht schön.	Это не пригоже.
Das läßt (schickt sich) nicht für deine Jahre.	Это не прилично твоимъ лѣтамъ.
Er ließ sich hören (spielte) auf der Flöte.	Онъ игралъ на флейтѣ.
Das läßt sich hören (kann sein).	Это можетъ быть.
Das läßt sich (kann man) nicht sagen.	Этого сказать нельзя.
Darüber läßt sich (kann man) viel sagen.	О томъ можно много говорить.
Sie läßt sich nichts sagen (gehorcht nicht).	Она не слушается.
Ich habe mir sagen lassen (gehört), daß ...	Я слышалъ, что ...
Lassen Sie es gut sein! Beunruhigen Sie sich nicht darüber!	Не безпокойтесь о томъ!
Laß das Messer liegen.	
Berühre es nicht (vor dem Nehmen)!	
Lege es wieder hin (nachdem du es genommen).	Оставь ножъ.
Ich habe diese Waaren aus Paris kommen lassen (verschrieben).	Я выписалъ эти товары изъ Парижа.
Für den Preis kann ich das Tuch nicht lassen (ablassen).	За эту цѣну я сукно отпустить не могу.
Sich wenden, обратиться 7.	Ausspielen (Karten), ходить 7.
Aufwehen, zusammenwehen, навѣять 3.	Sich krümmen, werfen, коробить 7.
Niederschlagen, прибить 2.	Sich beunruhigen, безпокоиться 7.
Verschreiben, выписать 3.	Ablassen, überlassen, упустить 7.
Erschwingen, zusammenbringen, собирать.	Anwenden, brauchen, употреблять 1.

Fortfahren, fortſetzen, продолжа́ть 1.
Vorſchwatzen, aufſchwatzen, наска-
  за́ть 3.
Verwandeln, превратить 7.
Die Pracht, Herrlichkeit, великo-
  лѣпіе.
Die Flucht, бѣ́гство
Das Brett, доска́.
Der Schmetterling, ба́бочка.
Der Luxus, ро́скошь f
Die Zeichnung, рису́нокъ.
Die Feuersbrunſt, пожа́ръ.
Heimlich, та́йный.
Feierlich, торже́ственный.
Geblümt, травча́тый.
  Vorſätzlich.

Auftreten, предста́ть 1.
Abbrennen, сгорѣ́ть 1.

Gerathen, gelingen, удава́ться 1.
Der Aufzug, Gang, ше́ствіе.

Die Seite, сторона́.

Die Schwäche, сла́бость f.
Das Piano, -ало́гъ.
Der Lärm, трево́га.
Die Arie, пѣсель.
Seiten-, боково́й.
Schön, приго́жій.
Feuer-, пожа́рный.
  Наро́чно.

193. Aufgabe.

Weißt du nicht, wo meine kleinen Brüderchen ſind? —
Ich habe ſie mit einigen größern Knaben aus dem Dorfe
in den Wald laufen und dann dort ſpielen ſehen. — Haben Sie nicht gehört (слу́хать), was für ein Kleid er für
(для mit dem Genitiv) ſeine Braut machen (nähen) läßt?
— Ich habe ihn ſagen hören, daß ſie ein weißes geblümtes
Atlaskleid gewünſcht habe. — Und ich habe in der Stadt
ſagen hören, daß er nicht im Stande ſei (daß es ihm
nicht möglich ſei), das Geld für den Luxus, den er ſie
treiben läßt (ihr geſtattet) позволя́ть 1.), zu erſchwin-
gen (ex mit dem Inſtrum. des Objects: Geld). — Sind
Sie nicht mit ihm bekannt? — Nicht ſehr genau. — Er
ſcheint ſehr ſchwach von Charakter zu ſein und ſie ſcheint
ſeine Schwäche gern zu mißbrauchen (zum Böſen [во зло]
anzuwenden). — Laß ſie nur ſo (in ſolcher Weiſe)
fortfahren! — Können Sie mir nicht ſagen, wann die berühmte italieniſche Sängerin ſich wird hören laſſen (ſingen
wird)? — Sie ſoll ſchon morgen zum erſten Male auftreten
(явля́ться), aber ſie läßt (заставля́ть mit dem Dativ) ſich
ihre Kunſt gut bezahlen. — Wieviel verlangt ſie? — Sie

forderte von der Direction (дирекція) für jeden Abend tausend Silber-Rubel und hat auch nicht eine Kopeke abgelassen. — Das läßt sich hören! — Dafür muß ein Anderer es sich lange sauer werden lassen (sich bemühen) (трудиться). — Uebrigens heißt es, die Berliner Oper habe sie ziehen lassen, weil sie zu viel intriguirte (сплётни дѣлать). — Mag sein; aber hier ist nicht die Rede von ihrem Charakter, sondern von ihrer Stimme, und die soll unübertrefflich (die vortrefflichste) sein. — Wo (wohin) haben Sie jenes Gemälde gelassen (thun, дѣть), das ich Ihnen neulich lieh? — Ich lasse es durch einen Freund copiren (копировать 5.). — Ich habe mir sagen lassen, daß Sie es verpfändet hätten (заложить). — Wie sollte ich mir so etwas einfallen lassen (in den Kopf kommen lassen)! — Wie geräth die Zeichnung? — Lassen Sie ihn nur machen! Er hat Lust und Talent genug. — Wo wollen Sie hingehen? — Lassen Sie uns nach Hause gehen, mich schläfert. — Sie scheinen nicht recht wohl zu sein? — Es flimmert mir vor den Augen; mich verlangt nur nach Ruhe (zu schlafen). — Haben Sie Etwas von Spontini spielen hören? — Sehr oft; und man sage, was man wolle, seine Composition läßt sich schon hören (слушать). — Was ist da draußen für ein Geräusch? — Es kommt mir vor, wie Feuerlärm. — Laß mich mit dir gehen, lieber Vater! — Laß das, mein Sohn, du bist noch zu schwach. — Ist viel abgebrannt? — Das Feuer hat die halbe (Hälfte der) Stadt in Asche gelegt (verwandelt.) — Ließ sich die Entstehungsart (причина) des Feuers ermitteln (auffinden)? — Es scheint vorsätzlich angelegt (подложить) worden zu sein, und es geht die Rede, durch den Kaufmann selbst, den Jedermann den Reichen und Rechtschaffenen hieß.

194. Aufgabe.

Den Krieg liebend, bat der Held seinen Fürsten, nicht Frieden zu schließen. — Warum wiegelte er das Volk auf?

— Um sich an Blut zu sättigen. — Wieviel Jahre führte er Krieg mit den Franzosen? — Nur anderthalb Jahre, doch sie besiegten ihn. — Ist dieser Thee gut? — Ja, er ist gut, doch etwas dünn. — Ist aber Ihr Zucker hart? — Ja, er ist sehr hart, das ist der härteste Zucker des reichen Kaufmanns, bei dem die besten Waaren in der ganzen Stadt sind. — Wann haben Sie die junge Wittwe, Frau Emma M., begegnet? — Gestern Abend, nicht weit vom Zwinger, und als wir uns begegnet hatten, gingen wir in den Garten des guten Herrn Jvan Antonssohn Petrow. — Ist jetzt Jvan Antonssohn in Dresden? — Sie wissen, er war dreiviertel Jahr in Paris und lebt schon mehr als fünf und ein halb Jahr in Dresden. — Wie gefällt es ihm dort? — Wenn man so lange in einer Stadt gelebt hat, muß es (d a) gefallen.

195. Aufgabe.

Kommen Sie, ich kann nicht hier bleiben; hier ist Zug= wind. — Ich finde nicht, daß hier Zugwind sei, Sie glauben (грезится) es nur. — Wann werden Sie diese Sache thun? — Ich werde sie thun, wenn es mir einfällt (захочется). — Hat Ihr Schneider Ihnen Ihre Kleider (sing.) gut gemacht? — Nicht sehr (не то чтобъ) gut, es geht aber. — Man sagt, er sei abgereist ohne Abschied zu nehmen. — Ich glaube es nicht; es kann nicht sein. — Sind Sie denn schläfrig (клонитъ ли васъ ко сну), daß Sie fortwährend gähnen? — Nein, ich bin nicht schläfrig (мнѣ спать не хочется), ich bin nicht ganz wohl (мнѣ что-то нездоровится). — Wer ist die= ser Faulenzer? — Es ist der Sohn eines reichen Kauf= manns; seine Trägheit und Nachlässigkeit sind unerträglich. — Glauben Sie meinen Worten? — Nein, ich habe den Glauben an Ihre Worte verloren, Sie haben mir zu oft ge= logen. — Ist Ihre Heimath fern? — Meine Heimath ist fern, denn ich bin in Frankreich geboren (моя родина). — Man hat mir gesagt, dieser Herr, der die Brille auf hat

(въ очкахъ), (und) uns gegenüber ſitzt, ſei ein berühmter Profeſ=
ſor. — Berühmt iſt er nicht, er liebt aber mit ſeiner Be=
rühmtheit zu prahlen. — Hat der Banquier ſein Wort ge=
halten? — Nein, er hat es nicht gehalten, er liebt zu ver=
ſprechen, hält aber ſelten ſein Verſprechen. — Wem iſt es
eingefallen, das zu ſagen? — Niemanden iſt es eingefallen;
Alle wiſſen es aber. — Es iſt aber unwahr. — Verſichern
Sie es uns nicht, das wiſſen wir beſſer als Sie. — Warum
ſtehen Sie? — Wir wollen gehen. — Nein, ich will nicht
gehen; ich höre, daß Ihr Bruder vielen Unſinn ſpricht und
will ihm ſagen, er ſolle es nicht thun.

Fünfundſiebzigſte Lektion. — СЕМЬДЕСЯТ ПЯТЫЙ
УРОКЪ.

Leſen, читать, geleſen, читанъ.   Das Leſen, die Lectüre, чтеніе.
    Das, was man geleſen hat.   Читанное.
Das Leſen dieſes Buches wird dir   Чтеніе этой книги тебѣ будетъ
ſehr nützlich ſein.   очень полезно.

547. Durch Anhängung der mildernden Endung -іe
(-ье) an das paſſive Particip der Vergangenheit
bildet man ein Hauptwort, Verbal=Subſtantiv, nomen verbale, welches die Handlung des Zeitworts zum
Gegenſtande hat und dem, im Deutſchen als Hauptwort
ſächlichen Geſchlechts gebrauchten Infinitiv oder den Verbal=
Subſtantiven auf -ung entſpricht.

Sitzen, сидѣть, (сидѣнъ), сидѣніе.   Waſchen, мыть (мытъ), мытіе, мытьё.
Mahlen, молоть, das Mahlen, мо-   Retten, спасти, die Rettung, спа-
    лотье (auch молотьба.)   сеніе.
Vollziehen, исполнить, (исполненъ).   Die Vollziehung, исполненіе.

Bemerkung 1. Die Endungen -іe und -ье geben
dem Worte zuweilen eine verſchiedene Bedeutung, indem

27*

-ie das **Activum** und **Abstractum**, -ье hingegen das **Passivum** und **Concretum** bezeichnet.

Sein, быть, das Sein, Dasein, бытіе; das Vermögen, бытьё.

Gern mögen, beschenken, жаловать.   Der Gehalt, жалованье.

Die Begnadigung, Beschenkung.   Жалованіе.

Das Trinken, питіе.   Das Getränk, питьё.

Was für ein Getränk ziehen Sie vor?   Какое питьё предпочитаете вы?

Von allen Getränken ziehe ich das Wasser vor.   Изъ всѣхъ напитковъ я предпочитаю воду.

Wieviel Geld brauchen Sie zur Begründung dieser Fabrik?   Сколько вамъ надобно денегъ къ заведенію сей фабрики?

Um diese Fabrik zu begründen?   Чтобы завести сію фабрику?

Er hat sich des Stehlens wegen (um zu stehlen) in das Zimmer geschlichen.   Онъ ворвался въ комнату для краденія (чтобы красть).

Bemerkung 2. Aus stehlen, красть. wird auch das Hauptwort кража gebildet.

*518. Wie im Deutschen, wendet man auch im Russischen sowohl das Verbal-Substantiv, als auch den Infinitiv an; wobei jedoch der Gebrauch des Substantivs mehr dem höhern Style angehört.

Bemerkung 3. Nach den Zeitwörtern: бояться, опасаться. **fürchten, sich fürchten,** беречься, остерегаться. **sich hüten, in Acht nehmen,** steht nach чтобы. vor dem Infinitiv не.

Er befürchtet, das Glas zu zerbrechen.   Онъ опасается, чтобы не разбить стакана.

Ich sah sie in's Theater gehen.   Я видѣлъ ее, идущую въ театръ.

Wie sie in's Theater ging.   Какъ она шла въ театръ.

Als sie in's Theater ging.   Когда она шла въ театръ.

Ich glaube, ihn zu kennen.| Я думаю, что знаю его.

Daß ich ihn kenne. |

Sie weinte, als sie sein Leiden sah.   Она плакала, видя его страданіе. (когда видѣла его страданіе).

Während (indem) du über Andere urtheilst, denke über dich nach.   Судя о другихъ (въ то время, когда судишь о другихъ), размышляй о себѣ.

Nachdem wir zu Mittag gegessen haben, werden wir in die Schule gehen.   Отобѣдавъ (послѣ того, какъ мы отобѣдаемъ), мы пойдемъ въ школу.

Zur Zeit, wenn, wäh= | Въ то время — когда.
rend, indem.

Nachdem, wenn. | ⎰ Послѣ того — когда.
⎱ Послѣ того — какъ.

549. Die Sprache des gewöhnlichen Lebens bedient sich Wendungen, die den deutschen ähnlich sind, während der höhere Styl Constructionen vorzieht, welche die russische Sprache den classischen Sprachen des Alterthums zur Seite stellen.

Aus deiner Handschrift ist zu er= sehen (ersichtlich), daß (wie) du flüchtig gearbeitet hast.
Изъ твоего́ по́черка ви́дно, что ты рабо́талъ на ско́рую ру́ку.

Einrichten, begründen, завѣсть 7. — Hineinklettern, schleichen, влѣзть 1.

Nachdenken, размышля́ть 1. — Abspeisen (zu Mittag), отобѣ́дать 1.

Zerschlagen, zerbrechen, разби́ть 2. — Verhandeln, переговори́ть 7.

Vorziehen, предпочита́ть 1. — Vortragen, предлага́ть 1.

Schneiden, (Federn) очини́ть 7. — Skizziren, начерта́ть 1.

Verbessern, flicken, почини́ть 7.

Verbieten, untersagen, запрети́ть 7. — Schwören, божи́ться 7.

Werfen, бро́сить 7. — Versammeln, собра́ть 3.

Verlieren. — Потеря́ть 1.

Das Landhaus, да́ча. — Der Schriftsteller, писа́тель.

Das Theaterstück, піэса. — Der Bildhauer, вая́тель.

Der Räuber, разбо́йникъ. — Der Maler, живопи́сецъ.

Schiller, Ши́ллеръ. — Der Graveur, рѣщи́къ.

Die Wunde. — Ра́на.

Die Ausgabe, die Auflage, die Herausgabe, изда́ніе.

Das Gedicht, стихотворе́ніе. — Die Verhandlungen, перегово́ры.

Die Geschicklichkeit, Fähigkeit, спо= — Das Amt, der Beruf, зва́ніе.
собность f.

Die Vorbereitung, приготовле́ніе. — Die Sicherheit, Festigkeit, твёр=
дость f.

Die Menge, Quantität. — Коли́чество.

Persönlich, ли́чный. — Erforderlich, потре́бный.

Langweilig, ску́чный. — Unrecht, непра́вый.

Unverzeihlich, непрости́тельный. — Niedrig, gemein, по́длый.

Kaffee=. — Кофе́йный.

196. Aufgabe.

Wozu (для чего?) reiset Ihr Neffe nach Moskau? — Er will mit einem Buchhändler wegen (объ) der Her=

ausgabe seiner Gedichte verhandeln. — Muß er zu (для
mit dem Genit.) dieser Verhandlung persönlich dort sein?
— Das ist zwar (хотя) nicht nöthig, aber (однакоже) er
zieht jederzeit das Sprechen dem Schreiben vor. — Und ich
glaube, daß mehr Geschicklichkeit erforderlich ist, um gut zu
sprechen, als um gut zu schreiben. — Er ist seines (no mit
dem Dativ) Amtes ein Advokat und daher im unvorberei-
teten Vortragen (Vortragen ohne Vorbereitung)
wichtiger Angelegenheiten (дѣло) gewandt (искусный). —
Haben Sie nicht ein scharfes Federmesser? — Wozu brauchen Sie es? — Um diese Feder zu schneiden. — Zeichnen Sie zuweilen mit der Feder? — Nur zum Skizziren bediene ich mich (употреблять 1.) zuweilen derselben
(Accus.), denn zum Zeichnen mit der Feder gehört (надобно)
viel Sicherheit und diese fehlt mir sehr. — Haben Sie noch
etwas gemahlenen Kaffee? — Nein; aber wenn Ihnen das
Mahlen nicht zu langweilig ist, kann ich Ihnen gut ge-
brannte (жечь 1.) Bohnen geben, um sie zu mahlen. —
Warum (почему) trinken Sie keinen Wein? — Der Arzt hat
mir das Weintrinken untersagt. — Wein ist kein schädliches
Getränk, wenn er in kleinen Quantitäten getrunken wird.
— Wissen Sie nicht, wo meine Schwester ist? — Ich glaube,
daß sie zu Hause ist, denn ich habe sie singen hören (habe
gehört, wie sie sang). — Wann gingst du zu dem
Schweizer (Швейцарецъ)? — Nachdem ich seinen Sohn gesprochen hatte, ging ich zu ihm selbst. — Was sagte er,
als er die Nachricht empfing? — Er fing an zu fluchen
und zu schwören; woraus zu ersehen ist, daß er Unrecht
hat (unrecht ist). — Wäre es zu verwundern (wunderbar), wenn man ihn in's Gefängniß würfe? — Gewiß
nicht, denn es ist nicht zu verzeihen (unverzeihlich), daß
er so niedrig handelt (поступать 1.). — Waren Sie in
B's Kaffeehaus? — Ja, wir gingen selbdritt hin und fan-
den dort schon eine Menge Leute versammelt. — Was haben
Sie da Neues gehört? — Es heißt (man sagt), daß

die Türken, nachdem sie die Schlacht (сраженіе) verloren haben, um (o) Frieden bitten.

197. Aufgabe.

Sind dieser Dichter und dieser Bildhauer Baiern? — Nein, der Dichter ist in der That ein Baier, der Bildhauer aber ist ein Portugiese. — Ist es erlaubt, von dem Gedichte des Dichters zu reden? — Es ist, scheint es mir, jedem, der es gelesen hat, erlaubt, darüber zu reden. — Heute wird es sehr früh Abend. — Mir scheint es, daß es nicht früher als gewöhn= lich Abend wird. — Sehen Sie denn nicht, daß der Himmel sich mit Wolken bedeckt? — Das scheint Ihnen nur so (мнится). — Wer ist beim Duell verwundet worden? — Mein guter und tapferer Vetter ist beim unglücklichen Duell verwundet worden, und ist an (отъ) seiner Wunde gestorben. — Ist dieses Landhaus bewohnt? — Welches Landhaus; das wir jetzt sehen (das gesehen werdende), oder das wir vor einer Stunde gesehen haben? — Ich spreche von dem Landhaus, das wir jetzt sehen. — Es ist jetzt nicht bewohnt, denn es wird von seinem Besitzer vergrößert. — Bist du auf diesen Ball eingeladen? — Nein, ich bin nicht auf den Ball eingeladen, darum will ich in's Theater gehen. — Welches Stück wird heute im Theater gegeben? — Die Räuber von Schiller. — Und was wurde gestern da für ein Stück gegeben? — Maria Stuart von demselben Dichter.

198. Aufgabe.

Wie können Sie so sprechen? — Ich sage die Wahrheit. — Liebt man dieses Mädchen? — Alle lieben sie. — Hat man viel Bier beim Leipziger Feste getrunken? — Man hat sehr viel Bier (еро) getrunken, wie man sagt an siebenzehn tausend fünfhundertundsechzig Eimer. — War der Reisende schon bei Ihnen? — Nein, er war noch nicht da, hat aber versprochen, bald zu mir zu kommen. — Was für eine

Stimme hat der junge Sänger? — Er hat keine kräftige, sondern eine heisere (осипллый) Stimme. — Hat man den Verbrecher schon bestraft? — Nein, man hat ihn noch nicht bestraft und wir.., wie es scheint, ihn nicht bestrafen. — Warum wird man ihn nicht bestrafen? — Weil er kein Verbrecher, sondern ein unschuldig verläumdeter Mensch ist. — Waren Sie schon im neuen Kaffeehaus? — Nein, ich war nicht im Kaffeehaus, ich besuche nie (я не хожу въ) Kaffeehäuser. — Haben Sie zum Schneider geschickt? — Wozu haben Sie einen Schneider nöthig? — Ich will ihm sagen, daß er meinen Rock umwenden soll. — Man kann ihn nicht umwenden, das Tuch ist zu alt (ветхій). Waren Sie in der Festung Ehrenbreitenstein (Эренбрейтенштейнъ)? — Nein, ich war nicht dort, mein Bruder jedoch war dort und sagt, es sei eine starke Festung. — Ist Ehrenbreitenstein stärker als Königstein (Кенигштейнъ) in Sachsen? — Man kann diese zwei Festungen nicht vergleichen, letztere ist viel kleiner als erstere. — Kommt Ihr Barbier früh zu Ihnen? — Gewöhnlich kommt er spät, heute aber ist er früher gekommen. — Wer hat Ihre Schwester gekämmt? — Es kämmt sie ein Friseur aus Paris.

Sechsundsiebzigste Lektion. — СЕМЬДЕСЯТЬ ШЕСТОЙ УРОКЪ.

550 Die russische Sprache leitet von einem und demselben Wortstamme nach bestimmten Analogien verschiedene Verba ab, von denen jedes, außer der im Grundbegriffe liegenden Haupthandlung, noch eine besondre Modification derselben bezeichnet.

Die vorzüglichsten, durch eine besondere Form (видъ) des russischen Zeitworts bezeichneten Modificationen

der Grundbedeutung beziehen sich auf Bestimmungen des
Zeitpunkts, der Wiederholung und der Vollen=
dung der Handlung.

a) Verba, welche, wie die deutschen, keine dieser Bestim=
mungen an und für sich bezeichnen, nennt man nicht be=
stimmte Zeitwörter (глаголы вида неопредѣленнаго).

Er liebt alle Menschen.	Онъ любитъ всѣхъ людей.
Der Handel bereicherte dieses Land.	Торговля обогатила эту землю.
Wer wird mit ihm davon sprechen?	Кто съ нимъ будетъ говорить объ этомъ?

b) Ist der Zeitpunkt der Handlung durch das
Verbum selbst ausgesprochen, so nennt man es ein be=
stimmtes Zeitwort (глаголъ вида опредѣленнаго).

Er führt jetzt (in diesem Augen= blicke) seine Mutter.	Онъ ведётъ свою мать.
Sie gingen (zu einer bestimmt verstandenen Zeit) in den Wald.	Они шли въ лѣсъ.
Wer wird ihm schmeicheln?	Кто будетъ ему льстить?

c) Spricht sich in der Form des Zeitworts der
Begriff aus, daß die Handlung sich gewöhnlich wieder=
holt, so nennt man es ein frequentatives Zeitwort
(глаголъ вида многократнаго).

Unter diesem Baume saß der Groß= vater (pflegte der Großvater zu sitzen) und erzählte uns Mährchen.	Подъ этимъ деревомъ дѣдушка сиживалъ, разсказывая намъ сказки.

d) Verba mit dem Begriff des einmaligen Ge=
schehens und plötzlichen Vorübergehens einer
physischen Handlung, welcher meistens eine Bewegung
zum Grunde liegt, heißen semelfactive Zeitwörter (гла=
голы вида однократнаго).

Ich tauchte den Zwieback in den Kaffee, um ihn zu erweichen.	Я макалъ сухарь въ кофей, что= бы его смягчить.
Ich habe den Zwieback — nur einmal — in deinen Kaffee ge= taucht.	Я макнулъ сухарь въ твой ко= фей.

Bemerkung 1. Die semelfactiven Verba haben kein Präsens. Ihre Präsens = Form hat die Bedeutung des Futurums.

Ich werde — einmal — abfeuern.　Я стрѣльну.

e) Läßt das Verbum die Vollendung der Handlung unbezeichnet, so ist es ein imperfectes Zeitwort (глаголъ вида несовершѣннаго).

Er erzählt uns ein Mährchen.　Онъ намъ разсказываетъ сказку.

Sie erzählte ihm Fabeln.　Она́ ему́ разска́зывала ба́сни.

Den aufmerksamen Mädchen werde ich jederzeit Etwas mit Vergnügen erzählen.　Внима́тельнымъ дѣ́вицамъ всегда́ бу́ду разска́зывать что-нибудь съ удово́льствіемъ.

f) Ist durch die Form des Verbs die Vollendung der Handlung ausgedrückt, so nennt man es ein perfectes Verbum (глаголъ вида совершѣннаго).

Unser Lehrer hat uns neulich eine sehr rührende Geschichte erzählt.　Нашъ учи́тель намѣ́дни разсказа́лъ намъ трога́тельную исто́рію.

Den Schluß werde ich Euch mor= gen erzählen.　Оконча́ніе за́втра намъ разскажу́.

g) Schließen die semelfactiven Verba zugleich die Be= zeichnung der vollendeten Handlung in sich, so sind sie perfecte semelfactive Verba (глаго́лы вида совер-шѣнно-однокра́тнаго).

Ich habe (nur dies eine Mal) meine Feder in sein Tintenfaß getaucht.　Я обмакну́лъ свое перо́ въ его́ черни́льницу.

Ich werde sie (nur einmal) ein= tauchen.　Я его́ обмакну́.

Bemerkung 2. Auch die perfecten Zeitwörter, so= wie die perfecten Semelfactiva, haben kein Präsens, indem sich an ihre Präsens=Form die Bedeutung des Futurums knüpft.

551. In Rücksicht auf die Art und Weise, wie diese verschiedenen Verbal=Arten neben oder von einander ge= bildet werden, merke man:

a) Die Verba des Zeitpunkts (550., a. b.) sind Stamm-Verba von einerlei Wortstamm nach verschiedenen Analogien gebildet.

Ziehen, schleppen (nicht bestimmt), влачи́ть 7. (bestimmt), влечь 1.
Brechen,   „   „ лома́ть 1.   „ ломи́ть 7.

b) Die Verba der Wiederholung (550., c. d.) sind durch bestimmte Endungen von den erstern abgeleitet (Derivativa verbalia).

	Nicht bestimmt.	Frequentativ.	Semelfactiv.
Reißen,	рвать 3.	рыва́ть 1.	рвану́ть 6.

c) Die Verba der Vollendung (550., e., f., g.) entstehen durch Vorsetzung eines Präfixums oder einer Vorsylbe vor eine der vorigen Formen.

	Nicht bestimmt.	Bestimmt.	Frequent.	Semelfact.
Lieben,	люби́ть 7.		любли́вать.	
Gießen,	лить 2.		лива́ть 1.	
Reißen,	дёргать 1.		дёргивать 1.	дёрнуть 6.
Fliegen,	летать 1.	лете́ть 8.	und лётывать 1	

	Unvollendet.	Vollendet.	Perfect.	Semelfact.
Lieben,		полюби́ть 7.		
Gießen,	вылива́ть 1.	вы́лить 1.		
Reißen,	выдёргивать 1.	вы́дергать 1.		вы́дернуть 6.

552. Während die, durch Zusammensetzung gebildeten Formen (550., c.) selbst von nicht gebräuchlichen einfachen gebildet werden, sind von den, durch Ableitung entstandenen selten mehrere Formen nebeneinander im Gebrauch. Nachdem nun eine oder mehrere Formen nebeneinander in verwandter Bedeutung vorkommen, theilt man die einfachen Zeitwörter folgendermaßen ein:

a) Mangelhafte Zeitwörter (недоста́точные), die nur in einer Form für die nicht bestimmte Bedeutung vorkommen.

b) Unvollständige Zeitwörter (непо́лные), welche neben der Form für die nicht bestimmte Bedeutung auch noch eine für die frequentative haben.

c) **Vollständige Zeitwörter** (полные) haben drei Formen, für die nicht bestimmte, frequentative und semelfactive Bedeutung.

d) **Doppel=Zeitwörter** (сугубые) haben die Formen für die nicht bestimmte, bestimmte und frequen= tative Bedeutung.

553. In Hinsicht auf die Conjugation richtet sich jede Form nach derjenigen Klasse, zu welcher sie durch die Endung ihres Infinitivs und Präsens gehört. Nur auf die Bezeichnung des **Futurums** hat die **Form** einen Einfluß.

554. Diejenigen Formen (550., a., b., c.), deren Prä= sens=Form auch die **Bedeutung eines Präsens** hat, bezeichnen das **Futurum** durch das **Hülfszeitwort** буду (vgl. 386.).

Ich werde schreiben.	Я буду писать.
Er wird Wein trinken.	Онъ будетъ пить вина.
Wir werden lernen.	Мы будемъ учиться.
Wir werden (nun) lernen.	
(Wir werden uns sofort an's Lernen begeben).	Мы станемъ учиться

555. Zur Bezeichnung des **Futuri** braucht man statt буду auch стану. Буду bezeichnet das künftige Geschehen einer Handlung im **Allgemeinen**; стану, dagegen be= stimmt die Zukunft gleichsam als **sofort beginnend**

Ich werde den Brief schreiben.   Я буду писать письмо.
(Gleichviel wann. Das Schreiben wird irgend einmal sein, statt=
finden).
Ich werde den Brief schreiben.   Я стану писать письмо
(Ich setze mich hin, das Schreiben wird alsbald beginnen.)
Lasset uns in der Jugend lernen.]   Будемъ учиться въ молодыхъ лѣ-
Wir wollen in der Jugend lernen.ʃ   тахъ !
Lasset uns (nun) lernen und dann
spielen.
Wir wollen (nun) lernen und dann   Станемъ учиться, а потомъ играть.
spielen.

Bemerkung 3. Beim passiven **Particip** sieht nur буду, nie стану.

Bemerkung 4. Nur das Zeitwort дать, geben, hat neben dem Präsens даю, ich gebe, noch ein eigenes Futurum ohne Hülfs-Verbum, dessen unregelmäßige Conjugation hier folgt:

Einzahl.	Mehrzahl.
Ich werde geben, дамъ.	Wir werden geben, дадимъ.
Du wirst geben, дашь.	Ihr werdet geben, дадите.
(Er) wird geben, (онъ) дастъ.	(Sie) werden geben, (они) дадутъ.
Er giebt dir Brod.	Онъ тебѣ даётъ хлѣба.
Er wird dir Brod geben.	Онъ тебѣ дастъ хлѣба.

556 Beispiele mangelhafter Zeitwörter.

Beschuldigen, винить 7.

Eilen, спѣшить 7.

Lügen, лгать 3.

Heiser werden, сипнуть 6.

Schonen, щадить 7.

Schwitzen, потѣть 1.

Sich einbilden, мечтать 1.

Verlieren, терять 1.

Rauben, entführen, хитить 7.

Wandern, скитаться 1.

Verbieten, запретить 7.

Bedauern, жалѣть 1.

Erzählen, разсказать 3., разсказывать 1.

Benutzen, пользоваться 5.

Bejahen, bestätigen.

Das Mährchen, сказка.

Der Schluß, das Ende, окончаніе.

Die Verführung, обольщеніе.

Das Verbrechen, преступленіе.

Der Anfang, начало.

Der Kirchhof, кладбище.

Die Rolle, роль f.

Rührend, трогательный.

Pfarr=, Parrochial=, приходскій.

Neulich, намнясь (alt), намедни.

Leuchten, свѣтить 7.

Blühen, цвѣсти 1.

Lieben, любить 7.

Haben, имѣть 1.

Schmeicheln, льстить 7.

Wachsen, рости.

Wollen † хотѣть 8.

Plündern, грабить 7.

Erröthen, краснѣть 1.

Beerdigen, begraben, хоронить 7.

Beschädigen, schaben, вредить 7.

Erweichen, мягчить 7.

Leihen, verpflichten, одолжить 1.

Festhalten, anhalten, задерживать 1.

Подтвердить 7., подтверждать 1.

Der Zwieback, сухарь.

Die Wahrsagerei, ворожба.

Die Freiheit, свобода.

Der Reisende, пріѣзжій, -аго.

Der Reisende, путешественникъ.

Der Verstorbene, покойникъ.

Die Frage, вопросъ.

Schamlos, frech, безстыдный.

Roh, grob, грубый.

Sogar, даже.

199. Aufgabe.

Wessen (въ m. d. Präp.) beschuldigt man den Menschen? — Man beschuldigt ihn der (въ m. d. Präp.) Wahrsagerei; übrigens verlor schon sein Vater wegen (изъ за genit.) dieser Betrügerei seine Freiheit. — Ist das sein einziges Verbrechen? — Leider (къ сожалѣнію) nicht! — Er plünderte Reisende auf der Landstraße (большая дорога) und raubte sogar Kinder. — Er scheint ein frecher Mensch zu sein, der nicht erröthet, ob er gleich am (у) Schandpfahle (безчестный столбъ) steht. — Leihe mir gefälligst deinen Bleistift! — Sehr gern, aber verliere ihn nicht. — Wo ist jetzt Ihr jüngster Sohn? — Ich weiß es nicht; er wandert in der weiten (бѣлый) Welt umher (по m. d. Dativ), indem er sich einbildet, irgendwo sein Glück zu finden. — Wo eilen Sie hin? — Man wird unsern Lehrer beerdigen, und ich fürchte, zu spät zu kommen. — Auf welchem Kirchhofe werden Sie ihn beerdigen? — Er wird die erste Leiche auf dem neuen Kirchhofe, der zur Pfarrkirche gehört, sein. — Dürfen wir in diesen Garten gehen? — Wer wird es uns verbieten (запретить)? — Dem Publikum ist die Erlaubniß gegeben, ihn (Instrum.) zu benutzen, und wer etwas beschädigt, der wird von den Wächtern festgehalten und bestraft. — Giebt es in der That noch so rohe Menschen, die so herrliche Anlagen beschädigen können? — Ich bedaure es (о томъ), daß ich Ihre Frage bejahen muß. — Aber man schont auch die nicht, die sich auf (на mit dem Präp.) der That ertappen (поймать) lassen.

200. Aufgabe.

Der schamlose Reisende beschuldigte seinen guten und treuen Diener eines Verbrechens. — Was für eines Verbrechens? — Daß er ihm seine goldene Uhr (часы m. pl.) gestohlen habe. — Hat er sie gestohlen? — Nein, Niemand konnte sie stehlen, denn der Reisende hatte keine Uhr, er

hatte fie in dem Nachbarftädtchen verkauft. — Wer fing an
zu weinen, als du von dem Verftorbenen fprachft? — Es
waren die Kaufmannsfrau und die Webersfrau, welche weinten.
— Warum fing der Sänger heute im Theater zu früh an
zu fingen? — Er hatte feine Rolle vergeffen. — Ift Eng=
land reich? — Ja, fehr reich, der Handel hat diefes Land
fo reich gemacht. — Kann man diefen jungen Knaben für
feine dumme Witzelei beftrafen? — Man kann es nicht
allein, man muß es fogar. — Warum? — Damit er klü=
ger wird und nicht mehr fade Witzeleien fpricht. — Es
fcheint diefer Kaufmann jetzt einen unbedeutenden Handel zu
haben. — Es gefchieht ihm recht! Warum war er immer
ftolz und liebte nur fich allein? — Hat er viel Geld? —
Ich glaube es nicht, denn es haben ihn neulich Diebe be=
ftohlen. — Wieviel Geld haben fie ihm geraubt? — An
dreißigtaufend Rubel. — Das ift fehr viel; doch er ift für
feinen Stolz und feine Hartherzigkeit beftraft.

201. Aufgabe.

Ift es lang, daß Sie bei Ihrem Nachbar nicht gewefen find?
— Es find fchon zwei oder drei Monate, daß ich bei ihm
nicht gewefen bin. — Was ift das für ein Menfch, der
jetzt im Kerker fitzt? — Es ift ein Verbrecher, welcher an=
geklagt ift (обвинёнъ), einen Reifenden beraubt zu haben.
— Wünfchen Sie Etwas zum Kaffee? — Ja, bringen Sie
mir zwei oder drei Zwieback. — Neulich ging ich an dem
Haufe meines Freundes vorbei und begegnete nicht weit da=
von einem jungen Mann. — Wer war diefer junge Mann?
— Sie kennen ihn; es ift der unverfchämte Commis, wel=
cher feinen Herrn beftohlen hat. — Haben Sie ihn in die
Hände der Polizei ausgeliefert? — Nein, er entfloh, bevor
ich es thun konnte. — Wer ift diefer unverfchämte Menfch?
— Sie haben Recht; er ift nicht allein unverfchämt, fondern
auch grob, ich weiß aber nicht, wer er ift. — Klopfen Sie
nicht! Ihre Mutter ift krank und Sie lärmen zu fehr. —

Ich habe es nur zufällig, aber nicht absichtlich gethan. — Ich weiß, Sie werden Ihre Mutter nicht absichtlich beunruhigen, und das thun, was ihrer Gesundheit schädlich sein kann. — Haben Sie schon den Brief an Ihren Banquier geschrieben (ist geschrieben)? — Nein, ich habe ihn noch nicht geschrieben, werde ihn aber morgen schreiben. — Wer hat diese Kirche auf dem hohen Berge gebaut? — Was für eine Kirche? — Jene, die wir am Ufer der Wolga sehen? — Welche? — Diese Kirche aus rothen Ziegelsteinen? — Diese Kirche ist von einem reichen, aber gewissenlosen Fürsten, welcher seine Bauern zu Grunde gerichtet hat, erbaut worden. — Warum hat er sie gebaut? — Aus Ehrgeiz; weil sein Vorfahr, welcher zur Zeit (при) Peter des Großen hingerichtet worden ist, ein Gut (село) in Kleinrußland (Малороссія) besaß, in welchem eine ganz ähnliche Kirche ist.

Siebenundsiebzigste Lektion. — СЕМЬДЕСЯТЬ СЕДЬМОЙ УРОКЪ.

Der Knabe geht in die Schule (Jetzt, während ich davon spreche).   Мальчикъ идетъ въ школу

Der Knabe geht in (besucht) die Schule.   Мальчикъ ходитъ въ школу.

557. Zeitwörter mit dem Nebenbegriff der Wiederholung oder längern Dauer der Handlung heißen Iterativa.

558. Die aus demselben Stamme gebildeten Zeitwörter, welche den Begriff enthalten, daß die Handlung zu derjenigen Zeit, von welcher die Rede ist, einmal geschehe, werden Singularia genannt.

Bemerkung 1. Nur die acht ersten Iterative endigen auf -итъ, während ihre Singulare auf -стъ (-чъ) ausgehen. Alle übrigen Interative haben im Infinitiv -ать ober -ять und gehören zur erſten Conjugations= Klaſſe; ihre Singulare aber gehören, nach ihren verſchie= denen Infinitiv= und Präſens=Endungen, verſchiedenen Con= jugations=Klaſſen an.

	Iterative.	Singulare.
Umherſchleichen,	бродить,	бреду́.
Führen,	возить,	везу́.
Tragen,	носить,	несу́.
Fahren,	ѣздить,	ѣду.
Führen,	водить,	веду́.
Klettern,	лазить,	лѣзу.
Gehen,	ходить,	иду́.
Ziehen,	влачить,	влеку́.
Stoßen,	бодать,	боду́.
Achten,	почитать,	чту.
Kriechen,	ползать,	ползу́.
Sein,	бывать,	быть.
Jagen,	гонять,	гнать.
Schwimmen,	плавать,	плыть.
Schlafen,	спать,	снуть (со-).
Glänzen,	блистать,	блестѣть.
In Besitz haben,	владать,	владѣть.
Laufen,	бѣгать,	бѣжать 8.
Athmen,	дыхать,	дышать 8.
Sehen,	видать,	видѣть.
Fliegen,	летать,	летѣть.
Hören,	слыхать,	слышать 8.
Pfeifen,	пискать 3.	пищать 3.
Erzürnen,	гнѣвать,	гнѣвить.
Abkürzen,	коротать,	коротить.
Eintauchen,	макать,	мочить.
Schleppen,	таскать,	тащить.
Rollen,	катать,	катить.
Brechen,	ломать,	ломить.
Drücken,	тискать,	тиснить.
Werfen,	валять,	валить.
Ändern,	измѣнять,	измѣнить.
Ebnen,	равнять.	равнить.
Wenden,	ворочать,	воропить.
	вращать,	вратить.
Krümmen,	кривлять,	кривить.

Iterative.		Singulare.
Bemühen,	-труждать,	трудить.
Erheben,	величать,	величить.
Messen,	мѣрять,	мѣрить.
Fallen lassen,	ронять,	-ронить.
Aufhängen,	вѣшать,	вѣсить.
Grüßen,	кланяться,	клониться.
Setzen, pflanzen,	сажать,	садить.

559. Von folgenden Iterativen sind die Singulare nicht gebräuchlich:

Ausweichen, вилять.
Ausklauben, ковырять.
Stoßen, пырять.
Berühren, касаться.
Husten, кашлять.
Trumpfen, козырять.

Schießen, стрѣлять.
Niesen, чихать.
Hinken, ковылять.
Untertauchen, нырять.
Schleudern, швырять.
Stecken, тыкать 1. u. 3.

Bemerkung 2. Alle diese Verba haben ein Präsens und bilden das Futurum durch буду.

Hier kriecht ein Wurm (jetzt). — Здѣсь червь ползётъ.
Die Würmer kriechen, die Vögel fliegen, die Hunde gehen und laufen. — Черви ползаютъ, птицы летаютъ, собаки ходятъ и бѣгаютъ.
Ueber uns fliegt ein Adler. — Надъ нами летитъ орёлъ.
Wohin fuhren Sie gestern? — Куда ѣхали вы вчера?
Die Söhne unsers Nachbars fuhren (gewöhnlich) nach der Stadt. — Сыновья нашего сосѣда ѣздили въ городъ.
Was haben Sie gestern gepflanzt? — Что вы вчера садили?
Ich habe den ganzen Tag Blumen gepflanzt. — Я сажалъ цвѣты цѣлый день.

560. In Betreff des Zeitpunkts sind die obigen Verba nichtbestimmte und bestimmte; aber auch dieser Unterschied beruht auf ihrem ursprünglichen Begriff der einmaligen und wiederholten Handlung.

Als ich ihn sah, ging er in die Schule (war er unterwegs zur Schule — Einmaliges Gehen zu einer bestimmten Zeit). — Когда я его видѣлъ онъ шелъ въ школу.
Als ich ihn zum ersten Male sah, ging er noch nicht in die Schule (d. h. war er noch nicht ein Schulknabe). — Когда я его видалъ въ первый разъ, онъ еще не ходилъ въ школу.

(Der Zeitpunkt ist gleichfalls bestimmt, aber das Gehen als ein sich regelmäßig wiederholendes dargestellt).

Gestern zog ich den Wagen (einmal).	Вчера́ я влёкъ теле́гу.
Gestern zog ich den Wagen (wiederholt).	Вчера́ я влачи́лъ теле́гу.

561. Es ist wahr. Пра́вда.

Ist es nicht wahr? Не пра́вда-ли?

Ist es nicht wahr, daß Sie gestern im Theater gewesen sind?	Не пра́вда-ли, что вы бы́ли вчера́ въ теа́трѣ?
Ja, es ist wahr.	Да, э́то пра́вда.

Ueber (oberhalb). Надъ (m.·d. Instrum.).

Trocknen, суши́ть 7.	Versprechen, обѣща́ть 1.
Mehren, vermehren, умножа́ть 1.	Dafür halten, achten, почита́ть 1.
Emporsteigen, aufsteigen, взойти́ (итти́).	Bedecken, покрыва́ть 1.
Lachen.	Смѣ́яться.
Der Wagen, теле́га.	Das Krachen, трескъ.
Der Obsthändler, ово́щникъ.	
Der Schöpfer, созда́тель.	Der Gönner, покрови́тель.
Das Kind.	Ребёнокъ.
Vorsichtig, осторо́жный.	Taub, dumpf, глухо́й.
Mächtig.	Мо́щный.
Würdig, досто́йный.	Lächerlich, смѣшно́й.
Sogleich.	То́тчасъ.

202. Aufgabe.

Wann werden Sie das Getreide zur Stadt führen? — Wir führten es schon gestern dahin. — Hat Ihr Nachbar seinen Weizen schon nach Kasan geführt? — Er führte den ganzen Monat hindurch (въ mit dem Accusativ) Weizen dahin und wird gewiß (вѣрно) noch vierzehn Tage führen müssen. — Wohin schleppt der Gärtner diesen Sack mit Birnen? — Ich kann es nicht sagen, wohin er ihn schleppt, aber er schleppt täglich Säcke mit getrockneten Früchten zu einem reichen Obsthändler, dessen Söhne sie nach Peterhof (Петерго́фъ) führen. — Hat der Diener die schöne Porcellantasse zerbrochen? — Nein; ich muß bekennen, daß ich

28*

es selbst gethan habe (сдѣлать). — Ich glaubte es, weil Ihr voriger Diener Alles zerbrach, was er in die Hände (брать) nahm. — Wen (Dativ) grüßten Sie da? — Einen alten Bauern, der mich jedesmal freundlich grüßt, so oft er mir (Accusativ) begegnet (встрѣчать 1.). — Wirst du Alexanderchen zum Großpapa führen? — Ja, liebe Mama, wenn du es erlaubst. — Sehr gern, wenn ihr mir versprecht, [hübsch] vorsichtig zu gehen und nicht zu laufen. — Höre ich aber, daß ihr gelaufen seid, so führt ihn in Zukunft stets Eure Wärterin (нянька). — Kann ich in Ihrem Zimmer zeichnen? — Jetzt nicht, es ist Sonne im Zimmer. — Die Sonne ist in dieser Zeit von fünf bis zwölf Uhr Vormittags (полудни) in meinem Zimmer. — Warum wälzt Ihr Sohn die Steine? — Ich habe ihm gerathen, Steine zu wälzen, um stärker zu werden. — Soll Iwan nach dem Walde fahren? — Nein; es ist Peter's Sache, nach dem Walde zu fahren, daher soll er, und nicht Iwan, dahin fahren. — Hörten Sie das dumpfe Krachen? — Ich habe nichts gehört. — Haben Sie das neu errichtete Denkmal des Feldmarschalls (фельдмаршалъ) gesehen? — Ich habe es gesehen, aber ich halte den Schöpfer desselben, so berühmt er auch ist, nicht für (за mit dem Accusativ) einen Künstler. — Ich sah Leute ohne Talent emporsteigen zu (въ mit dem Accusativ) Ansehen (честь f.) und Ruf (слава), weil sie von mächtigen Gönnern beschützt wurden. — Ist das Kind krank? Es athmet so schwer. — Es athmet stets so tief, aber es ist dabei gesund und munter.

203. Aufgabe.

Worüber (надъ чѣмъ) lachte neulich jener grobe und freche Bauerlümmel? — Ueber das Ende des Märchens, welches der verständige Ackersmann seinen Kindern erzählte. — Ich sehe darin (in ihm) nichts Lächerliches. — Und ich auch nicht. — Trägt schon der Diener das Holz, das der gute Bauer uns gebracht hat? Nein, er hatte noch nicht

Zeit, es zu tragen, doch wird er es sogleich tragen, wenn
er seine jetzige Arbeit beendigt hat. — Ist es nicht wahr,
daß das Testament des Malers, der an (отъ mit dem Ge=
nitiv) der Schwindsucht gestorben ist, sein ganzes Vermögen
seiner geliebten Gattin zur Verfügung stellt (отдать)? —
Es ist wahr. — Wieviel Pud Salz will Ihnen jener ehr=
liche Kaufmann verschaffen? — So viel als ich brauche;
denn ich habe alles Salz, das ich hatte, verkauft, und ver=
kaufe jetzt täglich mehr als fünfhundertsiebenundvierzig Pud.
— Gieb mir das Glas; du hast genug getrunken. — Nein,
es war nicht genug. — Ich habe beinahe gar nicht ge=
trunken. — Wo ist der leichtsinnige Sohn dieses ehrlichen
Bürgers? — Ich weiß es nicht; er ist nicht würdig, daß
man sich um ihn bekümmert.

204. Aufgabe.

Wer klopft dort an der Thür? — Es ist ein armer
Reisender, welcher zu Fuß aus Berlin gekommen ist. —
Wer hat ihn hergeschickt? — Der Pfarrer hat ihn herge=
schickt. — Ist das, was man mir gesagt hat, wahr? —
Alles ist wahr, darin ist kein Wort Lüge. — Nicht wahr,
Sie werden morgen zu mir kommen? — Ich weiß nicht,
ob ich zu Ihnen kommen kann; wenn ich es aber kann,
komme ich auf jeden Fall. — Versprechen Sie es mir? —
Ja, ich verspreche es Ihnen. — Wo ist der Beschützer die=
ses Kindes? — Er lebt in Paris, doch ist er nicht allein
der Beschützer, sondern auch der Vater desselben. — Wa=
ren Sie in der Stadt? — Ich fuhr hin, blieb aber
wegen (по) Unwohlsein im nächsten Dorfe; die Söhne un=
seres Nachbars waren dort. — Wo ist der Bauer? — Der
Bauer ist jetzt auf dem Felde, er säet, ackert und eggt. —
Ist das wahrscheinlich und möglich? — Es ist nicht allein
wahrscheinlich oder möglich, sondern auch wahr. — Wer
hat Ihnen das schöne Gut, welches Sie jetzt besitzen (владѣть),
vermacht (оставить)? — Mir hat es mein verstorbener On=

kel vermacht. — Was sind das für unverschämte Fragen? Sie sind sehr unschicklich. — Verzeihen Sie, ich sage niemals etwas Unschickliches, ich selbst weiß die Schicklichkeit zu beobachten und verletze sie niemals. — Was schreien Sie so sehr? — Der Herr, mit welchem ich spreche, ist taub und ich muß schreien, damit er mich höre. — Dieser Herr ist der Achtung würdig; er ist ein sehr hübscher und sehr guter Mann, zum Unglück aber taub.

Achtundsiebzigste Lektion. — СЕМЬДЕСЯТЪ ВОСЬМОЙ УРОКЪ.

562. Von den nichtbestimmten Wiederholungsfor= men werden die Gewohnheitsformen abgeleitet. Sie be= zeichnen eine Handlung, die ehemals häufiger ge= schah oder zu geschehen pflegte, und haben nur das Präteritum.

Bemerkung 1. Präsens und Infinitiv der Ge= wohnheitsform werden zur Bildung der Imperfecten gebraucht.

563. Um die Gewohnheitsform zu bilden, wird

a) Nach consonantischem Charakter -ать an den Präsensstamm gehängt.

Nagen, грызу́, freq. † грыза́ть 1. (грызть).	Harken, гребу́ — † греба́ть 1.
Backen, пеку́ — † пека́ть 1.	Gefrieren, мёрзну — † мерза́ть 1.
† Essen, ѣмъ (ѣди́мъ, † ѣда́ть 1.	† Verwelken, вя́ну — † вяда́ть 1.
† Dehnen, тя́ну — тяга́ть 1.	
††Schleppen, волоку́—вола́кивать1.	†† Legen, кладу́ — кла́дывать 1.
†† Stehlen, кра́ду — кра́дывать 1.	†† Spinnen, пряду́ — пря́дывать 1.

Bemerkung 2. Hat der Stamm keinen eigenen Vo= cal so wird -н eingeschoben.

Brennen, жгу́, freq. † жигáть 1.
Schneiden (Korn), жну — † жинáть.
Schicken, шлю — † сылáть.
Nehmen, берý (бру) — † бирáть.
    Trocknen.

Sterben, мру — † мирáть.
Drücken, жму — † жимáть.
Rufen, зовý (зву) — † зывáть.
Betten, стелю́ (стлю) — † стилáть,
Сóхну (схну) — † сыхáть.

b) Nach vocalischem Charakter mit einsylbigem Infinitiv wird -вать angehängt.

Kennen, знáю, freq. знавáть.
Blasen, дýю — дувáть.
Schlagen, бью — бивáть.
    Erkalten.

Reisen, спѣю — спѣвáть.
Faulen, гнію — гнивáть.
Werden, стáну — ставáть.
Стúну — стывáть.

Bemerkung 3. Bei abweichender Präsensform tritt der Vocal des Infinitivs ein.

Singen, пóю (пѣть), пѣвáть.
    Waschen.

Scheeren, брѣю (брить), бривáть.
Мóю (мыть), мывáть.

Bemerkung 4. Derselben Analogie folgen die Beginnformen auf -ѣть 1.

Verstehen, разумѣю, разумѣвáть.

Bemerkung 5. Die mit mehrsylbigem Infinitiv gehören unter d. 1.

Bemerkung 6. Sehr oft werden die Gewohnheitsformen nicht in der Wurzelform, sondern in der Präfixform gebraucht: z. B. gefrieren heißt nicht мерзáть, sondern замерзáть; Korn schneiden nicht жинáть, sondern сожинáть (559. Bem.).

c) Die Verba schwacher Form bilden die Gewohnheitsform vom Infinitiv, und zwar setzen sie gewöhnlich die mildernde Endung -ивать an den Stamm, wobei der Ton zurückgezogen und -o in -a verwandelt wird.

Sehen, смотрѣть freq. смáтривать.

Sitzen, сидѣть — сúживать.
Halten, держáть 8. — дéрживать.
Füttern, кормúть — кáрмливать.
† Sehen, глядѣть — † глядúвать.
    † Lassen.

Dulden, терпѣть — тéрпливать (20., d., 3.).
Urtheilen, судúть — сýживать.
Tränken, пойть — пáивать.
Pflastern, мостúть — мáщивать.
† Brennen, горѣть — † гáривать.
Велѣть — † велѣвáть.

Bemerkung 7. Das -o behalten:

Die Jagdhunde an die Kuppel gewöhnen, высворить fr. высворивать.
Sich zueignen, присвоить — присваивать.
Entzweien, ссорить — ссоривать. Salzen, солить — саливать.
Krampfhaft zusammenziehen, корчить — корчивать.
Ein Faß kimmen, уторить — уторивать.

d) Nach dieser Analogie — nämlich Anhängung der Sylben -ивать an den Infinitiv=Stamm=richten sich:

1. Die Verba der ersten Klasse mit vocalischem Charakter und mehrsylbigem Infinitiv, indem sie den Charakter=Vocal vor -ивать ausstoßen, wobei der vorhergehende Consonant jedoch unverändert — hart oder milde bleibt.

Spielen, играть 1. fr. игрывать.   Machen, дѣлать — дѣлывать.
Spazieren gehen, гулять — гуливать.   † Strahlen, сіять — (сіивать).

Bemerkung 8. Die Beginnformen bleiben bei der Regel (b. Bemerkung).

Schwach werden, слабѣть freq. слабливать.
† Fasten, говѣть 1. freq. † гавливать.

2. Die Verba der dritten Klasse mit vocalischem Charakter.

Würfeln, вѣять fr. вѣивать.   † Vermuthen, чаять — (чаивать).

3. Die mehrsylbigen Verba der dritten und vierten Klasse mit consonantischem Charakter (der aber hart bleibt), und die Verba der fünften Klasse (vgl. b.).

Ackern, орать 3. freq. орывать.   Saugen, сосать 3. — сасывать.
Lecken, лизать 3. — лизывать.   Schreiben, писать 3. — писывать.
Suchen, искать 3. — искивать.   Trennen, пороть 4. — парывать.
Schmieden, ковать 5. — ковывать.   Kauen, жевать 5. — жевывать.
Zeichnen, рисовать 5. — рисовывать.
† Flachs schwingen, трепать 3. — (треплю) freq. треплывать.

Bemerkung 9. Man hat auf die Natur des Consonanten, der vor -ивать hergeht, genau zu achten, weil man oft daraus allein auf das Stamm=Verbum und die Bedeutung schließen kann, z. B.:

Mild= und Wandlinge
vor -ивать.

Härtlinge vor
-ивать.

Aushungern, вымаривать von морить, tödten.

Ausstreichen, вымарывать von марать, schmutzen.

Stahl härten, закаливать von калить, glühen.

Erstechen, закалывать von колоть, stechen.

Aushalten, выдерживать von держать, halten.

Ausreißen, выдёргивать von дёргать, reißen.

So kommt auch z. B.: поглядывать, hinblicken, nicht unmittelbar von глядѣть, sondern von dem außer der Zusammensetzung nicht gebräuchlichen † глядать, wie завёрчивать, bis zum Schwindel drehen, von † вертѣть; aber завёртывать, zudrehen, erst von -вертать, abgeleitet ist.

564. Von den Zeitwörtern schwacher Form, besonders von denen der siebenten Klasse wird die Endung -ивать häufig in -ять abgekürzt.

Stellen, ставить; verschaffen, доставливать und доставлять 1.
Ordnen, putzen, рядить; entschmücken, разряжать 1.

Gewöhnlich ist dann die längere Form auf -ивать gar nicht im Gebrauch.

Bemerkung 10. Die meisten Verba dieser Art kommen nur in Zusammensetzungen vor. Die als einfache Verba gebräuchlichen bezeichnen eine Handlung von längerer Dauer und gehören daher theils in die Klasse der Wiederholungsform, theils in die Klasse der Perfecta oder Vollendungsform.

So lange ich auf der Welt bin, habe ich solches Elend nicht gesehen.

Съ тѣхъ поръ, какъ я на свѣтѣ, я не видывалъ такой бѣды.

Solche Felsstücke rollte der Riese wie einen Schneeball.

Такія осколки скалъ великанъ катывалъ какъ снѣжный шаръ.

565. Die längstvergangene Zeit der Wiederholungsform wird von folgenden einfachen Zeitwörtern nicht gebraucht.

a) Von den bestimmten Zeitwörtern (Singularen).

b) Von den Semelfactiven auf -нуть.

Bemerkung 11. Wohl aber von der Wiederholungs=
form beider.

c) Von den Inchoativen oder Beginnformen.

d) Von den abgeleiteten Zeitwörtern der fünften Klasse,
indem die meisten an sich schon frequentative Bedeutung
haben.

Bemerkung 12. Nur воевать, Krieg führen, macht
воёвывалъ.

e) Von den folgenden Zeitwörtern:

Heißhungrig sein, алкать 1.
Vergrößern, увеличивать 1.
Veralten, ветшать 1.
Wissen, вѣдать 1.
Bekränzen, крönen, вѣнчать 1.
Verabscheuen, гнушаться 1.
Hungern, голодать 1.
Bitter machen, горчать 1.
Wagen, дерзать 1.
Wild werden, дичать 1.
Theuer werden, дорожать 1.
Befreien, освобождать.
　　Vermuthen, hoffen.
Beschenken, дарить 7.
　　Segnen, begaben.
Das Felsstück, осколокъ скалы́.
Der Ball, die Kugel, шаръ.
Die Straße, у́лица.
Schnee, снѣжный.
　　Zusammen.

Dürsten (nach), жаждать 3.
Schluchzen, искать 1.
Berühren, касаться 1.
Winken (mit dem Kopfe), кивать 1.
Verläumden, клеветать 3.
Schmeicheln, ласкать 1.
Stammeln, лепетать 3.
Mit dem Fuße stoßen, пинать 4.

Bewirthen, по́дчивать 1.
Verzeihen, прощать 1.
Leiden, страдать 1.
Чаять 3.
Pflegen, ходить (за m. d. Instrum.).
Ода́рить 7.
Der Riese великанъ.

Schach, ша́хматы.
Geschäftig, за́нятый.
Вмѣстѣ.

205. Aufgabe.

Was für eine Frau war die selige Baronesse? — Sie
war die beste Frau von der Welt, eine wahre Mutter der
Armen und Leidenden. — Jene beschenkte sie reichlich, diese
(за mit dem Instrum.) pflegte sie selbst. — Liebte der Ba=
ron sie sehr? — Er liebte und schätzte (почитать 1.) sie
über (mehr als) Alles und (pflegte zu) sagen: Der Herr
segnete mich [mit] dem Weibe (Instrum.), mit allem Ueb=

rigen segnete mich dieses Weib. — Haben Sie sie oft zusam=
men gesehen? — Im Sommer fast täglich; denn er führte
sie entweder in den Park (паркъ) spazieren, oder sie saßen in der
Laube. — Oft sah man sie auch mit Arbeiten beschäftigt,
denn der Baron pflegte die Obstbäume und die Baronesse
pflanzte den Kohl selbst. — Im Winter (pflegten sie) Schach
zu spielen oder zu lesen. — War ihre Schwester ebenso?
— Im Gegentheil; die Armen liefen fort, wenn sie sie erblickten
(видѣть). — Sie liebte Niemand und war von Niemand
geliebt; immer schweifte sie einsam im (uo mit dem Dativ)
Walde und auf (uo) den Feldern umher.

206. Aufgabe.

Wieviel Mal hat man schon diese Straße gepflastert?
— Ich weiß es nicht, doch ich glaube nicht mehr als drei
Mal. — Drei Mal in einem Jahre? Das wäre etwas viel.
— Sie verstehen mich nicht recht. — Ich habe nicht gesagt
in einem Jahre, sondern seitdem (съ тѣхъ поръ) das Feld,
das früher hier war, in eine Straße verwandelt ist. —
Warum ging der Reisende so oft auf den Kirchhof? —
Weil seine Frau, die er so geliebt hat, dort begraben (похоро-
нить) ist. — Bedauert er sie sehr? — Diese Frage würde
ihm nicht allein grob, sondern sogar schamlos scheinen. —
Wieviel Oesterreicher haben Sie gestern gesehen? — Sie
irren sich (ошибаться), es waren nicht Oestreicher, sondern
Baiern, die gestern und vorgestern durch unsere Stadt
gingen. — Wohin gingen sie? — Das weiß ich nicht genau;
doch ich glaube nach Tirol und Italien. — Was für einen
Pelz verkaufte der arme Kaufmann im März? — Es war
ein Pelz aus Marderfellen, der noch sehr gut war, den er
aber nicht mehr brauchte.—Er hatte ihn, glaube ich, alle Tage
getragen und ganz abgetragen. — Nein, mein Herr, Sie
irren sich.

207. Aufgabe.

Nehmen Sie sich in Acht und verschließen Sie des Abends die Thür; man sagt, daß Räuber umherschleichen. — Glauben Sie dieses Mährchen (рóзсказни) nicht, neulich kam (вошёлъ) zu einem reichen Bauer ein Bettler, es war Abends, jener erschrack, und davon stammen (вотъ пошли) die Erzählungen von den Räubern. — Kellner, bringen Sie mir das Frühstück! — Was für ein Frühstück befehlen Sie (прикáжете получúть)? — Ein englisches oder ein einfaches? — Was verstehen Sie unter englischem Frühstück? — Thee, geröstetes (жáреный) Brod und Butter, Eier, Schinken und, wenn Sie es wünschen, ein Schöpscotelett oder ein Kalbs= cotelett. — Das ist zu viel, ich esse des Morgens wenig; bringen Sie mir entweder Thee mit Semmel (бýлка) und Butter, oder mit Brätzeln. — Befehlen Sie zum Kaffee Rum (ромъ)? — Nein, ich bin kein Freund von Rum. — Ar= beitet Ihr Gärtner? — Warum fragen Sie bei mir dieses? — Sie wissen, er ist ein guter und fleißiger Mann. — Das weiß ich; ich frage aber, was er jetzt macht! — Er pflanzt Gurken und sein Sohn gätet die Beete (грядú). — Haben Sie denn keinen Gemüsegärtner (огорóдникъ), daß Ihr Gärtner Gurken pflanzen soll? — Nein, ich brauche keinen Gemüsegärtner, denn mein Gärtner ist zugleich ein vor= trefflicher Gemüsegärtner. — Haben Sie kein Geld? — Ich brauche welches dringend (óчень). — Ich habe jetzt kein über= flüssiges Geld, übrigens werde ich Ihnen so viel geben, als ich kann, wenn Sie mir versprechen, es mir dieser Tage (на дняхъ) zu bezahlen. — Ich verspreche Ihnen bei (in= strum.) meinem Ehrenworte, es Ihnen nicht späteralз Son= nabend zu bezahlen. — Gut! Da haben Sie zwanzig Franken und ich hoffe, daß Sie Ihr Wort halten werden. — Man kann meinem Ehrenworte mehr als einem Wechsel trauen. — Wechseln traue ich nie; ein ehrlicher Mann bezahlt auch ohne dem, der Spitzbube aber bezahlt nicht, auch wenn er einen Wechsel ausgestellt hat (nach) по).

**Neununſiebʒigſte Lektion. — СЕМЬДЕСЯТЪ ДЕВЯ-
ТЫЙ УРОКЪ.**

566. Da die Wiederholungsform eine Handlung
bezeichnet, die öfters zu geſchehen pflegte, aber we=
der im Präſens, noch von allen Zeitwörtern gebräuchlich
iſt, ſo muß der Begriff pflegen in dieſen Fällen durch
andere Wendungen wieder gegeben werden.

Im November pflegen wir ſchon Schlittenbahn zu haben.	Въ ноябрѣ у насъ бываетъ уже зимній путь.
Wir pflegen um 9 Uhr zu früh= ſtücken. (Wir frühſtücken gewöhnlich um 9 Uhr).	Мы обыкновенно завтрака- емъ въ девять часовъ.
Mein Herr pflegt (hat die Ge= wohnheit) Semmel zum Kaffee zu eſſen.	У моего господина обычай оder обыкновеніе оder привыч- ка, кушать булки къ кофею.
Mein Oheim pflegte beim Spre= chen einzuſchlafen.	Дядя мой, бывало, говоря за- сыпалъ.
Abends pflegte er Karten zu ſpielen und die Frau auf ihn zu ſchmähen.	Вечеркомъ онъ, бывало, игры- валъ въ карты, а жена его ругала.
Kaum pflegte er müde zu werden, als er ſich ſchon für krank hielt.	Онъ, бывало, только усталъ, какъ уже почиталъ себя боль- нымъ.

567. Präſens und Futurum mit бывало verbun=
den, gehören der lebhaften Darſtellungsweiſe an.

Pflegen (einen Kranken).	Ходить (за больнымъ).
In ſeiner Jugend pflog (unter= hielt, hatte) er die innigſte Freundſchaft mit dem Fürſten.	Въ молодости своей онъ содер- жалъ (хранилъ, имѣлъ) искреннѣйшую дружбу съ кня-земъ.
Pflege nur mit fleißigen Knaben Umgang (Gehe nur — um).	Обращайся только съ при- лѣжными мальчиками.
Wenn du ein frohes Alter haben willſt, ſo pflege deine Geſundheit (trage Sorge für deine Geſund= heit) in deiner Jugend.	Если желаешь веселой старости, то радѣй о своемъ здоровьѣ въ молодости своей.

Der greise Held pflegt der Ruhe in Ehren.
Sie pflogen Rath (beriethen), wie sie ihn fangen könnten.

Säдóй герóй покóится въ чéсти.
Онѝ совѣтовались, какъ егó поймáть.

Einschlafen, заснýть 7.
Unterhalten, содержáть 8.
Sorgen, Sorge tragen für, радѣть 1.
Sich berathen, совѣтоваться 5.

Räuchern, rauchen, курѝть 7.

Der Branntwein, вóдка.

Die Jugend, мóлодость f.
Die Musterung, Revue, смóтръ.
Das Gefäß, посýда.

Der Kriegsheld, герóй.
Elterlich, родѝтельскій.
Abends.

Schmähen, ругáть 1.
Umgehen (mit), обращáться 1.
Ruhen, покóиться 7.
Zubringen, verbringen, препровождáть 1.
Sich hingeben, sich überlassen, предавáться 1.
Die Gewohnheit, обы́чай, обыкновéніе.
Der Umgang, обхождéніе.
Der Muth, die Kühnheit, бóдрость f.
Die Reinheit, Sauberkeit, чистотá.
Der Gebrauch употреблéніе.
Der Krieger, вóинъ.
Abgelegen, отдалéнный.
Вечеркóмъ.

208. Aufgabe.

Ist das Klima (клѝматъ) bei Ihnen milder (angenehmer) als hier? — Nein, es ist weit strenger (härter).— Bei uns pflegt der längere Winter sehr kalt, der sehr kurze Sommer dagegen um so heißer zu sein. — Wie bringen Sie die langen Winterabende zu? — In meinem elterlichen Hause pflegten wir uns um den warmen Ofen zu versammeln. — Einer von uns las vor (въ слухъ) und die andern hörten zu (слýшать). — Hatten Sie nie Gesellschaft (Gäste)? — Nur zuweilen; da (потомý что) wir abgelegen wohnten und nur mit wenigen von unseren Nachbarn Umgang pflegen (имѣть), auch die Wege schlecht zu sein pflegten. — Was thut Ihr Oheim des Nachmittags? — Gleich nach dem Essen pflegt er ein Pfeifchen Taback zu rauchen, dann ein Stündchen zu schlafen und dann einen oder den andern Bekannten zu empfangen oder zu besuchen (ходѝть въ гóсти). — Im

vorigen Winter spielten er und drei seiner Freunde des
Abends L'hombre (ломберъ) oder Whist (вистъ). — Wo lebt
jetzt der General, der hier jährlich Musterung [über] die
Truppen (Dativ) zu halten (дѣлать) pflegt? — Er pflegt
(überläßt sich) der wohlverdienten (заслуженный) Ruhe
auf seinem väterlichen Schlosse, geehrt von seinem Fürsten
und geliebt von seinen Freunden. — Ist sein Sohn eben so
tapfer als er? — Ich zweifle daran (въ томъ); denn er ist
kränklich, und schwächliche Menschen pflegen selten Muth zu
haben. — Sind Sie mit Ihrer neuen Köchin zufrieden? —
Durchaus nicht. — Die vorige Köchin pflegte die Gefäße
sehr sauber (in äußerster Reinlichkeit) zu halten,
diese aber scheint sie nach dem Gebrauche nicht einmal (и не)
zu reinigen.

209. Aufgabe.

Wer ist da im Vorzimmer? — Es ist der Arzt, den ich
habe holen lassen (послать за). — Sind Sie denn krank? —
Ja, ich bin nicht ganz wohl. — Mir scheint das Unwohlsein
nur in Ihrer Phantasie zu sein. — Mir ist einerlei, ob Sie
mir glauben oder nicht. — Kellner, was für einen Kaffee
haben Sie mir gebracht? — Ist er denn nicht gut? — Ganz
und gar nicht, das ist kein Kaffee, sondern Satz. — Gestehen
Sie, daß Sie Unrecht haben. — Warum denn nicht? Jeder=
mann kann sich irren; nur der hat sich nie geirrt, welcher
niemals etwas gethan hat (дѣла не дѣлалъ). — Was für
eine Nachricht hat uns der Bote gebracht? — Er hat Ihnen
eine sehr schlechte Nachricht gebracht; der Banquier, welcher
Ihr Geld hatte, hat Banquerott gemacht. — Es ist unmög=
lich; ich kann an dieses Unglück nicht glauben! — Ist Ihr
Freund zu Ihnen zu Fuß gekommen? — Nein, er ist zu mir
geritten gekommen. — Wo waren Sie jetzt? — Ich war
beim Schmied. — Ist Ihr Schmied geschickt (искусенъ)? —
Er ist sehr geschickt und in seinem Fache erfahren (знатокъ
своего дѣла); jetzt schmiedet er ein Gitter für unsere Pfarr=
kirche. — Wo hat man diesen Honig gekauft (ist gekauft)?

— Man hât ihn in Wiaśma gekauft. — Hat Konbratij Artemjewitſch viele Bienenſtöcke? — Ich weiß es nicht, ich habe ſie nicht gezählt; man ſagt aber, er habe deren ſehr viele. — Er iſt demnach (по э́тому) reich? — Ich weiß es nicht, ob er reich iſt oder nicht; Alle halten ihn (называ́ютъ), für ſehr geizig. — Zuweilen iſt es nicht ſchäblich geizig zu ſein; die Ruſſen ſagen, baß Geiz keine (ne) Dummheit ſei. — Ich kenne dies Sprichwort, halte es aber nicht für ganz richtig (одобря́ть); es giebt einen Unterſchied zwiſchen Geiz und Economie (бережли́вость).—Sie haben Recht, der Geizige ſchabet oft (iſt ſchäblich) ſich und Anderen.

Achtzigſte Lektion. — ВОСЕМЬДЕСЯТЫЙ УРОКЪ.

568. Semelfactive ober Nichtgewohnheitsfor= men auf -нуть werden nur von ſolchen Zeitwörtern ge= braucht, die eine phyſiſche Handlung, welche mit einer Bewegung verbunden iſt und bei der man ſich ein plötzliches Erſcheinen und Vorübergehen denken kann, bezeichnen.

Ihre Präſensform hat jedesmal die Bedeu= tung eines Futuri.

569. Bei ben meiſten Zeitwörtern nichtbeſtimmter Form können ſie als unmittelbar von dieſen hergeleitet angeſehen werden, indem ſie meiſtentheils aus dem Wortſtamm dieſer Verba mit der Enbung -нуть beſtehen.

Nicht beſt. Semelfact.　　　　Nicht beſt. Semelfact.
Seufzen, áхаю, áхнуть.　　　Speien, плюю́, плю́нуть.
Nagen, грызу́, грызну́ть.

Bemerkung 1. Die conſonantiſchen Stammlaute -г. -д. -т. und von den Doppel=Conſonanten -ст und -ст das

-к und -т, werden meistens vor -нуть ausgeworfen, л wird ль ausgesprochen.

Anrühren, трогать, тронуть.	Werfen, кидать, кинуть.
Schlucken, глотать, глонуть (auch глотнуть).	
Drehen, вертѣть, вернуть.	Plätschern, плескать, плеснуть.
Klatschen, хлестать, хлеснуть.	Stechen, колоть, кольнуть.

Bemerkung 2. In den, von Wiederholungs= zeitwörtern abgeleiteten bleiben jene consonantischen Stammauslaute.

Werfen, — вергать, — вергнуть.	Blinzeln, мигать, мигнуть.
Schreiten, шагать, шагнуть.	Stoßen, (mit den Hörnern) бодать, боднуть.
Schwatzen, болтать, болтнуть.	Schlagen, ботать, ботнуть.
Werfen, метать, метнуть.	Schütteln, шатать, шатнуть.
Pfeifen.	Пискать, пискнуть.

Bemerkung 3. Ist der Auslaut des Stammes ein Wandling, so geht er in seinen Grundlaut zurück, der sich meistentheils in einem Substantiv desselben Stammes erhalten hat.

Das Winseln, визгъ, winseln, визжать 8., визгнуть.
Der Schwangbaum, дрога, beben, дрожать 8., дрогнуть.
Der Ton, звукъ, tönen, звучать 8., звукнуть.
Das Rauhe, шёрохъ, rauhen, шерошить 7, шерохнуть.
† Wiegen, качать 1., качнуть.

570. Bei den Iterativen (557.) vertritt das Nicht= gewohnheitszeitwort die Stelle des Einzelzeit= worts.

Stecken, тыкать, ткнуть.	Trumpfen, козырять, козрнуть.
Ausklauben, ковырять, ковырнуть.	Untertauchen, нырять, нырнуть.
Schleudern.	Швырять, швырнуть.

571. Nicht alle Verba auf -нуть sind Vollendungs= zeitwörter. Wo sich mit der Bedeutung der Begriff des plötzlichen Erscheinens und Vorübergehens nicht ver= einigen läßt, bleibt das Zeitwort ein nichtbestimmtes und die Präsens = Form behält Präsens = Bedeutung.

Beginnzeitwörter (zugleich mit der Form ihrer Wiederholungszeitwörter):

Joel u. Fuchs, Russische Gramm. 29

Verwelken, вянуть, увядать.
Taub werden, глохнуть.

Heiſer werden, сипнуть.
Auszehren, чахнуть.
Athmen, дохнуть.
Frieren, мёрзнуть, замерзать.
Schwellen, ſich werfen, бухнуть.
Sterben, умереть, умирать.

Der Ochs ſtößt (iſt ſtößig).
Der Ochs ſtößt den Knaben (während ich davon ſpreche).
Werfen Sie ſchneller den rothen Shawl ab, der Ochs wird Sie ſtoßen.
Sie blinzelten einander mit den Augen, während ich ſprach.
Sie gab ihm einen Wink mit den Augen, und er verſtand ſogleich.
Wenn ich mit der Hand winken werde, dann kommen Sie.
Ich werde Ihnen einen Wink mit der Hand geben, dann iſt es Zeit.

Abwerfen, отбросить 7.
Schlagen, стегать 1.
Laden (Gewehr), заряжать 1.
Aufſchrecken, пугаться 1.
Davon ſprengen, помчаться 8.
Sich ſchnäuzen, сморкаться 1.
Springen, скакать 3.
Herabfallen, опадать 1.
Fürchten, beſorgt ſein (für), заботиться 7.
Mittheilen, сообщать 1.
Der Knall, треск.
Das Gewehr, ружьё.
Unreinlich, неопрятный.
Hinaus!
Die Thür, дверь (pl. f.).

Verſinken, вязнуть, завязать.
Sauer werden, киснуть, закисать.

Vertrocknen, сохнуть, обсыхать.
Umkommen, гибнуть, погибать.
Anſchwellen, пухнуть.

Verſchwinden, исчезнуть, исчезать.
Zu viel eingießen, набухивать.

Быкъ бодаетъ (бодливъ).
Быкъ бодётъ мальчика.

Отбросьте скорее красную шаль, быкъ васъ боднётъ.

Они глазами мигали другъ другу въ то время, когда я говорилъ.
Она ему мигнула, и онъ тотчасъ понялъ.

Когда я буду махать рукою, тогда придите.
Я вамъ махну рукою, тогда будетъ пора.

Knarren, скрипѣть 8.
Aufſpringen, лопать 1.
Anblicken, глядѣть 1.
Sich aufſchwingen, hinaufſpringen, вспрыгивать 1.
Sich entfernen, удалиться 7.
Stoßen, толкать 1.

Stampfen, топать 1.

Die Peitſche, кнутъ.
Böſe, aufgebracht, сердитый.
Вонъ!
Schießen, стрѣлять.

210. Aufgabe.

Was war das für ein Knall? — Es that Jemand ei=
nen Schuß im Nebenzimmer. — Hörten Sie nichts? —
Ich glaube, daß Jemand einen Schrei that. — Jetzt knarrte
die Thür. — Geben Sie einen Schlag auf das Schloß an
(въ mit dem Präp.) jener Thür und es wird aufspringen.
— Was haben Sie gesehen? — Als ich in das Zimmer
trat (входить), sah ich einen Mann, der ein Gewehr lud,
er warf einen Blick auf mich, schrack auf und ließ es
fallen, eilte (бѣжать) zur (изъ mit dem Genit.) Thür hin=
aus, schwang sich auf (на mit dem Accusativ) ein Pferd
und sprengte davon. — Schnäuze (высморкаться) dich einmal,
unreinlicher Knabe! — Ich habe mein Taschentuch verloren.
— Entferne dich! das Pferd wird nach der Seite springen
und dich stoßen. — Schüttele den Apfelbaum, vielleicht
werden einige Aepfel herabfallen! — Mein Bruder pflegte
auf jenen Ast zu klettern und denselben zu schütteln. —
Du mußt dieses Insect nicht berühren; kaum berührst du
es, so stirbt es. — Klatschen Sie hier nicht mit der Peitsche!
Sie würden dadurch die kranke Frau erschrecken. — Als
mein Bruder neulich im Hofe einen Schlag mit der Peitsche
that, kreischte sie auf und ward so schwach, daß man für
(о mit dem Präp.) ihr Leben fürchtete. — Ist das nicht
Karl, der dort auf der Brücke steht? — Er scheint es
zu sein; ich werde einmal pfeifen; vielleicht wendet er sich
um und bemerkt uns. — Laufe lieber zu ihm und rufe
ihn her! — Flüstere ihm zu, ich hätte ihm (съ mit dem
Instrum.) etwas Wichtiges mitzutheilen. — Sahen Sie,
wie der Rath mit dem Fuße stampfte? — Das pflegt er
zu thun, wenn er sehr böse ist.

211. Aufgabe.

Wieviel Mal hat dieser tapfere Soldat während (въ
продолжеиіи Genit.) der Schlacht sein Gewehr geladen? —

29*

Er hat es geladen so lange er konnte. — Warum konnte er nicht länger schießen? — Weil er kein Pulver mehr hatte. — Warum knarrt die Thür? — Es ist nicht die Thür, die da knarrt, sondern das Schloß. — Ist (разв) das Schloß denn nicht gut? — Ja, mein Herr, es ist gut, aber alt und es muß geölt werden. — Um (o mit dem Präpoſ.) wen sind Sie besorgt? — Ich bin besorgt um den armen Sohn meines guten Bruders. — Waren Sie auf der Kunſt= (der Künſte=) Ausstellung? — Ja, Madame, ich war dort, und das schönste Bild war die Darstellung der Leiden (Страданіе) unseres Heilands, gemalt vom be= rühmten Maler Brüloff (Брюловъ). — Kennen Sie diesen berühmten Künstler? — Nein, ich habe ihn nicht gesehen; er ist todt, denn es ist das unvermeidliche Geschick aller großen Künstler, früh zu sterben. — Wo ist die Gränze zwischen Kunst und Handwerk? — Ich kann Ihnen das nicht sagen, denn diese Gränze ist sehr zart und schwer zu bestimmen. — Haben Sie diese Nachricht (извѣстіе) dem arbeitsamen Kaufmann mitgetheilt? — Ja, ich theile ihm alle Nachrichten, die ich höre, mit.

212. Aufgabe.

Nähern Sie sich nicht dieser Kuh, sie stößt. — Wo ha= ben Sie diese Flinte gekauft? — Ich habe sie in Lüttich gekauft. — Trägt (стрѣляетъ) sie weit? Sie trägt über zweihundert Schritt weit. — Ist das Wetter gut? — Das Wetter ist gut, ich glaube aber, daß wir Regen haben wer= den. — Woher glauben Sie das? — Ich glaube es, weil wir Südwind haben (ихъ). — Ich glaube, Sie irren sich: es ist kein Südwind, sondern ein Westwind. — Sie wider= sprechen gern. — Wie war die Vorstellung? — Nicht Alle haben gleich gespielt, die Einen spielten besser, die Andern schlechter. — Wird Ihr Bruder bald aus Paris zurückkeh= ren? — Ich weiß es nicht; er hat mir davon nichts ge= schrieben. — Haben Sie gehört, daß das Haus, welches Sie bewohnen (обита́ть) öffentlich versteigert werden wird (прода́ть съ публи́чнаго то́ргу)?—Ich habe davon gehört, gewiß weiß ich es aber nicht. — Haben Sie den Kopfputz für Ihre Gemahlin gekauft? — Ich habe ihn nicht gekauft, dazu habe ich kein Geld. — Hat der Sänger eine gute Stimme? —Er hat keine gute Stimme, sie ist grob und heiser.—Die Stadt London ist die Hauptstadt von England und liegt am Flusse Themse. — Wollen Sie essen? — Nein, ich bin nicht hungrig, fühle aber großen Durst. — Was ist dort Schwarzes auf dem Wege? — Das scheint ein Wagen zu sein, er fährt in großer Eile (во весь опо́ръ). — Sehen Sie, was für ein hübscher Schmetterling von Blume zu Blume fliegt (по́рхать)! — Was für eine Farbe wünschen Sie? — Mir sind alle Farben gleich.

Einundachtzigste Lektion. — ВОСЕМЬДЕСЯТЪ ПЕРВЫЙ УРОКЪ.

572. Wird einer Wiederholungs= oder Gewohn=heitsform — letztere mag gebräuchlich sein, oder nicht — eine Vorsylbe vorausgesetzt, so entsteht eine Dauer=form.

Wiederholungsform.	Dauerform.
Ich führe, вожу́.	Ich führe hinaus, вывожу́.
Ich gehe, хожу́.	Ich gehe weg, ухожу́.
Ich fliege, лета́ю.	Ich fliege herab, слета́ю.

Gewohnheitsform.	Dauerform.
Schreiben, пи́сывать.	Ich schreibe auf, надпи́сываю.
Tragen, на́шивать.	Ich trage aus, изна́шиваю.
Nähen, ши́вать.	Ich nähe auf, нашива́ю.
Machen, дѣ́лывать.	Vollenden, отдѣ́лывать.

Bemerkung 1. Meistens bedeuten aber die Präfixa от (отъ), у, за, до, eine Handlung, die vollendet ist.

573. Die Einzelform — bestimmt oder nicht bestimmt — und die Nichtgewohnheitsform werden durch die vorgesetzte Vorsylbe zur Vollendungsform.

Bemerkung 2. Die Präsens=Form des Perfects hat die Bedeutung eines Futurums.

Einzelform, best.	Vollendungsform.
Ich führe, веду́.	Ich werde hinausführen, вы́веду.
Ich gehe, иду́.	Ich werde weggehen, уйду́.
Ich fliege, лечу́.	Ich werde herabfliegen, слечу́.

Einzelform, nicht best.	Vollendungsform.
Ich schreibe, пишу́.	Ich werde aufschreiben, напишу́.
Ich backe, пеку́.	Ich werde einbacken, запеку́.
Ich reiße, деру́.	Ich werde zerreißen, издеру́.
Ich häufe, коплю́.	Ich werde aufhäufen, накоплю́.
Ich trockne, со́хну.	Ich werde vertrocknen, рассо́хнусь.
Ich gefriere, мёрзну.	Ich werde zufrieren, замёрзну.

574. Die Dauerform bezeichnet eine Handlung, die zur Zeit, von welcher die Rede ist, noch fortbauert; auch eine Handlung, die zu geschehen pflegt.

Die Vollendungsform hingegen giebt an, daß die Handlung zu der Zeit, von welcher die Rede ist, vollen= det ist oder vollendet sein wird.

Dauerform.

Er erfüllt seine Verbindlichkeiten (pflegt es zu thun).	Онъ исполня́етъ свой обя́зан- ности.
Ich erfüllte meine Verbindlichkei= ten (jederzeit).	Я исполня́лъ свой обя́зан- ности.
Wenn Ihr Eure Verbindlichkeiten erfüllen werdet, wird man Euch achten (jedesmal, so oft ihr es thun werdet).	Когда́ бу́дете исполня́ть свой обя́занности, васъ бу́дутъ ува- жа́ть.

Vollendungsform.

Er hat seine Verbindlichkeiten er= füllt und ist nun frei.	Онъ испо́лнилъ свой обя́зан- ности, и тепе́рь свобо́денъ.
Ich werde morgen meine Verpflich= tungen erfüllen (unfehlbar wird die Erfüllung geschehen.)	Я за́втра испо́лню свой обя- занности.

Wenn Sie Ihre Verbindlichkeiten Когда вы исполните свой обя-
erfüllt haben werden, werden занности, вы будете свободны.
Sie frei werden.

575. Mit когда, hat das Futurum der Vollen=
dungsform auch die Bedeutung eines Futurum
exactum.

576. Die Vorsylben, welche den Zeitwörtern vor=
gesetzt werden, sind theils trennbare — wenn sie auch
als besondere Wörter (Präpositionen) vorkommen —
theils untrennbare; letztere sind die eigentlichen
Präfixa, die nur in Zusammensetzungen gebräuch=
lich sind. Sie modificiren die Bedeutung des Stammwortes
und sind vorzüglich folgende:

A. Trennbare Präfixa (Präpositionen).

1. Безъ, безо (ohne), zeigt einen Mangel, eine Be=
raubung an, wie das deutsche =un, =ent.

Beruhigen, покоить 7.   Beunruhigen, безпокоить 7.
Entstellen, verunstalten, безобразить, обезобразить 7.

Bemerkung 3. Zuweilen wird dem -без noch -о
vorgesetzt.

Enthaupten, обезглавить 7.

Vor Jer'=Vocalen und -ѣ behalten sie orthographisch
das -ъ.

Bemerkung 4. Vor Zeitwörtern, die mit mehr als
einem Consonanten anlauten, schieben die consonantisch
auslautenden Präfixe ein -о ein; ebenso vor идти, gehen,
wobei dann noch -ои in -ой übergeht, пойти gehen.

2. Въ, во, (in) =ein, =hinein.

Eintreten, вступить 7.   Einführen, вводить 7.
Hineinschleppen, вовлечь 1.   Hineingehen, войти.
Eingießen, влить 2.   Ich werde eingießen, волью.

3. До, (bis zu) Vollendung oder Zweck einer
Handlung; =aus, =er.

Völlig ausgraben, дорыть 2.   Erkennen, inne werden, дознать 1.
Ausspielen, zu Ende spielen, доиграть 1.

4. За (für, hinter).

a) Beginn der Handlung: =an.

Anfangen zu singen, anstimmen. Запѣть 1.
Anjäuern, закиснуть 6. Angehen (bei Jem.), зайти.
Anfahren (bei Jem.), заѣхать.

b) Das Ende einer Handlung: =er, =ver.

Erwürgen, задушить. Verschließen, запереть.

c) Uebertreibung in der Handlung: =ver, =zer.

Verschlafen (zu viel schlafen), за- Zerküssen (im Uebermaße küssen),
спаться 8. зацѣловать 5.

d) Wie =ver, =er anstatt für.

Verdienen, erdienen, заслужить 2. Erarbeiten, задѣлать 1.

e) Verlust, =ver.

Verwehen, ausblasen, захуть 2. Vergessen, забыть (aus быть).

5. Изъ, (изо) aus, von.

a) =aus, =heraus, =ent, =er, =ver.

Erwählen, избрать 3. Herausjagen, изгнать.
Entgehen Избѣжать 8.

b) =aus, bis zu Ende.

Ausleben, изжить 2. Zerreißen, изодрать 3.

6. На (auf).

a) =auf, =drauf.

Aufgießen, налить 2. Aufschreiben, написать 3.

b) =über, zu viel.

Sich volltrinken, напиться 2. Übergeben, zu viel geben, надавать 1,

●

Besonders bei zurückwirkenden:

Sich überspielen, sich satt spielen. Наиграться 1.

7. Надъ, надо, (über) =über, =drüber.

Überbauen, darüberbauen. Надстроить 7.
Überschreiben, betiteln, надписать 3. Überreiten (zu viel reiten), нахо-
рвать 3.

8. Низъ, низо, (unter) =unter, =drunter, =hinab.

Hinunterwerfen (act.), низвринуть 6. Hinabgehen, низойти.

9. О, объ, обо (von, über, um), =um, =herum.

Umgehen, herumgehen, обойти.   Umfassen, umarmen, обнять 4.
Um= und um denken, überdenken.   Обдумать 1.

Bemerkung 5. Der Anlaut -в des Stammworts fällt meistens nach -об aus: umwenden, оборотить 7. (оборотить).

10. Отъ, ото (von), =ab (Abnahme, Entfernung, Beendigung).

Ablocken, weglocken, отманить 7.   Abspeisen (zu Ende sp.) откушать 1.
Abreißen.   Оторвать.

11. По, (nach gemäß).

a) =be.

Berufen, позвать 3.   Bestreuen, посыпать 3.
Beloben, похвалить 7.

b) Verminderung der Handlung.

Etwas, ein Wenig spielen.   Поиграть 1.
Ein Wenig räuchern, rauchen.   Покурить 7.

12. Подъ, (unter, an) =unter, =drunter; =an, hinzu (Annäherung).

Unterkriechen, подлезть 1.   Hinzuspannen, подпрячь 1.
Hinzugehen.   Подойти.

13. Предъ, (vor) =vor, =vorher.

Vorgehen.   Предшествовать 1.
Vorschreiben, предписать 3.   Vorhersehen, предвидеть 8.

14. При (an, bei) =an, =hinzu, =herbei.

(Herbei=) kommen, прийти.   Hinzugeben, придать 1.
Ansagen, befehlen, приказать 3.   Herbeitragen, bringen, принести 1.

15. Про (von).

a) =durch, =hindurch, =ver.

Hindurchgehen, пройти.   Verspielen, проиграть.
Hindurchlassen, пропустить 7.   Durchreisen, проехать.
Bleiben [eine Zeit hindurch sein].   Пробыть.

b) =ver (eine Beraubung, von der die Handlung des Stammwortes Ursache ist).

Verkaufen (durch Geben ver= lieren).   Продать 1.

Verſpazieren (durch Spazieren- Про гулять 1.
gehen verſchleudern, vergeuden).
Sich verſprechen. Проговориться 7.

16. Противо, gegen, =wider, =entgegen.

Widerſprechen, противорѣчить 7. Entgegenwirken, противодѣй-
ствовать 5.

17. Съ, co, (mit; von, herab).
a) =zuſammen.
Zuſammenrechnen. Счесть 1.
Zuſammenrufen, созвать 3. Bemitleiden, сострадать 1, 3.
b) =ab, =herab.
Abfegen. Сместь 1.
Abziehen, содрать 3. Herabfahren, съѣхать.
Abſchlagen. Сбить 2.
Herablaufen, сбѣжать 8. Abmachen (vollends machen), cдѣ-
лать 1.

18. У (bei).
a) =be (für =bei).
Beſänftigen, усмирить 1. Benachrichtigen, увѣдомить 7

b) =ab, =weg.
Weggehen, abgehen. Уйти.
Abfahren, уѣхать. Abhalten, удержать 8.
Sich abſtehen, klar werden, усто- Erſchlagen, убить 2.
яться 8.
Erwürgen, удавить 7. Empfangen, erhaſchen, уловить 7.

B. Untrennbare Präfixe.

19. Воз, из, изо (empor) =auf, =hinauf,
=empor.
Hinaufgehen, aufgehen, взойти. Emportragen, erheben, вознести 1.
Auffüttern, erziehen, воспитать 1. Hinauffahren, взъѣхать.

Ein Emporkommen der Handlung.
Liebgewinnen, возлюбить 7. Haß faſſen, возненавидѣть 8.

Bemerkung 6. Vor den Anlauten -з und -c fällt
-з von -из aus, bleibt aber in -воз: aufrufen, anru-
fen, взывать, воззвать; aufstehen, встать, возстать.

20. -Вы, =aus, =heraus, =er.

Ausgehen, hinausgehen, выйти.   Ausschicken, выслать 3.
Ausweinen, erweinen.   Выплакать 3.

Bemerkung 7. In der Vollendungsform fällt der Ton auf -вы́, in der Dauerform bleibt er auf dem Stamm= worte.

Dauerform.	Vollendungsform.
Ich fahre aus, выѣзжа́ю.	Ich werde ausfahren, вы́ѣду.
Ich gehe aus, выхожу́.	Ich werde ausgehen, вы́йду.
Ich ergehe (bewirke durch Gehen), выха́живаю.	Ich werde ergehen (durch Gehen erwirken), выхожу́.

21. -Пре, -пере (über) =über (=drüber), =über (hinüber, herüber), =über (noch einmal).

Übergehen, hinübergehen, перейти́.   Überfüllen, перепо́лнить 7.
Überschreiben (noch einmal schreiben).   Переписа́ть 3.
Übergeben, hinübergeben, переда́ть1.   Zu viel geben, переда́ть.

Bemerkung 8. Vor andern Präfixen erhöht -пре den Grad des Begriffes: sich überflüssig ergießen, преизли́ться 2.

Darüber hinaufgehen, übertreffen, excelliren, превзойдти́.

22. -Раз (abgesondert), =zer, =ver.

Zertheilen, раздѣли́ть 7.   Zerreißen, разодра́ть 3.
  Zerstreuen.   Разнести́ 1.
Vertheilen (an verschiedene Personen geben), разда́ть 1.
  In's Reden kommen.   Разговори́ться 7.

Entschuldigen, verzeihen, извини́ть 7.   Bleiben, оста́ться 1.
Sich verbinden, verpflichten, обя-   Denken, ду́мать 1.
  за́ться 1.
Begleiten, провожа́ть 1.   Ausschlafen, вы́спаться 1.
Erwachen, просыпа́ться 1.   Hinausspringen, вы́прыгнуть 6.
Sich ankleiden, одѣ́ться.   Vorherbestimmen, предопредѣли́ть7.
Die Verbindlichkeit, обя́занность f.   Das Kind, младе́нецъ.
Der Name, и́мя.   Der Buchstabe, бу́ква.
Das Stechen, гравирова́ніе.   Das Buch (Papier), десть f.
Das Geplauder, болта́ніе.   Das Nähen, шитьё.
Der Spaziergang, die Partie, про-
  гу́лка.
Der Zuspruch, die Beruhigung.   Успоко́иваніе.
Der Hinblick, взглядъ.   Die Waise, сирота́ *com.*
Das Ende, Lebensende, кончи́на.   Das Herannahen, приближе́ніе.

Befreit, frei, освобождённый.

Römisch, римскій.
Überflüffig, излишній.
Unangemeldet, необъявленный.
Munter, geſtärkt, укрѣплённый.
Von heute an, von jetzt ab, отнынѣ.
Schwerlich, kaum, едва ли.

Unumgänglich, nothwendig, необ-
    ходимый.
Schriftlich, письменный.

Morgen= früh, ýтренній.
Untröſtlich, безутѣшный.
Vorbei, мимо.
Kupferſtich, гравюра, эстампъ.

213. Aufgabe.

Warum beunruhigen Sie Ihren Nachbar durch dieſe
Nachricht? — Verzeihen Sie, mein Herr! Ich benachrich=
tigte ihn nur von (о) dem, was er nothwendigerweiſe wiſ=
ſen muß. — Wer kann dem Schickſale (Genitiv) entgehen?
— Weiß ſein Bruder ſchon etwas davon (о томъ)? —
Noch nicht. — Laſſen Sie uns zu ihm anfahren und es
ihm mittheilen. — Wie werden Sie dieſes Gedicht betiteln
(überſchreiben)? — Ich werde es nur „das Kind"
überſchreiben. — Wer wird es in's Reine (на бѣло) ſchrei=
ben? — Ich werde das ſelbſt thun. — Welcher Lehrer
ſchreibt dir die römiſche Schrift (письмо) vor? — Sonſt
ſchrieb ſie uns Herr N. vor, aber dieſe hat mir Herr A.
vorgeſchrieben, weil Herr N. krank iſt und zu Hauſe blei=
ben mußte. — Ich glaube, daß du dich verſprochen haſt,
denn ich erkenne Herrn A.'s Handſchrift (рука) in dieſer
Schrift nicht. — Und ich weiß, daß Sie Jedermann wider=
ſprechen. — Haben Sie Ihren Brief ſchon ausgeſchrieben
(vollendet)? — Bald werde ich ihn geſchrieben haben (Prä=
teritum Perfectum). — Werden Sie noch mehrere ſchreiben?
— Nein, für heute (на сей день) habe ich ausgeſchrieben
(-от). — Aus (изъ) welchem Buche haſt du dieſes abge=
ſchrieben?—Ich ſchreibe meine Briefe nicht aus Büchern ab.
— Dein Freund ſchrieb Briefe und Gedichte ab und gab
ſie [für] ſeine Arbeiten (Inſtrum.) (сочиненіе) aus (объ=
являть). — Wirſt du deinen Namen ausſchreiben (mit
allen Buchſtaben ausſchreiben)? — Das wäre

überflüssig. — Ich pflege nur den, meinem Correspondenten (кореспондéнтъ) bekannten Namenszug zu unterschreiben. — Woher verschreiben Sie diese Kupferstiche?—Sonst verschrie= ben wir sie aus London, aber von jetzt ab werden wir sie auch aus Paris verschreiben.—Die, welche Sie zu erhalten wün= schen, (заказáть) werden wir aus Berlin verschreiben.—Haben Sie schon das ganze Buch Papier verschrieben (-из-)? — Ich habe noch etwa acht Bogen (листъ). — Aber jetzt habe ich mich über (отъ) Ihr Geplauder verschrieben (-о). — Wem (за mit dem Accusativ) hat Ihr seliger Oheim den herr= lichen Garten verschrieben (-за)? — Der Garten ist meiner ältesten Schwester verschrieben, deren Mann Arzt ist, und ihm in Krankheitsfällen (случай) Recepte (репéптъ) verschrie= ben hat (-пред). — Ich möchte mich dem Teufel verschrei= ben (schriftlich verpflichten), wenn ich daran (о томъ) denke.

214. Aufgabe.

Treten Sie gefälligst in dieses Zimmer und belieben Sie jedesmal hier unangemeldet einzutreten. — Wer ist im Nebenzimmer? — Dort verweilt gewöhnlich meine freund= liche Cousine, mit Nähen, Zeichnen oder Musik beschäftigt.— Wie Sie hören, stimmt sie eben ein schönes Lied an. — Warum begleiten Sie uns jetzt so selten bei (при mit dem Präpos.) unsern Morgen=Partien? — Weil ich gewöhnlich die Zeit verschlafe (-про). — Ich glaubte schon, Sie hätten Ihr Versprechen verschlafen (-за). — Wann stehen Sie ge= wöhnlich auf? — Wann ich ausgeschlafen habe; das heißt (то есть), wenn ich von selbst erwache und mich munter fühle. — Um wieviel Uhr standen Sie heute auf? — Ich erwachte erst (nicht früher als) um sechs Uhr und da ich sah, daß es schon spät sei, sprang ich aus dem Bette, kleidete mich so schnell als möglich (сколько возмóжно) an und eilte hierher; aber ich kam zu spät, Sie waren bereits ausgefahren. — Wird der fürstliche Leichenzug durch (чрезъ) diese Straße gehen? — Man sagt es. — Lassen Sie uns

hinaufgehen in (на mit dem Accuſ.) das Giebelzimmer. —
Wir wollen an dieſes Fenſter gehen, das auf (въ mit dem
Accuſ.) den Platz führt (смотрѣть 8.), über welchen der
Zug auf alle Fälle kommen muß. — Wann wird er bei
uns vorbeikommen? — Schwerlich vor zehn Uhr. — Was
macht die Fürſtin? — Sie war untröſtlich; aber der Zu=
ſpruch ihres treuen Seelſorgers (Beichtvaters) und be=
ſonders der Hinblick auf ihre Kinder beruhigten ſie. —
Wer wird die Waiſen erziehen? — Der Vater hat die Vor=
münder ſchon lange (давно уже) vorherbeſtimmt, indem er
das Herannahen ſeines Endes fühlte.

215. Aufgabe.

Weſſen Leichenbegängniß zieht ſich (тянутся) die Straße
daher? — Das iſt das Leichenbegängniß des reichen
Banquiers, welcher dieſer Tage in der Stadt Ems geſtorben
iſt. — Was hat er in Ems gethan? — Er gebrauchte
(пользоваться inst.) die dortigen Mineralwaſſer (теплыя воды).
— Liegt Ems hübſch? — Ems hat eine ſehr hübſche Lage
in einem engen, von allen Seiten von maleriſchen Bergen
umgebenen Thale. — Wohin gehen Sie? — Ich gehe zum
Kaufmann, um Papier zu kaufen. — Haben Sie viel Pa=
pier nöthig? — Zwei oder drei Buch. — Kaufen Sie alſo
mehr und überlaſſen Sie mir ein Buch. — Weſſen Namen
iſt auf dem Aushängeſchilde dieſes Magazins? — Auf dem
Aushängeſchild ſteht der Name des Beſitzers des Magazins.
— Hat dieſes Kind ſchon ausgeſchlafen? — Es hat noch
nicht ausgeſchlafen, es kann noch ſchlafen. — Es iſt drau=
ßen kalt, die Nähe des Winters iſt ſchon ſehr fühlbar. —
Hören Sie auf! Ihr Geplauder langweilt mich. — Dachten
Sie, daß dies noch geſchehen würde? — Nein, ich dachte es nicht,
doch oft geſchieht das, was wir nicht denken. — Man ſieht,
daß das Alter ihn drückt, er wird ſchwach an Geiſt und an
Körper. — Salzen Sie Ihre Suppe nicht! Die Köchin hat
ſie ſchon verſalzen. — Kommen Sie in den Garten und

seßen Sie die Landschaft, welche meine Tochter zeichnet (рисовать). — Mein Fräulein (сударыня), erlauben Sie mir zu seßen, was Sie zeichnen. — Wie schön! Sie haben, mein Fräulein, ein wunderbares (разительный) Talent. — Sie schmeicheln gern; ich weiß, daß ich nicht gut zeichne. — Sie irren sich, mein Fräulein; Sie wissen ja, daß ich aufrichtig und kein Freund von Schmeicheleien bin.

Zweiundachtzigste Lektion. — ВОСЕМЬДЕСЯТ ВТОРОЙ УРОКЪ.

577. Die Nichtgewohnheitsform mit dem Präfix giebt eine Nichtgewohnheits=Vollendungsform. Das Imperfect dazu ist dann entweder aus der Wiederholungsform oder Dauerform gebildet. Die Vollendungsform kann nur stattfinden, wo ein nicht=bestimmtes Zeitwort desselben Stammes besteht.

Dauerform.	Vollendungsform.	Nichtgewohnheits=Vollendungsform.
Ausreißen,	выдёргивать,	выдергать,	выдернуть.
Anrühren,	прикасаться,	—	прикоснуться.
Heraussehen,	выглядывать,	выглядѣть,	выглянуть.

Bemerkung 1. Die Vollendungsform выглядѣть, wird nur in der übertragenen Bedeutung — heraussehen, so viel als ablernen — gebraucht.

578. Nicht von jeder Nichtgewohnheitsform wird eine Vollendungsform gebildet; was mehrentheils in der, durch das Präfix hinzukommenden Bedeutung liegt, die sich mit dem Begriff der Nichtgewohnheitsform nicht verträgt, z. B.:

Schneiden, ре́зать,   hat die Nichtgewohnheitsform: ре́знуть;
                                                        eben so
Spülen,   полоска́ть,   „ „ „   „   полосну́ть.
Die Dauerform: разре́зывать, zerschneiden; Vollendungs- разре́-
                                              form: зать;
   „   „   выпола́скивать, ausspülen,   „   „   вы́поло-
                                                     скать.

579. Da die Wiederholungsform und Gewohn=
heitsform im Infinitiv — ать nach der ersten Klasse
hat, so ist bei solchen mit einem Präfix versehenen Wör=
tern, deren Stammwörter ungebräuchlich sind, die Dauer=
form von seiner Vollendungsform leicht zu unterscheiden.
Wo die Vollendungsform gleichfalls auf -ать endigt,
hat die Dauerform die Form der Gewohnheitsform.

580. So wie die meisten Wiederholungsformen
nur in Zusammensetzungen gebräuchlich sind, so giebt es
hingegen auch Einzelformen, die als einfache Verba nicht
vorkommen, während sie mit dem Präfix die Vollen=
dungsform bilden helfen.

Dauerform.	Vollendungsform.
Auferwecken, воскреша́ть.	Воскреси́ть.
Auferstehen, воскреса́ть.	Воскре́снуть.
Nehmen, взима́ть.	Взять (в. -иму; возьму́).
Anstiften, затѣва́ть.	Затѣять.
Vertheidigen, защища́ть.	Защити́ть (-щу́).
Anhacken, зацѣпля́ть.	Зацѣпи́ть.
Sich irren, ошиба́ться.	Отшибну́ться (-бусь, -бѣшься, Prät. -шибся).
Zuvorkommen, предваря́ть.	Предвари́ть.
Rechtfertigen, оправдывать.	Оправда́ть.
Zerschlagen, разшиба́ть.	Разшиби́ть.
Beschuhen, обува́ть.	Обу́ть.
Mittheilen, сообща́ть.	Сообщи́ть.
Sterben, умира́ть.	Умере́ть.
Empfangen, получа́ть.	Получи́ть.
Besuchen, посѣща́ть.	Посѣти́ть (-щу).
Schlagen, einschlagen, ударя́ть.	Уда́рить.

581. Wo von demselben Stamme nur ein Zeitwort
mit dem Präfix existirt, muß man aus dem Sprachgebrauch

erlernen, ob das Verbum eine Dauerform oder Vollendungsform sei.

Bemerkung 2. Die Dauerformen enden auch
hier gewöhnlich auf -ать 1. oder auf -овать 5.

Dauerform.

Vermachen (testamentl.), завѣщать 1.	Hassen, ненавидѣть 8.
Versprechen, обѣщать 1.	Nachahmen, подражать 1.
Gehorchen, повиноваться 5.	Eigensinnig sein, упрямиться 7
Begrüßen, bewillkommen.	Привѣтствовать 5.
Erzürnen, erbittern.	Задорить 7.

Vollendungsform.

Waaren einpaschen, defraudiren. — Промытить 7.

Plötzlich, unvermuthet erscheinen. — Очутиться (очутюсь).

Sich betrinken, нахлюстаться 1. — Versüßen, подсластить 7.

Wir rissen das Unkraut immer selbst aus. — Мы сами всегда выдёргивали негодныя травы.

Wer hat diese Nelke ausgerissen? — Кто выдергалъ сiю гвоздику?

Reiße dieß ihn aus! — Выдерни сей кочень.

Ich habe sie unvorsätzlich ausgerissen. — Я его ненарочно выдернулъ.

Reiße stets den Lolch aus. — Выдёргивай всегда куколь.

Reiße morgen den Lolch aus. — Выдергай завтра куколь.

Wenn ich Briefe erhalten werde, werde ich sie Ihnen zuschicken. — Когда буду получать письма, я вамъ буду ихъ присылать.

Ich kann Ihnen sagen, daß Sie morgen einen Brief erhalten werden. — Я могу вамъ сказать, что завтра вы получите письмо.

Wenn ich ihn werde erhalten [haben], werde ich ihn Ihnen zuschicken. — Когда я его получу, тогда я вамъ его пришлю.

Werden Sie nicht Ihren Freund besuchen? — Не посѣтите ли вы своего друга?

Ich werde ihn nie besuchen. — Я его никогда не посѣщу.

Er wird Ihnen alle Schätze der Welt versprechen. — Онъ вамъ будетъ обѣщать превеликія сокровища.

Lasset uns keine Waaren einpaschen, sondern Alles versteuern. — Не промытимъ никакихъ товаровъ, а заплатимъ пошлину со всѣхъ.

Zuschicken, присылать (слать) 1.	Vermachen (testam.), отказать 3.
Erbittern, разсерживать 1.	Bewaffnen, вооружить 7.
Zuvorkommen, предупредить 7.	Erzählen, повѣдать 1.
Begraben.	Погребсти 1. (погребать).

Joel u. Fuchs, Russische Gramm. — 30

Die Nelke, гвоздика.
Der Lolch, куколь.
Der Ableiter, отводъ.
Der Verlust, Abzug, утрата.
Die Gewalt, Kraft, сила.
Das Gericht, судъ.
Untauglich, негодный.
Bestimmt, опредѣленный.
Unbedingt, unfehlbar.
Indirect, mittelbar.

Die Staube, кочень, кочанъ.
Die Steuer, der Zoll, пошлина.
Die Verschwendung, расточеніе.
Die List, хитрость f.
Das Uebel, die Mißlichkeit, безо-
 бразность f.
Unvorsätzlich, непарочный.
Blitz=, Donner=, громовой.
Неотмѣнный, безусловный.
Косвенный.

216. Aufgabe.

Von wem glauben Sie, daß Sie Briefe erhalten wer=
den? — Ich glaube, daß alle meine Verwandten und Be=
kannten mir schreiben werden. — Besuchten Sie meinen
Bruder oft, als Sie in Dresden (Дрезденъ) waren? —
Wir besuchten Einer den Andern wenigstens (по крайней
мѣрѣ) einmal in der Woche. — Außerdem (Сверхъ того)
begegneten wir einander oft—auf der Brühl'schen Terrasse
(террасса). — Versprach nicht unser Lehrer, uns heute zu
besuchen? — Ich weiß es nicht genau; aber morgen wird
er bestimmt kommen. — Schlug der Blitz diesen Sommer
bei Ihnen ein? — Bei uns schlägt der Blitz nicht ein,
weil die meisten Häuser Blitzableiter haben. — Glauben
Sie, daß diese unbedingt davor (отъ того) schützen? —
Dem sei, wie ihm wolle; es hat [seit] vielen Jahren (Accus.)
auch nicht einmal eingeschlagen. — Wird Ihr Oheim sei=
nem alten treuen Diener, der es wohl verdient hat, nicht
ein kleines Jahrgeld (пенсія) vermachen? — Er hat ihm
ein kleines Capital (капиталъ) vermacht, von dessen Zinsen
(проценты m.) er wird leben können. — Warum vermacht
er Ihrem Bruder nichts? — Der hat ihn durch seine
Verschwendung zu sehr erbittert, und anstatt (вмѣсто того,
чтобы) ihn zu beschwichtigen (успокоить). beharrt er eigen=
sinnig in seiner Lebensweise, so daß der Oheim ihn von
(seinem) ganzen Herzen haßt. — Wer zieht den (Accu=
sativ) Kindern [die Schuhe] an? — Ihre Wärterin;

aber diese hat heute früh ihre kranke Schwester besucht, des=
halb habe ich die Kinder angezogen (beschuht). — Wie=
viel Waaren werden wohl jährlich hier eingepascht? —
Man rechnet den Verlust an indirecten Steuern auf (до)
eine halbe Million Gulden. — Wie stiftet (дѣлать) man es
an, den Zoll zu umgehen? — Meistentheils durch List, zu=
weilen gar mit Gewalt, denn die Schleichhändler (контро=
бандистъ) sollen fast immer bewaffnet sein. — Kann man
dem (отъ) Uebel nicht zuvorkommen? — Wie es scheint,
nein. — Wieviel Scheiben (стекло) hat der Hagel gestern
zerschlagen? — Er hat an acht Scheiben in dem Zimmer
zerschlagen, in welchem er noch in jedem Frühling einige
Scheiben zerschlug. — Glaubst du, daß Gott die Todten
auferwecken werde? — Er wird sie auferwecken am Tage
des großen Gerichts. — Sind schon Todte auferstanden?
— Die Bibel erzählt uns von einigen, die auferstanden sind,
nachdem sie gestorben, selbst (даже) nachdem sie schon begra=
ben waren.

217. Aufgabe.

Werden Sie mit mir in's Theater gehen? — Mit dem
größten Vergnügen. — Was wird heute gegeben? — Heute
spielt man eine neue Comödie von Pissemski. — In wie=
viel Akten ist diese Comödie? — Sie ist in fünf Akten. —
Pissemski schreibt gut, ich habe viele Novellen, die er ge=
schrieben hat, gelesen, aber noch keine einzige von seinen
Comödien gesehen. — Kommen Sie! — Da ist die Kasse,
der Kassier aber scheint noch nicht da zu sein. — Sie irren
sich, da steht er im Winkel. — Geben Sie uns zwei Bi=
lette in die Lehnstühle. — Damit kann ich Ihnen nicht die=
nen, die Sessel sind alle besetzt, wollen sie nicht Bilette (билетъ)
in's Parterre (партеръ) nehmen? — Nein, ich bin nicht gern
weit von der Scene. — Da haben Sie denn zwei Bilette
in's Amphitheater (амфитеатръ), es sind gute Plätze, ganz
in der Mitte. — Was kosten sie? — Drei Rubel Silber
jedes. — Warum ist es heute theurer als gewöhnlich? —

30*

Die Preise sind wegen eines Benefice's (бенефисъ) erhöht.
— Wessen Benefice ist heute? — Heute ist das Benefice des
Herrn Karatigin des Jüngern. — Wünschen Sie einen
Theaterzettel (афиша)? — Geben Sie mir einen, ich bitte.
— Sehen Sie in die Seitenloge (боковая ложа) im ersten
Rang (ярусъ)! Wer ist jene Dame mit dem prächtigen Kopf=
putz? — Kennen Sie sie denn nicht? — Es ist die Gema=
lin des französischen Gesandten in Berlin, sie ist hier bei
ihrer Cousine zu Besuch (гостья). — Sehen Sie, der Vor=
hang geht auf. — Haben Sie Ihr Federmesser gefunden?
— Ich habe es lang und überall gesucht, und weiß nicht,
wie es plötzlich auf meinem Tisch erschienen ist.

**Dreiundachtzigste Lektion. — ВОСЕМЬДЕСЯТЪ ТРЕТІЙ
УРОКЪ.**

582. Folgende einfache Verba sind Vollendungs=
form, während ihre Wiederholungsform die Dauer=
form vertritt:

	Vollendungsform.	Dauerform.
Segnen,	благословить,	благословлять.
Werfen,	бросить,	бросать.
Hinthun,	дѣть 1.,	дѣвать
Endigen,	кончить,	кончать.
Kaufen,	купить,	покупать.
Berauben,	лишить,	лишать 1.
Sich legen,	лечь,	ложиться.
Fallen,	пасть,	падать.
Bezaubern,	плѣнить,	плѣнять.
Verzeihen,	простить,	прощать 1.
Lassen,	пустить,	пускать 1.
Gebären,	родить,	рождать.
Entscheiden,	рѣшить,	рѣшать 1.
Sich setzen,	сѣсть,	садиться.
Befreien,	освободить,	освобождать.

	Vollendungsform.	Dauerform.
Springen,	скочить,	скакать 3.
Werden,	стать.	становиться.
Schreiten,	ступить,	ступать.
Schießen,	выстрѣлить,	стрѣлять.
Greifen,	хватить,	хватать.
Vorzeigen,	явить,	являть.
Begegnen,	встрѣтить,	встрѣчать 2.

583. **Als Vollendungsform und Dauerform zugleich werden gebraucht:**

Strafen, казнить.   Umstürzen, рушить.

Die als Dauerform das Futurum mit бу́ду bilden, als Vollendungsform die Präsens-Form als Futurum gebrauchen.

Befehlen lassen, велѣть 8. Verheirathen, женить. Verwunden, ранить, die kein Futurum der Dauerform bilden.

584. **Mit dem Präfix bleibt die Dauerform (als Wiederholungsform) gewöhnlich Dauerform, sowie die Vollendungsform eine solche bleibt.**

	Vollendungsform.	Dauerform.
Nachgeben,	уступить,	уступать.
Äußern,	изъявить,	изъявлять.
Entscheiden,	разрѣшить,	разрѣшать 1.
Einkaufen,	закупить,	закупать.

Bemerkung 1. Einige darunter bilden das Imperfect aus dem Frequentativ. Dann giebt das Iterativ mit dem Präfix das Perfectum, und das Singulare giebt ein semelfactives oder singulares Perfect.

	Dauerform.	Vollendungsf.	Einz. Vollf.	Nichtgewöhnl. Vollendungsf.
Beendigen,	оканчивать,	окончать,	окончить.	
Hinauswerfen,	выбрасывать,	выбросать,	выбросить.	
Heransprengen,	прискакивать,	прискакать,	прискочить,	прискокнуть.

Auch ohne besondere Dauerform:

Abschied nehmen (von Jemand).	Распрощаться.
Abhauen.	Отрубать.
Verschießen (Pulver).	Изстрѣлять.

585. **Auch andere Wiederholungsformen gehen durch das Präfix in Vollendungsformen über, theils**

mit einer entſprechenden Dauerform aus der Gewohn=
heitsform, theils ohne dieſelbe; jedoch geſchieht das
meiſtens nur:

a) Wenn das Zeitwort durch das Präfix in eine über=
tragene Bedeutung übergeht.

	Imperfect.	Perfect.
Ergehen, durch Gehen erlangen.	Выхáживать,	выхóдить.
Recht viel umhergehen.	Разбрáживаться, разбродúться.	
Mit Mühe bereden.	—	уломáть.
Walken.	—	вывалять.

b) Wenn das Singulare ungebräuchlich iſt.

	Dauerform.	Vollendungsform.
Verwechſeln,	промѣнивать,	промѣнять.
Verſuchen,	—	отвѣдать.
Verhüllen,	окýтывать,	окýтать.
Bepflanzen (mit),	засáживать,	засажáть.
Hindern,	помѣшивать,	помѣшáть.
Zuſammenlöthen,	спáивать,	спаять 1.
Eben machen,	урáвнивать,	уравнять.
Berſten,	истрéскиваться,	истрéскатся 1.

586. Nachſtehende Zeitwörter entlehnen das Perfect
von einem andern Stammworte:

	Imperfect	Perfect.
Schlagen,	бить,	удáрить.
Nehmen,	брать,	взять.
Sprechen,	говорúть,	сказáть.
Legen,	класть,	положúть.
Fangen,	ловúть,	поймáть.
Anlegen,	приклáдывать.	приложúть.

Letzteres auch mit anderen Präfixen -у, -до, -за, -вы, -от.

Warum wirfſt du nach dem Hunde mit dem Steine?	Зачѣмъ ты бросаешь въ собáку кáмнемъ?
Er warf den Becher in's Meer.	Онъ брóсилъ кубокъ въ мóре.
Ich werde auch nicht eine Kopeke ablaſſen.	Я не уступлю ни однóй копéйки.
Gehen Sie vor uns!	Ступáйте впередú насъ!
Ich werde nie hinterhergehen.	Я никогдá не пойдý позадú.
Der Engel aber ſagte ihm: Fürchte dich nicht, Zacharias! denn dein Gebet iſt erhört worden; dein	Ангелъ же сказáлъ емý: Небóйся, Захáрія! ибо услышана молúтва твоя, женá твоя Елиса-

Weib Elisabeth wird dir einen Sohn gebären, und du wirst ihm den Namen beilegen: Johannes.

Du mußt künftig eine Serviette unter den Teller legen, um den Tisch seiner Politur nicht zu berauben.

Lege das Buch auf jenen Tisch!

Es wird schon dunkel.

Die Luft ist kälter geworden.

Einen solchen Menschen, wie er ist, werden Sie nie überreden.

Wir wollen die Hüte vertauschen.

Erhören, услышать (Perfect.).

Vertauschen, промѣнять (Perfect.) 1.

Der Becher, кубокъ.

Die Schale, скорлупа́.

Die Ansicht, видъ.

Der Vorrath, запа́съ.

Die Wehmuth, го́ресть f.

Der Engel, а́нгелъ.

Der Spucknapf, плева́льникъ.

Vor, впереди́.

Regelmäßig, пра́вильный.

Bei Zeiten, заблаговре́менно.

вѣта роди́тъ тебѣ сы́на, и наре́чешь ему́ имя: Іоа́ннъ.

Впередъ ты до́лженъ класть салфе́тку подъ таре́лку, что́бы не лиша́ть стола́ его́ ло́ска.

Положи́ кни́гу на э́тотъ столъ!

Уже́ тёмно стано́вится.

Во́здухъ сталъ холодне́е.

Тако́го человѣ́ка, каково́въ онъ, вы никогда́ не уломаете.

Промѣ́няемъ шля́пы.

Nennen, heißen (activ.), наре́чь 1.

Die Güte, ми́лость f.

Der Gebrauch, потре́бность f.

Die Leiche, тру́пъ.

Die Politur, ло́скъ.

Der Klang, звонъ.

Das Vorwerk, мы́за.

Die Lese, собира́ніе.

Hinter, назади́ позади́.

Eigen, со́бственный.

Nuß-, орѣ́ховый.

218. Aufgabe.

Wirf die Nußschalen nicht auf den Fußboden, wenn du den Kern (ядро́) verzehrt hast. — Wohin soll ich diese hier werfen? — Wirf sie in den Spucknapf und sage dem Diener, daß er sie hinaustrage. — Schlägt diese Uhr? — Ja, sie hat einen schönen Klang, wie Sie bald hören werden, denn es wird bald sieben schlagen. — Sagten Sie nicht, daß sie repetire [mit Repetition (репети́ція) sei]? — Ich habe es gesagt und so ist es auch; aber das Repetir-Werk (репети́ція) ist zerbrochen. — Wann legen Sie sich gewöhnlich zu Bette? — Ich lege mich regelmäßig gleich nach zehn Uhr; aber lassen Sie uns heute uns früher legen, damit wir morgen nicht verschlafen. — Haben Sie schon

Benediktow's „Krym'sche (крымскій) Ansichten" gelesen? —
Ich habe Sie mehrmals in (въ mit dem Instrum.) Gesell=
schaften vorgelesen und ich muß sagen, sie bezaubern Jeden,
der sie hört. — Schwedow's reizendes Gedicht „das Kind"
hat meine Schwester. — Wo kaufen Sie diese schönen Kar=
toffeln (картофель f.)? — Wir erhalten sie von dem Gute
meines Schwagers. — Hat er das Vorwerk Neuhof ge=
kauft? — Noch nicht, aber er wird es künftiges Jahr kau=
fen. — Können Sie mir nicht etwas Obst ablassen? —
Wir haben den größten Theil unseres Vorraths an Be=
kannte abgelassen, so daß wir jetzt kaum für den eigenen
Gebrauch genug haben. — Kaufen Sie künftig bei Zeiten
ein; am besten ehe noch die Lese ganz beendet ist. — Fängt
man hier viele Hasen? — Früher fing man sehr viele,
aber in diesem Jahre haben wir kaum zehn gefangen. —
Wie geht's mit Ihrem kranken Freunde? — Wir haben
schon von einander Abschied genommen. — Lebe wohl auf
ewig! war sein letztes Wort für mich. — Leben Sie wohl,
mein Lieber! — Lassen Sie mich zu ihm eilen; vielleicht
treffe ich ihn noch lebend an. — Er hatte geendet, bevor
ich in's Zimmer trat. — Mich ergriff (овладѣть Instrum.)
eine tiefe Wehmuth, als ich den Leichnam des hoffnungs=
vollen (дающій столько надѣждъ) Jünglings sah.

219. Aufgabe.

Haben Sie Geld genug, um Ihren Schneider zu be=
zahlen? — Ich habe dessen nicht genug, werde aber bei
meinem Bruder so viel ich nöthig habe borgen. — Was
für Kleider haben Sie bei Ihrem Schneider bestellt? —
Ich habe bei ihm verschiedene Kleider bestellt, ich brauche
einen Frack, Hosen und verschiedene andere Kleider. —
Wohin eilen Sie? — Ich eile zu meinem Bruder, er ist
gestern auf der Straße gestolpert, ist gefallen und hat sein
Bein gebrochen. — Erzieht Ihre Schwester ihre Kinder gut?
— Sie erzieht sie sehr schlecht und verwöhnt sie. — Sie ha=

ben gut reden, Sie haben selbst keine Kinder, versuchen Sie
es erst selb⬤, wenn Sie welche haben werden, werden Sie
sie vielleicht mehr verwöhnen, als Ihre Schwester die ihri=
gen verwöhnt. — Umarmen Sie Ihren Bruder und ver=
söhnen Sie sich mit ihm. — Ich bin ganz und gar nicht
böse auf ihn, wir haben uns mit ihm nicht gezankt. —
Ein russisches Sprichwort sagt: Ein schlechter Friede ist
besser als ein guter Streit. — Kommen Sie mit mir spa=
zieren? — Ja, ich werde mit Ihnen gehen, wenn ich zu
Mittag gegessen habe. — Haben Sie das Geräusch gehört?
— Ja, man sagt, daß ein Kornmagazin eingestürzt sei. —
Haben Sie schon den Wechsel unterschrieben? — Nein, ich
unterschreibe nie einen Wechsel, ich halte mich an das russische
Sprichwort: wo die Handschrift (рука́) ist, ist auch der
Kopf. — Schließen Sie die Thür, hier ist Zugwind. —
Sie träumen, wie es scheint; ich merke gar keinen Zug=
wind. — Haben Sie den Tauben schon Waizen gestreut?
— Ja, ich habe die Tauben schon gefüttert. — Geben Sie
diesem armen jungen Manne etwas Geld! — Nein, ich
werde ihm kein Geld geben, er ist des Mitleids nicht wür=
dig; es ist ein Verschwender, der sein Vermögen vergeudet hat.

———

Vierundachtzigste Lektion. — ВОСЕМЬДЕСЯТЪ ЧЕТВЕР-
ТЫЙ УРОКЪ.

587. Einige vocalisch anlautende Zeitwörter neh=
men nach dem Präfix ein euphonisches -н vor sich auf.

a) Fangen, nehmen, -имáть, (Iterativ), -ять (Singulare).

Bemerkung 1. Die Wiederholungsform -имáтъ hat
außer -имáю noch die slavenische Präsens=Form -éмлю.

Während -имáю nach allen Präfixen ein -н vorschiebt,
thut -емлю dies nur nach -въ und -съ.

-ять und seine Präsens-Form -иму bleiben im Slawenischen nach allen Präfixen ohne -н; im Russischen dagegen nimmt -ять nach allen Präfixen ein -н vor sich, -иму aber nur nach den consonantisch auslautenden; wozu auch -въ und -съ gehören, selbst wenn sie in -во und -со übergehen.

Dauerform (Präsens).	Vollendungsform (Futurum).
Nehmen, взимать (взимаю, взёмлю).	взять (возьму).
Vernehmen, внимать (внимаю, внёмлю),	внять (воньму).
Entnehmen, aus der Taufe heben, (воспрiемлю),	восприять (восприму).
Hervorlangen, вынимать (вынимаю),	вынуть (выну).
Eincassiren, Rückstände, донимать (донимаю, доёмлю),	донять (дойму).
Entnehmen, borgen, занимать (занимаю, заёмлю),	занять (займу).
Abnehmen, machen, изнимать (изнимаю),	изнять (изыму).
Herausnehmen, — (изъёмлю),	изъять (изыму).
Miethen, нанимать (нанимаю, наёмлю),	нанять (найму).
Umfassen, | обнимать (обнимаю, объёмлю),	объять (обыму).
Umarmen, | обнимать (обнимаю),	обнять (обниму).
Wegnehmen, онимать (отнимаю, отъёмлю),	{ отъять (отыму). / отнять (отниму). }
Auffangen, перенимать (перенимаю),	переять (перейму).
Nehmen, — (поёмлю),	поять (пойму).
Begreifen, понимать (понимаю),	понять (пойму).
Fangen, erwischen, —	поймать (поймаю).
Aufheben, { поднимать (поднимаю), / подымать (подъёмлю), }	{ поднять (подниму). / подъять (подыму). }
Vornehmen, предпринимать (-аю, прiемлю)	{ -призять / -приять } { (-приму). }
Empfangen, | принимать (-аю, прiемлю)	{ принять / приять } { (-приму). }
Aufnehmen, |	
Erhöhen, приподнимать (wie поднимать).	
Durchstechen, пронимать (пронимаю),	пронять (пройму).
Auseinandernehmen, разнимать (разнимаю, разъёмлю)	рознять, (розниму).
Abnehmen, herunternehmen } снимать (снимаю, снёмлю),	{ снать (сниму). / съять (соньму). }
Abnehmen, vermindern, унимать (унимаю, уёмлю),	унять (уйму).

b) Essen, ѣдать, (Wiederholungsform) ѣсть, (Einzelform). Aufessen, verzehren, снѣдать und съѣдать, (Imperfect.); съѣсть, (Perfect.). Nach andern Präfixen stets -ѣдать.

c) Aufzäumen, взну́здывать,   взнуздáть (Vollf.),   } vom Stamm=
    (Dauerform)   разнуздáть, — } worte, узда́,
Abzäumen, разну́здывать (Impf.).   } der Zaum.

d) Hören eingeben, внуша́ть.   внуши́ть, (Vollf.) von у́хо, das
    (Impf.).   Ohr.

588. Da die Endung -овать 5. eigentlich f r e q u e n =
t i v e Bedeutung hat (476, b. Bemerkung 1.), so vertritt
sie für die Präsens=Bildung der Dauerform zuweilen die
Endung -ивать, besonders in den Verben.

Erziehen, воспи́тывать, Präsens: воспи́тываю und воспи́тую.

Beichte hören, испове́дывать.	испове́дываю и. испове́дую.
Erforschen, испы́тывать.	Bestrafen, накáзывать.
Verpflichten, обя́зывать.	Salben, помáзывать.
Predigen, пропове́дывать.	Sagen, скáзывать.
Zeigen.	Указывать.

Der Arzt wird ihm das linke Bein   Ле́карь у него́ отни́метъ ле́вую
abnehmen.   ногу.

Nimm den Hut ab, wenn du mit   Говоря́ со свои́мъ начáльникомъ,
deinem Vorgesetzten sprichst.   снимáй шля́пу.

Gestern haben wir die Pflaumen   Вчерá мы сня́ли сли́вы съ де=
von den Bäumen abgenommen.   ре́въ.

Putze das Licht (Nimm von dem   Снимáй со свѣчи́!
L. ab)!

Aus seinen Worten nehme ich ab,   Изъ его́ словъ я понимáю, что
daß es ihm leid thut.   э́то ему́ жаль.

Du wirst einst mein Leiden ver=   Нѣкогда ты поймёшь моё стра=
stehen.   дáніе.

Was für Tuch werden Sie zu dem   Какое сукно́ возьмёте вы для каф=
Rocke nehmen?   тáна?

Ich nehme nur blaues Tuch.   Я беру́ то́лько си́нее сукно́.

Kummer und Sorgen verzehren ihn.   Печáль и забо́ты его́ снѣдáютъ.

Wenn wir abgespielet haben, gehen   Отъобѣ́давъ мы пойдёмъ въ садъ.
wir in den Garten.

Zürnen, гнѣ́ваться 1.	Verrathen, измѣни́ть 7.
Die Pflaume, сли́ва.	Die Wohnung, жили́ще.
Die Reise, путеше́ствіе.	Die Freiheit, во́льность f., во́ля.
Der Verbannte, ссы́лочный, -аго,	Der Lärm, шумъ.
ссы́льный, -аго.	
Die Erziehung, воспитáніе.	
Die Dummheit, глу́пость f.	
Die Sonderbarkeit, стрáнность f.	Der Ankläger, обвини́тель.
Die Unart, злонрáвіе.	Der Verläumder, клеветни́къ.
Der Mitschüler, соу́ченикъ.	Falsch, verstellt, притво́рный.
	Neidisch, зáвистливый.

220. Aufgabe.

Was für eine Arbeit haben Sie vorgenommen? — Ich habe die Zeichnung vorgenommen. — Wann werden Sie die Reise nach Moskau vornehmen? — Wenn das Wetter schön bleibt, werden wir sie die nächste (будущій) Woche vornehmen. — Warum haben Sie den Hut nicht vor Ihrem ehemaligen Lehrer abgenommen? — Weil ich ihn nicht gesehen habe. — Würden Sie ein Geschenk von ihm (отъ) annehmen? — Warum nicht? — Er hat jederzeit Geschenke von mir angenommen. — Wie geht es dem armen Verbannten? — Er ist bei (къ) ihr wieder zu Gnaden (въ милость) angenommen worden. — Sind Sie mit der Erziehung, die Ihr Sohn in der Anstalt (училище) zu L. empfangen hat, zufrieden? — Durchaus nicht. — Er hat dort die Unarten seiner Mitschüler angenommen (-нере). — Haben Sie schon einen neuen Koch angenommen (-на)? — Noch nicht. — Wir werden eine größere Wohnung miethen und dann zugleich (въ одно время) einen Koch oder eine Köchin annehmen. — Was thut Feodor im Walde? — Er nimmt (-вы) Vögel aus (изъ) den Nestern. — Er nimmt (брать) [sich] Freiheiten [heraus], die ihm theuer werden zu stehen kommen. — Hemmen (-у) Sie das Lärmen der Knaben! Der Vater kann nicht schlafen. — Wo ist der Stallknecht? — Er ist auf dem Hofe. — Er soll das Pferd sogleich abzäumen und in den Stall führen. — Sobald ich nach Hause komme, zäume das Pferd sogleich ab, aber tränke es nicht sogleich. — Wie Sie befehlen, mein Herr! — Weshalb (за что) zürnen Sie Ihrem [auf (на mit dem Accus.) Ihren] treuesten Freund? — Ich weiß, daß er mich verrathen hat. — Sie müssen nicht Alles glauben, was Ihnen falsche, neidische Menschen eingeben. — Ich stelle die Ankläger meiner Freunde erst auf die Probe und bestrafe streng die Verläumder.

221. Aufgabe.

Man muß diesen Mann verachten; es ist ein Verräther und hat sein Vaterland verrathen. — Dabei ist er auch ein Verläumder; jedes seiner Worte ist Lüge und Verläumbung. — Seine Dummheit ist zum Erstaunen. — Haben Sie den Verbannten, welcher aus Sibirien floh, gesehen? — Man hat ihn mir gezeigt; er ging aber so weit entfernt, daß ich seine Züge nicht unterscheiden konnte. — Man hat mir viel von den Eigenheiten dieses Menschen gesprochen, ich kann aber nicht Alles glauben. — Er ist ein Engländer, und die Engländer sind wegen (instr.) ihrer Eigenheiten bekannt. — Die russischen Bauern segnen ihren Czar Alexander, sie waren Leibeigene und er gab ihnen die Freiheit. — Nehmen Sie nicht so viel Geld beim Wucherer. — Ich nehme nicht viel, ich nehme so viel ich brauche. — Wer hat diese Dummheit begangen (сдѣлать)? — Diese Dummheit hat ein sehr kluger Mann begangen; dies ist ein Beweis, daß sich auch der klügste Mann irren kann. — Haben Sie dieses Jahr schon Pflaumen gegessen? — Nein, dieses Jahr habe ich keine Pflaumen gegessen; sie sind nicht gut, sie sind fast alle madig (съ червяками). — Hat der Schauspieler seine Rolle gut gekonnt? — Nein, er wußte sie sehr schlecht, er vertraute nicht seinem Gedächtniß, sondern dem Souffleur. — Der Anfang ist gemacht, jetzt muß man muthig (бодро) vorwärts gehen. — Woher kommen Sie jetzt? — Ich war auf dem Kirchhof und las die Inschriften auf den Leichensteinen. — Haben Sie schon das Ende des Mährchens gelesen? — Nein, ich habe es noch nicht gelesen. — Haben Sie schon vom schrecklichen Verbrechen reden hören? — Man hat mir den Anfang erzählt, das Ende aber habe ich nicht gehört.

Fünfundachtzigste Lektion. — ВОСЕМЬДЕСЯТЪ ПЯТЫЙ УРОКЪ.

Ich sehe das Feuer.   Я вижу огонь.
Ich sehe das Feuer nicht.   Я не вижу огня.

589. a) **Nach der Verneinung steht der Genitiv statt des Accusativs** (vgl. 132.).

Er fürchtet das Feuer.   Онъ бойтся огня.
Sie rührt die Harfe an.   Она касается арфы.
Er hält mein Pferd.   Онъ держитъ мою лошадь.
Er hält sich an die Wahrheit.   Онъ держится правды.
Er hat unser Gespräch angehört. Онъ слушалъ нашу бесѣду.
Er hat unsern Rath befolgt.   Онъ слушался нашего совѣта.
Ein fallendes Blatt erschreckt ein Худую совѣсть падущій листъ
böses Gewissen.   страшитъ.
Er scheut sich vor Gespenstern. Онъ страшится привидѣній.

b) **Das Object beim zurückwirkenden Neutrum steht im Genitiv.**

Er wünscht Geld.   — Онъ желаетъ денегъ.
Das verlangt Zeit und Geduld. Это требуетъ времени и терпѣнія.

Ich suche ein Unterkommen.   Я ищу пристанища (мѣста).
Wir erwarten neue Befehle.   Мы ждёмъ новыхъ приказаній.
Sie dürsten nach Beute.   Они жаждутъ добычи.
Du hast mich aller Hoffnung be- Ты меня лишилъ всей надежды.
raubt.

c) **Active Zeitwörter, deren Handlung weniger das Object, als vielmehr das Subject angeht, wie ver-langen, hoffen, bitten, erwarten, entziehen, haben das Object im Genitiv bei sich.**

Ich habe ihn um Verzeihung ge- Я просилъ { у него прощенія.
beten.   { его о прощеніи.
Ich werde ihn wegen Verläum- Я буду просить на въ клеветѣ.
dung belangen.

Bemerkung 1. Просить, **bitten**, hat entweder die Sache im Genitiv und die Person im Genitiv mit у, oder die Person im Accusativ und die Sache mit о im Präpositional.

In der Bedeutung belangen, verklagen (vor Ge=
richt) hat es die Person im Accusativ mit *на*, die
Sache im Präpositional mit *въ*. (Auf Jemand in
einer Angelegenheit vor Gericht eine Bitte thun).

Wir haben zwei Hirsche abge= fangen.	Мы добы́ли двухъ оле́ней.
Die Soldaten erbeuten Schätze.	Солда́ты добыва́ютъ сокро́вища.
Ihr seid glücklich der Gefahr ent= gangen.	Вы благополу́чно избѣжа́ли опа́с- ности.
Fliehe böse Gesellschaften.	Избѣга́й дурны́я о́бщества.
Das hat ihm das Leben gekostet.	Это ему́ сто́ило жи́зни.
Das hat ihm zehn Ducaten ge= kostet.	Это ему́ сто́ило де́сять черво́н- цевъ.

d) **Verba neutra**, wenn sie ein Object bei sich haben,
oder durch ein Präfix in Transitive übergehen, erfordern
den Genitiv der Sache.

Bemerkung 2. Wenn nach *стоитъ*, kosten, der
Preis durch eine bestimmte Zahl ausgedrückt ist, so
steht er im Accusativ.

Gieb ihm das Brod.	Дай ему́ хлѣбъ.
Gieb ihm Brod (etwas, ein Wenig).	Дай ему́ хлѣ́ба.
Bringen Sie mir Wasser.	Прінеси́те мнѣ воды́.
Er kauft mir Tuch zum Rock.	Онъ купи́лъ мнѣ сукна́ на каф- та́нъ.
Sie mischen hier Wasser unter das Bier.	Здѣсь прилива́ютъ въ пи́во воды́.

e) Das Object steht im Genitiv, wenn es im par=
titiven Sinne genommen ist. Hiermit verwandt ist das
Geben, Leihen u. dgl. auf eine bestimmte Zeit, wobei
das Object gleichfalls im Genitiv steht.

Ich will einen Brief schreiben, ich bitte Sie um eine Feder.	Я хочу́ писа́ть письмо́, прошу́ у васъ пера́.
Er hat mir sein Pferd (leihweise) zugesagt.	Онъ мнѣ посули́лъ свое́й ло́- шади.
Er hat mir sein Pferd (als Ge= schenk) zugesagt.	Онъ мнѣ посули́лъ свою́ ло́шадь.
Hier sind noch nicht hundert Zu= schauer.	Здѣсь ещё нѣтъ ста зри́телей.

f) Das Subject steht im Genitiv:

1. Beim Verbum быть, sein, mit der Verneinung (vgl. 133.).

2. Wenn das Verbum unpersönlich gebraucht (das Subject im Deutschen durch das unbestimmte es eingeführt) wird.

Sich erschrecken, scheuen, страши́ть-ся 7.

Fangen, erbeuten, лови́ть.

Entgehen, избѣга́ть.

Erleben, дожи́ть 2.

Fliehen, meiden, убѣга́ть 8.

Anlanden, приста́ть 1.

Erwarten, ожида́ть 3.

Verlieren, sich berauben, лиши́ться.

Erlangen, дости́гнуть 6.

Die Erscheinung, das Gespenst, привидѣ́ніе.

Der Unterhalt, пропита́ніе.

Die Geduld, терпѣ́ніе.

Der Irrthum, заблужде́ніе.

Der Befehl, приказа́ніе.

Glücklich, благополу́чный.

Die Beute, добы́ча.

Siegreich, побѣди́тельный.

Der Enkel, внукъ.

Schreib=, пи́счій.

Der Ducate, червоне́цъ.

Zeichnen=, рисова́льный.

Die Verzeihung, проще́ніе.

Schlitten=, санны́й.

Die Lehre, Unterweisung, наставле́ніе.

Unschicklich, неприли́чный.

Die Fertigkeit, прово́рство.

Bedeutend, значи́тельный.

222. Aufgabe.

Haben Sie schon einen Brief von Ihrem Sohne erhalten? — Ich habe noch keinen Brief erhalten. — Wann erwarten Sie seinen ersten Brief? — Wir erwarten im Anfang (на пе́рвыхъ дняхъ) des Octobers ihn selber. — Wirst du deinen Vater nicht um Verzeihung bitten? — Gewiß; aber vor allen Dingen (пре́жде всего́) werde ich ihn um Geld bitten. — Kauft er Ihnen nicht Alles, was Sie brauchen? — Er kauft mir nur die unentbehrlichsten Sachen. — Wenn Sie zu Ihrem Kaufmann gehen, so kaufen Sie mir gefälligst Federn, Bleistift und Papier. — Wünschen Sie Schreib= oder Zeichnenpapier? — Bringen Sie mir sowohl von dem Einen, als von dem Andern. — Kosten Ihnen diese schönen Gedichte viele Mühe? — Das kann ich gerade nicht sagen. — Was kostet dir dieser Mantel? — Er kostet mir zweiunddreißig

Rubel Silber. — Haben Sie schon das neue Buch gelesen?
— Noch nicht. — Mein Oheim giebt mir seine Bücher zum
Durchlesen, wenn ich sie wünsche. — Werden Sie morgen
die Schlittenfahrt mitmachen? — Unser Nachbar hat mir
seinen Schlitten versprochen, ohne welchen ich nicht fahren
kann. — Trinken Sie keinen Wein? — Ich trinke Wein;
aber diesen hat man mit Rum (ромъ) gemischt. — Ich bin
Ihrer Meinung (ich halte mich an Ihrer Meinung).
— Liebe ich meinen Lehrer nicht? — Sie lieben ihn, aber
Sie befolgen seine Lehren nicht. — Fliehen Sie den Umgang
dieser Jünglinge; Sie verlieren Ihren Ruf und die Rein=
heit Ihres Herzens. — Ich suche ihre Gesellschaft, um ihre
Unterredungen anzuhören. — Noch sind Sie den Verführun=
gen (обольщéніе) dieser Elenden glücklich entgangen, aber
fürchten Sie ihre Schmeicheleien; sie haben Manchem die
Ruhe seines ganzen Lebens gekostet. — Das will ich nicht
hoffen. — Ich hoffe vielmehr [auf] Glück und Freude. —
Können Sie schon malen? — Noch nicht. — Das Zeich=
nen erfordert viel (bedeutende) Zeit und Uebung und
man beraubt sich der Aussicht (надéжда) auf Erfolg, wenn
man zu malen beginnt, ohne Fertigkeit im Zeichnen erlangt
zu haben. — Wissen Sie nicht, weshalb Paul Alexissohn
mich nicht mehr besucht? — Er schämt sich seiner Lüge,
fürchtet Ihre Vorwürfe und ist zu eigensinnig, seinen Irr=
thum (въ mit dem Präpos.) zu gestehen und Sie um Ver=
zeihung zu bitten.

223. Aufgabe.

Fürchten Sie sich nicht, wer nichts Uebles begangen hat,
braucht sich nicht zu fürchten. — Als die Soldaten den
Feind besiegt hatten, theilten sie unter sich die Beute. —
Geben Sie mir Thee oder Kaffee; ich habe noch nicht ge=
frühstückt. — Ich werde Ihnen gleich Alles, was Ihnen
nöthig ist, bringen. — Was haben Sie beim Kaufmann,
der dort an der Ecke handelt, gekauft? — Ich habe bei
ihm Tuch zu einem Mantel gekauft. — Kommen Sie mit

Joel u. Fuchs, Russische Gramm.   31

mir in's Concert? — Nein, ich will nicht mit Ihnen gehen, ich bin nicht so reich wie Sie, und kann kein Geld verschwenden, ich erwerbe mir mit Mühe meinen Lebensunterhalt. — Was sind Sie so traurig? — Unser Regiment hat den Befehl erhalten, auszumaschiren und ich muß jetzt Alles, was ich liebe, verlassen. — Seien Sie nicht so kleinmüthig, Sie werden hierher zurückkehren. — Ich glaube es nicht, der Krieg (походъ) ist entschieden (назпаченъ), und ich habe eine Ahnung, daß ich getödtet werde. — Die Ahnungen (pl.) lügen oft. — Meine aber nicht; übrigens werde ich mit Ehre auf dem Kampfgefild fallen (лягу на полѣ брани); für den Soldaten ist es das höchste Glück, für sein Vaterland zu sterben (пасть). — Wir scheinen schon an Ort und Stelle (im Boot) zu sein (доплыть до мѣста назначенія); sollen wir landen? — Noch nicht, ich werde Ihnen sagen, wenn es Zeit (должно) zu landen ist. — — Was kostet dies Pferd? — Es kostet mehr als hundert Ducaten. — Das ist nicht theuer, das Pferd ist gut und von Race (породистъ). — Es ist auf der Messe von Charcov vom verstorbenen Remonteur (ремонтёръ) unseres Regimentes gekauft. — Wie kalt ist es hier im Zimmer? Haben Sie schon befohlen einzuheizen? — Nein, ich habe nicht befohlen einzuheizen, werde aber sofort befehlen. — Sagen Sie dem Hausmann (дворникъ), daß er auch mir Holz bringe.

Sechsundachtzigste Lektion. — ВОСЕМЬДЕСЯТЪ ШЕСТОЙ УРОКЪ.

Wie gefällt Ihnen unser Garten?	Какъ вамъ правится нашъ садъ?
Er schenkte Jedem ein Buch.	Онъ подарилъ каждому по одной книгѣ.
Mir thut der Kopf weh.	Голова у меня болитъ.

590.   g) Statt des Dativs steht у mit dem Geni-

tiv bei Neutris, wo der deutsche Dativ eigentlich das
Possessiv=Pronomen vertritt.

Er nimmt mir alle Federn weg.	Онъ у меня отнимаетъ всѣ перья.

h) Bei den Activis mit dem Begriff eines Verlustes
steht ebenfalls statt des Dativs der Person der Ge=
nitiv mit y.

Du mußt zu ihm gehen (Dir ge= bührt es, zu ihm zu gehen).	Тебѣ надлежитъ итти къ нему.
Es genügt mir, ihn gesehen zu haben.	Мнѣ достаточно, что я его ви= дѣлъ.

591. a) Die unpersönlichen Zeitwörter haben
das persönliche Object gewöhnlich im Dativ bei sich
(wie im Deutschen).

Gott wird dir helfen!	Богъ тебѣ поможетъ!
Räche dich nicht an deinen Fein= den und beneide Niemanden.	Не отмщай своимъ врагамъ и никому не завидуй.
Er läßt sich seine Beschäftigung eif= rig angelegen sein (ist sei= nen Studien eifrig ergeben).	Онъ усердствуетъ своимъ за= нятіямъ.
Mein Nachbar fährt jeden Men= schen grob an.	Мой сосѣдъ грубитъ всякому человѣку.
Er grüßt mich stets.	Онъ всегда мнѣ кланяется.
Ich glaube Alles, was Sie mir sagen.	Я вѣрю всему, что вы мнѣ го= ворите.
Er glaubt ihm nicht.	Онъ ему не вѣритъ.
Sie ärgert ihre gute Mutter.	Она досаждаетъ доброй своей матери.
Er lehrte meinem Bruder die Mathematik.	Онъ обучалъ моего брата ма= тематикѣ (Dat.).
Er lehrt die russische Sprache.	Онъ учитъ русскому.
Er lernt seine Lektion.	Онъ учитъ свой урокъ.
Wir beten den einigen Gott an.	Мы поклоняемся единому Богу.
Wir beten zu dem einigen Gotte.	Мы молимся единому Богу.
Höre deine Eltern und Lehrer.	Внимай своимъ родителямъ и учителямъ.
Es ist hier so enge, daß Einer den Andern am Gehen hindert.	Здѣсь такъ тѣсно, что одинъ мѣ= шаетъ другому ходить.
Ich bewundre Ihre Geschicklich= keit.	Я дивлюсь вашему искуству.
Das wird meine Absicht beför= dern.	Это будетъ споспѣшество= вать моему намѣренію.

31*

Er hat mancherlei Wissenschaften gelernt.	Онъ учёнъ разнымъ наукамъ.
Der Thor bewundert Alles.	Глупéцъ всему удивляется.
Sie haben ihr Vaterland verrathen.	Они измѣнили своему отéчеству.
Worüber lachst du?	Чему ты смѣёшся?
Er freut sich über das Glück seines Nachbars.	Онъ рáдуется благополучiю своегó сосѣда.

b) Die Zeitwörter in obigen Beispielen haben — abweichend vom Deutschen — das Object im Dativ bei sich.

Auch dem Armen ist es möglich, wohlthätig zu sein.	Убогому тáкже возмóжно, быть благодѣтельну.
Es gebührt dir, dem Greisen gehorsam zu sein.	Тебѣ подобáетъ, быть послушну старику.
Es ist mir sehr angenehm, eingezogen zu leben (wohnen).	Мнѣ óчень прiятно, жить уедипёну.
Er schämt sich, der Camerad eines solchen Menschen zu sein.	Стыдно ему, быть товáрищемъ такóго человѣка. Онъ стыдится быть товáрищемъ такому человѣку.

c) Wenn einer Person im Dativ durch die Infinitiva быть, sein, oder жить, leben, wohnen, ein Attribut beigelegt wird, so steht das Attribut auch im Dativ. Steht aber die Person im Nominativ, so steht das Attribut auch im Nominativ oder im Instrumental.

Sich rächen, отмстить 7.
Bestimmen, назнáчить 7.
    Genügen; zufrieden sein. -
Der Feind, врагъ.

Das Studium, die Beschäftigung, занятіе.
Der Vater, Erzeuger, родитель.
Das Glück, Wohlgelingen, благополучіе.
Die Eltern, родители m.
Das Gedächtniß, пáмять f.
Die Freude, рáдость f.
    Fremd, ausländisch.

Wiedererzählen, пересказывать 1.
Betrachten, разсмáтривать 1.
Быть довóльну.
Die Größe, величинá f.
Die ungeheure Größe, громáдность.
Die Folge, слѣдствіе.
Die Erfindung, изобрѣтеніе.
Der Erfinder, изобрѣтáтель.
Enge, тѣсный.
Schändlich, постыдный.
Langsam, мéдленный.
Schmiede-, кузнéцкій.
Das Gegentheil, протúвное, -аго.
Инострáнный.

224. Aufgabe.

Haben Sie dieses Zimmer nicht heizen lassen? — Aller=
dings; weshalb (для чего) fragen Sie? — Weil mir die
Füße hier frieren. — Schreiben Sie nur fleißig, damit der
Brief zu rechter Zeit (въ пору) auf die Post getragen wer=
den kann. — Wie soll ich schneller schreiben, wenn mir die
Hände vor (отъ) Kälte zittern? — Bei wem kaufen Sie
Ihren Thee? — Ich kaufe alle meine Bedürfnisse bei un=
serm alten Freunde in der Schmiedestraße. — Grüßen Sie
ihn von mir und sagen Sie ihm gefälligst, daß auch ich
Alles bei ihm kaufen werde, nur muß er meine Diener
nicht so grob behandeln, wie ehedem. — Sie müssen nicht
Alles glauben, was Dienstboten schwatzen! — Es würde
Ihnen genügen, einmal bei ihm zu kaufen, um das Gegen=
theil zu glauben. — Ist Ihr Bruder noch so eifrig den
Wissenschaften ergeben, wie sonst? — Er studirt noch so
fleißig, wie immer; aber die Mathematik (математика) will
ihm durchaus nicht in den Kopf (недаётся), wogegen er
fremde Sprachen sehr leicht lernt. — Dann (такъ) ist er
ein Mensch von gutem Gedächtniß, aber von langsamem
Verstande. — Sie würden ihn sehr ärgern, wenn Sie ihm
das sagten. — Wollen Sie dieses Buch? — Ich will es
Ihnen schenken. — Ich danke Ihnen (Accus.). — Ich würde
mich über das kostbare Geschenk sehr freuen, aber ich fürchte
Ihren jüngern Bruder, dem es zugedacht war, einer gro=
ßen Freude zu berauben. — Bewunderst du nicht die Größe
des menschlichen Geistes, wenn du so viele große Erfindungen
der neuern Zeit und deren wichtige Folgen betrachtest? —
Ich bewundre die Erfinder und werde mich bemühen, ihnen
nachzuahmen, nicht weil ich sie beneide, sondern um mir
selbst (Instrumental) zu genügen.

225. Aufgabe.

Blinzeln Sie nicht mit den Augen, das ist eine sehr
üble Gewohnheit. — Das ist keine Gewohnheit bei mir,

ich habe nur meiner Schwester gewinkt. — Befehlen Sie
dem Kutscher die Achsen Ihres Wagens zu schmieren, die
Räder knarren. — Wie nennt man die Thiere, welche vor
der Sündfluth gelebt haben? — Man nennt sie vorsünd=
fluthliche Thiere. — Waren Sie schon beim Minister der
auswärtigen Angelegenheiten? — Nein, ich war noch nicht
bei ihm, werde aber morgen oder übermorgen hingehen. —
Schreiben Sie fleißig, damit Sie endlich ordentlich schreiben
lernen. — Schreibe ich denn nicht gut? — Nein, Sie ha=
ben eine sehr schlechte Handschrift. — Erzählen Sie nicht
Allen wieder, was ich Ihnen sage! — Leben Ihre Eltern
noch? — Nein, ich habe sie schon längst verloren. — Ler=
nen Sie viel auswendig? — Unglücklicher Weise ist mein
Gedächtniß sehr schwach, ich lerne wenig auswendig. — Hat
Ihr Sohn das Schmiedehandwerk (кузнечное дѣло) erlernt?
— Noch nicht; jetzt ist er in der berühmten Gußeisenfabrik
der Brüder Lialin. — Wo ist diese Fabrik? — Ich kann
es Ihnen nicht sagen, ich war niemals dort. — Wessen
Erfindung ist die Dampfmaschine (паровая машина)? —
Die Dampfmaschine ist eine Erfindung Fultons. — Sie
haben Unrecht, die Dampfkraft war lange früher bekannt.
— Das Wohlergehen der Kinder ist das größte Glück der
Eltern. — Das ist wahr, die Kinder jedoch sind zu oft un=
dankbar gegen ihre Eltern. — Worüber staunen Sie? —
Ich staune über die Größe des menschlichen Geistes. —
Woran sieht man (видна) diese Größe? — Man sieht sie
an den zahlreichen und großen Erfindungen, welche in letze=
ren Zeiten gemacht, und deren Folgen nicht zu berechnen
sind (неисчислимы).

Siebenundachtzigste Lektion. — ВОСЕМЬДЕСЯТЪ СЕДЬМОЙ УРОКЪ.

Von wem ist dieses Denkmal er=richtet?	Кѣмъ этотъ памятникъ воздвигнутъ?
Ich werde das Brod mit deinem Messer schneiden.	Я отрѣжу хлѣбъ твоимъ ножёмъ.

592. a) Im Instrumental steht der Ergänzungs=begriff, der die wirkende Ursache oder das Mittel und Werkzeug, durch welche die Handlung des Zeitworts vollzogen wird, angiebt.

Die Soldaten marschiren im Schritt.	Солдаты шагомъ ходятъ.
In welcher Weise haben Sie es von ihm erhalten?	Какимъ образомъ вы это получили отъ него?
Es versammelte sich das Volk haufenweise.	Народъ собирался толпами.
Kaufen Sie Ihre Cigarren hun=dertweise?	Покупаете ли вы свои сигары сотнями?
Als er den Richterspruch hörte, standen ihm die Haare zu Berge.	Когда онъ услышалъ судейскій приговоръ, волосы у него стали дыбомъ.
Er singt Discant.	Онъ поётъ дискантомъ.

b) Der Ergänzungsbegriff, der die Art und Weise angiebt, in welcher die Handlung des Verbs ge=schieht, steht im Instrumental.

Wir fuhren das Ufer entlang.	Мы ѣхали берегомъ.
Er fuhr zu Wasser nach Moskau.	Онъ поѣхалъ водою въ Москву.

c) Die Richtung, längs welcher die, im Zeitwort ausgedrückte, Bewegung geschieht, steht im Instrumental.

Am Tage schläft er und des Nachts arbeitet er.	Днёмъ онъ спитъ, а ночью онъ работаетъ.
Im Sommer lebt er auf dem Lande.	Лѣтомъ онъ живётъ на деревнѣ.

d) Tages= und Jahreszeiten, während welcher eine Handlung vorgeht, stehen im Instrumental.

Bemerkung I. Ist die Zeit durch ein Adjectiv oder

Pronomen näher bestimmt, so steht der Genitiv statt des Instrumentals.

Er hat diesen Morgen gearbeitet.	Онъ работалъ сегодня поутру.

Bemerkung 2. Doch wird der Instrumental dem Genitiv vorgezogen.

Der Löwe schüttelte die dichte Mähne (mit der .... Mähne).	Лёвъ пошевелилъ густою гривою.
Wir tauschten die Hüte (mit den .... Hüten).	Мы поменялись шляпами.
Sie werden sich verbluten (draufgehen durch Blut).	Вы изойдёте кровью.
Ich habe die Knaben Schneeballen (sich mit Schneeballen) werfen sehen.	Я видѣлъ, какъ мальчики кидались снѣгомъ.
Warum zuckt er die (mit den) Achseln?	Зачѣмъ онъ пожимаетъ плечами?
Du rühmst dich deines Fleißes (prahlst mit .... Fleiße).	Ты хвастаешся своимъ прилежаніемъ.
Sie spie (aus mit) Blut.	Она харкнула кровью.
Seine Mutter vergoß bittre Thränen (begoß sich mit .... Thränen).	Мать его облилась горькими слезами.
Opfre Gott dein Herz (Bringe — ein Opfer mit — Herzen).	Пожертвуй сердцемъ Богу.
Sie sprechen russisch (durch die — Sprache).	Они говорятъ русскимъ языкомъ.
Die Butter schmeckt nach dem Fasse.	Масло отзывается бочкою.
Sie riecht nach der (durch die) Pomade.	Она пахнетъ помадою.
Ein Stein diente ihm zum (als) Kopfkissen.	Камень ему служилъ подушкою.
Im siebenjährigen Krieg war er noch (als) Soldat.	Въ семилѣтней войнѣ онъ былъ еще солдатомъ.
Er heißt (man ruft ihn durch) Peter.	Его зовутъ Петромъ.
Er nennt sich (mit dem Namen) Peter.	Онъ именуется Петромъ.
Er schwört bei seinen Göttern (durch seine Götter).	Онъ клянётся своими богами.

e) In vorstehenden Beispielen läßt sich der Instru=
mental sowohl des Objects, als auch des Ergän=
zungsbegriffes nach a. und b. erklären. Aus ähnlichen
Gründen steht der Instrumental des Objects nach
folgenden Zeitwörtern:

Herrschen, besitzen, владѣть 1.
Erobern, sich bemächtigen, завладѣть 1.

Regieren, verwalten.
Genießen, наслаждаться 1.
Sich ergötzen (an, durch).
Achten, уважать 4.
Verbleiben (als), остаться 1.
Besitzen, обладать 1.

Anführen, commandiren.
Ueberfluß haben (an), обиловать 5.
Krank werden (an), занемочь 1.
Im Rufe stehen (als), слыть 2.
Erscheinen, sich zeigen (als), показываться 1.

Erbauen, построить 7.
Stolpern, споткнуться 6.
Anspitzen, навострить 7.
Schütteln, пошевелить 7.
Der Haufen, толпа.
Die Mähne, грива.
Das Kopfkissen, подушка.
Das Mähen, пожинаніе.
Die Sense, коса.
Der Verwalter, управитель.
Der arme Teufel, бѣднякъ, бѣд-
няжка c.
Die Anstrengung, напряженіе.
Das Zeichen, знакъ.
Der Mißwachs, неурожай.
Richterlich, судейскій.
Der Bürger.

Sich anmaßen, sich zu Nutze ma=
chen корыстоваться 5.

Pravit 7., управлять 1.
Benutzen, пользоваться 5.
Veselиться 7., забавляться 1.
Stolz sein (auf), превозноситься 7.
Gehalten werden (für), почитаться 1.
Befehlen, повелѣвать 1. (reg. auch
b. Dativ).
Предводительствовать 5.
Verabscheuen, гнушаться 1.
Verachten, пренебрегать 1.
Werden, стать, сдѣлаться.

Schneiden, mähen, пожинать 1.
Herabfallen, спасть 1.
Schneiden, обрѣзать 3.
Schwören, клясться 1.
Der Ausspruch, приговоръ.
Die Thräne, слеза.
Die Sichel, серпъ.
Die Ernte, жатва.
Der Trab, рысь f.

Die Lunge, лёгкое, -аго.

Die Würde, достоинство.
Der Reichthum, богатство.
Die Theuerung, дороговизна.
Aufrecht, in die Höhe, дыбомъ.
Гражданинъ.

226. Aufgabe.

Wissen Sie, durch wen und in welchem Jahre Moskau
erbaut worden ist? — Es ist durch den Fürsten Juri Wladimirs=

ſohn Dolgoruki im Jahre 1149 gegründet. — Schneidet
man bei Ihnen das Gras und Getreide noch mit Sicheln?
— Man bedient ſich der Sichel nur zum Mähen kleiner
Quantitäten, zur Ernte dagegen braucht man Senſen. —
Woher mit einem Male (Wie erſcheint Ihr ſo plötz=
lich) hier? — Wir ritten längs der Wieſe und kamen auf
dieſe Weiſe um eine Stunde früher an. — Deſto beſſer. —
Laſſet uns jetzt durch's Gehölz zum unſerm Freunde Johann
Petersſohn gehen. — Wir genießen ſo auf die beſte Weiſe
die friſche Morgenluft und werden Gelegenheit haben, uns
an der Jagd zu ergötzen. — Verwaltet Johann Petersſohn
noch das große Gut des Grafen N., das an Wildpret aller
Art Ueberfluß hat? — Ja, und er ſteht in dem Rufe ei=
nes tüchtigen (способный) und ehrlichen Verwalters; aber
jetzt iſt der arme Teufel krank. — Was fehlt ihm? — Er
trabte (ritt im Trabe) neulich (недавно) des Nachts
über (чрезъ) eine Brücke, das Pferd ſtieß mit dem Fuße
gegen (o mit dem Accuſ.) irgend etwas und ſtolperte. — Er
fiel herab, ſpie darauf Blut und leidet nun an einem hitzi=
gen Fieber. — Hält der Arzt ſeine Krankheit für ein Lungen=
übel (Krankheit an der Lunge)? — Er ſchweigt dar=
über (o томъ) gänzlich und zuckt nur mit den Achſeln. —
Ich bedaure ſeine (o mit dem Präpoſitional) arme Gattin.
— Sie vergoß bittere Thränen, als ſie mir den traurigen
Fall mittheilte. — Sie muß ihm beiſtehen, wie einem klei=
nen Kinde, denn er kann weder Hand, noch Fuß rühren.
— Fürchtet ſie nicht; durch die Anſtrengungen, die ihr we=
der bei Tage, noch bei Nacht Ruhe (покой) laſſen (дать),
ſelbſt krank zu werden? — Sie ſcheint das nicht zu achten;
man muß ihre Stärke, Geduld und Ausdauer bewundern.
— Leben Sie wohl, mein Lieber! — Ich verbleibe Ihr
gehorſamſter Diener. — Wo haſt du deine Uhr? — Karl
und ich haben die Uhren getauſcht. — Wer hat ſich meines
Federmeſſers bemächtigt? — Peter bedient ſich deſſen, um
mir eine Feder zu ſchneiden. — Das mag er thun, aber
ſage ihm nur, daß er nicht den Bleiſtift mit dieſem Meſſer=

— 491 —

chen ſpitze. — Wo iſt nun der Sohn Ihres Nachbars,
der voriges Jahr noch Student war? — Er iſt bereits
Doctor geworden; aber er zeigt ſich (смотрѣть) als einen
Flachkopf (глупéцъ); denn er iſt ſtolz auf ſeine Würde:
das iſt ein Zeichen, daß es ihm an Verſtand mangelt. —
Was ſagt ſein Vater? — Der iſt ſtolz auf ſein Geld und
auf die Güter, die er beſitzt. — Wie iſt er [zu] ſolchem
Reichthum (Accuſ.) gelangt (получи́ть)? — Er hat ſich den
Mißwachs und die Theurung der vergangenen Jahre zu
Nutze gemacht, um ſich an der Noth ſeiner armen Neben=
menſchen zu bereichern. — Eine ſolche Handlung wird (-но)
jeder brave Bürger verabſcheuen.

227. Aufgabe.

Sie müſſen Ihre Senſe ſchleifen, ſie iſt ſtumpf. — Sie
irren ſich, ſie iſt nicht ſtumpf; ich habe ſie unlängſt ge=
ſchliffen. — Worüber lachen Sie? — Ich lache über den
Schrecken dieſes jungen Mannes; ſeine Haare ſtanden zu
Berge. — Worüber erſchrack er? — Er erſchrack, als er
ſah, daß ſein Bedienter vom Pferde fiel. — Hat er ſich
wehe gethan? — Nein, er hat ſich nicht wehe gethan, ſein
Sturz war aber gefährlich, er konnte ſich den Hals brechen.
— Wie kam es (отъ чего́), daß er fiel? — Schlug denn ſein
Pferd aus? — Nein, es ſchlug nicht aus, der junge Be=
diente kann (у мѣть) aber nicht reiten. — Nicht der Reich=
thum macht glücklich, das Glück [liegt] im ruhigen Gewiſſen.
— Was hört man von der heurigen Ernte (урожáй)? —
Heute war unſer Verwalter bei mir; er ſagt die Ernte
ſei ſehr ſchlecht (плохóй) und wir würden wahrſcheinlich im
Winter Theurung haben. — Was iſt die Urſache dieſes
Mißwachſes? — Der Sommer war ſehr heiß, und die
Sonne hat alle Gewächſe verbrannt. — Galoppirt Ihr
Pferd? — Es galoppirt ſehr gut, geht aber noch beſſer im
Trab. — Haben Sie ſchon einen Luchs (рысь f.) geſehen?
— Ich habe oft Luchſe, aber noch öfter Hermeline (гор-

ностай) gesehen. — Wo haben Sie Hermeline gesehen? —
Ich habe sie in Sibirien·gesehen. — Ist Sibirien weit von
Frankreich? — Von den Gränzen Sibiriens bis zu den
Gränzen Frankreichs werden ungefähr sechstausend Werst
sein. — So weit? — Ja, bis Sibirien ist es nicht nah,
und Sibirien ist ein großes Land. — Wer ist jener Kauf=
mann, der mit Ihnen gesprochen hat? — Es ist der Ehren=
bürger Philipp Ossipowitsch P. — Warum grüßt er
nicht den Priester, der vorübergeht? — Er grüßt ihn nicht,
weil er Schismatiker (раскóльникъ) ist.

Achtundachtzigste Lektion. — ВОСЕМЬДЕСЯТ Ь ВОСЬ-
МОЙ УРОКЪ.

593. Wo der Begriff eines Casus allein nicht aus=
reicht, das Verhältniß der Gegenstände zu ein=
ander in Bezug auf eine Handlung oder einen Zustand
zu bezeichnen, da wird zur Erweiterung dieses Be=
griffes eine Präposition dem Casus vorgesetzt.

A. Vor den Genitiv treten:

594. Ohne. | Безъ, бе́зо.

Es ist schwer, ohne Geld zu leben.	Трýдно жить безъ де́негъ.
Niemand kann des Geldes ent= behren.	† Никтó не мóжетъ обойти́сь безъ де́негъ.
Ohnehin; auch ohne das.	И безъ того́.
Ohne alle Mühe.	Бе́зо всякаго трудá.

595. Für (zum Nutzen | für), um, wegen, halber, halben. | Для, (Zweck der Handlung).

Ich will ein Buch für meinen Bruder kaufen.	Я хочý купи́ть кни́гу для своегó брáта.
Er hat es deinetwegen gethan.	Онъ сдѣлалъ это для тебя.

Thun Sie es nicht um's Geld, sondern um meinetwillen.	Не дѣлайте этого для денегъ, но для меня.
Deßhalb, beßwegen.	*Для того.*
Deßwegen, daß; darum, daß; weil.	*Для того, чтобъ.*

596. Bis zu, bis an (vor), bis in, bis nach. | *До.*

Wir wollen bis an den Wald gehen!	Дойдёмъ до лѣсу!
Er war treu bis in den Tod.	Онъ былъ вѣренъ до смерти.
Auf (bis zum) Wiederfehen!	До свиданія!
Mein Vater hat die nöthige Summe vollgemacht (bis zur nöthigen Höhe zugelegt).	Мой отецъ доложилъ до нужной суммы.
Bis dahin, bis zu der Zeit, werde ich warten.	До тѣхъ поръ я подожду.
Bis dahin, bis hierher, bis zu dieser Stelle.	До сего (того) мѣста.
Bis dahin, so weit ist es gekommen.	До того дошло.
Das ist vor meiner Zeit (bis zu mir) geschehen.	† Это до меня сдѣлалось.
Vor Christi Geburt.	† До Рождества Христова.
Das betrifft Sie (rührt bis an Sie).	† Это до васъ касается.
Ich habe eine Bitte an Sie.	† У меня есть до васъ просьба.
Was geht uns das an?	† Что нужды намъ до этого дѣла?

597. Aus (dem Innern heraus), von. | *Изъ, изо.*

Bemerkung 1. Gewöhnlich nach den mit -изъ, -вы zusammengesetzten Zeitwörtern.

Wir kommen aus dem Garten.	Мы выходимъ изъ-саду.
Man wird das Regiment aus Moskau führen.	Выведутъ полкъ изъ Москвы.
Daraus (aus dem) kann man schließen.	Изъ этого можно заключить.
Aus Allem habe ich ersehen, daß...	Изо всего я усмотрѣлъ, что...
Er war außer sich gerathen (aus sich herausgegangen).	† Онъ вышелъ изъ себя.

598. Zwischen, unter (m. b. Accus.).

Er nahm es zwischen die Finger.

Между, межь, промёжду, промёжъ.

Онъ это взялъ между пальцевъ.

599. Längs, entlang.

Lassen Sie uns längs dem Flusse fahren.

Вдоль (eigentl. Adverb.)

Поѣдемъ вдоль рѣки.

600. Anstatt, an Stelle.

Anstatt meines Nachbars kam dessen Bruder.

Anstatt in die Schule zu gehen, spielt er (anstatt dessen, daß er ....)

Вмѣсто.

Вмѣсто моего сосѣда пришёлъ его братъ.

Вмѣсто того, чтобъ ему идти въ школу, онъ играетъ.

601. Innerhalb.

Die lutherische Kirche befindet sich innerhalb der Stadt.

Внутри (vom Orte).

Лютеранская церковь находится внутри города.

602. Außerhalb.

Die schönsten Gärten sind außerhalb der Stadt.

Er ist außer sich.

Внѣ.

Самые прекрасные сады внѣ города

† Онъ внѣ себя.

603. Neben, bei, zur Seite.

Sie sitzt neben ihm, an seiner Seite.

Sein Haus steht neben (bei) meinem Garten.

Der Goldschmied wohnt neben demselben Hause.

Возлѣ.

Она сидитъ возлѣ него.

Домъ его стоитъ возлѣ моего саду.

Золотыхъ дѣлъ мастеръ живётъ возлѣ того самого дома.

604. Neben, zunächst.

Unser Garten liegt neben dem Dorfe (dem Dorfe zunächst).

Ich ritt und er lief neben her (neben mir).

Подлѣ.

Нашъ садъ находится подлѣ деревни.

Я ѣхалъ верхомъ, а онъ бѣжалъ подлѣ меня.

605. Außer (ausgenommen).

Außer den zwei Franzosen war Niemand bei uns.

Кромѣ.

Кромѣ двухъ французовъ никого небыло у насъ.

Außerdem schenkte ich ihm ein Kleid. | Кромѣ этого я ему подарилъ платье.

Ohne Scherz. | †Кромѣ шутокъ.

606. Bei — vorbei. | *Мимо.*

Er ging bei unserm Hause (Hofe) vorbei. | Онъ шёлъ мимо нашего двора.

607. Um (— herum). | *Около.*

Das Rad dreht sich um die Achse. | Колесо обращается около оси.
Er wohnt irgendwo hier herum. | †Онъ живётъ гдѣ-то здѣсь около.

608. Um (ringsum, im Kreise herum). | *Вкругъ, вокругъ кругомъ.*

Der Fluß fließt um die ganze Stadt herum (rings um die Stadt). | Рѣка течётъ вокругъ всего города,

609. Um (in der Umgebung). | *Окрестъ.*

Um mich ist dichter Wald (mich umgiebt—). | Окрестъ меня дремучій боръ.

610. Von (Ursprung, Absonderung), vor, für, gegen, wider. | *Отъ, ото.*

Wir kommen vom Vater. | Мы идёмъ отъ отц[.].
Er konnte vor Zahnschmerz kein Auge zuthun (Ursprung). | Онъ не могъ сомкнуть глазъ отъ зубной боли.
Ich habe vor ihm nichts verheimlicht (Absonderung). | Я ничего не утаилъ отъ него.
Ein Mittel wider das kalte Fieber | Лекарство отъ лихорадки.
Von Wort zu Wort. | Отъ слова до слова.
Von Jahr zu Jahr. | †Годъ отъ году.
Von Tag zu Tage. | †День ото-дня.
Ich werde ihm seine Stelle kündigen. | †Я ему откажу отъ его мѣста.

611. Oberhalb, über, auf. | *Поверхъ.*

Wir sahen ihn noch oberhalb des Wassers. | Мы его ещё видѣли поверхъ воды.

612. Nach (v. b. Ord=
nung).

Пóслѣ.

Einer nach dem Andern, nach ein=
ander.

Одинъ послѣ другаго.

Auf Leid [folgt] Freude.

Послѣ печали радость.

613. Vor (vor der Zeit).

Прéжде.

Sie sind vor dem Termine gekom=
men.

Вы пришли прéжде срóка.

Er starb vor Beendigung des
Werkes.

Онъ умеръ прéжде окончáнія
сочинéнія.

614. Gegen, wider
(im feindlichen Sinne).

Прóтивъ. протúву.

Das Schiff segelt gegen den Wind.

Корáбль идётъ прóтивъ вѣ-
тра.

Gegenüber.

*Напрóтивъ, супротúвъ. на-
супрóтивъ.*

Er stand mir gegenüber.

Онъ стоялъ насупротивъ меня.

Im Gegentheil (dem gegenüber).

† Напрóтивъ того.

615. Wegen, halber,
um — willen.

Рáду.

Er dient nur Ehrenhalber.

Онъ служитъ только рáди чéсти.

Thun Sie es um meinetwillen.

Сдѣлайте это рáди меня.

Weshalb; deshalb.

Чегó рáди; сегó рáди.

Bemerkung 2.

Рáди steht häufig nach seinem
Genitiv.

616. Außer, über
(darüber, mehr als).

Сверхъ.

Ich kaufte ihm {außerdem} noch
{überdieß} einen
Hut.

Я ему купúлъ сверхъ того
шляпу.

Das geht über meinen Verstand.

Это сверхъ моего понятія.

617. Zwischen. Unter
(mitten unter, mitten in).

Средú, посредú.

Wir waren mitten im Gedränge.

Мы были средú толпы.

Mitten auf dem Felde steht ein
Kreuz.

Посредú поля стоитъ крестъ.

618. Von (-herab), von   Съ, со.
     (-ab, -an).

Er stieg vom Pferde (herab).   Онъ слѣзъ съ лошади.
Von heute ab.   Съ нынѣшняго дня.

Bemerkung 3. Steht besonders nach Zeitwörtern mit dem Präfix с (съ).

Wir stiegen bergab (den Berg hinab).   Мы спускались съ горы.

Nimm den Tisch ab (vom Tische herab).   Сними со стола.

Von allen Seiten.   Со всѣхъ сторонъ.

Vom Morgen bis zum Abend.   Съ утра до вечера.

Nehmt ein Exempel daran (davon ab).   Возьмите съ этого примѣръ.

Seine Mutter ist vor Gram gestorben.   † Мать его умерла съ печали.

Er ging aus (vom Hofe weg).   † Онъ шёлъ со двора.

Von Jugend auf.   † Съ молодыхъ лѣтъ.

Einestheils — anderntheils.   † Съ одной стороны — съ другой стороны.

Seitdem, von der Zeit an.   † Съ тѣхъ поръ.

Mit Erlaubniß zu sagen.   † Съ позволенія сказать.

Er hat das Kind umgestoßen (von den Füßen herabgeschlagen).   †Онъ сбилъ дитя съ ногъ.

Wir haben den Weg verfehlt.   † Мы сбились съ пути.

619. Bei, an, neben   У.
     (Nähe, Angehörigkeit).

Sie wohnt bei ihrem Vater.   Она живётъ у своего отца.
Ich saß am Fenster.   Я сидѣлъ у окна.

620. Nahe bei, an.   Близъ.

Mein Bruder / nahe bei ihm, wohnt (in seiner Nähe.)   Мой братъ живётъ близъ него.

Sie ist nahe an zwanzig Jahren.   Ей близъ двадцати лѣтъ.

Entbehren, обойтись (безъ).   Ersehen, усмотрѣть 8.

Sich befinden, gelegen sein, находиться 7.   Umwickeln, обвернуть 6.

Schließen, zuthun, сомкнуть 6.   Verheimlichen, утаить 7.

Abschlagen, aufkündigen, отказать.   Sich herunterlassen, спускаться 1.

Herabschlagen, сбить 2.   Jucken, свербѣть 8. (unpersönlich).

Verheimlichen   Kämpfen, сражаться 1.

Joel u. Fuchs, Russische Gramm.   32

Entstehen, herkommen, происхо-
дить 7.
Wetten, setzen, биться объ закладъ.
Befreien, освобождать 1.
Der Scherz, шутка.
Die Achse, ось f.
Das kalte Fieber, лихорадка.
Die Frist, der Termin, срокъ.
Der Begriff, Verstand, понятіе.
Das Kreuz, крестъ.
Der Rücken, Buckel, спина.
Die Festung, крѣпость f.
Der Birkenhain, березникъ.
Die Wärme, теплота.
Die Heilanstalt, лечебница.
Dicht (vom Wald), дремучій.
Häufig, oft, частый.

Erdichtet, ausgesonnen.
Schwachköpfig, слабоумный.

Sich erholen, укрѣпиться 7.
Verabschieden, entlassen, отпустить 7.
Die Festungs-, Befestigungswerke,
укрѣпленіе.
Die Gränze, граница.
Der Zweifel, сомнѣніе.
Die Hülfe, Unterstützung, пособіе.
Das Zelt, шатёръ.
Die Erzählung, Geschichte, по-
вѣсть f.
Die Erkältung, простуда.
Die Cur, леченіе, цѣлитьба.
Zahn-, зубной.
Verstorben, умершій.
Wirklich, дѣйствительный.
Nördlich, Nord-, сѣверный.
Räuber-, разбойничій
Вымышленный.
Zu Fuß, пѣшкомъ

228. Aufgabe.

Gehen die Wälle (валъ) rings um die Festung? — Nein,
sie ist von der einen Seite durch Berge geschützt. — Um wieviel Uhr reiten wir aus, um die Festungswerke zu besehen?
— Wenn es Ihnen gefällig sein wird. — Dann kommen
Sie etwa um zwölf Uhr, mich (за mit dem Instr.) [abzu-
holen]. — Zu Ihren Diensten; aber glauben Sie, daß wir
von dem Berge werden herabreiten können? — Wir wollen
sehen. — Wo es nicht angeht (möglich ist), steigen wir
von den Pferden und gehen nebenher (neben denselben). —
Aber ich muß Ihnen nur sagen, daß mir die Füße sehr
wehe thun; ich habe Hühneraugen. — Die kommen von den
engen Stiefeln und von dem häufigen zu Fuße Gehen
(хожденіе). — Von wem ist diese Festung erbaut? — Von
dem verstorbnen Fürsten. — Ist es weit von hier bis zur
Gränze? — Etwa (um die) hundertzwanzig Werst. —
Haben Sie schon einmal gegen den Feind gekämpft? —
Ich habe im Jahre 1827 gegen die Türken gefochten und
außer mir war von meiner Familie noch ein Vetter bei der

Armee. — Marschirten (-про) Sie damals bei unserm Dorfe vorbei? — Ich weiß es nicht mehr. — Wir mar= schirten (идти) von hier bis Tula des Nachts; allein da (такъ какъ) Ihr Dorf neben dem Flüßchen (рѣчка) liegt, so sind wir ohne Zweifel [an] ihm vorbeigegangen. — Wo waren Sie nach dem Kriege? — Ich war zur Unter= stützung meiner alten Eltern auf dem Landgute, wo ich bis zum Tode meiner Mutter blieb. — Von da ging ich um meines jüngsten Bruders willen nach Dorpat (Дерптъ) und bin seit Ostern hier. — Sind Sie ein Liebhaber von Ro= manen (романъ)?—Vor (bis zu) meinem vierundzwanzigsten Jahre las ich sie leidenschaftlich, wovon sie auch handeln (разсказывали) mochten. — Mitten im Lager (лагерь) konn= ten Sie mich neben meinem Zelte mit einem Buche in der Hand sitzen sehen, und konnten dreist hundert gegen Eins setzen, daß es eine Räuber= oder grausige (ужасный) Ge= spenstergeschichte (Geschichte von grausigen Gespenstern) war. — Seitdem ich aber (же) das wirkliche Leben näher kennen gelernt habe, gefällt mir das erdichtete weniger. — Ueber= dieß lassen meine Geschäfte mir wenig Zeit zum Lesen. — Wohnen Sie noch nahe beim Walde? — Ich wohne nicht mehr dort, sondern in der Stadt, der Post gegenüber, neben dem gräflichen Schlosse. — Steht da noch das hölzerne Häuschen (домикъ), welches das einzige innerhalb der Stadt war? — Nein, wir haben an dessen Stelle mit Erlaubniß des Grafen ein steinernes Haus erbauen lassen.

229. Aufgabe.

Ist Ihr Herr Vater zu Hause? — Er ist so eben (только теперь) ausgegangen. — Warum sind Sie nicht früher ge= kommen? — Wir fuhren durch den Wald und verfehlten den Weg; aber wenn ich nicht irre, habe ich Ihren Herrn Vater noch aus dem Hause gehen sehen, und schließe dar= aus, daß ich nicht um vieles (во многое) zu spät gekommen bin. — Warum ritten Sie nicht längs dem Flusse? — Es

32*

war zu heiß und wir suchten Schatten; außerdem ist der Weg über die Wiese kürzer und angenehmer. — Wie gefällt Ihnen unsre Sommerwohnung? — Sie wird von Jahr zu Jahr schöner; der schöne Birkenhain, der um dieselbe ist, verschafft Ihnen die angenehmsten Spaziergänge und schützt Sie überdieß vor dem Nordwinde. — Sind Sie schon lange hier? — Wir kamen vor dem Beginn (начало) des Frühlings her, und wollen bis zum Ende des Septembers hier bleiben. — Bis dahin, hoffen wir, wird unsre kranke Mutter sich schon erholt haben. — Was fehlt ihr? — Sie leidet an Rheumatismen (ревматизмъ). — Die kommen von Erkältung und deshalb glaube ich, daß das kalte Wasser das einfachste und sicherste Mittel gegen Rheumatismen ist. — Unser Arzt dagegen räth Wärme an und mitten im Sommer trägt die arme Frau einen schweren Pelz. — Was kümmert Sie der Arzt? — Nehmen Sie ein Beispiel an den Tausenden, die der selige Prießnitz von ihren Leiden befreit hat. — Schwachköpfige Aerzte waren außer sich, als sie von den Curen des schlichten Landmannes hörten, und jetzt leiten (управлять) selbst Aerzte, die gegen das Wasser protestirten (протестовать 5.), Wasserheilanstalten. — Dann werde ich den Arzt verabschieden und Ihren Rath befolgen. — Grüßen Sie Ihre Frau Mutter von mir. — Leben Sie wohl! Auf Wiedersehen!

230. Aufgabe.

Wer verspricht mir Geld zu schicken? — Niemand verspricht es Ihnen, denn Niemand traut (вѣрить) Ihnen mehr, weil Sie Gott und aller Welt (всѣмъ и каждому) schuldig sind. — Was hat Ihr Gärtner gestern gepflanzt? — Er hat Blumen gepflanzt. — Was für Blumen hat er gepflanzt? — Er hat Rosen, Hyazinten und Levkoien gepflanzt. — Wer hat Ihnen die ausgezeichnete Wassermelone, welche bei Ihnen auf dem Tisch liegt, verkauft? — Mir hat sie der Gemüsehändler verkauft. — Was essen Sie lieber, Wasser-

melonen oder Melonen? — Ich esse sowohl Wassermelonen
als auch Melonen gern, doch von den Früchten ziehe ich
eine gute Pfirsich oder eine Weintraube vor. — Sprechen
Sie nicht Unsinn, es ist lächerlich, das, was Sie sagen zu
glauben. — Rauchen Sie Pfeifen? — Nein, ich rauche nie
eine Pfeife, ich ziehe ihr eine Cigarre vor. — Befehlen
Sie mir, das Bett zu machen! — Ich werde gleich kommen
und mich schlafen legen. — Wo ist Ihre Schlafstube? —
Sie ist neben der Ihrigen. — Wird die Erndte bald stattfin=
den? — Ich glaube es; ich war heute auf dem Felde und
habe gesehen, daß das Korn schon reif wird. — Werden
Sie aufhören, Dummheiten zu machen? — Ich würde, hätte ich
Ihre Jahre, mich schämen, so viel Unsinn zu machen. — Die
Blumen müssen begossen werden! — Sehen Sie denn nicht, daß
sie trocknen? — Ich begieße sie täglich, sie trocknen aber,
nicht weil es an Begießen gebricht, sondern weil sie krän=
keln. — Wer hat sich mein Federmesser angeeignet? —
Niemand hat es sich angeeignet, Sie haben es mir ge=
geben. — Haben Sie diese Fasten gefastet? — Ich faste
gewöhnlich jede Fastenzeit, kann aber jetzt nicht fasten, weil
ich unwohl bin. — Haben Sie schon den Hahn geschlachtet?
— Nein, ich habe ihn nicht geschlachtet und werde ihn
nicht schlachten.

**Neunundachtzigste Lektion. — ВОСЕМЬДЕСЯТЪ ДЕВЯ-
ТЫЙ УРОКЪ.**

B. Zur Erweiterung des Dativs dienen:

621. Zuwider, trotz.   *Вопреки́.*

Er handelt den Umständen zuwi=   Онъ поступа́етъ вопреки́ об-
der.   стоя́тествъ.

622. Zu, gegen (etwas   Къ, ко.
hin) [v. d. Richtung].

Komme morgen zu mir.   Приди́ за́втра ко мнѣ.

Ich werde gegen Abend kommen.   Я приду къ вечеру.
Die Liebe zum Vaterlande.   Любовь къ отечеству.

Bemerkung. Steht nach den Zeitwörtern mit dem Präfix -при.

Binde das Pferd an den Pfahl!   Привяжи лошадь къ колу́!
In die (zur) Messe gehen.   Идти́ къ обѣднѣ.
Von Angesicht zu Angesicht.   Лицём ъ къ лицу́.

623. **Auf** (der Ober-
fläche umher), zu.
Gemäß, nach, wegen, an,
aus, auf.
    По.

Er läuft auf der Wiese (umher).   Онъ бѣгаетъ по лугу.
Er kleidet sich nach der Mode (ge-
mäß).   Онъ одѣвается по модѣ.
Ich liebe ihn wegen (in Folge)
seines sanften Charakters.   Я его люблю по тихости его
нрава.
Wir fuhren zu Lande und er mit
der (per) Post.   Мы ѣхали по сухому пути́, а
онъ по почтѣ.
Er zählt es an den Fingern ab.   Онъ это считаетъ по пальцамъ.
Er ist zu ganzen Monaten in der
Stadt.   Онъ бываетъ въ городѣ по цѣ-
лымъ мѣсяцамъ.
Verfahre nach den Gesetzen!   Поступай по законамъ!
Ich erkannte ihn am Gange.   Я узналъ его по походкѣ.
Ich will es auf Ihren Wunsch
thun.   Я это сдѣлаю по вашему жела-
нію.
Meinethalben (mir nach).   † По мнѣ.
† Der Tod läuft mir über's Grab.
Es überläuft mich kalt (Es läuft
mir [kalt] über die Haut).   † Меня по кожѣ подираетъ.
Von Amts wegen.   † По службѣ.
Wie theuer (wofür) kaufen Sie
Tuch?   † Почему покупаете вы сукно?
Zu fünf Rubeln.   † По пяти рублёв.
Die Post kommt des Montags
(alle Montage).   † Почта приходитъ по понедѣль-
никамъ.
Er that es aus Rache.   Онъ сдѣлалъ это по мщенію (изъ
мщенія).

Wenden, sich wenden, поворотить 7.   Bringen, hinführen, приводить 7.
Überschreiten, überfahren, переѣ-
хать.   Sich gewöhnen, привыкать 1
Die Ruhe, Stille, тишина   Das Gesetz, законъ.
Der Gang, походка.   Das Maß, мѣра.

Die Rache, мщеніе, месть. Der Müßiggang, пра́здность f.
Die Annäherung, приближе́ніе. Reißend, бы́стрый.
Himmlisch, Himmels=, небе́сный.. Post=, почтово́й.

231. Aufgabe.

Sagen Sie mir gefälligst, welcher von diesen zwei Wegen
führt zum Landsitze des Barons S.? — Wenn Sie zum
nächsten Dorfe kommen, so (то) wenden Sie sich rechts (на
пра́во), dann fahren Sie immer (всё) geradezu. — Der
Weg wird Sie bald an eine kleine Brücke bringen, und wenn
Sie diese überschritten haben werden, so werden Sie das
Haus des Barons sehen und können vom Wege nicht mehr ab=
kommen.—Nach welcher Himmelsgegend (страна́ све́та) strömt
dieser Fluß? — Er strömt nach Süden. — Nach dem Maße
seiner Annäherung zum Meere wird er immer breiter (всё
ши́ре да ши́ре), tiefer und reißender. — Fuhren Sie schon
auf der Ostsee? — Ich fuhr mit dem Dampfschiffe, das je=
den Dienstag von Kronstadt (Кроншта́тъ) nach Danzig
(Да́нцигъ) abgeht. — Warum fahren Sie nicht mit der
Eisenbahn (желѣзная доро́га)? — Ich fürchte ein Unglück
(несча́стный слу́чай), wie sie in Zeiten tiefen Schnees und
dichter Nebel nicht selten sind. — Nach meiner Meinung
würden Sie am schnellsten mit der Diligence (почтова́я
каре́та) nach Mitau (Мита́ва) fahren, und ich würde Ihnen
rathen, gleich nach dem Abendessen abzureisen. — Ich
werde Ihnen gehorchen. — Warum stehst du am Fenster?
— Gehe lieber an die Arbeit und sei fleißig zum Studium.
— Erlauben Sie mir noch ein Wenig, mich zu erholen. —
Meinethalben brauchst du nicht zu lernen. — Ich wünsche
nur um deiner selbst willen, daß du dich früh an Arbeit
gewöhnst; nicht zu meinem Vortheile (по́льза), sondern zu
deinem eigenen. — Sie glauben doch nicht (неужёли am
Anf. des Satzes), daß ich zum Müßiggang geneigt sei? —
Im Gegentheil, ich freue mich über deine Liebe zur Arbeit
und liebe dich deswegen.

232. Aufgabe.

Hat er es troß Ihres Verbotes gethan? — Was soll man mit ihm beginnen, Sie wissen nun, daß er ungehorsam ist. — Kommen Sie morgen zu mir, ich habe Sie lange nicht bei mir gesehen. — Ich werde auf jeden Fall kommen, Sie können dessen versichert sein. — Laufen Sie nicht auf dem Grase; sie treten es nieder. — Nach dem Verdienste (pl.) ist auch die Belohnung. — Ist es wahr, daß der reiche Banquier sich erhängt hat? — Es geht das Gerücht in (по) der Stadt, ich kann aber nicht für dessen Wahrheit bürgen. — Wessen klagt man diesen Verbrecher, den die Wache (стража) führt, an? — Man klagt ihn der Gotteslästerung an; ich halte ihn aber nicht für schuldig. — Wen schleppen die bösen Buben? — Sie schleppen eine kranke Katze, welche sie in den Fluß werfen wollen. — Können Sie schwimmen? — Ich schwimme, wie eine bleierne Gans. — Sie können also nicht schwimmen? — Haben Sie mich denn nicht verstanden? — Was glänzt am Himmel? — Am Himmel glänzen Sterne und leuchtet der Mond. — Haben Sie schon die neuen Kleider anprobirt? — Nein, ich habe sie noch nicht anprobirt, werde sie aber anprobiren, wenn sie mir der Schneider bringt. — Fahren Sie nicht auf dem Eis, es ist noch nicht fest (крѣпкій). — Wie? Ist es noch nicht fest? Doch, man hat mich versichert, daß es ganz fest sei (окрѣпъ). — Können Sie Schlittschuh laufen (бѣгать на конькахъ)? — In meiner Jugend lief ich sehr gut Schlittschuh, jetzt aber kann ich nicht mehr laufen. — Rasiren Sie sich selbst? — Nein, ich rasire mich nicht selbst, ich bin kurzsichtig und fürchte mich zu schneiden.

Neunzigste Lektion. — ДЕВЯНОСТЫЙ УРОКЪ.

C. Wenn der Accusativ nicht das Object der Handlung, sondern einen Ergänzungsbegriff bezeichnen soll, so setzt man ihm eine der folgenden Präpositionen vor.

624. **In (Bewegung),** } **Въ** во.
an, nach, auf, zu, binnen,
über (v. d. Zeit), durch. }

Er geht in die Schule.	Онъ идётъ въ школу.
Das Fenster geht in den Garten.	† Окно́ смо́тритъ въ са́дъ.
Wir fahren nach Riga.	Мы ѣдемъ въ Ри́гу.
Sie glauben an Gott.	Они вѣруютъ въ Бо́га.
Wann fährt er auf's Land?	† Когда́ онъ пое́детъ въ дере́вню?
Er trat in die Fußstapfen seines Lehrers (gerieth nach demselben).	† Онъ шёлъ во слѣдъ своему́ учи́телю.
Dieses Buch ist in Folio und meines in Octav.	Эта кни́га въ листъ, а моя́ въ осьму́шку.
Eine Arschine Tuch zu fünf Rubeln.	Арши́нъ сукна́ въ пять рубле́й.
Von Haus zu Haus (aus einem Hause in's andre).	Изъ до́му въ домъ.
Zur Zeit des Krieges.	Во вре́мя войны́.
Er starb am Johannistage.	Онъ у́меръ въ Ива́новъ день.
Sie kam um neun Uhr.	Она́ пришла́ въ де́вять часо́въ.
Dem Gesichte nach ähnelt er der Mutter.	† Онъ лицёмъ въ ма́ть.
Er kam am Sonnabend.	Онъ пришёлъ въ суббо́ту.
Zur rechten Zeit.	† Въ по́ру.
Du achtest es für nichts.	Ты ста́вишь э́то ни во что.
In (binnen) einem Tage fährt man von hier nach Paris.	Въ оди́нъ день ѣздятъ отсю́да въ Пари́жъ.
Was hast du den ganzen Tag über gethan?	Что ты дѣлалъ во весь день?
Durch (eigentl. in der) die Nase sprechen.	† Говори́ть въ но́съ.
Durch die Brille sehen.	Ви́дѣть въ очки́.
Kraft (in Kraft) des Befehls.	Въ си́лу указа.
Man schlägt Sturm, Lärm.	† Бьютъ въ наба́тъ.
Karten spielen, um Geld spielen.	† Игра́ть въ ка́рты, игра́ть въ де́ньги.
Im Namen Gottes.	Во и́мя Бо́жіе.
Auf die Hand, Handgeld geben.	† Дать въ зада́токъ.
Sehr einig (Seele in Seele) leben.	† Жить душа́ въ ду́шу.
Schwarz färben.	† Кра́сить въ чёрную кра́ску.
Er zieht neue Stiefel an.	† Онъ обува́ется въ но́вые сапоги́.
Kleider anziehen.	† Одѣва́ть, облача́ться, облека́ться въ пла́тье.

Bemerkung 1. Die Wörter, welche ein Eintreten in einen Stand oder Rang bezeichnen, stehen im Accusativ des Plurals mit въ, wobei zu bemerken ist, daß dieser Accusativ (als collectivisch) stets dem Nominativ gleich ist.

Sie wählten ihn zum Priester.	† Его избрали въ священники.
Er ist zum Gouverneur ernannt.	† Онъ назначенъ въ губернаторы.
Er hat sich als (unter die) Bürger einschreiben lassen.	† Онъ записался въ мѣщане.

625. Hinter, an, bei, für, statt, vor.   За.

Wirf die Schalen hinter den Ofen.	Брось шелуху за печку.
Er hat sich zu (hinter den) Tisch gesetzt.	Онъ сѣлъ за столъ.
Er führte mich an der Hand.	Онъ вёлъ меня за-руку.
Zupfe ihn am Rocke.	Дёрни его за кафтанъ.
Ich faßte ihn bei der (an der) Hand.	Я взялъ его за-руку.
Sie zogen einander bei den Haaren.	Они таскали другъ друга за волоса.
Er fuhr über (hinter) die Gränze (in's Ausland).	† Онъ уѣхалъ за границу.
Stunde auf, (hier) Stunde verrinnet.	Часъ за часъ проходитъ.
Der Fluß stand schon (zugefroren) vor 14 Tagen (zwei Wochen vor diesem).	† Рѣка уже за двѣ недѣли передъ симъ стала.
Vor einem Jahre war ich dort.	† За-годъ тому назадъ я былъ тамъ.
Greife das Werk kühn an. (Mache dich — hinter das Werk)	† Принимайся. (Берись) бодро за дѣло.
Er griff an den Degen.	† Онъ хватился за шпагу.
Ich habe mich an dem Nagel gerissen.	† Я ободрался объ гвоздь.
Er führte sie lange bei der Nase herum.	† Онъ долго водилъ её за носъ.
Er hielt mich bei der Hand.	† Онъ меня держалъ за-руку.
Sie heirathete meinen Vetter.	†† Она вышла за-мужъ за двоюроднаго моего брата.
Ist sie schon lange verheirathet?	Давно ли она за-мужемъ?
Schon ein Jahr.	Уже годъ.

Iſt Ihr Vetter denn ſchon ſo lange verheirathet?

Räзвѣ вашъ двоюродный братъ такъ давно уже женатъ?

Er hat ſich in ſeinem vierundzwanzigſten Jahre verheirathet.

Онъ женился на двадцать четвёртомъ году.

Er bewirbt ſich um meine Schweſter.

† Онъ сватается за мою сестру.

Laſſen Sie uns vor's Thor gehen!

† Пойдёмте за-городъ!

Haben Sie viel für den Garten bezahlt?

Много ли вы заплатили за садъ?

Ich werde ihn dafür beſtrafen.

Я его за это накажу.

Tritt ein für den Unſchuldigen! Nimm dich des Unſchuldigen an!

Вступайся за невиннаго.

Man hielt mich für einen Ausländer.

Меня почитали за иностранца.

Er wird für einen Dieb gehalten.

Онъ слывётъ за вора.

Ich werde für ihn (ſtatt ſeiner) arbeiten.

Я буду трудиться за него.

Bemerkung 2. Die Zuſammenſetzung *иэъ-за* hat den Genitiv nach ſich:

Er kam aus dem Walde heraus.

Онъ вышелъ изъ-за лѣсу.

Die Katze kam hinter dem Ofen hervor.

Кошка вышла изъ-за печки.

626. Auf, über, an, in, zu. *На.*

Er ging auf's Feld.

Онъ шёлъ на-поле.

Er fährt zur (auf die) Hochzeit.

Онъ ѣдетъ на свадьбу.

Sieh nach der (auf die) Uhr.

Смотри на часы.

Er wird über (auf) Moskau nach Kaſan fahren.

Онъ поѣдетъ на Москву въ Казань.

Wirf den Mantel über [auf dich].

Накинь на себя плащъ.

Vertraue auf Gott und verlaſſe dich nicht auf Menſchen.

Уповай на-Бога и не надѣйся на людей.

Ich gehe für (auf) einen Tag auf's Land.

Я иду въ деревню на-день.

Tuch zum (auf einen) Mantel.

Сукно на шинель.

Gieb mir Geld zu Brod!

Дай мнѣ деньги на хлѣбъ!

Für baares Geld kaufen.

Купить на наличныя деньги.

Bei (Auf) Waſſer und Brod.

На хлѣбъ и на-воду.

Ungeachtet ſeines Geldes (Nicht geſehen auf ſein Geld.)

† Не смотря на его деньги.

Sie feindet ihn an, haßt ihn.

Она враждуетъ на него.

Ich werde meinen Nachbar ver=klagen (gerichtlich).	Я буду просить на своего соседа.
Murret nicht wider (auf) das Schicksal!	Не ропщите на судьбу!
In Stücke zerschneiden.	† Разрезать на части.
In den Sinn kommen.	† Приттѝ на умъ.
Er beschwert sich über seine Behandlung.	† Онъ жалуется на его обхожденіе (съ собою).
Wessen unterfängst du dich?	На что ты покушаешься?
Sie empörten sich wider ihn.	Онѝ посягали на него.
Du gleichst deinem Bruder.	Ты походишь па своего брата.
Ich willige darein.	Я на это соглашаюсь.
Alles in Allem, überhaupt.	† Всё на всё.
Mit Mühe, kaum.	† На сѝлу.
Zur Hülfe.	† На пóмощь (пóмочь).
Endlich.	† Наконéцъ.
Auf's Gerathewohl.	† На удачу.
Trinkgeld geben.	Дать на вóдку.

627. Gegen (etwas hin), an, auf, um.

О. объ. обо.

Lehne dich nicht gegen (an) die Wand.	Не трись объ-стѣну.
Er warf ihn an die Erde.	† Онъ ударилъ его о-земь.
Ich stieß mich an den Tisch.	Я ударился объ столъ.
Er stößt sich an nichts.	Онъ пе ударяется ни обо что.
Ich wohne mit ihm Wand an Wand.	† Я живу съ нимъ стѣна объстѣну.
Wetten.	† Бѝться объ закладъ.
Um diese Zeit.	Объ эту пóру.

628. Bis an, bis zu; nach.

По.

Das Wasser reichte mir bis an die Brust.	Водá мнѣ доставáла по грудь.
Er reicht mir bis an die Schulter.	† Онъ мнѣ по плечó.
Der Gehalt ist bis zum ersten des Monats ausgezahlt.	† Жáлованье выплачено по первое числó мѣсяца.
Bis zum Tode treu.	По-смéрть вѣренъ.
Bis jetzt.	† По сей часъ.
Diesseits (bis an diese Seite) des Flusses.	† По сію стóрону рѣки.
Jenseits.	† По ту стóрону.
Jeder von ihnen erhielt zu zwei, drei, vier Rubel.	† Каждый изъ нихъ получѝлъ по два, три, четѝре рублѝ

Er ging nach Holz.   † Онъ шёлъ но дрова.

629. Unter (Bewegung), gegen.
Подъ.

Sich unter einen Baum setzen.   Садиться подъ дерево.

Gegen Abend ward das Wetter trübe.   Подъ вечеръ погода сделалась пасмурною.

Im (Gegen das) Alter (hin) ergraut man.   Подъ старость сѣдѣешь.

Bemerkung 3. Die **Zusammensetzung** *изъ-подъ* regiert den **Genitiv.**

Ich nahm das Buch unter dem Tisch hervor.   Я поднялъ книгу изъ-подъ стола.

630. Vor (örtlich) [Bewegung].
Предъ, передъ, предо.

Ich bitte, mich vor Se. Majestät zu lassen.   Прошу пустить меня предъ Его Величество.

631. Von, über, nach.
Про.

Ich spreche von Ihnen (über Sie).   Я говорю про васъ.
Er fragte nach dir.   Онъ спросилъ про тебя.

632. Durch (etwas hindurch).
Сквозь.

Er sieht durch das Gitter.   Онъ смотритъ сквозь рѣшётку.
Ich mußte mich durch eine Menge Bedienten durcharbeiten.   Мнѣ надобно было пробираться сквозь толпу лакеевъ.
† Durch die Finger sehen.   Смотрѣть сквозь пальцы.
Durch und durch.   † Насквозь.

633. (Im Vergleich —) mit.
Съ, со.

Er ist von einer Größe mit mir.
Er ist so groß, wie ich.   Онъ ростомъ съ меня.

Ungefähr ein Pud schwer.
An Gewicht mit einem Pud zu vergleichen.   Вѣсомъ съ пудъ.

Es wird etwa ein Jahr her sein.   Будетъ тому (назадъ) съ годъ.

634. Ueber (etwas hinweg), nach, durch, binnen.
Чрезъ, черезъ.

Er kletterte über den Zaun.   Онъ перелѣзъ чрезъ заборъ.

Er reiste durch (über) das Land.	Онъ ѣхалъ чрезъ страну.
Kommen Sie in (nach) einer Stunde (über eine Stunde).	Придите чрезъ часъ.
Binnen einer Woche fuhr ich hin.	Я туда поѣхалъ чрезъ недѣлю.
Schicken Sie mir's durch Ihren Diener.	Пошлите мнѣ это чрезъ своего слугу.
Ernennen, bestimmen, пазпáчить 7.	Sich einschreiben lassen, записáться 3.
Bezahlen, заплáтить 7.	Unternehmen, предпрвнимáть 1.
Übernehmen, Handanlegen, брáться 3.	Antreten, вступáться 1.
Freien, anhalten, свáтаться 1.	Feind sein, anfeinden, враждовáть 5.
Wagen, unternehmen, покушáться 1.	Sich auflehnen, empören, послáть 1.
Aehnlich sein, походить.	
Uebereinstimmen, einwilligen, соглашáться 1.	
Reichen, erreichen, достáть 1.	Ergrauen, grau werden, сѣдѣть 1.
Ueberklettern, übersteigen, перелѣзть 1.	Erwachen, проснýться 6.
Sich wenden an, отнестись 1. къ.	Stoßen, пихáть 1.
Eintauschen, vertauschen, промѣнять 1.	Weggeben, отдáть 1.
Sich ärgern, сердиться 7.	Flüstern, raunen, шептáть 1.
Bewegen, geneigt machen, склонять 1.	Anziehen (Kleider), надѣвать 1.
Der Mangel, недостáтокъ.	Die Brust, грудь f.
Der Befehl, укáзъ.	Die Majestät, Величество.
Das Handgeld, задáтокъ.	Das Gitter, рѣшётка.
Die Sturmglocke, набáтъ.	Das Gewicht, вѣсъ.
Die Schale, шелухá.	Der Schrecken, испýгъ.
Der Ofen, пéчка.	Das Recht, die Billigkeit, справедлѝвость f.
Die Hochzeit, свáдьба.	Die Erbse, горóхъ.
Die Anforderung, трéбованіе.	Die Fensterladen, стáвень.
Das Ausbessern, почѝнка.	Die Kriecherei, пóдлость f.
Der Bedarf, нáдобность f.	Die Pest, чумá.
Die Pacht, óткупъ.	Die Dauer, продолжéніе.
Der Pächter, откупщѝкъ.	Das Opfer, жéртва.
Die Erbschaft, das Erbe, наслѣдство.	
Die Ansteckung, заражéніе, зарáза.	Das Avancement, производство.
Der Unter-Lieutenant, подпорýчикъ.	Die Weide, пáстбище.
Das Futter, кóрмъ.	Die Schublade, ящикъ.
Die Verbeugung, Aufwartung.	Поклóнъ.
Baar, налѝчный.	Wachstuchen, клеёночный.

Vorläufig, предварительный.   Übrig, прочій.
Gleich, Gleichgültig.   Равный.

233. Aufgabe.

Warum stehen Sie an (y) der Thür? — Treten Sie gefälligst in das Zimmer!—Ich habe eine Bitte an Sie.— Ich bitte, sagen Sie, was Sie wünschen. — Wie Sie wissen, wohne ich neben Ihnen und mein Schlafzimmer liegt mit dem Ihrigen Wand an Wand. — Jeden Morgen, etwa um drei Uhr, klopft nun Jemand so heftig an die Wand, daß ich aus dem Schlafe aufgeschreckt werde (daß ich im Schrecken erwache). — Nach Recht und Billigkeit habe ich die Anforderung auf Ruhe von meinen Nachbarn. — Ich wende mich aber nur bittend an Sie. — Woran hast du dir wieder den Rock zerrissen? — Ich ward gegen den Schrank gestoßen und riß mich an einem Nagel. — Bringe ihn gegen Abend zum Schneider zum Ausbessern! — Was haben Sie für das Haus bezahlt, das Sie für Ihren Sohn kauften? — Es kostet mich gegen fünfzigtausend Rubel. — Ist es eben so groß, wie das Ihrige? — Es ist kleiner und billiger, aber es ist für seinen Bedarf groß genug, da es ungefähr von der Größe des Hauses meines Bruders ist. — Konnten Sie es nicht für den einen Ihrer Landsitze eintauschen? — Den kann ich weder vertauschen, noch verkaufen, da ich ihn noch auf zwei Jahre verpachtet (in Pacht weggegeben) habe. — Ich habe mich schon genug darüber geärgert, habe meinen Pächter auch schon verklagt, als wir aber vor Gericht erschienen (предстать 1.), nahm mich der Richter bei der Hand und raunte mir etwas in's Ohr, wodurch ich bewogen ward, ihm noch eine neue Frist (срокъ) auf zwei Jahre zu gewähren (дать 1.). — Bewirbt sich Ihr Sohn nicht um die reizende Tochter Ihres reichen Nachbars? — Man sagt es, aber ich halte es für nicht wahr. — Mein Nachbar wird für einen reichen Mann gehalten, aber ich glaube auch das nicht, denn sein

Haus in der Stadt ist subhastirt worden (продать съ публичнаго торга). — Wissen Sie auch davon? — Ich habe von Jemanden gehört, daß er vor einem Jahre eine bedeutende Erbschaft von Amerika erhalten habe. — Wer Ihnen das erzählt hat, hat Ihnen in's Gesicht gelogen. — Wird die Magd nicht bald auf den Markt gehen? — Wonach soll sie dahin gehen? — Sie soll für jeden von unsern Knechten zu einem Pfunde Butter, zwei Käse und sechs Scheffeln (мѣшечъ) Erbsen (Singul.) kaufen.

●

234. Aufgabe.

Wer hat den Stein durch's (in's) Fenster geworfen? — Ich habe durch die Spalte im Laden gesehen, aber ich habe Niemanden gesehen. — Durch wen hat Ihr Kamerad seine Stelle erhalten? — Er hat sie durch List und Kriecherei erhalten. — Wo waren Sie zur Zeit der Pest? — Ich lebte während der ganzen Dauer der Pest bei meinem Oheim. — Wüthete sie hier sehr stark? — Sie zog von Haus zu Haus und forderte von Tag zu Tage mehr Opfer. — Wußten die Aerzte kein Mittel dagegen? — Kein sicheres. — Sie fürchteten selbst so sehr die Ansteckung, daß die meisten (der größte Theil derselben) Kleider von Wachstuch anzogen, selbst wenn sie längs der Straßen gingen. — Haben Sie schon gehört, daß mein Schwager (дѣверь) zum Obersten befördert ist? — Ich habe mich eben so sehr darüber gefreut, als ich mich über sein schnelles Avancement gewundert habe. — Der Brigadier (бригадиръ) feindet ihn zwar an, kann ihm aber (однакожъ) nicht schaden. — Kennen Sie seinen ältesten Sohn? — Sehr wohl. — Von Gesicht gleicht er zwar dem Vater, aber der war in seinem zwanzigsten Jahre schon Unter-Lieutenant und er ist in seinem achtundzwanzigsten Jahre erst zum Abjutanten (адъютантъ) ernannt. — Ist er so groß, wie sein Vater? — Er reicht ihm bis an die Schulter. — Wer kroch da unter die Bank? — Es schien mir unser Wachtelhund zu fein. — Der war es nicht, denn diesen habe ich hinter den Pferdestall laufen sehen. — Ist Ihr Handlungsdiener nicht in's Ausland gereist? — Ja, er fuhr über Riga nach Memel ((Мéмель), wird durch Preußen und Oesterreich reisen und nach Ostern über Warschau (Варшáва) hierher zurückkehren. — Weshalb haben Sie so viele Schafe verkauft? — Ich mußte sie aus Mangel an Weide und Futter abschaffen, und kann sie leichter entbehren, als ein Pferd oder eine Kuh. — Wieviel hat er Ihnen dafür gegeben? — Er gab mir vorläufig zehn Imperiale auf die Hand. — Was soll ich mit diesem Papiere machen? — Lege es auf den Tisch oder lieber in die Schublade desselben. — Auf. wessen Befehl erhielten Sie das Geschenk? — Ich verdanke es nur (dafür bin ich nur verpflichtet) der Gnade des Prinzen. — Wann fahren Sie auf's Land? — Morgen früh, aber nur auf zwei Tage. — Werden Sie nicht auf Ihren Vetter warten? — Er wartet jetzt seinem Vorgesetzten auf (ist zu seinem Vorgesetzten zur (на) Aufwartung gegangen) und wird daher nicht zu uns kommen. — Auf welche Art haben Sie das erfahren? — Es ist wenigstens auf alle Fälle gut, daß ich es weiß; das Uebrige ist gleichgültig (всё равнó). — Wie konnte dir das in den Sinn kommen? — Davon werde ich Ihnen ein anderes Mal mehr sagen.

235. Aufgabe.

Legen Sie die falsche Scham ab und gehen Sie mit festen Schritten auf dem Wege der Ehre. — Lärmen (тóпать) Sie nicht mit den Füßen, das thun nur die Pferde und andere Thiere. — Unser Wagen scheint zu schwer zu sein; unser Viergespann kann uns nicht den Berg hinauffahren. — Das ist nichts, wenn vier Pferde nicht genug sind, so kann man noch zwei vorspannen. — Wohin fahren Sie? — Ich fahre nach Homburg. — Nehmen Sie sich in Acht, dort spielt man hoch (идётъ сильная игрá), Sie können Ihr ganzes Geld verspielen. — Fürchten

Joel u. Fuchs, Russische Gramm.   33

Sie sich nicht, ich spiele niemals, und wer nicht spielt, kann auch nicht verspielen. — Waren Sie auch schon früher in Homburg? — Ich war dort nur auf der Durchreise. — Hat dieser junge Mann sein Gut verkauft? — Er hat es nicht verkauft, sondern verspielt und vergeudet. — Sind Sie oft bei Ihrem Vater? — Mein Vater lebt nicht mehr in der Stadt, er ist auf's Land gegangen; meine Mutter jedoch ist in der Stadt geblieben, sie ist krank und wird vom berühmten Professor behandelt (пользоваться у). — Ist es wahr, daß der reiche Banquier zum Fürsten erhoben worden ist (получить)? — Er hat den Titel nicht erhalten, sondern gekauft, denn sein Vermögen erlaubt es ihm, Geld zu verschleudern. — Womit hat er sein Vermögen sich erworben? — Er hat es dadurch erworben, daß er den Mißwachs benutzte und sich auf Rechnung seiner armen Mitbürger bereicherte. — Woher sind Sie so unerwartet erschienen? — Ich bin schon lange hier, Sie haben mich aber nicht gehört, Sie waren in Gedanken versunken. — Das Haus, welches ich gekauft habe, befindet sich auf dem Marktplatz, neben der Kirche. — Haben Sie viel für dieses Haus bezahlt? — Man forderte von mir an fünfhunderttausend Rubel, ich habe es aber für dreihundertfünfzigtausend achthundert fünfundsechszig Rubel erhandelt.

Einundneunzigste Lektion. — ДЕВЯНОСТО ПЕРВЫЙ УРОКЪ.

D. Vor den **Instrumental** werden gesetzt:

635. **Hinter, jenseits; За.**

bei, auf, an, nach.

Er folgt hinter (auf) uns.	Онъ слѣдуетъ за нами.
Er ist im Auslande (hinter der Gränze).	† Онъ за границею.

Wir wohnen jenseits (hinter) der Wolga.	Мы живёмъ за Во́лгою.
Sie sitzen noch bei (hinter dem) Tische.	Они́ ещё сидя́тъ за столо́мъ.
Wir tranken Brüderschaft bei einem Glase Wein.	Мы побрата́лись другъ съ дру- го́мъ за ча́ркою вина́.
Er sitzt über (hinter) der Arbeit.	Онъ сиди́тъ за рабо́тою.
Sie wohnt außerhalb der Stadt.	Она́ живётъ за́-городомъ.
Unter Siegel; unter Schloß.	† За печа́тью; за замко́мъ.
Aus Mangel, Unvermögen.	† За неимѣ́ніемъ.
Altershalber.	† За ста́ростью.
Sie ist an einen Künstler verheirathet.	†† Она́ за мужёмъ за худо́жни- ко́мъ.
Er erhält Geld über (hinter) Geld.	Онъ получа́етъ де́ньги за де́нь- гами.
Laufe ihm nicht nach (hinter ihm).	Не гони́сь за-ни́мъ.
Ich habe nach ihm geschickt.	Я посла́лъ за-ни́мъ.
Ich habe die Aufsicht über seine Söhne. Ich sehe nach seinen Söhnen.	† Я смотрю́ за его́ сыновья́ми.

636. Zwischen, unter.   *Между, межъ.*

Zwischen Himmel und Erde.	Ме́жду (межъ) не́бомъ и землёю.
Unter (zwischen) uns.	Ме́жду на́ми.
Unterdessen.	† Ме́жду тѣ́мъ.
Unterdessen, während er sprach.	† Ме́жду тѣ́мъ, какъ онъ го- вори́лъ.

637. Ueber.   *Надъ, на́до.*

Er wohnt über der Hausflur.	Онъ живётъ надъ сѣня́ми.
Er sitzt stets über den Büchern.	† Онъ корпи́тъ надъ кни́гами.
Lache nicht über mich.	Не смѣ́йся надо-мно́ю.
Erbarmt euch über die (der) Armen.	Умилости́тесь надъ бѣ́дными.

638. Unter, unweit, bei, nach.   *Подъ, по́до.*

Unter der Stube befindet sich ein Keller.	Подъ ко́мнатою нахо́дится по́- гребъ.
Er wohnt unter mir.	Онъ живётъ подо-мно́ю.
Es ist bei (unter Androhung der) Strafe der Verbannung verboten.	† Это запрещено́ подъ стра́хомъ ссы́лки.
Das Gut liegt unweit Moskau.	† Дере́вня лежи́тъ подъ Мос- кво́ю.
Dictando schreiben.	Писа́ть подъ дикто́вкою.

33*

Bemerkung. Подъ, unweit, gewöhnlich bei Städtenamen.

Das Buch liegt bei der Hand (in der Nähe).	† Кни́га лежи́тъ подъ руко́ю.

639. Vor (v. Zeit und Ort.) — *Предъ, пре́до. пере́дъ.*

Ich stand vor dem Könige.	Я стоя́лъ предъ королёмъ.
Es geschah vor meinen Augen.	Это сдѣ́лалось предъ мои́ми глаза́ми.
Er starb vor Neujahr.	Онъ у́меръ передъ Но́вымъ Го́домъ.

640. Mit, sammt, nebst. — *Съ, со.*

Er ist mit seinem Vater angekommen.	Онъ прі́ѣхалъ со свои́мъ отцемъ.
Ich thue es mit Vergnügen.	Я это дѣ́лаю съ удово́льствіемъ.
Mit desto größerem Vergnügen.	† Тѣмъ съ бо́льшимъ удово́льствіемъ.
Rußland gränzt an (mit) Preußen.	Россі́я грани́читъ съ Пру́ссіею.
Sie begegnet mir oft.	† Она́ ча́сто встрѣча́ется со мно́ю.
Er richtet sich nach der Landessitte.	† Онъ сообража́ется съ нра́вами страны́.
Ich habe ihm noch nicht zur Hochzeit gratulirt.	† Я ещё не поздра́вилъ его́ съ бра́комъ.
Er hat sich von uns getrennt, nachdem er mehrmals von uns Abschied genommen hatte.	† Прости́вшись мно́го разъ съ на́ми, онъ разлучи́лся съ на́ми.
Ganz und gar, gänzlich (mit Allem).	† Совсѣ́мъ.
Ich habe die Uhr nicht bei mir.	† Часо́въ нѣтъ со мно́ю.
Brüderschaft machen, побрата́ться I.	Immer sitzen (über), корпѣ́ть 8.
Modelliren, лѣпи́ть 7.	Gränzen, begränzen, грани́чить 7.
Gratuliren, поздравля́ть 1.	Sich trennen, разлуча́ться 1.
Fällen.	Срубать 1. срубить 7.
Die Schale, Schälchen, ча́рка.	Der Mangel, неимѣ́ніе.
Der Magen, желу́докъ.	Die Verbannung, ссы́лка.
Die Strafe, ка́знь f.	Die Eiche, дубъ.
Die Axt, топо́ръ.	Pfingsten, Тро́ица.
Der Aufenthalt, пребыва́ніе.	Die Umgegend, окру́жность f.
Der Anzug, оде́жда.	Der Rang, Stand, das Amt, чинъ.

Warm, горя́чій.   Weit ausgedehnt, простра́нный.
Ungern.   Неохо́тно.

236. Aufgabe.

Wohin gehen Sie mit der Axt? — Ich gehe in den Wald, um eine alte Eiche mit derselben zu fällen. — Geht Ihr Sohn nicht mit [Ihnen]? — Er bleibt zu Hause, weil er sich vor Wölfen fürchtet. — Haben Sie schon nach dem Arzte geschickt? — Der Diener ritt nach dem Arzte und nach der Apotheke; unterdessen kannst du warmes Wasser bereiten. — Soll ich die Handschuhe unter das Taschentuch legen? — Nein, laß sie nur unter der Mütze liegen. — Wann reiset unser Deputirte in's Ausland? — Wie! Sie wissen nicht, daß er schon seit sechs Monaten im Auslande ist? — Er ist ja schon vor Pfingsten abgereist. — Ist er schon vor dem Fürsten erschienen? — Ich habe gehört, daß der Fürst nicht in seiner Residenz sei; er ist auf seinem Sommersitze (мѣсто лѣтняго пребыва́нія), der unweit Tula liegt. — Liegt das Dorf nicht zwischen hohen Bergen? — Nein, es befindet sich auf einem Berge und gewährt (доставля́ть) eine schöne und weite Aussicht (видъ) über die Umgegend. — Ueber wen lachen Sie? — Ich lache über Niemand, ich freue mich nur über Ihren geschmackvollen Anzug. — Haben Sie nicht Ihr Federmesser bei der Hand? — Ich habe es nicht bei mir, aber ich werde eines für Sie von meinem Nachbar borgen. — Von wem hat Ihr Bruder gestern Abend Abschied genommen? — Von einem Freunde, von dem er sich ungern trennt. — Begegnen Sie zuweilen unserm alten Lehrer? — Ganz und gar nicht; ich fürchte, daß er gestorben sei. — Haben Sie seinem Schwiegersohn schon zu seiner Beförderung gratulirt? — Ich war gestern mit ihm auf dem Balle bei Sr. Excellenz (Высокопревосходи́тельство), dem wirklichen Geheimrathe, Ritter N., da ich aber von seinem neuen Range nichts wußte, so habe ich ihm dazu auch nicht gratuliren können.

•

237. Aufgabe.

Haben Sie den Reisenden, welcher auf dem St. Gott=
hardsberg gewesen ist, begegnet? — Ja, ich bin mit ihm
im Wirthshaus, welches neben dem Wasserfall ist, zusam=
mengekommen. — Hat er Ihnen von seinen Reisen erzählt?
— Ja, er hat mir von denselben viel erzählt; er ist viel
gereist, war in Egypten, in Syrien und kennt Persien gut.
— Was hat der Besitzer der Menagerie mit dem wüthenden
(разъяренный) Löwen gemacht? — Er hat ihn mit seiner
kräftigen Hand geschlagen und der Löwe wurde ruhig.
— Wurde er sofort ruhig? — Ja, sofort und jah sich
scheu im Käsich herum. — Brennt das Holz im Ofen?
Es brennt schlecht, man muß frisches und trocknes Holz zu=
legen. — Man muß Ihrem Sohne sagen, daß er nicht so
viel Unsinn mache (планиреи); es ist Zeit, daß er beschei=
dener wird. — Es scheint (mir), daß es Zeit ist, uns auf
den Weg zu machen, es fängt schon an, Tag zu werden. —
Ich bin noch schläfrig, gern bleibe ich noch im Bette. —
Man kann das nicht [thun], wir haben weit zu fahren und
müssen zu Mittag zu Haus sein. — Ist der Weg gut? —
Nein, der Weg ist sehr schlecht, der Schnee liegt (навіянно)
auf einer Seite, und auf der andern ist das nackte Pflaster.
— Was ist es so feucht, regnet es denn? — Nein, es
regnet nicht, es fällt nur der Thau. — Warum schließt sich
die Thür nicht? — Sie ist von der Hitze verbogen. —
Hat der Kaufmann gute Waaren? — Er hat sehr gute
Waaren, seine Seiden= und Baumwollenwaaren werden von
Allen gelobt. — Hat er auch Wollwaaren? — Nein, er
handelt nicht mit Wollwaaren.

Zweiundneunzigste Lektion. — ДЕВЯНОСТО ВТОРОЙ УРОКЪ.

E. Der Präpositional kommt nie anders, als in Begleitung einer der folgenden Präpositionen vor:

641. In, an, auf. | *Въ, во.*

Er lebt in Rußland.	Онъ живётъ въ Россіи.
Er war im Mai hier.	Онъ былъ здѣсь въ маѣ.
Er starb im vorigen Jahre in der Blüthe seiner Jahre.	Онъ у́меръ въ прошѐдшемъ году́ въ са́мыхъ цвѣту́щихъ лѣта́хъ.
Er lebt auf dem Lande.	Онъ живётъ въ дере́внѣ.
Er diente bei (in) der Garde.	Онъ служи́лъ въ гва́рдіи.
An der Spitze des Regiments.	Въ главѣ полка́.
Sie ist in der That reizend.	† Она́ въ са́момъ дѣлѣ преле́стна.
Darin irren Sie.	Въ э́томъ вы ошиба́етесь.
Er übt sich im Dichten.	Онъ упражня́ется въ сочине́ніи стихо́въ.
Ich bestand fest darauf.	Я крѣпко въ (häuf. на) э́томъ стоя́лъ.
Mangel an Geld.	Недоста́токъ въ де́ньгахъ.
Bereue deine Sünden.	Раска́ивайся въ свои́хъ грѣха́хъ.
Was brauchen Sie (worin haben Sie ein Bedürfniß)?	† Въ чёмъ имѣ́ете вы нужду́?
Er hat den Diebstahl bekannt (sich im Diebstahl schuldig bekannt).	† Онъ повини́лся въ воровствѣ́.
Bekenne deine Schuld.	† Призна́йся въ своёмъ долгѣ́.
Ich habe ihn der Lüge überführt.	† Я его́ уличи́лъ во лжи.
Er ist des Meineids verdächtig. Man hat ihn wegen Meineids in Verdacht.	† Его́ подозрѣва́ютъ во клятвопреступле́ніи.
Für's erste, erstens.	† Во-пѐрвыхъ.
Das Landgut ist an 20 Werst von Kasan.	† Да́ча въ двадцати́ верста́хъ отъ Каза́ни.

642. Auf, in, an. | *На.*

Das Buch liegt auf dem Tische.	Кни́га лежи́тъ на столѣ́.
Er steht am (auf dem) Ufer.	Онъ стои́тъ на берегу́.

Wir erwarten ihn bei uns die künftige Woche.	Мы его ожидаемъ къ себѣ на той недѣлѣ.
Ich werde Sie in diesen Tagen besuchen.	† Я васъ посѣщу на этихъ дняхъ.
Er kam in seinem sechsten Jahre hierher.	† Онъ прибылъ сюда на шестомъ году.
Unterwegs; auf dem Wege.	† На дорогѣ.
Diesseits, auf dieser Seite.	† На этой сторонѣ.
Jenseits, auf jener Seite.	† На той сторонѣ.
Ist der Hund an der Kette?	На цѣпи ли собака?
Er hat viele Schulden (Auf ihm |haften| viele Schulden).	† На немъ много долговъ.
Ich habe es ihm auf deutsch gesagt.	† Я это сказалъ ему на нѣмецкомъ языкѣ.
Das Gemälde hängt an der Wand.	Картина виситъ на стѣнѣ.
Spielen Sie mir etwas auf der Violine vor.	Сыграйте мнѣ что-нибудь на скрипкѣ.
Mit Tagesanbruch.	На разсвѣтѣ.

643. Von, über.

О, объ, обо.

Von wem sprichst du mit mir?	О комъ ты мнѣ говоришь?
Er schreibt ein Buch über Landwirthschaft.	Онъ пишетъ книгу о сельскомъ хозяйствѣ.
Worüber bist du bekümmert?	О чёмъ ты горюешь?
Erbarme dich über die (sei mitleidig mit den) Armen!	Помилосердуй о бѣдныхъ!
Sie beweint (weint über) eine Freundin.	Она плачетъ о подругѣ.
Um (über) wen trauerst du?	О комъ скорбишь ты?
Sie beklagt (klagt über) den Tod ihres Gatten.	Она {сожалѣетъ} о смерти {сѣтуетъ} его супруга.
Wachet über eure Seelen	Бдите о своихъ душахъ.
Er sorgt für die Tage der Gebrechlichkeit.	† Онъ печется о дняхъ дряхлости.
Er zweifelt an Allem.	Онъ сомнѣвается обо (häuf. во) всемъ.
Ich denke nicht mehr daran.	Я о томъ уже не думаю
Sich viel dünken.	† Мыслить о себѣ много.
Melde mich bei ihm (mache ihm von mir Anzeige).	† Доложи ему обо мнѣ.
Ein Haus von vier Stockwerken.	† Домъ о четырехъ жильяхъ.
Eine Kirche mit drei Thürmen.	† Церковь о трёхъ колокольняхъ.
Es geschah um Weihnachten oder gegen Ostern (bei Festen).	† Это случилось о Святкахъ или о Святой недѣлѣ.

644. Nach (Folge von
etwas).

По.

Nach dem Tode meines Vaters
ging ich auf Reisen.

По кончинѣ моего отца, я по-
ѣхалъ путешествовать.

Er weint nach seiner Mutter.

Онъ плачетъ по матери.

Er schoß nach einem Hasen.

Онъ выстрѣлилъ по зайцѣ.

Es ist nicht nach seinem Sinne
(ihm).

† Это не по нёмъ.

Von Mutter Seite (der Mutter
nach) bin ich mit ihm verwandt.

† Я ему родня по матери.

645. Bei, an, neben,
vor (Ort und Zeit).

При.

Ich war bei den Verhandlungen
zugegen.

Я былъ при переговорахъ.

Wien liegt an der Donau.

Вѣна лежитъ при Дунаѣ.

Vor, unter meinen Augen.

При моихъ глазахъ.

Bei alledem, des ungeachtet.

При всёмъ томъ.

Er ist nicht bei sich.

Онъ не при себѣ.

Zur Zeit Cäsars (bei Cäsar).

† При Кесарѣ.

In meiner Gegenwart (vor
mir).

† При мнѣ; при себѣ.

Er ist auf den Tod krank.

† Онъ при-смерти.

Sich schuldig bekennen, повиниться
7.

Überführen (von), уличить 7.

In Verdacht haben, подозрѣвать 7.

Sich üben, beschäftigen, упражняться 1.

Bekümmert sein, горевать 7.

Bemitleiden, милосердовать 5.

Sorgen (für), печься 1.

Verfolgen, (nachjagen), гнаться за
(Instr.).

Anklagen, beschuldigen, обвинять 1.

Überführen (von), уличать 1.

Sich legen (auf), прилежать.

Annehmen, engagiren, пригова-
ривать.

Spazieren gehen, прогуливаться 1.

Beklagen, сѣтовать 5.

Der Diebstahl, воровство.

Der Meineid, клятвопреступленіе.

Die Dichtkunst, поэзія f.

Die Garde, гвардія.

Der Tagesanbruch, разсвѣтъ.

Die Violine, Geige, скрипка.

Die Kette, цѣпь f.

Die Verwandtschaft, родня.

Das Stockwerk, жильё.

Die Gebrechlichkeit, дряхлость f.

Der Glockenthurm, колокольня.

Die Aufsicht, надзоръ.

Das Unternehmen, предпріятіе.

Der Schlosser, слесарь.

Die Linde, липа.

Die Verabredung, уговоръ.

Der Betrug, обманъ.

Das Zeichnen, рисованіе.

Das Aeußere, наружность *f.*
Pfingsten, Тро́ицынъ день.
Der Genuß, наслажде́ніе.
Das Spiel, Karten, коло́да.
    Ländlich, Land=.
Lenksam, поводли́вый.
Thätig, дѣя́тельный.

Das Speisehaus, трактиръ.
Die Wasserfahrt, плаваніе.
Der Lehrer, наста́вникъ.
Das Abenteuer, приключе́ніе.
Се́льскій.
Seltsam, чу́дный.
Karten=, ка́рточный.

238. Aufgabe.

Dient Ihr Sohn noch bei der Garde? Nein, er ist jetzt bei Hose. — Bei wem wohnt er in Petersburg? — Er wohnt in dem Hause meines Schwagers. — Wann trat er in den Dienst? — Schon in seinem achtzehnten Jahre, und im zwanzigsten warb er bereits zum Hauptmann ernannt. — Schreibt er Ihnen oft und viel über das Leben bei Hose? — Nur selten. Er schreibt überhaupt (всего на всё) wenig, denn den Tag über (въ м. в. Accuj.) ist er sehr beschäftigt, da ihm die Aufsicht über die Gallerien im kaiserlichen Schlosse anvertraut ist. — Schreiben Sie ihm oft? — Er erhält von uns zuweilen Briefe über Briefe, ohne daß er einen (на м. в. Accuj.) beantwortet. Wann haben Sie seinen letzten Brief erhalten? — Es ist schon über (mehr als) einen Monat. Stand nicht ehedem (vor diesem) eine große Linde bei Ihrem Hause? — Sie ist schon bei meines Großvaters Zeit abgehauen worden. — Warst du beim Schlosser? — Ich war bei ihm; er war bei Tische und wollte gleich nach Tische zu Ihnen kommen. — Wird er Zeit zu der Arbeit haben? — Er will sie zu Anfang des künftigen Monats beginnen und um Weihnachten fertig haben. — Das ist nicht nach meinem Sinne. — Nach unsrer ersten Verabredung wollte er nach Beendigung des Schrankes für Seine Erlaucht (Сіятельство), den Grafen, den meinigen beginnen. — Soll ich nach einem Andern gehen? — Ich werde mich selbst nach einem Andern umthun (einen Andern suchen). — Brauchen

Sie Geld? — Nein, aber ich brauche einen neuen Mantel,
kann mir aber aus Mangel an Geld keinen machen lassen.
— Um wen ist die Engländerin so bekümmert? — Sie
grämt sich um ihren einzigen Sohn, der des Betrugs ver-
dächtig ist und durch Steckbriefe verfolgt wird. — Warum
bekümmerte sie sich nicht mehr um seine Erziehung? — Er
war ein Knabe von herrlichen (отмѣнный) Anlagen (дарованіе)
und von einem sehr guten und lenkfamen Gemüthe. — Er
hatte sich einen Menschen von widerlichem (противный) Aeu-
ßern, mit einer Hand von drei Fingern, zu seinem Gefährten erwählt. — Sie bewohnten zusammen eine Wohnung
von vier Zimmern, ließen sich von einem eigenen Diener
aufwarten (служить) und das Essen von einem Speisehause
bringen. — Man erzählt von ihnen manches seltsame Abenteuer. — Was halten Sie von allen diesen Gerüchten? —
Ich werde die meisten für Lügen halten, bis man ihn des
Verbrechens, dessen man ihn angeklagt, überführt haben wird.

· 239. Aufgabe.

Waren Sie schon auf der Insel Rügen (Рюгенъ)? —
Ja, aber nur auf vierzehn Tage. — Wann waren Sie
dort? — Zu Pfingsten werden es zwei Jahre sein. —
Können Sie sich noch auf manches besinnen? — Ich denke
oft an den Schwanen-See (Лебяжій) und an eine Lustfahrt
auf demselben. — Wann stehen Sie gewöhnlich auf? —
Mit Tagesanbruch, sowohl im Sommer, als im Winter.
— Was machen Sie so früh? — Erstens spiele ich eine
Stunde auf der Geige; zweitens, da ich mich auf's Malen
legen will (entschlossen bin — zu legen), so zeichne ich
einige Stunden und dann gehe ich an meine Berufsgeschäfte
(должность). — Wenn dem so ist, dann thun Sie in der
That recht, so früh aufzustehen; denn auf diese Weise brauchen Sie viel Zeit. — Ist es nicht besser, den überflüssigen
Schlaf zu entbehren, als den Genuß der frischen Morgenluft und der heitern Beschäftigung mit der Kunst? — Ist

das Gemälde, welches dort an der Wand neben dem Spie=
gel hängt, von Ihnen gemalt? — Ja; aber ich habe es
zu einer Zeit gemalt, wo ich fast an dem Gelingen ver=
zweifelte. — Wer lehrt Ihnen das Zeichnen? — Mein
Lehrer ist von Seiten seiner Frau mit mir verwandt. —
Er ist schon alt, aber beßungeachtet noch rüstig (проворный)
und thätig. — Warum nehmen Sie nicht einen jungen
Künstler zum Lehrer an? — Die jungen Künstler dünken
sich gewöhnlich sehr viel und lassen sich für ihren Unterricht
unverhältnißmäßig bezahlen. Gehen Sie nur bei schö=
nem Wetter spazieren? — Ich frage (смотрю) nicht nach
(на m. b. Accus.) dem Wetter, bei uns [zu Lande] ist das
auch nicht möglich; denn das ganze Jahr hindurch (вт. m.
b. Accus.) giebt es wenig ganz schöne Tage. — Haben Sie
nicht ein Spiel Karten bei der Hand? — Ich bin kein
Freund vom Kartenspielen; deshalb finden Sie auch keine
Karten bei mir.

240. Aufgabe.

Lassen Sie Ihre Einfälle, sie werden Sie zu nichts Gu=
tem führen. Wollen Sie Caviar? Nein, ich bitte,
geben Sie mir Fischmilch. — Wo sind die Reliquien des
heiligen Mytrophan? Sie sind in Woronesch. — Haben
Sie Eier gekauft? Ja, ich habe zehn Stück gekauft. —
Verkaufen Sie mir Ihre zwei ausgezeichneten Traber! —
Nein, ich kann Sie Ihnen nicht verkaufen, ich brauche sie
selbst. — Rufen Sie, Kellner, mir die Wäscherin, damit sie
mir die Wäsche wasche! — Spielen Sie Karte? — Ja,
ich spiele, obgleich ich kein Freund davon bin. — Können
Sie Preferance spielen? — Ich spiele, obgleich schlecht, fast
alle Commercespiele; Hazardspiele jedoch kenne ich nicht. —
Wir wollen uns setzen und eine Partie Preferance spielen.
— Mit dem größten Vergnügen, aber nur nicht hoch (по
маленькой). — Fünf Kopeken Silber den Point (взятка)
ist kein hohes Spiel. — Gut, wer soll geben? — Ihr
Nachbar Peter Artemjewitsch giebt (сдавать). — Sie haben

zu beginnen. — Ich spiele. — Wir beide spielen nicht (пасъ), was haben Sie für ein Spiel? — Ich spiele Coeur. — Haben Sie denn keine Treffle, daß Sie meinen König mit einem Atout schlagen? — Ich habe weder Treffle noch Carreau, ich habe nur fünf Pique und den König selbst fünf Atout. — In diesem Fall habe ich verspielt. — Ganz recht, ich decke meine Karten auf, Ihnen fehlen fünf Points.

Dreiundneunzigste Lektion. — ДЕВЯНОСТО ТРЕТІЙ УРОКЪ.

Ein Jüngling, der nach Ruhm strebt.	Юноша, стремящійся к о славѣ.
Im Garten umherwandelnd, liest er ein Buch.	Ходя по-саду, онъ читаетъ книгу.
Der Eintritt in den Garten ist erlaubt.	Входъ въ садъ дозволенъ.
Der Ausgang aus der Festung ist verboten.	Выходъ изъ крѣпости запрещёнъ.
Menschenhaß verbittert das Leben.	Ненависть къ людямъ огорчаетъ жизнь.
Er bewahrt sein Geheimniß.	Онъ хранитъ свою тайну.
Das Geheimhalten ist ihm schwer.	Храненіе тайны ему трудно.

646. Die Participien haben den Casus und die Präposition ihres Stammwortes nach sich; das Verbal-Substantiv aber nur dann, wenn der dabei stehende Genitiv auf das Subject der Handlung bezogen werden könnte.

Wovon sprechen Sie?	О чёмъ говорите вы?
Wo ist dein goldner Ring?	Гдѣ твой золотой перстень?
Dieses Petschaft ist davon gemacht.	Сія печать изъ онаго сдѣлана.

647. In der Zusammensetzung mit Präpositionen wird „wo=" durch ein relatives oder fragendes „da="

durch ein demonstratives Fürwort gegeben, wobei der Casus sich nach der, im Russischen geforderten Präposition richtet.

Das Holz, wovon (von welchem) dieser Tisch gemacht ist, wächst nur in Amerika.	Дѣрево, изъ котораго сдѣланъ этотъ столъ, растётъ только въ Америкѣ.
Warum (aus welcher Ursache) schreibst du nicht?	Почему ты не пишешь?
Weil ich einen schlimmen Finger habe.	Потому, что у меня больной палецъ.
Worüber ärgerst du dich?	На что ты сердишься?
Ich ärgere mich darüber, daß ich bestohlen bin.	Я сержусь на то, что меня обокрали.
Worüber weint sie?	О чёмъ она плачетъ?
Sie weint um einen Sperling.	Она плачетъ о воробьѣ.
Woher kommst du?	Откуда ты идешь?
Ich komme aus der Schule.	Я иду изъ школы.
Ich weiß, daß du nicht daher kommst.	Я знаю, что ты не идёшь оттуда.
Woher ist das Zimmer so kalt?	Отчего эта комната такъ холодна?
Daher, daß es über einem Keller liegt.	Оттого, что она находится надъ погребомъ.
Warum (weßhalb) essen Sie keine Fische?	Почему вы не кушаете рыбы?
Warum wollen Sie schon fortgehen?	За чѣмъ вы хотите уже уитй?
Der Nagel, woran das Bild hängt.	Гвоздь, на которомъ картина виситъ.
Die Züge, woran ich seine Hand erkenne.	Черты, по которымъ я узнаю его руку.
Das Kleid, woran er mich zupfte.	Платье, за которое онъ меня дергалъ.
Der Felsen, woran das Schiff scheiterte.	Утесъ, о который корабль разбился.
Die Producte, woran das Land Ueberfluß hat.	Произведенія, которыми земля изобилуетъ.
Ich mag daran nicht denken.	Я не хочу о томъ подумать.
Daran erkenne ich meinen Freund.	По сему узнаю своего друга.
Liegt Danzig am Meere?	Лежитъ ли Гданскъ при морѣ?
Danzig liegt nicht daran.	Гданскъ при ономъ не лежитъ.
Daran thun Sie wohl.	Вы хорошо въ томъ поступаете.
Mir liegt nichts daran.	Мнѣ въ томъ никакой нужды нѣтъ.

Was halten Sie von dem Gerücht?	Что вы думаете о слухѣ?
Es ist nichts daran (Unwahrheit, ein leeres Gerücht)!	Неправда! это пустой слухъ.
Ist das Messer gut?	Хорошъ ли этотъ ножъ?
Es ist nichts daran (taugt nicht).	Не годится.

648. Wie die vorstehenden Beispiele zeigen, und wie sich aus den Lektionen über die Präpositionen leicht ergiebt, kann der deutsche Ausdruck nicht maßgebend für den russischen, den man zu wählen hat, sein; ebenso umgekehrt. Der Begriff der im Satze ausgesprochenen Handlung, die durch die Präposition mit ihrem Casus ergänzt werden soll, entscheidet allein über die Wahl der letztern.

Ich würde ungern (mit Unwillen) abreisen.	Я бы по неволѣ уѣхалъ.
Wir sind zusammen mit unsern Brüdern da gewesen.	Мы тамъ были вмѣстѣ съ нашими братьями.
Ich bezahle stückweise.	Я плачу поштучно.
Er gab es mir umsonst (unentgeltlich).	Онъ мнѣ это далъ даромъ.
Ich bemühte mich umsonst (vergebens).	Я напрасно трудился.
Sie ist höchstens achtzehn Jahre alt.	Ей по высшей мѣрѣ восемнадцать лѣтъ отъ-роду.
Ich war seitdem nicht bei ihm.	Съ тѣхъ поръ я не былъ у него.

649. Der adverbialische Gebrauch so vieler Casusformen theils noch gebräuchlicher, theils veralteter Substantive und ganzer Redensarten erklärt sich aus dem Ergänzungsbegriff.

Er ist kindlich reinen Gemüths.	Онъ младенчески чистъ душею.

650. Von den Adjectiven auf -скій werden Umstandswörter auf -ски gebildet.

Adelig, auf adelige Art.	По-дворянски.
Russisch, auf russische Art.	По-русски.
Sprechen Sie russisch?	Говорите ли вы по-русски?
Er schreibt lateinisch.	Она пишетъ по-латынѣ.

651. Den Adverbien der Völkernamen wird,

wenn sie zur Bezeichnung der Sprache gebraucht werden, die Partikel -no vorgesetzt.

Abzielen, streben, стремиться 7.

Taugen, годиться 7.

Heransprengen, прискакать 3.

Besehen, осматривать 1.
Fallen, hingerathen, попасть 1.
Schweigen, умолчать 8.
Richten, направить 7.
Ernähren, питать 1.
Werfen, richten (nach), устремлять 1.
  Verbittern.
Das Geheimniß, тайна.
Die Erzählung, разсказъ.
Der Bürger, гражданинъ.
Die Nichtachtung, Verachtung, неуважéніе, презрѣніе.
Kenner, знатóкъ.
Wahr, справедливый.
Männlich, мужескій.
Chinesisch, китайскій.
Begonnen, начатый.
Fürstlich, княжескій.
Geschäfts-, должностнóй.
Vollkommen, совершéнный.

Stehlen, укрáсть 1.
Sich abarbeiten, bemühen, утруждáться 1
Stillestehen, anhalten, останáвливаться.
Belohnen, награждáть 1.
Sich mengen, mischen, мѣшáться 1.
Betreiben, отпрáвить 7.
Borgen, entlehnen, заимствовать 5.
Fehl treten, verfehlen, оступáться 1.
  Огорчáть 1.
Die Linie, der Zug, чертá.
Der Castellan, Aufseher, смотрáтель.
Die Anhänglichkeit, преданность f.
Das Seil, канáтъ.

Das Tanzen, плясáніе, пляска.
Schloß-, зáмковый.
Betreffend, касáтельный.
Stählern, Stahl-, стальнóй.
Fertig, geläufig, бѣглый.
Armenisch, армянскій.
Recht, прáвый.
Link, лѣвый.
Dampf-, паровóй.

241. Aufgabe.

Was denken Sie von der gestrigen Erzählung unseres Freundes N.? — Ich halte sie für wahr, denn ich kenne N. als einen Menschen, der stets die Wahrheit spricht und selbst wenn er Unrecht hat, es männlich eingesteht. — Wer war der Reiter, der spornstreichs (во весь опóръ) angesprengt kam und am Schloßthore hält? — Es war ein Courier (курьéръ), der Nachrichten brachte, die (до) chinesische Revolution (революція) betreffend. — Wird der Gelehrte das begonnene Werk beendigen können? — Wahrscheinlich, denn wenn man die Fähigkeit nicht hat, muß man nicht Hand an's Werk legen. — Uebrigens ist das Bücherschreiben keine so leichte Sache, wie Viele glauben, besonders wenn man es aufrichtig mit sich selbst und mit Andern meint (усердствовать). — Können Sie mir nicht eine Feder schneiden? — Ich muß bedauern, es nicht thun zu können; das Federschneiden ist nicht meine Sache, da ich nie anders als mit Stahlfedern schreibe. — Haben Sie schon das königliche Schloß besehen? — Lassen Sie uns hingehen! — Ich glaube, um den Eintritt in's Schloß muß erst beim Castellan nachgesucht (просить) werden. — Weshalb ward dem Bürger ein öffentliches Denkmal gesetzt? — Wegen seiner Vaterlandsliebe und seiner Anhänglichkeit an seinen Landesherrn (Государь). — Mit Todesverachtung hat er gekämpft und ist fürstlich belohnt worden. — Können Sie schon Russisch lesen? — Ein Wenig. — Schreibt Ihr Bruder schon Deutsch? — Er hat nie Deutsch gelernt, aber er spricht und schreibt sehr fertig Englisch, Französisch und Türkisch. — Warum wollen Sie nicht Griechisch lernen? — Ich ziehe das Studium der lebenden Sprachen vor, weil sie für den Geschäftsmann mehr anwendbar sind; deshalb lerne ich auch Neugriechisch und Armenisch.

242. Aufgabe.

Woraus schließen Sie, daß er krank oder verreist sei? — Er pflegte mir wenigstens einmal in der Woche zu schreiben. — Da ich nun [seit] drei Wochen keinen Brief von ihm erhalten habe, so schließe ich daraus, daß er krank sei. — Ich habe einen großen Mantel; frage den Schneider, ob er mir daraus einen Rock und Beinkleider machen kann. — Er sagt, das Tuch, woraus der Mantel gemacht ist, sei nicht sehr haltbar (крѣнкій). — Sie sagen, mein Bruder sei unter (въ) die Wölfe gerathen; was verstehen Sie darunter? — Daß er sich in schlechter Gesellschaft befindet. — Ich begreife auch nicht, wie ein Mensch von seiner Bildung sich darin gefallen kann. — Sie haben (sind) darin vollkommen recht; aber Sie thun unrecht (худо), sich darein (въ) zu mengen. — Davon will ich schweigen und lieber davon= gehen, als mich mit Jhnen streiten. — Wobei haben Sie den Daumen (большой палецъ) der linken Hand verloren? — Beim Richten einer Dampf=Maschine. — Jch würde nie ein Geschäft betreiben, wobei man die Gesundheit einbüßen (лишиться) kann und das dabei nicht einmal (и не) seinen Mann ernährt. — Woher wissen Sie das? — Jch weiß es daher, daß Sie oft genöthigt (принужденъ) sind, Geld zu borgen. — Wonach richtet der Seiltänzer (плясунъ на канатѣ) die Augen, um das Seil nicht zu verfehlen? — Er richtet sie nach dem weißen Pfahl, der an jenem Ende steht. — Jch glaube, wir beide würden dennoch (не смотря на то) herab= (внизъ) fallen, wenn wir auch darnach hin= sähen. — Zweifeln Sie nicht daran. — Uebung macht den Meister (Jnstrum.), doch wird uns nichts daran liegen, Meister im Seiltanzen (плясаніе на к.) zu sein.

243. Aufgabe.

Jst die Straße, an welcher Sie wohnen, breit? — Ja, sie ist sehr breit. — Was machen Sie mit mir? — Jch mache mit Jhnen nichts. — Waren bei Jhnen heute viele Gäste? — Es waren bei mir deren sehr viele. — Sind die Getreidearten hier gut? — Ja, hier sind sehr gute Getreidearten und sehr schlechte Brode. — Wo haben Sie die kleinen Bären gesehen? — Jch habe sie auf der Straße gesehen. — Lassen Sie Jhre tollen Streiche, sie sind ganz unpassend. — Kaufen Sie diese Jndienne nicht, sie verschießt. — Wohin geht dieser junge Officier, dessen Brust mit so vielen Ehrenzeichen (знакъ отличія) geschmückt ist? — Er geht auf Urlaub, um die Wunden, welche er im Kriege auf dem Kaukasus erhalten hat, zu heilen. — Wohin beabsichtigt er zu reisen? — Er beabsichtigt nach Kissingen oder Karlsbad zu reisen. — Schicken Sie in die Apotheke und erfahren Sie, ob die Pillen, welche mir der

Arzt verschrieben hat, fertig sind. — Ich komme eben aus der Apotheke; man hat mir gesagt, sie seien noch nicht fertig. — Es ist einerlei, gehen Sie noch einmal hin und drängen Sie; ich habe sie sehr nöthig. — Soll ich nicht auch zum Schuhmacher gehen, damit er Ihnen die Stiefel bringe?—Nein, zu ihm haben Sie nicht nothwendig zu gehen; er hat mir versprochen sie sofort, wenn sie fertig sind, zu bringen, und ich weiß, daß er sein Versprechen hält. — Was war das für ein Lärm gestern auf der Straße? — Betrunkene prü= gelten sich und lärmten, der Stadtsergeant jedoch hat sie gebunden und auf (въ) die Polizei geführt. — Es ist ihnen recht geschehen, sie mögen jetzt dort sitzen und ihren Rausch aus= schlafen (опохмѣлиться). — Man sagt, der Polizeilieutenant (квартáльный надзирáтель m.) sei sehr streng. — Ja, er ist streng, aber nicht immer gerecht. — Der Polizeimajor (чáст- ный прúставъ) ist ebenfalls streng, aber gerecht.

Vierundneunzigste Lektion. — ДЕВЯНОСТО ЧЕТВЕРТЫЙ УРОКЪ.

Packe dich aus dem Zimmer hin= aus!	Вы́дь вонъ изъ кóмнаты!
Gehen Sie fort von mir!	Ступáйте прочь отъ меня́!
Mein Vater lebt in Schweden.	Мой отéцъ живётъ въ Швéціи.
Napoleon ist auf Corsica ge= boren.	Наполеóнъ роди́лся въ Кóр- сикѣ.
Mein Bruder studirte in Dorpat.	Мой брáтъ учи́лся въ Дéрптѣ.
Er beschloß sein Leben im Kloster des St. Innocentius.	Онъ скончáлся въ Инокéнтье- вомъ монастырѣ.
Im Nertschinkischen Kreise giebt es die reichsten Mineralien und Edelsteine.	Въ Нерчи́нскомъ крáю имѣются богатѣйшіе минерáлы и драгоцѣнные кáмни.
Wir fahren nach England.	Мы поѣдемъ въ Áнглію.
Sie ging in's Kloster.	Онá пошлá въ монасты́рь.

34*

Er ist noch nicht aus Rußland zurückgekehrt.	Онъ ещё не возвращался изъ Россіи.
Mein Bruder kam gestern von Constantinopel an.	Мой брáтъ вчерá пріѣхалъ изъ Царяградá.

652. A. Die Namen der Länder, Provinzen, Inseln, Städte, Dörfer und Klöster stehen auf die Frage wohin? im Accusativ mit *въ*; auf die Frage wo? im Präpositional mit *въ*; auf die Frage woher? im Genitiv mit *изъ*.

Ich sah es, als ich auf der Nordsee war.	Я это видѣлъ, когда я былъ на Нѣмéцкомъ мóрѣ.
Auf dem Baykal sah ich nur wenig Fahrzeuge.	На Байкáлѣ я видѣлъ тóлько немнóго судóвъ.
Frankfurt am Main.	Фрáнкфуртъ на Мáйнѣ.
Unser Haus steht auf dem Petri-Platze.	Нáшъ домъ стоúтъ на Петрóвской плóщади.
Wir wohnten lange in der Powarskaja [Straße].	Мы дóлго жúли на Поварскóй.
Als er auf der Insel Sardinien war.	Во врéмя егó бытія на óстровѣ Сардúніи.
Er geht nach dem Alexander-Platz.	Онъ идётъ на Алексáндрову плóщадь.
Mein Sohn will zur See gehen.	Мой сынъ хóчетъ идтú нá-море.
Wir bestiegen den Aetna.	Мы вошлú на Этну.
Die Magd kommt vom Markte.	Служáнка идётъ съ рынку.

B. Die Namen der Meere, Seen, Flüsse, Berge, Felder, Plätze, Straßen stehen auf die Frage wohin? im Accusativ mit *на*; auf die Frage wo? im Präpositional mit *на*; auf die Frage woher? im Genitiv mit *съ*.

Bemerkung. Dasselbe ist bei folgenden Wörtern der Fall:

Die Kindtaufe, крестúны *f.*	Der Namenstag, имянúны *f.*
Die Verlobung, сговóръ.	Die Hochzeit, свáдьба.
Das Leichenbegängniß, пóхороны *f.*	Der Kirchhof, кладбúще.
Das Kloster, монастырь.	Die Insel, óстровъ.
Der Krieg, войнá.	Die Feuersbrunst, пожáръ.
Die Theilung.	Дѣлёжъ.
Man läuft zum Feuer.	Бѣгутъ на пожáръ.

Ich bin zur Verlobung eingeladen.	Я приглашёнъ на сговóръ.
Sie war zur Kindtaufe.	Онá былá на крестúнахъ.
Wir kommen vom Kirchhof.	Мы идёмъ съ кладбúща.

C. Namen von Kirchspielen und Kirchen werden wie Personennamen construirt. Wohin? Dativ mit къ; wo? Genitiv mit у; woher? Genitiv mit отъ.

Man sagt:

† Auf dem Berge Athos.	† На горѣ Аѳóнской.
Nach dem Berge Athos reisen.	† Ѣхать на гóру Аѳóнскую.
Vom Felde kommen.	† Приходúть съ пóля.
In See gehen.	† Вы́йдти въ мóре.
Ich fahre nach der Smolenskaja (Straße).	† Я ѣду на Смолéнскую.
An der Stadt Archangelsk.	† У гóрода Архáнгельска.
Aus der Stadt Archangelsk.	† Изъ гóрода Архáнгельска.
Ich gehe auf (längs) der Straße.	Я иду у́лицею, по у́лицѣ.
Ich gehe [quer] über die (nach der andern Seite der) Straße.	Я иду чрезъ у́лицу.
Ich halte es für nothwendig, eine bequeme Ueberfahrt über den Baykal zu gründen.	Я полагáю необходúмымъ устрóить чрезъ Байкáлъ удóбный перевóзъ.
Unser Dorf ist etwa 20 Werst von der Stadt.	Нáша дерéвня верстáхъ въ двадцатú отъ гóрода.
Seine Meierei ist eine Werst von der Stadt entfernt.	Егó ху́торъ отстоúтъ отъ гóрода на однý вéрсту.
Bis auf eine Werst.	На однý вéрсту.
Er wohnt an 100 Werst von Moskau.	Онъ живётъ зá-сто вёрстъ отъ Москвы́.
Sie ist von der Größe des Bruders.	† Онá рóстомъ съ брáта.
Das Thier ist von der Größe dieses Hundes (von gleicher Größe mit —).	Это живóтное величинóю съ сію собáку.
Das Thier ist von der Größe eines Hundes (einem Hunde an Größe zu vergleichen).	Это живóтное величинóю съ собáку.

Sterben, скончáться 1.	Hinaufsteigen, besteigen, влѣзть 1.
Einladen, приглашáть 1.	Abstehen, entfernt sein, отстоя́ть.
Die Mutter Gottes, Богорóдица.	Die Ueberfahrt, перевóзъ.
Der Täufer, Крестúтель.	Das Straßenpflaster, мостовáя, -óй.

Der Fußsteig, die Fußbahn, тро-   Das Gedränge, тѣснота.
пинка.

Graniten, Granit=, гранитный.

244. Aufgabe.

Wo steht das neue Haus Ihres Vetters? — Es steht
in der hintern Vorstadt. — Liegt es in der St. Sophien=
Parochie? — Nein, es liegt im Kirchspiele St. Johannes,
des Täufers. — Kommt Ihr Herr Vater von Mitau? —
Nein, er kommt von Riga über Mitau. — Werden Sie
über Moskau nach Kasan fahren? — Ich glaube, daß der
Weg über Moskau näher ist. — Lassen Sie uns auf dem
(längs des) Straßenpflaster gehen; auf dem Granittrottoir
ist das Gedränge zu groß. — Gehen wir dann lieber über
die Straße; auf der andern Seite geht fast Niemand. —
Wohin ging der junge Spanier gestern mit seinen stolzen
Schwestern? — Sie gingen zum Begräbniß einer Freundin.
— Kommen Sie jetzt erst von der Verlobung Ihres Neffen?
— Ich war nicht bei der Verlobung meines Neffen, son=
dern auf der Hochzeit meiner Nichte. — Ist der Knecht
schon vom Felde gekommen? — Er ist längst zurückgekehrt
und jetzt auf den Jahrmarkt gegangen. — Kommt das Schiff
von Malta (Мальта) über Sicilien (Сицилія)? — Nein, es
geht geradeswegs nach der Insel Sardinien. — Waren Sie
auch in Sicilien, als Sie Italien bereisten? — Wir
waren zweimal auf der Insel Sicilien, aber wir haben
nie den Aetna bestiegen. .

245. Aufgabe.

Welche Karte haben Sie jetzt ausgespielt? — Ich
habe eine Carreauzwei gespielt. — Wollen Sie ein Stück
Wild? — Ja, ich bitte Sie, geben Sie mir ein Stück; ich
bin ein großer Freund von Wild. — Wer hat Ihnen die
Wäsche gewaschen? — Meine Magd hat sie mir gewaschen.

— Sehen Sie die Sterne am Himmel? — Nein, ich sehe keine Sterne am Himmel. — Hat Ihnen der Schuhmacher Ihre Stiefel gebracht? — Nein, nicht der Schuhmacher, sondern sein Gesell hat sie mir gebracht. — Haben Sie den Brief von Ihrem Bruder erhalten? — Wollen Sie Fisch? — Nein, ich danke Ihnen, ich habe schon Fisch gegessen. — Was für . Fisch ziehen Sie vor? — Ich ziehe jedem andern Fisch einen Karpfen (pl.) vor. — Galoppirt Ihr Pferd gut? — Es galoppirt gut, trabt aber noch besser. — Wer hat den prächtigen Glockenthurm bei der Cathedrale gebaut? — Es hat ihn ein bekannter Architekt gebaut. — Haben Sie das neue, große Kriegsdampfschiff, welches in England auf Bestellung der russischen Regierung gebaut ist, gesehen? — Ich habe es gesehen, als ich auf dem baltischen Meere war. — Haben Sie eine russische Hochzeit gesehen? — Ich habe oft russische Hochzeiten gesehen, als ich noch in Rußland war. — Können Sie mir irgend eine dieser Hochzeiten beschreiben? — Ich könnte es, es würde aber zu viel Zeit rauben (занять), und ich habe deren keine. — Wohin eilen Sie so sehr? — Ich eile in's Theater, heute spielt man eine neue Tragödie meines guten Bekannten. — Haben Sie viele gute Bekannte? — Ja, ich habe viele, gute Bekannte, aber ich habe wenig Freunde, die wahren Freunde sind selten.

Fünfundneunzigste Lektion. — ДЕВЯНОСТО ПЯТЫЙ УРОКЪ.

Im Sommer giebt es hier schöne Erdbeeren.	Лѣтомъ здѣсь хорошая земляника.
Am Tage müssen wir viel Staub einschlucken.	Днёмъ мы должны глотать много пыли.
Im künftigen Winter werden wir in Odessa wohnen (oder Künftigen —).	Въ будущую зиму (oder Будущей зимою) мы будемъ жить въ Одессѣ.

Vergangene(Invergangener) | Въ (oder на) прошлой недѣлѣ
Woche hatte ich einen Brief von | я получилъ отъ него письмо.
ihm erhalten. |

Er starb in der Nacht von | Онъ умеръ въ ночи съ воскре-
Sonntag auf Montag. | сенія на попедѣльникъ.

Im September verlasse ich | Въ сентябрѣ я оставлю Офенъ.
Ofen. |

Wir werden nach sechs Uhr Mor- | † Мы будемъ тамъ въ седь-
gens da sein. | момъ часу поутру.

Sie beziehen die Sommerwohnung | Они перебираются пятнадца-
am 15. April. | таго апрѣля въ лѣтнее
| жилище.

Er kam den 9. vorigen Mo- | Онъ пріѣхалъ въ Парижъ девя-
nats in Paris an. | таго прошлаго мѣсяца.

Wir haben heute den zehnten. | У насъ сегодня десятое [число].

Es geschah im Jahre 1805. | Это случилось въ тысяча во-
| семь сотъ пятомъ году.

— — am 3. Januar. | Третьяго января.

Prag, den 5. August 1853. | Прага, августа 5го дня,
| 1853го года.

653. A. Auf die Frage wann? stehen:

a) Tages- und Jahrestheile: 1. alleinstehend im Instrumental.

2. Mit einem Bestimmungsworte im Genitiv oder im Präpositional mit въ oder на (vgl. diese Präpositionen).

b) Stunden, Monatsnamen und Jahreszahl:

1. Allgemein im Präpositional mit въ.

2. Die bestimmte Stunde steht im Accusativ mit въ.

3. Der bestimmte Monatstag (das Datum) steht im Genitiv.

4. Ist die Jahreszahl mit dem Datum verbunden, so stehen beide im Genitiv.

Bemerkung 1. In der Ueberschrift von Briefen steht das Datum im Genitiv auf die Frage: wann ist der Brief geschrieben?

Sie werden Alles zu seiner Zeit erfahren.

Вы всё узнаете въ своё время.

Er war geboren am ersten Pfingsttage und starb am zweiten Pfingsttage.

† Онъ родился въ день Сошéствія Святáго Духа и скончáлся въ Трóицынъ день.

Wir werden am Mittwoch bei Ihnen sein.

Мы придёмъ къ вамъ въ срéду.

Kommen Sie jeden Mittwoch (allmittwochlich).

Приходи́те по срéдамъ.

All mein Lebtage habe ich ein solches Wunderkind nicht gesehen.

Во всю свою жизнь я не видѣлъ тáкого чýднаго дитя́ти.

Während des Jahrmarktes entstand Feuer.

Въ я́рмарку сдѣлался пожáръ.

Sie entzweiten sich auf (während) der Hochzeit meiner Schwester.

Они́ поссóрились на свáдьбѣ моéй сестры́.

Das Erdbeben war um den Johannistag.

Землетрясéніе былó объ Ивáновѣ днѣ.

Gegen Johanni (s-Tag).

Къ Ивáнову дню.

Das Erdbeben fiel auf den ersten Ostertag.

Землетрясéніе пришлó на Свѣтлое Воскресéніе.

c) Andere bestimmte Zeiten oder Zeiträume im Accusativ mit въ.

Ich bezog die Universität in meinem achtzehnten Jahre.

Я поступи́лъ въ университéтъ на восемнáдцатомъ годý.

d) Lebensjahr, Wochen und Feste als Zeiträume im Präpositional mit на.

Bemerkung 2. Die unbestimmte, ungefähre Zeit wird durch den Genitiv mit óколо (um) oder durch den Dativ mit къ (gegen) gegeben.

Sie weinte die ganze Nacht.

Онá плáкала всю ночь.

Er studirt schon das fünfte Jahr.

Онъ ýже учится пя́тый гóдъ.

B. Auf die Frage: wie lange? seit wann? wenn die Handlung den ganzen Zeitraum umfaßt, steht dieser im Accusativ.

Er wird es in drei Wochen machen (eigentl. gemacht haben).

Онъ это сдѣлаетъ въ три недѣли.

In sechs Stunden werde ich den Brief geschrieben haben.

Я напишý письмó въ шесть часóвъ.

Bemerkung 3. Soll es heißen: um sechs Uhr, so thut man besser, утра oder вечера (Morgens, Abends, oder дополудни und пополудни, hinzusetzen.

C. Auf die Frage wie bald? in wie langer Zeit? steht der Accusativ mit въ.

Er kehrte in (nach) einigen | Онъ возвратился чрезъ нѣ-
Jahren zurück. | сколько лѣтъ.

D. Wie bald? Nach Verlauf welcher Zeit? steht der Accusativ mit чрезъ.

Bleiben Sie auf vierzehn Tage | Останьтесь у насъ недѣли на
bei uns. | двѣ.
Meine Schwester geht auf sechs | Сестра моя ѣдетъ на теплыя
Wochen in's Bad. | воды на шесть недѣль.

E. Für (Auf) wie lange Zeit? wird durch den Accusativ mit на gegeben.

Vor sechs Jahren waren wir | † За шесть лѣтъ тому на-
in Teplitz. | задъ мы были въ Тёплицѣ.
Seine Frau hat vor vier Wo- | † Жена его переломила ногу за
chen das Bein gebrochen. | четыре недѣли предъ
 | симъ
Vor etwa vier Wochen. | † Тому съ четыре недѣли на-
 | задъ.

F. Vor wie langer Zeit? wird bestimmt durch den Accusativ mit за. unbestimmt mit въ, und nach-folgendem тому назадъ oder тому oder предъ симъ, ge-geben.

Seit wann haben Sie Ihren | † Съ котораго времени вы
Sohn nicht gesehen? | не видѣли своего сына?
Seit einem Monat (es ist zwi- | Съ мѣсяцъ.
schen dem letzten Sehen |
und jetzt ein Monat vergan- |
gen). |
Seit einem Monat (während |
des ganzen Verlaufs eines |
Monats habe ich ihn nicht ge- | Мѣсяцъ (сряду hintereinan-
sehen). Einen Monat lang. | der fort).

G. Seit, von — an, heißt съ mit dem Genitiv; seit, während, wird durch den bloßen Accusativ aus-gedrückt.

Das Wasser kocht schon seit zwei   Вода́ уже́ два часа́ кипи́ть.
Stunden.

   Herüberschwimmen.   Переплыва́ть 1.
Der Staub, пыль f.   Der Badeort, тёплыя во́ды.
     Die Herabkunft, сошествіе.

246. Aufgabe.

Wie alt war Ihr Bruder, als er sich verheirathete? —
Er verheirathete sich in seinem zweiunddreißigsten Jahre. —
Ist seine Frau eben so alt wie er? — Nein, sie ist um
zwölf Jahre jünger. — Wann kehren Ihre Eltern nach
der Stadt zurück? — Wahrscheinlich erst (nicht eher, als)
im October. — Im vergangnen Jahre zogen wir (пере-
бира́ться) am 8. October nach der Stadt. — Wohnen Sie
schon lange bei meinem Nachbar? — Ich wohne seit drei
Monaten in seinem Hause. — Ist er nicht zu Hause? —
Er ist schon seit dem 1. Mai in London und wird erst um
Ostern oder gegen Pfingsten künftigen Jahres zurückkehren.
— Werden Sie mir nicht bald meinen neuen Hut bringen?
— Verzeihen Sie; Sie werden ihn in drei oder vier Tagen
erhalten. — Woher [kommt es, daß] ich so lange warten
muß, da ich ihn schon vor zwei Monaten bestellt habe? —
Sie werden sich erinnern, daß ich ihn erst aus London
verschreiben mußte, und daß in dieser Jahreszeit ein
Brief kaum in drei Wochen von hier dorthin kommt.
— Das hätte ich all mein Lebtage nicht geglaubt. —
Werden wir die Ehre haben, auch Sie am Freitage
bei uns zu sehen? — Ich bedaure; ich bin Freitags
gewöhnlich bei meinem Großvater. — In welchem Jahre
starb Ihr Gatte? — Er starb am 9. Juni 1842 in seinem
zweiundsechzigsten Lebensjahre. — Wie lange will Ihr Sohn
in Ems bleiben? — Er ist auf sechs Wochen dahin gegangen und ist erst seit vierzehn Tagen dort. — Wann erwarten Sie Ihren Vetter? — Am 8. künftigen Monats.

247. Aufgabe.

Haben Sie mit Ihrer Gevatterin gesprochen? — Nein, ich habe mit ihr nicht gesprochen, habe aber mit ihrer Schwester gesprochen. — Kennen Sie sie denn? — Ja, ich kenne sie sehr gut. — Wo ist der Bauer? — Er ist auf dem Felde. — Was macht er dort? — Er pflügt, eggt und säet. — Waren Sie gestern lange im Theater? — Ich war dort bis tief in die Nacht. — Wieviel Soldaten sind in unsere Stadt eingerückt? — Es sind siebenzig Grenadiere und fünfhundert Husaren eingerückt. — Wohin werden sie von hier gehen? — Sie gehen von hier in das kiewsche Gouvernement (кіевская губернія) in das Städtchen Belaja-Zerkow (мѣстечко Бѣлая-Цѣрковь). wo im Herbst Manövres sind. — Wird der Kaiser zu den Manövres kommen? — Man hofft, ich aber zweifle, denn ich habe gehört, der Kaiser würde nach Paris reisen. — Waren Sie auf dem neuen Kirchhof? — Ja, ich war dort vorgestern, man begrub unsern gemeinschaftlichen Freund Peter Feborowitsch. — Wer war beim Begräbniß? — Beim Begräbniß waren sehr viele Leute, denn er war der Wohlthäter der Armen und von Allen geliebt. — Wie haben Sie den gestrigen Abend verbracht? — Ich habe ihn sehr angenehm (вéсело) verbracht, ich war bei der Taufe meines Neffen, des Sohnes meiner Schwester; wir waren nur Verwandte und haben viel gelacht. — Ist der Landmann schon vom Felde gekommen? — Nein, er ist noch nicht vom Felde gekommen, er ackert und eggt dort. — Hat er schon Kartoffeln gepflanzt? — Er hat sie schon lange gepflanzt und Bohnen gesäet.

Sechsundneunzigste Lektion. — ДЕВЯНОСТО ШЕСТОЙ УРОКЪ.

654. Wieviel haben Sie für Сколько вы за этотъ . садъ за-
diesen Garten bezahlt? платили?

Nur 500 Rubel.	Только пять сотъ рублей.
Wie hoch kommt Ihnen Ihr Haus zu stehen?	† Во что вамъ домъ сталъ?
Auf 20,000 Rubel.	Во двадцать тысячъ рублей.
Was hat der Hut gekostet?	Что стоитъ шляпа?
Was gab man für den Hut?	Что дали за шляпу?
Was ist für den Hut gegeben?	Что дано са шляпу?
Der Hut kostet fünf Rubel.	Шляпа стоитъ пять рублей.
Für den Hut gab man fünf Rubel.	За шляпу дали пять рублей.
Für den Hut sind 5 Rubel gegeben.	За шляпу дано пять рублей.
Der Preis (Werth) des Hutes ist 5 Rubel.	Цѣна { шляпы / шляпѣ } 5 рублей.
Der Hut (hat) an Werth 5 Rubel.	Шляпа цѣною въ пять рублей.
Spielen Sie gern Karte?	Любите ли вы играть въ карты?
Mein Bruder spielt Klavier.	Мой братъ играетъ на клавикордахъ.

●

Darf ich Sie bitten, mir etwas auf der Clarinette vorzuspielen?	Пожалуйте, сыграйте мнѣ что-нибудь на кларнетѣ?
Sehr gern; mit Vergnügen; mit großem Vergnügen.	Охотно; съ охотою; съ великою охотою.
Erlauben Sie mir, dies Bild zu besehen?	Позвольте мнѣ осмотрѣть эту картину?
Sehr gern; belieben Sie.	Извольте.
Denken Sie sich, mein Bruder hat sein Haus verkauft.	Представьте себѣ, мой братъ продалъ свой домъ.
Er hat Recht, denn er braucht Geld, um seine Schulden zu bezahlen.	† Онъ хорошо сдѣлалъ, ибо ему надобны деньги, чтобъ заплатить свои долги (для уплаты своихъ долгóлъ).
Geben Sie ihm kein Almosen; er vertrinkt es nur.	Не дайте ему подаянія; онъ только его пропиваетъ.
Sie haben Recht. Sie sprechen Wahrheit.	† { Вы правы. / Ваша правда. } { Вы говорите / правду. }
Sie haben Unrecht. Sie sprechen Unwahrheit. Sie irren sich.	† Вы неправы. Вы неправду говорите. Вы ошибаетесь.
Sie urtheilen unrecht.	Вы судите несправедливо.
Ihr Bruder hat (thut) Recht, Ihr Bruder hat das Recht, sein Pferd zu verkaufen.	Вашъ братъ хорошо дѣлаетъ, что продаетъ свою В. бр. имѣетъ право лошадь. продать
Du kommst mir { eben recht. / wie gerufen. }	† Ты мнѣ встати пришёлъ.
Bei Gelegenheit (Apropos).	† Кстати.
Das ist recht.	† Хорошо. Это такъ.

Thue Recht, und scheue Niemand.	†† Твори благо и не бойся никого.
Dir geschieht recht.	† Ты этого стоишь. Путёмъ (oder подлёмъ) тебѣ досталось. Ничто тебѣ.
Mag er Recht haben. ⎫ Ich will ihm nachgeben. ⎬ Das Recht ist auf seiner Seite.	Я ему уступлю.
	Право на его сторонѣ.
Gewalt für Recht (die starke Hand ist Herrscher).	†† Сильная рука владыка.
Das geht nicht mit rechten Dingen zu.	† Тутъ не безъ плутовства.
Ihm geschieht Unrecht.	† Его обижаютъ.
Unrecht Gut gedeiht nicht.	†† Неправедно нажитое въ прокъ нейдетъ.
Schaffen, thun, творить 7.	Beleidigen, обижать 1. обидѣть 1.
Erwerben, нажить 2.	Sich vermindern, abgehen, сбавляться 1.
Abschaffen.	Отставить 7.
Das Klavier, клавикорды.	Das Almosen, подаяніе
Die Schelmerei, Betrügerei, плутовство.	Die Dauer, прокъ.
Die Garnitur, das Dutzend, портище.	Der Knopf, пуговица.
Der Hengst, жеребецъ.	
Recht, gerecht, праведный.	Das Sprichwort, пословица.
Weit, umfangreich.	Braun (vom Pferd), темногнѣдой. Обширный.

248. Aufgabe.

Was kostet das Dutzend von diesen Knöpfen? — Der äußerste (послѣдній) Preis sind zwei Rubel. — Geht nichts davon ab? — Nicht eine Poluschka (Viertel-Kopeke). — Was ist für die Violine bezahlt worden, auf der Sie gestern spielten? — Der Preis dieser Violine ist hundertfünfundfünfzig Rubel. — Ich möchte sie gern meinem Oheim zeigen, der ein großer Liebhaber und zugleich ein Kenner von Geigen ist. — Möchten Sie mir dieselbe auf einige Stunden mit- (съ собою) geben (отдать)? — Sehr gerne. — Sagen Sie, mein Freund, hatte ich nicht Recht, meine Hunde, die mich jährlich über hundert Rubel zu stehen kommen, theils zu verkaufen, theils zu verschenken? — Sie mögen Recht ge-

habt haben, sie abzuschaffen, aber Sie hatten nicht das
Recht, sie zu verschenken. — Sie haben Recht. — Bei Gelegen=
heit! — Haben Sie Ihren braunen (тёмно-гнѣдо́й) Hengst
noch? — Ich habe ihn noch, aber ich wünschte, ihn je
eher, je lieber loszuschlagen (сбыть съ рукъ). — Wieviel
wollen Sie dafür haben? — Hundert Friedrichsd'or ohne
Handeln. — Das ist sehr theuer für ein solches Pferd, das
schon über acht Jahre alt ist. — Sagen Sie den genauesten
Preis. — Ich lasse nicht einen Rubel ab, und Sie haben
Unrecht, wenn Sie sagen, daß das Pferd über acht Jahre
alt ist. — Woher hat Ihr Oheim das Geld, ein so be=
deutendes, umfangreiches Landgut in der Nähe Moskau's
zu kaufen? — Ich weiß es nicht, aber ich gaube, es geht
nicht mit rechten Dingen zu. — Denken Sie übrigens
an das Sprüchwort: Unrecht Gut gedeiht nicht, das im=
mer Recht hat, und lassen Sie uns das Ende abwar=
ten. — Sie haben Recht.

**Siebenundneunzigste Lektion. — ДЕВЯНОСТО СЕДЬ-
МОЙ УРОКЪ.**

655. So lange, als;   *Пока́.*
     so lange, bis.

So lange, als du athmest, miß=   Пока́ ты ды́шешь, недовѣря́й
traue deinem Geschick.   своей судьбѣ́.

Warte hier so lange, bis ich   Подожди́ здѣсь, пока́ я приду́.
komme.

So lange, als nicht;   *Пока́ — не.*
     bis.

Ich werde nicht ausgehen, so   Я не пойду́ со двора́, пока́ не
lange ich den Brief nicht be=   око́нчу письма́.
endigt habe (bis ich den Brief
beendigt habe).

Ich bleibe in der Stadt, so lange ich nicht (bis ich) abgerufen werde.

Я останусь въ городѣ, покá меня не отзовутъ.

Ich werde in der Stadt bleiben, so lange bis mein Vater ankommt.

Я останусь въ городѣ, покá бáтюшка приѣдетъ.

656. Wie lange; so lange als.

Доколь, докóль.

Bis; so lange, als nicht.

Доколь — не.

So lange ich lebe, werde ich dich lieben.

Докóль я живъ, я тебя буду любить.

Er soll da bleiben, so lange nicht (bis) der Fluß zufriert.

Ему тамъ остáться, докóлѣ рѣкá не замёрзнетъ.

657. Ob.

Ли, лъ.

Frage den Schneider, ob mein Rock fertig ist.

Спроси портнáго, окóнчено ли моё плáтье.

Ich weiß nicht, ob Sie Recht haben oder nicht.

Я не знáю, прáвы ли вы или нѣтъ.

658. Als wenn, als ob.

Будто, какъ будто.

In stolzer Verblendung bildeten sie sich ein, als ob sie dahin gelangt wären, die Geheimnisse der Weltschöpfung zu errathen.

Они, въ гóрдомъ ослѣплéніи, мечтáли, будто успѣли разгадáть тáйны мірозданія.

Er stellt sich, als wenn er nichts davon gehört hätte.

Онъ притворяется, будто ничего о томъ не слыхáлъ.

Mich dünkt, als ob es donnerte.

Мнѣ кáжется, какъ будто грозá гремѣла.

659. Wenn, wofern, im Fall (bedingend).

Буде; éсли, éжели.

Wenn es möglich ist, machen Sie mir das Vergnügen.

Буде возмóжно, сдѣлайте мнѣ удовóльствіе.

Verzeihen Sie, wenn ich Sie störe.

Извините, éсли я вамъ мѣшаю.

660. Wenn, wann (v. d. Zeit).

Когдá.

Wenn ihm die Lust ankommt, spazieren zu gehen, wirft er die Bücher in den Winkel.

Когдá ему хóчется гулять, онъ бросáетъ книги въ уголъ.

661. **Doch, dennoch, aber doch.**   *Однáкоже, однáкожъ.*

Ich habe es ihr befohlen, sie hat es { aber doch / dennoch } nicht gethan.   Я ей это приказáлъ, однáкоже онá не сдѣлала этого.

662. **Weil, (aus dem Grunde) da.**   *Понéже, поелíку.*

Verschlucke die bittere Pille, weil sie dir heilsam ist.   Проглотí гóрькую пилюлю, по- нéже онá тебѣ цѣлéбна.

Weil du faul bist, liebt dich Nie- mand.   Поелíку ты лѣнíвъ никтó тебя не любитъ.

663. **Deßwegen, weil.**   *Потомý, что.*

Ich ging fort, weil ich mich dort langweilte.   Я ушёлъ потомý, что мнѣ тамъ было скýчно.

664. **Correspondirende Conjunctionen.**

Nicht nur —, sondern auch.   *Не тóкмо (не тóлько) — но и.*

Er ist nicht nur faul, sondern auch ungehorsam.   Онъ не тóлько лѣнíвъ, но и непослýшенъ.

Entweder —, oder.   *Или — или, либо — либо.*

Gieb entweder die Börse oder das Leben hin.   Уступí или кошелёкъ, или жизнь.

Entweder er, oder ich war es.   Либо онъ, либо я былъ.

Weder —, noch.   *Ни — ни; не — не.*

Ihn reizt weder Ehre, noch Gold.   Ни чéсть, ни зóлото егó не прельщáютъ.

Wenn —, so.   *Если (éжели) —, Когдá —,* } *то.*

Wenn du das Ziel erreichen willst, so mußt du sehr fleißig sein.   Если хóчешь достíгнуть цѣли, то дóлженъ быть весьмá при- лéжнымъ.

Wenn der Diener kommt, so laß ihn eintreten.   Когдá слугá придётъ, велí емý войдтí.

Obgleich, obwohl, ob- schon, wenn gleich, wiewohl —, so doch; zwar —, aber. } *Хотя —, однáко.*

Ob sie gleich reich ist, so ist sie doch höchst unglücklich.   Онá хотя богáта, однáко крáй- не несчáстна.

Balb —, balb.

Balb betet er, balb läftert er.

Theils —, theils.

Sein Vermögen besteht theils in
Geld, theils in Landgütern.

665. Und auch; aber
auch, wenn nur auch.

Er kaufte mir diese Geographie
und auch diesen Atlas.

Ift es aber auch wahr?

Ob die Farbe aber auch beständig
ist?

Wenn sie nur auch beiderseits
glücklich sein werden!

666. Etwa, denn
(zweifelnd).

Es sei denn, es wäre
denn, wenn nicht etwa.

Haft du ihn etwa gesehen?

Waren sie denn hier?

Ich werde seine Schwelle nicht mehr
betreten, es sei denn, er ändert sein Betragen (wenn er sein
Betragen nicht etwa ändert).

Abrufen, отзывать 1.

Bestehen, состоять 8.

Verstoßen.

Die Verblendung, ослѣпленіе.

Die Pille, пилюля.

Die Sendung, посланіе.

Das Betragen, поступокъ.

Heilbringend, heilsam, цѣлебный.

Eingebildet, мечтательный.

Lieberlich, развратный.

То —, то.

Онъ то молятся, то хулятъ.

Частью —; частью; отъ
части —.

Его имѣніе состоитъ частью (отъ
части) въ деньгахъ, частью
(отъ части) въ деревняхъ.

Да; да еще, полно (zwei-
felnd).

Онъ мнѣ купилъ сію географію,
да сей атласъ.

Да правда ли это?

Полно, полиющій ли цвѣтъ?

Да будутъ они счастливы съ
обѣихъ сторонъ!

Разви (fängt den Satz an).

Развѣ ты его видѣлъ?

Развѣ они были здѣсь?

Нога моя въ его дому не будетъ,
развѣ онъ перемѣнитъ своё по-
веденіе.

Fortschritte machen, gelangen, успѣть
1.

Erfüllen, halten, выполнять 1.

Покинуть 6.

Die Weltschöpfung, мірозданіе.

Der Urlaub, отпускъ.

Der Staar(am Auge), бѣльмо.

Das Sehen, зрѣніе.

Verschießend, линючій.

Entzündet, воспалённый.

Vielleicht, авось.

249. Aufgabe.

Waren Sie lange auf der Hochzeit? — Wir blieben bis
drei Uhr Morgens zusammen. — Wie lange werden Sie

in Madrid bleiben? — Ich muß dort bleiben, bis der Zweck meiner Sendung erfüllt (исполнить) ist. — Kommen Sie mit in den Wald? — Sehr gern, wenn Sie warten wollen, bis ich mich erholt habe. — Sind Sie denn von dem kurzen Wege so ermüdet? — Ich bin theils müde, theils hungrig. — Sie sind ein sonderbarer (чудный) Mensch; bald fehlt Ihnen dies, bald das. — Und Sie sprechen, als ob Sie mein Betragen für Verstellung, und meine Leiden für eingebildete hielten. — Fragen Sie meinen Arzt, ob ich nicht in der That sehr krank bin. — Wird der Schuhmacher heute noch meine neuen Stiefel bringen? — Er hat es zwar versprochen, aber er hält selten sein Wort (no mit dem Dativ). — Werden Sie diesen Sommer nach dem Bade reisen? — Ob ich gleich Urlaub erhalten habe, so werde ich doch nicht in's Bad reisen. — Wenn es nicht höchst nöthig ist, so thun Sie besser, hier zu bleiben. — Warum läßt sich dein Bruder gar nicht mehr bei uns sehen? — Er darf (мочь) seit vier Wochen nicht ausgehen, weil die Kälte seinen entzündeten Augen schädlich ist. — Wann wird er sich den Staar stechen (abnehmen, снять) lassen? — Entweder diesen Monat oder am Anfange des künftigen. — Ob er aber auch das Gesicht wieder erhalten wird? — Wir wollen hoffen und vertrauen. — Vielleicht hilft Gott! — Warum wollen Sie Ihren Sohn nicht mehr sehen? — Weil er stets ungehorsam und dabei höchst liederlich ist. — Dann müssen Sie ihn nicht verstoßen, sondern zu bessern (поправить) suchen; denn er ist ein Mensch und noch dazu Ihr Sohn.

250. Aufgabe.

Wie haben Sie gestern Ihre Zeit zugebracht? — Ich habe meine Zeit gut zugebracht. — Wer führt den blinden Bettler? — Es führt ihn sein treuer Hund. — Haben Sie die hübsche Taube (fem.) gesehen? — Nein, ich habe keine Taube gesehen; ich habe aber ein Adlerweibchen gesehen. —

35*

Im Glück sparen wir wenig, die Sparsamkeit ist aber der sicherste Weg zum Reichthum. — Rufen Sie die kleine Marie, ich will ihr einige Worte sagen. — Gut, ich werde sie gleich rufen. — Glauben Sie nicht diesem Schwätzer, er macht nichts als Lügen. — Heinrich der Vierte, König von Frankreich, pflegte zu sagen, daß er sich Mühe geben würde, das ihm unterthänige Volk so glücklich und reich zu, machen auch der ärmste Bauer ein Huhn in der Suppe hätte. — Einst kehrte dieser König zu Pferd nach Paris zurück. — Unterwegs begegnete er einem Bauer, welcher auf einem Esel dieselbe Richtung verfolgte. — Der König näherte sich dem Bauer und befragte ihn (нача́лъ разспра́шивать) nach dem Ziele seiner Reise. — Ich reite nach Paris, um unsern guten König zu sehen und ihm etwas zu schenken (сдѣ́лать пода́рокъ). — „Was für ein Geschenk bringst du ihm?" fragte der König. — „In meinem Gemüsegarten ist eine Rübe (рѣ́па) von solcher Größe gewachsen, wie es keine gleiche im ganzen Königreich giebt, so daß sie würdig des königlichen Tisches ist." — „Gut, komme morgen in's Schloß, ich habe einen Thürschließer (сто́рожъ) zum Freunde, er wird dich hineinlassen und zum König führen." — Am folgenden Tag kam der Bauer in's Schloß (дворе́цъ), ward eingelassen und wunderte sich sehr, als er im Könige seinen Reisegefährten erkannte. — Der König behandelte ihn sehr freundlich, dankte ihm für das Geschenk, und entließ ihn, indem er befahl, ihm zur Belohnung hundert Ducaten zu geben. — Ein Edelmann, welcher es erfuhr, wünschte auch einen Vortheil zu haben (корыстова́ться); er brachte dem König ein ausgezeichnetes Pferd und schenkte es ihm, indem er dachte, eine große Belohnung zu erhalten. — Der König dankte dem Edelmann, lobte das Pferd und befahl, die Rübe zu bringen; er gab sie dem Edelmanne, indem er sagte: „Da haben Sie eine Rübe, wie es keine ähnliche im ganzen Königreich giebt; Ihr Pferd ist das erste unter den Pferden, die Rübe aber die erste unter den Rüben. — Ein Geschenk ist des anderen würdig."

Achtundneunzigſte Lektion. — ДЕВЯНОСТО ВОСЬМОЙ УРОКЪ.

667. Sieh da! da iſt; *Вотъ.*
hier iſt.

Da iſt ein Mann, der Brod verkauft.	Вотъ человѣкъ, продающій хлѣбъ.
Sieh da! ein prächtiger Regenbogen!	Вотъ великолѣпная радуга!
Da iſt er!	Вотъ онъ!
Da haſt du das Geld!	† Вотъ тебѣ деньги!
Welche Freude! Wie bin ich ſo glücklich, dich, theure Heimath, wieder zu begrüßen!	Какая радость! какъ я счастливъ, что опять привѣтствую тебя, дорогая родина!
Da haben wir's!	Ну вотъ! Вотъ тебѣ на!
Das iſt der Teufel!	Вотъ чертовщина!
Das iſt allerliebſt!	Это мило! Вотъ что мило!
Ach, welche Schande!	Ахъ какой стыдъ!
Wehe mir, welch ein Geſpenſt!	Горе мнѣ, какой призракъ!
Pfui! wie garſtig iſt der Hund!	Тфу! какая гадкая собака!
Schade, daß ſie nicht früher kamen!	Жаль, что вы не прежде пришли!
Schade um ihn!	Жаль его!
Es thut mir leid um ihn! (Er thut mir leid.)	Жаль мнѣ его!
Recht ſo!	Исполать! Ничто!
Das iſt ihm recht!	Исполать ему! Ничто ему!
Wehe euch!	Горе вамъ! Бѣда вамъ! Увы вамъ!
Wehe mir armen Sünder!	Горе мнѣ грѣшному!
Gott gebe! Wollte Gott! Der Himmel gebe!	Дай Богъ! Дай Боже!
Großer Gott!	О Боже великій!
Da sei Gott vor!	Не дай Богъ!
Daß Gott erbarme! Mein Gott!	Боже мой!
Gott bewahre!	Спаси Боже! (abgekürzt Спасибо, heißt: ich danke).
Gott mit dir!	Богъ съ тобою!
Mit Gott! In Gottes Namen!	Съ Богомъ!
Mit Gottes (göttlicher) Hülfe!	Помощію Божію!
Bei Gott!	Клянусь Богомъ!
Gott iſt mein Zeuge!	Богъ мнѣ свидѣтель!
So wahr ich lebe! Bei meinem Leben!	† Клянусь вамъ жизнію!

Um Gottes willen!	Ради Бога!
Gott, erbarme dich!	Боже умилосердись!
So Gott will!	Какъ угодно будетъ Богу!
Gott sei Dank (Ruhm)!	† Слава Богу.
Gott habe ihn selig!	† Успокой, Господи, его душу!
Zu Hülfe!	На помощь! Помогите!
Wache!	Караулъ!
Aufgepaßt! Kopf weg!	Берегись! † Береги голову!
Pack dich! Geh zum Teufel!	Убирайся! Вонъ! Убирайся къ чёрту!
Fort aus meinen Augen!	Вонъ изъ глазъ моихъ!

668. Die Interjectionen ахти, бѣда, вотъ, горе, па. увы, жаль, haben die Person im Dativ bei sich.

Bei жаль steht außerdem der Gegenstand (das Object) des Bedauerns im Genitiv.

669. Mit гей, гой, ну, о, прочь, цыц, stille! st! steht der Vocativ.

Mit den übrigen Interjectionen steht der Nominativ.

Bemerkung. Боже ist ein slawenischer Vocativ von Богъ, der sich in der gewöhnlichen Sprache erhalten hat. So kommen noch die Vocative vor:

Владыко! Herrscher! von Владыка.	Дѣво! Jungfrau! von Дѣва.
Господи! Herr Gott! von Господь.	Iисусе! Jesus! von Iисусъ.
Христе! Christus! von Христосъ.	Отче! Vater! von Отецъ.
Творче! Schöpfer! von Творецъ.	Человѣче! Mensch! von Человѣкъ.
Утѣшителю! Tröster! von Утѣши-тель.	Царю! Kaiser! von Царь.

Alle sind mehr im höhern Style üblich.

Fortgehen, убраться 1.	Sich ändern, anders werden, измѣ-ниться 7.
Beschränken, ограничить 7.	Gegen (Jemand) sein, entgegen-stehen сопротивляться.
	Выиграть 1.
Gewinnen.	Die Drohung, угроза.
Die Ermahnung, увѣщаніе.	Die Vorschrift, предписаніе.
Die Anmaßung, дерзость f.	Teufeleien, чертовщина.
Der Verschwender, расточитель.	Thöricht, безумный.
Sündlich, schuldig, грѣшный.	St! Stille! тише!
Recht, gehörig, надлежащій.	

251. Aufgabe.

Hier ist eine Sache, die Sie betrifft. — Was ist es für eine Sache? — Es ist eine Ermahnung Ihres Vormundes, weil Sie ungeachtet seiner Drohungen viele Schulden ge= macht haben. — Welche Anmaßung! Mir Vorschriften ma= chen zu wollen! Bei Gott! Das muß anders werden! — Sprechen Sie nicht also, mein Freund! Leider hat Ihr Vor= mund Recht. — Ueberdieß muß er für Ihr Vermögen stehen, und hat daher auch das Recht, Sie in dessen Gebrauch zu beschränken. — Geben Sie daher um Gottes Willen nach. — Da haben wir's! Meine besten Freunde sind wider mich. — Schade nur, daß ich das nicht früher wußte; ich hätte mein Geld sparen (беречь) können. — Sie thun mir leid in Ihrer thörichten Verblendung. — Wehe Ihnen, wenn Sie so weit (до того) gekommen sind (дойти), (что) Ihren treusten Freund zu verkennen (не узнать)! — Welches Glück, mein Lieber! — Mit Gottes Hülfe wird es so sein, denn er hat Verstand genug, den rechten Gebrauch von dem Gelde zu machen (das Geld recht zu brauchen) (употребить). — Bekommen Sie auch einen Theil davon? — Ich bekomme wahrscheinlich gar nichts; denn theils ist er zu geizig, theils mißtraut er mir. — Recht so! Gott ist mein Zeuge, daß ich kein Verschwender bin. — Gehen Sie mit Gott, mein Freund! — Der Himmel gebe Ihnen alles Gute, das ich Ihnen wünsche. — Mein Oheim — Gott habe ihn selig! pflegte bei allen Dingen, die er unter= nahm, zu sagen: So Gott will! — Still, Kinder! Groß= papa will schlafen.

252. Aufgabe.

Schenken Sie mir diese Ohrringe! — Ich kann sie Ihnen nicht schenken. — Sie gehören nicht mir, sondern meiner Schwester. — Mit wem haben Sie heute auf dem Markt gesprochen? — Ich habe mit meinem Freunde, einem rei= chen Kaufmann, bei welchem ich fünf Pud Wachs gekauft habe, gefprochen. — Hofft Ihr Bruder in die polytechnifche Schule einzutreten? — Er hofft ftark darauf. — Was lachen Sie? — Ich lache, weil es lächerlich ift. — Werden Sie es wagen, mit dem Kaifer zu fprechen? — Warum follte ich es nicht wagen? — Der Herzog von Luynes (гéрцогъ Люйнъ), welcher lange ein Liebling Ludwigs des Dreizehnten war, fah, daß der Einfluß des Kardinals Riche= lieu (кардинáлъ Ришельѐ) auf die Staatsangelegenheiten in dem Maße wuchs, wie der feinige fchwächer wurde. — Einft begegnete er dem Kardinal auf der Treppe des Pa= laftes hinaufgehend, während er herunterging. — „Was giebt es Neues?" fragte der Kardinal den Herzog. — „Es giebt nichts Neues, außer daß Sie hinauf gehen, während ich herunter gehe." — Ein Bäcker, welcher nicht vollwichtiges (неполновѣсный) Brod verkauft, wird in der Türkei beim Ohr an die Thür feines Bäckerladens (бýлочпал) genagelt. — Ein türkifcher Bäcker, der des Verkaufes leichten Brodes überführt worden war, wurde gefangen und die Polizei nagelte ihn an die Thür feines Bäckerladens. — Als man ihn befreite, ging er in die Küche, nahm ein Meffer und fchnitt fich beide Ohren ab, indem er fagte: „Jetzt werde ich ein reicher Mann werden, ich habe keine Ohren mehr und kann Brod, von welchem Gewicht ich will, verkaufen."

Neunundneunzigſte Lektion. — ДЕВЯНОСТО ДЕВЯТЫЙ УРОКЪ.

Der Vater liebt den Sohn.	Отéцъ лю́битъ сы́на.
Den Sohn liebt der Vater.	Сы́на лю́битъ отéцъ.
Es liebt der Vater den Sohn.	Лю́битъ отéцъ сы́на.
Es liebt den Sohn der Vater.	Лю́битъ сы́на отéцъ.
Die Mutter liebt ihre Tochter.	Мать лю́битъ свою́ дóчь.
Ihre Tochter liebt die Mutter.	Свою́ дóчь лю́битъ мать.

670. Die na'türliche Wortfolge: Subject, Prä= dicat, Object, kann im Ruffifchen, wie im Deutfchen, verlaffen werden, fobald kein Mißverftändniß zu befürchten

ist. Wenn дочь Object ist, kann man nicht sagen: дочь любитъ мать, weil hier die Tochter als die liebende (Subject), die Mutter als die geliebte (Object) verstanden werden könnte. Bei свою дочь dagegen, zeigt die Accusativ-Endung von свою an, welches das Object ist.

In meiner Jugend verschwendete ich viele Zeit auf nichtige Beschäftigungen.	Въ мо́лодости свое́й потра́тилъ я мно́го вре́мени на пусты́я заня́тія.
Das reuige Haupt schlägt das Schwert nicht ab.	Пови́нную го́лову мечъ не сѣчётъ.

671. Satztheile, die man hervorheben will, setzt man zu Anfang des Satzes.

Obgleich er nur den einen Bruder hat, kann er ihn doch nicht leiden.	Хотя́ онъ е́динаго то́лько бра́та имѣ́етъ, одна́ко онъ его́ терпѣ́ть не мо́жетъ.
Ich frage, er antwortet aber nicht; ich kann es daher nicht wissen.	Я спра́шиваю, но онъ [не отвѣ́чаетъ; потому́ я не могу́ знать.

672. Die Conjunctionen но, aber; одна́ко, doch, dennoch; потому́, daher, слѣ́дственно, folglich; ита́къ, also; да, aber auch; и, auch, stehen im Russischen stets vor dem Subjecte; ли, бы und же, stehen nie am Anfange eines Satzes.

Der fleißige Schüler schreibt sehr gut.	Приле́жный учени́къ о́чень хорошо́ пи́шетъ.

673. Das bestimmende Wort steht vor dem bestimmten.

Sein Vater war ein gelehrter Mann.	Оте́цъ его́ былъ человѣ́къ учёный.
Friedrich der Große.	Фридри́хъ Вели́кій.

674. Des Nachdrucks wegen steht das Adjectiv hinter seinem Substantiv; ebenso, wenn es bei einem eignen Namen in Apposition steht. Dagegen sagt man auch:

Die Thaten des großen Friedrich werden im Munde der Nachwelt fortleben.	Дѣла́ вели́каго Фридри́ха бу́дутъ жить въ уста́хъ пото́мства.
† Das ewige Leben, вѣ́чняя жизнь.	† Der Sohn Gottes, Сынъ Бо́жій.

† Die schülerhafte Arbeit. Трудъ ученическій.
† Das väterliche Haus. Домъ отцёвскій.
Friedrich I. war der erste König von Preußen. Фридрихъ Пёрвый былъ пёрвымъ королёмъ прусскимъ.
Mein Vater war am Hofe Peters des Großen. Отёцъ мой былъ при дворѣ Петра Великаго.
Die Erfahrungen meines Lebens gewöhnten mich daran. Опыты жизни моёй меня къ тому пріучили.
Ach, mein Freund! Alles ist hin! О другъ мой! Всё прошло!
Nein, mein lieber Bruder! Нѣтъ, мой любёзный братъ.

675. Das possessive Pronomen steht vor, auch nach seinem Substantiv. Beim Vocativ ohne Adjectiv folgt мой, моя stets nach; hat aber der Vocativ ein Adjectiv bei sich, so steht мой, моя vor demselben.

Ihre Freundschaft zu mir ist um so schmeichelhafter, als . . . Вáша ко мнѣ дружба тѣмъ лестнѣе мнѣ, что . . .
Desto besser für mich. Тѣмъ для меня лучше.
Wir finden unzählige Beispiele, daß . . . . Многочисленные находимъ мы примѣры, что . . . .

676. Ergänzungsbegriffe stehen gewöhnlich gleich nach dem bestimmenden Worte und trennen es vom bestimmten.

Bemerkung. Constructionen, wie im letzten Beispiele, wo des Verbum zwischen das Haupt= und Eigenschafts= wort tritt, gehören nur dem höhern Style an.

Der Mann, den Sie im Garten gehen sehen, ist unser neuer Gärtner. Человѣкъ, котораго вы видите ходящаго по-саду, нóвый нашъ садóвникъ.

677. Nach dem relativen Pronomen folgt das Ver= bum gleich hinter seinem Subject.

Hier ist das Buch, dessen Ver= fasser jener liebenswürdige Jüng= ling ist. Вотъ книга, котóрой сочини́тель тотъ любéзный юноша.
Hier ist das Buch, von dessen Verfasser wir gestern sprachen. Вотъ книга, о сочинителѣ котó- рой мы вчерá разговáривали

678. Der Genitiv des Relativs steht vor sei= nem Hauptworte, wenn dieses keine Präposition vor sich hat.

679. **Mein Bruder wird schreiben.** Мой братъ *будетъ* писать, писать будетъ.

Das Schwert, мечъ.
Die Erfahrung, опытъ.
Die Müdigkeit, усталость *f*.
Der Durst, жажда.
Die Quelle, источникъ.
Die Stillung, утоленіе.
Das Alter, древность *f*.
Die Kindheit, ребячество.
Die Ehrenstelle, почесть *f*.
Die Arglist, Ränke, пронырство.
Der Mitbürger, согражданинъ.
 Das Leiden.
Schmeichelhaft, лестный.
Lächerlich, смѣшной.
Vortheilhaft, выгодный.
Süß, сладостный.
Irdisch, житейскій.
Vernünftig, разсудительный.
Einwachsen, врости 1.
Herantreiben, пригонять 1.
Abreiben, стереться 2.
Sich erkundigen, sich unterrichten, освѣдомиться 7.
Erforschen, растолковать 5.
Auswachsen, erwachsen, вырости 1.
Sich zu Grunde richten, разоряться1.
 Unverhofft.

Die Nachkommenschaft, потомство.
Der Gang, ходьба.
Das Tränken, напоеніе.
Der Sinn, смыслъ.
Der Einfaltspinsel, дуракъ.
Der Fund, находка.
Die Pfeife, свистокъ.
Das Spielzeug, игрушка.
Die Ruhe, спокойствіе.
Die Gunst, благосклонность *f*.
Der Wollüstling, сластолюбецъ.
Бѣдствіе.
Wirklich, подлинный.
Hof-, придворный.
Volks-, народный.
Sinnlich, чувственный.
Übrig, остальной.

Ausschneiden, eingraben, вырѣзать3.
Abspülen, обмыть 2.

Aufbinden, развязать 3.

Entzücken, восхитять 7.
Sorgen, für, радѣть 1.
Anfüllen, наполнить 7.
Невзначай.

253. Aufgabe.

Zwei Schüler (школьникъ) gingen zusammen von Pennafiela (Пеннафіéла) nach Salamanka (Саламáнка). — Da sie Müdigkeit und Durst verspürten (почувствовать), machten sie Halt (остановиться) bei einer Quelle, die sie am Wege gefunden hatten. — Als sie nach der Stillung des Durstes nahe an diesem Orte ausruhten (отдыхáть), erblickten Sie unverhofft auf einem in die Erde eingewachsenen Stein einige eingegrabene Worte, welche vom Alter und von dem Tritt der Heerde, die zum Tränken an diese Quelle getrie=

ben wird, ſchon ein Wenig abgerieben waren. — Nachdem
ſie den Stein mit Waſſer abgeſpült hatten, laſen (прочитáть)
ſie folgende ſpaniſche Worte: Hier iſt die Seele des Li=
centiaten (лицеиціáтъ) Peter Garcias (Гарціáсъ) eingeſperrt
(запирáть 1.). — Der jüngere Schüler, der unüberlegt und
leichtfertig (вѣтреный) war, brach, nachdem er dieſe Inſchrift
geleſen hatte, in ein lautes Gelächter aus (захохотáть 3.)
und ſagte: „Es giebt nichts Lächerlicheres, als das: Hier
iſt die Seele eingeſperrt — eine eingeſperrte Seele! — Ich
möchte wiſſen, welcher Einfaltspinſel eine ſo thörichte In=
ſchrift erdacht hat (выдумать).“ — Indem er dieſes ſagte
(проговорúть), ſtand er auf und ging. — Der Kamerad,
vernünftiger als er, ſagte bei ſich ſelbſt: „Hier giebt es (есть)
irgend ein Geheimniß (есть), und ich werde hier bleiben, um
mich darüber genau (пóдлинно) zu unterrichten.“ — Als er
daher allein gelaſſen war (остáться), fing er, ohne Zeit zu
verlieren, an, den Stein mit ſeinem Meſſer herauszuſchnei=
den und arbeitete ſo lange, bis er ihn herausgebracht hatte
(вúнуть ſemelfact. von выимáть). — Er fand darunter
eine Börſe, die er aufband. — In derſelben waren hun=
dert Ducaten nebſt einem Papierchen (бумáжка), auf
welchem nachſtehende lateiniſche (латúнскій) Worte ſtanden:
„Sei du mein Erbe dafür, daß du ſo vernünftig warſt und
den Sinn dieſer Inſchrift erforſchteſt; wende mein Geld beſ=
ſer an, als ich.“. — Der Schüler, erfreut über dieſen Fund,
legte den Stein in [ſeine] frühere [Lage] (пó прéжнему) und
ging nach Salamanka mit der Seele des Licentiaten.

254. Aufgabe.

Die Pfeife.

Einmal in meiner Kindheit hatte man mir einen Schil=
ling (шúллингъ) in Kupfergeld gegeben. Entzückt über
einen ſolchen Reichthum, lief ich ſofort in eine Bude, wo

Spielzeuge verkauft wurden, suchte mir eine Pfeife aus (выбрать), zu welcher ich längst Luft.hatte, und gab dafür all mein Geld hin. Freudig über meinen glücklichen Kauf, kehrte ich nach Hause zurück, ließ sie nicht aus den Händen, pfiff unaufhörlich (безпрестанно) und ließ (давать) Keinem im Hause Ruhe. Als meine Geschwister (Brüder und Schwestern) erfuhren, wie viel ich für die Pfeife bezahlt hatte, sagten sie, daß sie auch nicht die Hälfte werth sei. Da (тутъ) stellte ich mir alle die schönen Sachen vor, die man für das übrige Geld hätte kaufen können, und als sie noch dazu anfingen, über mich zu lachen, fing ich an zu weinen, und die Pfeife machte mir anstatt Vergnügen nur Kummer.

Aber dieser Kummer hatte gute Folgen. Ich erinnerte mich stets meines unvortheilhaften Kaufs und jedesmal, wenn ich mir etwas Unnöthiges (ненужный) kaufen wollte, sagte ich zu mir: „Gieb nicht zu viel (лишнее) für eine Pfeife aus!" Darnach blieb das Geld in der Tasche.

Ich wuchs heran, trat in die Welt, fing an, die Men= schen kennen zu lernen (zu erkennen), und oft schien es mir, daß sie zu theuer eine Pfeife kaufen.

Wenn ich' sehe, wie Jemand einer Hofehrenstelle nicht nur seine Zeit, Ruhe, sondern auch selbst seine Freunde, selbst die Tugend opfert, sage ich zu mir [selbst]: „Dieser Mensch erkauft theuer eine Pfeife!"

Sehe ich, wie ein Anderer durch verschiedene Ränke Volksgunst sucht, sich um seine ökonomischen (экономическій) Verhältnisse nicht kümmert und endlich sich ganz zu Grunde richtet, [so] denke ich: „Er zahlt theuer für eine Pfeife."

Sehe ich einen Geizhals, der allen Vergnügungen im Leben, dem Glücke, Gutes thun, der Achtung seiner Mit= bürger, den süßen Gefühlen (чувство) der Freundschaft entsagt, nur allein (единственно), um seine Säckel zu füllen, [dann] denke ich: „Armer Mann! Wie theuer zahlst du für eine Pfeife!"

Wenn ich einen Wollüstling sehe, der sinnliche Genüsse

ben geiſtigen (душéвный) vorzieht, [ſo] urtheile ich: „Wie beflagenswerth iſt er, baß er nicht an bie Folgen benkt unb ſo theuer für ſeine Pfeiſe zahlt!"

Wenn ein Verſchwender (мотъ) ſich in reichen Kleibern, in Hausgeräthen (домáшнiй прибóръ), in Equipagen zu Grunbe richtet, ſpreche ich: „Er ſieht bas Enbe nicht voraus (предвидѣть) unb wirb ſpät erfahren, was ihm bie Pfeiſe koſtet!"

Mit einem Worte, faſt alle irbiſche Leiben entſtehen baher, baß bie Menſchen ben Werth ber Dinge nicht kennen unb zu theuer kaufen — Pfeiſen.

II.

Theoretischer Theil.

Erster Abschnitt.

Laute und Lautzeichen. — БУКВЫ И ЗНАКИ ЗВУКОВЪ.

1. Der weitverbreitete slawische Sprachstamm zerfällt in zwei Hauptzweige, den östlichen und westlichen, zu denen folgende Sprachen gehören, die in einem ähnlichen Verhältnisse zu einander stehen, wie das Hochdeutsche, Platt=deutsche, Holländische, Dänische, Schwedische.

A. Oestlicher Zweig.

a) Das Slawenische, eine todte, nur in Kirchen=schriften noch übliche Sprache.

b) Das Russische, in Rußland und Gallizien ge=sprochen. Es hat am wenigsten fremde Elemente in sich aufgenommen und ist am meisten ausgebildet.

c) Das Illyrische (Serbische), in Serbien, Bosnien, Slawonien, Croatien und Dalmatien. Die wohltönendste unter den slawischen Sprachen, die sich durch eine reiche, blühende, besonders epische Volkspoesie auszeichnet.

d) Das Bulgarische, der rauheste slawische Dialect, wird in der Bulgarei, in Rumelien und Macedonien ge=sprochen.

e) Das Slowenische (Krainische) in Kärnthen, Krain und Steiermark.

B. Westlicher Zweig.

a) Das Polnische, in Polen, Gallizien, Schlesien und Preußen. Es hat viele lateinische und deutsche Wörter aufgenommen.

b) Das Böhmische, oder Tschechische, in Böhmen und Mähren. Das Böhmische kommt der altslawischen Sprache am nächsten und unterscheidet sich nur der Aus= sprache nach von

c) dem Slowakischen, in Ober=Ungarn, das eine reiche lyrische Volkspoesie besitzt.

d) Das Wendische, die Volkssprache in der Lausitz, gleichfalls durch seine lyrische Volkspoesie ausgezeichnet.

2. Bis zum Jahre 863 nach Christi Geburt hatten die Slawen keine Schrift. Die griechischen Mönche Cyrillus und sein Bruder Methodius, von dem griechischen Kaiser Michael III. nach Mähren geschickt, um auf den Wunsch der christlichen Fürsten Nostislaw und Swiatopolk die griechischen Kirchenbücher in's Slawische zu über= setzen, wählten für letzteres die griechischen Schriftzeichen, wobei sie für solche slawische Laute, für welche das grie= chische Alphabet keine Zeichen hat, eigene Buchstaben, (zum Theil aus dem Hebräischen und Armenischen entlehnt) bil= deten. Diese sind: Б, Ж, Ц, Ч, Ш, Ъ, Ь, Ы, Ѣ, Ю, Я und einige andere, im Russischen jedoch nicht mehr angewendete Buchstaben. Das so entstandene Alphabet heißt das Cyril= lische und ist von dem jetzt in Rußland üblichen meistens nur durch seine eckigern Formen unterschieden.

Bemerkung 1. Die dem römischen Ritus folgenden Slawen, die Illyrier, Slowenier des östlichen und sämmtliche Slawen des westlichen Zweiges bedienen sich der lateinischen Buchstaben seitdem Papst Johann XIII. den Gebrauch der cyrillischen feierlich untersagte.

Bemerkung 2. Das Serbische unterscheidet sich von dem Illyrischen oder Croatischen nur dadurch, daß jenes mit cyrillischen, dieses mit römischen Buchstaben geschrieben wird.

Bemerkung 3. Ein drittes Alphabet, dessen sich die Slawen in Dalmatien und in Krain, besonders in Kirchen=schriften bedienen, ist das sogenannte glagolitische.

Bemerkung 4. Die alten Kirchenbücher, die sich in Handschriften vorfinden, wie das sogenannte Krönungs=Evangelium von Rheims, sind zuweilen gemischt mit cyril=lischen und glagolitischen Buchstaben geschrieben.

3. Wie überall, hat auch in Rußland fast jede Provinz ihre eigne Mundart (нарѣчіе). Doch ist der Unterschied der Dialecte nicht so fühlbar, wie in andern Ländern und übt wenig Einfluß auf die Schriftsprache, indem man in russischen Büchern selten auf Provinzialismen stoßen wird.

Die russische Sprache zerfällt in zwei Hauptstämme:

A. Der Moskowitische, der reinste und sanfteste. Er ist das für Rußland, was das Hochdeutsche für Deutsch=land: die Sprache der Gebildeten im ganzen Reiche. Die Aussprache dieses Hauptstammes ist in dem practischen Theile dieses Lehrbuches zu Grunde gelegt. Er hat verschiedene Dialecte, die sich aber nicht wesentlich von ihm unter=scheiden, z. B.:

a) der nördliche Dialect unterscheidet sich in Bezug auf die Aussprache dadurch von dem vorigen, daß o und e stets wie o und e, nie wie a und jo gelesen werden.

b) der sibirische Dialect, der die Vocale o und e ebenfalls stets o und e ausspricht und den Accent vorzugs=weise auf die letzte Sylbe legt.

c) der mittelrussische Dialect, in Vocalaussprache den beiden vorigen gleich, verschlingt oft das e, das zum französischen stummen ‧e wird, besonders in den Conju=gationsendungen, z. B.: du leidest, страдаешь, ausgesprochen страдашь; Ihr habt, имѣете, ausgesprochen имѣте.

B. Der Kleinrussische Sprachstamm weicht bedeu=

36*

tend von bem Mostowitiſchen ab, ſchließt ſich mehr bem Slawiſchen an und hat ſeine eigne Literatur. In Bezug auf die Ausſprache iſt vorzüglich anzumerken, daß auch hier o ſtets wie o, dagen ѣ und ѐ wie ein gedehntes i geſprochen werden, z. B.: Днѣпръ, der Dnieper, Dnihpr; der Igel, ѐжъ, ihſch.

Bemerkung 5. Auch in der Kirchenſprache, ſowie überhaupt bei feierlichen Vorträgen werden o und e gleichfalls nur o und e geſprochen, ſowie г dabei nie wie w, ſondern immer wie g lautet.

Als Beiſpiel von dem Unterſchiede der Kirchenſprache und der Sprache des gewöhnlichen Lebens mögen hier einige Stellen der Bibel-Ueberſetzung dienen.

Slaweniſch.	**Ruſſiſch.**
Das Vater Unſer.	**Óтче нáше.**
Óтче нáшъ, и́же еси́ на небесѣ́хъ. Да святи́тся и́мя твоѐ. Да прíйдетъ цáрствіе твоѐ, я́ко на небеси́ и на земли́. Хлѣбъ нáшъ насу́щный дáждь нáмъ днесь. И остáви нáмъ дóлги нáша, я́коже и мы оставля́емъ должнико́мъ нáшимъ. И не введи́ нáсъ во искушéніе, но избáви нáсъ отъ лукáваго. Я́ко твоѐ есть цáрство, и си́ла и слáва во вѣ́чни вѣко́въ. Амáнь.	Отéцъ[1]) нáшъ, су́щій на небесáхъ! Да святи́тся и́мя твоѐ. Да бу́детъ вóля твоя́ и на землѐ, какъ на нéбѣ. Хлѣбъ нáшъ насу́щный[2]) дай нáмъ на сей день. И прости́ нáмъ дóлги нáши, какъ и мы прощáемъ должникáмъ нáшимъ. И не предáй нáсъ искушéнію, но избáвь нáсъ отъ лукáваго. Ибо твоѐ есть цáрство, и си́ла, и слáва во вѣ́ки. Амíнь[1]).
Evang. Matthäi Cap. V., V. 43—45.	**Евáнгеліе отъ Матвѣ́я главá V., стихъ 43—45.**
Слы́шасте, я́ко речóно есть: возлю́биши и́скренняго твоегó и воз-	Вы слы́шали, что скáзано: возлюби́ бли́жняго твоегó, и возне-

---

1) Im Vater Unſer, ſowie in der Kirchenſprache überhaupt, iſt auch jetzt noch der Vocativ óтче üblich.

2) Die Ruſſen folgen im Altgriechiſchen der Ausſprache der Neugriechen (der Reuchliniſchen Ausſprache — Itacismus), daher Михаи́лъ für Michael, Ами́нь für Amen.

ненави́диши врага́ твоего́. Азъ же глаго́лю вамъ : люби́те враги́ ва́ша, благословля́йте кленꙋ́щыя вы, добро́ твори́те ненави́дящымъ васъ, и моли́теся за творꙗ́щихъ вамъ напа́сть, и изгонꙗ́щыя вы: Я́ко да бꙋ́дете сы́нове отца́ ва́шего, и́же есть на небесѣ́хъ, я́ко со́лнце свое́ сꙗ́етъ на злы́я и блага́я, и дожди́тъ на пра́ведныя и непра́ведныя.

нави́дъ врага́ твоего. А я говорю́ вамъ : люби́те враго́въ ва́шихъ, благословля́йте клянꙋ́щихъ васъ, благотвори́те ненави́дящимъ васъ, и моли́тесь за обижа́ющихъ васъ и гонꙗ́щихъ васъ: да бꙋ́дете сы́нами Отца́ ва́шего небе́снаго; потомꙋ́ что Онъ вели́тъ восходи́ть со́лнцу Своемꙋ́ надъ злы́ми и до́брыми, и посыла́етъ дождь на пра́ведныхъ и непра́ведныхъ.

4. Wie wichtig es für das Verständniß ist, den Unterschied zwischen Mildlingen und Härtlingen beim Sprechen hören zu lassen, ist schon im practischen Theile angedeutet worden. Zu mehrerer Begründung des dort Vorgetragenen, sowie zugleich als Beispiele zur Uebung, lassen wir hier ein Verzeichniß solcher Wörter folgen, bei denen die Verschiedenheit der Bedeutung einzig auf diesem Unterschiede der consonantischen Auslaute beruht.

Близъ, nahe.
Бра́тъ, der Bruder.
Бы́тъ, der Stand, die Lebensart.
Взятъ, weggenommen.
Вонъ, hinaus, weg.
Вѣсъ, das Gewicht.
Вꙗ́зъ, die Ulme, Rüster.
Госпо́дъ, der Herren (v. господи́нъ).
Гуса́ръ, der Husar.
Далъ, [er] gab.
Данъ, gegeben.
Жалъ, [er] mähete; [er] drückte.
Жа́ръ, die Hitze.
Илъ, der Schlamm.
Кла́дъ, der Schatz.
Колъ, der Pfahl.
Конъ, das Knöchelspiel.
Кро́въ, das Dach; die Wohnung.
Кꙋ́колъ, der Puppen (v. кꙋ́кла).
Матъ, matt (im Schachspiel).
Мнитъ, er meint.

Близь f., die Nähe.
Брать, nehmen.
Быть, sein (Zeitw.).
Взять, wegnehmen.
Вонь f., der Gestank.
Весь, ganz, all.
Вязь f., der Morast.
Госпо́дь, der Herr (Gott).
Гуса́рь, der Gänsehirt.
Даль f., die Ferne.
Дань f., die Abgabe, Steuer.
Жаль f., das Mitleid; Schade!
Жарь, brate!
Иль (für или), oder.
Кладь f., die Ladung, Last.
Коль, wie sehr.
Конь, das Roß.
Кровь f., das Blut.
Кꙋ́коль, der Lolch, das Unkraut.
Мать f., die Mutter.
Мнить, meinen, denken.

Мѣлъ, die Kreide.] Мёлъ, fegte. }	Мель f., die Sandbank.
Осъ, der Wespen, (v. осá).	Ось f., die Achse.
Перстъ, der Finger.	Персть f.. (slaw.), die Erde, der Staub.
Плотъ, das Floß, die Fähre.	Плоть f, das Fleisch.
Прибылъ, [er] kam an.	Прибыль f., der Gewinn
Пустъ, leer.	Пусть, laß!
Пылъ, die Flamme.	Пыль f., der Staub.
Пятъ gen., der Fersen (v. пятá).	Пять, fünf.
Сёмъ, (Präp. v. сей) dieser.	Семь, sieben.
Сталъ, [er] stellte sich.	Сталь f., der Stahl.
Станъ, die Leibesgestalt; Station.	Стань, stelle!
Стáростъ, der Vorgesetzten (von Стáроста).	Стáрость f., das Alter.
Столъ, der Tisch.	Столь, so sehr, so viel.
Сынъ, der Sohn.	Синь, dunkelblau.
Тронъ, der Thron.	Тронь, berühre!
Уголъ, der Winkel.	Уголь, die Kohle.
Цѣлъ, ganz.	Цѣль f., das Ziel.
Цѣпъ, der Dreschflegel.	Цѣпь f., die Kette.
Частъ, oft.	Часть f.. der Theil.
Шестъ, die Stange.	Шесть, sechs.
Щеголъ, der Stieglitz	Щеголь, der Stutzer.
Ѣлъ, [er] aß.	Ель f. die Tanne.
Ѣстъ, er ißt.	Есть, er ist
Ядъ, das Gift.	Ядь f., das Essen, die Speise.

5. Aus gleichem Grunde müssen ъ und ь in der Mitte des Wortes deutlich gehört werden.

Съѣстъ, er wird verzehren.	Сѣсть, sich setzen.
Чьего, (Genit. v. чей, wessen?).	Чего, (Genit. v. что was?).
Чьей, (weibl. Genit.), welcher?	Чей, (männl. Nominativ), wessen?
Объѣдáть, benagen.	Обѣдать, zu Mittag essen.

6. Verzeichniß von Wörtern, bei welchen der Schreibgebrauch schwankend ist, und die daher bei verschiedener Orthographie gleiche Bedeutung haben. Die gangbarste Schreibart ist jedoch die in der linken Spalte beobachtete.

Грéчневый, Buchweizen-.	Auch грéчневый.
Если, wenn.	„ éстли und éстьли.
Идти, gehen.	„ итти.
Копéйка, die Kopeke.	„ копéйка.
Линéйка, das Lineal.	„ линѣйка.

Лѣкарь, der Arzt.	Auch лѣкарь.
Мятѐль f., das Schneegestöber.	„ метѐль.
Мужчина, die Mannsperson.	„ мущина.
Мѐлкій, fein, dünn.	„ мѐлкій.
Нумеръ, die Nummer.	„ номеръ.
Плеть f., die Peitsche.	„ плѣть.
Предыдущій, der Vorhergehende.	„ предъидущій.
Прилежаніе, der Fleiß.	„ прилѐжаніе.
Рѣдька, der Rettig.	„ рѐдька.
Решето, das Sieb.	„ рѐшето.
Слѐсарь, der Schlosser.	„ слѐсарь.
Счастіе, das Glück.	„ щастіе.
Счётъ, die Rechnung.	„ щётъ.
Январь, der Januar.	„ генварь.

Bemerkung 6. Die von obigen abgeleiteten Wörter werden ebenso verschieden geschrieben, als:

Прилѐжный, fleißig.	Auch прилѐжный.
Счастливый, glücklich.	„ щастливый.
Расчётъ, die Berechnung.	„ разщётъ.

Orthographische Zeichen (знаки препинанія).

7. Für die Interpunktion (препинаніе) hat die russische Sprache die Zeichen und deren Gebrauch mit der deutschen Sprache gemein. Die russischen Benennungen der Interpunctions-Zeichen sind:

a) das Komma (запятая) | ,

b) der Strichpunkt, das Semikolon (точка съ запятою) | ;

c) Der Doppelpunkt, das Kolon (двоеточіе) | :

d) der Punkt (точка) | .

e) das Fragezeichen (вопросительный знакъ) | ?

f) Das Ausrufungszeichen (восклицательный знакъ) | ! .

g) das Zeichen der abgebrochenen Rede, der Gedankenstrich (тире, чёрточка, точки | . . . . | — —

h) der Bindestrich (знакъ соединенія) | -

i) das Anführungszeichen (кавычки | „—“

k) die Klammer, Parenthese (скобки) | ( ) oder [ ]

l) das Zeichen der kurzen Sylbe (кра́ткая) | ˘

Es steht gewöhnlich nur über dem й, wird aber von Einigen über jede Sylbe solcher Wörter, die dadurch ihren Ton verloren haben, daß der Accent auf die vor ihnen stehende Präposition zurückgetreten ist, ge= setzt, wie z. B. о́тъ-ро̆ду, von Geburt, на́-рўку, an der Hand.

m) das Trema (двое́точіе, двѣ то́чки, трёма) | ¨

Man setzt es über ё, um dessen Aussprache wie jo oder o anzu= deuten, doch wird es außer in Lehrbüchern und Versen selten angewendet. Karamsin führte dessen Gebrauch beim ё ein. Sonst setzte man es auch auf ї, was aber jetzt nicht mehr geschieht.

Bemerkung 7. Der Accent (ударе́ніе) wird auch nur in Lehrbüchern angewendet. Genaue Schriftsteller setzen ihn aber auch bei Wörtern gleicher Schreibart, die sich nur durch die Tonstelle unterscheiden, um keinen Zweifel über den Sinn des Vorgetragenen Raum zu geben, z. B.: сло́ва, des Wortes; aber слова́, die Wörter, Reden.

Zweiter Abschnitt.

Wortlehre. — СЛОВОПРОИЗВЕДЕНIE.

8. Nichts erleichtert mehr die Erlernung einer Sprache, als die Kenntniß der Herleitung der Wörter von einander. Mit der Bedeutung eines Wortes kennt man die Bedeutung der ganzen, zu demselben gehörigen Wortfamilie, wenn man weiß, wie die der Wurzel angehängten Vor= und Nachsylben (Präfixe und Suffixe) deren Bedeutung modificiren.

Als Beispiel stehe hier die Wort-Familie, deren Wurzel· родъ, die Geburt, das Geschlecht ist. Wir führen davon 25 Ableitungen und 79 Zusammensetzungen an, also 104 Wörter, deren Grundbedeutung das Erzeugen, Gebären, Entstehen ist.

Pódъ, die Geburt, das Geschlecht.

a) Ableitungen.

родить, erzeugen, gebären.

рождёнъ, erzeugt, geboren.

рождéніе, das Gebären, die Entbindung.

рождество́, die Geburt.

роди́тель, der Erzeuger, Vater.

роди́тельница, die Gebärerin, Mutter.

роди́тели, der Erzeuger, Eltern.

роди́телевъ, väterlich, Vaters=.

роди́тельскій, elterlich, väterlich.

роди́тельный, Zeugungs=.

роди́льница, } die Kindbetterin.
роже́ница,

роди́льницынъ, Kindbetterin=.

роди́мъ, angeboren.

ро́дина, der Geburtsort, das Vaterland, die Heimath.

роди́ны, } die Niederkunft, Ent=
ро́ды, } bindung.

ро́дичъ, ein Verwandter.

родно́й, leiblich (v. Geschwistern).

родня́, die Verwandtschaft.

родовы́й, verwandt, zum Geschlechte, zur Familie gehörig.

ро́дственникъ, ein Verwandter.

ро́дственница, eine Verwandte.

родство́, die Verwandtschaft.

рожéственскій, W. ihnachts=.

b) Zusammensetzungen.

роди́ться, erzeugt werden, entstehen.

Вроди́ть, einflößen.

Врождёнъ, angeboren.

Врождéніе, das Eingeborensein.

Возроди́ть, wiedergebären.

Возроди́ться, wieder geboren werden, wieder wachsen.

Возрождéніе, die Wiedergeburt.

Вы́родится, aus der Art schlagen, abwarten, ausarten.

Зароди́ть, erzeugen.

Зароди́ться, werden, entstehen, keimen.

Заро́дъ,
Заро́докъ, } der Keim.
Заро́дышъ,
Заро́дышекъ,

Народи́ть, viele Kinder zeugen, gebären.

Народи́ться, in Menge erzeugt, geboren werden.

Наро́дъ, das Volk.

Наро́дный, Volks=.

Нарождéніе, starker Anwuchs; Neulicht.

Отроди́ться, wieder wachsen.

Отрождёнъ, wiedergeboren.

Отрождéніе, der Wiederwuchs, die Wiedergeburt.

Отро́докъ, der Sprößling, Ableger.

Отро́діе, die Gattung.

Перероди́ть, neu beleben.

Перероди́ться, ausarten.

Перерождéніе, die Neubelebung, neue Stärkung; Ausartung.

Породи́ть, gebären.

Поро́да, die Geburt; Art; Race.

Порождéніе, das Geschlecht, der Stamm.

Породни́ться, sich verschwägern.

Поро́дный, } von guter Race.
Поро́дистый,

Природа, die Natur, Art, das Naturel.

Приро́дный, angeboren, natürlich.

Прирожёнъ, eingeboren, einheimisch.

Сро́дный, mitgeboren, angeboren, natürlich.

Сро́дичъ,
Сро́дникъ, } ein Verwandter.
Сро́дственникъ,

Вы́родокъ, ein Ausgearteter.
Сро́дничій, Verwandten=.
Сро́дство, die Verwandtschaft.
Уро́дъ, } die Mißgeburt, das
Уро́дина, } Ungeheuer.
Уро́дливый, ungestaltet, ungeheuer.
Уро́дливость f., die Ungestaltheit.
Уроди́ть, erzeugen.
Уроди́ться, nacharten, gerathen
nach . . . ., gleichen.
Урожёнецъ, ein Eingeborner.
Урожёнка, eine Eingeborne.
рододе́латель, der Schöpfer.
родонача́льникъ, der Ahnherr,
Stammvater.
родосло́въ, der Genealog.
родосло́віе, das Geschlechtsregister.
родосло́вный, genealogisch.
родосло́вная, der Stammbaum.
Безро́дный, ohne Verwandte, ver=
wandtschaftslos.
Безро́діе, } der Verwandt=
Безро́дство, } schaftsmangel.
Благоро́дный, wohlgeboren, adelig.
Благоро́діе, der Adel; Wohlge=
boren (als Titel).

Сро́дница } eine Verwandte.
Сро́дственница }
Благорожде́нъ, von abeliger Ge=
burt.
Благоро́дствіе, } der Adel, Edel=
Благоро́дство, } muth, die Vor=
trefflichkeit.
Благоро́дствовать, von abeliger
Geburt sein.
Богоро́дица, die Gottgebärerin,
Mutter Gottes.
Богорожде́нъ, von Gott gezeugt.
Богорожде́ніе, die Gottesgeburt.
Единоро́дный, eingeboren, einzig.
Иноро́дный, von anderm Ge=
schlechte, fremd.
Иноро́децъ, der Fremde, Aus=
länder.
Недоро́дъ. der Mißwachs.
Недорожда́ть, wenig hervorbrin=
gen.
Новорожде́нъ, neugeboren.
Прароди́тель, der Stammvater,
Urahne.
Прароди́тельскій, stammväterlich.

Das Hauptwort. ИМЯ СУЩЕСТВИТЕЛЬНОЕ.

9. Wurzelwörter. *Коренныя слова.*

a) Männliche. *Мужескія.*

Бе́регъ, das Ufer.
Бле́скъ, der Glanz.
Бли́нъ, der Pfannenkuchen.
Блу́дъ, die Unzucht.
Блю́щъ, öft. плющъ, der Epheu.
Бо́бръ, der Biber.
Бо́бъ, die Bohne.
Бо́гъ, Gott.
Бо́къ, die Seite.
Бо́ровъ, der Eber.

Бра́тъ, der Bruder.
Буй, die Anlerboje (fig. der Tölpel).
Бу́къ, die Buche.
Бу́тъ, der Schutt.
Бы́къ, der Stier.
Бѣгъ, der Lauf.
Бѣсъ, der Teufel.
Ве́рхъ, der Gipfel.
Ве́черъ, der Abend.
Вну́къ, der Enkel.

Во́лкъ, der Wolf.
Во́лосъ, das Haar.
Волъ, der Ochs.
Воръ, der Dieb.
Во́скъ, das Wachs.
Врагъ, der Feind.
Вра́чъ, der Arzt.
Вредъ, der Schade.
Га́й, das Dohlengeschrei.
Гво́здь, der Nagel.
Го́лосъ, ⎫ die Stimme.
Гласъ, ⎭
Гла́зъ, das Auge.
Гнѣ́въ, der Zorn.
Го́дъ, das Jahr.
Го́лодъ, der Hunger.
Го́лубь, die Taube.
Го́родъ, ⎫ die Stadt.
Градъ, ⎭
Гра́дъ, der Hagel.
Грѣ́хъ, die Sünde.
Гу́сь, die Gans.
Дворъ, der Hof.
День, der Tag.
Дёрнъ, der Rasen.
Дивъ, das Wunder.
Дождь, der Regen.
До́лгъ, die Schuld.
До́лъ, das Thal.
До́мъ, das Haus.
Ду́бъ, die Eiche.
Ды́мъ, der Rauch.
Дѣдъ, der Großvater.
Ежъ, der Igel.
Ершъ, der Kaulbarsch.
Жёлобъ, die Dachrinne.
Жу́къ, der Käfer.
За́дъ, der Rücken.
За́яцъ, der Hase.
Зву́къ, der Schall.
Змѣ́й, die Schlange.
Зо́бъ, der Kropf.
Зу́бъ, der Zahn.
Зять, der Schwiegersohn.
Ӥлемъ, die Ulme.

Илъ, der Schlamm.
Ка́лъ, der Roth.
Ка́пъ, das Birkenmaser.
Кара́сь, Karausche.
Ка́рпъ, der Karpfen.
Ква́пъ, der Röthel.
Ква́съ, der Sauerteig.
Клѣ́й, der Leim.
Кли́къ, das Geschrei.
Кло́къ, das Büschel.
Кло́пъ, die Wanze.
Клу́бъ, das Knäuel.
Кля́пъ, der Knebel.
Кну́тъ, die Peitsche.
Ко́лосъ, die Ehre.
Ко́мъ, der Klumpen.
Конь, das Roß.
Коро́ль, der König.
Кошъ, der Korb.
Крестъ, das Kreuz.
Кри́нъ, die Lilie.
Кро́тъ, der Maulwurf.
Кру́гъ, der Kreis.
Крю́къ, der Haken.
Ку́бъ, die Branntweinblase.
Куль, der Sack.
Кумъ, der Gevatter.
Кустъ, der Strauch.
Кусъ, der Bissen.
Ла́й, das Bellen.
Ла́рь, der Kasten, die Truhe.
Левъ, der Löwe.
Лёдъ, das Eis.
Лёнъ, der Flachs.
Ли́къ, das Freudengeschrei.
Листъ, das Blatt.
Лобъ, die Stirn.
Лось, das Elen.
Ло́скъ, der Glanz.
Лу́бъ, die Baumrinde.
Лу́гъ, die Wiese.
Лу́къ, der Bogen.
Лѣсъ, der Wald.
Лю́дъ, das Volk.
Ма́къ, der Mohn.

Мáхъ, der Schwung.
Мёдъ, der Honig.
Мéнь, die Quappe.
Мечъ, das Schwert.
Мíръ, der Friede.
Мóлотъ, der Hammer.
Мóрокъ (häuf. мракъ), die Dun-
  kelheit.
Мóсть, die Brücke.
Мотъ, der Verschwender.
Мóхъ, das Moos.
Мýжъ, der Mann.
Мысъ, das Vorgebirge.
Мѣлъ, die Kreide.
Мѣхъ, der Balg, Pelz.
Мячъ, der Spielball.
Ножъ, das Messer.
Нóсъ, die Nase.
Нравъ, die Sitte.
Овóщъ, das Obst.
Óдръ, das Bett.
Орѣхъ, die Nuß.
Пáй, der Antheil.
Паръ, der Dampf.
Пёсъ, der Hund.
Пúръ, der Schmaus.
Пúскъ, das Quiken.
Пластъ, die Schicht.
Плýгъ, der Pflug.
Полкъ, das Regiment.
Пóлъ, der Fußboden; das Geschlecht.
Попъ, der Priester.
Пóрозъ, der Eber.
Порóмъ, der Prahm.
Пóрохъ, der Staub.
Постъ, die Fasten.
Пóтъ, der Schweiß.
Прóкъ, die Dauer.
Прудъ, der Teich.
Прыскъ, der Lauf.
Пýдъ, ein Gewicht von 40 Pfund.
Пýкъ, der Strauß.
Пýпъ, der Nabel.
Путь, der Weg.
Пýхъ, die Flaumfeder.

Пылъ, die Flamme.
Рабъ, der Knecht.
Рáзъ, das Mal.
Рáй, das Paradies.
Рáкъ, der Krebs.
Рогъ, das Horn.
Рóдъ, das Geschlecht.
Рóй, der Schwarm.
Ротъ, der Mund.
Рыкъ, das Brüllen des Löwen.
Рядъ, die Reihe.
Сáнъ, die Würde.
Свáтъ, der Freiwerber.
Свѣтъ, das Licht; die Welt.
Серпъ, die Sichel.
Сипъ, der Geier.
Скáрбъ, die Kasse.
Скирдъ, der Heuschober.
Скóкъ, der Sprung.
Скотъ, ein Stück Vieh.
Слонъ, der Elephant.
Слýхъ, das Gehör.
Слѣдъ, die Spur.
Смéрчъ, die Wasserhose.
Снопъ, die Garbe.
Снѣгъ, der Schnee.
Сóболь, der Zobel.
Сокóлъ, der Falke.
Сóкъ, der Saft.
Сóлодъ, das Malz
Сомъ, der Wels.
Сонъ, der Schlaf, Traum.
Сóръ, der Kehricht.
Срáмъ, die Schande.
Стóлбъ, die Röhre, der Stengel
Стóлпъ, die Säule.
Стрáхъ, die Furcht.
Стрóй, die Schlachtordnung.
Стрóпъ, das Chor in der Kirche.
Стрýкъ, die Erbsenschote.
Стрýпъ, der Schorf am Geschwür.
Стыдъ, die Schande.
Сукъ, der Ast.
Сынъ, der Sohn.
Сыръ, der Käse.

Та́боръ, das Feldlager.
Та́зъ, das Waschbecken.
Тать, der Dieb.
Тёрнъ, der Dorn.
Ти́къ, der Bettzwillich.
Тми́нъ, der Kümmel.
Това́ръ, die Waare.
То́поль, die Pappel.
Топо́ръ, die Axt.
То́ргъ, der Handel.
Тре́скъ, das Krachen.
Тру́дъ, die Mühe, Arbeit.
Тру́нт, der Spötter.
Тру́пъ, der Leichnam.
Тру́тъ, der Zunder.
Ту́къ, das Fett.
Ту́лъ, der Köcher.
Ты́нъ, der Zaun.
У́голъ, der Winkel.
У́голь, die Kohle.
У́дъ, das Glied.
У́жъ, die Unke.
У́мъ, der Verstand.
У́съ, der Knebelbart, Schnurrbart.
Харчъ, Lebensmittel, Victualien.
Хазъ, das Ende (eines Stückes Zeug).
Хвостъ, der Schweif.
Хла́мъ, der Schutt.
Хлѣ́бъ, das Brod, Getreide.
Хлѣ́въ, der Stall.
Хмѣ́ль, der Hopfen.
Хо́лмъ, der Hügel.

Хо́лодъ, die Kühle.
Холо́пъ, der Leibeigne.
Хо́лстъ, die Hausleinwand.
Хо́ртъ, der Windhund.
Хра́мъ, der Tempel.
Хру́щъ, der Mehlkäfer.
Хрычъ, ein Graukopf.
Хрѣ́нъ, der Meerrettig.
Хря́щъ, der Knorpel; der Kies.
Царь, der König.
Цвѣ́тъ, die Blume, Farbe.
Цѣ́пъ, der Dreschflegel.
Ча́дъ, der Dunst.
Ча́й, der Thee.
Ча́нъ, die Kufe.
Чва́нъ, der Prahler.
Че́рвь, der Wurm.
Че́резъ, eine Geldkatze.
Че́ренъ, das Heft, der Stiel.
Че́репъ, die Hirnschale.
Чи́жъ, der Zeisig.
Чле́нъ, das Glied.
Ша́гъ, der Schritt.
Ша́ръ, die Kugel.
Шёлкъ, die Seide.
Ши́пъ, der Dorn, Zapfen.
Шме́ль, die Hummel.
Шу́мъ, das Geräusch.
Ю́гъ, der Süden.
Я́дъ, das Gift.
Язы́къ, die Zunge, Sprache.
Я́мъ, die Post-Station.
Я́ръ, das Felsenufer.

b) Weibliche. Женскія.

Бо́ль, der Schmerz.
Бра́нь, der Zank, Krieg.
Бро́вь, die Augenbraune.
Во́нь, der Gestank.
Во́шь, die Laus.
Вя́зь, der Morast.
Глу́бь, die Tiefe.
Гру́дь, die Brust.

Две́рь, die Thür.
Де́сть, ein Buch Papier.
До́чь, die Tochter.
Дро́бь, der Scherben; der Schrot.
Ду́рь, die Narrheit.
Е́ль, die Tanne.
Жа́ль, das Mitleid.
Жёлудь, die Eichel.

Знобь, das Frösteln.
Зыбь, das Meereswogen.
Иръ, der Kalmus.
Кадь, die Kufe.
Кость, der Knochen, das Bein.
Кровь, das Blut.
Лань, der Dammhirsch, die Hirschkuh.
Лесть, die List.
Лись, der Fuchs.
Мать, die Mutter.
Мозоль, die Schwiele, das Hühnerauge.
Моль, die Motte.
Мышь, die Maus.
Мѣдь, das Kupfer.
Ночь, die Nacht.
Ось, die Achse.
Персть, die Dammerde.
Плоть, das Fleisch.
Плѣшь, die Glatze.

Пыль, der Staub.
Пясть, die Faust.
Рать, der Krieg; das Heer.
Рель, der Galgen.
Рысь, der Luchs.
Сельдь, der Häring.
Снасть, das Werkzeug.
Соль, das Salz.
Спѣсь, der Hochmuth, Stolz.
Степь, die Steppe, Haide.
Торопь, die Eilfertigkeit.
Трость, das Schilfrohr, der Rohrstock.
Тѣнь, der Schatten.
Хлубь, das Brustbein.
Хлябь, das Wehr.
Цѣпь, die Kette.
Честь, die Ehre.
Шерсть, das Haar (am Vieh).
Щель, die Ritze, Spalte.

10. Mehrsylbige Wurzelwörter. Многосложныя коренныя слова.

a) Männliche. Мужескія.

Болванъ, das Götzenbild.
Бугоръ, der Hügel.
Вечеръ, der Abend.
Витязь, der Held.
Воробей, der Sperling.
Глаголъ, das Wort.
Дёготь, der Birkentheer.
Жёрновъ, der Mühlstein.
Журавль, der Kranich.
Иней, der Reif.
Кобель, der Hund.
Коготь, die Klaue.
Корабль, das Schiff.
Коршунъ, der Geier.
Крагуй, der Sperber.
Кремль, der Kremel.
Куколь, das Unkraut, der Lolch.

Лекарь, der Arzt.
Муравей, die Ameise.
Отецъ, der Vater.
Перепелъ, die Wachtel.
Прапоръ, die Fahne.
Репей, die Klette.
Селезень, der Entrich.
Скаредъ, ein Geizhals.
Скворецъ, der Staar.
Сланецъ, der Schiefer; das Krummholz.
Слуга, der Diener.
Стебель, der Stengel; Federkiel.
Табунъ, eine Heerde Pferde.
Толмачъ, der Dolmetscher.
Улей, der Bienenstock.
Хоботъ, der Rüssel.

Хохо́лъ, der Schopf.
Хребе́тъ, der Rückgrat.
Черда́къ, die Dachstube, der Boden.
Чехо́лъ, der Ueberzug.
Ше́ршень, die Bremse.

Шкво́рень, der Vornagel, die Lünse.
Щаве́ль, der Sauerampfer.
Ще́бетъ, der Schutt.
Щёголь, der Stutzer.
Я́сень, der Eschenbaum.

b) Weibliche. Же́нскія.

Ба́ба, ein altes Weib.
Берёза, die Birke.
Бесѣ́да, die Unterredung.
Блоха́, der Floh.
Борода́, der Bart.
Борона́, die Egge.
Брю́ква, die Kohlrübe.
Ва́га, die Waage.
Вина́, die Schuld.
Вла́га, die Feuchtigkeit.
Вода́, das Wasser.
Волна́, die Welle.
Во́лна, die Wolle.
Воро́на, die Krähe.
Во́рса, das Haar (auf Tuch u. dergl.).
Вѣ́ра, der Glaube.
Вѣ́твь, der Zweig.
Вѣха́, die Ankertonne.
Га́гка, der Eidervogel.
Гли́на, der Thon.
Глиста́, der Regenwurm.
Глы́ба, die Erdscholle.
Голова́, der Kopf.
Гора́, der Berg.
Гри́ва, die Mähne.
Груша́, die Birne.
Гряда́, das Gartenbeet.
Губа́, die Bai.
Гу́ба, die Lippe.
Гу́зица, die Bachstelze.
Гу́ня, Lumpen, das Bettlerkleid.
Доска́, das Brett.
Дуга́, der Bogen.
Ду́ма, der Gedanke; der Stadtrath.
Ды́ба, die Wippe.

Дѣ́ва, die Jungfrau.
Жа́ба, die Kröte.
Желѣза́, die Drüse.
Жена́, das Weib.
Заря́, der hellrothe Schein am Himmel.
Звѣзда́, der Stern.
Зима́, der Winter.
Зола́, die Asche.
И́ва, die Bachweide.
Игла́, die Nähnadel.
И́скра, der Funke.
Ка́ша, die Schafgarbe, der Wiesenklee.
Кере́жа, der Rennthierschlitten.
Ки́ла, der Bruchschaden.
Ки́са, der Schnürbeutel; das Kätzchen.
Клюка́, der Krückstock, die Ofenkrücke.
Кни́га, das Buch.
Ко́жа, die Haut.
Коза́, die Ziege.
Ко́йка, die Hängematte.
Ко́ка, das Hühnerei.
Коло́да, der Gefangenen-Block, Klotz.
Конопля́, der Hanf.
Кора́, die Baumrinde.
Коро́ва, die Kuh.
Коро́ста, die Krätze.
Коса́, die Sense.
Краса́, die Schönheit.
Кро́ха, die Brodkrume.
Крупа́, Graupen.
Кры́са, die Ratte.
Ку́ча, der Haufe.

Лáва, der Steg; die fliegende Brücke.
Лáпа, die Pfote.
Лáска, die Liebkosung.
Лесá, die Angelschnur.
Лúпа, die Linde.
Лозá, das Pfropfreis.
Лýда, die Klippe.
Лýжа, die Pfütze.
Мукá, das Mehl.
Мýка, die Qual.
Мýха, die Fliege.
Мы́за, das Landhaus.
Мѣнá, der Tausch.
Мѣта, das Ziel.
Мя́та, die Krausemünze.
Нúва, die Flur.
Ногá, der Fuß.
Норá, die Höhle.
Нѣга, die Verzärtelung.
Омéла, der Mistel.
Осá, die Wespe.
Пáва, die Pfauhenne.
Пилá, die Säge, Feile.
Полосá, der Streif.
Пóльза, der Nutzen.
Пѣна, der Schaum.
Пѣхóта, das Fußvolk, die Infanterie.
Пятá, die Ferse.
Рогóжа, die Matte.
Росá, der Thau.
Рудá, das Erz.
Рукá, die Hand.
Ры́ба, der Fisch.
Рѣкá, der Fluß.
Рѣпа, die Rübe.
Середá, der Mittwoch.
Серпá, die Gemse.
Сéрьга, der Ohrring.
Сúла, die Stärke.
Сúма, der Bindfaden.
Скалá, der Fels.
Скóба, die Klammer.
Скýка, die Langweile.

Слезá, die Thräne.
Слúва, die Pflaume.
Слюнá, der Speichel.
Смóква, eine frische Feige.
Смолá, das Pech.
Совá, die Eule.
Солóма, das Stroh.
Сорóка, die Elster.
Сохá, der Pflug.
Спинá, der Rücken.
Стезя́, der Steig, Fußweg.
Стопá, der Fußstapfen.
Сторонá, die Seite.
Строкá, die Zeile.
Струнá, die Saite.
Стѣнá, die Wand.
Сумá, der Bettelsack.
Сѣра, der Schwefel.
Тúна, der Schlamm.
Тля́, die Fäulniß; der Rost.
Тьма, die Finsterniß.
Толпá, der Haufe.
Травá, das Gras, Kraut.
Трáта, die Ausgabe.
Требухá, das Eingeweide.
Тревóга, der Lärm.
Трескá, der Stockfisch
Тропá, der Fußsteig.
Тумá, der Bastard.
Удá, die Angel.
Узы, die Fesseln, Bande.
Ухá, die Fischsuppe.
Хáря, die Larve.
Хáта, | die Hütte.
Хúжина, |
Хорóмы, ein großes hölzernes Haus.
Хорýгвь, die Fahne.
Цѣна, der Preis.
Чáра, die Schale, das Gefäß.
Чáша, die Tasse, Schale.
Чекá, der Achsennagel.
Черехá, die Reihe.
Черёмуха, der Elsbeerbaum.
Чумá, die Pest.
Шúшка, der Zapfen.

Шквара, Schlacken.
Шкура, der Balg, Pelz.
Шляпа, der Hut.
Шуба, der Pelz.
Щека, die Wange.
Щепа, der Span.
Щербина, die Ritze.

Щетина, die Schweinsborste.
Щока, die Uferklippen.
Щука, der Hecht.
Юла, der Lerchenfink.
Юра, ein Zug Häringe.
Юха, die Brühe.
Янька, der Prahler.

c) Sächliche. Средния.

Бедро, der Weberkamm.
Болото, der Morast.
Бревно, der Balken.
Брюхо, der Bauch.
Гнѣздо, das Nest.
Гумно, die Tenne.
Дно, der Boden.
Долото, der Meißel.
Дрова, (plur. tant) das Brennholz.
Дуло, die Kanonenmündung.
Дупло, ein hohler Baum.
Зеліе, das Kraut.
Зерно, das Korn.
Золото, das Gold.
Лыко, der Lindenbast.
Лицё, das Gesicht.
Лѣто, der Sommer.
Молоко, die Milch.
Море, das Meer.
Мѣсто, der Ort.
Мясо, das Fleisch.
Небо, der Himmel, Gaumen.
Око, das Auge.
Перо, die Feder.
Племя, das Geschlecht, Volk.

Просо, die Hirse.
Пузо, der Wanst.
Рамо, die Schulter.
Ребро, die Rippe.
Сверло, der Bohrer.
Сердце, das Herz.
Серебро, das Silber.
Солнце, die Sonne.
Стремя, der Steigbügel.
Сѣно, das Heu.
Тавро, das eingebrannte Gestüts-
zeichen.
Теля, das Kalb.
Тѣло, der Körper.
Уста, (plur. tant.) der Mund.
Утро, der Morgen.
Утя, das Enten-Junge.
Ухо, das Ohr.
Хлопье, Flocken.
Чело, die Stirn.
Черёва, (plur. tant.) das Einge-
weide.
Чрёво, der Bauch.
Чудо, das Wunder.
Яйцо, das Ei.

11. Abgeleitete Wörter. Производныя слова.

A. Personen-Bezeichnungen.

a) Männliche, von Hauptwörtern abgeleitete.

1. Um den Verfertiger einer Sache oder denjenigen, der sich vorzugsweise mit derselben beschäftigt, zu be-

Joel u. Fuchs, Russische Gramm. 37

zeichnen, hängt man dem Namen der Sache folgende Nachsylben an:

α) -арь, -яръ.

Столяръ, der Tischler.	Von столъ, der Tisch.
Бочáрь, der Böttcher.	„ бóч-ка, der Bottich, das Faß.
Гусáрь, der Gänsehirt.	„ гусь, die Gans.

β) -никъ, -щикъ, -чикъ.

Извóщикъ, der Lohnfuhrmann.	Von возъ, die Fuhre.
Хлѣбникъ, der Bäcker.	„ хлѣбъ, das Brod.
Рабóтникъ, der Arbeiter.	„ рабóт-а, die Arbeit.
Охóтникъ, der Liebhaber.	„ охóт-а, die Lust.
Мясникъ, der Fleischer.	„ мяс-о, das Fleisch.
Обмáнщикъ, der Betrüger.	„ обмáнъ, der Betrug.
Деньщикъ, der Officier-Bursche.	„ день, der Tag.
Барабáнщикъ, der Trommelschläger.	„ барабáнъ, die Trommel.
Кáменщикъ, der Maurer.	„ кáмень, der Stein.
Перевóдчикъ, der Uebersetzer.	„ перевóдъ, die Uebersetzung.

Viele schieben vor die Ableitungssylbe die Sylbe -ов ein:

Садóвникъ, Садóвщикъ, } der Gärtner.	Von садъ, der Garten.
Судовщи́къ, der Schiffer.	„ сýдно, Fahrzeug, Schiff.
Часовщи́къ, der Uhrmacher.	„ час-ы, die Uhr.

Die Kehllaute werden vor -никъ gewandelt:

Сапóжникъ, der Stiefelmacher.	Von сапóгъ, der Stiefel.
Грѣшникъ, der Sünder.	„ грѣхъ, die Sünde.
Бýлочникъ, der Bäcker.	„ бýлк-а, die Semmel.
Лáвочникъ, † Лáвошникъ, } der Krämer.	„ лáвк-а, die Bude.

2. Eine Person mit einer hervorstechenden Eigen-
thümlichkeit bezeichnen die Nachsylben:

-анъ, -ачъ.

Брюхáнъ, Брюхáчъ, } der Schmeerbauch.	Von брюх-о, der Unterleib.
Губáнъ, Губáчъ, } der Dicklippige.	„ губ-а, die Lippe.
Горлáнъ, der Schreihals.	„ гóрл-о, die Kehle.
Головáчь, der Dickkopf.	„ голов-á, der Kopf.

b) Männliche, von Eigenschaftswörtern abgeleitete:

α) -ецъ.

Ста́рецъ, der Alte, Greis.	Von старъ, alt.
Мудре́цъ, der Weise.	„ мудръ, weise.
Лѣни́вецъ, der Faulenzer.	„ лѣни́въ, faul, träge.
Люби́мецъ, der Liebling.	„ люби́мъ, geliebt.

β) -якъ mit verächtlicher Nebenbedeutung.

Толстя́къ, ein dicker Mensch.	Von толстъ, dick, wohlbeleibt.
Голя́къ, ein armer Schelm.	„ голъ, nackt.

c) **Männliche, von Zeitwörtern abgeleitete.** Sie bezeichnen eine Person, welche die Handlung des Zeitworts ausübt.

1. **An den Wortstamm unmittelbar werden angehängt:**

α) -арь.

Пи́сарь, der Schreiber.	Von пис-а́ть, schreiben.
Па́харь, der Pflüger, Ackersmann.	„ пах-а́ть, pflügen, ackern.
Пека́рь, der Bäcker.	„ пек-у́ (печь) backen.

β) -ецъ.

Купе́цъ, der Kaufmann.	Von куп-и́ть, kaufen.
Жнецъ, der Schnitter, Mäher.	„ жн-у (жать), schneiden, mähen.
Пѣве́цъ, der Sänger.	„ пѣв-а́ть, singen.

γ) -унъ (meistens von niedrigen Handlungen).

Лгунъ, der Lügner.	Von лг-ать, lügen.
Крику́нъ, der Schreihals.	„ крик-нуть, schreien.
Бѣгу́нъ, der Traber (Pferd).	„ бѣг-ать, laufen.

2. **Mittelst Binde=Vocals wird angehängt:**
-тель, und zwar:

α) Bei Zeitwörtern starker Form mit dem Binde=Vocal des Infinitivs.

Каза́тель, der Zeiger (Person).	Von каз-а́ть, zeigen.
Мѣри́тель, der Messer (Person).	„ мѣ́рять, ⎱ messen.
	„ мѣ́рить, ⎰
Владѣ́тель, der Beherrscher.	„ влад-ѣ́-ть, beherrschen.
Дѣ́йствователь, der Wirkende, Ausführende.	„ дѣйств-ов-а-ть, wirken, ausführen.
† Спаси́тель, der Retter, Erlöser.	„ спас-ти́, erretten, erlösen.

37*

β) Bei Zeitwörtern schwacher Form mittelst des Binde=
Vocals -и.

Проси́тель, der Bittsteller.	Von прос-и́ть, bitten.
Смотри́тель, der Aufseher, Be= schauer.	„ смотр-ѣ́-ть, sehen, beschauen.
Зри́тель, der Zuschauer.	„ зр-ѣ́-ть, sehen.

Bemerkung. Die Bildung der männlichen Völker=
und Familiennamen s. im pr. Th. 277., 278. — 295.,
die Ableitung der weiblichen Substantive von den männ=
lichen s. pr. Th. 278., wo Beides sehr ausführlich be=
handelt ist.

B. **Sachen-Bezeichnungen**

a) Weibliche, von Hauptwötern abgeleitete:

1. Das Fleisch eines Thieres zu bezeichnen, hängt
man an die Charakterform des Thiernamens ein mil=
derndes

-ина.

Медвѣ́дина, das Bärenfleisch.	Von медвѣ́дь, der Bär.
Бара́нина, das Hammelfleisch.	„ бара́нъ, der Hammel.
Говя́дина, das Rindfleisch.	„ говя́д-о (sl.), das Rind.
Теля́тина, das Kalbfleisch.	„ теля́, das Kalb.
Зайчи́на, das Hasenfleisch.	„ за́ицъ, der Hase.
Гуся́тина, das Gänsefleisch.	„ гуся́, das Gänschen.
Щу́чина, das Hechtfleisch.	„ щу́к-а, der Hecht.

2. Den Ort, wo ein Gegenstand bereitet wird, eine
Werkstatt, bezeichnet das mildernde

-ня.

Мя́льня, die Brechstube.	Von мял-о, die Flachsbreche.
Пивова́рня, die Bierbrauerei.	„ пивова́ръ, der Bierbrauer.
Боча́рня, die Böttcherei.	„ боча́рь, der Böttcher.
Кова́льня, die Schmiede.	„ кова́ль, der Schmied.

b) Weibliche von Eigenschaftswörtern abgeleitete:

α) -ина (mildernd) mit betonter Endsylbe bezeichnet
Abstracta.

Величина́, die Größe.	Von вели́къ, groß.
Тишина́, die Stille.	„ тихъ, still.
Толщина́, die Dicke.	„ толстъ, dick.

Die Bildungsſylben -окъ des Stammwortes wird abgeworfen.

Глубина́, die Tiefe. Von глуб-о́къ, tief.
Ширина́, die Breite. „ шир-о́къ, breit.
Вышина́, die Höhe. „ выс-о́къ, hoch.
† Длина́, die Länge. „ длин-енъ, lang.

β) -и́на (milbernd) mit **unbetonter** Endſylbe be=
zeichnet **Concreta**.

Равни́на, die Ebene. Von ра́в-енъ, eben.
Тверди́на, die Festung, Burg. „ тве́рдъ, fest.
Крашени́на, gefärbte Glanzlein= „ крашёнъ, gefärbt.
wand.

γ) -отá.

Густота́, die Dicke; das Dickicht. Von густъ, dick.
Долгота́, die (geographiſche) Länge. „ до́логъ, lang.
Толстота́, die Dicke. „ толстъ, dick.

Auch hier wird die Bildungsſylbe -окъ vorher abgeworfen (vgl. *a.*).

Широта́, die (geographiſche) Breite. Von шир-о́къ, breit.
Высота́, die Höhe, Anhöhe. „ выс-о́къ, hoch.

† Im Tone weichen ab:

Доброта́, die Güte. Von добръ, gut.
Щедро́та, Milde, Freigebigkeit. „ щедръ, milde, freigebig.

δ) -ость (**nie** betont).

Ста́рость, das Alter. Von старъ, alt.
Ра́дость, die Freude. „ радъ, freudig.
Му́дрость, die Weisheit. „ му́дръ, weise.
Бла́гость, die Güte. „ благъ, gütig.
Свѣ́жесть, die Friſche, Kühle. „ свѣжъ, friſch.
Летучесть, die (chemiſche) Flüch= „ лету́чъ, (chemiſch) flüchtig.
tigkeit.

Nach Abwerfung der Bildungsſylbe -окъ (vgl. *a.* und *γ.*).

Бли́зость, die Nähe. Von близ-окъ, nahe.
Де́рзость, die Kühnheit. „ дерз-окъ, kühn.
Тя́жесть, die Schwere, Bürde. „ тяж-екъ, ſchwer.

c) Sächliche, von Hauptwörtern abgeleitete:

1. Einen **Ort**, zu einem gewiſſen Zwecke beſtimmt, be=
zeichnet das mildernde

-ище.

Рѣ́пище, das Rübenfeld. Von рѣп-а, die Rübe.
Мольби́ще, das Bethaus. „ мольб-а́, das Gebet.

2. Abstracta bezeichnet die Nachſylbe

-ство.

Родство́, die Verwandtſchaft.	Von родъ, das Geſchlecht.
Дѣтство, die Kindheit.	„ дѣт-и, die Kinder.
Дѣвство, die Jungfrauſchaft.	„ дѣв-a, die Jungfrau.
Свидѣтельство, das Zeugniß.	„ свидѣтель, der Zeuge.

d) Sächliche, von Eigenſchaftswörtern abgeleitete:

-ство, welches auch hier Abſtracta bezeichnet.

Блажéнство, die Glückſeligkeit.	Von блажéнъ, glückſelig.
† Вели́чество, die Größe, Majeſtät.	„ вели́къ, groß.
Богáтство, † der Reichthum.	„ богáтъ, reich.

Von den Eigenſchaftswörtern auf -скій und -ской wird dieſe Bildungsſylbe abgeworfen.

Отéчество, das Vaterland.	Von отéч-е-скій, väterlich.
Плутовство́, die Schelmerei.	„ плутов-скóй, ſchelmiſch.
Мýжество, die Mannhaftigkeit, Tapferkeit.	„ мýж-е-скій, männlich.

e) Sächliche, von Zeitwörtern abgeleitete

1. Einen Ort, zum Zwecke einer Handlung beſtimmt, bezeichnen

α) -бище, dem Stamm unmittelbar angehängt.

Кладби́ще, der Kirchhof.	Von клад-ý (класть), legen.

β) -лище, mit dem Binde-Vocal des Infinitivs.

Учи́лище, die Lehranſtalt, Schule.	Von уч-и́-ть, lehren.
Ристáлище, die Rennbahn.	„ рист-á-ть, ſchnell fahren.
Вити́лище, der Aufenthaltsort.	„ вит-á-ть, einkehren, wohnen.

2. Abstracta hilft bilden die Endſylbe

-ство (vgl. e. 2. und d.).

Бѣ́гство, die Flucht.	Von бѣ́гать, laufen, fliehen.

Bemerkung. Die Bildung der Verkleinerungs= und Vergrößerungswörter lehrt ausführlich der praktiſche Theil, Lekt. 24., 25.

12. Zusammengesetzte Wörter. *Сложныя слова.*

A. Aus zwei Hauptwörtern zusammengesetzt, von denen das erste in der Regel den Binde=Vocal -o (-e) annimmt.

Царьгра́дъ, Königsstadt, Konstantinopel.   Лжеца́рь, der Lügenfürst, Thronräuber.

Мухомо́ръ, die Fliegenpest, der Fliegenschwamm.   Богобо́рецъ, der Gottesfeind, Gottlose.

Bemerkung 1. Die meisten Hauptwörter dieser Art sind erst von zusammengesetzten Zeitwörtern abgeleitet, so daß der zweite Theil der Zusammensetzung als besonderes Hauptwort nicht gebräuchlich ist (siehe unten G. 1.).

B. Aus einem Eigenschafts= und einem Hauptworte, wobei ersteres gleichfalls -o annimmt.

Святота́ть, der Kirchendieb.   Aus свят, heilig, та́ть, Dieb.

Благовѣ́сть, das Kirchengeläute.   „ благъ, gut, вѣсть, die Nachricht

Bemerkung 2. Auch hier sind viele erst von zusammengesetzten Zeitwörtern abgeleitet (vgl. unten G. 2.).

C. Aus einem Zahl= und Hauptworte.

Двуутро́бка, die Beutelratze (eig. die Zweibäuchige).   Aus дву-хъ, zwei, утро́бка, das Bäuchlein.

Многобо́жество, die Vielgötterei.   „ мно́го, viel, бо́жество, Gottheit.

Meistens erleidet die Endung des Hauptwortes dabei eine Veränderung.

Столѣ́тие, ein Jahrhundert.   Aus сто, hundert, лѣ́т-о, Jahr.

Двоязы́чие, die Zweizüngigkeit.   „ дво́-е, zwei, язы́къ, Zunge.

Bemerkung 3. Die Zusammensetzungen mit -пол siehe im prakt. Th. 404—415.

D. Aus einem Für= und Hauptworte.

Самомнѣ́ние, der Eigendünkel.   Aus самъ, selbst, мнѣ́ние, Meinung.

Самопря́лка, der Spinnrocken.   „ самъ, selbst, пря́лка, Spindel.

Auch hier wird die Endung des Hauptworts häufig verändert:

Своенра́вие, der Eigensinn.   Aus свой, sein (eigen), нра́въ, der Charakter.

Самовла́стие, die Obergewalt, Souveränität.   „ самъ, selbst, власть f. Herrschaft, Gewalt.

Bemerkung 4. Die von zusammengesetzten Verben abgeleiteten (siehe unten G. 3.).

E. Aus einem Zeit = und Hauptworte.

Вертошейка, Wendehals.	Aus вертѣть, drehen, шейка, das Hälschen.
Водосвящéніе, Weihwasser.	„ святить, weihen, segnen und водá.

F. Aus Partikeln und Substantiven.

Мимоходъ, das Vorbeigehen.	Aus мимо, vorbei, ходъ, Gang.
Несчáстіе, das Unglück.	„ не, nicht, un=, счáсіі, Glück.
Входъ, der Eingang	„ въ in, ходъ, Gang.
Бездѣтство, Kinderlosigkeit.	„ безъ, ohne, дѣтство, Kindheit.

Mit verändertem Ausgange:

Междубрóвіе, die Stelle zwischen den Augenbrauen.	Aus мéжду, zwischen, бровь f. die Augenbraue.
Помóрье, das Küstenland.	„ по, an, мóре, das Meer.

Bemerkung 5. Auch unter diesen sind die meisten von zusammengesetzten Zeitwörtern hergeleitet (siehe unten G. 4.).

G. Beispiele von zusammengesetzen Hauptwörtern, die von zusammengesetzten Zeitwörtern abgeleitet sind, und von denen der zweite Theil außer der Zusammensetzung nicht als Hauptwort vorkommt:

1. Zu A.:

Пивовáръ, der Bierbrauer.	Aus пиво, Bier, варить, kochen.
Лѣтопись f. das Jahrbuch, die Chronik.	„ лѣто, Sommer, Jahr, писáть, schreiben.
Письмонóсецъ, der Brief=Ueber=bringer.	„ письмó, Brief, носить, tragen, bringen.

2. Zu B.:

Бѣломóйка, die Wäscherin.	Aus бѣлъ, weiß, rein, мóю, мыть, waschen.
Злополýчіе, das Unglück.	„ зло, das Uebel, получить, empfangen.

3. Zu D.:

Самовáръ, die Theemaschine.	Aus самъ, selbst, варить, sieben.
Самолóвъ, die Falle.	„ самъ, selbst, ловить, fangen.

4. Zu F.:

Суевѣръ, ein Abergläubiger.   Aus сѣе, vergeblich, вѣрить, glauben.
Съѣздъ, die Abfahrt.   „ съ, von, ab, ѣздить, fahren.
Нáдпись f. die Ueberschrift.   „ надъ, über, писáть, schreiben.

Bemerkung 6. Ueber die Art, wie deutsche zusam=
mengesetzte Hauptwörter im Russischen wiedergegeben werden,
sehe man den pr. Th. Lekt. 39., 40.

13. Declination des Hauptworts.
Склонéніе ímeни существúтельнаго.

Vergleicht man die Declinations=Tabellen im praktischen
Theile genauer unter einander, so findet man, daß die
russische Sprache, streng genommen, nur zwei Declinatio=
nen hat, eine für die männlichen und eine für die
weiblichen Nomina, und daß jede dieser Declinationen
in eine starke und eine schwache Form zerfällt. Die
sächlichen Nomina schließen sich in der Einzahl den männ=
lichen, in der Mehrzahl den weiblichen an, und ihr einziger
Unterschied liegt in der Geschlechtsendung des Nominativs
und gleichlautenden Accusativs.

Zur Veranschaulichung des hier Gesagten sind die fol=
genden Paradigmen nach dieser Eintheilung geordnet.

Bemerkung. Man beachte die Veränderungen
der Tonstelle und die Lautwandelung in den En=
dungen durch die Natur des Charakters veranlaßt.

A. Starke Form in der Einzahl.

a) Charakter -ъ.

1. Belebte Gegenstände.

Männlich.   **Sächlich.**

N. Слонъ, der Elephant.   N. Погудáло, der Fiedler.
G. Слонá, des Elephanten.   G. Погудáла, des F.
D. Слонý, dem E.   D. Погудáлу, dem F.

A. Слона́, den E.
J. Слопо́мъ, mit dem E.
Pr. [O] слон̈ [von dem] E.

A. Погуля́ла, den F.
J. Погуля́ломъ, mit dem F.
Pr. [O] погуля́лъ, [von dem] F.

Weiblich.

N. Вдова́, die Wittwe.
G. Вдовы́, der W.
D. Вдов̈, der W.

A. Вдову́, die W.
J. Вдово́ю, mit der W.
Pr. [O] вдов̈, [von der] W.

2. Leblose Gegenstände.

Männlich.

N. Са́дъ, der Garten.
G. Са́да, des G.
D. Са́ду, dem G.
A. Са́дъ, den G.
J. Са́домъ, mit dem G.
Pr. [O] са́дъ (саду́) [von dem] G.

Sächlich.

N. Де́ло, das Geschäft.
G. Де́ла, des G.
D. Де́лу, dem G.
A. Де́ло, das G.
J. Де́ломъ, mit dem G.
Pr. [O] де́лъ, [von dem] G

Weiblich.

N. Сли́ва, die Pflaume.
G. Сли́вы, der Pfl.
D. Сли́в̈ der Pfl.

A. Сли́ву, die Pfl.
J. Сли́вою, mit der Pfl.
Pr. [O] сли́в̈ [von der] Pfl

b) Charakter -ъ nach ц.

Männlich.

N. Коло́децъ, der Brunnen.
G. Коло́дца, des Br.
D. Коло́дцу, dem Br.
A. Коло́децъ, den Br.
J. Коло́дцомъ, mit dem Br.
Pr. [O] коло́дцѣ [von dem] Br.

Sächlich.

N. Лицё, das Gesicht.
G. Лица́, des G.
D. Лицу́, dem G.
A. Лаце, das G.
J. Лицо́мъ, mit dem G.
Pr. [O] лицѣ [von dem] G.

Weiblich.

N. Овца́, das Schaf.
G. Овцы́, des Sch.
D. Овц̈, dem Sch.

A. Овцу́, das Sch.
J. Овцёю, mit dem Sch.
Pr. [Объ] овцѣ, [von dem] Sch.

c) Charakter -ь.

Männlich.

N. Го́лубь, die Taube.
G. Го́лубя, der T.
D. Го́лубю, der T.
A. Го́лубю, die T.
J. Го́лубемъ, mit der T.
Pr. [O] го́лубѣ, [von der] T.

Sächlich.

N. По́ле, das Feld.
G. По́ля, des F.
D. По́лю, dem F.
A. По́ле, das F.
J. По́лемъ, mit dem F.
Pr. [O] по́лѣ, [von dem] F.

Weiblich.

N. Пуля, die Flintenkugel.
G. Пули, der Fl.
D. Пулѣ, der Fl.

A. Пулю, die Fl.
J. Пулею, mit der Fl.
Pr. [O] пулѣ, [von der] Fl.

d) Charakter -ь nach Zischlauten.

Männlich.

N. Мечъ, das Schwert.
G. Меча, des Sch.
D. Мечу, dem Sch.
A. Мечъ, das Sch.
J. Мечомъ, mit dem Sch.
Pr. [O] мечѣ, [von dem] Sch.

Sächlich.

N. Парнище, der große Junge.
G. Парнища, des gr. J.
D. Парнищу, dem gr. J.
A. Парнища, den gr. J.
J. Парнищемъ, mit dem gr. J.
Pr. [O] парнищѣ, [von dem] gr. J.

Weiblich.

N. Кожа, die Haut.
G. Кожи, der H.
D. Кожѣ, der H.

A. Кожу, die H.
J. Кожею, mit der H.
Pr. [O] кожѣ, [von der] H.

e) Charakter -й.

Männlich.

N. Случай, die Gelegenheit.
G. Случая, der G.
D. Случаю, der G.
A. Случай, die G.
J. Случаемъ, mit der G.
Pr. [O] случаѣ, [von der] G.

Sächlich.

N. Зданіе, das Gebäude.
G. Зданія, des G.
D. Зданію, dem G.
A. Зданіе, das G.
J. Зданіемъ, mit dem G.
Pr. [O] Зданіи, [von dem] G.

Weiblich.

N. Имперія, das Reich.
G. Имперіи, des R.
D. Имперія, dem R.

A. Имперію, das R.
J. Имперіею, mit dem R.
Pr. [O] имперіи, [von dem] R.

B. Starke Form in der Mehrzahl.

a) Charakter -ъ.

1. Belebte Gegenstände.

Männlich.

N. Слоны, die Elephanten.
G. Слоновъ, der E.
D. Слонамъ, den E.

A. Слоновъ, die E.
J. Слонами, mit den E.
Pr. [O] слонахъ, [von den] E.

Weiblich.

N.	Вдо́вы, die Wittwen.
G.	Вдовъ, der W.
D.	Вдова́мъ, den W.
A.	Вдовъ, die W.
J.	Вдова́ми, mit den W.
Pr.	[O] вдова́хъ, [von den] W.

Sächlich.

N.	Погуда́лы, die Fiedler.
G.	Погуда́лъ, der F.
D.	Погудала́мъ, den F
A.	Погуда́лъ, die F.
J.	Погудала́ми, mit den F.
Pr.	[O] погудала́хъ, [von den] F.

2. Leblose Gegenstände.

Männlich.

N.	Сады́, die Gärten.
G.	Садо́въ, der G.
D.	Сада́мъ, den G.

A.	Сады́, die G.
J.	Сада́ми, mit den G.
Pr.	[O] сада́хъ, [von den] G.

Weiblich.

N.	Сли́вы, die Pflaumen.
G.	Сливъ, der Pfl.
D.	Сли́вамъ, den Pfl.
A.	Сли́вы, die Pfl.
J.	Сли́вами, mit den Pfl.
Pr.	[O] сли́вахъ, [von den] Pfl.

Sächlich.

N.	Дѣла́, die Geschäfte.
G.	Дѣлъ, der G.
D.	Дѣла́мъ, den G.
A.	Дѣла́, die G.
J.	Дѣла́ми, mit den G.
Pr.	[O] дѣла́хъ, [von den] G.

b) Charakter -ъ nach -и.

Männlich.

N.	Коло́дцы, die Brunnen.
G.	Коло́дцевъ, der Br.
D.	Коло́дцамъ, den Br.

A.	Коло́дцы, die Br.
J.	Коло́дцами, mit den Br.
Pr.	[O] коло́дцахъ, [von den] Br.

Bemerkung. Bei den Weiblichen und Sächlichen tritt keine Lautwandlung ein.

c) Charakter -ь.

Männlich.

N.	Пу́ли, die Flintenkugeln.
G.	Пуль, der Fl.
D.	Пу́лямъ, den Fl.
A.	Пу́ли, die Fl.
J.	Пу́лями, mit den Fl.
Pr.	[O] пу́ляхъ, [von den] Fl.

Sächlich.

N.	Времена́, die Zeiten.
G.	Времёнъ, der Z.
D.	Времена́мъ, den Z.
A.	Времена́, die Z.
J.	Времена́ми, mit den Z.
Pr.	[O] времена́хъ, [von den] Z.

Bemerkung. Alle männlichen Hauptwörter mit dem Charakter -ь beugen die Mehrzahl nach schwacher Form.

d) Charakter -й.

Männlich.

N. Случаи, die Gelegenheiten.	A. Случаи, die G.
G. Случаевъ, der G.	J. Случаями, mit den G.
D. Случаямъ, den G.	Pr. [O] случаяхъ, [von den] G.

Weiblich.   Sächlich.

N. Имперіи, die Reiche.	N. Зданія, die Gebäude.
G. Имперій, der R.	G. Зданій, der G.
D. Имперіямъ, den R.	D. Зданіямъ, den G.
A. Имперіи, die R.	A. Зданія, die G.
J. Имперіями, mit den R.	J. Зданіями, mit den G.
Pr. [O] имперіяхъ, [von den] R.	Pr. [O] зданіяхъ, [von den] G.

C. Schwache Form in der Einzahl.

Männlich.   Sächlich.

N. Путь, der Weg.	N. Время, die Zeit.
G. Пути, des W.	G. Времени, der Z.
D. Пути, dem W.	D. Времени, der Z.
A. Путь, den W.	A. Время, die Z.
J. Путёмъ, mit dem W.	J. Временемъ, mit der Z.
Pr. [O] пути, [von dem] W.	Pr. [O] времени, [von der] Z.

Weiblich.

N. Кость, der Knochen.	A. Кость, den Kn.
G. Кости, des Kn.	J. Костью, mit dem Kn.
D. Кости, dem Kn.	Pr. [O] кости, [von dem] Kn.

D. Schwache Form in der Mehrzahl.

Diese lautet in allen drei Geschlechtern gleich, wie nach=
stehende Uebersicht zeigt.

Männlich.		Weiblich.		Sächlich.	
N. Фонари,		N. Кости,		N. Поля,	
G. Фонарей,		G. Костей.		G. Полей.	
D. Фонарямъ,	die Laternen.	D. Костямъ.	die Knochen.	D. Полямъ,	die Felder.
A. Фонари,		A. Кости.		A. Поля,	
J. Фонарями,		J. Костями.		J. Полями,	
Pr. [O] фонаряхъ,		Pr. [O] костяхъ,		Pr. [O] поляхъ,	

Bemerkung. Die belebten männlichen und weiblichen haben in der Mehrzahl den Accusativ gleich dem Genitiv

14. **Paradigmen und Bemerkungen**
über Abweichungen in der Declination der Hauptwörter.

I. **Männliche Hauptwörter.**

a) Die Wörter auf -анинъ und einige auf -аринъ werfen im Plural die Sylbe -инъ ab, nehmen im Nominativ die sonst beim Substantiv im Russischen ungebräuchliche Endung -e an und verhärten den Charakter (нъ, ръ für нь, рь) in den übrigen Fällen.

Einheit.	Mehrheit.
N. Крестьянинъ, der Bauer.	N. Крестьяне, die Bauern.
G. Крестьянина, des B.	G. Крестьянъ, der B.
D. Крестьянину, dem B.	D. Крестьянамъ, den B.
A. Крестьянина, den B.	A. Крестьянъ, die B.
J. Крестьяниномъ, mit dem B.	J. Крестьянами, mit den B.
Pr. [O] крестьянинъ, [vor dem] B.	Pr. [O] крестьянахъ, [von den] B.

b) Das Wort Христосъ, **Christus**, wirft in allen übrigen Fällen die Endung -осъ ab.

N. Христосъ. .   A. Христа.
G. Христа.   V. Христе!
D. Христу.   J. Христомъ.
Pr. [o] Христе.

Bemerkung. Ueber den Vocativ vergl. unten d.

c) Das Wort Господь, **der Herr** (Gott), nimmt in allen übrigen Fällen den harten Charakter -ъ für -ь an.

N. Господь.   A. Господа.
G. Господа.   V. Господи! (s. unten d).
D. Господу.   J. Господомъ.
Pr. [o] Господѣ.

d) Besondere Vocativ=Formen, doch nur in der Kirchensprache und im höhern Style, haben:

Богъ, Gott, Voc. Боже.   Человѣкъ, Mensch, Voc. человѣче.
Отецъ, Vater, Voc. отче.   Творецъ, Schöpfer, Voc. Творче.

Іисꙋ́съ, Jeſus, Voc. Іисꙋ́се.   Христо́съ, Chriſtus, Voc. Христе́.
Утѣши́тель, Tröſter, Voc. Утѣши́-   Госпо́дъ, Herr (Gott), Voc. Го́-
телю.   споди.

e) Geſchlecht der Wörter auf -ь.

Männlich ſind:

1. Die Wörter auf -тель.

† Ausgenommen: арте́ль f.   Der Arbeiterverein.
Доброхѣ́тель f. die Tugend.   Мяте́ль f. das Schneegeſtöber.
Оби́тель f. die Herberge.

2. Die Namen der Monate auf -ь.

3. Folgende Wörter:

Алта́рь (олта́рь), der Altar.
Бе́рестень, ein aus Birkenrinde gefertigter Gegenſtand.
Бовть, ein wilder Bienenſtock.
Буква́рь, das A=B=C=Buch, die Bibel.
Бꙋ́тень, der Kerbel.
Ве́ксель, der Wechſelbrief.
Ве́прь, ein wilder Eber.
Ви́хрь, der Wirbelwind.
Волды́рь, eine Blaſe auf der Haut.
Вопль, das Wehgeheul.
Гвоздь, der (eiſerne ꝛc.) Nagel.
Глаго́ль, der Krahn.
Го́голь, die Quakerente.
Го́лубь, die Taube.
Гре́бень, der Kamm.
Гри́фель, der Rechenſtift.
Грꙋздь, der Pfefferſchwamm.
Гꙋсь, die Gans.
Да́ктиль, der Daktylus.
Лёготь, der Birkentheer.
Лепь, der Tag.
Дождь, der Regen.
Дро́чень, ein dickes Kind.
Дрягꙋ́ль, der Laſtträger.
Жёлудь, die Eichel.
За́рубень, der Einſchnitt, die Kerbe.
Звѣрь, das (wilde) Thier.
Йве́рень, der Splitter.
Ильме́нь, der Jlmenſee.

Инби́рь, der Jngwer.
Календа́рь, der Kalender.
Ка́мень, der Stein.
Ка́шель, der Huſten.
Киль, der Schiffskiel.
Ки́пень, ſiedendes Waſſer.
Кисе́ль, der Mehlbrei.
Кисте́нь, eine eiſerne Kugel an einem Riemen.
Ко́голь, die Klaue.
Ко́зырь, der Trumpf.
Коло́дезь, der Brunnen.
Ко́мель, der Kamin.
Конопе́ль, der Hanf.
Конь, das Roß.
Ко́пелень, die Haſelwurz.
Кора́бль, das Schiff.
Ко́рень, die Wurzel.
Коса́рь, ein großes Schnitzmeſſer.
Костꙑ́ль, die Krücke.
Ко́чень, der Kohlkopf.
Коше́ль, der Kober, Brodſack.
Кре́мень, der Feuerſtein.
Кремль, der Kreml.

Кре́ндель, die Brätzel, der Kringel.
Крꙋ́пень, der Waſſerwirbel.
Кꙋба́рь, der Kreiſel.
Кꙋ́коль, der Lolch, das Unkraut.
Кꙋль, der Mehlſack.
Ла́герь, das Feldlager.

Лань, der Dammhirsch.
Лáпоть, der Bastschuh.
Ларь, der Kasten, die Lade.
Лékарь, Der Arzt.
Лéжень, der Faulenzer.
Лúвень, der Platzregen.
Линь, die Schleihe.
Лóкоть, der Ellbogen, die Elle.
Ломóть, ein Brodschnitt.
Лóсось, die Lachsforelle.
Лось, das Elenthier.
Медвѣдь, der Bär.
Миндáль, die Mandel.
Миткáль, Mitkal, Mousseline.
Монастырь, das Kloster.
Нашатырь, der Salmiak.
Нóготь, der Nagel (am Finger).
Оборотень, der Wärwolf.
Огóнь, das Feuer.
Окунь, der Barsch.
Олéнь, der Hirsch.
Орáрь, die Stola.
Пáнцырь, der Panzer.
Пáхарь, der Ackersmann.
Пень, der Stamm, Block.
Пéречень, der Inbegriff, die Summe.
Пéрстень, der Ring.
Плáмень, die Flamme.
Плестéнь, das Zweigengeflechte.
Пóлоть, die Speckseite.
Пóползень, der Nußhacker.
Пóртень, das Brunnen-Ventil.
Пóршень, der Kolben.
Прóлежень, die Dachstuhlschwelle; eine Wunde vom Durchliegen.
Профúль, das Profil.
Пузырь, die Wasserblase.
Пустырь, eine leere Baustelle.

Путь, der Weg.
Рéвень, der Rhabarber.
Рéмень, der Riemen.
Рубль, der Rubel.
Руль, das Steuerruder.
Сбúтень, ein Thee aus heißem Wasser, Honig, spanischen Pfeffer und andern Gewürzen.
Сгúбень, eine Art Weißbrode.
Склáдень, das Halsband.
Словáрь, das Wörterbuch.
Смáзень, die Glaspaste.
Сóболь, der Zobel.
Сóчень, eine Art Kuchen, Fladen.
Спектáкль, das Schauspiel.
Срѣзень, der Anschnitt des Brodes.
Стéбель, der Stengel.
Стéржень, das (Baum-) Mark.
Стихáрь, ein langes Kleid der Geistlichen mit weiten Aermeln.
Сухáрь, der Zwieback.
Туфель, der Pantoffel.
Уголь, die Kohle.
Угорь, der Aal.
Фитúль, die Lunte.
Флúгель, der Flügel (Seitengebäude).
Фонáрь, die Laterne.
Хмѣль, der Hopfen.
Хрустáль, der Krystall.
Червь, der Wurm.
Шáшень, der Schiffwurm.
Шквóрень, der Vornagel, die Lünse.
Щавéль, der Sauerampfer.
Щéбень, der Schutt.
Якорь, der Anker.
Янтáрь, der Bernstein.
Ячмéнь, die Gerste.
Ясень, der Eschenbaum.

II. Sächliche Hauptwörter.

a) Paradigmen der Verkleinerungswörter auf -инко, deren Stammwort männlichen Geschlechts ist.

Belebte Gegenstände.   Leblose Gegenstände.

Einzahl.

N. Парнишко, das Knäblein.   N. Домишко, das Häuschen.
G. Парнишка, des Kn.   G. Домишка, des H.
D. Парнишку, dem Kn.   D. Домишку, dem H.
A. Парнишка, das Kn.   A. Домишком, das H.
J. Парнишком, mit dem Kn.   J. Домишко, mit dem H.
Pr. [О] парнишкѣ, [von den] Kn.   Pr. [О] домишкѣ, [von den] H.

Mehrzahl.

N. Парнишки, die Knäblein.   N. Домишки, die Häuschen.
G. Парнишекъ, der Kn.   G. Домишекъ, der H.
D. Парнишкамъ, den Kn.   D. Домишкамъ, den H.
A. Парнишекъ, die Kn.   A. Домишки, die H.
J. Парнишками, mit den Kn.   J. Домишками, mit den H.
Pr. [О] парнишкахъ, [von den] Kn.   Pr. [о] домишкахъ, [von den] H.

Bemerkung 1. Ist das Stammwort sächlichen Geschlechts, so hat das Diminutiv im Nominativ und Accusativ des Plurals sowohl -и, als -a. z. B. von ухо, das Ohr, Diminutiv: ушко, das Oehrchen, Mehrzahl: ушки und ушка.

b) Beispiel eines Verkleinerungswortes auf -це:

Einheit.   **Mehrheit.**

N. Оконце, das Fensterchen.   N. Оконцы und оконца, die F.
G. Оконца, des F.   G. Оконцевъ, der F.
D. Оконцу, dem F.   D. Оконцамъ, den F.
A. Оконце, das F.   A. Оконцы und оконца, die F.
J. Оконцомъ, mit dem F.   J. Оконцами, mit den F.
Pr. [О] оконцѣ, [von dem] F.   Pr. [О] оконцахъ, [von den] F.

c) Paradigmen und Bemerkungen über die Vergrö=ßerungswörter und andere Derivative auf -ище.

Belebte Gegenstände.   Leblose Gegenstände.

Einzahl.

N. Парнище, der große Junge.   N. Столище, der große Tisch.
G. Парнища, des gr. J.   G. Столища, des gr. T.
D. Парнищу, dem gr. J.   D. Столищу, dem gr. T.
A. Парнища, den gr. J.   A. Столище, den gr. T.
J. Парнищемъ, mit dem gr. J.   J. Столищемъ, mit dem gr. T.
Pr. [О] парнищѣ, [von dem] gr. J.   Pr. [О] столищѣ [von dem] gr. T.

Joel u. Fuchs, Russische Gramm.   38

Mehrzahl.

N. Парнищи, die großen Jungen.　　N. Столищи, die großen Tische.
G. Парнищей, der gr. J.　　　　　　G. Столищей, der gr. T.
D. Парнищамъ, den gr. J.　　　　　D. Столищамъ, den gr T.
A. Парнищей, die gr. J.　　　　　　A. Столищи, die gr. T.
J. Парнищами, mit den gr. J.　　　　J. Столищами, mit den gr. T.
Pr. [O] парнищахъ, [von den] gr. J.　Pr. [o] столищахъ, [von den] gr. T.

Bemerkung 2. Ist das Stammwort des Augmentativs ein Neutrum, so hat der Nominativ und Accusativ im Plural die Endung -a, z. B. окно, das Fenster; Augmentativ: окнище, ein großes Fenster; Nominativ und Accusativ des Plurals: окнища, die großen Fenster.

Bemerkung 3. Wörter auf -ище, die keine Vergrößerungswörter sind, gehen im Plural nach starker Form, z. B. рѣпище, das Rübenfeld, Plural, Nom. рѣпища, Gen. рѣпищъ.

d) Das Wort дитя, das Kind; bildet den Plural in folgender Art.

N. Дѣти, die Kinder.　　　　A. Дѣтей, die K.
G. Дѣтей, der K.　　　　　　J. Дѣтьми, mit den K.
D. Дѣтямъ, den K.　　　　　Pr. [O] дѣтяхъ [von den] K.

III. Weibliche Hauptwörter.

a) Die Wörter мать, die Mutter; und дочь, die Tochter; bilden den übrigen Casus von dem Thema матерь, дочерь, in folgender Weise:

Einzahl.

N. Мать, die Mutter.　　　　N. Дочь, die Tochter.
G. Матери, der M.　　　　　G. Дочери, der T.
D. Матери, der M.　　　　　D. Дочери, der T.
A. Мать, die M.　　　　　　A. Дочь, die T.
J. Матерью, mit der M.　　　J. Дочерью, mit der T.
Pr. [O] матери, [von der] M.　Pr. [O] дочери, [von der] T.

Mehrzahl.

N. Матери, die Mütter.　　　N. Дочери, die Töchter.
G. Матерей, der M.　　　　G. Дочерей, der T.
D. Матерямъ den M.　　　　D. Дочерямъ, den T.

A. Матерéй, die M.
Ç. Матерями, mit den M.
Pr. [O] матеряхъ [von den] M.

A. Дочерéй, die T.
Ç. Дочерями, mit den T.
Pr. [O] дочеряхъ [von den] T.

b) Das Wort церковь, die Kirche, geht im Singular regelmäßig, die Abweichungen des Plurals gehen aus folgendem Schema hervor:

N. Цéркви, die Kirchen.
G. Церквéй, der K.
D. Церквáмъ, den K.

A. Цéркви, die K.
Ç. Церквáми, mit den K.
Pr. [O] церквáхъ, [von den] K.

c) Verzeichniß der weiblichen Hauptwörter, die auf einen Zischlaut auslauten, daher am Ende ein -ь erhalten:

Бéрежь, die Sparsamkeit.
Вéтошь, ein abgetragenes Kleid.
Вечь und вѣчь, der Glockenthurm.
Вéщь, die Sache.
Глушь, das Dickicht.
Гóречь, die Bitterkeit.
Дичь, das Wildpret.
Дóчь, die Tochter.
Дрóжь, das Zittern, Fröfteln.
Жéлчь, die Galle.
Зáточь, die Auswetzung einer Scharte.
Картéчь, die Kartätsche.
Ложь, die Lüge.
Мéлочь, die Kleinigkeit.
Молодёжь, junge Leute.
Мышь, die Maus.
Нéмощь, die Krankheit.
Нéфорощь, römischer Wermuth.
Нóчь, die Nacht.

Óпушь, der Rand, das Gebräue.
Óтлежь, der Bodensatz.
Пéчь, der Ofen.
Плѣшь, die Glatze.
Пóлночь, die Mitternacht.
Пóмощь, die Hülfe.
Пристяжь, Wagenstränge, zum Anspannen des Beipferdes.
Пýстошь, die Wildniß, leeres Geschwätz.
Пушь, das Pelzwerk.
Рожь, der Roggen (Getreide).
Рóскошь, die Verschwendung.
Рукопáшь, der Faustkampf.
Рѣчь, die Rede.
Сушь, die Trockenheit; dürres Holz.
Тéчь, das Ausrinnen, der Leck.
Тишь, die Ruhe, Stille.
Тушь (auch Тущ m.), die Tusche.
Упряжь, das Pferdegeschirr.

Das Eigenschaftswort. ИМЯ ПРИЛАГАТЕЛЬНОЕ.

15. Wurzelwörter. *Коренныя словá.*

Благъ, gütig.
Близокъ, nahe.
Бѣлъ, weiß.
Глупъ, dumm.

Пѣгъ, scheckig.
Рáвенъ, eben.
Русъ, blond.
Рѣд-окъ, dünn, selten.

88*

Гнѣдъ, lichtbraun (vom Pferde).
Голъ, kahl.
Гордъ, stolz.
Густъ, dick, dicht.
Дéрзокъ, frech.
Дикъ, wild.
Добръ, gut.
Дóлогъ, lang.
Дóрогъ, theuer.
Жёлтъ, gelb.
Золъ, böse.
Инóй, ander.
Кривъ, krumm, schief.
Легóкъ, leicht.
Лихъ, böse, arg.
Лысъ, glatzköpfig.
Любъ, genehm.
Малъ, klein.
Милъ, lieb.
Мнóгiй, viel.
Молóдъ, jung.
Мудръ, weise.
Мягокъ, weich.
Нагъ, nackt.
Новъ, neu.
Нѣмъ, stumm.
Плохъ, schlecht, gering.
Пóлзокъ, schlüpfrig.
Полóвъ, strohgelb.
Пóлонъ, voll.
Правъ, wahr.
Прытокъ, schnell.
Прѣсенъ, süß (von Waſſer).
Прямъ, gerade.
Прянъ, scharf, beißend.
Пустъ, leer.
Чужъ, fremd.
Щéдръ, freigebig.

Свѣжъ, frisch.
Святъ, heilig.
Сивъ, schwarzgrau.
Сизъ, hellblau.
Сиръ, verwaist.
Скоръ, schnell.
Слабъ, schwach.
Слáдокъ, süß.
Слизокъ, schlüpfrig.
Слѣпъ, blind.
Споръ, vortheilhaft.
Старъ, alt.
Строгъ, streng.
Сухъ, trocken, dürr.
Сыръ, feucht, roh.
Сытъ, gemästet.
Сѣдъ, grau.
Твёрдъ, hart.
Тихъ, still.
Толстъ, dick.
Трезвъ, nüchtern.
Тугъ, straff.
Тупъ, stumpf.
Тѣсенъ, gedrängt, eng.
Хворъ, kränklich.
Хлипокъ, gebrechlich.
Хóлостъ, ehelos.
Хорóшъ, gut.
Храбръ, tapfer.
Хромъ, lahm.
Хрупокъ, brüchig.
Худъ, schlecht.
Цѣлъ, ganz, unversehrt.
Частъ, oft.
Чёренъ, schwarz.
Черствъ, altbacken.
Широкъ, reinlich.
Юнъ, jung.

Яръ, hitzig, zornig.

16. Abgeleitete Wörter. *Производныя словá.*

Die meisten werden von Hauptwörtern abgeleitet und zwar durch folgende Endungen:

a) -овъ, (-овый), befonders von Stoffnamen, Bäu=men und Pflanzen:

Бу́ковый, buchen.	Von букъ, die Buche.
Ело́вый, tannen.	„ ель f. die Tanne.
Гру́шевый, birnen.	„ груш-а, die Birne.

Auch von andern Substantiven, wie:

Ла́сковый, höflich.	Von ласк-а, Wohlwollen.
Домово́й, häuslich.	„ Домъ, das Haus.

b) -ивъ, -ливъ, (-ивый, -ливый).

Sie entsprechen den deutschen Adjectiven auf =lich, =haft.

Лжи́вый, lügenhaft.	Von лж-и (ложь), die Lüge.
Лѣни́вый, faul, träge.	„ лѣнь f., die Trägheit.
Жа́лостливый, mitleidig.	„ жалость f., das Mitleid.
Сча́стливый, glücklich.	„ счаст-іе, das Glück.

c) -скій, eine Aehnlichkeit, ein Angemessensein zu bezeichnen.

Бра́тскій, brüderlich.	Von братъ, der Bruder.
Же́нскій, weiblich.	„ жен-а́, das Weib.

α) Die Kehllaute und -ц werden gewandelt und -о wird vor -скій eingeschoben; welches letztere überhaupt nach Zischlauten stattfindet.

Дру́жескій, freundschaftlich.	Von другъ, Freund.
Дѣви́ческій (дѣвичій, дѣвій), jung=fräulich.	„ дѣвиц-а, die Jungfrau.
Му́жескій, männlich.	„ Мужъ, der Mann.

Hierher gehören auch die von den griechischen Adjectiven auf -ικος abgeleiteten auf -скій.

Астрономи́ческій, astronomisch.	Von αστρονομικ-ός (astronomicus).
Физи́ческій, physisch.	φυσικ-ός (physicus).

β) Viele schieben vor -скій die Sylbe ов, ев ein.

Жидо́вскій, jüdisch.	Von жидъ, der Jude.
Короле́вскій, königlich.	„ король, der König.

Bemerkung 1. Die Anwendung der Ableitungssylbe -скій bei Länder=, Städte und Völkernamen siehe im prakt. Th. 367.

d) -оватый, eine Aehnlichkeit, das Vorhandensein

des durch das Stammwort bezeichneten Gegenstandes aus=
zubrücken.

Моховáтый, moosig.　　　Von мóхъ, das Moos.
Желобовáтый, rinnenförmig.　　„ жёлобъ, die Dachrinne.

Bemerkung 2. Diese Adjective auf -овáтый sind nicht
zu verwechseln mit den im prakt. Th. 351., b. beschriebenen,
die eine Schwächung der Eigenschaft bezeichnen und von
Eigenschaftswörtern abgeleitet sind.

e) -истый (mildernd), bezeichnet eine Fülle des durch
das Stammwort genannten Gegenstandes (vgl. pr. Th. 373.).

Дымистый, voll Rauch, räucherig.　Von дымъ, der Rauch.
Жилистый, voller Adern, aderig.　„ жил-а, die Ader.
Мясистый, fleischig.　　　　　　„ мяс-о, das Fleisch.

f) -астый, hervorstechendes Vorhandensein des
Gegenstandes, den das Stammwort nennt.

Головáстый, dicköpfig.　　　Von головá, der Kopf.
Зубáстый, großzahnig.　　　　„ зубъ, der Zahn.
Носáстый, großnasig.　　　　　„ нóсъ, die Nase.

Bemerkung 3. Die Bildung der possessiven Adjective
findet man ausgeführt im prakt. Th. Lektion 29. und 39.
Ferner vergleiche man im prakt. Th. 365.

17. Zusammengesetzte Wörter. *Сложныя словá.*

A. **Mit Hauptwörtern,** gewöhnlich mittelst des
Binde=Vocals -о.

Богохýльный, gotteslästerlich.　Aus Богъ, Gott, хýльный, lästerlich.
Лицепрiáтный, partheiisch.　　　„ лицé, Gesicht, Person, прiáт-
　　　　　　　　　　　　　　ный, angenehm.
Очевидный, augenscheinlich.　　„ óч-и (óко) Augen, видимый klar.

B. **Mit Partikeln.**

1) Безóблачный, unbewölkt.　　Aus безъ, ohne, óблачный, bewölkt.
　Отмóклый, los geweicht.　　　„ отъ, von, ab, мóкрый, naß.
2) Невинный, unschuldig.　　　„ не, nicht, un=, винный, schuldig.
　Несказáнный, unsäglich.　　　„ не, un=, скáзанный, gesagt.

C. Viele kommen außer der Zusammensetzung nicht als Adjectiva vor.

1) Долговолóсый, langhaarig.   Aus долгъ, lang, вóлосъ, das Haar.
Бездýшный, leblos.   „ безъ, ohne, душá, die Seele.

2) Manche darunter sind von zusammengesetzten Haupt= oder Zeitwörtern abgeleitet.

Отзы́вный, wiederhallend.   Von отзы́въ, das Echo.
Отлóгій, abschüssig.   „ отлóгъ, die Abschüssigkeit.
Вы́купный, loskaufbar.   „ Вы́купить, loskaufen.

Bemerkung. Wie die deutschen zusammengesetzten Eigenschaftswörter im Russischen wiedergegeben werden, findet man im prakt. Th. 382.

18. Concretion und Mo=   *Присоединéніе и движéніе*
tion der Eigenschafts=   *имёнъ прилагáтельныхъ.*
wörter.

a) Ein Prädicats=Begriff für sich allein (abstract), als unselbstständig gedacht, heißt Beschaffenheit, deren Ausdruck das Beschaffenheitswort ist.

b) Eine Beschaffenheit als einem Gegenstande einverleibt (concret) dargestellt, heißt eine Eigenschaft, deren Ausdruck Eigenschaftswort genannt wird.

c) Eine Beschaffenheit zu einer Eigenschaft machen, heißt sie concresciren; ein Beschaffenheitswort in ein Eigenschaftswort verwandeln, wird daher Concretion (Einverleibung, присоединéніе) genannt.

d) An einem Bestimmungsworte des Hauptworts das Geschlecht des letztern bezeichnen, nennt man Motion (движéніе).

e) Beschaffenheitswörter werden nur im Nominativ der Einheit und Mehrheit gebraucht. Sie nehmen die allgemeinen Geschlechtsbezeichnungen -ъ, -a, -o und im Plural für alle drei Geschlechter -и an.

f) Die Concretion der Beschaffenheitswörter geschieht durch Anhängung der Ausgänge -ій, -я, -e an das movirte

Beschaffenheitswort, z. B. gut, добръ, добрá, добрó, con=
crescirt: добрый, добрая, доброе; blau сипь, сйпя, сйне,
concrescirt: сйпій, сйняя, сйнее.

Bemerkung 1. я steht für йя, ья; e für йо, ьо.

*) Die Darstellung der russischen Grammatiker, als seien die Be=
schaffenheitswörter aus den Eigenschäftswörtern durch Abkürzung der
Endungen (усѣчéпіе окопчáпія) entstanden, ist falsch. Die soge=
nannte vollständige Endung (пóлпое окопчáпіе) der Adjective
ist nichts anderes, als ein aus dem persönlichen Fürworte entstandenes
Suffix, und das Adjectivum mit der vollen Endung eine Verschmel=
zung des Beschaffenheitsworts mit dem persönlichen Fürworte zu Einem
Worte.

g) Ohne Concretions = Laute werden mit dem
Hauptworte nur die von Personen=Bezeichnungen abge=
leiteten possesiven Abjectiva (pr. Th. Lekt. 29.) verbunden.

*) Der Grund dieser Erscheinung ist aus der vorigen Bemerkung
f) klar.

h) Um Umstandswörter zu concresciren wird ein
mildes -нь ihnen angehängt, z. B. hier, здѣсь; hiesig,
здѣшпіñ.

Bemerkung 2. Dieses -нь entspricht somit der deutschen
Bildungssylbe -ig, wie hiesig, dortig u. dgl.

19. Declination der Ei= Склонéніе имёнъ прилагá-
    genschaftswörter.   тельныхъ.

Was oben (13.) von den Hauptwörtern gesagt ist, gilt
auch für die Eigenschaftswörter. Sie haben auch eine De=
clination für das männliche Geschlecht und eine zweite
für das weibliche, während das sächliche Geschlecht im
Singular dem männlichen, im Plural dem weiblichen folgt.

Bemerkung 3. Für den Accusativ der Einheit des
männlichen Geschlechts ist noch zu merken, daß er beim
Eigenschaftswort dem Genitiv gleich ist, wenn das Haupt=
wort auch nach weiblicher Flexions=Art eine eigene Accusativ=
Form hat, wie das folgende Paradigma сѣрá deutlich
machen wird.

A. Adjective ohne Concretions-Laute.

Einzahl.

Männlich.

N. Отцёвъ домъ,
G. Отцёва дома,
D. Отцёву дому,
A. Отцёвъ домъ,
J. Отцёвымъ домомъ,
Pr. [Объ] отцёвомъ дому.

das Haus des Vaters.

Sächlich.

N. Жёнино имѣніе,
G. Жёнина имѣнія,
D. Жёнину имѣнію,
A. Жёнино имѣніе,
J. Жёнинымъ имѣніемъ,
Pr. [О] жённомъ имѣніи.

das Vermögen der Frau.

Weiblich.

N. Петрóва книга,
G. Петрóвой книги,
D. Петрóвой книгѣ,

Peters Buch.

A. Петрóву книгу.
J. Петрóвою книгу.
Pr. [О] Петрóвой книгѣ.

Bemerkung. Als Beispiel zu der Regel mögen hier folgende Paradigmen stehen.

Männlich.

N. Михáилъ Ломонóсовъ.
G. Михáила Ломонóсова.
D. Михáилу Ломонóсову.
A. Михáила Ломонóсова.
J. Михáиломъ Ломонóсовымъ.
Pr. [О] Михáилѣ Ломонóсовѣ.

Sächlich.

N. Селó Бородинó,
G. Селá Бородинá,
D. Селу́ Бородину́,
A. Селó Бородинó,
J. Селóмъ Бородинымъ,
Pr. [О] селѣ Бородинѣ,

das Dorf Borobino.

Die weiblichen Namen gehen ganz wie Петрóва.

B. Concrescirte Adjective.

a) Charakter -ъ.

Männlich.

N. Бѣлый столъ,
G. Бѣлаго столá,
D. Бѣлому столу́,
A. Бѣлый столъ,
J. Бѣлымъ столóмъ,
Pr. [О] бѣломъ столѣ.

der weiße Tisch.

Sächlich.

N. Дóброе семéйство,
G. Дóбраго семéйства,
D. Дóброму семéйству,
A. Дóброе семéйство,
J. Дóбрымъ семéйствомъ,
Pr. [О] дóбромъ семéйствѣ.

die gute Familie.

Weiblich.

N. Бѣлая стѣнá,
G. Бѣлой стѣны́,
D. Бѣлой стѣнѣ,

die weiße Wand.

A. Бѣлую стѣну.
J. Бѣлою стѣнóю.
Pr. [О] бѣлой стѣнѣ,

Belebte Gegenstände männlichen Geschlechts.

N.	Добрый отецъ,		N.	Старый слуга,	
G.	Добраго отца,		G.	Стараго слугú,	
D.	Доброму отцу,	der gute Vater.	D.	Старому слугѣ,	der alte Diener.
A.	Добраго отца,		A.	Стараго слугу,	
J.	Добрымъ отцёмъ.		J.	Старымъ слугою,	
Pr.	[O] добромъ отцѣ.		Pr.	[O] старомъ слугѣ.	

b) Charakter -ь.

Männlich.

N.	Древній замокъ,	
G.	Древняго замка,	
D.	Древнему замку,	die alte Burg.
A.	Древній замокъ,	
J.	Древнимъ замкомъ,	
Pr.	[O] древнемъ замкѣ.	

Sächlich.

N.	Древнее строéніе,	
G.	Древняго строéнія,	
D.	Древнему строéнію,	das alte Gebäude.
A.	Древнее строéніе,	
J.	Древнимъ строéніемъ,	
Pr.	[O] древнемъ строéніи.	

Weiblich.

N.	Древняя церковь,	die alte Kirche.	A	Древнюю церковь.	
G.	Древней церкви,		G	Древнею церковью.	
D.	Древней церкви,		Pr.	[O] древней церкви.	

Bemerkung. Bei den von Thiernamen abgeleiteten possessiven Adjectiven ist -ій nicht Concretions=, sondern Ableitungsſylbe. Sie nehmen erst in den übrigen Fällen die Concretions=Suffixa an, vor denen dann -i ausfällt und durch -ь ersetzt wird (pr. Th. 24.).

Männlich.

N.	Лисій мѣхъ,	
G.	Лисьяго мѣха,	
D.	Лисьему мѣху,	der Fuchspelz.
A.	Лисій мѣхъ,	
J.	Лисьимъ мѣхомъ,	
Pr.	[O] лисьемъ мѣхѣ.	

Sächlich.

N.	Птичье*) гнѣздо,	
G.	Птичьяго гнѣзда,	
D.	Птичьему гнѣзду,	das Vogelnest.
A.	Птичье*) гнѣздо,	
J.	Птичьимъ гнѣздомъ,	
Pr	[O] птичьимъ гнѣздѣ	

Weiblich.

A.	Волчья*) шуба,	der Wolfspelz.	A.	Волчью*) шубу.	
G.	Волчьей шубы,		J.	Волчьею шубою	
D.	Волчьей шубѣ,		Pr.	[O] волчьей шубѣ.	

*) Ohne Concretions=Suffix, welche волчая, волчую, птичее, bilden würden, oder analog den übrigen Casibus птичье, волчья, волчью.

C. Adjective ohne Concretions-Laute.

Mehrzahl.

Männlich.		Sächlich.	
N. Отцёвы домá**),		N. Жёнины имѣнія	
G. Отцёвыхъ домóвъ,		G. Жёниныхъ имѣній,	
D. Отцёвымъ домáмъ,	die Häuser des Vaters.	D. Жённымъ имѣніямъ,	die Besitzungen der Frau.
A. Отцёвы домá,		A. Жёнины имѣнія,	
J. Отцёвыми домáми,		J. Жёниными имѣніями,	
Pr. [Объ] отцёвыхъ домáхъ.		Pr. [О] жённыхъ имѣніяхъ.	

**) Wegen des Plurals домá f. pr. Th. 157.

Weiblich.

N. Петрóвы кнúги,		A. Петрóвы кнúги.	
G. Петрóвыхъ кнúгъ,	Peter's Bücher.	J. Петрóвыми кнúгами.	
D. Петрóвымъ кнúгамъ,		Pr. [О] Петрóвыхъ кнúгахъ.	

D. Concrescirte Adjective.

a) Charakter -ъ.

Männlich.

N. Бѣлые столы́,		A. Бѣлые столы́.	
G. Бѣлыхъ столóвъ,	die weißen Tische.	J. Бѣлыми столáми.	
D. Бѣлымъ столáмъ,		Pr. [О] бѣлыхъ столáхъ.	

Weiblich.		Sächlich.	
N. Бѣлыя стѣны,		N. Дóбрыя семéйства,	
G. Бѣлыхъ стѣнъ,		G. Дóбрыхъ семéйствъ,	
D. Бѣлымъ стѣнáмъ,	die weißen Wände.	D. Дóбрымъ семéйствамъ,	die guten Familien.
A. Бѣлыя стѣны,		A. Дóбрыя семéйства,	
J. Бѣлыми стѣнами,		J. Дóбрыми семéйствами,	
Pr. [О] бѣлыхъ стѣнахъ.		Pr. [О] дóбрыхъ семéйствахъ.	

Belebte Gegenstände.

Männlich.		Weiblich.	
N. Дóбрые отцы́,		N. Дóбрыя сестры́,	
G. Дóбрыхъ отцёвъ,		G. Дóбрыхъ сестёръ,	
D. Дóбрымъ отцáмъ,	die guten Väter.	D. Дóбрымъ сестрáмъ,	die guten Schwestern.
A. Дóбрыхъ отцёвъ,		A. Дóбрыхъ сестёръ,	
J. Дóбрыми отцáми,		J. Дóбрыми сестрáми,	
Pr. [О] дóбрыхъ отцáхъ.		Pr. [О] дóбрыхъ сестрáхъ.	

b) **Charakter -ъ.**

Männlich.

Я. Дре́вніе за́мки,		А. Дре́вніе за́мки.
G. Дре́внихъ за́мковъ,	die alten Burgen.	З. Дре́вними за́мками.
D. Дре́внимъ за́мкамъ,		Pr. [О] дре́внихъ за́мкахъ.

Weiblich. | **Sächlich.**

Я. Дре́внія це́ркви,		Я. Дре́внія строе́нія,	
G. Дре́внихъ церкве́й,	die alten Kirchen.	G. Дре́внихъ строе́ній,	die alten Gebäude.
D. Дре́внимъ це́рквамъ,		D. Дре́внимъ строе́ніямъ,	
А. Дре́внія це́ркви,		А. Дре́внія строе́нія,	
З. Дре́вними це́рквами,		З. Дре́вними строе́ніями.	
Pr. [О] дре́внихъ це́рквахъ.		Pr. [О] дре́внихъ строе́ніяхъ.	

c) **Possessive Adjective von Thiernamen.**

Bemerkung. Da sie für alle drei Geschlechter gleich lauten, so folgt hier nur ein Beispiel.

Я. Лисьи *) мѣха́ **),	die Fuchs pelze.	А. Лисьи *) мѣха́.
G. Лисьихъ мѣхо́въ,		З. Лисьими мѣха́ми.
D. Лисьимъ мѣха́мъ,		Pr. [О] лисьихъ мѣха́хъ.

20. In den beiden Eigenschaftswörtern Бо́жій, göttlich, Gottes=, und вра́жій, feindlich, Feindes=, ist -ій gleichfalls nicht Concretions=Suffix, sondern Ableitungssylbe. Deshalb gehen sie ganz wie oben 19., A., отцёвъ, Петро́ва, жёнино. Die gleichfalls vorkommenden concrescirten Formen Бо́жіаго, Бо́жіему, u. dgl. sind durch falsche Analogie entstanden.

Einzahl.

Männlich. | **Sächlich.**

Я. Бо́жій.	Я. Бо́жіе.
G. Бо́жія (Бо́жіаго).	G. Бо́жія (Бо́жіаго).
D. Бо́жію (Бо́жіему).	D. Бо́жію (Бо́жіему).
А. Бо́жій oder Бо́жія.	А. Бо́жіе.
З. Бо́жіимъ.	З. Бо́жіимъ.
Pr. [О] Бо́жіемъ (бо́жіи).	Pr. [О] Бо́жіемъ (Бо́жіи).

_____

*) Auch hier fehlen im Nominativ und Accusativ die Concretions-Suffixa.

Weiblich.

R. Бóжія.
G. Бóжіей (Бóжія).
D. Бóжіей.

A. Бóжію.
J. Бóжіею.
Pr. [O] Бóжіей.

: **Mehrzahl.**

Für alle drei Geschlechter.

R. Бóжіи.
G. Бóжіихъ.
D. Бóжіимъ.

A. Бóжіи oder Бóжіихъ.
J. Бóжіими.
Pr. [O] Бóжіихъ.

Врáжій wird ganz ebenso flectirt.

Bemerkung. Der weibliche Singular=Genitiv Бóжія gehört, wie überhaupt dieser Genitiv auf -я -ія bei allen Adjectiven, dem höhern Style an.

21. **Comparation der** *Сравнéніе имёнъ прилагá-*
Adjective. *тельныхъ.*

(Siehe prakt. Th. Lekt. 34. und 35.)

Die concrescirten Comparative werden ebenso declinirt, wie die Adjective im Positiv, nur daß der vocalische Anlaut der Endung nach der Natur des Zischlautes, mit dem er zusammentrifft, modificirt wird.

Einzahl.

Männlich.

R. Вѣрнѣйшій спóсобъ.
G. Вѣрнѣйшаго спóсоба.
D. Вѣрнѣйшему спóсобу.
A. Вѣрнѣйшій спóсобъ.
J. Вѣрнѣйшимъ спóсобомъ.
Pr. [O] вѣрнѣйшемъ спóсобѣ.

Sächlich.

R. Богатѣйшее помѣстье.
G. Богатѣйшаго помѣстья.
D. Богатѣйшему помѣстью.
A. Богатѣйшее помѣстье.
J. Богатѣйшимъ помѣстьемъ.
Pr. [O] богатѣйшемъ помѣстьѣ.

Weiblich.

R. Краснѣйшая картúна.
G. Краснѣйшей картúны.
D. Краснѣйшей картúнѣ.
A. Краснѣйшую картúну.
J. Краснѣйшую картúною.
Pr. [O] краснѣйшей картúнѣ.

Mehrzahl.

Männlich.

R. Вѣрнѣйшіе спóсобы.
G. Вѣрнѣйшихъ спóсобовъ.
D. Вѣрнѣйшимъ спóсобамъ.
A. Вѣрнѣйшіе спóсобы.
J. Вѣрнѣйшими спóсобами.
Pr. [O] вѣрнѣйшихъ спóсобахъ.

Weiblich.

N. Краснѣйшія картины.
G. Краснѣйшихъ картинъ.
D. Краснѣйшимъ картинамъ.
A. Краснѣйшія картины.
J. Краснѣйшими картинами.
Pr. [О] краснѣйшихъ картинахъ.

Sächlich.

N. Богатѣйшія помѣстья.
G. Богатѣйшихъ помѣстьевъ*).
D. Богатѣйшимъ помѣстьямъ.
A. Богатѣйшія помѣстья.
J. Богатѣйшими помѣстьями.
Pr. [О] богатѣйшихъ помѣстьяхъ.

Das Zahlwort. ИМЯ ЧИСЛИТЕЛЬНОЕ.

22. Die Grundzahlen (количественныя числа) (prakt. Th. Lekt. 43.) von одинъ, eins, bis десять, zehn; ferner: сорокъ, vierzig; сто, hundert; тысяча, tausend; sind Stammwörter, von denen die übrigen Grundzahlen durch Zusammensetzung gebildet sind.

23. Declination der Grundzahlen in ihrer Verbindung mit Hauptwörtern.

A. *Одинъ, одна, одно,* eins.

Одинъ stimmt stets mit seinem Hauptworte in Geschlecht, Zahl und Fall überein.

Einzahl.

Männlich.

N. Одинъ ножъ.
G. Одного ножа.
D. Одному ножу.
A. Одинъ ножъ.
J. Однимъ ножёмъ.
Pr. [Объ] одномъ ножѣ.

Sächlich.

N. Одно блюдо.
G. Одного блюда.
D. Одному блюду.
A. Одно блюдо.
J. Однимъ блюдомъ.
Pr. [Объ] одномъ блюдѣ.

Weiblich.

N. Одна мышь.
G. Одной мыши.
D. Одной мыши.
A. Одну мышь.
J. Одною мышью.
Pr. [Объ] одной мыши.

Mehrzahl.

Männlich.	Sächlich.
N. Одни́ ножи́.	N. Одни́*) блю́ды.
G. Одни́хъ ноже́й.	G. Одни́хъ блюдъ.
D. Одни́мъ ножа́мъ.	D. Одни́мъ блю́дамъ.
A. Одни́ ножи́.	A. Одни́ блю́ды.
J. Одни́ми ножа́ми.	J. Одни́ми блю́дами.
Pr. [Объ] одни́хъ ножа́хъ.	Pr. [Объ] одни́хъ блю́дахъ.

Weiblich.

N. Однѣ́ мы́ши.	A. Однѣ́хъ мыше́й.
G. Однѣ́хъ мыше́й.	J. Однѣ́ми мыша́ми.
D. Однѣ́мъ мыша́мъ.	Pr. [Объ] однѣ́хъ мыша́хъ.

Bemerkung. Еди́нъ, eins, geht wie die possessiven Adjective von Thiernamen, nur daß es wegen seines harten Charakters -ъ kein -ь vor den Concretions-Suffixen hat. Gen. еди́наго u. s. w., Plur. еди́ны, еди́ныхъ u. s. w.

B. *Два, двѣ,* zwei; *три,* drei; *четы́ре,* vier; *о́ба,* beide.

a) Diese Zahlwörter haben, wenn sie im Nominativ oder in dem **diesem gleichen** Accusativ stehen, den Genitiv der Einzahl ihres Hauptwortes bei sich; in den übrigen Fällen stehen sie mit ihrem Hauptworte in gleichem Casus.

Männlich.	Sächlich.
N. Два бра́та.	N. О́ба знамёна.
G. Дву́хъ бра́тьевъ.	G. Обо́ихъ знамёнъ.
D. Дву́мъ бра́тьямъ.	D. Обо́имъ знамёнамъ.
A. Дву́хъ бра́тьевъ.	A. О́ба знамёна.
J. Двумя́ бра́тьями.	J. Обо́ими знамёнами.
Pr. [О] дву́хъ бра́тьяхъ.	Pr. [Объ] обо́ихъ знамёнахъ.

b) Das Femininum двѣ folgt derselben Regel; о́бѣ, beide, hingegen hat, wenn es selbst im Nominativ oder

---

*) Die männliche Form des Plurals anstatt der weiblichen für das Neutrum zu gebrauchen, ist ein Mißgriff der neuern Zeit. Man hat in gleicher Weise versucht, beim Adjectiv -ie statt -ия für das Neutrum zu gebrauchen.

Accuſativ ſteht, das Hauptwort im Nominativ der Mehrzahl bei ſich.

N.	Двѣ сестры.	N.	Óбѣ сестры.
G.	Двухъ сестёръ.	G.	Обѣихъ сестёръ.
D.	Двумъ сестрамъ.	D.	Обѣимъ сестрамъ.
A.	Двухъ сестёръ.	A.	Обѣихъ сестёръ.
J.	Двумя сестрами.	J.	Обѣими сестрами.
Pr.	[О] двухъ сестрахъ.	Pr.	[Объ] обѣихъ сестрахъ.

c) Steht bei dem Hauptworte noch ein Eigenſchafts-wort, ſo ſteht dieſes nach dem Nominativ (und Accuſativ) des Zahlwortes im Nominativ oder Genitiv des Plurals.

N.	Три русскіе (русскихъ) сол-дата.	A.	Трёхъ русскихъ солдатъ.
G.	Трёхъ русскихъ солдатъ.	J.	Тремя русскими солдатами.
D.	Трёмъ русскимъ солдатамъ.	Pr.	[О] трёхъ русскихъ сол-датахъ.

C. Die übrigen Grundzahlen.

a) Die Grundzahlen auf -ь gehen wie weibliche Haupt-wörter gleichen Auslautes und ihrem Nominativ (oder Ac-cuſativ) folgt das Hauptwort mit ſeinen Beſtimmungswör-tern im Genitiv des Plurals (prakt. Th. 175.).

N.	Пять сальныхъ свѣчъ.	A.	Пять сальныхъ свѣчъ.
G.	Пяти сальныхъ свѣчъ.	J.	Пятью сальными свѣчами.
D.	Пяти сальнымъ свѣчамъ.	Pr.	[О] пяти сальныхъ свѣчахъ.

b) Восемь, acht, zuweilen auch осмь geſprochen und geſchrieben, ſtößt in der Flexion aus der Endſylbe das -e aus (prakt. Th. 25.).

N.	Восемь жёнъ.	A.	Восемь жёнъ.
G.	Восьми жёнъ.	J.	Восемью жёнами.
D.	Восьми жёнамъ.	Pr.	[О] восьми жёнахъ.

c) Steht nach den Zahlen сорокъ, vierzig; девяносто, neunzig; сто, hundert; ein Hauptwort unmittelbar, ſo werden ſie in folgender Weiſe flectirt:

N.	Сорокъ фунтовъ.	A.	Сорокъ фунтовъ.
G.	Сорока фунтовъ.	J.	Сорока фунтами.
D.	Сорока фунтамъ.	Pr.	[О] сорокъ фунтахъ.

Steht zwischen diesen drei Zahlwörtern und dem Haupt=
worte noch ein anderes Zahlwort, so werden sie folgender=
maßen declinirt:

N. Девяносто двѣ пушки.　　　A. Девяносто двѣ пушки.
G. Девяноста двухъ пушекъ.　J. Девяносто двумя пушками.
D. Девяносту двумъ пушкамъ.　Pr. [O] девяносто двухъ пуш-
　　　　　　　　　　　　　　　　　кахъ.

d) Declination zusammengesetzter Grundzahlen (vgl.
prakt. Th. 389—395.).

N. Пятнадцатъ картинъ.　　　　N. Пятьдесятъ человѣкъ*).
G. Пятнадцати картинъ.　　　　G. Пятйдесяти человѣкъ.
D. Пятнадцати картинамъ.　　　D. Пятйдесяти человѣкамъ.
A. Пятнадцатъ картинъ.　　　　A. Пятьдесятъ человѣкъ**).
J. Пятнадцатью картинами.　　J. Пятьюдесятью человѣками.
Pr. [O] пятнадцати картинахъ.　Pr. [O] пятйдесяти человѣкахъ.

N. Двѣсти гусей.　　　　　　　　N. Триста учениковъ.
G. Двухъ сотъ гусей.　　　　　　G. Трёхъ сотъ учениковъ.
D. Двумъ стамъ гусямъ.　　　　D. Трёмъ стамъ ученикамъ.
A. Двухъ сотъ гусей.　　　　　　A. Трёхъ сотъ учениковъ.
J. Двумя стами гусями.　　　　　J. Тремя стами учениками.'
Pr. [O] двухъ стахъ гусяхъ.　　Pr. [O] трёхъ стахъ учениками.

Bemerkung. Четыреста, 400, geht wie триста.

N. Пятьсотъ быковъ.　　　　　　A. Пятьсотъ быковъ.
G. Пяти сотъ быковъ.　　　　　　J. Пятью стами быками.
D. Пяти стамъ быкамъ.　　　　　Pr. [O] пяти стахъ быкахъ.

24. Die Ordnungszahlen (порядочныя числа)
(prakt. Th. Lekt. 46.) gehen alle wie concrescirte Adjectiva.
Nur in третій, der britte, ist -iй nicht Concretions=Suffix,
weshalb es genau so declinirt wird, wie die oben 19., B.,
b., Bem. angeführten possessiven Adjective, wobei nur zu
bemerken, daß es das -i oft vor der Declinationssylbe be=
hält, als: третія und третья, третіе und третье u. s. w.

25. Die mit -пол zusammengesetzten Bruchzahlen
(дробныя числа) (prakt. Th. Lekt. 47.) werden verschieden
flectirt, je nachdem sie mit oder ohne Hauptwort stehen.

*) Siehe prakt. Th. 13. Lektion.
**) Siehe prakt. Th. auch 381.

Joel u. Fuchs, Russische Gramm.　　　　　　　39

a) Ohne folgendes Hauptwort.

Einzahl.

Männlich und Sächlich.

N. Полторá.
G. Полýтора.
D. Полýтору.
A. Полторá.
J. Полýторымъ.
Pr. [О] полýторѣ.

Weiblich.

N. Полторы́.
G. Полýторы.
D. Полýторѣ.
A. Полторы́.
J. Полýторою.
Pr. [О] полýторѣ.

Mehrzahl.
Für alle drei Geschlechter.

N. Полýторы.
G. Полýторыхъ.
D. Полýторымъ.

A. Полýторы.
J. Полýторыми.
Pr. [О] полýторыхъ.

Bemerkung 1. Hiernach richten sich die übrigen, wobei die Wandlung des Flexions-Vocals nach dem -ь in полтретья, brittehalb, zu beachten ist.

Bemerkung 2. Ueber полтораста, anderthalb Hundert, s. prakt. Th. Lekt. 47.

b) Mit folgendem Hauptworte.

Männlich.

N. Полуторá листá.
G. Полýтора листóвъ.
D. Полýтору листáмъ.
A. Полторá листá.
J. Полýтору листáми.
Pr. [О] полýторѣ листáхъ.

Sächlich.

N. Полтретьи́ ведрá.
G. Полýтретья ведёръ.
D. Полýтретьимъ ведрáмъ.
A. Полтретьи ведрá.
J. Полýтретьи ведрáми.
Pr. [О] полтретьѣ ведрáхъ.

Weiblich.

N. Полпяты́ доскú.
G. Полýпятыхъ доскъ.
D. Полýпятымъ доскáмъ.

A. Полпяты доскú.
J. Полýпятыми доскáми.
Pr. [О] полýпятыхъ доскáхъ.

(Vgl. auch oben 23., C., c.).

26. Die gattenden Zahlen (собирáтельныя числа) gehen ganz wie die Adjectiva im Plural, z. B. двóе.

двойхъ; чётверо, четверы́хъ u. ſ. w., wobei зu beachten, daß ſie den Accent auf die Flexionsſylbe werfen.

Das Fürwort. МѢСТОИМЕНІЕ.

27. Der Bedeutung nach theilt man die ruſſiſchen Fürwörter in folgende Klaſſen:

a) Perſönliche Fürwörter (ли́чныя мѣстоимéнія): я, ich; ты, du; онъ, er; онá, ſie; онó, eß.

b) Das reflexive Fürwort (возврáтное мѣстоимéніе): себя́ (verkürzt -ся), mich, dich, ſich, unß, euch.

c) Beſitzanzeigende Fürwörter (притяжáтельныя мѣстоимéнія): мой, mein; твой, dein; егó, eя́, ſein, ihr, deſſen, deren; нáшъ, unſer; вáшъ, euer; ихъ, ihr, deren.

Hierher gehört das poſſeſſive Reflexiv-Prono- men (возврáтно-притяжáтельное мѣстоимéніе): свой, mein, dein, ſein, unſer, euer, ihr.

d) Fragende Fürwörter (вопроси́тельныя мѣстои- мéнія): кто? wer? чей? weſſen? wem gehörig? котóрый? welcher? какóй? was für einer? что? was? коли́кій? der wievielſte?

e) Hinweiſende Fürwörter (указáтельныя мѣ- стоимéнія): сей, dieſer [hier]; э́тотъ, dieſer [da]; тотъ, jener; óный, derſelbe; такóй, ein ſolcher; таковóй, ein ſo beſchaffener; толи́кій, der ſovielſte.

f) Zurückweiſende Fürwörter (относи́тельныя мѣстоимéнія): котóрый, кóй, welcher; кто, wer (der wel- cher); что, was (das, welches).

g) Beſtimmende Fürwörter (опредѣли́тельныя мѣ- стоимéнія): самъ, ſelbſt; сáмый, derſelbe.

39*

h) Unbeſtimmte Fürwörter (неопредѣлённыя мѣстоименія): нѣкто, ein gewiſſer; кто-нибудь, кто-либо, irgend wer; который-нибудь, irgend welcher; нѣкакій, нѣкій, нѣкоторый, ein gewiſſer; нѣчто, etwas; что-нибудь, что-либо, irgend etwas; никто, niemand; никакой, keiner; ничто, nichts; всякій, jeder, all; каждый, jeder (einzeln).

28. Nach ihrem Gebrauch zerfallen die Fürwörter in:

a) Subſtantive (существительныя), alleinſtehende: я, ты, онъ, кто, что, нѣкто, никто, нѣчто, ничто.

b) Adjective (прилагательныя), die in Verbindung mit einem Hauptworte oder in Beziehung auf ein beſtimmtes Hauptwort ſtehen; мой, твой, свой, который und die übrigen.

Bemerkung. Ueber die Correlativa (соотносительныя) handelt ausführlich der prakt. Th. Lekt. 50.

29. Declination der Fürwörter.

A. Perſönliche Fürwörter.

a) Fürwort der erſten Perſon.

Einzahl.	Mehrzahl.
N. Я, ich.	N. Мы. wir.
G. Меня, meiner.	G. Насъ, unſer.
D. Мнѣ, mir.	D. Намъ, uns.
A. Меня, mich.	A. Насъ, uns.
J. Мною, mit mir, durch mich.	J. Нами, mit, durch uns.
Pr. [Обо] мнѣ, [von] mir.	Pr. [O] насъ, [von] uns.

b) Fürwort der zweiten Perſon.

Einzahl.	Mehrzahl.
N. Ты, du.	N. Вы, ihr.
G. Тебя, deiner.	G. Васъ, euer.
D. Тебѣ, dir.	D. Вамъ, euch.

A. Тебя́, dich.
J. Тобо́ю, mit dir.
Pr. [О] тебѣ́, [von] dir.

A. Васъ, euch.
J. Ва́ми, mit euch.
Pr. [О] васъ, [von] euch.

c) Fürwort der dritten Person.

Männlich und Sächlich.

Einzahl.

N. Онъ, er Оно́, es.
G. Его́ (него́), feiner.
D. Ему́ (нему́), ihm.
A. Его́ (него́), ihn, es.
J. Имъ (нимъ), mit ihm
Pr. [Объ] нёмъ, [von] ihm.

Mehrzahl.

N. Они́, fie.
G. Ихъ (нихъ), ihrer.
D. Имъ (нимъ), ihnen.
A. Ихъ (нихъ), fie.
J. Ими (ни́ми), mit ihnen.
Pr. [Объ] нихъ, [von] ihnen.

Weiblich.

Einzahl.

N. Она́, fie.
G. Ея́ (нея́), ihrer.
D. Ей (ней), ihr.
A. Её (неё), fie.
J. Е́ю (не́ю), mit ihr.
Pr. [Объ] ней, [von] ihr.

Mehrzahl.

N. Онѣ́, fie.
G. Ихъ (нихъ), ihrer.
D. Имъ (нимъ), ihnen.
A. Ихъ (нихъ), fie.
J. Ими (ни́ми), mit ihnen.
Pr. [Объ] нихъ, [von] ihnen

Bemerkung 1. Die in Klammern beigefügten, mit -н anfangenden Formen stehen nur nach Präpositionen. Da der Präpositional immer eine Präposition vor sich hat (pr. Th. 86. b. 7.) so hat er nur die mit -н anlautende Form.

Bemerkung 2. Gegen alle Analogie wird его́ auch als Accusativ des fächlichen Fürworts оно́ gebraucht, doch hört man auch häufig den Accusativ оно́ (prakt. Th. 201. Bemerk.).

B. Das Reflexiv-Pronomen.

Es hat für alle drei Geschlechter und für Einheit und Mehrheit nur eine Form.

N. Der Nominativ fehlt, wie in allen andern Sprachen.
G. Себя́, meiner, deiner, feiner, unfer, euer, ihrer.
D. Себѣ́, mir, dir, fich, uns, euch, fich.

A. Себя, mich, dich, sich, uns, euch, sich.
J. Собою, mit mir, mit bir, mit sich, mit uns, mit euch, mit sich.
Pr. [O] себѣ, [von] mir, — bir, — sich, — uns, — euch, — sich.

C. Possessive Pronomina.

Einzahl.

Männlich und Sächlich.

N. Мой, моё, mein, =e, =es.
G. Моего, meines, =er.
D. Моему, meinem, =er.
A. Мой, моего, моё, meinen =e, =es.
J. Моимъ, mit meinem, =er.
Pr. [O] моёмъ, [von] meinem, =er.

Weiblich.

N. Моя, mein, =e, =es.
G. Моей, meines, =er.
D. Моей, meinem, =er.
A. Мою, meinen, =e, =es.
J. Моею. mit meinem, =er.
Pr. [O] моёй, [von] meinem, =er.

Mehrzahl.

Für alle drei Geschlechter.

N. Мои, meine.
G. Моихъ, meiner.
D. Моимъ, meinen.

A. Мои oder моихъ, meine.
J. Моихъ, mit meinen.
Pr. [O] моихъ [von] meinen.

Bemerkung 1 Hiernach gehen die übrigen possessiven Pronomina. Außerdem folgt dieser Flexion das relative Pronomen кой, das aber den Accent stets auf der Sylbe -кó behält.

Bemerkung 2. Die possessiven Fürwörter его, еá und ихъ, sind die Genitiva der persönlichen Fürwörter, bedeuten eigentlich dessen, deren, derer und sind als solche keiner Flexion fähig (pr. Th. 127., 165., 238.).

D. Fragende Fürwörter.

a) Substantive fragende Fürwörter.

N. Кто, wer.
G. Кого, wessen.
D. Кому, wem.
A. Кого*), wen.
J. Кѣмъ, mit wem.
Pr. [O] комъ [von] wem.
*) Vgl. prakt. Th 149

N. Что, was.
G. Чего, wessen.
D. Чему, wem.
A. Что, was.
J. Чѣмъ, mit wem, womit.
Pr. [O] чёмъ, [von] wem, wo- [von].

Bemerkung 1. Die unbestimmten Fürwörter, die aus кто und что gebildet sind, wie нѣкто, что-нибудь u. f. w. werden in gleicher Weise flectirt. Anhängsel wie -нибудь, -либо, bleiben dabei unflectirt.

b) Adjective fragende Fürwörter.

Einzahl.

Männlich und Sächlich.		Weiblich.	
N.	Чей (чiй). Чьё, weffen.	N.	Чья, weffen?
G.	Чьего́, weffen?	G.	Чьей, weffen?
D.	Чьмеу́, weffen?	D.	Чьей, weffen?
A.	Чей•ов. чьего́, чьё, weffen?	A.	Чью, weffen?
J.	Чьимъ, mit weffen?	J.	Чьею, mit weffen?
Pr.	[O] чьёмъ, [von] weffen?	Pr.	[O] чьей, [von] weffen?

Bemerkung 2. Man vergleiche damit oben die De=
clination der possessiven Adjective (19. B. b. Bem.).

Die fragenden Fürwörter mit der Concretions=Sylbe -iй und -ой, wie который? какой? werden wie concre=
cirte Eigenschaftswörter flectirt, nur hat какой? im Genitiv: какого?

Bemerkung 3. Neuere schreiben auch какаго, wie man auch nicht selten ѕтаго, одиаго́, findet. Allein in добраго ift добра der Genitiv des Beschaffenheitswortes und -го der enklitische Genitiv des demonstr. Pronom. als articulus postpositivus; Umſtandswörter, wie какъ, одинъ u. dgl. haben aber keinen Genitiv кака, одна und in какого ift -o der gewöhnliche Bindevocal. Wenn man eine gleichmäßige Flexion einzuführen für nothwendig erachtet, ·ſo wäre es daher nach Analogie des Dativs und der verwandten Sprachen jedenfalls richtiger добро́го, пригóжего u.· ſ. w. zu schreiben, als ѕтаго u. dgl.

E. Hinweisende Fürwörter.

1. Einzahl.

Männlich und Sächlich.		Weiblich.	
N.	Сей (сiй), сiё, diefer, =e, =es.	N.	Сiя́, diefer, =e, =es.
G.	Сеró, diefes, =er.	G.	Сей, diefes, =er.
D.	Сему́, diefem, =er.	D.	Сей, diefem, =er.

A. Сей od. ceró, cié, biefen, ⸗e, ⸗eš. A. Сію, biefem, ⸗e, ⸗eš
З.   Симъ, mit biefem, ⸗er. З. Céю, mit biefem, ⸗er.
Pr. [O] cëмъ, [von] biefem, ⸗er. Pr. [O] сей, [von] biefem, ⸗er.

Mehrzahl.
Für alle drei Geschlechter.

N Сій, biefe. A. Сій oder cиxъ, biefe.
G. Сихъ, biefer. З. Сими, mit biefen.
D. Симъ, biefen. Pr. [O] cиxъ, [von] biefen.

2. Einzahl.

Männlich und Sächlich.   **Weiblich.**

N. Этотъ.   Это. N. Эта, biefer, ⸗e, ⸗eš. •
G. Этого (vgl. 2. Bem.). G. Этой, biefeš, ⸗er.
D. Этому. D. Этой, biefem, ⸗er.
A. Этотъ od. этого, это. A. Эту, biefen, ⸗e, ⸗eš
З. Этимъ. З. Этою, mit biefem, ⸗er.
Pr. [Обь] этомъ Pr. [Обь] этой, [von] biefem, ⸗er.

Mehrzahl.
Für alle drei Geschlechter.

N. Эти, biefe. A. Эти oder этихъ, biefe.
G. Этихъ, biefer. З. Этими, mit biefen.
D. Этимъ, biefen. Pr. [Обь] этихъ, [von] biefen.

Bemerkung 1. Тотъ, geht wie этотъ, nur daß es

    a) überall ⸗t für -u fetzt; als: тѣмъ, тѣ, тѣхъ u. f. w.;

    b) den Accent stets auf die Endsylbe wirft: тогó u. f. w.

Bemerkung 2. Ueber den Unterschied der Bedeutung f. pr. Th. 139.

Bemerkung 3. Die mit dem Concretions⸗Suffix versehenen demonstrativen Fürwörter, wie óный, такóй u. f. w. gehen wie Adjective, nur daß такóй den Genitiv такóго hat (vgl. oben D⸗ b. 2.).

F. Die relativen Pronomina haben dieselbe Flexion, die ihnen als interrogative zukommt (oben D.). Ueber den

Gebrauch von что vgl. prakt. Th. 410. und über кой prakt. Th. 414.

G. Das bestimmende Fürwort самъ, geht wie ein Possessivum (oben C.), nur daß es vor dem -o der Flexions=Sylben den harten Charakter behält, vor dem -и dagegen ihn mildert, daher: самого, самимъ u. s. w. Zu bemerken ist noch der weibliche Accusativ самую, neben саму.

H. Die unbestimmten Fürwörter gehen wie ihre Stammwörter, всякiй und каждый, wie concrescirte Adjective. Von нѣкiй, merke man die Mehrzahlformen:

G. Нѣкiихъ.
D. Нѣкiимъ.
J. Нѣкiими.
Pr. [O] нѣкiихъ.

Das Zeitwort. ГЛАГОЛЪ.

30. Wurzelwörter. *Коренныя слова.*

Bemerkung 1. Bei der starken Form ist die reine Wurzel meistens im Präsens, bei der schwachen Form dagegen im Infinitiv zu finden (vgl. prakt. Th. 478.). Bei Verben doppelter Themen (prakt. Th. 491.) sind hier Präsens und Infinitiv zugleich angegeben.

Ба-ю, -ять, sprechen.
Бд-ю, -ѣть, wachen.
Б[е]р-ў, бр-ать, nehmen.
Бод-ў, stoßen.
Болт-аю, schütteln.
Брод-итъ, einherschleichen.
Брос-итъ, werfen.
Бу[д]-у, бы-ть, sein.
Буч-итъ, beuchen.
Во́-ю, ить, heulen.

Бi-ю, -ть, schlagen.
Блёк-нуть, verwelken.
Ж-[у]ю, -[ев]ать, kauen.
Жур-йтъ, ausschelten.
З[о]в-ў, зв-ать, rufen.
Зр-ю, -ѣть, sehen.
Зна́-ю, -ть, kennen.
За́б-нуть, frieren.
Ка́-ю, -ить, ermahnen.
К-[у]ю, -[ов]ать, schmieden.

Вь-ю, -ть, winden.
Вр-у, -ать, lügen.
Вѣ-ю, -ять, wehen.
Вид-ѣть, sehen.
Вис-ѣть, hängen.

Вод-ить, führen.
Воз-ить, fahren.
Вѣд-ать, wissen.
Влад-ѣть, wollen.
Волок-у́, schleppen.
Ворот-ить, zurückgeben.
Г-нуть, biegen.
Гарв-ать, kreischen.
Глад-ить, glätten.
Глод-ать, nagen.
Гляд-ѣть, sehen.
Гнет-у́, ich drücke
Гнус-ить, näseln.
Говор-ить, reden.
Гроз-ить, drohen.
Грыз-у́, ich nage.
Да-ю, -ть, geben
Ду́-ю, -ть, wehen.
Дѣ-ю, ть, hinthun.
Дер-у́, др-ать, reißen.
Дох-нуть, athmen.
Дви́г-ать, bewegen.
Долб-ить, ausmeißeln.
Дремл-ю, -мять, schlummern.
Ес-мь, ich bin.
Ж-му, -ать, drücken.
Ж-ну, -ать, schneiden.
Жг-у, жечь, brennen
Жд-у, -ать, warten.
Жр-у, -ать, fressen.
Жи(в)у́, -ть, leben.

Мут-ить, trüben.
Мѣс-ить, kneten.
Н-(о)-ю, -ить, schmachten.
Ник-нуть, sich beugen.
Нос-ить, tragen.
Нуд-ить, nöthigen.
П-(о)ю, -ѣть, singen.

Кад-ить, räuchern.
Каз-ать, zeigen.
Кап-ать, tropfen.
Кат-ить, wälzen.
Кип-ѣть, sieden.
Киш-ѣть, wimmeln.
Клад-у́, legen.
Клон-ить, neigen.
Кол-о́ть, stechen.
Колот-ить, klopfen.
Коп-ать, graben.
Кр-[о]-ю, -ить, decken.
Крад-у́, stehlen.
Крои-ить, besprengen.
Куп-ить, kaufen.
Кут-ить, wirbeln (vom Winde).
Ль-ю, -ить, gießen
Ля-ю, -ать, bellen.
Лг-у, -ать, lügen.
Лаз-ить, klettern.
Лет-ать, fliegen.
Лиз-ать, lecken.
Лов-ить, fangen.
Лок-ать, lecken.
Лом-ить, brechen.
Луп-ить, abschälen.
М-ну, -ать, knittern.
Ма́-ю, -ять, schwächen.
М-(о)ю, -ить, waschen.
Миг-ать, blinzeln.
Мк-нуть, verstopfen.
Мн-ить, meinen.
Мру, м(е)р-еть, sterben (nicht gebräuchlich, gebräuchlich die abgeleitete Form умрать).
Мог-у́, können.
Мол-о́ть, mahlen.
Сад-ить, setzen.
Соп-ѣть, schnarchen.
Сун-ить, runzeln.
Сип-ать, schütten.
Сул-ить, verheißen.
Сяк-ать, sickern.
Сяг-нуть, langen.
Ст(е)л-ю, стл-ать, betten.

Пь-ю, -ить, trinken.
Пас-у́, weiden (act.).
Плы-(в)у́, -ть, schwimmen.
Па́д-ать, fallen.
Пах-а́ть, pflügen.
Пис-а́ть, schreiben.
Пит-а́ть, ernähren.
Пла́к-ать, weinen.
Плат-и́ть, zahlen.
Плод-и́ть, zeugen.
Плот-и́ть, zusammenfügen.
Пл-(ю)ю, -(ев)ать, speien.
Пляс-а́ть, tanzen.
Прос-и́ть, bitten.
Р-(о́)ю, -ыть, scharren.
Рв-у́, -ать, ziehen.
Рж-у, -ать, wiehern.
Рѣ-ю, -ять, rinnen.
Рдѣ-ть, erröthen.
Рев-ѣ́ть, brüllen.
Рон-и́ть, fallen lassen.
Руг-а́ть, lästern.
Ру́х-нуть, einstürzen.
Рыг-а́ть, rülpfen.
Рыд-а́ть, schluchzen.
Рях-ну́ться, erschüttert werden.
Рост-у́, ich wachse.
Сл-ать, schicken.
Сп-ать, schlafen.
Сѣ-ю, -ять, säen.
С(о)с-у, с(о)с-а́ть, saugen.
С-(у́)ю, -(ов)а́ть, stoßen.
Сн-(у)ю, -(ов)а́ть, anzetteln.
Слы-(в)у́, -ть, heißen.
Смѣ-ть, dürfen.
Спѣ-ть, reifen.
Ста-ть, sich stellen, stehen.
Сѣк-у́, hauen.
Ча́-ять, hoffen.
Чу́-ять, wittern.
Чк-ать, aneinander schlagen.
Ч(в)х-а́ть, niesen.
Чт-ить, ehren.
Ча́х-нуть, abzehren.
Че́рп-ать, schöpfen.

Стиг-а́ть, nachsetzen.
Стон-а́ть, stöhnen.
Ступ-и́ть, treten.
Скреб-у́, schaben.
Скрип-ѣ́ть, knarren.
Стере́г-у́, ich hüte.
Стриг-у́, scheeren.
Страд-а́ть, leiden.
Стря́п-ать, kochen (act.).
Ты́-ти, (fl.) fett werden.
Та́-ять, thauen.
Тк-ать, weben.
Тр-у, т(е)р-е́ть, reiben.
Та-и́ть, verheimlichen.
Тлѣ-ть, modern.
Тес-а́ть, behauen.
Том-и́ть, ermüden.
Топ-и́ть, heizen.
Твор-и́ть, schaffen.
Терп-ѣ́ть, leiden.
Толк-ать, stoßen.
Трен-а́ть, brechen (v. Flachs ꝛc.).
Тро́г-ать, berühren.
Тряс-у́, schütteln.
Ха́п-ать, raffen.
Хил-ѣ́ть, kränkeln.
Хи́т-ить, rauben.
Ход-и́ть, gehen.
Хо́л-ить, aufputzen.
Ха́рк-ать, ausspeien.
Хвал-и́ть, loben.
Хват-и́ть, greifen.
Хран-и́ть, verwahren.
Храп-ѣ́ть, schnarchen.
Хрип-ѣ́ть, heiser sein.
Хва́ст-ать, prahlen.
Цѣд-и́ть, seigen.
Ч-ну, -ать, anfangen.
Шь-ю, -ить, nähen.
Шиб-и́ть, schmeißen.
Швы́р-ять, werfen.
Щем-и́ть, klemmen.
Щип-а́ть, kneipen.
Щи́п-ать, befühlen.
Ѣд-у(ѣхать), fahren.

Чéз-нуть, ſchwinden.   Ѣ-мъ-(ѣстъ), eſſen.
Чес-áть, kämmen.   Яв-ить, offenbaren.

Bemerkung 2. Viele der hier als Wurzelwörter angeführten Verba ſind es nur inſofern, als ſie der unveränderten Wurzel nur die Präſens= oder Infinitiv=Endungen angehängt haben. Von manchem exiſtirt die reine Wurzel als gebräuchliches Subſtantiv, wie водъ, возъ, видъ, ходъ, вóлокъ, нóроть, щýпъ, хóл-я, ohne daß man dieſes als früher gebildet annehmen kann.

31. **Abgeleitete Wörter.** *Производныя словá.*

a) Von **Hauptwörtern** abgeleitete.

α) -ѣть.

1. **Inchoativa:**

Овдонѣть, Wittwe werden.   Von вдов-á, die Wittwe.
Жирѣть, fett werden   „ жиръ, das Fett.
Умѣть, verſtehen.   „ умъ, der Verſtand.

2. **Neutra:**

Скорбѣть, bekümmert ſein.   Von скорбь f., der Kummer.
Шумѣть, lärmen.   „ шумъ, der Lärm.
Звучáть, tönen.   „ звукъ, der Ton.

Hierbei geht oft der Vocal der Stammſylbe in einen Ablaut über.

Гремѣть, donnern   Von громъ, der Donner.
Звенѣть, klingen   „ звонъ, der Klang.

β) -ить (milbernd).

1. **Activa:**

Слáвить, preiſen rühmen.   Von слáв-а, der Preis, Ruhm.
Дымить, dämpfen.   „ дымъ, der Dampf.
Солить, ſalzen.   „ сóль f., das Salz.
Звонить, ſchellen, läuten.   „ звонъ, der Schall. Laut.
Поротить, beſtäuben.   „ пóрохъ, der Staub.
Вощáть, wichſen.   . вóскъ, das Wachs.

2. **Neutra:**

Грустить, trauern.   Von грусть f., die Trauer.
Служить, dienen.   „ слуг-á, der Diener.
Грѣшить, ſündigen.   „ грѣхъ, die Sünde.

γ) -овать.

Befonders Iterative (vgl. pr. Th. 557).

Волновáть, wogen.	Von волнá, die Woge.
Торговáть, handeln.	„ торгъ, der Handel.
Бичевáть, peitfchen.	„ бичъ, die Peitfche.
Царевáть (fl.), herrfchen.	„ царь, der Herrfcher.

b) **Von Eigenfchaftswörtern abgeleitete.**

α) -ѣть.

Inchoativa:

Краснѣть, roth werden.	Von крáсенъ, roth.
Желтѣть, gelb werden.	„ жёлтъ, gelb.
Богатѣть, reich werden.	„ богáтъ, reich.
Дичáть, wild werden.	„ дикъ, wild.

β) -ить (mildernd).

Activa:

Бѣлить, weißen.	Von бѣлъ, weiß.
Мнóжить, mehren.	„ мнóг-ій, viel.
Узить, verengen.	„ ýз-окъ, enge.
Богатить, bereichern.	„ богáтъ, reich.
Легчить, erleichtern.	„ легóкъ, leicht.
Сушить, trocknen.	„ сухъ, trocken.

γ) -овать.

Рáдоваться, fich freuen.	Von радъ, froh, erfreut.
Мýдрствовать, klügeln.	„ мудръ, klug.
Мѝловать, liebkofen.	„ милъ, lieb.

c) **Von Zeitwörtern abgeleitete.**

Hierher gehören für unfern Zweck die nach beſtimmten Analogien gebildeten (prakt. Th. Lekt. 77—81.).

32. **Zufammengefetzte Wörter.** *Слóжныя словá.*

A. **Mit einem Hauptworte, welches den erſten Theil der Zufammenfetzung ausmacht.**

Горемѝкать, kümmerlich leben.	Aus гóре, der Kummer — мѝкать hecheln, tragen.

B. **Mit Eigenſchafts= oder Zahlwörtern.**

Благоговѣть, Ehrfurcht bezeugen.　Auß благ, wohl — говѣть, ehren.
Единодержа́вствовать, alleinherr=　„ еди́нъ, eins, allein — дер-
ſchen.　　　　　　　　　 жа́вствовать, herrſchen.

C. **Mit Präpoſitionen (Präfiren).** Siehe prakt.
Th. Lekt. 82—85.

33. Ihrer Bedeutung nach werden die Zeitwörter in
folgende Claſſen (зало́ги) eingetheilt.

a) Verba intranſitiva (неперехо́дные глаго́лы),
auch Verba neutra (сре́дніе г.) genannt, die eine Hand=
lung oder einen Zuſtand bezeichnen, welche an dem Sub=
ject allein wahrgenommen werden, z. B. gehen, ходи́ть:
ſchlafen, спать.

Hierzu gehören die Verba inchoativa (начина́тель-
ные глаго́лы), welche das Beginnen eines Zuſtandes,
das Gerathen in einen Zuſtand bezeichnen, wie сѣдѣть,
ergrauen; желтѣть, gelb werden.

b) Verba tranſitiva (перехо́дные глаго́лы), welche
eine Handlung bezeichnen, die von dem Subject auf einen
andern Gegenſtand (Object) übergeht. Sie haben eine
doppelte Form:

1. Iſt der thätige Gegenſtand Subject, der leidende
aber Object, ſo iſt das Zeitwort ein Verbum activum
(дѣйстви́тельный глаго́лъ): я люблю́ прія́теля, ich liebe
den Freund.

2. Iſt der leidende Gegenſtand Subject, dann iſt
das Zeitwort ein Verbum paſſivum (страда́тельный
глаго́лъ), z. B. я люби́мъ, ich werde geliebt.

c) Verba reflexiva (возвра́тные глаго́лы), wenn das
Subject der Handlung zugleich Object iſt, z. B. онъ хва-
ли́лся, er lobte ſich.

d) Verba reciproca (взаи́мные глаго́лы), wenn
von zwei Gegenſtänden jeder in Beziehung auf den andern

Subject und Object ist, z. B. биться, sich (einander) schlagen.

e) Verba deponentia oder communia (отложи́-
тельные oder о́бщіе глаго́лы) unterscheiden sich eigentlich
nur durch ihre Form, indem sie stets mit dem Reflexiv=
Pronomen -ся verbunden sind. Der Bedeutung nach kön=
nen sie sowohl transitive als intransitive sein, wie боя́ться,
fürchten (wen?); смѣя́ться, lachen.

34. Conjugation des Zeitworts.
Спряже́ніе глаго́лы.

Durch die Conjugation werden an einem Zeitworte fol=
gende Verhältnisse bezeichnet:

a) Der Modus (Sprechart, Ausdrucksweise) (наклоне́-
ніе). Er zerfällt in:

1. Die bestimmte Sprechart, Indicativ (изъяви́-
тельпое наклопе́ніе): я люблю́, ich liebe; онъ писа́лъ, er
schrieb; онъ ска́жетъ, er wird sagen.

2. Die bedingte Sprechart, Conjunctiv, Sub=
junctiv (сослага́тельное наклопе́ніе). Die russische Sprache
hat dafür keine eigne Form.

3. Die befehlende Sprechart, Imperativ (повели́-
тельное наклопе́ніе): дѣлай, thue! поѣзжа́йте, fahret!

4. Die nicht bestimmende Sprechart, Infinitiv
(неоконча́тельное наклопе́ніе). Sie giebt den Begriff des
Zeitworts ohne Beziehung auf einen Gegenstand: дѣлать,
thun; ви́дѣть, sehen.

b) Die Zeit, das Tempus (вре́мя), in der die Hand=
lung, welche das Zeitwort bezeichnet, sich zuträgt. Sie ist
dreifach:

1. Die gegenwärtige Zeit, das Präsens (настоя́-
щее вре́мя): я иду́, ich gehe; ты говори́шь, du sprichst.

2. Die vergangene Zeit, das Präteritum (прошедшее время): я говорилъ, ich sprach; я писáлъ, ich schrieb.

3. Die zukünftige Zeit, das Futurum (будущее время): мы бýдемъ писáть, wir werden schreiben.

c) Die Zahl, der Numerus (числó), welcher anzeigt, ob die Handlung des Zeitworts für einen oder mehrere Gegenstände gilt. Sie ist zweifach:

1. Die Einzahl, der Singular (единственное числó): ты писáлъ, du schriebst.

2. Die Mehrzahl, der Plural (мнóжественное числó): вы писáли, ihr schriebet.

d) Die Person (лицё), welche das Subject der im Verbo ausgedrückten Handlung ist. Sie ist für jeden Numerus dreifach:

1. Die erste Person, die redende: я дѣлаю, ich mache; мы идёмъ, wir gehen.

2. Die zweite Person, die angeredete: ты пишешь, du schreibst; вы читáете, ihr leset.

3. Die dritte Person, Gegenstand der Rede: онъ пришёлъ, er kam; они рисýютъ, sie zeichnen.

e) Das Geschlecht, Genus (рóдъ), des handelnden Gegenstandes. Es wird am Zeitworte selbst im Russischen nur im Präterito bezeichnet: я говорилъ, ich sprach (vom Manne); я говорила, ich sprach (vom Weibe); дитя говорило, das Kind sprach.

f) Außerdem kommen beim russischen Zeitworte noch folgende Formen in Betracht:

1. Das einfache Particip, Gerundium (дѣепричастие), die adverbialische Bezeichnung einer Handlung oder eines Zustandes: лежá, liegend, im Liegen; двигавъ, bewegt habend, indem man bewegte.

2. Das adjectivische Particip (причáстие), der

Begriff des Zeitworts in Form eines Adjectivs dem Gegen=
stande beigelegt: любящій, der liebende; возлюбленный,
der geliebte.

Bemerkung 1. Das adjectivische Particip hat zwei
Formen, die eine für das active Particip: дающій, der
gebende, der da giebt; die andere für das passive
Particip: данный, der gegebene, der gegeben wordene.

g) Auf die Conjugation des russischen Zeitworts haben
noch einen besondern Einfluß die Sproßformen, von
den russischen Grammatikern виды, Aspecte, genannt. Sie
modificiren, die durch das Verbum bezeichnete Haupthandlung
durch Nebenbegriffe des Zeitpunktes, der Wiederho=
lung und der Vollendung (vgl. prakt. Th. Lekt. 77.).

1. Zu den Verben des Zeitpunktes gehören:

α) Die nichtbestimmten Zeitwörter (глаголы вида
неопредѣленнаго), welche die Handlung des Zeitworts allge=
mein, ohne alle Nebenbegriffe bezeichnen, wie любить, lie=
ben; писать, schreiben (prakt. Th. 550., a.).

β) Die bestimmten Zeitwörter (гл. в. опредѣлён-
наго) mit dem Nebenbegriff eines bestimmten Zeitpunktes,
z. B. онъ нёсъ, er trug (bestimmt, gestern, vor einer
Stunde u. dgl.); онъ носилъ, er trug (unbestimmt, ir=
gend wann, gewöhnlich). (Vgl. prakt Th. 550., b.).

2. Die Verba der Wiederholung sind entweder:

α) Frequentative Verba (гл. в. многократнаго) mit
dem Nebenbegriff des wiederholten Geschehens der durch
das Zeitwort ausgedrückten Handlung: онъ сказывалъ, er
pflegte zu reden, онъ сказалъ, er hat geredet (prakt.
Th. 550. c.).

β) Semelfactive Verba (гл. в. однократнаго), die
das einmalige, plötzlich vorübergehende Geschehen
einer Handlung bezeichnen: она кричала, sie schrie
plötzlich auf; она кричала, sie schrie, rief (prakt.
Th. 550. d.).

3. Die Verba der Vollendung sind aus den vorigen Klassen durch Vorsetzung eines Präfixes gebildet und sind demnach:

α) Imperfecte Zeitwörter, Zeitwörter der unvollendeten Handlung (гл. в. несовершеннаго), gewöhnlich aus den frequentativen (2. α.) gebildet: онъ разсказывалъ, er erzählte; онъ разсказалъ, er hat erzählt.

β) Perfecte Verba, Zeitwörter der vollendeten Handlung (гл. в. совершеннаго), deren Stammwort den Verben des Zeitpunktes (oben 1.) entnommen ist: я напишу, ich werde [auf=] schreiben, von: я пишу, ich schreibe; онъ принёсъ, er trug [herbei], brachte, von онъ нёсъ, er trug (prakt. Th. 550. f.).

γ) Perfecte semelfactive Verba, Zeitwörter der vollendeten, einmal geschehenen und plötzlich vorübergehenden Handlung (гл. в. совершенно однократнаго) aus den semelfactiven (3. β.) gebildet: она вскрикнула, sie erhob ein Geschrei; von она крикнула, sie schrie auf (prakt. Th. 550. g.).

δ) In Bezug auf die Conjugation ist von diesen Sproß= formen zu merken:

1. Die Verba des Zeitpunktes (g. 1., α. und β.) haben alle oben (34., a. und b.) angeführten Sprecharten und Zeiten.

2. Von den Verben der Wiederholung haben:

α) die frequentativen nur ein Präteritum;

β) die semelfactiven nur ein Präteritum und Futurum.

3. Von den Verben der Vollendung sind:

α) die imperfecta vollständig, indem sie alle Zeiten haben;

β) die perfecta und perfecta semelfactiva aber defectiv, indem sie nur das Präteritum und Fu= turum bilden können.

4. Die Sproßformen, die sämmtliche Zeitformen bil=

ben (h., 1. unb 3., α.), bezeichnen das Futurum durch das Hilfszeitwort буду ober стáну (prakt. Th. 523—525 555.).

5. Die übrigen (h., 2. β. unb 3. β.) aber geben der Präsens-Form die Bedeutung des Futurums (prakt. Th. 386., 559.).

6. Die Sproßformen der Zeit unb der Wiederho= lung sind nicht von allen Zeitwörtern vollständig im Ge= brauch; was schon in der Bedeutung vieler Zeitwörter, mehr aber noch in dem Bedürfniß der Sprache seinen Grund hat. Nach der Zahl der vorkommenden Sproßformen zerfallen die Zeitwörter in:

α) Mangelhafte Zeitwörter (недостáточныс глагóлы), welche nur die nichtbestimmte Sproßform haben. Sie haben die drei Zeitformen der russischen Sprache unb bil= ben das Futurum durch буду (prakt. Th. 559.).

β) Unvollständige Zeitwörter (непóлные глагóлы) mit der nichtbestimmten unb frequentativen Sproßform. Ihre Zeitformen sind demnach: Präsens, Präteritum, Präteritum frequentativum, Fu= turum (durch буду gebildet) (prakt. Th. 569—570., vgl. oben h., 1. unb 2. α.).

γ) Vollständige Zeitwörter (пóлные глагóлы), mit der nichtbestimmten, frequentativen unb semelfacti= ven Sproßform unb daher mit folgenden Zeitformen: Prä= sens, Präteritum (indefinitum), Futurum (in= definitum durch буду gebildet), Präteritum frequen= tativum, Präteritum unb Futurum semelfacti= vum (Präsens=Form auf -ну) [vgl. oben h., 1. unb 2., α. β.] (prakt. Th. Lekt. 79. unb 81.).

δ) Doppel=Zeitwörter (сугýбые глагóлы), von denen die nichtbestimmte, bestimmte unb frequentative Sproßform im Gebrauch ist, unb die daher (nach h., 1. unb 2. α.) folgende Zeitformen bilden können: Präsens (indefinitum), Präsens (definitum), Präteri= tum (infinitum), Präteritum (definitum), Prä=

40*

teritum frequentativum, Futurum (indefini=
tum), Futurum (definitum) [beide Futura durch ϭγιγ
gebildet] (prakt. Th. Lekt. 78. 79.).

7. Die Sproßformen der Vollendung bilden folgende
Zeitformen:

α) Die von mangelhaften Zeitwörtern gebildeten sind
vollendete, perfecta, und haben demnach nur ein
Präteritum perfectum und ein Futurum perfec=
tum (Präsensform ohne ϭγιγ) [f. oben h. 3. ꞵ. und prakt.
Th. 567.].

β) Die von unvollständigen Zeitwörtern gebildeten haben
eine unvollendete (imperfecte) und eine vollen=
dete (perfecte) Form, und bilden ein Präsens, Prä=
teritum imperfectum, Präteritum perfectum,
Futurum (imperfectum mit ϭγιγ), Futurum (per=
fectum, Präsens=Form ohne ϭγιγ) [vergl. h. 3. *α*. und *β*.
prakt. Th. 577—578.].

γ) Die von vollständigen Zeitwörtern abgeleiteten haben
ein unvollendete (imperfecte), eine vollendete
(perfecte) und eine perfecte=semelfactive Form,
aus denen sie folgende Zeitformen bilden: ein Präsens,
Präteritum imperfectum, Präteritum perfec=
tum, Präteritum perfectum=semelfactivum, ein
Futurum (imperfectum mit ϭγιγ, Futurum (per=
fectum, Präsensform ohne ϭγιγ), Futurum (perfec=
tum=semelfactivum, Präsensform auf -uy ohne ϭγιγ)
[vgl. h. 3. *α*. und *β*.; prakt. Th. Lekt. 82. 83.].

Bemerkung 2. Von vielen dieser Zeitwörter fehlt ent=
weder die perfecte oder die perfecte=semelfactive
Form, was indeß nur aus dem Gebrauch erlernt werden
kann. Es folgt von selbst, daß solchen Zeitwörtern dann
auch die von diesen Sproßformen gebildeten Zeitformen
mangeln.

δ) Die von Doppelzeitwörtern gebildeten haben folgende
Formen: eine unvollendete (imperfecte), aus dem

Frequentativ gebildet; eine unvollenbete (imper=
fecte), aus dem Jterativ gebildet; eine vollenbete
(perfecte), aus dem Singulare gebildet (vgl. prakt. Th.
Lekt. 84.). Von diesen Sproßformen leiten sie nun folgenbe
Zeitformen ab: Zwei Präsentia, zwei Präterita
imperfecta, zwei Präterita perfecta, zwei Fu=
tura imperfecta, zwei Futura perfecta (ohne
буду).

Bemerkung 3. Die Bedeutung trennt indeß diese
doppelten Formen so scharf, daß eine Verwechselung nicht
leicht stattfinden kann, unb streng genommen auch eigentlich
zwei Zeitwörter, von einerlei Stamm abgeleitet, neben ein=
anber bestehen.

Допа́шивать, vertragen, zu Enbe tragen; допа́шивать пла́тье, ein Kleib
zu Enbe tragen, vertragen (imperfect.), wozu допоси́ть, bas Perfect
giebt; bagegen допоси́ть (imperfect.), berichten, unb hierzu bas
Perfect допести́ (vgl. prakt. Th. 590.).

Die mit dem Präfix вы- gebilbeten, unterscheiben sich noch burch
ben Accent (prakt. Th. 581., 20., Bem.).

Выбе́гивать, burch Laufen bezwecken (imperfect) mit bem perfecten
вы́бегать; bagegen выбега́ть, hinauslaufen (imperfect), beffen
perfecte Form вы́бежать, lautet.

35. Paradigmen für bie Conjugation ber ver=
schiebenen Klassen ber russischen Zeitwörter.

A. Das Verbum substantivum.

Бы́ть, sein; быва́ть, gewöhnlich sein.

Bemerkung. Veibe gehören ber starken Form
an. Ueber bas Präsens есмь s. prakt. Th. 482., a. Бу́ду
bilbet bas Futurum (prakt. Th. 555.).

Jterativum.   Singulare.

Präsens.

Jterativum	Singulare
Быва́ю, ich pflege zu sein; ich bin ꝛc.	Есмь, ich bin ꝛc.
Быва́ешь.	Еси́.
Быва́етъ.	Есть.
Быва́емъ.	Есьмы́.

Бываете.   Есте.
Бываютъ.   Суть.

Präteritum.

Я бывалъ, бывала, ich pflegte zu   Я былъ, была, ich bin gewesen;
    sein; ich war.   ich war ꝛc.
Мы бывали ꝛc.   ꝛc.   Мы были ꝛc.

Conditionalis (условное время).

Я бывалъ бы, ich pflegte zu sein; Я былъ бы, ich würde sein; ich
    ich würde sein ꝛc.   wäre ꝛc.

Präteritum frequentativum.

Я бывывалъ, ich pflegte gewesen zu   Fehlt.
    sein; ich war gewe-
    sen ꝛc.

Futurum.

Fehlt.   Буду, ich werde sein; ich werde ꝛc.
                      Будешь.
                      Будетъ.
                      Будемъ.
                      Будете.
                      Будутъ.

Imperativ.

Бывай, sei! (pflege zu sein!)   Будь, sei!
Бывайте, seid!   Будьте, seid!

Participien.

a) adverbialisch.

Präs. Бывая, бываючи, gewöhn- Будучи, seiend.
    lich seiend.
Prät. Бывавъ, бывавши, gewesen Бывъ, бывши, gewesen seiend.
    seiend.

b) adjectivisch.

Präs. Бывающій, -ая, -ое, seiend. Сущій, -ая, -ее, seiend.
Prät. Бывавшій, -ая, -ое, gewesen. Бывшій, -ая, -ее, gewesen.
Fut.   (fehlt.)   Будущій, -ая, -ее, werdend, künftig.

Infinitiv.

Бывать, sein.   Быть, sein.

B. Actives Verbum.

1. Jterativum. Schwache Form.	Singulare. Starke Form.

Präsens.

Вожу́, ich führe,	Веду́, ich führe.
Во́дишь, du führst,	Веде́шь, du führst.
Во́дитъ, (er) führt,	Веде́тъ (er) führt.
Во́димъ, wir führen,	Веде́мъ, wir führen.
Во́дите, ihr führet,	Веде́те, ihr führet.
Во́дятъ, sie führen,	Веду́тъ, sie führen.

(wiederholentlich.)

Präteritum.

Я Ты } води́лъ, -а, -о,	ich führte. du führtest.	Я Ты } вёлъ, -á, -о, ich führte. du führtest.
Онъ води́лъ, (er) führte.		Онъ вёлъ, (er) führte.
Она́ води́ла, (sie) führte.		Она́ велá, (sie) führte.
Оно́ води́ло, (es) führte.		Оно́ велó (es) führte.
Мы Ты } води́ли	{ wir führten. ihr führtet. sie führten.	Мы Вы } велú { wir führten. ihr führtet. Они́, онѣ sie führten.
Они́, онѣ		Они́, онѣ

Futurum.

Я бу́ду води́ть, Я повожу́, } ich werde führen 2c.		Я бу́ду вести́, Я поведу́, } ich werde führen 2c.	

Imperativ.

Води́, führe (du, er)!	Веди́, führe!
Води́те, führet!	Веди́те, führet!

Actives Particip.

a) adverbialisch.

Präs. Водя́, führend.	Велú, ведучи́, führend.
Prät. Води́въ, води́вши, geführt haben.	Вёдъ, вёдши, geführt habend.

b) adjectivisch.

Präs. Во́дящій, -ая, -ое, der führende.	Веду́щій, -ая, -ое, der führende.
Prät. Води́вшій, -ая, -ое, der geführt habende.	Вёдшій, -ая, ое, der geführt habende.

Passives Particip.

a) adverbialisch.

Präs. Води́мъ, -а, -о, geführt werdend.	Ведо́мъ, -а, -о, geführt werdend.
Prät. Вожёнъ, -а, -о, geführt.	Ведёнъ, -á, -о (Plur. -ú), geführt.

b) adjectivisch.

Präf. Водимый, -ая, -ое, der Geführte. Ведомый, -оя, -ое, der geführte.

Prät. Воженный, -ая, -ое, der Geführte. Ведённый, -ая, -ое, der geführte.

Infinitiv.

Водить, führen. Вести, führen.

2. Imperfectum. Perfectum.
Starke Form. Schwache Form.

Präsens.

Бросаю, ich werfe. Fehlt.
Бросаешь, du wirfst.
Бросаеть, (er, sie, es) wirft.
Бросаем, wir werfen.
Бросаете, ihr werfet.
Бросают, (sie) werfen.

Präteritum.

Я бросал, ich warf ꝛc. Я бросил, ich habe geworfen ꝛc.

Futurum.

Я буду бросать, ich werde wer- Я брошу, ich werde werfen.
 fen ꝛc
Ты будешь бросать. Ты бросишь.
Онъ, она, оно, будетъ бросать. Онъ бросить.
Мы будемъ бросать. Мы бросимъ.
Вы будете бросать. Вы бросите.
Они, онѣ будутъ бросать. Они, онѣ бросять.

Imperativ.

Бросай, wirf! Брось, wirf!
Бросайте, werfet! Бросьте, werfet!

Actives Particip.
a) adverbialisch.

Präf. Бросая, werfend. Fehlt.
Prät. Бросавъ, бросавши, ge- Бросивъ, бросивши, geworfen ha-
 worfen habend. bend.

b) adjectivisch.

Präf. Бросающій, der werfende. Fehlt.
Prät. Бросавшій, der geworfen Бросившій, der, welcher geworfen
 habende. hat.

Paffives Particip.

a) adverbialifch.

Präf. Броса́емъ, -а, -о, geworfen Броси́мъ, geworfen werdend.
werdend.
Prät. Бро́санъ, -а, -о, geworfen. Бро́шенъ, -а, -о, geworfen.

b) adjectivifch.

Präf. Броса́емый, -ая, -ое, der Броси́мый, -ая, -ое, der geworfene.
geworfene.
Prät. Бро́санный, -ая, -ое, der Бро́шенный, -ая, -ое, der gewor=
geworfene. fene.

Infinitiv.

Броса́ть, werfen. Бро́сить, werfen.

C. Reflexives Verbum.

Schwache Form.

Präfens.

Верчу́сь, ich drehe mich. Верти́мся, wir drehen uns.
Верти́шься, du drehſt dich. Верти́тесь, ihr drehet euch.
Верти́тся, (er) dreht ſich. Вертя́тся, (ſie) drehen ſich.

Präteritum.

Я верте́лся, верте́лась, ich drehte Мы верте́лись, wir drehten uns 2c.
mich 2c.

Futurum.

Бу́ду верте́ться, ich werde mich Бу́демъ верте́ться, wir werden
drehen 2c. uns drehen 2c.

Imperativ.

Верти́сь, drehe dich! Верти́тесь, drehet euch!

Participium.

a) adverbialifch.

Präf. Вертя́сь, ſich drehend. Prät. Верте́вшись, ſich gedreht
habend.

b) adjectivifch.

Präf. Вертя́щійся, вертя́щаяся, Prät. Верте́вшійся, верте́вшая=
вертя́щееся, der ſich ся, верте́вшееся, der
drehende. ſich gedreht hat.

Infinitiv.

Вертѣться, sich drehen.

D. Passives Verbum.

Dauer.   Vollendung.

Präsens.

Я любимъ, любима, любимо, ich   Fehlt.
werde geliebt.

Ты любимъ, -a, -o, du wirst geliebt.

Онъ любимъ, er
Она любима, sie } wird geliebt.
Оно любимо, es

Мы   wir werden
Вы   } любимы, { ihr werdet } geliebt.
Они, онѣ   sie werden

Präteritum.

Я былъ любимъ (была любима,   Я былъ любленъ (была любена,
было любимо), ich ward ge=   было люблено), ich bin geliebt
liebt ꝛc.   worden.

Futurum.

Я буду любимъ, -a, -o, ich werde   Я буду любленъ, -a, -o, ich werde
geliebt werden.   geliebt worden sein.

Imperativ.

Будь любимъ, -a, -o, werde ge=   Будь любленъ, sei geliebt!
liebt!

Будьте любимы, werdet geliebt!   Будьте люблены, seid geliebt.

Particip.

Präf. Будучи любимъ,   geliebt   Prät. Бывъ любленъ, geliebt wor=
werdend.   den seiend.

Infinitiv.

Быть любиму, geliebt werden.   Быть люблену, geliebt worden
sein.

Bemerkung. Я любленъ, ich bin geliebt, ist nicht passive
Form. Dieses любленъ, heißt concresirt: любленый.

E. Uebersicht sämmtlicher Zeitformen eines mit einem Präfy verbundenen Zeitwortes.

Präsens.

Выкидываю, ich verwerfe.   Выкидываемъ, wir verwerfen.

Präteritum imperfectum.

Я выкидывалъ, ich verwarf.   Мы выкидывали, wir verwarfen.

Präteritum perfectum.

Я выкидалъ, ich habe verworfen.   Мы выкидали, wir haben verworfen.

Präteritum perfectum semelfactivum.

Я выкинулъ, ich habe einmal   Мы выкинули, wir haben einmal
verworfen.   verworfen.

Futurum imperfectum.

Я буду выкидывать, ich werde   Будемъ выкидывать, wir werden
verwerfen.   verwerfen.

Futurum perfectum.

Выкидаю, ich werde verwerfen;   Выкидаемъ, wir werden verwerfen;
verworfen haben.   verworfen haben.

Futurum perfectum semelfactivum.

Выкину, ich werde ⎞   Выкинемъ, wir werden ⎞
Выкинешь, du wirst ⎬ einmal   Выкинете, ihr werdet ⎬ einmal
Выкинетъ, er wird ⎠ verwerfen.   Выкинутъ, sie werden ⎠ verwerfen.

Imperativus imperfectus.

Выкидывай, verwirf!   Выкидывайте, verwerfet!

Imperativus perfectus.

Выкидай, verwirf!   Выкпдайте, verwerfet!

Imperativus perfectus semelfactivus.

Выкинь, verwirf einmal!   Выкиньте, verwerfet einmal!

Actives Particip.

a) adverbialisch.

Präs. Выкидывая, выкидываючи, verwerfend.
Prät. imperf. Выкидывавъ, выкидывавши, verworfen habend.
Prät. perf. Выкидавъ, выкидавши, verworfen habend.
Prät. perf. semelf. Выкинувъ, выкинувши, einmal verworfen
habend.

b) adjectivisch.

Präs. Выкидывающій, -ая, -ое, der verwerfende.
Prät. imperf. Выкидывавшій, -ая, -ое, der verworfen hat.
Prät. perf. Выкидавшій. -ая, -ое, der verworfen hat.
Prät. perf. semelf. Выкинувшій, -ая, -ое, der einmal verwor-
fen hat.

Passives Particip.

a) adverbialisch.

Präf. Выкидываемъ, -a, -o, der verworfen wird.
Prät. Выкиданъ, -a, o, der verworfen worden ist.
Prät. semelf. Выкинутъ, -a, -o, der einmal verworfen ist.

b) adjectivisch.

Präf. Выкидываемый, -ая, -ое, der verworfene (Dauer).
Präf. Выкиданный, -ая, -ое, der verworfene (Vollendung).
Prät. semelf. Выкинутый, -ая, -ое, der einmal verworfene.

Infinitiv.

Imperfect. Выкидывать, verwerfen.
Perf. Выкидать, verwerfen (verworfen haben).
Perf. semelf. Выкинуть, einmal verwerfen.

Das Adverbium. НАРѢЧІЕ.

36. Wurzelwörter. Коренныя слова.

Ви, бъ, wohl.
Бишъ, doch, wohl.
Вонъ, hinaus.
Врядъ, schwerlich.
Гдѣ, wo.
Да, ja.
Де, nämlich.
Еле, kaum.
Ещё, noch.
Здѣсь, hier.
Знать, augenscheinlich.
Зѣло, (sl.) sehr, äußerst.
Ка, doch.
Когда, als.
Коли, wann.
Лишь, kaum, erst.
Не, nicht.

Весьма, sehr.
Внѣ, draußen.
На, nicht.
Нынѣ, jetzt, heute, heuer.
Очень, sehr.
Паки, (sl.) nochmals.
Пока, so lange als.
Прочь, fern, hinweg.
Се, (sl.) da (ist), siehe da.
Сице, (sl.) solchergestalt.
Таки, doch.
Тамъ, da, dort.
Точь, ebenso.
Тогда, damals.
Либо, entweder.
Чуть, kaum, fast nicht.

37. Abgeleitete Wörter. Производныя слова.

a) Formen von Hauptwörtern, die adverbialisch gebraucht werden:

α) Genitivform: дóма, zu Hauſe.

    Вчерá, geſtern.   Дóлу, (ſl.) unten.

β) Accuſativform: крóшечку, ein Wenig.

γ) Inſtrumentalform:

Бѣгóмъ, eilends, im vollen Lauſe.	Невóлею, gezwungen.
Вéрхомъ, oberhalb, übervoll.	Óптомъ, im Großen.
Верхóмъ, rittlings.	Пѣшкóмъ, zu Fuß.
Говоркóмъ, geſchwind.	Рáзомъ, auf einmal.
Дáромъ, umſonſt, gratis.	Случаемъ, gelegentlich.
Дыбомъ, aufrecht.	Стойкóмъ, ſtehend, aufrecht.
Крýгомъ, rund herum, umher.	Тайкóмъ. insgeheim.
Нагишóмъ, ganz nackt.	Вóлею, von freien Stücken (vergl.
Нарóкомъ, abſichtlich, mit Fleiß.	prakt. Th. 642.).

b) **Adverbialiſch gebrauchte Formen von Zeitwörtern:**

Выключáя, ausgenommen.   Спустá, nach Verlauf, nach.

c) **Das adverbialiſch gebrauchte Neutrum des Beſchaffenheitsworts** (prakt. Th. 249., Bem.).

Тúхо, ſtill.   Мúло, lieb.

Высóко, hoch.   Блúзко, nahe.

              Хорошó, gut, wohl.

d) **Selbſt ganze Redensarten** werden adverbialiſch gebraucht wie:

Мóжетъ быть, vielleicht.	Въ сáмомъ дѣлѣ, wirklich.
По крáйней мѣрѣ, wenigſtens.	По вы́сшей мѣрѣ, höchſtens.
Во весь опóръ, ſpornſtreichs.	Съ тѣхъ поръ, ſeitdem.
Втýпоры (въ ту пору), damals.	

38. **Zuſammengeſetzte Wörter.** *Слóжныя словá.*

a) **Negative.**

α) **Mit** не-, **bei Beſchaffenheitswörtern:**

Немúло, unlieb.   Неравнó, ungleich.

Немнóго, wenig.   Нездорóво, ungeſund.

β) **Mit** ни, **bei Umſtandswörtern:**

Никогдá, niemals.   Нимáло, nicht im Geringſten.

b) **Affirmative. Mit** нѣ-:

Нѣкогда, irgendwann.   Нѣкуда, irgendwohin.

c) **Aus Präpoſitionen mit Haupt- oder Eigenſchaftswörtern:**

Вокругъ, } rund herum.
Окрестъ, }

Накрестъ, kreuzweise.

Слишкомъ, zu viel, sehr viel.

Искони, seit unvordenklicher Zeit.

Помалу, allmählich.

Снова, von neuem.

Вправѣ, zur Rechten, rechts.

Изстари, von Alters her.

Заразъ, einmal.

Впрочемъ, übrigens.

Безвыгодно, unvortheilhaft.

Завѣдомо, wissentlich.

39. Der Bedeutung nach zerfallen die Adverbien in Beschaffenheitswörter (качественныя), und Umstandswörter (обстоятельственныя), von denen die Umstandswörter in folgende Klassen eingetheilt werden:

a) **Adverbien des Orts** (нарѣчія мѣста):

Гдѣ, wo.
Вонъ, hinaus.
Туда, dahin.
Нигдѣ, nirgends.
Никуда, nirgends hin.

Вездѣ, überall.
Инде, anderswo.
Куда, wohin.
Сюда, hieher.
Тамъ, самъ, hie und da.

Здѣсь, hier.
Тамъ, da.
Прочь, hinweg.
Туда, dorthin.
Повсюду, überall.

b) **Adverbien der Zeit** (н. времени):

Вдругъ, plötzlich.
Днесь, heute.
Тотчасъ, sogleich.
Онамедни,| neulich.
Намедни,|
Днемъ, des Tages.
Послѣ, nachher.

Впредь, künftig.
Иногда, zuweilen.
Уже, schon.
Никогда, niemals.
Вечеромъ, des Abends.
Всегда, immer.

Нынѣ, heut, jetzt.
Утромъ, morgens.
Часто, oft.
Временно, zu Zeiten.
Ночью, des Nachts.
Рѣдко, selten.

c) **Adverbien der Zahl** (н. количества):

Довольно, genug.
Много, viel.

Колико, wieviel.
Мало,| wenig.
Немного,|

Почти, fast.
Достаточно, genug.

d) **Adverbien der Ordnung** (н. порядка):

Впервые, erstlich.
Опять, wiederum.
Потомъ, darauf.
Еще, noch.

e) **Adverbien des Fragens** (н. вопрошенія):

Какъ, wie.
Когда, wann.
Неужто, wäre es, daß.
Неужели, ob etwa.

f) **Adverbien des Bejahens** (н. утвержденія):

Да, ja.
Конечно, allerdings.
Такъ, so, also.
Точно, gewiß.
Можетъ быть, vielleicht.

g) Adverbien des Verneinens (н. отрицанія):

He, nicht.

Никáкъ, keineswegs, durchaus nicht.

Нѣтъ, nein.

h) Adverbien des Zweifelns (н. сомнѣнія):

Авóсь, vielleicht.

Едвá ли, schwerlich.

i) Adverbien des Vergleiches (н. сравнéнія):

Рáвно какъ, ebenso, wie.

Коль, wie sehr.

Толь, so sehr.

Врознь, besonders.

Точь вточь, ganz genau so.

Die Präposition. ПРЕДЛОГЪ.

40. Wurzelwörter. *Коренныя словá.*

a) Regieren den Genitiv:

Безъ, ohne.

За, für, wegen.

Отъ, von.

Для, für, wegen.

Изъ, aus.

У, bei.

До, bis.

b) Regieren den Dativ:

Къ, ко, zu.

c) Regieren den Accusativ:

Про, von.

Сквозь, durch.

Чрезъ, über.

d) Regieren den Instrumental:

Надъ, über.

Межъ, мéжду, zwischen.

e) Regieren den Präpositional:

При, bei.

О (объ), von.

f) Regieren den Genitiv, Accusativ und Instrumental:

Съ, mit.

g) Regieren den Dativ, Accusativ und Präpositional:

По, nach, auf, je.

h) Regieren den Accusativ und Präpositional:

Въ, во, in, nach.

На, auf.

i) Regieren den Accusativ und Instrumental:

За, bei. Подъ, unter. Предъ, vor.

41. Abgeleitete Wörter. *Производныя слова.*

(Regieren den Genitiv.)

Внѣ, außerhalb. Протнвъ, wider.
Кромѣ, außer. Ради, wegen.

42. Zusammengesetzte Wörter. *Сложныя слова.*

(Regieren den Genitiv.)

Вмѣсто, anstatt, statt. Около, um.
Внутри, innerhalb. Окрестъ, um.
Вокругъ, um. Опричь, außer.
Вопреки, zuwider, trotz. Сверхъ, über.

Das Bindewort. СОЮЗЪ.

43. Wurzelwörter. *Коренныя слова.*

А, und, aber. И, und, auch.
Бо, denn. Ли, ob.
Бы *). Ни, auch, nicht.
Буде, wenn, wofern. Ни — ни, weder — noch.
Да, und, auch, aber. Но, aber, sondern.
Же, auch, aber. Что, daß.

*) Бы ist unübersetzbar. Es ist ursprünglich die dritte Person des
Präteriti von dem substantiven Verbum быть, sein, und wird jetzt mit
dem Präterito der Zeitwörter verbunden, um die bedingte Redeweise zu
bezeichnen; ebenso unübersetzbar ist meistens das Wörtchen ли, das nur
als Fragepartikel dient.

44. Zusammengesetzte Wörter. *Сложныя слова.*

Дабы, auf daß. Понеже, weil, da.
Чтобы, damit. Али, also.
Будто, als wenn, als ob. Или, oder.
Ибо, denn. Если, wenn.
Либо, oder, entweder — oder. Ежели, wenn.
Неже, als. Нежели, als.

Поелику, weil.

45. Jhrer Bedeutung nach, zerfallen die Binde=
wörter in:

a) Verbindende, copulative (соединительные):

И, und.
Какъ, wie, sowohl, als.
Ниже, weder noch.
Же, auch.
Да, und auch.

Также, gleichfalls.
Ни, weder noch.
Не только . . . ., но и, nicht nur,
sondern auch.

b) Trennende, disjunctive (раздѣлительные):

Или, oder.
Либо . . . ., либо, entweder —, oder.

А, aber, und.
Ни . . . ., ни, weder . . . ., noch.

c) Bedingende, conditionale (условные):

Если, ежели, wenn.
Буде, wenn.

Развѣ, es sei denn, daß.
Хотя бы, wenn gleich.

d) Entgegensetzende, adversative (противительные):

А, aber.
Но, sondern aber.
Однако, aber, jedoch.

e) Ursächliche, causative (причинительные):

Ибо, denn.
Попёже, da, weil.

Дабы, damit.
Поелику, weil.
Потому, что, darum, daß weil.

Чтобы, auf daß.
Что, daß.

f) Zugebende, concessive (позволительные):

Хотя . . ., однако, obschon . . .,
so doch.

Сколько ни . . ., однако, wie
sehr auch . . ., so doch.

g) Vergleichende, comparative (уравнительные):

Какъ, wie.
Чѣмъ . . . ., тѣмъ, je

Будто бы, als ob.
. . . . ., desto.

Такъ какъ, so wie.

h) Beschließende, conclusive (заключительные):

И такъ, also.
Убо, (fl.) folglich, also.
Слѣдовательно, folglich.

Посему, daher.

(Vgl. prakt. Th. Lekt. 98.).

———

Die Interjection. МЕЖДОМЕТIЕ.

46. Die Interjectionen sind theils einfache Laute wie:

А, ah, ei!	Стъ, цыцъ, st!	Эй, гей, he! ho!
Ба, ei!	Тфу, pfui!	Уу, uh!
Га, ha!	Э, эхъ, oh! ach!	Ай, ой, hu!

Theils zusammengesetzte, mehrsylbige:

Ахти, ach, weh!	Ура, hurra!	Увы, wehe, leider!

Theils aus andern Redetheilen entlehnte:

Бѣда, leider! wehe!	Горе, wehe!	Жаль, schade!
Назадъ, zurück!	Неужто, ist's möglich?	

47. Nach ihrer Bedeutung werden sie eingetheilt in Empfindungslaute

a) Der Freude (междомѣтiя радости):

Ура, hurra!	Исполать, recht so!	Га, ha!

b) Des Kummers (межд. печали):

Ахъ, ach!	Ахти, wehe!	Увы, leider!
Ай, oh!	Горе, wehe!	Бѣда, leider!

c) Der Verwunderung (межд. удивлéнiя):

Неужели, ist's möglich! Ахъ, ah!	Кудыкакъ, ei, sieh' mal!

d) Der Ueberraschung (межд. изумлéнiя):

Ба, ба, ба, sieh da, ha!	Вотъ то-то, da haben wir's!
	То-то на, da! da!

e) Der Furcht (межд. боязни):

Ай, ой, уу, hu!	Ахти, ach!

f) Der Verachtung (межд. презрѣнiя):

Тфу, pfui!	Эхъ, eh!	Э, eh, ei!

g) Des Verbietens (межд. запрещéнiя):

Цыцъ, stille!	Стъ, st!

h) Des Antreibens (межд. понуждéнiя):

Ну, nun!	Нуже, auf! wohlan!

i) Des Lachens (межд. смѣха):

Га, га, га! ha, ha, ha!   Ха, ха, ха! eh, eh, eh!

k) Des Drohens (межд. угрозительнія):

Ужё, warte!   Вотъ ужё, warte nur! oo, oh!

l) Des Rufens (межд. зова):

Гей, he, hoho!   Эй, heda!

m) Des Erwiderns (межд. окликанія):

Ась, а, was da.

Bemerkung. Ueber ihre Verbindung mit Hauptwör=
tern siehe prakt. Th. Lekt. 99.

Dritter Abschnitt.

Satzlehre. СЛОВОСОЧИНЕНІЕ.

48. Ein Satz (предложéніе) ist ein Urtheil über einen
Gegenstand. Seine Hauptbestandtheile sind:

a) Der Gegenstand des Urtheils, das Subject
(подлежáщее). Es steht immer im Nominativ.

b) Das vom Subject Ausgesagte, das Prädicat
(сказýемое). Es bezeichnet:

α) die Wesenheit des Subjects (сýщность подле-
жáщаго) und ist dann ein Hauptwort im No=
minativ;

β) ein Attribut des Subjects (принадлéжность по-
длежáщаго), ein Haupt= oder Eigenschaftswort
im Instrumental (Prädicats=Casus);

γ) eine Beschaffenheit des Subjects (кáчество по-
длежáщаго), ein Beschaffenheitswort;

41*

d) eine Handlung ober einen Zustand des Subjects (дѣйствіе или состояніе подлежащаго), ein Zeitwort.

c) Die Verbindung des Subjects mit dem Prädicate die Copula (связь, связка); das ausgedrückte ober verstandene Verbum Substantivum sein, быть.

49. Subject und Prädicat können durch Hinzufügung anderer Begriffe näher bestimmt werden, Bestimmungswörter (опредѣлительныя слова). Diese sind beim Subject und bei dem durch ein Hauptwort ausgedrückten Prädicate (48. b., *a*. und *d*.) Hauptwörter in einem Casus ober Eigenschaftswörter (bei welchen letztern hier jedesmal die adjectivischen Pronomina und die Zahlwörter mitverstanden werden). Die Bestimmungswörter des Prädicats sind Hauptwörter (mit ober ohne Präposition), Beschaffenheits- und Umstandswörter.

a) Ist das Bestimmungswort ein Hauptwort, welches dem bestimmten Hauptworte ohne Verbindungswort beigesetzt ist, so steht es in Apposition (приложеніе ober поясненіе). Die Apposition steht in demselben Casus, in welchem das, durch dieselbe bestimmte Hauptwort steht:

Wahre Größe, das Ziel der edlen Seelen, wird nur durch Kampf und Tugend errungen.	Истиное величіе, цѣль стремленія благородныхъ душъ, достигается только борьбою и добродѣтелью.
Ehre sei Gott, dem Schöpfer und Vater!	Слава Богу, Создателю и Отцу!

b) Ist das Bestimmungswort des durch ein Beschaffenheits- ober Zeitwort ausgedrückten Prädicats (48. b., *y*. u. *d*.) ein Hauptwort mit ober ohne Präposition, so heißt es die Ergänzung des Prädicats (дополненіе сказуемаго).

Er ist bleich von Angesicht.	Онъ блѣденъ лицемъ.
Er ist seinem Freunde treu.	Онъ вѣренъ своему другу.
Du zuckest die Schultern.	Ты пожимаешь плечами.
Sie schickte nach dem Arzte.	Она послала за лѣкаремъ.

50. Die Sätze sind entweder einfache (простыя предложенія) ober zusammengesetzte (сложныя предложенія).

51. Der einfache Satz ist entweder rein (чистое), wenn er nur aus Subject und Prädicat besteht, oder erweitert (распространённое), wenn Subject und Prädicat durch andere Begriffe näher bestimmt sind (49.).

52. Nach ihrem Verhältnisse zu einander sind die Sätze Hauptsätze (главныя предложéнія), die an und für sich einen vollständigen Sinn geben; Nebensätze (придáточныя предложéнія), die ohne den Hauptsatz keinen vollständigen Sinn geben: Zwischensätze (вводныя oder вставныя предложéнія), welche die Glieder eines andern Satzes trennen, ohne durch Construction mit ihnen verbunden zu sein. Vordersatz (предъидущее предложéніе) heißt der Nebensatz, wenn er vor seinem Hauptsatze steht, welcher letztere in diesem Falle Nachsatz (послѣдующее предложéніе) genannt wird.

53. Die Verbindung des Hauptsatzes mit seinen Neben- und Zwischensätzen bildet die Periode (періóдъ). Die Sätze heißen in Bezug auf die durch sie gebildete Periode: Glieder (члéны) der Periode, und diese wird nach der Zahl der sie bildenden Sätze eine zweigliedrige (двухъчлéнный періóдъ), dreigliedrige (трёхъ-члéнный періóдъ) Periode genannt.

Beilage.

Verzeichniß

derjenigen

Zeitwörter, welche in bestimmter Bedeutung bestimmte, von der deutschen Construction abweichende Casus und Präpositionen nach sich fordern.

Erklärende Bemerkung. Die deutschen Fragewörter und Präpositionen beziehen sich auf die deutsche Construction, die russischen Präpositionen und die Zahlen aber auf die russische Construction, indem die Zahlen sich auf die sieben Casus der russischen Declination beziehen. Z. B. дарить, schenken (wem 3. oder 4., was 4. oder 6.), heißt, wo nach schenken im Deutschen der Dativ steht, folgt auf дарить der Dativ oder Accusativ; für den deutschen Accusativ dagegen der russische Accusativ oder Instrumental; also: er schenkte dem Knaben das Buch, онъ подарилъ мальчику книгу oder онъ подарилъ мальчика книгою.

Алкать, dürsten (nach 2.).

Бдѣть, wachen (über o 7.).

Безпокóиться, sich beunruhigen (über o 7.).

Беречься, sich hüten (vor 2.).

Благоговѣть, Ehrfurcht beweisen (wem предъ 6.).

Благодарить, danken (wem 4.).

Блюстись, sich in Acht nehmen (vor отъ 2.).

Бояться, fürchten (was 2.); sich fürchten (vor 2).

Бранить, schelten (wen 4. — als 6.).

Браться, übernehmen, anfassen (was за 4.).

Веселиться, sich ergötzen (an 6.).

Взбѣгать, hinauflaufen (auf на 4.).

Взваливать, hinaufwälzen (was 1. — wohin на 4.).

Вглядывать, anblicken, (was на 4.).

Взирать, anblicken, berücksichtigen (was на 4.).

Взлѣзать, hinaufklettern, besteigen (was на 4.).

Взыскивать, fordern, eincassiren (was 4. — von съ 2.).

Видѣлось, es schien (wem 3.).

Винить, beschuldigen (wen 4. — wessen въ 7.).
Виниться, sich schuldig bekennen (wessen въ 7.).
Владычествовать, (fl.) beherrschen (wen надъ 6.).
Владѣть, besitzen, beherrschen (was, wen 6.).
Вмѣнять, beimessen, zurechnen (als въ 4.).
Вникать, erwägen, erforschen (was въ 4.).
Возвѣщать, verkündigen (was o 7.).
Воздерживаться, sich enthalten (wessen отъ 2.).
Возлагать, auferlegen, auftragen (wem на 4. — was 4.).
Воскресать, auferstehen (von изъ 2.; aus отъ 2.).
Воспользоваться, benutzen (was 6.).
Воспоминать, sich erinnern (wessen o 7.).
Восхищаться, sich ergötzen (an 6.).
Вслушиваться, abhorchen (was въ 4.).
Встаскивать, hinaufziehen (auf на 4.).
Встрѣчаться, begegnen (wem съ 6.).
Вступаться, sich annehmen (wessen за 4.).
Всходить, hinaufgehen (auf на 4.).
Выбирать, wählen (was 4.; wen 4. — zum въ 4. Plur. s. prakt. Th. 588. Bem).
Выигрывать, gewinnen (was 4. — von y 2.).
Вылѣчивать, heilen (wen 4. — von отъ 2.).
Вымáнивать, ablocken (wen 4. — von y 2.).
Выслуживаться, sich aufdienen (durch 6.).
Выходить, heirathen [wenn die Frau heirathet] (wen за 2.).
Вѣровать, glauben (an въ 4.).
Глядѣть, ansehen (wen, was на 4.).

Гнушаться, verabscheuen (was 2. oder 6.).
Гнѣваться, zürnen (auf wen на 4. — worüber за 4.).
Говорить, reden (eine Sprache 6. oder на 7.).
Гоняться, verfolgen (wen за 6.).
Гордиться, stolz sein (auf 6.).
Горевать, trauern (über o 7.).
Господствовать, beherrschen (wen надъ 6.).
Граничить, gränzen (an съ 6.).
Грозить, drohen (wem 3. — mit 6.).
Грубить, grob sein (gegen 3.).
Грустить, bekümmert sein (um, über o 7.).
Дарить, schenken (wem 3. oder 4. — was 4. oder 6.).
Держаться, sich festhalten (an за 4.); befolgen (was 2.).
Дивиться, sich wundern (über 3.).
Добиваться, trachten (nach 2.).
Довлѣетъ, es ist genug (für 3. — was 4.).
Догадываться, muthmaßen, merken (was o 7.).
Договариваться, zielen, abgesehen sein (auf до 2.).
Дожидаться, erwarten (wen 2.),
Доискивать, ausfindig machen, nachforschen (wen, wem 2.).
Докладывать, berichten, vortragen (über o 7.).
Домогаться, streben (nach 2.).
Доносить, berichten (über o 7.); anklagen (wen на 4.); (wegen въ 7. — bei 3.).
Доправлять, eintreiben (was 4. — von съ 2.).
Допытываться, erforschen, zu erfahren suchen (was 2.).
Дорожить, schätzen, werth halten (was 6.).
Досадовать, sich ärgern (über wen на 4. — wegen за 4.).

Досаждать, ärgern (wen 3. — mit, durch 6.).

Достигать, erreichen, erlangen (was 2.).

Дѣйствовать, wirken (auf надъ 6.).

Жаждать, dürsten, verlangen (nach 2.).

Жаловать, beschenken (wen 3. — mit 6.); besuchen (wen къ 3.).

Жаловаться, sich beklagen, sich beschweren (über на 4. — bei 3.).

Жалѣть, bedauern (wen, was о 7.); schonen, sparen (wen, was 2.).

Ждать, warten (auf 2.).

Желать, wünschen (was 2.)

Женпться, heirathen [vom Manne] (wen на 7.).

Жертвовать, opfern (was 6.).

Жить, leben (von, als 6.).

Забавляться, sich ergötzen (an 6.).

Заботиться, sich bekümmern (um о 7.).

Завидовать, beneiden (wen 3. — um, wegen въ 7.).

Завладѣть, sich bemächtigen (wessen 6.).

Закраснѣться, erröthen (aus, vor отъ 2.).

Занимать, leihen (was 4. — von у 2.)

Заниматься, sich beschäftigen (mit 6.).

Записываться, eingeschrieben werden (als въ 4. Plur.).

Запрягать, anspannen (vor въ 4.).

Заслушиваться, aufmerksam zu hören (was 2.).

Заступаться, beistehen (wem за 4.).

Звать, rufen (wen 4.); nennen (wen 4. — wie 6.).

Звонить, läuten (mit въ 4.).

Злиться, grollen (wem, auf на 4.)

Злобить, erbittern (wider на 4.).

Злобствовать, aufgebracht sein (wider на 4.).

Зрится, es scheint (wem 3.).

Избавлять, befreien (wen 4. — aus, von отъ 2.).

Набавляться, los werden (was отъ 2.).

Набирать, erwählen (wen 4. — zum, als въ 4. Plur.).

Набывать, meiden, fliehen (wen 2.).

Избѣгать, vermeiden (was 2.).

Извинять, entschuldigen, verzeihen (wem 4. — was въ 7.).

Извиняться, sich entschuldigen (bei предъ 6. — mit 6. od. въ 7.).

Издерживать, verwenden (was 4. — wozu, wofür на 4.).

Надъѣдаться, verspotten (wen надъ 6.).

Изливать, überschütten (wen на 4. — mit 4.).

Намѣнять, verrathen (wen 8.).

Изобиловать, Ueberfluß haben (an 6.).

Изобличать, überführen (wen 4. — wessen въ 7.).

Изучать, studiren (wen 4. — was 3.).

Изучать, erlernen (was 3.).

Именовать, benennen (wen 4. — wie, womit 6.).

Именоваться, heißen (wie 6.).

Искать, suchen (wen, was 2.).

Исповѣдываться, beichten (was въ 7.).

Испрашивать, erbitten (was 2.).

Испросить, erbitten (was 4.).

Испугаться, sich erschrecken (vor 2.).

Исщыкать, beißen (wen 4. — von отъ 2.).

Кажется, sich zeigen, erscheinen (als 6.).

Касаться, berühren (wen, was 2. oder 3.); betreffen, angehen (wen до 2.).

Каяться, bereuen (was въ 7.).

Кланяться, grüßen (wen 3.).

Клеветать, verleumden (wen на 4.).

Клонить, neigen, richten [die Gedanken] (auf къ 3.).

Клясться, schwören (bei 6.).

Кома́ндовать, commandiren (was 6.).
Круши́ться, sich betrüben (über o 7.).
Красне́ть, erröthen (über надъ 6.
vor отъ 2.).
Купи́ть, kaufen (was 4. — von, bei
у 2.).
Ли́пнуть, ankleben (wem, wovon
къ 3.).
Лиша́ть, entziehen (wem 4. — was
2.).
Лиша́ться, verlieren (was 2.).
Льнуть, ankleben (wem къ 3.).
Любова́ться, Vergnügen finden (an
6. oder на 4.).
Мечта́ть, [sich] einbilden (sich durch
о себѣ).
Милосе́рдовать, mitleidig sein (mit
о 7.).
Мни́тся, es scheint (wem 3.).
Моли́ть, inständig bitten (um o 7.).
Моли́ться, beten (zu 3.).
Молча́ть, verschweigen (was o 7.).
Мстить, rächen (wen за 4.); Rache
nehmen (an 3.).
Му́читься, leiden (an 6.).
Мы́слить, beabsichtigen (was o 7.).
Мѣня́ть, vertauschen (was 4. —
gegen на 4.).
Мѣша́ть, stören (wen 3.).
Наводи́ть, bringen, richten (was
4. — wohin на 4.).
Навѣ́товать, verläumden (wen на
4.).
Навя́зывать, anbinden (was 4. —
an на 4.).
Наговари́вать, verläumden (wen
на 4.).
Надлежи́тъ, es gebührt sich (für
wen 3.).
Надѣ́яться, hoffen (was 2.); sich
verlassen (auf на 4.).
Называ́ть, nennen (wen 4.—wie 6.).
Называ́ться, heißen (wie 6.).
Налага́ть, auftragen (wem на 4.
— was 4.).

Напира́ть, andrängen (gegen на 4.).
Напомина́ть, erinnern (wen 3. —
an o 7.).
Нарека́ть, nennen (wen 4.—wie 6.).
Нарека́ться, heißen (wie 6.).
Наруга́ться, verspotten (wen 3.
oder надъ 6.).
Наряжа́ться, sich ankleiden (womit
въ 4.).
Наслажда́ться, genießen (was 6.).
Насмѣха́ться, auslachen (wen надъ
6.).
Наставля́ть, leiten (wen 4. — wo-
hin на 4.).
Настоя́ть, bestehen (auf въ 7.).
Науча́ть, lehren (wem 4. —was 3.).
Науча́ться, lernen (was 3.).
Негодова́ть, unwillig werden (über,
auf на 4.).
Низверга́ть, hinabstürzen (wen 4.
— von съ 2.).
Нужда́ться, nöthig haben, bedürfen
(was, wessen въ 7.).
Обвиня́ть, anklagen (wen 4. —
wessen въ 7.).
Оберега́ть, bewahren (vor отъ 2.).
Оби́ловать, Ueberfluß haben (an 6.).
Облада́ть, beherrschen, besitzen (was
6.).
Облача́ться, sich ankleiden (mit въ 4.).
Облича́ть, überführen (wen 4. —
wessen въ 7.).
Обма́нываться, sich irren (in въ 7.).
Обороня́ться, sich vertheidigen (ge-
gen отъ 2.).
Обуча́ть, lehren (wem 4.—was 3.).
Обуча́ться, lernen (was 3.).
Обходи́ться, umgehen (mit съ 6.);
entbehren (was безъ 2.).
Обяза́ть, verbinden (wen 4. —
durch 6.).
Овладѣ́ть, sich bemächtigen (wessen
6.).
Одолжа́ть, leihen (wem 4. oder 3.
— was 6 oder 4.).

Ожидать, warten (auf 2.).

Оклеветывать, anschwärzen (wen 4. — bei передъ 6.).

Опасаться, befürchten (was 2.).

Освобождать, befreien (wen 4. von отъ 2.).

Освѣдомляться, sich erkundigen (nach o 7.).

Ослушиваться, übertreten (was 2.).

Остерегаться, sich hüten (vor 2. отъ 2.).

Отбрасывать, abwerfen, absetzen (wen 4. — von отъ 2.).

Отваживаться, wagen (was на 4.).

Отводить, abbringen (wen 4.—von отъ 2.).

Отвращаться, verabscheuen (was 2.).

Отвѣчать, beantworten (was на 4); stehen (für за 4.).

Отдвигать, abrücken (was 4.—von отъ 2.).

Отзываться, sich äußern (über o 7.); schmecken (nach 6.).

Отказывать, verweigern (wem 3. — was въ 7.).

Отказываться, Verzicht thun (auf отъ 2.).

Отличаться, sich auszeichnen (durch 6.).

Отлучать, trennen (von отъ 2.).

Отмщать, rächen (wen за 4.); sich rächen (an 3.).

Отнимать, entziehen (wem y 2. — was 4.)

Относиться, sich beziehen (auf къ 3.).

Отпираться, abläugnen (was отъ 2.).

Отучать, abgewöhnen (wen 4. — von отъ 2.).

Отучаться, verlernen (was отъ 2.).

Пахнуть, riechen (nach 6.).

Перенимать, ablernen (von y 2.).

Печалиться, sich grämen, trauern (über o 7.).

Пещися, sorgen (für o 7.).

Плакать, weinen (über o 7.—им, нач по 7. — aus, vor съ 2.).

Плѣняться, sich ergötzen (an 6.).

Побарать, besiegen (wen по 3.).

Поборствовать, streiten (für за 4.); vertheidigen (was по 3.).

Повелѣвать, befehlen, herrschen (wem, über 6.).

Повстрѣчаться, begegnen (wem съ 6.).

Повышать, erheben (wen 4. — zu въ 4. Plur.).

Повѣтствовать, erzählen (was o 7.).

Погнаться, verfolgen (wen за 6.).

Погружать, versenken (in въ 4.).

Подбиваться, sich einzuschleichen suchen (bei къ 3.).

Подбирать, zu betrügen suchen (wen къ 3.).

Подглядывать, auflauern (wem за 6.).

Поддѣвать, entwenden (was 4. — wem y 2.).

Поджидать, erwarten (wen 2.).

Подобаетъ, es geziemt sich (für 3.).

Подозрѣвать, Verdacht haben (auf 4. — wegen на 7.).

Подражать, nachahmen (was 3.).

Подслуживаться, sich einzuschmeicheln suchen (bei къ 3.).

Подсматривать, beobachten (wen за 6.).

Пожаловать, befördern (wen 4 — zu въ 4. Plur.), besuchen (wen къ 3.).

Пожаловаться, siehe жаловаться.

Пожертвовать, opfern (was 6.).

Поздоровоаться, begrüßen (wen съ 6.).

Поздравлять, gratuliren (wem 4. — zu съ 6.).

Показываться, sich zeigen (als 6.).

Поклоняться, grüßen (wen 3.).

Поклоня́ться, sich anbetend beugen (vor 3.).

Покоря́ть, unterwerfen (was 3.— wem 4.).

Покоря́ться, sich unterwerfen (wem 3.).

Покрови́тельствовать, begünstigen (wen 4.; was 3.).

Покуша́ться, versuchen (was на 4.).

Полага́ться, sich verlassen (auf на 4.).

По́льзоваться, benutzen (was 6.).

По́мнить, sich erinnern (wessen 6.).

Помога́ть, helfen (wem 3.).

Помо́лвить, verloben (mit [einem Manne] за 4.; mit [einer Frau] на 7.).

Помышля́ть, beabsichtigen (was o 7.).

Поощря́ть, anreizen (zu к 3.).

Попечи́тельствовать, sorgen (für o 7.).

Попрека́ть, vorwerfen [Vorwürfe machen] (wem 4. — was 6.).

Поруча́ть, anvertrauen (wem 4.— was 3.).

Поруча́ться, sich verbürgen (für за 4.).

Посвяща́ть, ordiniren (wen 4. — zum в 4. Plur., s. pract. Th. 588., Bem.).

Постряга́ть, einkleiden (wen 4. — als [Mönch oder Nonne] в 4. Plur, s. pr. Th. 588., Bem.).

Поступа́ть, behandeln (wen съ 6.).

Посужа́ться, leihen (was 6.).

Посяга́ть, sich empören (wider на 4.).

Потака́ть, verwöhnen (wen 3.).

Поуча́ть, lehren (wem 4.—was 3.).

Поуча́ться, lernen (was 3.).

Походи́ть, gleichen (wem на 4.).

Почита́ть, halten (wen 4. — für 6. oder за 4.).

Почита́ться, gelten, gehalten werden (für 6.).

Пра́вить, leiten (was 6.).

Превозноси́ться, stolz sein (auf 6.).

Превосходи́ть, übertreffen (wen 4. — in 6.).

Превыша́ть, übertreffen (wen 4.— in 6.).

Предводи́тельствовать, befehligen (was 6.).

Предостерега́ть, bewahren (wen — vor отъ 2.).

Предохраня́ть, vorbeugen (wem отъ 2.).

Представля́ться, sich vorstellen (als 6.).

Пренебрега́ть, vernachlässigen, verachten (wen, was 6.).

Преслу́шаться, ungehorsam sein (wem 2.).

Прибива́ть, anschlagen (was 4. — ан къ 3.).

Прибира́ть, zusammenpassen (was 4. — mit къ 3.).

Приближа́ться, sich nähern (wem къ 3.).

Привя́живать, gewöhnen (wen 4. — zu къ 3.).

Прива́ливать, heranwälzen (was 4. — ан къ 3.).

Привлека́ть, hinziehen (was 4. — zu, ан къ 3.).

Придвига́ть, anrücken (was 4. — ан къ 3.).

Приде́рживаться, sich festhalten (an [etwas] за 4.; an [eine Meinung, Gewohnheit] 2.).

Приде́лывать, anmachen (was 4. — ан къ 3.).

Прижима́ться, sich drängen (an, zu къ 3.).

Признава́ть, anerkennen (als 6.); halten (für за 4.).

Признава́ться, bekennen, gestehen (was въ 7.).

Прикладывать, anlegen, hinzufü=
gen (was 4. — an, zu къ 3).
Прикладываться, küssen (ein Hei=
ligenbild u. dgl. къ 3.).
Приклонять, neigen (was 4.— wo=
hin, wozu къ 3).
Прилежать, sich legen; Fleiß ver=
wenden (auf къ 3.)
Прилячествовать, sich geziemen
(für 3.).
Прилѣнляться, anhängen, zugethan
sein (wem къ 3.).
Примѣняться, sich schicken (in къ
3).
Примѣчать, Acht geben (auf за
6.).
Приниматься, unternehmen (was
за 4.).
Приноравливаться, sich richten
(nach къ 3.).
Принуждать, zwingen (zu къ 3).
Припоминать, erinnern (wen 3.—
an о 7.).
Присматривать, Aufsicht führen
(über за 6.).
Присягать, schwören (wem 3. —
bei въ 7.).
Притворяться, sich verstellen (als
6.).
Притягивать, hinziehen (zu къ 3.).
Приходить, abholen (wen за 6.).
Причащать, reichen (das hl. Abend=
mahl 2. — wem 4.).
Причислять, zählen, rechnen (was
4. — zu къ 3.).
Пріучаться, sich gewöhnen (an къ
3.).
Прозывать, einen Beinamen geben
(wem 4. — wie 6.).
Производить, ernennen, befördern
(wen 4. — zu въ 4. Plur., f.
pralt. Th. 588., Bem.).
Промышлять, betreiben (was [Ge=
werbe] 5.); nachstellen (wem
2.).

Промѣнивать, wechseln, tauschen
(was 4. — gegen на 4.).
Просватать, verloben (mit за 4.).
Просить, bitten (wen у 2. ober 4.
— um 2. ober о 7.); verklagen
(wen на 4.).
Прощаться, Abschied nehmen (von
съ 6.).
Пугаться, sich erschrecken, bange
sein (vor 2.).
Пускаться, sich begeben (wohin въ
4.); sich legen (auf въ 4.); los=
gehen (auf на 4.).
Пѣть, singen (die Stimme, z. B.
Discant u. dgl. 6.)
Работничествовать, kriechen (vor 3.).
Радоваться, sich freuen (über 3.).
Радѣть, sorgen (für о 7.).
Развѣдывать, forschen (nach о 7.).
Раздѣлять, zertheilen (in на 4.).
Разжаловать, degradiren (wen 4.
— zu въ Plur, f. pralt Th.
588., Bem.)
Размышлять, nachdenlen (über о
7.).
Разсказывать, erzählen (was о
7).
Разсуждать, überlegen, erwägen
(was о 7.).
Раскаиваться, bereuen (was въ
7.).
Располагать, verfügen (über 6.).
Распоряжать, verfügen (über 6).
Распрашивать, sich erkundigen (nach
о 7.).
Ревновать, nacheifern (wem 3.);
eifersüchtig sein (auf къ 3.).
Роптать, murren (über на 4.).
Ругать, schimpfen (wen 4. — als
6.).
Ругаться, sich zanken (mit съ 6.);
verhöhnen (wen надъ 6.).
Руководствоваться, sich richten
(nach 6.).
Рукополагать, weihen (wen 4. —

zum въ 4. Plur., f. prakt. Th.
588., Bem.).
Ручаться, einstehen, bürgen (für
wen по 7.; wofür въ 7.).
Рыдать, weinen (über о 7.; nach
no 7.).
Рѣшаться, sich entschließen (zu на
4.).
Сбивать, abschlagen (was 4.—von
съ 2.).
СватАться, freien (um на 7.).
Свергать, abwerfen (wen 4.—von
съ 2.).
Сговорить, verloben (mit за 4.).
Сдергивать, herabreißen (von съ
2.).
Сдувать, abblasen (was 4.—von
съ 2.).
Сдѣлаться, werden (was 6.).
Сердиться, sich ärgern (über [wen]
на 4.—wegen за 4.).
Сжалиться, sich erbarmen (wessen;
über надъ 6.).
Сживать, sich losmachen, sich vom
Halse schaffen (von; wen 4. съ
рукъ, з. B. ich konnte ihn mir
nur mit Mühe vom Halse schaf-
fen, насилу могъ л его сжить
съ рукъ).
Сказываться, sich melden, sich aus-
geben (als, für 6.).
Склонять, bewegen, geneigt machen
(wen 4.—zu къ 3.).
Склоняться, sich bewegen lassen
(zu на 4.).
Скорбѣть, sich härmen (über о 7.).
Скучать, sich langweilen (durch 6.
oder отъ 2.).
Славиться, berühmt sein (durch
6.).
Служить, dienen (als 6.).
Случаться, widerfahren (wem съ
6.).
Случается, es widerfährt (wem 3.).
Слушаться, gehorchen (wem 2.).

Слыть, im Rufe stehen (als 6. oder
за 4.).
Слѣдовать, nachfolgen (wem за 6.);
nachahmen (wem 3.).
Смотрѣть, betrachten (was на 4.);
Aufsicht führen (über за 6.).
Смывать, abwaschen (was 4.—von
съ 2.).
Смѣяться, lachen (worüber 3.; über
wen надъ 6.).
Соболѣзновать, beklagen (was о 7.).
Совращать, abbringen (wen 4.—
von съ 2.).
Совѣститься, sich ein Gewissen
machen (aus 2.).
Соглашаться, einwilligen (in на
4.).
Сожалѣть, bedauern (wen о 7.).
Соизволять, genehmigen, bewilligen
(wem 3.—was на 4.).
Сокрушаться, sich grämen (um о
7.).
Сомнѣваться, zweifeln (an въ 7.).
Соображаться, sich richten (nach
съ 6.).
Сообщать, mittheilen (wem 4.—
was 3.).
Спасаться, sich retten, fliehen (vor
отъ 2.).
Спорить, streiten (über о 7.).
Способствовать, befördern (was
3.).
Споспѣшествовать, behülflich sein
(wem 3.)
Спрашивать, fragen (nach о 7.);
zur Rechenschaft ziehen (wen на
7.).
Спрашиваться, um Rath, um Er-
laubniß fragen (wen 2.).
Спрашивается, es wird gefordert
(von съ 2.).
Ссужать, leihen (wem 4.—was
6.)
Ссылаться, sich berufen, sich beziehen (auf на 4.).

Стараться, ſich bemühen (um о 7.).

Стать, werden (was 6.).

Стóить, koſten, werth ſein (was 2.).

Стоять, halten (was на 7.); ſtehen (für за 4.); ſtocken (wegen, vor за 6.).

Страдáть, leiden (an 6.).

Страшиться, erſchrecken (vor 2).

Стремиться, ſtreben (nach къ 3.).

Стыдиться, ſich ſchämen (vor 2).

Судить, urtheilen (über о 7.); richten (über 4.).

Суетиться, ſich bemühen (um о 7.).

Схватываться, angreifen (wen съ 6.); greifen (nach за 4.).

Сѣтовать, trauern (über о 7.); ſich beklagen (über на 4.).

Таить, verhehlen (was 4. — vor отъ 2.).

Тосковать, ſich ängſtigen (über о 7.; um по 7.).

Трéбовать, fordern (was 2.)

Трусить, bange ſein (vor 2.).

Тужить, bedauern (was о 7.).

Тщиться, ſich Mühe geben, ſich beſtreben (um о 7.).

Убираться, ſich ſchmücken (mit въ 4.); einpacken (was въ 6.).

Убѣгáть, fliehen, meiden (was 2.).

Убѣждáться, ſich überzeugen (von въ 7.).

Увѣрять, verſichern (wen 4.—was въ 7.).

Углублять, vertiefen (in въ 4.).

Углубляться, ſich vertiefen, verſinken (in въ 4.).

Угождáть, gefällig ſein (gegen 3.).

Удаётся, es gelingt (wem 3.)

Удаляться, ſich entziehen (wem отъ 2.).

Ударяться, ſich ſtoßen (an о 4.).

Удéрживаться, ſich enthalten (weſſen отъ 2.).

Удивляться, ſich wundern (über 3.).

Удовлетворять, befriedigen (wen 4.; was 4.).

Удостóиваться, gewürdigt werden (weſſen 2.).

Ужасáться, ſich entſetzen (über 2. oder отъ 2.).

Узнавáть, erfahren (was о 7.); erkennen (wen 4. — an по 3).

Уклоняться, ausweichen (wem отъ 2.); nachgiebig ſein (gegen предъ 6.).

Укорять, Vorwürfe machen (wem 4. — über въ 7.).

Уличáть, überführen (wen 4. — weſſen въ 7.).

Умилосéрдиться, ſich erbarmen (weſſen, über надъ 6.).

Умилостивляться, ſich erbarmen (über надъ 6.).

Уповáть, vertrauen (auf на 4.).

Уподобляться, verglichen werden (mit 3.).

Упоминáть, erwähnen (weſſen о 7.).

Упóрствовать, hartnäckig beſtehen (auf въ 7.).

Управлять, regieren, verwalten (was 6.).

Упражняться, ſich beſchäftigen (mit въ 7.).

Упрекáть, Vorwürfe machen, vorwerfen (wem 4. oder 3. — was въ 7., oder 6.).

Уродиться, nacharten (wem въ 4.)

Усéрдствовать, beherzigen (was 3.).

Успѣвáть, Fortſchritte machen (in въ 7.); gleichkommen, nicht nachſtehen (wem за 6.).

Ухáживать, warten, pflegen (wen за 6.).

Участвовать, Theil nehmen, (an въ 7.).

Учищáться, gereichen (zu 6.).

Учить, lehren (wen 4. — was 3.).

Учи́ться, lernen (was 3.).
Хвата́ться, ergreifen (was за 6.).
Хлопота́ть, sich bemühen (um о 7.).
Хода́тайствовать, sich verwenden (für о 7.).
Ходи́ть, pflegen, warten (wen за 6.).
Хоте́ть, wollen (was 2.).
Хо́чется, es gelüstet (wem 3.).
Храни́ть, bewahren (wen, was 4. — vor отъ 2.).

Ча́ять, vermuthen (was 2.).
Чита́ть, erklären (wen 4. — für 6. oder за 4.).
Чуди́ться, sich wundern (über 3.).
Чужда́ться, fremd werden (wem 2.).
Шути́ть, scherzen, spotten (über надъ 6.).
Я́бедничать, schikaniren, anschwärzen (wen на 4.).

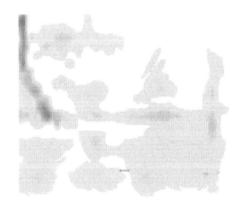

АЛФАВИТНЫЙ СПИСОКЪ СОДЕРЖАНІЯ.

Alphabetisches Inhaltsverzeichniß.

Aber, dagegen, sondern, по 47.

Accusativ, der, des Fürwortes steht vor dem Zeitworte 59.

Accusativ, der, in der starken Form ist bei belebten Gegenständen gleich dem Genitiv, bei unbelebten gleich dem Nominativ 59.

Ackern, pflügen, пахать 155.

Adjectiv, ein, das zu mehreren Substantiven gehört, steht im Plural, auch wenn diese im Singular stehen 191.

Adjectiva, die, von Länder-, Städte- und Völkernamen gebildet werden 236.

Adverbien der Völkernamen mit по 528.

Adverbialischer Gebrauch verschiedener Casusformen theils gebräuchlicher, theils veralteter Substantive und ganzer Redensarten 527.

Adverbialiter gebrauchte Zahlwörter 270.

Als, нежели 206.

Als Bezeichnung gemeinsamer Aufmunterung wird die erste Person des Futurums gebraucht 368.

An, auf, на 68.

An was? Чему? 51.

Angabe, die, des bestimmten Masses oder Preises geschieht durch die Präposition въ mit dem Accusativ 262.

Arbeiten, работать 155.

Artikel; die russische Sprache hat keinen Artikel 33.

Athmen, дышать 242.

Auf die Frage wann? steht der Tag im Accusativ mit der Präposition въ 263.

Auf die Frage wann? steht bei den Namen der Monate der Präpositional in Verbindung mit der Präposition въ 269.

Auf die Frage wann? steht der Nominativ hinter dem Zeitworte, außer wenn ein fragendes Umstandswort oder Fürwort im Satze vorhanden ist 59.

Auf die Frage wann? während welcher Zeit? stehen die Tages- und Jahreszeiten, wenn sie allein sind, im Instrumental, mit einem Bestimmungsworte verbunden, jedoch im Accusativ mit der Präposition въ 200.

Aussprachezeichen 19.

Joel u. Fuchs, Russische Gramm. 42

Außer, ausgenommen, кромѣ 257.

Bald, sogleich, schnell, скоро 251.

Bei, у 38.

Bei vergleichungsweiser Angabe der Beschaffenheit kann такъ ausgelassen werden, wie das deutsche so 204.

Bejahung im Russischen 36.

Beschaffenheitswort. Unterschied zwischen dem Eigenschaftswort und dem Beschaffenheitswort 178. Wörter die aus zwei Hauptwörtern, oder einem Hauptworte und einem Beschaffenheitswort so zusammengesetzt sind, daß beide Theile unverändert und gleichsam in Apposition zu einander stehen, wie das deutsche Fürst-Bischof, decliniren beide Theile 182.

Beschaffenheitswort, das, in Bezug auf ein unbestimmtes Subject steht mit der sächlichen Endung 195.

Beschaffenheitswörter, die im Comparativ blos e und nicht te annehmen 204.

Beschreiben, описать 155.

Besteht das Prädicat aus einem Hauptworte und einem Eigenschaftsworte, so setzt man beide in den Genitiv und läßt von an aus 240.

Bezeichnung der Bewohner eines Landes 158.

Bezieht sich der Infinitiv des Passivs auf ein bestimmtes Subject, so steht das Particip mit dem Subjecte im Geschlecht, Zahl und Fall gleich, das Object im Instrumental 402.

Bildung des Reflexiv aus dem Activ durch Anhängung von сь, ся, ся, сл, сь, ся, sowie durch ся, ась, ось, сь 178.

Bildung der Gewohnheitsformen 438.

Bildung der weiblichen Hauptwör-

ter aus männlichen 162. Vereinzelt bastehende Formen 165.

Bis, bis nach, bis zu, до 246.

Bis dahin. Дотуда 246.

Bis wohin? Докуда? 246.

Bitten, просить 224.

Bitten, просить, hat entweder die Sache im Genitiv mit у, oder die Person im Accusativ und die Sache im Präpositional mit о 483.

Blühen, цвѣсти 185.

Character des Verbums 312.

Character, vom, 31.

Comparativ, Bildung des 204.

Comparativ, Einschränkung der Bedeutung des, 206.

Comparativ, beim, steht im Instumental das Maß, um welches der eine Gegenstand den andern in der genannten Eigenschaft übertrifft 227.

Comparativ, der concrescirte, dient dazu, einen Gegenstand aus seiner Gattung hervorzuheben 212.

Comparativ, besondere Formen des, der Eigenschaftswörter 211.

Comparativ, Verstärkung der Bedeutung des 206.

Composita, die deutschen, von denen ein Wort im Genitiv steht, werden im Russischen getrennt 177.

Conjunctionen 543.

Consonanten 10.

Correlative Fürwörter 293.

Correlativa, die, einer Reihe geben nur die directeste Antwort auf eine Frage 294.

Da, dort, тамъ 68.

Da die Wiederholungsform eine Handlung bezeichnet, die öfters zu geschehen pflegte, so muß das deutsche pflegen meistens durch andere Wendungen wieder gegeben werden 445.

Daher, оттуда 246.

Dahin, туда́ 246.

Darum, daß, mit 297.

Das deutſche aller, vor dem Super=
latio, giebt man durch са́мый,
всё 213.

Das Diſtributive zu: zu zwei, zu
hundert, je zwei, je hundert, wird
auch durch по gegeben 261.

Das deutſche einander wird
durch дру́гъ дру́га überſetzt 294.

Das Diſtributive zu: zu zwei, zu
hundert wird durch по ge=
geben 261.

Das ergänzende Subſtantiv ſteht
im Dativ mit der Präpoſition
къ, ко nach den Adjectiven der
Befähigung und Neigung 228.

Das ergänzende Subſtantiv ſteht
im Accuſativ mit der Präpo=
ſition на nach einigen Eigen=
ſchaftswörtern 228.

Das ergänzende Subſtantiv ſteht
im Präpoſitional mit der Prä=
poſition въ, во, nach den Ad=
jectiven der Geſchicklichkeit, Aus=
dauer, Mäßigung 228.

Das ergänzende Subſtantiv mit
der Präpoſition до ſteht nach
3 Adjectiven, und nach dem Sub=
ſtantiv охо́тникъ 228.

Das eßbare Fleiſch von Hausvieh,
Wild, Fiſchen wird durch An=
hängung der Endungen -ина,
-атина, -ятина, ausgedrückt 243.

Das ſach, fältig, ſo viel, wird
auch durch ein dem gattenden
Zahlworte vorgeſetztes -в, Ab=
kürzung der Präpoſition въ,
ausgedrückt 280.

Das nach dem Hauptworte ſtehende
Zahlwort, beſtimmt die Zahl als
ungefähr, etwa, circa. Die Prä=
poſition ſteht in ſolchem Falle
zwiſchen dem Haupt= und Zahl=
worte 257.

Das Neutrum des Beſchaffenheits=
worts bezieht ſich auf ein unbe=
ſtimmtes Subject 298. Zu vor
dem Infinitiv bleibt unüberſetzt
298.

Das perſönliche Zeitwort хоте́ть
geht mehr auf beſtimmte Abſicht,
das unperſönliche хо́чется auf
den Wunſch 304.

Das Präteritum сталъ bezeichnet
ein Anfangen 381.

Das reflexive Zeitwort bekommt
die Endung -ся zuſammengezogen
aus себя́ 129.

Das Th der Eigennamen wird
durch Θ, Φ und T ausgedrückt 170.

Daß, damit, что 298.

Dativ des Objects 484.

Dativ des Attributs 484.

Dauerformen, die, enden gewöhnlich
auch beidem Zeitwort, wo von dem=
ſelben nur eins mit dem Präfix
exiſtirt auf ать 465.

Дай, gieb, да́йте, gebet 95.

Declination der poſſeſſiven Adjec=
tiva 176.

Declination der Familien= und
Städtenamen auf овъ und инъ
176.

Declination der Hauptwörter 30.

Declinationen, wie viele, ſind im
Ruſſiſchen 32.

Declination der männlichen Haupt=
wörter, Einheit 33. Declination
der Wörter auf -о 42. Decli=
nation der Wörter auf екъ, елъ,
енъ, ень, еръ, есъ, етъ, ецъ 43.
Der Wörter Христо́съ, Chriſtus,
und Госпо́дь, der Herr 50.
Der Hauptwörter, die urſprüng=
lich Eigenſchaftswörter ſind 51.
Plural der männlichen Stamm=
wörter 73. Nominativ des
Plurals auf -и und -á 85;

42*

auf -a aber 85. Verschiedene Plurale je nach der Verschiedenheit der Bedeutung 86. Die Wörter auf аннъ gehen im Singular regelmäßig, im Plural wird die Sylbe аннъ in не verwandelt 91. Unregelmäßige Pluralformen 91. Die Wörter сосѣдъ, der Nachbar, холопъ, der Knecht, чёртъ, der Teufel, werden nach schwacher Form flectirt 91. Wann der Genitiv des Plurals wie der Nominativ des Singulars lautet 92. Das Winseln, визгъ, hat im Genitiv den Plural вузжéй. Рубль, der Rubel, hat рублéй und рублéвъ 92. Hauptwörter die nur im Plural gebräuchlich sind 96.

Declination der sächlichen Nennwörter, Einheit 102. Nennwörter auf -ля 103.

Declination der Wörter auf -ое. Mehrheit 109. Nennwörter auf ить, меть 109. Collectivische Pluralform 110. Pluralform der Vergrößerungs- und der Verkleinerungswörter 110. Doppelte Pluralformen 110. Wann im Genitiv des Plurals o eingeschoben wird 111. Wörter die mit und ohne Zwischenvocal gebraucht werden 111. Wörter die keinen Zwischen-Vocal annehmen 111. Declination der Zahlwörter одиннадцать-двадцать два 112. Plural der Wörter auf енокъ; дитя, das Kind, hat im Plural дѣти 120.

Declination der weiblichen Hauptwörter Einheit 124. Alle weiblichen Hauptwörter auf -ь gehen nach der schwachen Form und haben den Accusativ gleich dem Nominativ. Nach der starken Form dieser Declination gehen auch die männlichen Hauptwörter auf -a 125. Plural der weiblichen Nennwörter 134. Unregelmäßige Pluralformen 137. Weibliche Hauptwörter, die nur im Plural gebräuchlich sind 139.

Declination der Zahlwörter 255.

Declination der mit -поа zusammengesetzten Zahlen 277.

Den geringeren Grad der Beschaffenheit bezeichnet man durch das, dem Positiv vorgesetzte мéньше 207.

Der, die, das 60.

Der Andere, die Andern, другóй, другíе 89.

Der Eine, die Einen, одинъ, одни́ 88.

Derjenige, diejenige, dasjenige, тотъ 61.

Der Plural von одинъ steht in der Bedeutung von ein, eins mit Hauptwörtern, die nur im Plural gebräuchlich sind, sonst bedeutet er die einen und allein, in welcher letzteren Bedeutung auch der Singular gebraucht wird 157.

Der Russe gebraucht oft du, ты 34.

Die Conjunctionen же, ли, то, такй, treten zwischen би und dasjenige Wort, zu welchem es gehört 374.

Die Endungen -ie und -ье geben dem Worte zuweilen eine verschiedene Bedeutung 419.

Die gewöhnliche Endung des Infinitivs der russischen Zeitwörter ist -ть 298. Nur 17 Zeitwörter enden auf -чь 298.

Die Namen der Länder, Provinzen, Inseln, Städte, Dörfer und Küsten stehen auf die Frage wohin? im Accusativ mit въ: auf die Frage wo? im Präpositional

mit въ; auf die Frage woher?
im Genitiv mit ицъ 532.

Die Namen der Meere, Seen,
Flüsse, Berge, Felder und Stra=
ßen stehen auf die Frage wohin?
im Accusativ mit на; auf die
Frage wo? im Präpositional mit
на; auf die Frage woher? im
Genitiv mit съ 532.

Die Namen von Kirchspielen und
Kirchen werden wie Personen=
namen construirt. Wohin? Da=
tiv mit къ; wo? Genitiv mit у;
woher? Genitiv mit отъ 533.

Die Namen der jungen Thiere auf
-я sind im gewöhnlichen Leben
nur in der Mehrzahl gebräuchlich
120.

Die Negation steht nicht vor dem
Infinitiv, sondern vor dem End=
zeitwort 299.

Die nicht concrescirte Zahl nach
самъ zeigt an, der wievielste Je=
mand selbst unter einer gewissen
Zahl sei 284.

Die russische Sprache hat nur eine
Vergangenheit 195.

Die russische Sprache bildet zusam=
mengesetzte Adjectiva 177.

Die russischen Zeitwörter haben nur
drei Zeitformen des Indicativs 74.

Die Sylbe ка dem Imperativ an=
gehängt gehört der Sprache des
gewöhnlichen Lebens an 368.

Die Verminderung einer Eigenschaft
wird durch -некъ, -енькій, mit=
telst des Binde=Vocals -о, der
Charakterform angehängt, aus=
gedrückt 217.

Die von Verben geleiteten Adjective
auf ный unterscheiden sich von
den Participen auf нный dadurch,
daß sie nicht sowohl eine Hand=
lung, als vielmehr eine Eigen=
schaft ausdrücken 406.

Dein, der deinige, твой 90.

Diejenigen Wörter, die im Genitiv
ein unbetontes -у haben, haben
im Präpositional -ý 68.

Diejenigen Formen, deren Präsens=
form auch die Bedeutung eines
Präsens hat, bezeichnen das Fu=
turum durch das Hülfszeitwort
бýду 428.

Diese, сій, эти 74.

Dieser, diese, dieses, сей 53.

Dieser, diese, dieses, этотъ 53.

Du, ты 91.

Dürfen, смѣть 183.

Dürfen Sie? Смѣете ли вы? 183.

Durch Anhängung der mildernden
Endung -ие an das passive Par=
ticip der Vergangenheit bildet
man das Verbal=Substantiv 419.

Eben so viel, стóлько же 97.

Eggen, боронить 199.

Eigennamen der Alten und der
Neuern 169.

Eigennamen, die, die nicht eine im
Russischen vorkommende Endung
haben, werden nicht declinirt 171.

Eigennamen, die gewöhnlichsten, mit
ihren Verkleinerungswörtern 171.

Eigenschaftswort, das, wird in der
Regel vor das Hauptwort ge=
setzt 37.

Eigenschaftswort, beim, wird der
Comparativ durch Anhängung
der Endung -ѣйшій an die Cha=
rakterform gebildet 211.

Eigenschaftswort, das, радъ fordert
den Instrumental nach sich 222.

Eigenschaftswörter, die den Genitiv
nach sich haben 222.

Eigenschaftswörter, die den Dativ
nach sich haben 222.

Ein solcher — wie, такóй — какóй
117.

Eine absolute Steigerung der Eigen=
schaft bezeichnen die Präfixa -пре,

sehr, -ие ganz, und die Umstandswörter sehr, поль, весьмá, äußerst, крáйне; ungemein, vorzüglich, отмѣнно 216.

Einer, ein gewisser, нѣкоторый 109.

Einige, нѣсколько 109.

Eins, ein 79.

Einzelne, allein, одинъ 79.

Elliptisch steht für den Imperativ, auch der Infinitiv 369.

Endung, die, -овать hat eigentlich frequentative Bedeutung 475.

Er, sie, es, онъ, она, оно 103.

Er, sie, es ist nicht, нѣтъ 47.

Erfahren, узнáть 221.

Ergänzungsbegriff im Instrumental 487

Es, wenn es sich auf kein bestimtes Subject bezieht, wird nicht übersetzt 195.

Es ist nicht gebräuchlich, Jemanden bei seinem Familiennamen anzureden 178.

Etwas, ein Wenig, нѣсколько 46.

Etwas, irgend etwas Gewisses, нѣчто 121. Nichts, ничтó 121.

Есть, es ist, es giebt 74.

Familiennamen, die russischen, sind meistens possessive Adjectiva auf евъ, овъ, инъ 168.

Finden, найти 221.

Fortgehen, уйти 221.

Für den deutschen Genitiv in zusammengesetzten Hauptwörtern, wenn er den Besitzer oder den Ursprung des Grundwortes bezeichnet (Subjects-Genitiv), bildet man ein possessives (Gattungs-) Adjectiv 233.

Für das Hauptwort mit von als Prädicat setzt man im Russischen das Adjectiv 246.

Für den Objects-Genitiv der Zusammensetzungen ist die gewöhnliche Adjectiv-Endung -ный, vor

welcher die Kehllaute gewandelt werden 235.

Für viele Begriffe hat die russische Sprache auch eigene zusammengesetzte Wörter 242.

Fürwörter, besitzanzeigende, werden sowohl substantivisch, als auch adjectivisch gebraucht 55.

Ganz, весь, вся, все 207.

Ganz, цѣлый 250.

Gattende Zahlen 268.

Gegenstände, die paarweise vorhanden sind, oder aus zwei gleichen Theilen bestehen, haben im Nominativ des Plurals ein betontes ý 78.

Gehen, идти, bildet sein Präteritum von dem jetzt aus der Sprache verschwundenen шестъ 373.

Genitiv der Einzahl nach два, три, четы́ре, 66a; niemals jedoch der Genitiv auf у. Steht jedoch bei dem Hauptworte noch ein Adjectiv, so steht dieses im Genitiv oder Nominativ der Mehrheit 80.

Genug, довóльно 46.

Geschlecht der Hauptwörter 27. Nach der Bedeutung 28. Männlich sind die Wörter auf -ъ (-й -ь), weiblich auf -а (-я -ь), sächlich auf -о (-е -мя, я, а) 29. Geschlecht der Wörter auf -ь 28, -нь, -ль 29. Zischlaut vor -ь 29, auf -еть, -зь, -сь 29, auf -а, -я (männlich) 29.

Glauben, вѣрить 227.

Guten Tag, здрáветвуйте, сýдарь 112.

Haben? Есть ли? Имѣете? 32.

Haben, als actives Zeitwort mit dem Accusativ 96.

Halblaut, 19.

Hat im Deutschen der Genitiv ein Bestimmungswort bei sich, so steht auch im Russischen der Genitiv 176.

Hauchlaut 19.

Hauptwort, das 26.

Hauptwort, das, welches den Begriff des Adjectivs ergänzt, steht auf die Frage woran? in welcher Hinsicht? im Instrumental 227.

Hauptwort, ein, mit Nominativendung bildet niemals einen ächtrussischen Familiennamen 178.

Hier, тутъ, здѣсь 68.

Hierher, сюда́ 246.

Hinweisend auf einen folgenden Objectssatz wird es nicht übersetzt 285.

Hoffen, vertrauen, надѣ́ться 178.

Hülfszeitwort, das, sein wird in der gegenwärtigen Zeit meist ausgelassen 183.

Ich habe nicht, у меня́ нѣтъ 39.

Ich muß, я до́лженъ 120.

Ich will, я хочу́ 120.

Ich wollte, я хотѣ́лъ 169.

Ihr, ihre, ihr, ея́ свой 131.

Ihr, Ihre, Ihr, ватъ, свой 35.

Ihr (besitzanzeigendes Fürwort), ихъ, свой 79.

Im Russischen muß das Hauptwort, welches unter dem hinweisenden Fürworte der, die, das verstanden ist, wiederholt werden 55.

Imperativ 363.

In, въ, во 105.

In Bezug auf ein unbestimmtes Subject wird es im Russischen nicht ausgedrückt 285.

In der Zusammensetzung mit Präposition wird, wodurch ein relatives oder fragendes da, durch ein demonstratives Fürwort gegeben, wobei sich der Casus nach der, im Russischen geforderten Präposition richtet 526.

In manchen Fällen steht das possessive Abjectiv, und die deutsche Zusammensetzung wird durch zwei getrennte Wörter wiedergegeben 241.

In Verbindung mit Zeitwörtern heißt было, zwar 382.

In Zukunft, fortan, впередъ, впредь 251.

Inchoative 442.

Infinitiv, die gewöhnliche Endung des, ist -ть, nur 11 Zeitwörter endigen auf -чь 116.

Interjectionen 59.

Jahr, das, годъ 261.

Jeder, jedermann, all 259.

Jeder, ein jeder, ка́ждый 250.

Jemals, irgend wann, когда́ нибудь 346.

Jemand, irgend wer, кто, кто нибудь 69.

Jene, тѣ 74.

Jener, jene, jenes, тотъ 54.

Jetzt, тепе́рь 199.

Lassen, mögen, in der Bedeutung von zulassen, heißt пуска́ть, пусти́ть, deren Imperativa пуска́й, пусть, der Präsensform anderer Zeitwörter vorgesetzt werden 368. Mögen, als Wunsch, wird durch да mit dem Präsens gegeben 369.

Laute und Lautzeichen 1.

Laute, Eigenthümlichkeiten einiger 5.

Laute, eingeschobene 7.

Laute, Bezeichnung ausgestoßener 9.

Laute, Aussprache der, 10. Vocale 10. Consonanten 10. Hauchlaut 19. Halblaut 19. Aussprachezeichen 19.

Lesen, чита́ть 155.

Liebkosungsformen als Höflichkeitsformen gebraucht 154.

Lügen, лгать 172.

Machen, thun, дѣлать 155.

Männliche Verkleinerungswörter mit sächlicher Endung werden wie männliche Hauptwörter declinirt 155.

Man erkennt das Geschlecht der Hauptwörter theils an der Bedeutung, theils an der Endung 27.

Mein, meine, mein, мой, свой 35.

Mit, съ, со 64.

Monat, der, allein, oder die Jahreszahl allein, steht im Präpositional mit въ 273.

Morgen (der folgende Tag), зáвтра 250.

Nach, nachher, пóслѣ 250.

Nach, за 117.

Nach, чрезъ mit dem Accusativ 261.

Nach dem fragenden Fürworte что? steht das sächliche Adjectiv im Genitiv 121.

Nach den Begriffen sehen und hören, steht im Russischen das adjectivische Particip statt des deutschen Infinitivs 412.

Nach der Verneinung steht der Genitiv statt des Accusativs 478.

Nach Maß und Gewicht folgt der Genitiv 51.

Nach vocalischem Anlaute spricht man gewöhnlich съ statt себя 308.

Nach бóлѣе, mehr, folgt, wie nach seinem Positiv мнóго, viel, der Genitiv 207.

Nach что folgt diejenige Zeit, welche die Absicht des Sprechenden erfordert 374.

Negation, die, не, steht unmittelbar vor dem Zeitworte 60.

Negation, die, не, gilt im Russischen als unbestimmtes Subject 189.

Negation, nach, ist der Genitiv des Objects für den Accusativ 60.

Nehmen, брать 242.

Nehmen, взять, entlehnt seine gegenwärtige Zeit von nehmen, брать 250.

Nicht, не 47.

Nicht mehr, уже-не, ужъ-не 98.

Nichtgewohnheitsform mit dem Präfix giebt eine Nichtgewohnheitsvollendungsform 363.

Niemals, никогдá-не 246.

Niemand, никтó 69.

Noch, еще 88.

Nominativ des Plurals auf -ы und -à je nach der Bedeutung 84.

Nöthig haben, нуждáться въ 131.

Nur, тóлько 80.

Нѣтъ heißt: ich habe nicht, du hast nicht :c., aber auch nein 30.

Нѣтъ kann nicht wie есть ausgelassen werden 47.

Object, das, steht im Genitiv, wenn es im partitiven Sinne genommen ist 479.

Oder, или 54.

Ohne, безъ, безо 229.

Ohne, безъ, безо, mit dem Genitiv 257.

Optativ, den, und Conditionalis anderer Sprachen bezeichnet die Partikel бы 373.

Particip, actives 286.

Particip, soll das active, adjectivisch d. h. in Beziehung auf ein Hauptwort gebraucht werden, so nimmt es die Concretions-Laute an 392.

Particip, das adjective, wird ganz wie ein Eigenschaftsworts gebraucht 392.

Particip, das, passive 396.

Particip, das, passive des Prateriti 397.

Particip, das, passive erhält ganz wie die Beschaffenheitswörter, die Geschlechts- und Zahlenbezeichnung 397.

Particip, beim paffiven, fteht der
wirkende Gegenftand im Inftru=
mental oder im Genitiv mit der
Präpofition отъ 398.

Particip, der, des Präfens bezeich=
net eine dauernde, das Particip
des Präteriti eine vollendete
Handlung 398.

Particip, das paffive, der Gegen=
wart hat auch die Bedeutung der
Möglichkeit, mit davorftehendem
-не der Unmöglichkeit. In bie=
fer Bedeutung entfpricht es dem
deutfchen Adjectiv auf bar, =lich
412.

Particip, das paffive, des Präfens
ift nicht bei allen Zeitwörtern
gebräuchlich 402.

Particip, beim paffiven, fteht nur
буду, nie стану 428.

Participien haben den Cafus und
die Präpofitiva ihres Stamm=
wortes nach fich, das Verbal=
Subftantiv aber nur dann, wenn
der dabei ftehende Genitiv auf
das Subject einer Handlung be=
zogen werden könnte 425.

Paffivum, das, wie es im gewöhn=
lichen Falle ausgedrückt wird
402.

Plural, der, des Imperativs unter=
fcheidet fich von der zweiten Per=
fon des Plurals der Gegenwart
dadurch, daß erfterer den Accent
auf der vorletzten Sylbe hat,
während er bei erfterem zurück=
rückt 173.

Plural, der, von одинъ fteht in
der Bedeutung von ein, eins mit
Hauptwörtern, die nur im Plu=
ral gebräuchlich find 257.

Poffeffive (Gattungs=) Adjectiva 233.

Prädicat, wenn das, ein Befchaffen=
heitswort ift, bleibt есть und
суть gewöhnlich weg, ift aber

das Prädicat ein Hauptwort, fo
werden beide Theile wie im
Deutfchen angewendet 191.

Prädicat, das, welches fich auf
mehrere Gegenftände bezieht, fteht
im Plural 191. Nach den durch
die Bindewörter или, либо, ver=
bundenen Hauptwörtern fteht
das Prädicat in der Einzahl,
wenn fie gleichen, in der Mehr=
zahl, wenn fie verfchiedenen Ge=
fchlechts find 191.

Präfixa отъ, у, за, до, bedeuten
eine Handlung, die vollendet ift
453.

Präfixa, trennbare (Präpofitionen)
455.

Präfixa, untrennbare 458.

Präpofitionen vor dem Genitiv
412.

Präpofitionen vor dem Dativ 501.

Präpofitionen vor dem Accufativ
505.

Präpofitionen vor dem Inftrumen=
tal 519.

Präpofitionen vor dem Präpofitio=
nal 519.

Präfens, beim, des Zeitworts fein,
fteht das Prädicat im Nominativ,
bei andern Zeitformen nur dann,
wenn von einer bleibenden,
in dem Wefen des Gegenftandes
begründeten Eigenfchaft die Rede
ift, vorübergehend ihm bei=
gelegte Eigenfchaften dagegen
ftehen im Inftrumental 200.

Präfens und Futurum mit бывало
verbunden 445.

Präfens und Infinitiv der Ge=
wohnheitsform werden zur Bil=
dung der Imperfecten gebraucht
438.

Präfensform, jede, hat die Bedeu=
bung eines Futuri, wenn ihr ein
Präfix vorgefetzt wird 369.

Präteritum 372.
Präteritum, das, des Particips zeigt die Vollendung einer Nebenhandlung vor dem Eintreten der Haupthandlung an 387. Es läßt sich im Deutschen durch nach dem, als, wenn ꝛc. übersetzen 388.
Pünktlich, präcise, точно, ровно 269.
Redensarten mit dem deutschen lassen 415.
Schaffen, bauen, зиждить, созидать 238.
Schmerzen, болѣть 230.
Schmieden, ковать 213.
Schon, уже, ужъ 98.
Sehr, очень 116.
Selbst, самъ, сама, само 283.
Sein, seine, sein, dessen, deren, ero, cnoй 44.
Sein, быть 84.
Seit, von, an, heißt es mit dem Genitiv; seit, während, wird durch den bloßen Accusativ ausgedrückt 538.
Semelfactive Zeitwörter 448.
Sie (plural), они 74.
Sind die Hauptwörter verschiedenen Geschlechts, so hat das männliche Geschlecht den Vorzug und das Adjectiv erhält die männliche Pluralendung 191.
Sind die verglichenen Gegenstände Subjecte (Nominativa), so hält das deutsche als aus, und das darauf folgende Subject steht im Genitiv 266.
Solche, такіе 117.
Solcher, solche, solches, такой 117.
So viel — wie, столько — сколько 97.
So viel, столько 79.
So viel als, so viel wie, столько сколько 79.

Steht das halbirende Zahlwort im Nominativ oder Accusativ, so steht das folgende Hauptwort im Genitiv der Einheit 278. Stehen bei einem Hauptworte zwei oder mehrere Eigenschaftswörter, aus deren Bedeutung hervorgeht, daß sie verschiedene Gegenstände bezeichnen, so steht das Hauptwort in der Mehrheit 192.
Substantivische Vaternamen 177.
Superlativ, der 212.
Superlativ, der, des Adjectivs wird durch Vorsetzung von самый verstärkt 213.
Superlativ, der, verstärkt durch die Präfixa пре, наи 213.
Starke und schwache Conjugation 312.
Sylbentheilung 25.
Себя, das reflexive Pronomen für alle drei Personen und Zahlen 284.
Сей, bezieht sich auf einen Gegenstand, der dem Sprechenden, тотъ auf einen Gegenstand der dem Angeredeten näher liegt. Sie können in Verbindung mit einem Hauptworte, oder alleinstehend gebraucht werden 54.
Со, steht vor Wörtern, die mit einem schwer auszusprechenden Consonanten anfangen 64.
Uebermorgen, послѣзавтра 250.
Um den Besitzer eines Gegenstandes anzuzeigen, bildet man im Russischen von den Benennungen lebender Wesen besitzanzeigende (possessive) Adjective ab, und zwar fügen die Namen der ersten Declination dem Character die Endung -овъ, die Namen der dritten Declination dem gemilderten Character die Endung

-инъ an, diese Endungen er=
setzen den Genitiv anderer Spra=
chen 175.

Umstandswörter, concrescirte 237.

Und, auch, и, да 47.

Und aber, а, да 48.

Und nicht, aber nicht, а не, да не
48.

Unpersönliche Zeitwörter dürfen
nie persönlich gebraucht werden
412.

Unregelmäßige Präsensformen 358.

Unser, unsere, unseres, нашъ
51.

Unter, подъ 68.

Unterschied zwischen dem Eigen=
schaftswort und dem Beschaffen=
heitswort 212.

Vergangenheit, die, hat für
alle drei Personen der Einheit
-лъ für das männliche, ла für
das weibliche, und ло für das
sächliche Geschlecht, in der Mehr=
heit -ли für alle drei Personen
und Geschlechter 125.

Vergrößerungsform mit dem Neben=
begriff der Plumpheit, Unförm=
lichkeit ꝛc. 155.

Verkleinerung, die, der Eigennamen
dient als Ausdruck der Zärtlich=
keit 171.

Verkleinerungsform als Ausdruck
der Verächtlichkeit 154.

Verkleinerungswörter, Diminutiva
147. Unregelmäßigkeiten bei der
Bildung der Diminutiva 149.
Wenn man vor -къ, -ка die
Sylbe -онъ, oder vor -ка, -ко
die Sylbe -уш einschiebt, so drückt
man neben der Verkleinerung
noch die Zärtlichkeit, die Zunei=
gung zu einem Gegenstande aus
153.

Viel, много 46.

Viel, viele, vieles, многій (nicht
gebräuchlich) многое, pl. многіе,
многія 117.

Vocale 10.

Von, aus, изъ, изó 90.

Von den nichtbestimmten Wieder=
holungsformen werden die Ge=
wohnheitsformen abgeleitet 438.

Von den Zeitwörtern der achten
Klasse müssen sehr wohl die Zeit=
wörter, welche eine eintretende
Handlung bezeichnen und auf ѣть,
ать endigen unterschieden wer=
den, wenn sie von andern Rede=
theilen abgeleitet werden und
nach starker Form gehen 348.

Vorhin, ganz vor Kurzem, neulich
199.

Wann, когдá 246.

Was das Subject im Genitiv steht
479.

Was für einen? Какóго? 51.

Weder — noch, не, ни — ни 54.

Welchem? Котóрому? 51.

Welcher, welche, welches, котóрый
60.

Welcher Casus auf die Frage: wie
lange? seit wann steht?
537.

Welcher Casus auf die Frage: wie
bald? in wie langer Zeit?
steht? 538.

Welcher Casus auf die Frage: wie
bald? im Verlauf welcher
Zeit? steht 538.

Welcher Casus auf die Frage: für
wie lange Zeit? steht 538.

Welcher Casus auf die Frage: vor
wie langer Zeit? steht 538.

Welcherlei? Welcher Ort? Wie? In
was für einem Zustande? Ka=
ковóй? Каковъ? 183.

Wem? Комý? 51.

Wenig, мáло 46.

Wenig, wenige, weniges, немнóго,
мáло 117.

Wenn das zusammengesetzte Wort im deutschen durch eine Präposition aufgelöst werden kann', so steht im Deutscheu nicht das possessive Adjectiv 241.

Wenn ein Gegenstand durch einen Eigennamen und Gattungsnamen zugleich bezeichnet wird, so richtet sich das Prädicat in Geschlecht und Zahl nach dem Gattungsworte 192.

Wenn sprechen hören, so viel als vernehmen, erfahren, bedeutet, wird es im Russischen bloß durch слыхать, hören, wiedergegeben 412.

Wer? Кто? 39.

Wessen? Wem gehörig? Чей? 39.

Wie oft? Wie vielmal? Какъ часто? Сколько разъ? 558

Wie vieles, so vieles, столько — сколько 117.

Wiederholungsformen, die, leicht von der Dauerform zu unterscheiden sind 464.

Wiederholungsformen, die, meist nur in Zusammensetzungen gebräuchlich sind 464.

Wievielste, der, который, колькій 273.

Wir, мы 51.

Wird einer Wiederholungs= oder Gewohnheitsform eine Vorsylbe vorgesetzt, so entsteht eine Dauerform 453.

Wo? Wo ist? Гдѣ? 68.

Wo der Anlaut des folgenden Wortes keine Consonanten=Anhäufung verursacht, kann -н von бы abgeworfen werden, auch kann diese Partikel von dem Worte, zu dem sie gehört, getrennt werden 373.

Wo der Besitz als äußere Zufälligkeit angegeben wird, steht der

Dativ des persöhnlichen Fürwortes 286.

Wo beide Handlungen nicht auf ein Subject gehen, kann das Particip nicht gebraucht werden 387.

Wo von demselben Stamme nur ein Zeitwort mit dem Präfix existirt, muß man aus dem Sprachgebrauch erlernen, ob das Verbum eine Dauerform oder eine Vollendungsform sei 465.

Woher? Откуда? 222.

Woher, откуда 222.

Wohin? Куда? 104.

Wörter, die im Genitiv у (в) statt a (л) haben 46. 47.

Zahlen, bei zusammengesetzten, erhält nur das letzte die Ableitungssylbe 273.

Zahlsubstantiva 260.

Zahlwörter 255.

Zahlwort, das, nach dem Hauptwort stehende, bestimmt die Zahl als ungefähr, in diesem Falle steht die Präpositiva zwischen dem Hauptworte und dem Zahlworte 257.

Zahlwörter, alle, bestimmte oder unbestimmte, die den Genitiv der Mehrheit nach sich haben, haben das Präteritum mit der sächlichen Endung nach sich. Bei два, три, четыре ist dies zwar nicht Regel, kann aber auch angewendet werden 199.

Zeiten und Zeitformen der russischen Verba 311.

Zeitwörter starker Form I. Klasse mit consonantischem Charakter 313. Mit vocalischem Character 315. II. Klasse mit consonantischem Character 319. Mit vocalischem Character 320 III. Klasse mit consonantischem Character

323. Mit vocalischem Character
325. IV. Klasse mit consonan=
tischem Character 333. Mit vo=
calischemCharacter 333. V. Klasse
336. VI. Klasse mit consonan=
tischem Character 340. Mit vo=
calischem Character 340.

Zeitwörter schwacher Form VII.
Klasse 343. VIII. Klasse 347.

Zeitwörter, Uebersicht der Ausgänge
aller 8 Klassen 356.

Zeitwörter, bei denen das Präsens
nach starker Form, des Infini=
tivs mit seinen Ableitungen nach
schwacher Form geht 352.

Zeitwörter, Modification der 425.

Zeitwörter, nicht bestimmte 425.

Zeitwörter, bestimmte 425.

Zeitwörter, frequentative 425.

Zeitwörter, semelfactive 425.

Zeitwörter, imperfecte 426.

Zeitwörter, perfecte 426.

Zeitwörter, perfecte=semelfactive 426.

Zeitwörter des Zeitpunkts 427.

Zeitwörter der Wiederholung 427.

Zeitwörter, mangelhafte 427. 429.

Zeitwörter, unvollständige 427.

Zeitwörter, vollständige 428.

Zeitwörter, doppel= 428.

Zeitwörter, iterative und sin=
gulare 438.

Zeitwörter, die ihre Gewohnheits=
form durch Anhängung der Sylbe
ивать bilden 440.

Zeitwörtern, bei den, schwacher Form
wird ивать häufig in -ять ab=
gekürzt 441.

Zeitwörter, die meisten, auf ивать
kommen nur in Zusammen=
setzungen vor 441.

Zeitwörter, die von einem andern
abhängig sind, stehen stets im Infi=
nitiv 53.

Zeitwörter mit doppeltem Thema
313.

Zeitwörter, bei denen die längstver=
gangene Zeit der Wiederholungs=
form nicht gebräuchlich ist 441.

Zeitwörter, Inchoative 442.

Zeitwörter, die, der schwachen Form
bilden die Gewohnheitsform vom
Infinitiv 434.

Zeitwörter, einfache, deren Dauer=
form die Vollendungsform ver=
tritt 468.

Zeitwörter, die das Imperfect aus
dem Frequentativ bilden 469.

Zeitwörter, einige vocalisch an=
lautende, nehmen nach dem Prä=
fix ein euphonisches -н vor sich
auf 473.

Zeitwörter, active, die das Object
im Genitiv nach sich haben 478.

Zeitwörter, neutra, die den Geni=
tiv der Sache erfordern 479.

Zeitwörter, neutra, die den Geni=
tiv mit -у statt des Dativs for=
dern 483.

Zeitwörter, Verzeichniß unpersön=
licher 413.

Zeitwörter mit ся 301.

Zeitwörter, rückwirkende 307.

Зи, къ, ко 104.

Zu Grunde gehen, гибнуть 203.

Zuviel, слишкомъ, чрезъ чуръ,
слишкомъ много 97.

Zuwenig, слишкомъ мало 97.

Zur Bezeichnung des Futuri braucht
man стану und буду 428.

Zwei, два; drei, три; vier, четыре;
beide оба 79.

Druckfehlerverzeichniß.

Seite 34 Zeile 16 statt haft lies faft.
„ 39 „ 12 „ столя́рь „ столя́рь.
„ 40 „ 30 „ столя́рь, „ столя́рь, столяра́
столяра́
„ 55 „ 36 „ Ausbildung „ Auslaßung.
„ 78 „ 20 „ Indicatvis „ Indicativs.
„ 93 „ 18 „ вузжéй „ виажéй.
„ 122 „ 5 „ zusammen „ zusammengezogen aus себя́.
себя
„ 125 „ 38 „ лóсосъ „ лóсосъ.
„ 163 „ 35 „ гречáнка „ гречáнка.
„ 173 „ 2 „ erßeren „ leßteren.
„ 215 „ 30 „ Whaben „ Wo haben.
„ 222 „ 22 „ э́тоть „ э́тотъ.
„ 237 „ 29 „ нисъ „ низъ.
„ 267 „ 35 „ отнократный „ однократный.
„ 328 „ 24 „ стóнтъ „ стóйтъ.
„ 429 „ 35 „ бестидный „ безстидный.
„ 450 „ 21 „ зкрипѣть „ скрипѣть.
„ 549 „ 25, 26 „ Ничто „ Ничтó.

Außerdem kommen die §. §. 390 und 391 doppelt auf Seite 256 und 257 vor.

In gleichem Verlage sind außerdem folgende, nach der Ollen=
dorff'schen Methode bearbeitete Lehrbücher erschienen:

a) Für Franzosen:

NOUVELLE MÉTHODE

POUR APPRENDRE

LA LANGUE RUSSE,

A L'USAGE DE L'INSTRUCTION PUBLIQUE ET PARTICULIÈRE

PAR

LE PROFESSEUR PAUL FUCHS.

in 8. fl. 3. 6 kr. ou 1 Thlr. 24 Sgr.

CLEF DE LA GRAMMAIRE RUSSE.

in-8. fl. 1. 12 kr. ou 21 Sgr.

b) Für Russen:

Deutsche Grammatik

von

Prof. Paul Fuchs.

in 8⁰. fl. 2. 42 kr. oder 1 Thlr. 18 Sgr.

Schlüssel zu derselben.

in 8⁰. fl. 1. oder 18 Sgr.

Französische Grammatik

von

Prof. Paul Fuchs.

in 8⁰. fl. 2. 42 kr. oder 1 Thlr. 15 Sgr.

Schlüssel zu derselben.

in 8⁰. 54 kr. oder 15 Sgr.